2008年国家社会科学基金资助项目
项目批准号：08BWW014

阿拉伯
传记文学研究

邹兰芳 著

中国社会科学出版社

图书在版编目(CIP)数据

阿拉伯传记文学研究/邹兰芳著. —北京：中国社会科学出版社，2016.1

ISBN 978-7-5161-6202-6

Ⅰ.①阿… Ⅱ.①邹… Ⅲ.①传记文学—文学研究—阿拉伯半岛地区 Ⅳ.①I371.075

中国版本图书馆 CIP 数据核字(2015)第 117555 号

出 版 人	赵剑英
责任编辑	郭晓鸿
特约编辑	席建海
责任校对	韩海超
责任印制	戴 宽

出 版	中国社会科学出版社
社 址	北京鼓楼西大街甲 158 号
邮 编	100720
网 址	http://www.csspw.cn
发 行 部	010-84083685
门 市 部	010-84029450
经 销	新华书店及其他书店

印 刷	北京君升印刷有限公司
装 订	廊坊市广阳区广增装订厂
版 次	2016 年 1 月第 1 版
印 次	2016 年 1 月第 1 次印刷

开 本	710×1000 1/16
印 张	28.5
插 页	2
字 数	468 千字
定 价	99.00 元

目　　录

序

邹兰芳教授所著《阿拉伯传记文学研究》的付梓出版，无疑是我们中国阿拉伯文学研究学界乃至整个外国文学研究学界的一件可喜可贺的事。这是她在同行们的支援下，历经 7 年，在我们阿拉伯文学研究园圃中精心培植出的一株奇花异卉，结出了硕果，填补了一项学术空白，为这一学术领域增光添色。作为学界的一位同行，我深知这 7 年学术研究寒来暑往的艰辛意味着什么，看看书后所附长长的中、阿、英文参考文献单子，你就不难理解这一点了。

这部专著本来已很完美。书中穷源追溯流，对阿拉伯自古至今传记文学的来龙去脉做了深入地探究、精心地梳理；对阿拉伯学者及西方的东方学学者有关阿拉伯传记文学的研究也做了厘清、评介；还对阿拉伯与西方传记文学的渊源与异同予以比较。专著一方面对阿拉伯古今传记文学的源流分阶段提纲挈领地做了整体论述，另一方面还分门别类对阿拉伯传记文学的一些名家名著作为典型个案条分缕析予以解读。

我始终认为，书既已完美，无需要有个"序"，如同完美的人不一定要戴顶帽子。否则会有狗尾续貂、画蛇添足之嫌。但作者还是希望有顶帽子，我只好来"续"，来"添"了。

说起来，"传记文学"在我国，似乎是在大革文化命的文化大革命后才出现的"显学"：成立了种种传记文学学会、研究会；常常召开种种传记文学的年会、研讨会；书店、图书馆辟有传记文学的门类、专架；还有专门的传记文学出版社、期刊、丛书……

这门"显学"又似乎是从西方引进来的，因为在过去，在我国，在阿拉伯世界，在东方，它并不那么"显"，不那么"鲜"。

其实，大谬不然。这大概又是"西方中心论"的观点在作怪。事实上，传记文学在我国同在阿拉伯世界一样，有极其深远的渊源。

传记文学原是历史文学的一个分支。在文史不分的古代，史传很难分开。在我看来，所谓"史"也是一种"传"，可能是一个民族、一个国家、一种学术门类……的传记。如果说"传记文学"是专门指人物的传记，那么，哪部史书会没有关键、重要人物的小传、评介?! 从这个角度讲，中国的传记文学，一般虽追溯自西汉司马迁的《史记》，但在我看来，似乎还可以追溯到先秦文学中的诸如《左传》、《战国策》、《晏子春秋》……其实，传记文学的很大作用在于通过传主的经历、言行，为他人作表率、典范。从这个意义讲，记述了孔子及其门弟子的言行录，被尊为儒家传统经典的《论语》，亦可被认为是我国传记文学的滥觞，如同阿拉伯传记文学的滥觞可追溯至《古兰经》、《圣训》一样。

其实，我国对传记、传记文学的普及与重视，还可以从"树碑立传"和"不见经传"这两句俗语中看出。建功立业、功成名就者往往会被树碑立传。名人的碑文不就是一篇很好的传记吗?! 而名不见经传者则往往是指一些默默无闻的凡夫俗子，没有人为他们树碑立传，似乎与传记、传记文学无缘、无关。其实也不然。阿拉伯文的"传记"通常可称为"Sīrah"，是"走（Sāra Yasīru）"这个动词表形态的词根，意思是这段人生道路是"怎样走过来的"，也就是中文"履历"的意思。所以我们平常写的"履历"、"小传"、"自传"，当然都应算是"传记"，如果你有文才，写的文学味儿足一些，当然也可以算作"传记文学"。至于篇幅长短，我认为并不十分重要，因为既然小说可以有长篇、短篇，还有微型小说、小小说、一分钟小说……那么传记文学为什么一定要受篇幅限制?! 这样一来，那些名不见经传的凡夫俗子、平头百姓、草根……不是也可以正儿八经、堂而皇之地登上"传记文学"的殿堂了吗?!

我喜欢传记文学。青少年时代喜欢传记文学，是把那些传主当作追求、效仿的榜样。我成长于20世纪50年代，那时候喜欢看董存瑞、刘胡兰……小传，看《把一切献给党》；看苏联译过来的传记小说《普通一兵》、《卓雅与舒拉的故事》、《古丽娅的道路》……向英雄人物学习嘛！中学的时候想当作家，就看了一些中外作家、诗人的传记；初中的时候，旅大文工团借我去演"曙光照耀莫斯科"中的一个孩子，我又做起了当演员的梦，就又读了不少中外名演员的传记。我觉得传记或传记文学对青少年大概可以起到励志的作用，帮助他们树立一定的人生观、价值观。在他们的人生道路方面起一定的引导作用。国家、民族不同，社会性质不同，人们的人生观、价值观、宗教、信仰不同，倡导、流行的传记文学也就不同。古今中外，概莫例外。有的传记文学可能引导人们成为坚定的革命者，有的传记文学则可能引导你去做一个虔诚的教徒……

人到了夕阳西下的时候，毕竟与旭日东升的时期不同。但我虽已年过古稀，却仍喜欢读传记文学。因为传记文学最基本的特征就是所写的主要人物和事件必须符合史实，不允许虚构。人到了我这把年纪，不再像小时候爱幻想，喜欢童话，人在天上飞，爱听"假话实说"；也不像再大些时候，爱理想，喜欢读诗，人在地上跑，跟着"实说假话"；人老了爱回想，爱忆旧，坐在沙发上爱听"实话实说"，爱读传记文学。因为传记文学往往会比神话、诗歌、小说之类的读物能更真实地反映历史、社会、现实。有的传记读后，让你感到与传主似曾相识，很亲切，对他或崇敬、钦佩，或同情、怜悯，或像打翻了五味瓶，不知是什么滋味；也有的传记读过之后，颠覆了你过去传统的印象，好似白内障动过手术，对历史，对社会，对人物看得更清楚了：原来认为是神的不一定是神，原来觉得是鬼的不一定是鬼，有时会让你又变成了一个纯真的孩子，看到皇帝并没有穿什么光彩的新衣……

世界上很难找出两个民族像中国与阿拉伯民族之间有那么多的相似之处：两者都有悠久的历史，古老的文明，可谓源远流长。在中世纪，横跨亚非欧三大洲的阿拉伯大帝国与雄踞东亚的中国，随着政治、经济达到鼎盛，文化也像擎天的灯塔，在丝绸之路两端交相辉映，彪炳于世。近现代，我们都遭受帝国主义、殖民主义列强的侵略，长期沦为殖民地、半殖民地。但我们的人民并没有屈服，他们长期坚持民族解放斗争，并在第二次世界大战后，相继获得胜利，建立了独立自主的国家。我们虽然政体、经济发展、意识形态……各方面不尽相同。但我们都是发展中国家；我们的人民都勤劳、勇敢，热爱和平，反对侵略战争；我们都在努力振兴，与时俱进，使国家现代化。我们在前进的道路上都并非一帆风顺，有胜利，有成就；但也有挫折，也有困难、问题。

相似的历史进程，相似的命运，使我们中阿人民有更多的理由通过对话、文化交流，增进相互了解、加强互助合作。当今阿拉伯各国所在的中东地区日益成为世人瞩目的焦点、热点，这种对话、了解尤显紧迫与必要。

相似的历史进程，相似的命运，也必定产生反映这一切的相似的传记文学。无疑，阿拉伯的传记文学为我们深入、细致地了解阿拉伯民族、阿拉伯世界的历史、社会、现实……提供了一个很好的平台。

遗憾的是，我们对包括传记文学在内的阿拉伯文学译介得还太少，远不能满足各方面的需要。究其原因，一方面是"西方中心论"的影响还很大，出版社对阿拉伯文学不甚了解，又有版权问题，怕赔钱；一方面我们阿拉伯文学的译介、研究队伍相对地还显得薄弱、稚嫩，也还不够执着、勤勉的。作为我国阿拉伯文学园地的一名园丁，我当然企盼着这块园地会万紫千红、繁花满园。因此，我才说："邹兰芳教授所著《阿拉伯传记文学研究》的付梓出版，无疑是我们中国阿拉伯文学研究学界乃至整个外国文学研究学界的一件可喜可贺的事。"因为这书一出，出版界、阿语界都会进一步了解阿拉伯的传记文学，知道阿拉伯古今有哪些名家名传该翻译、介绍，移植到我们的园圃中，使其千枝万朵，争芳斗艳。我企盼着。

看来，这"狗尾"续（序）得有点长，就此打住，且夹起来。

是为序。

仲跻昆

2015 年 10 月 15 日于马甸

导　论

　　传记是世界范围内古老而普遍的文类。在当今时代，业已成为文学和文化范畴中最重要的文类之一。而且无论从其作品的数量、影响以及读者群来看，也是最大的文类之一。传记的繁荣盖因此文类的本质关乎人类自身。传记学说到底是"人学"。要解答的核心问题是，人如何看待和阐释自己（自传），又如何看待和阐释他人（他传）。而文学是"人学"的艺术表达方式。在文学性传记中，各种典型的人生故事被描摹出来，将人类历史具象为一个个鲜活的个体灵魂，构成"微观历史"的各个画面。由此，历史—传记—人学—文学构成的传记文学成为迄今为止人类的独特景观。

一　阿拉伯传记文学

　　在阿拉伯历史上，尽管"传记"这一文类占有举足轻重的地位，并与伊斯兰历史修录的发展有着密切联系，但迄今为止，据笔者所知，与阿拉伯文学中其他文类（诗歌、散文、小说、戏剧）的研究成果繁星璀璨的盛况相比，对传记这一文类的研究产品可谓寥若晨星。中国史学界、文学界对此领域的研究更是乏善可陈。事实上，尽管"传记"这一术语产生自现代文学范畴，但"传记"这一文化生产方式在阿拉伯民族早期随着历史的发展就产生了。

　　阿拉伯—伊斯兰文化中有着丰厚的传记文学遗产。起初阿拉伯人以口耳相传的方式记录历史上的著名战役，叙述家族世仇、家谱、神话和谚语。公元7世纪伊斯兰教创兴以后，为了确保年轻的阿拉伯帝国地位的合法性，对先知穆罕默德生平的书面记述成为伊斯兰教神职人员的天职，它标志着阿拉伯人物传记的开始。在阿拉伯伊斯兰文化中，从中世纪的《古兰经》注释到先知穆罕默德传，而后又发展至各个阶层人物的各类传记，乃至发展到凡是"学者"、"艺术家"或"能工巧匠"便有其传可修，再后随着现代文学的产生和发展，阿拉伯传记艺术蓬勃兴起。该文类在一千多年的发展历程中，成果斐然，这一事实已被一些阿拉伯及西方现代学者所公认和证实。这种一脉相承的修传传统使阿拉伯民族在传记领域的遗产和积累无论在深度上还是广度上都不亚于其他民族。

阿拉伯人及广大穆斯林一直对其伟人、名人、学者等人物传记投以极大关注，并在传记分类整理方面有着独特的建树。起初他们修撰各国史记，并于其中记录了各国的建立、繁荣、发展、开拓以及历史遗迹，这些可称为史传。此后，他们又为本地区名人，也就是那些或生或长或迁于本土之人中的贤能者修书立传，这就是人物传记。再后又有各阶层人物传记、圣徒传记、游记等。这些传记作品汇聚了来自阿拉伯—伊斯兰文明两个重要源流——伊拉克地区和沙姆地区的贤能名士，展现出完好的伊斯兰社会文化思想图景。而这些社会文化思想场域恰是那些被树碑立传的帝王将相、达人名流们来往其间、传道授业、争鸣思想、传承知识薪火的所在，也正是在这些关于知识、思想的辩论中，孕育着整个民族的生命和性格。

中世纪的一些史传家们在叙述历史时借助了考据方式（isnād）①。这种做法的结果便极大地丰盈了史传素材，甚至将一些似乎与传主生平无关的元素也加入其中。然而，从另一方面看，这种做法以确凿、丰富的史料向读者证实了传主言行的真实性。后来的史传家们步其后尘，逐步形成了阿拉伯修史作传的学术传统。对于那些只是单纯引用、不对原作者的叙述及其史学线索的真实性追根溯源的史传作者而言，他们的作品多少难避杜撰之嫌。

相较于对人物性格的评论、剖析，史传家们更关注的是对其生平及家谱的详述、考证，对其学术影响力的渲染，甚至是人云亦云地介绍某人，以至

---

①　这是古代阿拉伯传统的历史编撰方法之一，音译为"伊斯纳德"。它注重史料的原始出处，追根溯源，旨在甄别史料的真伪。这种方法类似于我国的传统史学中的考据法。中世纪阿拉伯史学家认为，史事记载的价值取决于传述链的准确性，而一长串的传述链后面的内容却是次要的（参考巴格达大学博士论文. عبد الرحمن حسين علي الغزاوي ، الطبري ومنهجه في التاريخ، ص٩١.）。

于史传资料中的一些表达都几近雷同。不过，从另一方面我们发现，这些卷帙浩繁的史传作品为我们保留了传主的大量信息及生活境况，从而使现代史传作家借此为其欲为作传者（传主）勾勒出一幅清晰的个性轮廓。而构建和塑造传主形象的范例正蕴含在这零散而冗杂的史料之中。

中世纪的大部分阿拉伯传记作品不采取独立文本形式，而是把人物传记放在各种史传文集、传记纲要、传记辞典中编纂。自传部分也常常夹杂在长长的考据传述链中进行。在文史不分家的前现代时期，阿拉伯传记文学有着自己独特的学术传统和文化特征。不过，中世纪也有独立的自传/传记作品遗留。人物传记实质上便是将史传中某人物抽离出来给予更长篇幅的、针对性的叙述。这一工作首先体现在伊本·希沙姆（Ibn Hishām，卒于公元833/伊历218年）从伊本·易斯哈格（Ibn Ishāq）作品传述而成的《先知传》（al-Sīra al-Nabawiyya）中。后来体现在伊本·乔兹（Ibn al-Jawzī，公元1114—1200/伊历508—597年）的《欧麦尔·本·阿卜杜勒·阿齐兹传》、巴勒瓦（al-Balwā，约公元10世纪）的《伊本·图伦传》（Ibn Tūlūn）和伊本·沙达德（Ibn Shadād，1145—1234）的《萨拉丁·艾尤比传》等作品中。但是，人物传记在阿拉伯文学中，无论从数量上还是种类上都仍无法与史传匹敌。

将阿拉伯的传记脱离历史记事的框架，提升到个人精神探索高度的节点，应该算是苏非信徒的精神自传了。根据德国东方学家法兰兹·罗森塔尔（Franz Rosenthal，1914—2003）的研究，其根源可上溯至早期的穆哈希比（al-Muhāsibī，792—865）和提尔密济（Muhammad bn Ali Hakīm al-Tirmīdhī，824—892）的传记作品。而将信徒精神自传发展成为典型类型的是苏非主义鼻祖安萨里（al-GhazāLī，1058-1111），其精神自传《迷途指津》（al-Munqidh min ad-Dalāl/The Deliverer from Error）名垂青史。后来的苏非自传作家，像西姆那尼（Simnānī，1336年卒）、扎鲁格（Zarrūq，1493年卒）、沙阿拉尼（Abdu al-Wahāb al-Sha'rānī，1501—1566）、优西（al-Yūsī，1631—1691）和伊本·阿吉巴（Ibn 'Ajībah，1748—1809），也承继了这类精神自传风格。在这类作品中，作者的精神发展之路构成了作品的焦点。他们立足于刻画"内心的自我"以及这个"自我"在思想、宗教上的嬗变。他们深知，在作品里树立这样一种思想典型，对走同样精神道路的读者来说是一个感召或是一种邀请。

另外的自传类型还有中世纪抗击十字军东征的大将乌萨马·本·穆恩齐兹（Usāma bn Munqidh，公元 1095—1188/伊历 488—584）的自传《前车之鉴书》，乌萨马在这部老年自传中回忆了自己戎马倥偬的一生，总结了一位受过良好教育的阿拉伯骑士的人生感悟；中世纪社会历史学家伊本·赫勒顿（Ibn Khaldūn，1332—1406），他将自己的生平和经历的政治事件全部记录在他的自传《伊本·赫勒顿东西纪行》中；还有众所周知的《伊本·白图泰游记》，伊本·白图泰（Ibn Batūtah，公元 1313—1374/伊历 713—775）以游记的方式展示其生命的历程。

诚如巴勒斯坦著名历史学家、黎巴嫩美国大学教授塔里法·哈里迪所说："古代阿拉伯文学充盈着难记其数的人物传记。这笔丰厚的遗珍可谓汗牛充栋，相对于其庞大的数量，我们目前所做的研究只是管窥蠡测。"①

现代阿拉伯传记文学是随着 19 世纪民族文化复兴而登上历史舞台的，在一定程度上受到了西方现代文学创作思潮和风格的影响。虽取镜于西方，但现代阿拉伯"自我形象"却在民族新文化的建构中找到了其主体性。20 世纪 20—30 年代、50—60 年代以及新世纪之交，以埃及、黎巴嫩、巴勒斯坦地区、北非（马格里布）地区为文化中心的阿拉伯世界涌现过 3 次"传记写作热"。尤其是 20 世纪后半叶波诡云谲的地区争端，使一批睿智的知识分子能从本民族的文化、政治、宗教、心理、性别、地缘政治等因素出发，对社会进行多重揭示，对人性进行多重阐释。因此，现代阿拉伯传记文学体现出现代阿拉伯知识分子建构民族文化的自觉意识和对民族属性再定义的主题。

鉴于此，在笔者看来，阿拉伯传记文学研究的基本任务，既要有历史纵向性的梳理，又要有横向批评性的探讨，也要有对文本个案性的分析。此项研究是对传主人格特性与时代环境契合度的研究，是对以揭示真相、自我救赎、寻求民族属性为目标的阿拉伯社会思想文化特征的探求，是对该文类审美技艺、叙事策略的分析及传记与其他相邻文类之关系的考察。

---

① ［巴勒斯坦］塔里夫·哈利迪：《阿拉伯传记文学：世代相传的阿拉伯遗产》，《中东报》2008 年 1 月 9 日第 8—9 版。

二　阿拉伯学者在此领域的研究

伴随阿拉伯传记文学在 20 世纪初的兴起并逐步繁荣，对阿拉伯传记文学理论的建构和研究，在 20 世纪 50—60 年代初露端倪，涌现出一批传记文学理论家。他们多半是阿拉伯文学史家，出版了早期的传记文学史纲。70年代中期形成较成熟的传记文学理论及专著。90 年代以来涌现出传记文学研究热潮，出版了大量的有关阿拉伯传记文学的本体论、方法论、叙事论、传记文学作品个案研究等方面的专著和论文集，还举办过数次国际性和地区性的专题研讨会。

阿拉伯学者对传记文学的研究始于 20 世纪 50 年代。以邵基·戴伊夫（Shawqi Dayf, 1910—2005）、伊赫桑·阿巴斯（Ihsan 'Abbas, 1924—2002）、穆罕默德·阿卜杜·吉纳·哈桑（Muhammad Abdu al - Ghina Hasan, 1921—2003）为代表的一批埃及学者对阿拉伯古代、中世纪和近现代传记艺术进行了研究。邵基·戴伊夫的专著《人物传记》（*at - Tarjama ash - shakhsiyyah*, 1956）和吉纳·哈桑的专著《传记》（*at - Tarājam wo as - Siyar*, 1955）与"说书艺术"、"游记文学"、"玛卡梅韵文体艺术"一起，构成了埃及知识书局出版的"阿拉伯文学艺术"系列丛书，简明扼要地介绍了阿拉伯古代传记艺术的产生和发展过程。邵基将阿拉伯个人传记分成六大类：古代的哲学传记、学者传记、文学传记、精神传记、政治传记，以及现代传记。这两位埃及文艺理论大家虽然为陈述阿拉伯传记文学的传统和这一传统的现代性延续做了拓荒性的工作，但尚未在阿拉伯学界形成引起关注的独立的传记文学研究体系。

伊赫桑·阿巴斯的专著《传记艺术》（*Fannu as - Sīra/The Art of the Sira*, 1956）结合传记和自传两个方面，从艺术的层面探究了阿拉伯传记文学的特点、规律、审美标准等理论性问题。作品的末章集中论述了前现代阿拉伯自传，并较为详细地列举了 17 篇作品。阿巴斯将阿拉伯传记作品分成五个大范畴：

1. 纯轶事趣闻叙述（akhbāri mahd）
2. 解释性、说明性、殷鉴性或辩护性的个人叙述（tafsīr, ta'līl, i

'tibār，tabrīr）

3. 精神皈依性叙述

4. 冒险、游记性叙述

5. 其他

伊赫桑对传记艺术的研究引起了学界的强烈反响，以至于《传记艺术》一版再版。

上世纪 70 年代埃及著名阿拉伯传记文学理论家叶海亚·易卜拉欣·阿卜杜·戴伊姆（Yahyā Ibrāhīm Abdu ad－Dāyim）的专著《现代阿拉伯文学中的自传》（at－Tarjama adh－Dhātiyyah fī al－Adab al－Arabī al－Hadīth，1975）开启了阿拉伯传记文学研究的新时代。阿卜杜·戴伊姆教授主要把作品按作者写作的动机分类，评析了前现代和现代阿拉伯传记文学作品。不仅如此，更为重要的是，尽管 19 世纪末 20 世纪初埃及文化、文学由于快速拿来和套用某些西方文化、文学理论和模式而出现了明显的本土文化断层，但戴伊姆教授还是看到了前现代和现代阿拉伯传记之间有着非常重要的承继关系。在把阿拉伯传记作品历史地、文学地看待后，阿卜杜·戴伊姆认为，许多中世纪的作品已经达到了很高的文学发展水平；有些古代、中世纪的传记作品传达的文学意旨和历史文献价值并不亚于现代作品，如穆阿叶德·希拉齐（al－Mu'ayyad ash－Shīrāzī，1077 年卒）、伊本·布鲁金·齐里（Ibn Bulukkīn Zayrī，任王位于 1028—1054 年）、伊本·海塞姆、安萨里、拉齐、乌萨马·本·穆恩齐兹、伊本·赫勒顿和阿卜杜·瓦哈卜·沙阿拉尼等人的作品。

20 世纪 90 年代以后的阿拉伯传记文学研究呈蔚然之势。在埃及、沙姆地区、北非地区出版了许多研究专著，有的为批评性研究；有的为个案性研究；有的为比较性研究，使阿拉伯传记文学研究更加系统化、地区化、深入化。如埃及学者舒克里·马卜胡特的《〈日子〉中的第三人称叙述和第一人称叙述》（1990），埃及文论家阿卜杜·阿齐兹·沙拉夫的《自传文学》（1992），埃及学者穆埃伊德·阿卜杜·希塔尔的《自传：批评研究》（1992），突尼斯学者穆罕默德·马基里的《忏悔性叙事》（1994），埃及学者达伊纳·麦尼兹的《埃及女性自传书写》（1995），突尼斯文论家穆罕默德·巴里迪的《当自我说话时：现代阿拉伯文学中的自传》（2005），1998

年约旦阿勒拜特大学出版的论文集《约旦的自传文学和回忆录》，2008 年大马士革文化与传播出版社出版的大马士革法兰西学院论文集《沙姆地区自传》，等等，不一而足。一些文学、文化期刊如埃及的《季节》、《创作》、《新月》、《最后一点钟》和一些报纸文学副刊如《文学消息报》、《中东报》都定期刊登过传记文学研究文章，在这不一一赘述。

三　东方学学者对阿拉伯传记的研究

东方学学者对阿拉伯传记文学的研究始于德国。早期（19 世纪末 20 世纪初）和中期（20 世纪中叶）的研究明显地带着文明等级论和西方中心论的偏见。如法国认识论哲学家乔治·古斯道夫（Georges Gusdorf）在一篇名为《自传中的条件与限制》（Conditions and Limits of Autobiography，1956）的论文中指出：

> 自传是西方人特有的一种情怀。在西方征服世界的过程中，这一情怀始终与之相随，并不时传播给其他文化背景的人们。不过，这种传播同时也开创了一个文化殖民的过程，使接受者受到不同于本民族思想的启示。例如，圣雄甘地在描写其人生经历时，实际是在用西方的工具为东方做辩护。[1]

英国著名传记学家罗伊·帕斯卡尔（Roy Pascal）也认为："毫无疑问的是，自传本质上是欧洲人的东西。如今，东方文明社会的成员们，像甘地，也写了自传，他们接手的是欧洲的传统。"[2]

早期的德国东方学学者在研究阿拉伯传记时认为，该写作类型"个人意

---

① Robin Ostle, Ed de Moor & Stefan Wild（eds），*Writing The Self, Autobiographical Writing in Modern Arabic Literature*，Saqi Books，1998，p. 75.

② Roy Pascal, *Design and Truth in Autobiography*，Cambridge，Mass.：Harvard University Press，1960，p. 22.

识匮乏"①，这一权威性论断不加批判地持续了一个多世纪，妨碍了许多学者对不同于西方社会文化类型的非西方传记写作做认真、严肃、客观的评判，以至对不同民族文化背景下形成的各种形式、方法和内容的传记写作缺乏仔细的、深入的研究，只是简单化、笼统化地将它们说成是"过渡型的、不成熟的文本"，因为传记主体的个性缺失。如奥地利裔美国籍近东历史学家、加利福尼亚大学教授古斯塔夫·冯·戈鲁鲍姆（Gustave von Grune-baum，1909—1972）所云：

> 许多阿拉伯传记局限于罗列重大的日期：生日、研究、公众约会、卒日，却隐没了事件背后的人物……极少见到一个学者——所有的穆斯林传记家都归属于学者或神学家——描述他个人的性格。②

由于这一偏见，近现代以来，东方学学者对阿拉伯传记研究较之于对中东其他领域的研究显得不足。另外，传记的跨学科性使该文类为许多文学家、史学家、政治社会学家所孤立，原因是现代学科分类过细、互不交叉、不兼容。与此同时，各学科内部学者们因资料不足而难以深入研究。于是出现了丰富的传记作品成为无人领养的"孤儿"这样吊诡的现象，以至于史学家因找不到充满活力的人物资料而影响到了对中东历史的研究。如美国芝加哥大学全球政治经济学家、中东政治、历史学家马文·左尼斯（Marvin Zonis）在集刊《中东生命书写：传记和自述的实践》（*Middle East Lives*：*The Practice of Biography and Self - Narrative*）中写道："自传/传记的相对缺少，剥夺了中东的研究者——他们都是西方和中东的学者——调查生命历程中第一手资料的机会。"③

① Georg Misch, *Geschichte der Autobiographie* (*History of Autobiography*), 4 vols. Bern and Frankfurt, 1949—1969, v. 1. 1, p. 22.

② Gustave von Grunebaum, "Self - Expression: Literature and History", in *Medieval Islam*: *A Study in Cultural Orientation*, Chicago: University of Chicago Press, 1956, p. 270.

③ Marvin Zonis, "Autobiography and Biography in the Middle East: A Plea for Psychopolitical Studies", in Martin Kramer, ed., *Middle East Lives*: *The Practice of Biography and Self - Narrative*, Syracuse: Syracuse University Press, 1991, p. 63.

但也有一些东方学学者不但深入研究阿拉伯传记的渊源和发展，而且秉持着相对公正的文化立场。如美国太平洋大学第六任校长查勒斯·布什奈尔（Charles Bushnell）在《大学自传图书馆》（*University Library of Autobiography*，1918）一书的前言中这样肯定西方传记源于阿拉伯传记的事实：

> 圣奥古斯丁奇妙的《忏悔录》不是由学派创立的，也无后继者仿效，直到大约六百年后，我们开始探索中世纪的优秀文化时，才发现写第一本自传的圣奥古斯丁不是基督徒，连欧洲人都不是。他是穆罕默德王国里的一个阿拉伯学者。

以 4 卷本大部头《自传史》（*History of Autobiography*）闻名于世的德国哲学家乔尔格·米奇（Georg Misch，1878—1965）和长期从事闪语族语言、阿拉伯伊斯兰文学研究的德国学者法兰兹·罗森塔尔[①]对古希腊和阿拉伯传记作品的密切联系做了细致的研究工作，他们都为阿拉伯传记产生的古代根源——东方性留下了丰富的笔墨。作为狄尔泰的学生，米奇认为，传记是"生活反射最直接的表达"，尽管他承认传记文学从卢梭之后成为成熟的、迷人的文类，但传记思想却发源于古埃及、肥沃的新月地带（今天的伊拉克、叙利亚）、地中海东部（如，小亚细亚的加伦、大马士革的尼古拉斯[②]）。他尤其提到《旧约》中的以斯拉记和尼希米记[③]，他承认古代东方的传记作品数量"意想不到的多"，只是"个人意识匮乏"。基于这样的文化定位，米奇在他的巨制中为阿拉伯传记作品的各个阶段写了几百页纸。

罗森塔尔认为前现代阿拉伯传记作品异常丰富，但欧洲人的文艺复兴遮蔽了曾经辉煌一时的阿拉伯伊斯兰文明，伊斯兰的传记/自传传统遭到了束

[①]　Franz Rosenthal，1914—2003，德国著名东方学学家，耶鲁大学荣誉教授，历任美国东方学学会主席，耶鲁大学闪米特语研究特座教授。研究广涉阿拉伯语、阿拉姆语、伊斯兰文明等领域。

[②]　加伦（Galen，131—201），生于小亚细亚，在亚历山大等地学医，曾为罗马皇帝阿里留斯的御医，被尊为欧洲医学之父；尼古拉斯（Nicholas，公元前64—?），希腊历史学家，哲学家，曾是埃及女王克里奥派特拉和安东尼奥幼年的教师。著作等身，留存的仅剩 144 册《通史》和自传。

[③]　以斯拉（Ezra），希伯来预言家，"以斯拉记"为《旧约》一卷；尼希米（Nehemiah），公元前 5 世纪时希伯来领导人，"尼希米记"为犹太人的《圣经》，历史上看作是以斯拉记的继续，被称为以斯拉记第二。

缚和压制。如果用西方"个性意识和特征"这一现代标准来衡量前阿拉伯传记作品的话，恰恰忽视了古代、中世纪的阿拉伯社会形态与文艺复兴后西方社会形态的不同：每一个阿拉伯人把自己看成是环境和社会群体的一个基本组成部分，是种族中的一员；而在西方，人变成了精神的个体，认识了自己。尽管罗森塔尔与米奇一样以西方现代标准来评判阿拉伯传记的缺陷，诸如缺乏梦境心理学上的真实性、缺乏宗教上的驱动力、用第三人称的表达方式、辑录无意义的生活琐事等，但他还是列出了大量的阿拉伯传记类别，收集了大量的作品，奠定了西方学者对阿拉伯传记研究的基础和基调。

　　另一位值得一提的西方学者是德国研究犹太人生活的东方学学家戈伊泰因（Shelomo Dov Goitein，1900—1985）。他在研究古代阿拉伯学者巴拉祖里（al‑Balādhurī，892 年卒）的《名门宗谱》（*Ansāb al‑ashrāf*）时感言：

　　　　最先，无数个个人给我留下深刻的印象，他们的个性是被那些古代阿拉伯故事用各种方法说出来的。就像一个个卓越的演员逐一登场一样，专著里的人物一生靠连贯的事件组成，辅之以长长短短的轶闻奇事，结尾往往是他去世后的故事，通过一份对他性格的真实可信的描写，再以与之相关的事迹、格言或事件举例说明。[①]

　　戈伊泰因看到了古代阿拉伯描写人物作品的复合性，即通过断断续续的奇事轶闻、生卒年代的传述、引用语、格言、事迹、家谱、著作等混合并置的表达风格来完成关于某人的生平叙事，显示出程式化的特点，而其中的不少部分与人物特征有着密切的联系。

　　由此，英国牛津大学阿拉伯传记文学研究者罗宾·奥斯特尔（Robin Ostle）教授曾这样肯定阿拉伯自传类型：

　　　　自传不应只被看作是西欧作家笔下的文学个性化产品。它给予了 18 世纪德、英、法国的启蒙运动以巨大的推动力；其实，今天存在于阿拉伯

---

　　① S. D. Goitein，"Individualism and Conformity in Classical Islamic"，in *Individualism and Conformity in Classical Islam*，ed. Amin Banani and Spyros Vryonis，Wiesbaden，Otto Harrassowita，1977，p. 5.

编年史以及古典阿拉伯文学作品中（尤其是《歌诗诗话》*Kitāb al –'* *Aghānī*）的奇闻轶事构成的自传定义比现代自传定义的尺度更为灵活。①

　　20世纪90年代以来值得一提的对阿拉伯传记文学进行研究的西方学者有：英国牛津大学罗宾·奥斯特尔教授，他主编了《书写自我：现代阿拉伯文学中的自传》（*Writing The Self, Autobiographical Writing in Modern Arabic Literature*, 1998）一书；伯克利加州大学德怀特·雷诺兹教授（Dwight F. Reynolds），他主编了《书写自我：阿拉伯文学传统中的自传》（*Interpreting the Self*: *Autobiography in the Arabic Literary Tradition*, 2001）；瑞典斯德哥尔摩大学泰兹·卢克教授（Tetz Rooke）写了《阿拉伯童年自传研究》（*In My Childhood*: *a Study of Arabic Autobiography*, 1998）。他们从不同的侧面研究了阿拉伯自传。

四　研究阿拉伯传记文学的理论价值和现实意义

　　笔者以为，研究阿拉伯传记文学的价值和意义主要有三点：

　　第一点：此项研究是中国阿拉伯文学界的开荒之作；

　　第二点，弥补现有阿拉伯文学史的不足。由于传统的文类划分将传记文学聊备一格，使传记文学成为文学史、历史、社会文化史上无人领养的"孤儿"。通过此项研究，笔者希望能将传记文学纳入文学史的框架，继而对阿拉伯传记文学进行系统化、深入化的研究。

　　第三点，以中国学者的视角来看阿拉伯传记文学及其总体特征。由于人文社科学界长期受到"西方中心论"和"文明等级论"影响，"中国"和"阿拉伯世界"这两个非西方正典视阈内的地带难以彼此"正视"，进行面对面的交流。好在近几年来一些学者对文明等级论带来的危险开始有了清醒的认识。有的学者已经提出"欧洲古典文明的东方根源"之说，如美国康奈尔大学政治学教授马丁·贝尔纳（Martin Bernal）三卷本的《黑色雅典娜：古典文明的亚非之根》（*Black Athena*: *The Afroasiatic Roots of Classical*

---

　　① Robin Ostle, Ed de Moor & Stefan Wild (eds), *Writing The Self, Autobiographical Writing in Modern Arabic Literature*, Saqi Books, 1998, p. 19.

Civilization）。① 作者认为古典文明的深厚根源在于亚非语文化，但自从 18 世纪以来，主要由于种族主义、殖民主义的原因，这些亚非语影响被系统地忽视、否认或压制了。

既然我们承认世界文化多样性，那么，我们有必要对西方传记准则中认为的非经典成分进行挖掘，研究非西方的传记文学传统以便重新获得或再度强调东西文化差异背后同一知识体系的各个方面，即福柯所提到的对"异托邦"（heterotopia）差异的认识和思想研究。当重新审视其他文化形态中传记写作的状况时，我们发现，前现代各个民族都经历了大致相同的历史文化时期，留下了各有特点的传记遗产，而且文化间是彼此影响的；而这一文化遗产在各自现代化进程中发生着不同程度上的嬗变。阿拉伯的传记/自传凭借其历史和文本方面的价值，呈现出与西方传记完全不同的范例和特点。笔者希望尽量以阿拉伯文母本出发、以一个中国学者的视角来看待阿拉伯传记文学。

顺便提及一下，像中国的传记范例，它与西方的传记传统几乎没有交叉点，可追溯到公元前出现的《史记》（公元前 104—前 93），这一点已得到中外传记界的共识，有学者甚至将世界传记的源头推至孔子的《论语》（公元前 479—前 400）②。也有学者对日本中世纪和现代早期的 nikki（类似"日记"）以及其他一些传记作品做了研究，进一步丰富了非西方传记经典的类型。这类作品包括 11 世纪日本平安时代（He-ian，794—1185）的紫式部、更级以及和泉式部③的文学日记，后期的

---

① 此书已译成中文，由吉林出版集团有限责任公司于 2011 年出版，译者为郝田虎 、程英。该书在 1990 年荣获美国图书奖，1987 年荣获社会主义评论图书奖。另外，值得一提的是，中国学者在这方面也进行了学术讨论。2011 年清华大学和哥伦比亚大学联合成立了跨语际文化交流中心。2012 年 6 月召开了题为"文明等级论和殖民史学"研讨会，学者们对殖民主义的知识谱系进行了检讨和批判，发现文明等级论是现代学科共有的"政治无意识"，现代学科的发生和传播与欧洲的殖民主义和资本主义的扩张有一种内在的共谋关系。

② 可参照赵白生《传记文学理论》，北京大学出版社 2003 年版，第 253 页。

③ 这三人均为日本平安时代的宫中侍女。紫式部（Murasaki Shikibu，973—1014 或 1025，真名可能为藤原贵子），日本小说家、诗人，是最早的人类史小说《源氏物语》（The Tale of Genji，11 世纪初）的作者。后人还出版了她的《紫式部日记》（Murasaki Shkibu Nikki）和《紫式部文集》；更级（Saracina，1009—1059），她的《更级日记》主要写旅行和朝觐，是当时日本文学上独一无二的旅行回忆录；和泉式部（Izumi Shikibu，974—1033），著名诗人，"中世纪三十六歌仙社"成员之一，她的半自传体小说日记《和泉式部日记》（Izumi Shikibu Nikki）用第三人称叙述。

新井白石①的自传和他同时代的白隐慧鹤②的精神自传。它们都已经发展成熟，可以成为独立的非西方传记文学范例。

五　有关本书的几点说明

1. 本书分为上、下两编。上编（第一、二两章）主要对阿拉伯传记发展大致脉络和传记形态做了描述。下编（第三、四、五、六、七、八章）主要针对现代阿拉伯自传及其文化特征、自传与身份、自传与地域、自传与流亡、自传与性别、自传与小说的关系进行了探讨。尽管从整书的体例来看，以现代阿拉伯自传研究为主，但还是以"阿拉伯传记文学研究"冠名。以"传记"概念统揽"史传"、"他传"、"自传"、"回忆录"、"日记"、"书信"、"游记"、"口述历史"等形态，是参考了国内传记文学大家杨正润教授在他的卓著《现代传记学》（南京大学出版社 2009 年版）的做法。另外，在杨著中，"传记"与"传记文学"是混用的。

本书侧重于现代阿拉伯自传的研究，出于以下考虑：任何思想和理论都无法与作者的经历分割开来，都必须返归其自身方能找到理解的触点和界限。正如维特根斯坦所说："关于你自己，不可能写出比你本人更真实的东西……你从你自己的高度描写你自己。"③而现代自传在很大程度上反映出个体生命与家国共命运的主题，对自传的深入研究，有助于了解阿拉伯民族国家在近现代历史发展中的际遇和转型。

有关阿拉伯中世纪或现当代的一些重要传记作品，笔者只是提及，没有展开来讲，一是篇幅有限，二是有待进一步研究、疏理，以期以后另辟专著集中研究自传以外的阿拉伯传记文学形态。

2. 关于历史时期的划分。迄今为止，阿拉伯世界尚未出现一部可参照的完整的阿拉伯传记文学史或史纲。因此，本书勾勒的阿拉伯传记文学历史

---

① 新井白石（Arai Hakuseki, 1657—1725），本名君美，"白石"为笔名，日本德川时代（Edo Period）中叶的儒学家、作家、政治家，著有《藩翰谱》、《白石回忆录》、《西洋闻记》等。

② 白隐慧鹤（Hakuin Ekakul, 1686—1769），日本德川时代及其后最著名的禅宗佛教讲师和禅宗画家。

③ ［英］维特根斯坦：《维特根斯坦全集》（11 卷），河北教育出版社 2003 年版，第 45 页。

发展轨迹大致遵循着一般阿拉伯文学史的分期。真正意义上的阿拉伯人物传记的产生是以《先知传》的辑录为标志的，而当时阿拉伯文学史已迈入中世纪的门槛，因此古代部分主要是指中世纪的传记作品。本书中出现的"近古"或"近现代"时期指的是现代文学产生（如果以 1914 年现代小说《泽娜卜》的出现为标志的话）之前的 17、18、19 世纪。本书出现的"前现代"是相对于"现代"以前的各历史时期的统称。

3. 本研究所考察的传记文学文本包括一些文学史上认为是小说的作品。阿拉伯传记理论家叶海亚·易卜拉欣·阿卜杜·戴伊姆将易卜拉欣·马齐尼（Ibrāhīm al‑Māzinī，1890—1949）的小说《作家易卜拉欣》、陶菲格·哈基姆（Tawfīq al‑Hakīm，1898—1987）的小说《灵魂归来》、穆罕默德·舒克里（Muhammad Shukrī，1935—）的小说《裸面包》等作品也纳入自传范畴，认为作者以小说的艺术手法写了自己真实的人生经历，作者、叙事者、作品主人公实质上三位一体。小说体自传或自传体小说在现代阿拉伯文学中很多，其原因在"现代阿拉伯自传与小说"一章提到，自小说产生以来，以文学的叙事手法来叙述历史，或以历史的纪实手法穿插于虚构性文学作品中，已形成小说和自传文类间的跨界或杂糅。

4. 考察对象中个别作家是非阿拉伯人。这里主要指的是土耳其作家奥尔罕·帕慕克和巴勒斯坦裔美国思想家、文艺评论家爱德华·萨义德。这样做出于以下考虑：前者是 2006 年诺贝尔文学奖得主，其回忆录《伊斯坦布尔》流露出浓郁的伊斯兰文化情感；后者是后殖民理论的领军人物，对故乡巴勒斯坦以及伊斯兰事务表现了深切的关怀，其回忆录《格格不入》不仅流露出浓浓的流亡者乡愁，更是流亡者自身经历、自传实践与批评理论完整结合的文本范例。萨义德在《旅行理论》（Traveling Theory）一文中阐释了理论的跨文化旅行模式，指出在跨文化旅行中，当某一理论从一种文化跨域传播到另一种文化语境时，它必然时刻处于"旅行"状态。虽然，萨义德在此专指理论而言，但是，这一理论的适用范围，并不局限于此，它同时也为文本的跨文化传播和传主的跨文化写作，开启了新的研究视域。笔者正是从跨文化角度出发，将他们两位的作品也纳入本书的研究范围，对他们自传的研究可以更好地理解现代阿拉伯知识分子的生存、思想状况。

上　　编

第　一　章

阿拉伯传记文学发展脉络

第一节　阿拉伯传记文学的滥觞

口头的历史/传记自人类历史的远古起便已产生，而有文字记录的史传之产生是随着"书写"在某些民族中的兴起而降临的。这些民族懂得文字记录的方法，并能将其运用于日常生活中，在满足温饱之后，用其满足自己在精神方面的需求。史传通常随历史的延展而丰富，它本身便是一种遵循特定排列次序的人物历史。古希腊就产生了一些历史为之骄傲的史传家。他们或出于政治动机，或出于道德目的，或为追寻某种人格典范的力量，不允许伟人的生命因没有记载和描述而成为历史的匆匆过客。这也表现了人类自古对英雄和杰出人物的"崇拜情结"。如古希腊的史学家、传记作家普鲁塔克（Plutarch）作了《希腊罗马名人传》，希望将已故政治家和领袖人物的人生作为现世的楷模；绥通纽斯（Suetonius）作《十二凯撒传》也是出于记录罗马历史上帝王们生活经历的目的。

也有些史传家可能在一些私人因素或姻缘关系的推动下作传。比如，古罗马历史学家塔西佗[①]为其岳父——公元 1 世纪的古罗马将领阿格里科拉作传，这位历史学家得到了阿格里科拉的垂青并得以与其女儿联姻，这种姻亲关系促使他修撰了被认为是古代文学史上经典范例的《阿格里科拉传》。

---

① 普布里乌斯·克奈里乌斯·塔西佗（Publius Cornelius Tacitu，约 55—120 年），古代罗马最伟大的历史学家。他继承并发展了李维的史学传统和成就，在罗马史上的地位犹如修昔底德在希腊史学上的地位。著有传记《阿格里科拉传》。

阿拉伯早期的史传与两个因素有关：一是伊斯兰教产生以前（史称"蒙昧时期"，公元474—622）阿拉伯半岛及其周边地区的"阿拉伯人的日子"（Ayyām al‑'arab，即部落战争）；二是伊斯兰教产生初期阿拉伯帝国的疆域开拓和建制。

在阿拉伯蒙昧时期丰富的诗歌遗产——悬诗（产生于450—622年间）中有不少有关族群世仇和著名战役的叙述。诗人们在人们心目中享有很高的地位，受到人们普遍的敬仰。"他们熟知本部落的历史、业绩，对敌对部落的兴衰成败、弱点、耻辱也往往了如指掌。"[1] 诗人们在诗歌中充满激情地颂扬家族的显赫，歌颂家族中引以为豪的征战英雄及其事迹和优秀品质；伤感地回顾废墟中的故居、昔日的恋人、甘甜的井水。如悬诗诗人祖海尔（Zuhayr bn Abī Salmā，约520—609）曾为祖卜延家族的贤达海里姆作诗，以歌颂他平息长达四十年的"赛马之争"而捐献自家骆驼以作血锾[2]的义举：

> 不论富裕还是拮据时，
> 你都同样地慷慨无比。
> 战争时，你是族人最勇敢的斗士，
> 和平时，你是他们最雄辩的律师。
> 如果人们在荣誉的赛场上相互比试，
> 那么夺冠的英雄必定是你。
> 如果人们的称颂使人流芳百世，
> 那么你一定会在世上永世不死……[3]

再如，一位诗人这样颂扬希拉国王努尔曼·本·蒙齐尔：

> 我曾听说过人们做事千千万万，

---

[1] 仲跻昆：《阿拉伯文学通史》（上卷），译林出版社2010年版，第55页。

[2] 血锾：杀人偿命钱。

[3] 仲跻昆：《阿拉伯文学通史》（上卷），译林出版社2010年版，第62页。

但从未见过谁像艾布·卡布斯那样英明、果敢。

各地的云彩都被驱赶到你那里，

化为甘霖降在你家周围、门前。

一旦你逝去，光荣和慷慨就会消失，

连骆驼都会生癞疮，不再生产。

没有一个国王会有你那样的丰功伟绩，

也没有一个百姓不衷心将你称赞。①

被誉为蒙昧时期阿拉伯最伟大诗人的乌姆鲁勒·盖斯（'Umru'al-Qays，500—540）的悬诗是这样起兴的：

朋友们，请站住，陪我哭，同纪念，

　　忆情人，吊旧居，沙丘中，废墟前。

南风、北风吹来吹去如穿梭，

　　落沙却未能将她故居遗迹掩。

此地曾追欢，不堪回首忆当年，

　　如今遍地羚羊粪，粒粒好似胡椒丸。

仿佛又回到她们临行那一天，

　　胶树下，我像啃苦瓜，其苦不堪言。

朋友勒马对我忙慰劝：

　　"打起精神，振作起！切莫太伤感！"

我明知人去地空徒伤悲，

　　但聊治心病，唯有这泪珠一串串。②

除了悬诗和"阿拉伯人的日子"，当时人们已经有一种短叙事式的口头传记，叫"艾赫巴尔"（akhbār），可译成"记事"、"轶事"。这些"艾赫巴尔"包含一些故事、神话、传说、寓言和《圣经》中的人物。如有关

---

① 仲跻昆：《阿拉伯文学通史》（上卷），译林出版社 2010 年版，第 63 页。

② 同上书，第 73 页。

诗人大穆拉基什（al – Muraggsh al – kabīr,？—522）与其恋人艾斯玛的爱情故事：

> 大穆拉基什是贝克尔部落人。他爱上了堂妹，向叔父求亲。但叔父嫌他地位卑微而未答应，要他外出建功立业。大穆拉基什远去投靠一位也门的国王，为其歌功颂德，受到赏识，多年后，功成名就荣归故里。
>
> ……
>
> 故事以悲剧收场：诗人见到了热恋终生的堂妹后溘然死去，葬在异乡。①

也许我们能从这些颂扬和回忆的诗篇中读到早期阿拉伯人对事件和人物的记录。

这时的阿拉伯人在背诵某人宗谱（Ansāb）时，族人可以加进家族成员可纪念的事迹。同样，一首诗可以和诗人的声誉、做诗的场合一起留传后世。为了确认宗谱的权威性和真实性，记事和诗歌、记事和宗谱这些联合因素同时存留在阿拉伯口头历史和文学的传统里。

不过，以上这些诗歌或记事都以口头的形式通过传述人（Rāwī）相传下来，经后人整理、辑录的，不足为据。但它们却构成了早期阿拉伯人历史/传记的丰富的素材。大量的、片段式的口头"记事"在不断流传、积累和综合中，形成了阿拉伯早期口头史传辑录的传统。最初的口耳相传方式使早期的史传记录深深地带有如下烙印：一切辑录的信息、史料必须追溯到权威传述人可靠的"伊斯纳德"传述链之源头。由传述人口传的传记信息被收录进后来的历史学家和传记学家的作品中。每个成员家谱的脉络都被小心地保存、收录，并由宗谱学家（Huffāz）或游吟诗人加以吟诵和解说。这项历史性的学术活动体现在所有阿拉伯、伊斯兰的历史、文学作品中，并延续到中世纪末（15 世纪）。

阿拉伯—伊斯兰文化中真正意义上的人物—传记写作始于对先知穆罕默德生活的记述。公元 622 年，"伊斯兰的黎明"对广大的阿拉伯人而言，是

---

① 仲跻昆：《阿拉伯文学通史》（上卷），译林出版社 2010 年版，第 170 页。

一种召唤（da'wah）或启示。它标志着一个崭新的、富有活力的国家的诞生。先知穆罕默德的去世（公元632年）导致穆圣的后继者和其他神职人员须将真主对先知的默启——伊斯兰教的经典——《古兰经》和先知生前的训谕——《圣训》（al - Hadīth）书面化。借此来确立年轻伊斯兰国家政权的合法地位，建立使社会运转的一系列制度、法规、礼仪、方略，并教导下一代掌握"读写骑射"的本领。因此，将《古兰经》和先知穆罕默德的生平及其言行书面化，成为神职人员和圣训阐释者们的天职。

起初，四大正统哈里发们（公元632—661年在位）只要求神职人员辑录《古兰经》，不能辑录《圣训》，担心将先知言行与真主启示混作一谈。这也是穆罕默德本人的意思。① 直到伍麦叶王朝（公元661—750）的哈里发欧麦尔·本·阿卜杜·阿齐兹（公元681—720年在位）在位时，才令麦地那的法官、总督阿布·伯克尔·本·穆罕默德·本·欧麦尔·本·哈兹姆开始辑录先知生平。此外，这时期辑录穆罕默德言行的还有：奥尔沃·本·祖拜尔（Orwah bn al - Zubayr，卒于公元714年）、艾班努·本·奥斯曼（Abān bn 'Uthmān，卒于公元727年）、瓦哈卜·本·曼巴（Wahāb bn Man-bah，公元654—732）、沙尔哈比勒·本·萨阿德（Sharhabīl bn Sa'd，卒于公元740年）、麦加的伊本·希海布·扎哈里（Ibn Shihāb al - Zahrī，卒于公元746年）等。这些人都是当时穆罕默德的书记员。而对穆圣言行辑录做得最好的是穆罕默德·本·伊斯哈格·本·亚西尔（Muhammad bn Ishāq bn Yāsar，公元704—768）。这些书记员辑录先知言行的目的是将穆罕默德塑造为穆斯林的楷模、指路明灯。最后，先知穆罕默德的言行被编撰成权威性的传记纲要，每段传述都列有传述人的姓名及其轶事。此方面的详情将在下一节叙述。

对《古兰经》和《圣训》的辑录大大地深化了阿拉伯人对"历史"和"历史人物"记录的意识。② 在《古兰经》章节中，辑录了许多先前民族兴亡盛衰的历史，其目的是希望后人以史为鉴。伍麦叶王朝的哈里发们鼓励学者对伊斯兰教以前阿拉伯人及阿拉伯人与外族人的历史进行辑录，对穆

---

① انظر إلى ومضان رمضان متولي، دراسة عن تاريخ السيرة عند العرب، الهلال، عام ٢٠١٢، ص١٣٧.

② نفس المرجع، ص١٣٦.

罕默德在伊斯兰初期的征战事件做出辑录，对穆罕默德和其后继者撒哈拜①人物作出辑录。而这些辑录的完成，依靠的是权威传述人可靠的传述链。由此，大量诗歌、地名、族谱、人物、生僻晦涩的词汇以及各种类型的伊斯兰学科直接从口头素材中编辑出来。10 世纪的书志学家伊本·纳迪姆（Ibn an - Nadīm，卒于 998 年）留下过一本目录册，即《索引》（al - Fahrasat），包括哈里发的姓名录、诗人们的奇闻轶事、早期政治人物生活中的事件。后来的历史学家通过这类早期的文集，编撰出第一批朝代史和编年史。

第二节　中世纪阿拉伯传记文学概述

一　阿拉伯人物传记的产生

如前所述，阿拉伯人为人物个体作传的历史可追溯到先知穆罕默德去世（公元 632 年）几十年后。伊斯兰国家的建制、向邻国古罗马、波斯的征战以及家族、派别内部的明争暗斗，使得穆斯林学者渐渐意识到，辑录先知的言行、品格以便为后人学习效仿，势在必行。先知穆罕默德去世后，有两个思想源头被认为是信仰上最重要的依据：一是《古兰经》，这是真主神圣的启示；二是记载穆罕默德一生言行的"逊奈"（Sunna，意为圣行、品行）和"圣训"（Hadīth，话语、语录）。后者缜密地记载了穆罕默德做礼拜、大小净和宣讲的方式以及他在不同场合所发表的声明、陈述等。这些经过几代人的口头传诵，然后以多种书面形式记载下来。

第一位为先知穆罕默德修传的史学家是穆罕默德·本·易斯哈格·本·亚西尔，他专门搜集先知穆罕默德的圣战事迹，辑录下来，称为"西拉"（Sīra）。在该词前加上定冠词变成 "the Sīra" 后，就专指先知穆罕默德的一生。"the Sīra" 记述了先知穆罕默德从出生到逝世的种种事迹。这是阿拉伯人物传记的最早形式。易斯哈格的辑录也为后来的叙述、圣训、述评、记事

---

① 先知穆罕默德的直系弟子。

和征战等记述提供了依据。先知去世100年后，故事传诵人（qussas）和历史讲述者继续编纂和传播先知的事迹，连严肃的宗教学者，也根据权威的圣训传述人认可的传统口传习俗来收集资料。正是这种口传传统构成了收集先知言行的方法和程式。尽管对后人的传记事迹都不可能像先知那么详尽，但这些传记纲要提供了一个叙述生命的样式，程式化地影响了以后几个世纪的传记和自传写作。

关于先知穆罕默德传记的几个版本是在伊斯兰教传播的头两个世纪，也就是公元8至9世纪编纂而成的。伊本·希沙姆（Ibn Hishām，卒于公元833/伊历218年）在先知去世100多年后写下的《先知传》是一部内容最详尽、最权威的人物传记，已被译成多种语言（英译本为《穆罕默德传》）。该传记按年、月顺序辑录了穆罕默德的一生，并在许多关键方面附有他朋友、信徒、亲属的第一人称的引文以及其他目击者对事件的引述。正如中世纪阿拉伯著名传记作家伊本·赫利康（Ibn Khillikān，公元1211—1282）所评价的那样："伊本·希沙姆从老师伊本·易斯哈格那里收集了先知穆罕默德的生平记录、征战事迹，并做了甄别、缩编、提炼。这就是摆在读者面前的、众所周知的以伊本·希沙姆命名的《先知传》。"[1]

《先知传》开辟了撰写宗教、政治名人生平事迹的先河。类似的著作在中世纪就有十几部，而自传作品达到二十几部。[2] 通常，某人的事迹被写成"西拉"后，他往往被看成是这一领域受人尊敬的人物和值得敬重和仿效的楷模。

《先知传》成为包括现代在内的历代阿拉伯传记作家为先知穆罕默德作传的主要依据。鉴于《先知传》本身及其作者在阿拉伯人和穆斯林心目中占据的地位，也鉴于该书在传记史上占据的地位，笔者在后文将开辟独立单

---

[1] ومضان رمضان متولي، دراسة عن تاريخ السيرة عند العرب، الهلال، عام ٢٠١٢، ص١٤٠.

[2] 阿拉伯传记理论家伊哈桑·阿巴斯（Ihasān Abbās）在他的著作《传记艺术》中讨论过17部；阿拉伯文学理论家邵基·戴伊夫在他的著作《人物传记》中提到了26部；最早研究阿拉伯传记的德国东方学学家罗森塔尔在他的著作中提到23部；1990年剑桥大学出版社出版的《剑桥阿拉伯文学史》提到17部；1989年印第安纳大学出版社出版的阿拉伯移民文学理论家萨拉哈·贾姆迪（Saleh al-Ghamdi）的专著《古典阿拉伯文学中的自传：一个被忽视的文类》（*Autobiography in Classical Arabic Literature: An Ignored Genre*）中提到27部。参见 Dwight F. Reynolds, ed. *Interpreting the Self Autobiography in the Arabic Literary Tradition*, University of California Press, 2001, p. 27。

元对该书进行讨论。

《先知传》之后，被称为"信士之母"的先知妻子们成为传统史传编纂的对象。最早辑录先知妻子们和直系弟子们生平的是穆罕默德·本·萨阿德（Muhammad bn Sa'ad，公元784—845），他写的《传记等级》（*Tawbaqāt*，9卷）是对穆罕默德及其妻子、直传弟子（撒哈拜）生平业绩的辑录。伊本·萨阿德用这个传记模式辑录与先知穆罕默德同代人的生平事迹，将他们与其他史传材料区别开来，后人步其后尘。在伊本·萨阿德写的《传记等级》的首两卷中，就有大量篇幅辑录先知的妻子们的生平业绩。

至今最受传记学家们青睐的先知穆罕默德的两位妻子是赫蒂彻·宾特·胡韦利迪（Khadījah bint Khuwaylidī，公元555—619）和先知穆罕默德的第一个皈依者、继承者阿布·伯克尔的女儿阿伊莎（Ā'ishah，公元614—678）。先知去世时阿伊莎才18岁，被描述为"穆罕默德最喜欢的姑娘"。现代穆斯林学者常以这两个女人的生命书写来证明伊斯兰教对妇女地位的尊重。现代女作家阿伊莎·拉赫曼·宾特·夏梯伊（Ā'ishah Rahmān bint al-Shāti'，公元1912—1974）在传记《先知的妻子们》（*Nisā' an - Nabi/Wives of the Prophet*）一书中写了一系列人物评传，给每人一卷的篇幅。另一位现代女作家纳比娅·阿伯特（Nabia Abbott）的《穆罕默德的挚爱》（*'Asbāb the Beloved of Mohammed*，1942）开启了现代阿拉伯传记文学的新视野。她在该传记中强调赫蒂彻在先知穆罕默德一生中的重要作用。

另一种保存先知穆罕默德生平资料的方式是"圣训"和"逊奈"专集。这些作品包括许多上述的材料，但被分编在诸如婚姻、礼拜以及其他的专题章节中，起到了穆斯林日常生活中的指南作用，也是伊斯兰律法发展的基础文本。"圣训"是有关先知穆罕默德的嘉言懿行录，其中也有涉及其门弟子言行的内容，这一点颇似我国儒家的经典《论语》。"圣训"辑录的方式首先要求有一个严谨的、最初的对辑录者叙述的权威圣训传述人，然后一个个相传，即X听Y说的，Y又听Z某一天听先知穆罕默德说的……。这条"伊斯纳德"传述链从最早对辑录者说的那个人开始，到最后是引述者自己。这种修史方式导致另一个传记辑录学科的出现——汇编在传述先知口头传说中发挥过作用的每个男女个体传述人的资料，出现了专门从事辑录传述人物的学科，被称之为"人学"（'ilm al-rijāl，prosopography）。每一个被辑录的人都有一份"塔尔杰马"（tarjama）的个人材料。它通常包括如下信息：所属家族、出生地和日期、教育状况、师承关系、旅行轨迹、任职状况、出版作品、子嗣或弟子，还有他（或她）的诗作样品。由此，"塔尔杰马"具有了"传略"、"简历"、"翻译"之意。

对"圣训"辑录的极大关注伴随着对先知传写作的关注而产生。早期的圣门弟子们担心后代会混淆"圣训"与《古兰经》中的某些内容，因此"圣训"在穆罕默德在世年代并未得以辑录。同时，"圣训"辑录工作也引发了后来被称为"伊斯兰学"的诸学科，如经注学、"圣训"学、语法学、修辞学等。历史学正是这些学科中的一支。从"圣训"学开始，阿拉伯人为圣门直传弟子们（撒哈拜）修编年史，辑录圣战、领土扩张、阿里与穆阿维叶之间的较量等历史事件。这正是伊斯兰历史修撰产生的最初动机。

随后，阿拉伯史传家对先知训诫的关注转而体现为对"圣训"传述者及"圣训"学家们言辞的关注，于是他们为这些人物作小传，而这些小传仅为说明该"圣训"学家在"伊斯纳德"传述链中的分量和地位。这就是"圣训"学派的作传风格。也正是这种转变引导着史传家们著书立说，对"圣训"学家们进行评论，并以"圣训学家所传述真主使者（先知穆罕默德）言论的可信性"这一精密标尺对他们的史传成果进行衡量。由此，以"圣训"学家们挑起的阿拉伯史传艺术发展起来。

"圣训"学家布哈里（al‐Bukhārī，810—870）所著的《布哈里历史集成》（al‐Tārīkh）是涉及"圣训传述家传记"这一领域的最早典籍之一。布哈里将此书分为三部，即按字母顺序编排的《历史大集》、按年代顺序编排的《历史中集》和《历史小集》。另外，布哈里所著的辑录了7000余条"圣训"的《布哈里圣训实录》（al‐Jāmi' as‐Sawhīha）被公认为最权威的"圣训"辑录。① 每条圣训分传述世系（以辨别传闻的可

---

① 《布哈里圣训实录》、《穆斯林圣训实录》、《阿布·达乌德圣训实录》、《提尔密济圣训实录》、《伊本·马哲圣训实录》、《奈萨仪圣训实录》被穆斯林尊为六部权威性经典，而布哈里和穆斯林的圣训辑录尤其受到尊重，被称作两大圣训纯真本。那些被接受为完全可靠的圣训就包含在这两部优秀的圣训集当中，是伊斯兰历史上十分重要的文本。

靠性）和传述文本两部分。

与布哈里同时期的另一位穆斯林史学家，我们上文提到的《传记等级》的作者穆罕默德·本·萨阿德在其著作中辑录了一批伊斯兰人物。他是历史学家瓦基迪（al – Wāqidī，747—823）的挚友兼秘书。有关历史写作，他从后者那里受益匪浅，但他的创作方法却与其迥异。瓦基迪修撰了《征战》（Maghāzī）、《拓疆沙姆》（Futūh ash – Shām）及其他一些关于伊斯兰扩张的史传作品。而伊本·萨阿德则修写了一部按等级划分圣门直传弟子和圣门再传弟子的鸿篇巨制，即 9 卷本的《传记等级》。该书被誉为伊斯兰历史上最早、最可靠的史传文集。此书分两部分，一部分叙述了先知的生平及征战，另一部分则是关于先知妻子、早期圣门直传弟子、迁士、辅士传记，以及有关麦加、麦地那、塔伊夫、耶马迈、巴林、库法、巴士拉等地圣门再传弟子的传记。

另一方面，一些史传家们也为圣门弟子和"圣训"学家之外的人物作传，如与布哈里和伊本·萨阿德同时代的史传家穆罕默德·本·萨拉姆·朱马希（Muhammad Ibn Salām Jumahī，卒于公元 847/伊历 232 年）写了著名的《诗人等级》（Tawbaqāt ash – Shu ' arā'），为一群蒙昧时期及伊斯兰时期的诗人作传。书中囊括了诗人们的生平信息，辑录了他们的一些名篇佳作。

伊本·萨拉姆开启了为非圣门弟子作传之先河。这大大丰富了阿拉伯史传作品的内容和种类，拓宽了史传家们修书作传的视野。史传家们或顺应内心启示或出于学术动机而进行史传创作，不为奉迎当权者，也不为攀附埃米尔，不为迎合希愿者的喜好，也不为满足要求者的意念。

然而，在随后的几个朝代中，特别是阿拉伯帝国割据时期（阿拔斯王朝第三时期，公元 945—1258），史传家们的创作动机却转为"曲意奉迎"。学者和作家们不得不在埃米尔们的殿外垂手侍立，恭候他们关于修纂某一特定主题之作品的御旨。这种现象在艾尤卜（公元 1171—1250）和马木鲁克（公元 1250—1517）两朝渐盛。当然，我们亦可发现，前朝的史传家中也有为奉迎上意而修书作传之人，如阿布·伯克尔·祖拜迪在《语法学家和语言学家等级》中所为。祖拜迪在该书的前言中提及，安达卢西亚哈里发命他修写一本囊括已逝的伊斯兰教初期语法学家、语言学家及继他们之后直至作者所处年代的语言学家、语法学家的史传作品，并要求他按照传主们所处的学术流派、地位等级对其所处时代及地区进行考录。此外，还要求他尽可能地辑录传主的出生地、年龄、亡期等信息，同时，还要附上一些他们的生平信息及嘉言懿行，以表达后人对他们的感念。同样，在随后的时代中，也有埃及史传家伊本·塔格里·布尔迪（Ibn Taghrī Burdī，公元 1411—1469）之辈，其作传动机也是出于内心渴望。布尔迪在其名为《清源》的史传巨制前言中指出，这本书"并不是应某位时代显贵之邀而作，亦不是应某位朋友之求而作，也并非因受命于某位埃米尔或素丹而作"。① 其写作动机不过是出于内心的渴望以便完成萨法迪所作的《卒年大全》（al - Wāfi bi al - Wafayāt）。为逝者修书写传的还有伊历 11 世纪的史传家伊本·伊马德·罕百里，罕百里在其史传名著《逝者生平拾粹》一书的前言中提到，他将这些人的生平搜集起来，用这些传主深思熟虑的训诫作为自己的前车之鉴。这方面的史传家还有我们上文提到的 13 世纪史传家伊本·赫利康，他写了《名人列传》。该书为阿拉伯历史上最著名的 865 位名人立传，作者对他们的生卒年代、宗谱详加考订，指出其个性，简述史实，并插有大量诗歌和逸事加以说明，被认为是前所未有的最好的列传。

　　为非圣门弟子、"圣训"学家作传的重要性在中世纪越来越彰显出来。卒于公元 1229 年的雅古特·哈马维（Yāgūt al - Hamawī，公元 1179—1229）在其名著《文学家辞典》一书中将前朝的学者、文学家、语法学家及诗人们荟萃其中，他在前言中强调，他将此书辑录成册，"仅仅是出于对传主的钟爱，并非受命于某位素丹，也决非为了沽名钓誉。"他作传的目的是："此书叙述了这样一群人的生平，他们中有人通晓《古兰经》和'圣训'；凭借他们的作为，埃米尔之位得以夺取；凭借他们的涵养，素丹和内阁的政令得以清明；倚仗他们的学识，伊斯兰思想日臻完善；借助他们的发现，合法与禁戒得以彰显。"② 由此，我们发现雅古特以一种非直接的方式反驳了那些只为经注学家、"圣训"学家作传，或只按照"圣训"流派作传的人。史传家伊本·乔兹深知，各阶层人群有着差异，揭示他们之间的不同是史传家的使命。史传家不能只为"圣训"学家树碑立传，也不能只听"圣训"

---

① 转引自 محمد عبد الغني حسن، التراجم والسير، دار المعارف، ١٩٥٥، ص٢١.

② 同上书，第 22 页。

学家的一家之言。他说："我发现圣训学家们各怀目的，因而，他们中有的人只传述开端，有的人只传述国王和哈里发的事迹，有影响的圣训学家偏向于传述学者之言，隐士偏好有德行之人的言论，而文学泰斗们则更倾向于传述善辞令者的言论。已流传下来的这些史传均有其价值，而那些被删略的也同样是人们渴望知悉的。"①

如上文所述，阿拉伯人独立为人物个体作传的历史可追溯到伊本·希沙姆的《先知传》。在公元 10 世纪以后，关于个体人物的传记渐渐多了起来，如伊本·达耶（Ibn ad – Dāyah，卒于公元 956 年）的《艾哈迈德·本·图伦传》（Sīra Ahmad bn Tūlūn），伊本·沙达德的《萨拉丁·艾尤比传》，纳赛维（an – Nasawī）的《贾拉勒丁素丹传》（Sīra as – Sultān Jalāl ad – Dīn），等等。这些作者在写传的同时，也写出了自我的个性特点和生活状况。

这里还要提及的是马木鲁克王朝一些史传家们的作品。如文学家、历史学家毛希丁·本·阿卜杜·扎希尔（Muhay ad – Dīn bn Abdu Zāhir，卒于 1354 年）的《马利克·扎希尔·比伯里斯素丹传》（Sīra as – Sultān al – Malik az – Zāhir Bibaris）、巴哈丁·拜欧尼（Bahā' ad – Dīn al – Bā 'ūnī，卒于 1532 年）的《最有趣的箴言——赛义德·马利克·艾什拉弗传》（al – Qawl as – Sadīd al – Azraf fi Sīra as – S 'īd al – Malik al – Ashraf）、巴德尔丁·艾尼的《真珠璎珞》（'Aqd al – Jumān），为马木鲁克王朝素丹马利克·穆阿叶德作传，而他似乎并不满意这本以诗歌为主的传记，故而为那位素丹修写了另一部名为《国王穆阿叶德传记中的印度利刃》（as – sayf al – Muhannad fi sira al – Malik al – Mu'ayyad/The fine Indian Blade on the life of king al – Mu'ayyad）的散文式传记。

另外，中世纪阿拉伯史传家们在从事史传写作时从未遗漏女性这一群体。此方面的写作涉及伊斯兰教女性观及其对女性社会地位的评价。总体而言，史传作家们在从事史传创作时对女性公允相待，他们或独辟书目为部分女性作传，或在史传集中将她们同男人们置于一处共同修传。这里要提及的就是伊本·萨阿德在《传记等级》中对女性予以高度重视，单独辟出一章

---

① 转引自 محمد عبد الغنى حسن، التراجم والسير، دار المعارف، ١٩٥٥، ص.٢٢.

为女性撒哈拜修传。

另外，还有卒于公元 902 年的呼罗珊人艾哈迈德·本·艾比·塔希尔·塔伊福尔（Ahmad bn Abī at - Tāwhir at - Tayfūr）。此人著有一部涉及蒙昧时期及伊斯兰时期杰出女性生平、妙语、名言及诗歌的著作。其中的一部分以《散文与诗歌》之名于 19 世纪初得以出版。卒于公元 1179 年的阿布·穆兹菲尔·穆罕默德·本·艾哈迈德·艾伯优鲁迪（Abū al - Muzfir Muhammad bn Ahmad al - Abyūrudī）著有一部女性编年史。伊本·阿塞克尔（Ibn 'Asākir，卒于公元 1175 年/伊历 571 年）著有《女性辞典》（Mu 'jam an - Niswān）一书。而卒于公元 1296 年的泰吉丁·阿里·本·安贾卜·巴格达迪（Tāj ad - Dīn Ali bn Anjab al - Baghdādī）则著有《哈里发们的妻子——从丝绸和女仆谈起》（Tārīkh Nisā' al - Khulafā' min al - Harā' ir wo al - Imā'）一书。

雅古特在其《文学家辞典》中涉及了女性史传，尽管篇目有限；《名人列传》中对于萨齐娜、拉比阿·阿达维叶、乌姆·穆阿叶德等杰出女性人物亦有涉足；《卒年大全》一书中也收录了部分女性史传，其中包括娜菲萨·宾特·哈桑·安瓦尔和法德鲁·贾丽娅；伊本·乔兹所著《贤士的品性》一书中也辑录了大量女性虔修者史传；伊本·哈杰尔所著《遗珠》一书中，对于伊历 8 世纪的女性名人史传亦多有辑录。

值得一提的是，中世纪的许多阿拉伯、穆斯林学者参与修史工作。据估计，半数以上的阿拉伯文学由历史作品组成。[1] 但历史学家们在他们的作品中并没有停留在简单的历史事件记载上，一些著名的历史著作还涵盖了丰富的人物传记，像塔巴里（at - Tabarī，公元 839—923）的《历代民族与帝王史》（Tārīkh al - 'Umam wo al - Mulūk）、伊本·艾西尔（Ibn al - Athir，1160—1233）的《历史大全》（al - kāmil fi at - Tārikh）或类似地理学家、历史学家麦斯欧迪（al - Mas 'ūdī，公元 896—956）的《黄金草原》（Murūj adh - Dhahab）。这些历史学上的鸿篇巨制本身也是包含大量传记人物的文集。史传家们也不满足于仅仅翻阅传记资料，他们常常走进他们的研究对象作为目击证人或事件的参与者，收集第一手资料。如 15 世纪的传记集

---

① 参见 Margaretta Jolly, ed., *Encyclopedia of Life Writing: Autobiographical and Biographical Forms*, London & Chicago, Fitzroy Dearborn Publishers, 2001, p. 47。

《沙斐仪派伊玛姆的历代后裔》（*Generation of Shafie Imams*）提供了涵盖五个世纪的重要史料，包括蒙古人入侵的大灾难、成吉思汗及其儿子窝阔台和十字军东征记事。这些作品都是阿拉伯中世纪史传领域的彪炳之作。

个人（人物）的传记材料不仅用在上述提到的历史著作中，甚至用在地理著作中，如：雅古特·哈马维的《列国志》（*Mu 'ajam al - Buldān*，又译为《地名辞典》），编纂了有关麦加、麦地那、埃及、马格里布、安达卢西亚等地区以及该地区名人记事。

二 阿拉伯自传第一人及自传作品

学者们对"何为阿拉伯自传第一人"这个问题莫衷一是。有的学者认为是卒于公元875年的穆哈希比的自传，有的学者认为是9世纪的侯内恩·本·易斯哈格（Humayn bn Ishāq，808—874）的自传，有的学者认为真正意义上的阿拉伯自传始于公元11世纪安萨里的《迷途指津》，还有学者认为是公元12世纪的乌萨马·本·穆恩齐兹的《前车之鉴书》。阿拉伯传记文学理论家叶海亚·易卜拉欣·阿卜杜·戴伊姆教授并没有对此妄下断论，而是承认中世纪早期阿拉伯学者群中就产生了自传写作，并达到了很高的水平。他对中世纪阿拉伯的自传写作动机进行了分析，并归纳为以下六个方面：

1. 自我辩白

这类自传的作者作传的目的是为了申诉自己的冤屈，还给自己一个清白。如侯内恩·本·易斯哈格的自传，在自传中他陈述了嫉贤妒能者对他的指摘和他们的阴谋，列数了自己为此遭受的灾难。此类自传还有萨姆瓦伊勒·马格里比的自传，埃及医生伊本·里德旺的自传，穆阿叶德·希拉齐的自传，安达卢西亚地区齐里王朝末代王子伊本·布鲁金的自传和伊本·赫勒顿的自传《伊本·赫勒顿东西纪行》。

2. 陈述自我对生活的态度

这类自传的作者在经过长期的自我反省和审视之后，写下自传以表达自己对生活的理解以及找到正途以前心灵挣扎的过程。如拉齐的《哲学传记》，安萨里的《迷途指津》，伊本·艾比·乌赛比阿的《医生等级中的信息之泉》一书中保存的伊本·海塞姆的自传。这类自传多为宗教精神自传，相当于西方文学中的忏悔录。

3. 平息内心的抗争

这类自传的作者旨在平息因环境和社会不公造成的强烈内心抗争和叛逆。如阿布·哈彦·陶希迪的自传《关于两位大臣的诽谤》（*Fī Mathālib al - Wazīrayn*）、《慰藉》（*al - Imtā' wo al - Mu'ānasah*）以及书信《友谊和朋友》（*as - Sawdāqah wo as - Sawdīq*），还有阿布·阿拉·马阿里的一些书信。

4. 树立典范性的人生

这类自传的作者通过自传将自己的精神、品德、思想等方面的经验做一总结，旨在给后人树碑立传。如伊本·乔兹（Ibn al - Jawzī, 1186—1258）的《寄语后人》（*Laftat al - Kabd fī Nasīhat al - Wolad*）和《苏非学说》（*al - 'Ilm as - Sūfī*），阿卜杜·瓦哈卜·沙阿拉尼的《恩典与品德趣谈录》（*Latō'ifu al - Minan wo al - Akhlāq*），等等。

5. 描述思想生活

这类自传的作者通过自传将自己在智力、思想形成过程中深受影响的书籍和导师记录下来，告诉读者自己在这方面践行的履迹。阿拉伯古代和中世纪充满了此类自传，如比鲁尼（Al - Bīrūnī, 973—1048）、拉齐、萨哈维、苏尤提、伊本·图伦等学者都是出于这样的动机写作自传的。

6. 回溯过往

这类自传出于人类回忆的天性。如乌萨马·本·穆恩齐兹的《前车之鉴书》，在该自传中，作者回忆自己历经的战役，再现自己年轻时勇猛、威武的骑士风采。再如伊本·哈兹姆（Ibn Hazm, 994—1064）的《鸽子项圈》（*Tawq al - Hamāmah*），在该自传中，作者回溯了自己年轻时期一段感伤的爱情经历，通过本人和当代人的生活实例对情爱的心理和社会因素进行分析和探讨，论述人性中贞洁之美和苟合之丑；还有伊马拉·耶麦尼（'Imārah al - Yemanī，卒于1174年）的自传《时代意趣——埃及大臣记事》（*an - Nukat al - Asriyyah fī Akhbār al - Wuzarā' al - Misriyyah*），在该书中，作者回忆了法蒂玛王朝末期自己与大臣和名流们的趣闻。

总而言之，中世纪的阿拉伯人已经有了明显的自传意识，以上不同动机支配下的自传呈现出不同的特点。所著之作涵盖了今天我们称之为日记、回忆录、忏悔录等自传类别的诸形式，只是当时还没有这些术语能指代它们而已。比如嘎迪·法迪勒（al－Qādī al－Fādil，1134—1199）写的类似日记的作品《穆巴瓦马特》（Mubāwamātuhu），还有一些旅行家的游记，如伊本·白图泰游记，他们以日记和回忆录的形式记录了旅行中的见闻。

中世纪阿拉伯人物传记——无论是自传还是他传——都非常注重真实、坦荡地陈述与传主有关的看法、观点和事实。有的作品生动地刻画了传主内心的挣扎和与外界的抗争，描写传主一生的成长、变化和超越。有些自传注重在用史料和书信佐证所述传主之事真实性的同时，用文学故事性的描述手法来加强作品的艺术感染力。这方面的例子当属穆阿叶德、伊本·海塞姆、拉齐、乌萨马·本·穆恩齐兹、伊本·布鲁金、伊本·赫勒顿写的自传。它们用简洁的话语、优美的表达、故事性的叙述、细微生动的描写来陈述事件和经历，刻画传主的个性特征，以引起读者的共鸣。这些作品中，乌萨马·本·穆恩齐兹的《前车之鉴书》更接近现代概念上的自传。

三　中世纪几部重要的传记和自传

1. 《先知传》及其影响

关于先知穆罕默德的传记，是由一些"圣训"传述者们搜集、整编后独立成章的个人传记，它标志着阿拉伯史传史上有关个人生平记录的开始。由于先知的言行在《征战》（al－Maghāzī）、《圣战与事迹》（al－Jihād wo al－Siyar）及其他教法书籍和篇章中均可找到，因此有关先知的传记也就出现了不同的版本（"圣训"也有不同的版本）。

那些致力于收集和传述先知生平经历的先知传写作者虽然都是"圣训"传述者，但由于开始关注以人物为主线的事件传述，因此他们在"圣训"传述这一领域中独辟蹊径，走出了一条以人物言行为主线来叙述历史事件的方法。

投身先知传写作的历史学家不乏其人。如麦地那的艾班奈·本·奥斯曼（Abān bn 'Uthmān，卒于 727 年）、奥尔沃·本·祖拜尔（Orwah bn al－Zubayr，卒于 714 年）、穆罕默德·本·易斯哈格（Muhammad bn Ishāq，卒于 774 年）；麦加的伊本·希海布·扎哈里（Ibn Shihāb az－Zahrī，卒于

746 年）；巴士拉的穆阿玛尔·本·拉希德（Mu'amar bn Rāshid）、《传记等级》的作者穆罕默德·本·萨阿德和《先知传》的作者伊本·希沙姆等。尽管《先知传》被普遍认定为伊本·希沙姆的作品，但先知生平事迹传述者穆罕默德·本·易斯哈格功不可没。若无其传述与权威性，便不会出现伊本·希沙姆的《先知传》——迄今为止"最早的关于使者生平事迹的可信资料来源"。

我们发现，大部分早期先知传写作者均系麦地那人。因为他们最有机会得到有关先知的第一手资料。当时传述的方式更多沿用的是历史考据法。到了伊本·易斯哈格那里，他推翻了"历史考据法"的写作路子。这样做一方面是为了突出人物重点，另一方面是为了加强人物与同时代事件的关联性（即横向性，而非"传述链"的纵向性）。但他的这种方法遭到了传统"圣训"传述者的指摘和中伤。尽管有一些史传作家极力维护他，但伊本·易斯哈格仍未能幸免于这些口诛笔伐。

学识广博、著述丰厚的伊本·易斯哈格并未被"圣训"传述者们制定的条条框框所束缚。尽管"圣训"传述者们已规定了口耳相传的传述链考据法，但他仍从那些年代久远的卷册中搜集原始资料，绝不人云亦云；在搜集这些资料方面，他态度忠实，广征博引。

伊本·易斯哈格的学生伊本·希沙姆在老师所作的《先知传》基础上，进行缩编、提炼。他忠实地传述老师的言论，而在材料甄别和选用上，则比老师更有远见，也更为审慎。伊本·希沙姆不仅对老师不经甄别的诗作史料加以批判，还常常在传述其老师的作品后，站在旁观者的角度予以评注：他对语义模糊和语言不详之处加以解释，用与原作相左的其他材料加以附注，并列举语言例证。

伊本·希沙姆还站在一个史传批评家公正的立场上进行传述，删去那些感情用事的穆斯林诗人们带有诋毁性、侮辱性的诗作。这便是伊本·希沙姆在伊历 2 世纪（公元 9 世纪）在批注释义及个人传记这两个学科方面做出的贡献。

在此后的几个世纪里，穆斯林史传作家们步伊本·希沙姆之后尘，纷纷开始了先知传的写作及对先知穆罕默德功德的记述。他们从各个方面阐述了穆斯林们从先知穆罕默德身上获得的精神力量和榜样作用。同时，他们编写先知的大事年表。他们中，有的大肆渲染先知的征伐；有的累牍于先知的美德；有的谈及先知的妻室和后人；有的从先知的品德中归总出完美之人应具备的品行。

围绕着先知穆罕默德的品性，先知这个人物成为历代传记作家们的美谈。如伊本·赛义德·纳斯·雅麦里（Ibn Sayd an – Nās al – Ya'marī，公元1272—1333 年/伊历 671—734 年）的《传记之泉》（Oyūn al – Athr fī Funūn al – Maghāzī wo at – Thamā'l wo as – Siyar），马格拉塔亚（Maghlatāwya，公元 1290—1360 年/伊历 689—762 年）的《微笑之花——关于阿布·卡西姆》①（az – Zahr al – Bāsim fī Abī al – Qāsim），沙哈卜丁·卡斯塔拉尼（Shihāb an – Dīn Qastawlānī，公元 1447—1517 年/伊历 851—923 年）的《神秘的天赋——穆罕默德式的赐予》（al – Mawāhib an – Dīniyyah fī al – Manah al – Muhammad-iyyah），努尔丁·哈拉比（Nūr an – Dīn al – Halabī，公元 1567—1634 年/伊历 975—1044 年）的《人们眼中的人——可靠的忠实者传记》（Insān al – Oyūni fī Sīra al – Amīn al – Ma'mūn），当代已故作者谢赫·穆罕默德·胡德里（ash – Shaykh Muhammad al – Khudrī）的《虔信之光——关于最后一位使者》（Nūr al – Yaqīn fī Sayd al – Mursalīna），以上作品均以先知为传主。

在现代文学中，有三部先知传记值得一提。它们根据伊本·希沙姆的《先知传》，用较为严谨、生动的文学表达形式，即采取研究、考证、反对"圣训"传述、深入研究事件与传主性格的关系等创作方法来塑造传主，使传主形象更加生动、细腻。这三部作品是穆罕默德·侯赛因·海卡尔（Muhammad Husayn Haykal，1888—1956）所著的《穆罕默德生平》（Hayāt Muhammad），穆罕默德·里达（Muhammad Ridā，1921—1995）所著的《穆罕默德》（Muhammad），塔哈·侯赛因（Taha Husayn，1889—1973）所著的《穆罕默德外传》（Alia Hāmish as – Sīra）。

阿拉伯现代文学巨擘塔哈·侯赛因在 1933 年发表了传记《穆罕默德外传》，他在书中认为，除了宗教信仰上的事件外，《先知传》是一部颇具吸引力、想象力的文学作品；书中浮现的先知形象是一个敛心默祈、极有性格魅力、富有同情心、喜欢女人和香料并以罕见的男性勇猛但又以新的财富和

---

① 阿布·卡西姆是先知穆罕默德的别号。

身份为荣的谦谦君子，而穆罕默德说自己"只是一个普通的吃肉干的阿拉伯妇女的儿子"。①

将先知传列为通史作品中一部分的史学家也不少。如历史学家塔巴里的《历代民族与帝王史》，伊本·乔兹的《罗列》，伊本·艾西尔的《历史大全》，扎哈比的《伊斯兰史》，伊本·凯西尔的《始末》，等等。

2. 安萨里及其《迷途指津》

安萨里（又译"加扎里"、"厄扎里"），全名阿布·哈米德·穆罕默德·本·穆罕默德·图西·安萨里（Abū Hamid Muhammad bn Muhammad at - Tusi al - Ghazālī）。伊斯兰教权威教义学家、哲学家、法学家、教育家，正统苏非主义的集大成者。安萨里把苏非派神秘主义引入正统信仰之中，使之融为一体。他的宗教哲学思想成为伊斯兰教的正统教义的理论基础。伊斯兰教学者誉他为"伊斯兰教的伟大复兴者"。西方学者称他为"伊斯兰教的奥古斯丁"、"苏非神秘哲学的大师"。

1058 年，安萨里出生于波斯呼罗珊的图斯，其父为一名虔诚的苏非派信徒。父母早亡。1077 年，安萨里在内沙布尔（Naysābūr）师从被称为"伊玛目哈拉麦尼"（Imām al - Haramayni）的神学家朱韦尼（al - Juwaynī），直至 1085 年导师去世。1085—1091 年获得内沙布尔伊斯兰法理学杰出学者称号。1091 年被塞尔柱王朝大臣尼扎姆·穆勒克委任为巴格达尼扎姆大学②法学教授，在那里他成为了一个怀疑论者。执教期间，写了一批哲学论文，包括：《哲学家的目的》（*Maqasid al - Falāsifah/The Aims of the Philosophers*，1093）、《哲学家的矛盾》（*Tahafut al - Falāsifah/The Incoherence of the Philosophers*，1094）、《内学派的大不幸》（*Fadāw' ih al - Bātinīyah/The Infamies of the Isma' ilis*，1094）等。1095 年他遭遇了一场信仰危机，便借去麦加朝圣之名，辞去了巴格达尼扎姆大学的教职（由其弟接任），离别家庭，浪迹江湖，成为一个流浪的苏非神秘主义者。他先来到叙利亚大马士革伍麦叶清真寺隐姓埋名生活了两年，1097 年末去麦加和麦地那朝圣，后去巴勒斯坦、

---

① 参见 Margaretta Jolly, ed., *Encyclopedia of Life Writing：Autobiographical and Biographical Forms*, London & Chicago, Fitzroy Dearborn Publishers, 2001, p. 48。

② 这是中世纪专门教授伊斯兰教法和圣训及其相关知识的学校，并非现代概念的"大学"。

耶路撒冷和希伯伦。1096—1105 年完成了重要作品《宗教学的复兴》（*Ihya*
'*Ulūm ad－din/The Revivification of the Religious Science*）。1106 年受聘回内沙
布尔大学执教，不久回故乡图斯。1106—1107 年完成精神自传《迷途指
津》。1111 年卒于图斯。

　　作为正统苏非主义的集大成者，安萨里丰富多产的著作主要集中在神学、
法理学和政治学方面，其中以其精神自传《迷途指津》① 最为脍炙人口。

　　《迷途指津》揭示了安萨里智慧和精神的四个发展阶段：早期掌握伊斯
兰科学；第一个苏非主义（伊斯兰神秘主义）的涉足者；回归经院哲学研
究，并最终（从 1095 年开始）成为苏非主义的权威。安萨里试图寻找"不
受怀疑又确凿无疑的知识"，于是他审视了伊斯兰教中四种主要精神群体：
神学家、哲学家、伊斯玛仪派（Ismā'īlī，又称内学派）思想家和苏非派
（伊斯兰神秘主义）思想家，最后认为只有苏非派思想家掌握了那"确凿无
疑的知识"：苏非信徒不是凭借智力德性的辩论，而是通过"神秘的幻觉和
启发"，掌握了"预言启示精神的源泉"。

　　安萨里写作《迷途指津》的动机与他 1095 年遭遇到的那场精神危机有
关。当时他正声名显赫，处在事业的巅峰时刻，却感到力不从心，"像站在
即将崩溃的河边"，无法完成任务。用他自己的话形容就是信仰产生动摇，
他是抛弃显赫的声名离开巴格达，还是继续保持教学的成功为他赢得更大的
声名？他陷入了这两种力量的激烈斗争中达六个月之久。"头一天迈出了一
只脚，第二天缩回了另一只脚。"② 危机最后以安萨里无法授课、难以进食
而告终。他离开巴格达，以一个苏非信徒的身份在伊斯兰世界周游，到过大
马士革、耶路撒冷和阿拉伯半岛。回故乡伊朗后，依然追求苏非主义，从事
教学和写作的隐居生活达十年之久。这些事迹大部分都在 1106—1107 年完
成的《迷途指津》一书中直言不讳。

　　安萨里回归大众生活后，声称要以另一种精神执教。他的内心强烈地感

---

　　①　中国学者马坚在《阿拉伯通史》（［美］希提著，马坚译）、蔡德贵在《阿拉伯哲学史》中译为
"迷途者的救星"，陈中耀在《伊斯兰哲学史》（［美］马吉德·法赫里著，陈中耀译）中译为"摆脱谬
误"。本书的英译名字为《自由与满足》（*Freedom and Fulfillment*）。

　　②　转引自 شوقي ضيف، الترجمة الشخصية، دار المعارف، ١٩٥٦، ص٧٥.

觉到自己是个宗教改革家，他觉得自己有义务使苏非派信仰根植于人们内心，所以他想重新回到传播知识的任务中去。正如他所言，现在他所教授的是"不慕荣利的知识"，"如今，我热切地希望对自身和他人进行改革……现在不是我在动，而是真主在推动我"①。

《迷途指津》道德说教的目的很明显。对一个像安萨里这样的博学之士而言，让他用心而不是用脑去追随苏非主义道路，不是一件轻而易举的事。《迷途指津》是一部深刻的心灵自画像。其实在1095年前，安萨里的思想早就和苏非主义结合在一起了。他自身的危机和解决危机的路径为所有穆斯林在寻找"真主经验性的学识"方面树立了典范。之后，他满怀信心地说："我坚信，苏非主义者是全心全意跟真主走的。"②

有的学者认为，经常卷入政界的安萨里1095年出走巴格达另有隐情。1095年，他的政治保护人的去世对他打击很大。他进入到政治极不稳定的阶段，失去了掌权者对他的信任，丧失了宫廷中的话语权，所有的关系被查禁，活动也大受限制，甚至害怕伊斯玛仪派对他下毒手；他感到精疲力竭，精神萎靡，对信仰的虔诚也成了问题。于是，他匆匆离开了巴格达。这场痛苦而难以忘怀的变故，极大地影响了他对尘世魅力的眷恋。他弃绝红尘，对过去的生活作了个彻底了断。作为他那个时代的知识界泰斗，安萨里为后来人痛诉衷情，他那催人泪下的精神崩溃经历具有浓厚的英雄悲剧命运的色彩。

《迷途指津》具有中世纪伊斯兰文学中少见的个性主义特征。在自传中，作者这样描述自己：

> 我还不满二十岁的时候（现在我已经五十多岁了）就开始了研究工作……我不断地研究各种教义或信条。我碰着内学派（Bātinīyah），就想研究他的密教和真谛；遇到外学派（Zāhirīyah），就想探讨他的直接主义的要旨；会见哲学家③，就想学习他的哲学精髓；遇见辩证派教义学家（Mutakallim），就想探查他的辩证学和教义学的宗旨；遇到苏非

---

① 转引自．شوقي ضيف، الترجمة الشخصية، دار المعارف، ١٩٥٦، ص٧٦．

② 同上。

③ 这里指的是新柏拉图学派。

学家，就要探寻他的苏非主义奥秘；遇到苦行者，就要追索他的苦行根源；遇到无神论的精底格（Zindiq）①，就要探索他坚持无神论、伪装信神的原因。从青年初期开始，我就有了探索真理的热情，这是我的天性，是无法抑制的，是不能自主的。②

作品一开篇，安萨里便采用逻辑学的辩论，向神学家、哲学家、伊斯玛仪派学家发起攻击。当笔锋转向宣扬苏非主义时，代之以轻松而流利的雄辩口吻，充满了《古兰经》和苏非典故，较之于已发现的安萨里其他华丽的作品，该自传文体显得更为平易近人。文句中洋溢着饱满的感情，透着生动的形象、隐喻、修辞性疑问和对仗等艺术手法，辩论得体，条理清晰，材料罗列得有条不紊，充分展示了安萨里高超的智慧和辩才。

《迷途指津》谈到了安萨里精神的忧虑和对真理的探索，所以，有学者将它比作奥古斯丁的《忏悔录》，只是前者篇幅比较短小，带着深深的伊斯兰思想的烙印。安萨里在自传中这样忏悔道：

我突然发现自己沉浸于琐事之中。我从各方面审视自己，注意到了我的工作—我最擅长的教学工作。突然发现自己总在关注那些对于末世不重要、没有益处的知识。我又细想了一下自己从事教学的初衷，发现它不是纯粹地为了真主，而是为了浪得虚名……尘世的欲望不断地吸引着我，而信仰的声音却劝我离开。它说你的生命很短暂，你的旅途却很漫长，任何你从知识和实践中得到的都是伪善的和虚幻的，你现在不为末世做准备，什么时候做准备呢？你现在不抛弃那些虚名，什么时候抛弃呢？③

---

① 伊斯兰教用语。系阿拉伯语中的外来语，源于波斯语 Zandik，意为二神教徒或假装信教者。早期专指袄教和摩尼教教徒。后指穆斯林宗教观念中带有袄教和摩尼教倾向者。亦泛指持有自由思想的人和无神论者。阿拔斯王朝第三和第四任哈里发马赫迪（744—785）和哈迪（761—786）执政时期的宗教裁判所，曾将一些精底格人士和一些持不同主张的伊斯兰学者以此罪名处以磔刑，从而压制了学术思想领域的自由讨论和争鸣。——笔者注

② 转引自［美］希提《阿拉伯通史》，马坚译，商务印书馆1979年版，第512页。可参阅 *al - Munqidh min ad - Dalāl*, ed. A. Schmölders（Paris, 1842），pp. 4—5；C. Field, *The Confessions of al - Ghazzāli*（London, 1909）。

③ 转引自 شوقي ضيف، الترجمة الشخصية، دار المعارف، ١٩٥٦، ص٧٤.

该自传同穆哈希比、提尔密济的自传作品一道形成了伊斯兰教所独有的心灵忏悔风格。总之,《迷途指津》概括了安萨里全部作品中反复出现的思想,称该自传是安萨里思想的缩影实不为过。

《迷途指津》作为安萨里成熟思想精华的自传,对西方文学影响很大。13 世纪时它在西班牙被发现,得到了贡迪萨尔沃①、迈蒙尼德②等宗教学者的追崇。全书于 1842 年在欧洲第一次被译出,后多次译成欧洲各种语言。如 1953 年 F. 瓦特的英译本《信念和实践》(F. Watt, *The Faith and Practice*),1959 年 F. 亚布雷的法译本《谬误与拯救》(F. Jabre, *Erreur et Delivrance*),1980 年里查德·约瑟夫·麦卡锡(Richard Joseph McCarthy)的英语译注本《自由和满足》(*Freedom and Fulfillment: An Annotated Translation*),2000 年的英语译注本《苏非主义的道路》(*The Path of Sufism: An Annotated Translation of Al - Ghazali's al - Munqidh min ad - dialal*)。

3. 乌萨马·本·穆恩齐兹及其《前车之鉴书》

乌萨马·本·穆恩齐兹 1105 年生于叙利亚哈马地区附近舍伊萨尔(shayzar)城堡一个贵族和书香家庭,其祖父是该城堡的堡主。乌萨马曾在叙利亚和埃及的王宫中过着贵族的生活,与其父和叔叔们亲历了抵抗第一次和第二次十字军东侵的数次战役③。他于 1180 年开始口述自传《前车之鉴书》(本义是"人生引以为戒之书"),并创作了《营地和寓所》(*Camps and Dwellings*)、《手杖之书》(*Book of the stick*)和《沙漠居民之书》(*Kitāb al -*

---

① 贡迪萨尔沃(Domingo Gundisalvo,活动时期 12 世纪),西班牙基督教教士、哲学家、语言学家。曾与通晓阿拉伯文的学者合作将介绍古典希腊思想的阿拉伯哲学论文(如阿维森纳的《灵魂与形而上学》等)译成拉丁文,并力图将新柏拉图主义与阿拉伯哲学关于宇宙是"神溢流出来的学说"和基督教的上帝创造世界相调和。

② 摩西·迈蒙尼德(Moses Maimonides,1135—1204),犹太法学家、哲学家、科学家。生于西班牙,1159 年举家迁往摩洛哥费斯城,曾为萨拉丁侍从、医师。23 岁开始用阿拉伯文写作密西拿评注(Mishna),历时 10 年。1176 年用希伯来文撰写宗教哲学经典著作《迷途指津》(The Guide of the Perplexed),依靠理性哲学解释犹太教义,在调和科学、哲学和宗教方面有重大成就。

③ 1095 年 11 月 26 日,罗马教皇乌尔班二世号召封建主停止混战,共同对付东方的异教徒,夺回圣墓,拯救耶路撒冷。1096 年秋,以欧洲封建主和骑士为主的 15 万军队开始第一次东侵(1096—1099),占领了地中海东岸的狭长地带,建立了耶路撒冷王国、安提俄克公国等 4 个拉丁国家。1147—1149 年,十字军开始第二次东侵。1171—1250 年,萨拉丁在埃及建立艾尤卜王朝,1187 年 10 月,他率军攻下耶路撒冷。1189—1192 年,十字军开始第三次东侵。

Bīdī）等诗集。1188 年卒于大马士革。

乌萨马以自传《前车之鉴书》在阿拉伯世界和西方世界久负盛名。英文版将此书名译为《一位阿拉伯—叙利亚绅士的回忆录》（*Memoirs of an Arab – Syrian Gentleman*）。此书记述了他及其亲属、熟人在 11 世纪后期和 12 世纪前期大部分时间里在叙利亚和埃及的生活经历。他的祖父和叔叔作为舍伊萨尔堡的堡主，都积极参与了穆斯林反抗十字军入侵和肥沃新月地带①内部的政治斗争。乌萨马追随父辈在各个王朝时期也被委派参加了同样的战役和运动。他不仅能武，而且善文。由于受到家庭良好文化的熏陶，他是当时名声显赫的诗人和作家。

《前车之鉴书》数百年来受到中世纪阿拉伯文学和历史学者们的关注。不止于此，它也受到现代阿拉伯学者和西方学者的重视，被誉为中世纪阿拉伯自传的名作圭臬。一些评论家认为此书：

> 采用故事的叙事手法，对事件描写十分精湛，达到了故事艺术的极致。以通俗的对话、简洁的表达为我们提供了传主鲜明的性格特征，叙述了传主将近一百年漫漫人生路上所遇到的种种经历和波折——他的履迹，他的事件，他的冒险，他的骑士精神，最终结晶出生活的经验和哲理。②

遗憾的是，这部书开头约四分之一篇幅，即作者在他的序言中阐明他写作目的的部分已经失落。残存部分可以概括为以下内容：自 1137 年至 1154 年前后乌萨马生平编年记述；有关传主本人在战争中的表现和作战技能的回顾；乌萨马的父亲和叔叔给予他的教育；他的勇敢和其他特有的优良品质；法兰克人③的风俗习惯；对萨拉丁④的颂词；圣哲们的奇闻逸事；传主年轻

---

①　肥沃新月地带（Fertile Crescent）泛指叙利亚、黎巴嫩、约旦和伊拉克等国。

②　المقدمة كتاب الاعتبار لأسامة بن منقذ، تحقيق ليليب حتي، برنستون، مطبعة جامعة برنستون سنة ١٩٣٠.

③　法兰克人（Frank），公元 6 世纪征服高卢的日耳曼人。地中海东部诸国称欧洲人为 Frank。

④　萨拉丁（Salah – ad – Din Yusuf bn Ayyub, 1138—1193），埃及艾尤卜王朝的创建者，库尔德人。生于伊拉克的提克里特（Tikrit），1169 年任埃及法蒂玛王朝的维齐尔（宰相）。1171 年推翻法蒂玛王朝；1174 年宣布埃及独立；1187 年在巴勒斯坦北部哈丁（Hattin）打败入侵的十字军，收复耶路撒冷；1192 年与英王查理一世订 3 年休战条约；1193 年卒于叙利亚的大马士革。

时打猎的记述。

尽管描述乌萨马早年生活的书稿已经丢失，但是，按年月编年记述后开始撰写的一系列回忆明显地构成了这部书的核心部分。这些回顾内容被许多轶事充分阐明，其中一些部分的主角是传主乌萨马本人；而在另一些篇幅中，乌萨马只是一个旁观者或者是不在事件现场的传述者。简朴的文体、充满活力的精神、丰富的战事史料、描写的准确性、作者对他家庭充满深情的回忆以及作者对人生超然的态度造就了这本无与伦比的中世纪自传作品。

作者用一些趣闻轶事和生动的语言来表现人物性格特征，是该自传与其他中世纪阿拉伯传记作品不同之处。例如，乌萨马用两个实例来描述自己父亲非凡勇敢的品质：一是当父亲统率的穆斯林军队遭到法兰克远征军突然袭击的那场战役；另一是穆斯林军队在舍伊萨尔郊外阻击法兰克部队进攻时的战役。在上述两场战役中，他父亲表现得非常沉着冷静。为了说明战事的严酷，他用家人看到从战场上抬回来的士兵流血的伤口顿时晕倒在地来反衬血腥的战斗；为了说明战士们的骁勇，他描述道：一位战士见到他的腿已被截肢时，几乎惊呆，后因流血过多而昏死过去，但当他苏醒过来时，又毫不犹豫地投入战斗。

阅读这本书时，读者可以看到乌萨马的人生感悟，当时的他已迈入 90 岁的耄耋之年。对一个参加过无数次战斗、戎马倥偬、九死一生的人来说，与其说该书是一部自传，不如说它更接近于一本遗训。本书谆谆教导后人要勇敢、正直、笃信安拉旨意。另一方面，读者从书中也可以看到中世纪的阿拉伯骑士之风：一位受过良好教育的贵族骑士打仗、狩猎、谋划政治、能文能武的"骑士镜像"。

《前车之鉴书》在写作上的另一特点是诗歌的插入。比如，乌萨马在自传末尾以诗歌来抒发他对昔日驰骋疆场岁月的怀念和眼下罹受老态无助之痛苦，富有哲理性地道出了人生的精彩和无常。这一点可详见第三章的第一节"传统阿拉伯自传文学中的'自我形象'"。

4. 伊本·赫勒顿及其《伊本·赫勒顿东西纪行》

乌萨马之后，值得一提的自传作家便是阿拉伯中世纪晚期最伟大的历史学家伊本·赫勒顿。他将自己的一生以及生命中经历的政治事件全部记录于他的自传作品《伊本·赫勒顿东西纪行》①（下面简称《东西纪行》）中。
《东西纪行》是赫勒顿的宏篇巨制《史纲》（全名为《阿拉伯人、外国人、
柏柏尔人历史纲要和殷鉴》）中的第三部分，共 150 多页。这在古代阿拉伯
学者中是不多见的。该自传记载得很详细、很客观，才使我们今天对赫勒顿
的一生有了深刻的了解。

　　伊本·赫勒顿的自传以自述家谱开始，上溯至与他相隔十代的名为哈
立德或是赫勒顿的先祖。他是来自也门哈德拉毛的阿拉伯人，公元 8 世纪
随着伊斯兰教的对外传播，阿拉伯人占领了西班牙南部地区安达卢西亚，
他的祖父也来到这里，成为当地占统治地位的贵族阶层，并在当地繁衍生
息。其中一支迁往突尼斯，伊本·赫勒顿便出生于此。其全名为阿布·扎伊
德·阿卜杜·拉赫曼·本·穆罕默德·本·赫勒顿。出自书香门第的他自幼
从父学习《古兰经》，后来又到当地著名宗教学府大清真寺学习"圣训"、
教义、语言、诗歌和哲学等知识。

　　从这部自传中，读者了解到，传主曾在马格里布各诸侯国担任过种种要
职，并为各国素丹效力。此后，他来到了安达卢西亚的格拉纳达，在为素丹
穆罕默德五世（1361—1363 年在位）效力两年之后，他被派往塞维利亚拜
会佩德罗王（彼得王）②，交涉双方和约中的条款，后者十分敬佩他的学识
和才能，希望他留下来，并允许发还他祖先在塞维利亚的领地。但伊本·赫

---

① ابن خلدان، التعريف بابن خلدان ورحلته غربا وشرقا، تحقيق محمد بن تاويت الطنجي، لجنة التأليف والترجمة والنشر، القاهرة، عام ١٩٧١.

　　有的阿拉伯学者认为，伊本·赫勒顿的《东西纪行》不是自传，而属于历史与纪实的杂糅文
类。如阿拉伯学者哈米什（بنسالم حميش）在论文《自传文学——以伊本·赫勒顿为例》中的观点。
另一些学者认为《东西纪行》属于游记文学，如侯赛因·穆罕默德·法西姆博士（حسين محمد فهيم）
在其专著《游记文学》（1989 年科威特出版）中指出的那样。笔者赞同中国学者杨正润教授的观
点，即"游记文学"是自传的一种形式（详见杨正润《现代传记学》，南京大学出版社 2009 年
版，第 393—417 页），故将伊本·赫勒顿的《东西纪行》放在此处讨论。伊本·赫勒顿自己在
《历史绪论》中也这样说："旅行必须求知，必须有所收获，必须通过结交饱学之士来完善自我。"
（见：المقدمة، تحقيق علي عبد الواحد وافي، لجنة البيان العربي، القاهرة، عم ١٩٦٦، ص٤٠٧）可见阿拉伯中世纪游记与自我
构建的关系。

　　② 佩德罗四世（Pedro IV，1319—1387），西班牙阿拉贡王国国王，阿方索四世之子。在位期间，
实行中央实权，严惩叛乱贵族，限制教会势力。

勒顿因君命在身，一一谢绝。他出使友邦不辱使命，受到穆罕默德五世的重赏，还把他的家属接来。之后他离开了安达卢西亚，前往摩洛哥，并在当地担任了各种要职。他在政坛上的平步青云，遭到了嫉贤妒能者的迫害，甚至身陷囹圄。出狱后他在阿尔及利亚北部城市特莱姆森东部的伊本·萨拉麦堡隐居，潜心写作他著名的《史纲》。1382 年他在前往麦加朝觐的途中，滞留于开罗爱资哈尔大学，进行了一段时间的讲学。这期间，他受到素丹查希尔·拜尔古格（1382—1399 年在位）的厚爱，被任命为马立克教派大法官。1400 年伊本·赫勒顿随纳赛尔素丹出征大马士革，与帖木儿交战，被后者俘虏，并受到后者的器重，辅佐帖木儿直至 1405 年去世。

或许从上面简明的自传脉络中我们可以看出伊本·赫勒顿写作自传，旨在阐明自己的从政经历及其在马格里布诸国所任职务的重要性。由此，读者也详细了解到这些国家之间的政治、社会、经济关系，以及动荡不定、交战不断的历史境况。而伊本·赫勒顿在这段历史时期则始终见风使舵，今日事君，明日事敌。但从另一方面，我们也看到，常年辗转于马格里布地区并担任各国政府要职的经历，使伊本·赫勒顿洞悉这个地区国家的兴衰浮沉。凭借着自己的才华，他在中世纪晚期阿拉伯西部地区的各国政治事务中都起到了举足轻重的作用，并助其完成了著名的《史纲》，从而奠定了他在史学史上的地位。他的历史哲学学说为近代欧洲哲学家、历史学家和社会学家所推崇，称他为"人类历史哲学和社会学的奠基人之一"。阿拉伯学者誉他为"伊斯兰划时代的史学哲人"。

有评论家认为，伊本·赫勒顿的自传尽管忠实地记录了他的政治生涯，但是他花了更多的笔墨去描写历史事件和与事件有关的各种人物（更像是在写历史），而且经常调转话题，陷入琐碎的细节铺陈，致使其自传缺乏文学艺术品味，偏离了以描述自我真实为主题的自传旨意。① 笔者以为，以研究历史、政治、经济著名的伊本·赫勒顿，其自传难免带上深刻的陈述冗长历史的色彩，把自我特征隐在了历史事件背后，常常顾左右而言他，使"自传"成为"他传"，这也是在情理之中的。况且在 14、15 世纪的伊斯兰文化中，写

---

① يحيى ابراهيم عبد الدايم، الترجمة الذاتية في الأدب الحديث، دار إحياء التراث العربي، بيروت، عام ١٩٧٥، ص٤٠.

作是历史政治权力的表现方式，写作者是历史政治权力的代言人，而政治又与宗教紧密相连，一个穆斯林知识分子必须用神性的、理想的"自我"取代个体的"自我"。因此，伊斯兰文化中的"我"是个模糊的概念。它与宗教、语言、生活方式紧密相连，进而"我"的概念消融在更强大、更深厚的社会秩序结构中。谁若在生活中或文本中凸显了"自我"，谁就会遭到宗教和社会的谴责。像伊本·赫勒顿这样的中世纪大学者——一位"迷茫的天才"（法国学者雅克·贝尔克 Jacques Berque 语），他的自传必然与政治紧密相连。作传的目的是为了表明自己在知识界的学术地位和在马格里布政界的重要性，进而表达自己怀才不遇的遭际和辩白自己在各诸侯国叛乱中表现"不忠"的缘由。

至于文学品味，虽说历史学家不像文学家那样善于刻画性格和润色词句，但伊本·赫勒顿自传中的某些篇幅还是相当有文采的。如他东行朝觐，途经开罗时被当地学术及文学活动所吸引，他非常喜欢开罗这座文化、艺术、宗教大都市，便这样描写开罗：

> 我辗转来到开罗，便见到了尘世的文明、世界的花园；见到了各色的人种、汹涌的人潮；见到了伊斯兰的殿堂、国王的宝座；宫殿广厦在空气中闪耀光辉，清真寺与学校在视野里大放异彩，星辰与月亮因学者而星光灿烂。他们站在尼罗河这条天河之岸和上天之水的源头，大自然的雨露将他们浇灌，把他们滋养并为他们摘送果实。我在城中穿梭，街巷挤满了人群，市场上牛羊充盈……①

第三节　近代阿拉伯传记文学概述

一　传记的低迷和传奇的繁荣

毋庸置疑，自马木鲁克王朝起，"阿拉伯文学之光黯淡下来，文学家

---

① 转引自 شوقي ضيف، الترجمة الشخصية، دار المعارف، عام ١٩٥٦، ص ١٠٣.

的生产，尤其传记作家的产出减少。自伊本·赫勒顿的自传《东西纪行》之后，鲜有传记作品进入文学领域。在 15、16 两个世纪里，没有佳作流芳传记文坛。"① 与伊本·赫勒顿同时代或稍后时期的传记作品有伊本·哈杰尔·阿斯格拉尼的自传《埃及法官传记纲要》、萨哈维的传记《伊历 9 世纪名流之光》、苏尤提的《埃及、开罗记事中的精彩讲稿》（*Husn al - Muhādarah fi Akhbār Misr wo al - Qāhirah*），但这些作品都无法与伊本·赫勒顿及其以前的作品相提并论。

奥斯曼帝国（1517—1798）初期，历史学家穆罕默德·本·图伦（Ibn Tūlūn，公元 1483—1546 年/伊历 880—953 年）写了自传《方舟载物—穆罕默德·本·图伦传》（*al - Fulk al - Mashhūn fi Ahawāl Muhammad bn Tūlūn*），然而该自传过于简捷。之后，阿卜杜·瓦哈卜·沙阿拉尼写了自传《恩典与品德趣谈录》。他坦言其作传动机主要是为后人树立榜样，为自己确立学术和社会地位，并借此感谢真主对他的恩泽。他的自传仍然没有脱离传记"楷模式"窠臼，即传主是优秀人物典范、如天使般完美无缺。该文本冗长、拖沓、重复、零散，缺乏故事性，缺乏文学艺术性。整个 17 世纪的奥斯曼帝国文化、思想、艺术处于僵化凝滞状态。"很多诗人的诗歌并无实际内容和真情实感，也没有创新精神，而只是一味地在形式上因袭、仿效古人。""诗歌的题材往往显得庸俗无聊"②。一向是阿拉伯文学宠儿的诗歌状况尚且如此，遑论传记状况。

这时期的传记写作寥若晨星，零星半点地散落在某些作品的前言中，目的是介绍作者的学术生涯或有关他的奇闻轶事。这些简短的传记作品可见之于历史学家纳吉姆丁·古兹的《伊历 10 世纪名流传》一书。按照这种传记写作方法，历史学家阿卜杜·拉赫曼·杰卜拉提（Abdu ar - Rahmān al - Jabratī, 1756—1825）写了《传记和记事中的奇迹》（*Ajā' ib al - Āthār fi at - Tarājim wo al - Akhbār*）。该书按编年体的方法以事件带人物为 18 世纪的名流和学者作传，成为 18 世纪最重要的历史文献之一。

这一时期值得一提的是，民间、通俗文学比较活跃，由此带来了传奇

---

① يحيى ابراهيم عبد الدايم، الترجمة الذاتية في الأدب الحديث، دار إحياء التراث العربي، بيروت،علم ١٩٧٥، ص٤٣.

② 仲跻昆：《阿拉伯文学通史》（上卷），译林出版社 2010 年版，第 509—510 页。

艺术的繁荣。阿拉伯民间文学史上几部著名的长篇民间传奇故事定型成书年代都在 14、15 世纪，如《安塔拉传奇》（Sīra 'Antarah bn Shaddād）①、《扎图·希玛传奇》（Sīra Dhat al – Himmah）②、《希拉勒人迁徙记》（as – Sīra al – Hilāliyyah）③、《也门王赛福·本·叶京传奇》（Sīra Sayf bn Yazin）、《阿里·扎柏格传奇》（Sīra Ali Zi'baq）、《扎希尔·贝拜尔斯王》（Sīra adh – Dhāhir Bībaris）等④。在阿拉伯语中，"西拉"（Sīra）一词既有"传记"之意，又有"传奇"之意。该词既包括文人所创作的颇具历史真实性的人物传记，如著名的《先知传》和我们前面提到的中世纪其他传记作品，也包括虚构性较强的民间传奇，如《安塔拉传奇》、《希拉勒人迁徙记》等。阿拉伯史传文学发展到 14、15 世纪时，与民间传奇故事结下了不解之缘。以今人的研究视点看，阿拉伯长篇民间传奇故事是一种由真实人物的小传添加上传奇、想象、虚构的成分演绎而成的史传文学类型，有点像中国历史上的志异类作品。这一史传文学类型与民间文学紧密相关。一方面，以集体创作、口头文学、口耳相传为特征的民间文学为史传提供濡养；另一方面，民间文学在它的发展过程中，也受史传文学的影响。诚如国内传记文学学者张新科教授所云："从文学角度看，史传属正统文学，但却具有民间文学的色彩；民间文学虽属大众的文学，但也吸收了史传的内容。"⑤ 张教授在其专著《唐前史传文学研究》中专设一章讨论史传与民间传奇故事之间的联系。史传文学与民间文学在 14、15 世纪阿拉伯社会合流并繁荣起来的现象与阿拔斯王朝时期（750—1258）和马木鲁克王朝时期（1258—1517）的民间说唱艺术以及咖啡馆娱乐的发达密切相关。其素材主要有两个来源：一是市井说书艺人把大量来自民间口头的传说加工后汇集成册；二是知识分子将书中

---

① 此书已由我国阿拉伯语翻译家李维中教授译成汉语，2010 年由湖南文艺出版社出版。

② 扎图·希玛（Dhat al – Himma）原名法蒂玛，伍麦叶王朝时期卡拉布部落首领马兹鲁姆之女，骁勇善战，力大无比，威名远扬，人们称她为扎图·希玛，意为"有志向的人"，她甚至成为部落的保护神。她的事迹演绎成一部长篇传奇故事——《扎图·希玛传奇》，成书于 14—15 世纪。

③ 11 世纪初，居住在阿拉伯半岛的希拉勒等部落向埃及和马格里布等地进行了大规模的迁徙。这段影响深远的真实事件在民间广泛流传，其英雄人物的事迹成为民间说唱艺术的重要题材。经过艺术加工，在 15 世纪在埃及编纂成长篇巨制《希拉勒人迁徙记》。

④ 这几部传奇书籍可看《阿拉伯民间文学》一书，郅溥浩、丁淑红著，宁夏人民出版社 2010 年版。

⑤ 张新科：《唐前史传文学研究》，西北大学出版社 2009 年版，第 193 页。

读到的历史人物轶事转换成口头语，以故事形式流传下去。这一手法对后世叙事文学乃至阿拉伯现代小说的产生都起到了积极作用。以《安塔拉传奇》为例，创作者们在熟谙阿拉伯历史，熟知蒙昧时期的诗文，掌握各种逸闻、传说、歌谣的前提下，以安塔拉这一著名历史人物为线索，将当时历史或传说中所涉及的骑士、诗人、贤哲、义士和重大的历史事件都编织在一起，在大量想象和虚构中又时时展现出真实的有据可查的地名、人名和事件。以民间传奇艺术为主的阿拉伯史传文学在这一时期的发展和繁荣，不仅弥补了阿拉伯远古历史之空白，而且丰富了传记的人物个性，使事件戏剧化、故事化，人物形象化、生动化，语言口语化、通俗化；使作品产生虚中有实、实中有虚、亦真亦幻、扑朔迷离的艺术效果。

仲跻昆教授将这一时期的民间文学特别繁荣及其发展的原因归结为三点：奥斯曼——土耳其异族统治下的文学多以浮文巧语堆砌，广大群众难以接受，人民大众需要有自己的文学；阿拉伯人民不堪十字军东侵和蒙古、土耳其人的统治，他们希望歌颂自己的民族英雄，以在精神上和心理上得到补偿；受尽压迫的人民大众希望通过吟咏、说唱和听讲故事的幽默、诙谐的方式宣泄情绪，得到消遣。①

二　近代传记作家的铺垫

1798 年拿破仑攻入埃及和 19 世纪初的穆罕默德·阿里（Muhammad Alī, 1769—1849）改革标志着阿拉伯民族复兴运动的开始，也标志着阿拉伯近现代文学的兴起。法国人入侵带来的西方文化以及穆罕默德·阿里主动派留学生赴法学习西方先进的文化和教育，使阿拉伯人开始接触西方。阿拉伯传记文学经过一段低迷期后，在 18 世纪西方现代传记文学蓬勃发展的影响下，于 19 世纪初露出新的曙光。

这时期的传记作家们在为自己作传时形式上沿用了先人们惯用的方法，同时，其中精通外语者也从西方人的人物传记中汲取思路。所以，他们所作的传记可谓贯通东西、融汇古今之作。揭开近现代阿拉伯传记帷幕

---

① 仲跻昆：《阿拉伯文学通史》（上卷），译林出版社 2010 年版，第 535 页。

的是突尼斯的穆罕默德·本·欧麦尔·突尼西（Muhammad bn Omar at - Tūnisī, 1789—1857）。他于 1832 年写了自传《在阿拉伯地区和苏丹游历中磨砺头脑》（*Tashhīdh al - Adhhān bi Sīra Bilād al - Arab wo as - Sūdān*）。前言中，作者交代了自己的生平事迹，并说明为己作传是受一个叫"比鲁尼"的法国医生的启发。然而，穆罕默德只把自己的生平事迹放入自传里，而将其他见闻随想放在了他的另一本历史著作里。穆罕默德在自传中讲述了自己在开罗爱资哈尔大学学习阿拉伯语、求职、为寻找其父去苏丹达尔富尔游历的经过。由于受到爱资哈尔大学经院式教育的影响，穆罕默德的语言秉承了中世纪以来韵文体、诗歌体的遗风，尽管表达上难免受旧体语言窠臼的束缚，但已显露出现代传记的萌芽，即对心理和内心情感的描述：

> 我们从福斯塔特①启程，越走越远。想想旅途之劳顿，羁旅之险恶，加上行囊空空，一贫如洗，心烦意乱，进退两难。尤其是身处异邦他乡，语言不通，面目可憎，不禁潸然泪下，吟诵诗句：黑上加黑难分辨，身体衣衫和容颜。我后悔将自己置身于含族蛮夷之地，想起了含族与闪族的世仇宿怨，不禁心惊胆颤，几乎想踏上回程。这时安拉隐匿的光芒沐浴着我，我想起了文豪们在经典中对安拉的颂词。②

出生于埃及坦塔省（Tanta）的文学家、教育家穆罕默德·伊巴德·坦塔威（Muhammad Ibād at - Tantawī, 1810—1861）写了自传，自传简短地叙述了自己的出生和家谱，着重描述自己在爱资哈尔大学的求学经历，以及离开埃及到俄罗斯与那里的东方学学者共同研究，为俄罗斯乃至欧洲东方学做出的贡献。

1855 年黎巴嫩的复兴运动先驱艾哈迈德·法里斯·希德雅格（Ahmad Fāris ash - Shidyāq, 1804—1888）在巴黎出版了《法里雅格自谈录》（*as -*

---

① 即老开罗。

② محمد بن عمر التونسي، تشحيذ الأذهان بسيرة بلاد العرب والسودان، ص٤١-٤٢.

Sāq Ala as - sāq fima huwo al - Faryāq)①。希德雅格以幽默、诙谐、充满想象甚至有些放荡不羁的"拉伯雷式风格"② 叙述了自己从基督教皈依伊斯兰教的过程，描写了自己辗转于伊斯坦布尔、马耳他、突尼斯、法国、英国等地游历、工作、讲学的动荡生涯，记录了旅行中的所见所闻。阿拉伯传记文学理论家伊哈桑·阿巴斯认为该书是近现代时期的第一部自传作品。他如此评价此书：

> 作者通过亲身经历，以广阔的视野接纳现代文明。他在对女性的评价、对基督教的辛辣讽喻、对东西方习俗不同之处的精辟点评等方面独树一帜，使该书领现代风气之先。但是作者对词语咬文嚼字般的偏爱、对韵文风格的追崇、经常性地转移话题，影响了故事叙事的流畅性，失去了自传叙事的艺术性。③

　　希德雅格在该书前言中坦言："书中内容分两大部分：其一是凸显词语的乖张和生僻，我将它们分成生僻词、近义词、双关词专述；另一部分便是对女性优劣的评点。"④ 希德雅格将自己的家庭情况、生平轶事、欧洲见闻和写书背景穿插在对词汇的炫耀和两性关系的阐释中，发表自己对事物的看法和个人评判，积极主张思想、信仰、言论自由，提倡妇女解放、人人平等。这一点在当时保守的阿拉伯文化环境中还是相当大胆和标新立异的，其中一些狎昵之词多为正统人士不齿。这也是阿拉伯文学史没有给这部有"阿拉伯的《项狄传》"之称的作品应有历史地位的原因。

　　有些学者认为埃及复兴运动先驱、现代化的启蒙者雷法阿·塔哈塔威（Rifā 'a at - Tahtōwī, 1801—1873）的《巴黎拾粹》（*Takhlīs al - 'ibrīz fi*

---

① 仲跻昆先生将此书译为《法里雅格谈天录》，见仲著《阿拉伯文学通史》（下卷），译林出版社2010年版，第605页。笔者将它译为《法里雅格自谈录》，理由是，在该书阿文书名中有一个人称代词"他"，而阿拉伯人自古就有以第三人叙述自我的传统，从书的内容中的确可以看出作者在叙述自己。

② Cachia, P. 'The Prose Stylists', in Badawi, M. M., ed., *Modern Arabic Literature* (*Cambridge history of Arabic Literature*), Cambridge University Press, 1992, p. 406.

③ إحسان عباس، فن السيرة، دار الشروق، القاهرة، ١٩٨٩، ص١٤١-١٤٢.

④ أحمد فارس الشدياق، الساق على الساق فيما هو الفرياق، باريس، ١٨٥٥، ص١-٣.

Talkhīs Bārīz）① 是近代传记文学的发轫之作。塔哈塔威遵从其老师谢赫·阿塔尔的嘱托，在此书中记述了其留学巴黎五年中的见闻和生活学习情况，以便为后来赴法留学生提供殷鉴。不过"他将自我从文本中隐去，塔哈塔威在书中与其说写对巴黎的个人感观，不如说客观地评述他的所见所闻"②。"作者完全忽略了小说元素"③，陈述方式理性有余，而诙谐不足。这方面的原因在笔者看来有两个：一是历史书写方式的因素，二是文化因素。当时的历史书写采取文献法或社会科学报告法，文学叙事法尚未成为历史书写的模式；而从文化角度来看，塔哈塔威在自传中隐去自我，正体现了阿拉伯传统传记书写崇尚的"隐我之美"。

　　此外，埃及"教育之父"阿里·穆巴拉克（Alī Mubārak，1823—1893）也在去世前几年写了他的自传《调和的计划》（al - Khutawt at - Tawfiqiyyah，1889 年）。阿里·穆巴拉克是 19 世纪最著名的人物传记作家之一。他在其《调和的计划》一书中回顾了自己的一生。穆罕默德·杜拉·哈基姆博士则将这部分内容节录出来，独立成书。这部自传有近 60 页之长。书中详细记述了其出生、家乡、族谱——一个世代为法官的书香门第，记述了他在埃及和法国受教育的经历、朝野内外的任职经历及其在教育等领域推行的改革。该自传成书于 1889 年，即作者逝世前不久，是一部涵盖了传主一生的全传。他的叙事注重编年顺序，缺乏刻画内心冲突。因此，他的自传"历史价值大于它的文学价值"④。

　　与之同期，埃及伊斯兰现代主义代表人物、政治改革家谢赫穆罕默德·阿卜杜（Muhammad Abduh，1849—1905）写了自传《穆罕默德·阿卜杜回忆录》，介绍了自己早期在爱资哈尔的求学经历，描述了他为复兴伊斯兰教精神、唤醒埃及民众从传统的僵化、束缚中解放出来所做的努力。与塔哈塔威不同，穆罕默德·阿卜杜提倡以伊斯兰教复兴为基础的社会改革，反对西方殖民者对伊斯兰和阿拉伯世界的侵略。作为泛伊斯兰主义代表人物，穆罕

---

① 仲跻昆先生在《阿拉伯文学通史》中译为《披沙拣金记巴黎》，见仲著下卷，第 571 页。

② يحيى ابراهيم عبد الدايم، الترجمة الذاتية في الأدب الحديث، دار إحياء التراث العربي، بيروت، ١٩٧٥، ص٧١.

③ عبد المحسن طه بدر، تطور الرواية العربية الحديث في مصر، دار المعارف، ١٩٩٨، ص٤٥.

④ يحيى ابراهيم عبد الدايم، الترجمة الذاتية في الأدب الحديث، دار إحياء التراث العربي، بيروت، ١٩٧٥، ص٥٢.

默德·阿卜杜的自传"其思想价值大于它的文学价值"①。

此外，还有叙利亚学者、文学家穆罕默德·库尔德·阿里（Muhammad Kurd Alī，1876—1953）写了6卷本史传宏著《沙姆志》（al - Khutawt ash - Shām，1927），记述了沙姆的城市与历史，第6卷是自传，描述了他的一生。

如果说这时期产生了称得上文学性自传作品的话，当属出版于1886年的萨里玛·宾特·赛义德·本·苏尔坦公主（Sālimah bint Sa'īd bn Sultōn）的《一个阿拉伯公主的回忆录》（Mudhkkirāt Amīrah Arabiyyah）。其模式更趋向叙事性的西方文学自传，即"自我揭露"、"忏悔录"模式。只是该文本起初以德文写成，后由阿卜杜·马吉德·盖西博士译成阿拉伯语。萨里玛公主在自传中大胆揭露了自己的家世和爱情故事：其父阿曼素丹在宫中蓄养女奴七十；父亲去世后，她参与了推翻兄弟马吉德政权的计谋，逼迫马吉德让位给长兄布尔加什；后来公主与相爱的德国青年私奔赴德，皈依基督教，与该青年成婚；其长兄布尔加什任素丹后投靠英国，为英国在阿曼和桑给巴尔的利益服务。

萨里玛公主的自传具有小说元素。文学艺术性强，人物、时间、地点、情节一一铺陈，且不乏主人公内心冲突以及在异国的乡愁和对世事沧桑的感伤。萨里玛在自传中大胆地自我揭露，盖因文本是德语写成的。欧洲较为开化的社会环境不同于当时阿拉伯世界仍十分保守的文化气氛。身居他乡的公主希望"此书可成为我与新的朋友和读者群建立友爱和情谊的使者"②。

不难看出，活跃于19世纪阿拉伯复兴、启蒙运动的先驱们，不管他们的信仰如何，"复兴民族"、"现代化"是他们的共同愿望。只是，有过西方学习经历的人士希望走西方现代化之路来振兴民族；而穆斯林思想家则侧重于通过伊斯兰教改革、伊斯兰现代化来实现强国之梦。这表现在传记写作上也有两种倾向：前者都有游学法国等其他欧洲国家的经历，受到西方文明的影响，在内容上以记录异邦风情为重，介绍西方先进的社会、教育制度；后者在内容上更侧重描述自己的经院式学习生涯，歌颂中世纪阿拉伯人的辉煌。无论传记内容怎样，这时期西方传记文学的形式与方法对上述思想家、

① يحيى ابراهيم عبد الدايم، الترجمة الذاتية في الأدب الحديث، دار إحياء التراث العربي، بيروت، ١٩٧٥، ص٦٧.

② سالمة بنت السيد سعيد بن سلطان، مذكرات أميرة عربية، المترجم إلى العربية عبد المجيد القيسي، دار الحكمة، ١٩٩٣، ص٢٥٨.

传记作家影响甚微。受本土传统文学的影响，他们在传记写作形式上难逃古代韵文体窠臼，方法上仍是传统传记写作模式的延续，即传记是为了证明自己的学术地位和思想发展，鲜有刻画传主的性格特征和内心冲突，且叙事艺术性较弱。因此，在阿拉伯传记文学理论家叶海亚·易卜拉欣·阿卜杜·戴伊姆看来，这时期的传记作品价值在于"它们为阿拉伯现代文学带来了思想上、文化上的新鲜内容，为人们带来与东方不一样的西方现代生活模式"①。这时期的传记文学可以说是阿拉伯开明知识精英在世界的现代化坐标中寻找自我的开端，是现代阿拉伯世界与西方文化碰撞的开端，也是国内革新派和保守派论争的开端。它预示着文学新时期的到来。

三 近代杰出传记作家及其自传

1. 艾哈迈德·法里斯·希德雅格

笔者以为，希德雅格的自传《法里雅格自谈录》是近代时期最接近现代传记的一部作品，具有一定的文学性。作品忠实地记录了传主从黎巴嫩到马耳他、英国、法国等地区游学、求职的动荡一生，刻画出传主放荡不羁的性格特征。作者坦陈己见，包括对两性关系的看法，对教会、东西方的陋习给予辛辣的讽刺，文笔幽默诙谐，想象丰富。但由于过分地炫耀自己高超的语言技能（大量使用生僻字、近义词和双关语）、使用诗文杂糅的玛卡梅韵文体（Maqāmāt），以及主题和人称的不断转换，分散了读者的注意力，破坏了故事的连贯性和可读性。

希德雅格 1804 年生于黎巴嫩的阿什古特（Ashiqūt），离开艾因·瓦莱格（Ayn Waraqa）的学校后，当上了一名抄写员。这是他家族世袭的职业。其实，凭他的才学，当时完全可以在埃米尔海伊达尔·希哈比（Amir Haydar al‑Shihābī）宫中谋得一官半职。从资料显示，他后来在抄写之余，还从事教书和贸易等活动。与此同时，他大哥艾斯阿德也被美国新教徒教会聘为义工在贝鲁特教书，最后导致其改宗基督教新教。后来艾斯阿德被家族移

①　يحيى ابراهيم عبد الدايم، الترجمة الذاتية في الأدب الحديث، دار إحياء التراث العربي، بيروت، ١٩٧٥، ص٦٦.

交给马龙派教首并囚禁在加努宾（Qanubin）修道院内直至 1830 年去世。这个时候，十分钦佩大哥思想的希德雅格也开始和美国传教会合作，但为自身安全起见，决定逃出黎巴嫩。1826 年，希德雅格由海路逃出提尔（Tyre，今苏尔），经亚历山大去往马耳他，在当地为传教士当译员。

这时他已开始厌倦传教士的生活。不久，他从马耳他返回埃及，在开罗结识了不少爱资哈尔的学者（这是他后来改宗伊斯兰教的一个重要因素），并娶了一个因政治原因移居埃及的叙利亚女子。随后，又和妻子一起回到马耳他。1848 年，两人同去英国，在那里从事把《圣经》译成阿拉伯文的工作。几年后，他的身影不断出现在马耳他、突尼斯（这时他已信奉伊斯兰教）、法国，后来又回到英国。在英国，他访问了牛津和剑桥等多所大学，渴望被聘为其中一两所大学做阿拉伯语教授。在为前程奔走期间，希德雅格曾为许多显贵达人，包括维多利亚女王和阿卜杜·马吉德素丹（Sultān Abdu al - Majīd）歌功颂德，后者对希德雅格的诗歌和盛誉印象深刻，曾邀请他访问君士坦丁。1861 年，希德雅格在君士坦丁创办了《新闻报》（al - Jawā'ib），并为之贡献了他的余生。希德雅格死于 1887 年，遗体运回黎巴嫩安葬。

希德雅格的文学遗产既丰且广，可谓五花八门，犹如他那万花筒般的人生。作品除大量诗歌、散文、论著、译作外，另有三大部根据他在欧洲的感受编纂的专集，带有浓厚的自传性，它们是《马耳他沉思录》（al - Wasita fī Ma'arifat Ahwāl Malita，1836），《欧洲工艺揭秘》（Kashf al - Mukhabba' an Funūn Urubba，1866）以及上文提到的《法里雅格自谈录》。

《法里雅格自谈录》阿文书名中有"架着腿"的表达，此表达仿效了古代韵文体格式。19 世纪上半叶文化复古之风盛行，编排成两句押韵的短语显得书名略有神秘感。"法里雅格"明显是"法里斯"和"希德雅格"两字的结合，自传性不言而喻。现任英国达勒姆大学现代语言文化学院阿拉伯语系主任的保罗·斯塔基（Paul Starkey）教授认为，"架着腿"是"古代说书人惯常的姿势——身子惬意地埋进一把圈椅里，准备讲述一个长长的、漫游险境的奇遇记"[1]，另外"架着腿"也是含蓄的"性"表达。笔者以为，作

---

① Paul Starkey, *Fact and Fiction in as - Sāq ala as - sāq*, *Writing The Self*, *Autobiographical Writing in Modern Arabic Literature*, Saqi Books, 1998, p.32.

者在书名中暗示了自己的性格特点。作品表面上看来与自传无关，一无可取，事实上他很隐蔽、很成功地运用了梅尼普斯式的戏讽（menippean satire)①手法，用"躯体姿态"为自我做了界定——一个放浪形骸的语言高手。这也是他在序言中袒露的作传双重目的："第一揭示语言的特点及其罕见性；第二亮出女性既可爱又可憎的品质"②。笔者以为，这样的书名也表达了作者试图用语言来阐释特殊自我的意图。

还是以保罗·斯塔基教授对此书的评价来结束这一小节：

> 尽管《法里雅格自谈录》在历史上的位置处于阿拉伯文化复兴运动的黎明时期，但它完完全全是一部现代作品。其现代性表现在：作者在关注语言表达新形式的同时，也保留了对传统语言恰如其分的敬重；作者将西方和阿拉伯文学传统中的诸元素结合得浑然一体；作者提出了有关自传本体论方面的问题，即自传的真实性与虚构性。《法里雅格自谈录》的价值远高于复兴运动时期那些有时仅仅作为历史参考文献的作品。它完全是一部凭其本身实力、有待再发现的重要的文学作品。③

2. 阿里·穆巴拉克

阿里·穆巴拉克是19世纪最著名的个人传记作家之一，他在其《调和的计划》一书中回顾了自己的一生。作者在自传中首先介绍了他的出生地——位于尼罗河三角洲东北部的小海湾新巴尔纳巴勒，当地有四条街区、一座清真寺、一所私塾、两个养鸡场、四个裁缝铺、一间香料铺、一间染料铺以及两座圣徒墓，也有一些木匠、水手之类的手艺人或劳工。1823年，阿里·穆巴拉克便出生在这个小村子。其父谢赫·穆巴拉克是当地一名"赫蒂布"、伊玛目，也是当地的全权证婚人，仲裁当地人的宗教事务。

---

① 这是一种庄重而又诙谐的文学形式，主要存在于古希腊、古罗马文学中，以诗文混合的嘲讽文体（常用下地狱之类稀奇古怪的场景）对当时的体制、习俗、观念进行批评。公元前3世纪的希腊讽刺作家梅尼普斯率先使用这种形式，故得此名。

② أحمد فارس الشدياق، الساق على الساق فيما هو الفرياق، باريس، ١٨٥٥، ص١-٣.

③ Paul Starkey, *Fact and Fiction in as-Sāq 'ala as-sāq*, *Writing The Self*, *Autobiographical Writing in Modern Arabic Literature*, Saqi Books, 1998, p. 38.

当他年龄稍长时，父亲便将他送到村里的私塾读书。私塾里的诵经先生是一位严厉的盲人老先生，他常常对孩子们施以体罚。阿里·穆巴拉克也因此而厌恶学习与记诵经文。此后不久，他们家的地里遭了蚁灾，家人交不起田赋，于是卖了牲口，全家蒙难。其家境与 20 世纪阿里家族统治时期的大部分贫民家庭并无二致。阿里·穆巴拉克的家人们纷纷背井离乡，自谋生路。全家人随父亲流落至东部省的萨麦阿纳村，村民们将他尊为"谢赫"，并为他提供口粮。生活稳定下来以后，父亲便将儿子送往阿布·赫德尔先生的私塾念书。但没过多久，阿里便像厌恶乡的私塾那样对新学堂心生反感。于是，他开始悠游乡里，并结识了很多贫苦之人。直到他邂逅地区棉花种植管理官安巴尔·阿凡迪后，人生得到转机。他为后者做了一次小书记员。当他知道安巴尔·阿凡迪在艾伊尼宫学校任教，便对这所学校心向往之。后来得知政府的督察员将巡视乡村学堂，并挑选有天赋的学生送往艾伊尼宫学校就读，于是他辞了工作，重新入学。督察员巡视他就读的学堂时，惊异于他的禀赋，选他入学，当年他仅 12 岁。但学校的教育对他鲜有裨益，因为学校并不重视学生的吃穿用度，而只重视严格的军事训练，若非真主眷顾，阿里·穆巴拉克险些退学。1836 年他转入阿布·扎阿百勒工程学院，对于这段经历，他在自传中写道：

> 对我而言，最繁重且难度最大的当属工程技术、算术与语法三科。这三科对我而言近乎乱码，老师的讲授也形同符咒。这种状况一直延续到第三年年末。后来，已故的易卜拉欣·贝克·拉阿法特老师亲自为这个班级授课。他言简意赅地阐释了工程学的意义与作用，得益于他精彩的讲解，我打开了心锁，并受到了一些启发。我的成绩也一跃成为班级第一。拉阿法特常常用我举例，以我的优秀表现证明教师们教学方法上的误区，并证明：教学法上的失误是导致学生后进的原因。[1]

自己的受教育经历是日后阿里·穆巴拉克致力于埃及教育改革的动因。1844 年，阿里·穆巴拉克入选学术随访团，被派往法国学习。在法国学习

---

① علي مبارك، الخطط التوفيقية، المطبعة الأميرية ببولاق، القاهرة، ١٨٨٩، ص٤١.

的五年间，他掌握了法语，同时修读了民用、军用工程。随后，他在阿巴斯一世统治时期回国。当时埃及正处于内忧外患的苦难之中，总督关闭了许多学校，教育预算也被缩减至每年 5000 埃镑。他进入了位于塔拉的一所学校，而同学只有一小群年长之人。在这一阶段，他与阿布·扎阿百勒工程学校的一位老师——凯莉麦结了婚。婚后不久，他带妻回到阔别 14 年的故乡省亲。对于这次回乡的惊喜，他如是写道：

> 我在夜里回到了家，敲门时听到"你是谁？"的询问声从屋中传出，于是我答道："您的儿子阿里·穆巴拉克"。我们骨肉分离 14 年，当母亲看到门后的身影时，惊讶得目瞪口呆，只是呆呆地凝望着身着法国军服、戎装佩剑的我。母亲一遍遍地询问着，终于确定了我是她的儿子，惊喜得晕厥过去。邻里亲朋都来了，家里挤满了人，我们彻夜长谈，直到清晨乡亲们才纷纷散去。母亲窘迫地站在道别的人群中，想为我做一桌好菜接风，却无奈囊空如洗，只能暗自垂泪。我了解家中的窘境，于是把口袋里剩下的十多个路易币给了她，母亲便欢喜地为我设宴去了。我在家里住了两天，归期已至，只好道别。①

阿里·穆巴拉克的一生经历了几度沉浮。在赛义德当政时期，他触怒了当权者，于是被贬谪充军，参加了奥斯曼—俄罗斯战争中埃及派往奥斯曼帝国的援军。在这一时期，他学习了土耳其语，而后返回了埃及。此后，他经历了几度宦海沉浮，遭贬谪之时便干起了贸易与工程承包的营生。伊斯梅尔总督的上任终结了赛义德的时代，阿里·穆巴拉克也开始了其浩大的教育改革工程。他供职教育委员会，成功地振兴了国民教育，成为埃及"教育之父"。对于教育改革，他写道：

> 尽管常常公务缠身，但这从未影响过我对教师和学生境况的关心。我频频往来于家与学校之间，我的教育理念也逐渐付诸实施，知识得以传播，教育质量也有所提高。当时，城乡各地的学堂大多墨守成规，授

---

① علي مبارك، الخطط التوفيقية، المطبعة الأميرية ببولاق، القاهرة، ١٨٨٩، ص٥١.

课内容也仅限于《古兰经》，而且在上述学堂中，极少有人能做到全文背诵的。于是，我从全日制学校入手，对学堂教育模式进行了改革，起草了关于组建全日制学校的章程，并依照章程任命了组建工作的督导。在开罗和亚历山大开办了男校与女校……①

至此，埃及教育的重点便由穆罕默德·阿里倡导的军事专用领域转向了全民文化普及，正是阿里·穆巴拉克的改革掀开了埃及教育史上崭新一页。它为教育事业打开了更为广阔的局面，教育已不像从前那样，仅局限于男性群体，这也正是科技振兴的要旨所在。他对阿拉伯语教学进行了思考，传统的爱资哈尔模式收效甚微。如上文所述，在这种教学方法的影响下，他自身的语言学习也遇到了诸多障碍——他视语法课如符咒且不得要领。鉴于上述种种教育体制的问题，他创办了科学宫，以一种全新的模式实现了文学及语言学习的复兴。他为每所学校都附设了出版社，以出版必要的教科书。同时，他还创办了《埃及校园》杂志，并兴建了公共报告厅，报告厅内除周五外演讲不断。此外，他还主持兴建了埃及图书馆，将分散存放于各清真寺中的书籍汇集一处，又引进了许多外文书籍，并规范了阅读及借阅手续。除此之外，他也积极从事并鼓励针对学生及社会人士的图书编纂工作。

传记记录了传主对"参与奥拉比革命"一事的回避态度。奥拉比革命是一场民族爱国革命，阿里·穆巴拉克本应顺天行事，投身其中，可他却主张温和的改良，于是离开了开罗，回到家乡巴尔纳巴勒推行土地改革与农业改革。不久，他便重返开罗，并成为了殖民者的幕僚。在那段国力衰微、噩梦萦绕的恐怖岁月里，他最终辞去了官职，远离政治，在辞世前4年写了自传。

诚然，这部自传信息充足且内容饱满。通过它，我们了解到19世纪埃及的教育概貌。这部传记被看作是有关伊斯梅尔时代（1863—1879）埃及教育的重要文献资料。

3. 穆罕默德·库尔德·阿里

叙利亚学者、文学家穆罕默德·库尔德·阿里在其6卷本宏著《沙姆志》的第六卷中为自己作传，他从祖父说起，开始他的自述。其祖父是库尔德人，

---

① على مبارك، الخطط التوفيقية، المطبعة الأميرية ببولاق، القاهرة، ١٨٨٩، ص٥٤.

从苏莱曼尼亚（伊拉克北部）侨居大马士革。以经商为业，经商途中被残暴的土耳其统治者查抄了家产，家道中落。他在自传中这样陈述家世：

> 我的父亲是一个穷困的孤儿，以缝纫起家，转而从商。生意经历了几起几落之后，他终于在大马士革的古塔区买下了一座小庄园。那里是我和兄弟们从小到大的家。我出生于 1876 年 2 月末，母亲是塞加西亚人。我 6 岁时进入卡菲勒·塞巴亚学校，开始学习阅读、写作、伊斯兰教基础知识、算术和自然。我以优异的成绩毕了业，而后进入军事学院学习土耳其语。学校的法语课很少，父亲便为我请了一位法语家教，教授我法语语法。三年后，我便精通了法阿互译。获得军事学院文凭后，我在外事部门供职六年。在此期间，我逐渐了解了土耳其文学。随后，我又在莱阿扎林学校学习了两年法国文学。同时，我还抽出一部分时间，学习了阿拉伯文学和伊斯兰教各门知识。我坚持学习法语，直至精通。[①]

在自传中他说，他的阿尔及利亚老师谢赫·塔希尔对他影响最大。老师将社会改良思想、热爱民众、勇于著书立说的精神灌输给了他，使他对哲学、社会学、人类起源及文明等各类书籍产生了极大的兴趣，阅读了大量法国学者的著作和各种相关的法国期刊。此后不久，他便成为了一名记者，并在《沙姆周报》任编辑长达三年。与此同时，他还为埃及的《文摘》杂志投稿，崭露头角。1901 年，他访问埃及，并受邀出任埃及《先驱》杂志编辑之职。在此期间，他常常去听谢赫穆罕默德·阿卜杜的课并与之讨教学问。后来，他回到了大马士革，彼时，土耳其当局正监视他，对他的宅邸进行了多番查抄，他被迫再次流亡埃及，主持《火炬报》的发行工作。与此同时，他还从事《现象日报》以及《支持者报》（当时谢赫·阿里·优素福任主编）的编辑工作。借此机缘，他结识了诸多埃及杰出人士。1908 年奥斯曼帝国政变发生时，他与其他阿拉伯民众一样，认为政变将触动土耳其的黑暗统治，政治家们将逐渐关注公民权益。抱着这种期望，他重返大马士

---

① 转引自：شوقي ضيف، الترجمة الشخصية، دار المعارف، ١٩٥٦، ص١١٠.

革。在自传中，他承认自己未曾料想到奥斯曼帝国会分裂，甚至曾希望竭尽所能地投身帝国改革。尽管如此，土耳其统治者依旧对他恨之入骨，他于是离开沙姆，远赴法国。在法国他结识了一些哲学家与作家，并写了一系列文章来描述这段旅途，进而将这些文章结集为《西方奇闻》。随后，他再次回到了大马士革，无奈土耳其统治者对他余恨未消，于是他再次踏上了旅途多艰的流亡之路。1912 年到达埃及。次年，他便远游意大利、法国及中欧各国，并在西方各国图书馆中寻找珍贵的阿拉伯语手稿。回国后，他发现奥斯曼统治者对他的迫害已然升级，他们终止了他创办的《火炬报》的发行，并对其行踪进行严格的监控。第一次世界大战打响后，奥斯曼统治者们解除了对他的仇视，并驱使他为他们效劳，从事战争期间的宣传工作。他为满足统治者们的要求，于是索回了《火炬报》的发行权，并创办了一份名为《东方》的新报，以满足统治者们的宣传需要。"一战"结束之际，当他旅居阿斯塔纳之时，大马士革终于落入联军之手。他于是回到了大马士革，并出任教育部长。他组织成立了阿拉伯科学院，该院留存至今。不久，他被革职，后于 1920 年法国占领叙利亚时期官复原职。在此期间，他出访欧洲，并游历各国。谈及这段经历时，他否认自己曾经对法国托管所作的种种歌颂。后来，他选择了放弃官职，专心主持组建阿拉伯科学院的各项工作。直到 1928 年他才重任教育部部长。随后，他代表叙利亚参加了英国牛津大学召开的东方学大会。他创建了一所文学院和一所神学院，从而使叙利亚大学所含学科扩充为四个。即上述两个学院，以及医学院和法学院。

这篇自传的一个亮点在于，作者坦陈了自己对于奥斯曼及法国统治者们的偏袒。关于这一点，作者在自己创办的报纸上做了如下辩解：

> 《火炬报》的政治理念是与政府进行合理合作，弹劾其过失也颂扬其功绩。本报始终以激发思想、弘扬阿拉伯民族精神为目标。它所倡导的政治是一种全民参与的政治，并不掺杂任何仇视外族的心理。[①]

---

① 转引自：شوقي ضيف، الترجمة الشخصية، دار المعارف، ١٩٥٦، ص١١٢.

他曾在"一战"期间为奥斯曼统治者做战争宣传,故而,上述言论出自他口并不足为奇。同时,他也是法国托管的支持者之一,并认为法国与叙利亚之间情同手足——他的坦诚值得肯定。同时,他坦言道:

> 我天性狂狷,迷恋阿拉伯音乐,喜欢愉快、亲和、诙谐的氛围,也热爱自然和游历。我曾热衷于革新,我所主张的革新是一种有限度的革新,即不破坏任何神圣的既有根基;同时,我理想中的革新是一种循序渐进的科学改革,而不是革命。①

他在其自传中对那些曾经中伤他的报纸及记者多有抱怨。他认为自己最重要的作品是:《雄辩家信札》、《西方奇闻》、《安达卢西亚的今昔》、《古今文明史》、小说《清白的罪人》、故事集《美德与恶行》。他的最后一部作品便是自传《沙姆志》,其中写道:

> 这本书记录了沙姆的城市与历史。其创作耗时 30 载。为了创作它,我阅读了大约 1200 卷书籍。这些书籍来自阿拉伯语、土耳其语、法语等三种语源。我为这部书的创作投入了 1500 埃镑。这些资金被分别投入到该书的 6 部卷册中。②

第四节　现当代阿拉伯传记文学概述

进入 20 世纪后,阿拉伯文学中关于传记书写的类型呈现出蓬勃发展的势头,而在阿拉伯世界中较早开启现代化进程的埃及文学在这一领域开风气之先。埃及人在整个 19 世纪由被动现代化到自觉现代化的转型中,努力寻找"自我",终于"在现代文学中结晶出我们民族个性的形象"③。它产生于

---

① شوقي ضيف، الترجمة الشخصية، دار المعارف، ١٩٥٦، ص١١٣.

② 同上。

③ يحيى ابراهيم عبد الدايم، الترجمة الذاتية في الأدب الحديث، دار إحياء التراث العربي، بيروت، ١٩٧٥، ص٧٧.

中产阶层，迸发于这个阶层日益高涨的代表人民精神追求的民族主义情感。中产阶级知识分子率先意识到个性自由、个性独立等现代性理念，力图带领广大民众摆脱西方殖民主义、奥斯曼土耳其人统治的枷锁，倡导民族独立，制定宪法，进行全面的政治、经济、思想文化改革，提出了"埃及是埃及人的"口号。现代派文学家渴望用传记这一历史与文学相结合的载体来塑造"新埃及人"，冲破自古以来束缚阿拉伯人头脑的阿拉伯—伊斯兰社会文化禁忌，以全新的姿态审视民族的思想、文化危机，表达民众内心的苦痛和对未来的希冀，强调个性解放，唤醒民族精神。这是现代阿拉伯世界第一次"人"的觉醒，传记文学为建构"新民"、"新文化"而作，一些具有启蒙意识的作家、知识分子担负起解放个性、唤醒民众的使命。

一　20 世纪的传记

这时期的阿拉伯人物传记已开始褪去其陈旧的外衣，并开始逐渐脱离自伊斯兰历史初期就一脉相承下来的人物写作方法。同时，其传记生产也在模仿欧洲人创作风格中找到了自身的发展向度。至此，传记已不再是对古文本的机械重复，也不再是对信息不加分类、分析、艺术化的简单拼凑。传记艺术创作经验证实，传记最重要的并非堆砌传主的生平信息，而是将其履历以一种恰如其分的方式叙述出来，并在这一过程中兼顾文本的真实性与艺术性。正如英国历史学家、著名传记作家斯特拉齐所说的那样："显然，历史并非一门知识，也绝非真相的简单堆砌，而是对这些真相的叙述。假如那些与过去相关联的真相只是单纯被毫无艺术性地相互叠加，那么，它们便不能算作整编过的素材。无疑，分类后的材料有其长处，但无论如何，它们并不能被称为历史，除非我们可以将置于同处的黄油、鸡蛋和香菜称之为一盘鸡蛋饼……"①

阿拉伯传记文学家们一方面学习西方文学中传记文学的经典之作，如托马斯·卡莱尔（Thomas Carlyle）、安德列·莫洛亚（André Maurois）、马克西姆·高尔基（Maksim Gork'ii）等人的作品；另一方面也汲取自己传统文化中

① 转引自．محمد عبد الغني حسن، التراجم والسير، ، دار المعارف، القاهرة، ١٩٥٥، ص١٤.

关于人物传记的遗珍，恪守阿拉伯社会中忌讳自我揭露的原则。他们注重记录传主思想、精神、政治、文学等方面的业绩及其在社会中产生的影响，以期表达出民族性格，建构一种能带领民众赶上世界发展步伐的新文化。由此，作传在当时形成了一股重要的思想文化潮流，其回声影响至今。

这时期出现了一些具有时代特征的佳作。例如：阿巴斯·马哈茂德·阿卡德（Abbās Mahmūd al-'Aqqād，1889—1964）深受卡莱尔的影响，写了一系列名为《天才传》（Abqariyyah/Genius）的人物传记，包括《欧麦尔的天赋》（Genius of Omar）、《阿布·伯克尔的天资》（Genius of Abū Baker）、《哈立德·本·瓦立德的天才》（Genius of Khālid bn al-Walīd）等；穆罕默德·侯赛因·海卡尔写了《阿布·伯克尔传》、《欧麦尔·本·哈塔卜传》；塔哈·侯赛因写了《奥斯曼传》、《阿里和他的儿子们》、《穆罕默德外传》等。同时，对圣门弟子、先知追随者、哈里发、领袖、国王、当权者、科学家、文学家等伊斯兰历史人物传记的创作也开始以全新的笔调登上阿拉伯现代文学舞台。传记作家们从古籍和故源中汲取信息、文献、史料，依循现代文学创作手法和心理学阐释法对人物进行分析，塑造传主，注重阐释人物性格及其与所处时代的相互影响。

随着现代阿拉伯传记作家创作方法的日臻成熟，他们甚至开始为宗教人士中的伊斯兰教法学家及伊玛目们作传。以沙斐仪派①伊玛目传记为例，该传记作品已不再是对学者及伊玛目传述者言论的单纯引证，亦或有关伊玛目传闻的集结，也非伊玛目言论、观点的收集，而是转变为对伊玛目所处环境的研究，对其所属学派的分析，对其生长及教育背景以及这种背景环境对其个性形成、经验积累、学说传播的影响程度之分析。也正因如此，阿拉伯传记艺术在伊玛目传记领域里觅得一批佳作，如谢赫·穆罕默德·阿布·扎赫拉、阿卜杜·哈利姆·琼迪及艾敏·胡里等人的作品②。

---

① 沙斐仪教法学派（Ash-Shafi'iyyah），伊斯兰逊尼派四大教法学派之一，由公元 9 世纪沙斐仪教长所创。该派提出"圣训"应为仅次于《古兰经》的第二法源，强调类比推理，并广泛应用公议。该派学说盛行于埃及、叙利亚、伊拉克等地。

② 谢赫·穆罕默德·阿布·扎赫拉（ash-Shaykh Muhammad Abū Zahra，1898—1974），著有《马立克》、《伊本·罕百勒》、《沙斐仪信徒》、《阿布·哈尼法》、《伊本·塔耶米耶》、《伊本·哈兹姆》；阿卜杜·哈利姆·琼迪（Abdu al-Halīm al-Jundī）为阿布·哈尼法作传，享有声誉；艾敏·胡里（Amīn al-Khūlī，1895—1966）为伊玛目马立克作评传。

现当代传记作家深知，"传主拥有一段彻头彻尾的悲剧人生"已不再是传记作品成为美学意义上的佳作的必要条件。尽管奥斯卡·王尔德（Oscar Wilde）曾说过，"假如拿破仑·波拿巴的人生缺失了在圣海伦斯的悲剧式收场，那么其人生也不过是乏善可陈的一世平庸"，尽管王尔德漂泊多舛的一生正是一幕典型的悲剧，但这位杰出的传记作家自己恰是从传主平凡的生活中发掘素材，抓住传主的吉光片羽，运用其文学艺术手法，为世人创作出一部部传记杰作。

在阿拉伯史传及人物传记中，对什叶派殉教者阿里·本·艾比·塔利卜及侯赛因悲剧人生的传记写作古代有什叶派文学为其树碑，现代有塔哈·侯赛因、阿卡德、阿卜杜·法塔赫（Abdu al‑Fatāha）等作家为其立传。的确，这些催人泪下的历史悲剧人物的确是绝佳的传记材料，但现当代传记作家们也把目光关注到那些非殉教者的历史人物上，为其作传。如为阿布·伯克尔、欧麦尔、哈立德·本·瓦利德等人作传。

值得一提的是，塔哈·侯赛因根据中世纪伊本·希沙姆的《先知传》，写了《穆罕默德外传》，真实地刻画了先知的形象。他笔下的先知是个谦谦君子：他敛心默祈，极有性格魅力，富有同情心，喜欢女人和香料，既不乏传统男性孔武勇猛之气，又以具有新贵身份为荣。他在该书的前言中如此阐释他为先知作传的原则：

> 希望人们知道我喜欢讲故事，并赋予它在叙述和对话方面一定的自由度，除了有关先知和宗教方面的传述；我严格遵守"圣训"学家、传述家、宗教学家等先贤们的论述。人们在寻找我的这本新瓶装旧酒的书的故源时并不会劳神费心，因为这些出处不会超出伊本·希沙姆的《先知传》、伊本·萨阿德的《传记等级》、塔巴里的《历史》这些古代经典。我这本书里的任何章节或叙述都是围绕着那三本书中的有关轶事展开的。①

---

① طه حسين، على هامش السيرة، القاهرة، دار المعارف، ١٩٨٠، ص ك.

现代女作家阿伊莎·拉赫曼·宾特·夏蒂伊在传记《先知的妻子们》一书中写了一系列人物评传，给每人一卷的篇幅。另一位现代女作家纳比娅·阿伯特的《穆罕默德的挚爱阿伊莎》开启了现代阿拉伯传记文学的新视野。她强调阿伊莎在先知穆罕默德一生中的重要作用。

现代传记中，有两部作品专涉女性名人的传记作品。第一部为卒于公元1914年的黎巴嫩籍埃及女文学家泽娜卜·法瓦兹（Zaynab Fawāz，1844—1914）所著的《散落的珠玉——闺阁主人等级》（ad - Durar al - Manthūr fī Tawbaqāt Rabbāt al - Khudūr）一书，泽娜卜·法瓦兹在其著作中为古今阿拉伯及非阿拉伯女性名人作传，其中有《玛吉黛·古莱什娅传》、《穆苔娅姆·哈希米娅传》、《奥地利女王玛丽娅·特蕾莎传》、《英国女王玛格丽特传》等。第二部为叙利亚现代文学家欧麦尔·里达·卡哈莱（Omar Ridā Kahālah，1905—1987）教授所作的《阿拉伯和伊斯兰世界的女性名人》（A ʿlām an - Nisā' fī Ālamay al - Arab wo al - Ālam）一书，尽管书中传记大多简略，但对于从事阿拉伯女性穆斯林历史研究的学者而言，该书仍不失为一部重要的参考书目。

由此，我们看到了现代阿拉伯传记文学与古代、中世纪传记人物的对接，阿拉伯历代优秀人物是现代传记文学创作的丰厚素材和灵感源泉。

在为历史人物作传时，避不开为有争议的历史人物树碑立传时应采取何种态度和叙述方式的问题。以哈贾吉·本·优素福①为传主的传记作品为例，传记作家们十分警惕其对手对他的评价，因为这种对手间的论战有可能给作传者带来误导。一些历史学家已对哈贾吉定论为"异教徒"，公正且崇尚灵修的哈里发欧麦尔·本·阿卜杜勒·阿齐兹（欧麦尔二世）对他的评价是"伪君子"。他说："倘若每个民族推选出它的伪君子的话，我们选出的哈贾吉定胜过他们。"但另一些历史学家认为此人虽杀人如芥，但仍可称得上虔诚的信徒。在以伊玛目阿布·哈尼法·努阿曼②为传主的传记作品

---

① 哈贾吉·本·优素福（Hajjaj bn Yūsuf，661—714），伍麦叶王朝著名将领。公元692年曾率领军队攻占麦加，被任命为希贾兹（汉志）总督。694年任伊拉克总督。曾派部将先后征服了阿富汗、中亚和印度西北部地区。因杀人如芥，被称为"残暴的尼罗"（罗马暴君）。

② 阿布·哈尼法·努阿曼（Abū Hanīfah an - Nu ʿmān，700—767），伊斯兰教逊尼派哈乃斐教法学派创始人、教义学家。他是伊斯兰教影响最大的教法学家，被尊为"大伊玛目"，终生致力于宗教学术研究和讲学。他坚持司法的独立性，因不愿为阿拔斯王朝效力而被害致死。

中，史传作家们必须充分了解其对手和嫉妒者们为维护自身宗派利益而加诸其身的种种诽谤，以及舆论间的分歧。阿布·哈尼法曾是伊斯兰立法的主导者，而正是这一点使其对手们感到不悦。此公遭受到对手们的长期诟病和中伤。尽管如此，一些有良知的历史学家和人物传记作家们并未对这个人物众口一词，更未对主流的历史言论缄口不语，而是致力于深入研究这些言论的缘由，在史实与言论的相互矛盾中探寻真相，去伪存真，客观可信地评判历史人物。

针对某一人物或同一人物的某一方面得出相互矛盾的评论，这在传记史上不足为奇。正是这一现象的存在使得传记作家们对传记艺术情有独钟，对于越是有争议的传主，越是大有文章可作。美国史传家詹姆斯·弗鲁德（James Froude）在其为卡莱尔所作的精彩传记中，将其妻子简塑造成女性中的典范——一个不被丈夫理解、命运不济、不善交际、对丈夫的自私隐忍不宣以便保全其在人们心目中的光辉形象；而在另一些传记作品中，读者读到的卡莱尔夫人是一个爱唠叨、无礼、冥顽不化、树敌颇多、思想肤浅的女性，却将卡莱尔塑造成了一个性格温和、忠于婚姻的好丈夫。

的确，无论古今东西，为忠良修史亦好，为奸佞作传也罢，史传家们在看待人与事上的意见分歧都决不会消失。因此，如何为历史人物修史作传，一直是现当代阿拉伯传记界热议的话题。中和、谨慎而公正的立场是传记作家们秉承的原则。

这时期，除了为阿拉伯古代人物作传，不少作家们还为现当代各色人物作传。如黎巴嫩现代作家米哈伊勒·努埃麦（Mikhā'īl Nu'aymah，1889—1988）为挚友纪伯伦写了《纪伯伦传》（1936）；埃及现代作家艾尼斯·曼苏尔（Anīs Mansūr, 1924—2011）为许多同时代的政治家、文学家、艺术家作传，写了《他们活在我生命里》（Āshū fī Hayātī, 1989）、《大人物也会笑》（al-Kibār Yadhakūna 'aydan, 2004）等十几部传记作品；科威特女诗人、文学评论家苏阿德·萨巴赫（Su'ād as-Sabāh, 1942—）为其丈夫阿卜杜拉·穆巴拉克·萨巴赫作传《海湾之鹰》（Sawqr al-Khalīj）。这些作家在作传中力求忠实地描述其亲人或挚友作为"人"的一生。

二 20 世纪 70 年代前的自传

这时期自传作品也以其不同于传统的面貌登上文坛。有着"埃及的卢梭"之称的阿卜杜·拉赫曼·舒克里 (Abdu ar-Rahamān Shukrī, 1886—1958) 在 1916 年写了《忏悔录》(al-I'tirāfāt)，借一个朋友之口，忏悔自己的一生，剖析自我既顶礼膜拜安拉又做了许多纵欲渎神之事的双面性格特征。而开艺术自传先声的是埃及"现代文学巨擘"塔哈·侯赛因，他的小说体自传《日子》三部曲 (al-Ayyām, 1929—1962) 对阿拉伯现代自传文学写作在基本范式、艺术品格和美学原则三个方面起到了典范作用。随后，赛伊德·古特布 (Sayd Qutb, 1906—1966) 写了《村里的孩子》(Tifl min al-Qaryah, 1946)，艾哈迈德·艾敏 (Ahmad Amīn, 1886—1954) 写了《我的一生》(Hayātī, 1950)，摩洛哥作家阿卜杜·马吉德·本·杰伦 (Abdu Majīd bn Jalūn, 1919—1981) 写了《童年》(Fī at-Tufūlah, 1957)，萨拉麦·穆萨 (Salāmah Mūsā, 1887—1958) 写了《萨拉麦·穆萨的教育》(Tarbiyah Salāmah Mūsā, 1947)，阿巴斯·马哈茂德·阿卡德写了《我》(Ana, 1964) 和《我的写作生涯》(Hayātī Qalamī, 1964)，陶菲格·哈基姆 (Tawfīq al-Hakīm, 1898—1987) 写了《生命的牢狱》(Sijn al-'umr, 1964)，路易斯·易瓦德 (Louis 'Iwad, 1915—1990) 写了《一名海外留学生的回忆录》(Mudhakkirāt Tālib bi'thah/Memoirs of an Overseas Student, 1965)、米哈伊勒·努埃麦写了《七十述怀》(Sab'ūna/Seventy, 1959)，叶海亚·哈基 (Yahyā Haqqī, 1905—1992) 写了自传《会员的忧伤》(Ashjānu'Udwi Muntasib, 1975)，等等。其中《日子》和《七十述怀》是阿拉伯文坛乃至世界文坛都公认的自传翘楚之作，达到了很高的艺术水平。这些作品旨在"通过自己看出一个时代"，通过作者对自己思想、文化、文学生活的描述，反映现当代阿拉伯人的思想、文化危机，反映在现代化这个同质性的世界大潮中阿拉伯"自我"和"他者"的碰撞和冲突。正如歌德所说："把人与其时代的关系说明，指出整个情势阻挠他到什么程度，掩助他又到什么地步，他怎样从中形成自己的世界观和人生观，以及作为艺术家、诗人或著作家又怎样再把它反映出来，似乎就是传记的主要任务。"①

阿拉伯古代自传以"外部性"为特征，也就是说其大多数情况下讲述外部环境对人的影响。而现当代自传则注重探究人物内心，揭露人物心理状况与内心波澜，呈现外界及外部事件对于人物内心的投射，继而发生的内心活动。现代自传作家们注重讲述自我在心理、精神、思想、政治等方面的经历，表明自我对此的思考和态度，或是从中汲取的教训。阿拉伯现当代自传与传统自传在主题上不同的是，现代自传多体现传主自我的无归宿感，对传统的叛逆精神，直率地揭露自我的勇气。尽管在自我揭露方面较之于传统自传，阿拉伯现当代自传已迈出了很大一步，但并没有达到西方自传那样赤裸裸地暴露自我隐私、家室丑闻的地步。中国文化中"为尊者讳、为亲者讳、为贤者讳"的"三讳"伦理道德倒更适合于阿拉伯社会。毕竟像《忏悔录》这样的文学形式产生于欧洲基督教文化土壤，包含着"原罪"的概念，作者通过"自白"、"自我揭露"、"忏悔"使自己得到上帝的宽恕。从圣·奥古斯丁的《忏悔录》到卢梭的《忏悔录》，皆是如此。脱离了西方文化语境的"忏悔录"随着现代化被带入非西方国家和地区，成为现代世界文学中的一种文类。阿拉伯现当代文学中这一传记类型起初是模仿现代西方文学写作方式进行的，继而渐渐发展成为本土文学的重要组成部分。

此外，在叙述方式上，阿拉伯现当代自传与传统自传也有所不同。很明显，现当代自传的叙述方式十分多样。有的直接冠名以"自传"、"回忆录"、"忏悔录"、"日记"、"信札"等。这些回忆性作品自 20 世纪 30 年代起，不断涌现，令现当代阿拉伯文坛繁花似锦。这一类型的作品除了上面提到的以外，还有陶菲格·哈基姆的信札《生命之花》（*Zahlah al-ʿUmr*, 1988）、艾哈迈德·艾敏与儿子的通信《写给儿子》（*Ilā Woladī*）、穆罕默德·侯赛因·海卡尔的《我的儿子》（*Woladī*, 1978）等等。而许多现当代阿拉伯自传喜欢以小说的形式呈现。阿拉伯传记文学理论家叶海亚·易卜拉欣·阿卜杜·戴伊姆认为，穆罕默德·侯赛因·海卡尔的小说《泽娜卜》（*Zaynab*, 1914），易卜拉欣·马齐尼（Ibrāhīm al-Māzinī, 1890—1949）的小说《作家易卜拉欣》（*al-Kātib Ibrāhīm*），米哈伊勒·

---

① 歌德：《歌德自传——诗与真》，刘思慕译，人民文学出版社 1983 年版，第 3 页。

努埃麦的小说《米尔达德》（*Mirdād*，1952）、《约会》（*Liqā'*，1946），阿巴斯·阿卡德的小说《萨拉》（*Sārah*，1937），陶菲格·哈基姆的小说《灵魂归来》（*Awdah ar – rūh*，1933）、《东来鸟》（*Usfūr min ash – sharq*，1941）、《一个乡村检察官的手记》（*Yawmiyyāt Nā'ib fī al – Alyāf*，1938），苏海尔·伊德里斯（Suhayl Idrīs，1922—2008）的《拉丁区》（*Hay Lātīniyyah*，1953），路易斯·易瓦德的《凤凰》（al – 'Uqā'，1966），阿卜杜·哈利姆·阿卜杜拉（Abdu al – Halīm Abdu Alla，1920—1986）的《童年岁月》（*Ayyām at – Tufūlah*，1955）、摩洛哥作家穆罕默德·舒克里（Muhammad Shukrī，1935—）的《裸面包》（*al – Khubz al – hāfī*，1972）等作品是小说体自传①。在戴伊姆看来，小说和小说体自传的区别在于作者本人是否声明自己写该作品的意图。如果作者在书的前言或某个场合声明该作品是依照自己的一生经历以小说体写成，小说的主人公就是他本人的化身，那该作品就属于自传，否则便是纯小说。② 比如，路易斯·易瓦德的小说《凤凰》属于自传。因为作者本人这样声称："我内心深处一直认为《凤凰》是我人生某一时期的见证。这个时期终结于1948 年，那一年我结了婚，从纯粹的学术研究向思考大众生活转型。"③ 再如，阿卡德的小说《萨拉》也是自传。因为作者坦言："我一生爱过两位女性，一个是萨拉，一个是梅·齐雅特。前者是位充满女性气质的典范，后者是位意志坚强的女知识分子典范。"④

　　现当代阿拉伯文坛小说体自传居多的原因，在笔者看来，一方面归结于传主能假以小说之名充分揭露其本人所遭遇的心理、情感、思想振荡，避免给自己和家人、朋友带来不快或生命威胁；另一方面也是现代自传艺术化的写作生产方式使然。这一点笔者在第五章第二节中详论。现当代自传与小说互为表里、并行不悖的特点并非阿拉伯文学独有。其实，它同样体现在西方文学中，如英国作家埃德蒙·高斯的《父与子》、乔治·穆尔的《告别》、詹姆斯·乔伊斯的《一个青年艺术家的肖像》、波伏娃的《名士风流》等被

① يحيى ابراهيم عبد الدايم، الترجمة الذاتية في الأدب الحديث، دار إحياء التراث العربي، بيروت، ١٩٧٥، ص٨١.

② 同上书，第116 页。

③ لويس عوض، العنقاء، بيروت، دار الطليعة، ١٩٦٦، ص٧.

④ العقاد، أنا «دار الهلال، من سلسلة كتاب الهلال العدد ١٦٠، ١٩٦٤، ص٣.

文学界认为是作者的自传。

从表达形式上看，按照戴伊姆的划分，现当代阿拉伯自传从文体上看分成三类：小说体自传、阐释体自传和介于二者之间的自传①。第一类作者将个人经历隐藏于字里行间，以故事的框架描绘其人生；第二类作者以散文的形式，凭借事实材料，来对人生经历进行阐释和分析；第三类则是兼顾事实性和描述性于一体的作品。而采取何种形式为自己作传又取决于作者作传的动机和对读者的期望。为此，笔者按作传动机和阅读期望将现代阿拉伯自传划分为以下三个范畴：

1. 思想自传

此类自传的艺术性最强，艺术价值较高，因为作传者本人多为有着很高文学造诣的创作家和思想家，如阿卜杜·拉赫曼·舒克里、萨拉麦·穆萨、塔哈·侯赛因、阿卡德、易卜拉欣·马齐尼、艾哈迈德·艾敏、米哈伊勒·努埃麦、陶菲格·哈基姆、路易斯·易瓦德等。他们作传目的在于刻画传主的思想世界，阐释这个世界的特质和精髓，反映传主在教化自我、找到一条将自我与生活世界联系起来的路径中所遭遇的一切。这一自我教化过程便是其文学创作、思想发展的经历。此类自传在阿拉伯现当代文学中不胜枚举。它反映出现当代阿拉伯世界所经历的思想、文化潮流和重大历史事件，以及传主这一代人对风云变幻的事件所持的立场和观点。由于受到西方文化和现代文明的影响，经历了西方殖民者对本土的占领，以及"一战"、"二战"为世界带来的重创和巨痛，这些作家冲破了自古以来阿拉伯社会的文化禁忌，以全新的姿态审视民族的思想、文化危机，审视在世界的版图中"自我"和"他者"的关系，在民众中传播新的理念，以期通过自传建构民族文化属性。他们中有的主张取道西方文明，有的倡导复兴传统文化，有的希望调和古今，找到适合于当下民族发展的道路。总之，对历史的割舍、怀念和批判，以及在民族寻求独立的现代化过程中遭受的挫折、奋斗和所取得的成就，是这时期自传文学取之不尽的题材。

比如，我们在艾哈迈德·艾敏的《我的一生》中看到他建立在调和古

---

① يحيى ابراهيم عبد الدايم، الترجمة الذاتية في الأدب الحديث، دار إحياء التراث العربي، بيروت، ١٩٧٥، ص٨٢.

今基础上的文化观的确立；在哈基姆的《生命之花》、《生命的牢狱》中
看到他在尝试了各种文学艺术形式后最终借戏剧艺术建构其哲学思想理念
的过程，以及作家不断更新"自我"、为找到一种与自己的天性和禀赋相
投和的生命方式而付出的不懈努力；在马齐尼、阿卡德、舒克里的自传中
我们看到先进的思想和残酷的现实在他们年轻的内心中强烈冲突和碰撞的
心理焦虑；在塔哈·侯赛因的《日子》和萨拉麦·穆萨的《萨拉麦·穆
萨的教育》中看到主张走世俗主义道路的传主与传统文化的疏离。正如
穆萨所云："我深感自己与所生活其中的社会格格不入，与这个社会的
信仰、情感、观点无法同流"①；在米哈伊勒·努埃麦的《七十述怀》中
看到传主由叩问人类命运和存在意义到最终走向世界主义和整体宇宙观的
人生历程。

2. 政治自传

这类自传的作者常常借自传来捍卫自己的政治观点和社会立场，澄清重
要的历史事件，抨击对手。这方面的作品有：艾哈迈德·沙菲格（Ahmad
Shafīq）的《半世回忆录》（*Mudhakkirātī fī Nisf Qarn*，1934），艾哈迈德·鲁
特菲·赛义德（Ahmad Lutfī Sayīd）的《我的生命故事》（*Qissat Hayātī*），
阿卜杜·阿齐兹·法赫米（Abdu al－'Azīz Fahmī）的《这就是我的人生》
（*Hādhih Hayātī*），穆罕默德·侯赛因·海卡尔的《埃及政治回忆录》
（Mudhakkirāt as－Sayyāsah al－Misriyya），穆罕默德·阿卜杜（Muhammad
Abdu，1849—1905）的《穆罕默德·阿卜杜回忆录》（*Mudhikkrāt Imām Mu-
hammad Abdu*，1893），等等。这些作家在埃及和阿拉伯世界的政治、思想
界占有重要地位。他们的观点、立场和意识形态都向传统成规提出了挑战，
成为思想、文化界论战、争鸣的焦点。因此，他们的自传和回忆录是阐释自
己的观点、捍卫自己的立场、陈述社会改革主张的工具。

比如，将卢梭的《社会契约》、亚里士多德的《哲学》翻译成阿拉伯语
的艾哈迈德·鲁特菲·赛义德在《我的生命故事》中呼吁广大民众将"崇
高理想作为爱国主义的神坛"②，他步法特希·扎格鲁勒的后尘，主张社会

---

① سلامة موسى، تربية سلامة موسى، القاهرة، مؤسسة الخانجى، ١٩٥٨، ص٣.

② أحمد لطفي السيد، قصة حياتي،دار الهلال، ١٩٦٢، ص١٥٣.

改良和教育兴邦；阿卜杜·阿齐兹·法赫米在《这就是我的人生》中主张社会进行政治、法治改革，反对当时华夫脱党领袖萨阿德·扎格鲁勒为内阁总理的议会，抨击那些与宪法、公正和自由原则背道而驰的裁决。同时，也反对爱资哈尔最高委员会的裁决①，法赫米在自传中还主张一夫一妻制，反对伊斯兰教的一夫多妻制；阿卜杜·拉赫曼·拉菲义（Abdu ar - Rahmān ar - Rāfi 'ī, 1889—1966）在《我的回忆录》（Mudhikkrātī, 1952）中记录他同辈人的履迹和历史事件，表明其政治爱国主义立场，阐明埃及祖国党②在历史上的作用③。

3. 私人性自传

这些传记的作者多以回忆录、日记和游记的形式记录自我的私人世界。如乔治·泽丹（Jūrj Zaydān, 1861—1914）的《乔治·泽丹回忆录》（Mudhakkirāt Jurji Zaydān, 1968），优素福·瓦赫比（Yūsfu Wahbī, 1900—1982）的《优素福·瓦赫比回忆录》（Mudhakkirāt Yūsfu Wahbī），穆斯塔法·阿卜杜·阿齐兹（Mustafā Abdu al - Azīz）的《穆斯塔法·阿卜杜·阿齐兹日记》（Yawmiyyāt Mustafā Abdu al - Azīz），艾敏·雷哈尼（Amīn ar - Rīhānī, 1876—1940）的游记《阿拉伯国王志》（Mulūk al - Ar-ab, 1924）、《伊拉克志》（Qalb al - Irāq, 1935）、《黎巴嫩志》（Qalb al - Lubnān, 1947）、《马格里布地区志》（al - Maghrib al - Aqsā, 1952），马齐尼的《希贾兹之行》（ar - Rihlah al - Hijāziyyah），塔哈·侯赛因的《春夏之行》（Rihlah ar - Rabī 'wo as - Sayf），侯赛因·法齐（Husayn Fawzī）的《辛伯达航行》（Sindabād Bahrī）等。这些作品从一个侧面反映了传主某个历史时期的个人经历，较之于前两类，其艺术价值、思想价值和历史价值较低。

---

① عبد العزيز فهمي، هذه حياتي، سلسلة كتاب الهلال، العدد١٤٥، ص١١٢-١١٧.

② 埃及民族主义政党。成立于1879年1月，成员多为知识分子、爱国军官、开明议员。主张维护埃及主权，实施宪政。1882年2月该党领导人巴鲁迪任首相，奥拉比任陆军大臣。同年7月英军侵入埃及，因抗英作战失败，两人被流放。

③ عبد الرحمن الرافعي، مذكراتي ١٨٨٩-١٩٥١، القاهرة، دار الهلال، ١٩٥٢، ص٣.

三　上述自传在内容上的特点

1. 揭示遗传、传统和环境因素对性格形成的影响

在阅读上述自传文本时，读者不难发现，有两个因素是作者在剖析自我性格形成时十分注重的：一是遗传和传统；二是周遭的环境。有的作者认为，环境对自己的影响胜于遗传和传统，但不忽略后者的作用。如舒克里在《忏悔录》、马齐尼在《我的生命故事》、努埃麦在《七十述怀》中的叙述；有的作者着重揭示环境在性格形成中的绝对作用，如塔哈·侯赛因在《日子》中的解释，作者在上埃及农村的环境和爱资哈尔大学的宗教氛围对自我性格的形成方面花了大量的笔墨；有的作者认为两个因素同等重要，如艾哈迈德·艾敏在《我的一生》、阿卡德在《我》中的描述；也有作者则感觉遗传和传统在自己性格形成中起到了巨大作用，如陶菲格·哈基姆在《生命的牢狱》一书中这样剖析自我：

> 我为什么不能变得更好？囚禁我的牢狱是什么？……遗传和传统囚禁了我，使我失去了在艺术创作上的许多自由度……人终究摆脱不了遗传和传统的障碍，人是重重矛盾的混合物……留给我自由发展的几率微乎其微，我只有不断地与生命抗争才能摆脱前辈们世代遗传的束缚，才能做到属于自己的"我"。我是遗传和传统的囚徒，我的自由只有在思考中找到，我的财富便是靠我自己建构的思想和文化。[1]

哈基姆认为，遗传和传统是生命的牢狱，将他束缚和捆绑，使他在艺术上走入死胡同。在经历了一次又一次与自己的抗争后，在尝试了多种自我表达方式后，他终于找到了可以让自己的思想充分表达出来的艺术形式——戏剧。他也成为"埃及戏剧之父"。生命之花从此绽放。也正因如此，他将自

---

① 　توفيق الحكيم، سجن العمر، مكتبة الآداب بالجماميز، ١٩٦٤، ص٢٨٧-٢٨٨.

己的两部自传分别冠名为《生命的牢狱》和《生命之花》，借以阐释自己的一生。

与哈基姆相反，塔哈·侯赛因在《日子》里更多强调的是环境对他性格形成的影响。作为上埃及农民的儿子，自幼失明的他对周遭的环境有不同于常人的感触，从家乡小村庄到开罗宗教气氛非常浓厚的爱资哈尔大学，再到以现代化理念创建的开罗大学，再到西方现代文明、艺术之都巴黎的索邦大学，家乡的愚昧落后，爱资哈尔大学的僵化，开罗大学的新制度体系，索邦大学更人性化、知识化、自由化的氛围无不塑造着这位"征服黑暗的人"，使他从盲童成为"埃及现代文学巨擘"。

2. 描述孩提岁月

尽管回忆年代久远的童年往事有时十分困难，但现代阿拉伯传记作家们还是将"我是谁"的追寻回溯至孩提岁月，认为那段时期对个性的形成至关重要，尤其是童年苦难的经历。阿拉伯传记作家们对拉长童年叙事格外青睐。比如，塔哈·侯赛因的《日子》第一部整个叙述自己苦难的童年，揭示埃及农村在宗教外衣掩盖下极其愚昧、僵化、虚伪的社会环境；马齐尼在《我的生命故事》中，描写自己贫穷的童年，揭示老开罗一个沙斐仪派伊玛目居住区的落后景象；萨拉麦·穆萨、阿卡德、艾哈迈德·艾敏在他们各自的自传里描述了他们严肃、少年老成、没有欢心笑语的童年。因为他们都有一个随时鞭策他们的严父，都经历了爱资哈尔大学的清规戒律。正是悲苦的童年经历培养了现代作家们克己自律、勤勉隐忍、自我教化、坚持不懈的精神，最终超越自我，在建构自我的过程中成为民族文化的优秀代表。

3. 真诚、坦荡的自我揭露

现当代阿拉伯传记作家十分注重将自己的人生经历、家庭生活、个性特点、自我观点、思想发展阶段、所处时代的历史事件，忠实、勇敢、坦荡、客观地诉诸笔端。例如，艾哈迈德·艾敏在《我的一生》中揭露父亲对母亲的施暴和压制，坦陈自己固执、刚毅、易怒、善感的个性遗传于自己的父亲，检视自己在晚年时的颓废："年轻时的我坚守原则，绝不趋利忘义。我恪守自尊，锐意改革。然而在我的理想化为泡影，我的改革事业重重受阻

后，迈入老年的我只能趋炎附势。"① 艾哈迈德·艾敏不仅坦诚待己，同时
也一分为二地评价与他共处过的同时代风云人物："他们这些大人物也有像
普通人那样的想法，也会犯普通人一样的错误，也会有像普通人一样的七情
六欲。"② 再如，努埃麦、哈基姆、阿卡德、塔哈·侯赛因在他们的自传中
都坦陈了他们与一个或几个异性间深度交往的经历以及苦闷，哈基姆还大胆
直言了自己在小学、中学，甚至大学期间因沉溺于读小说、逛影院、不上课
而导致数次考试不及格的劣迹。较之于"若犯错，则掩过"的阿拉伯传统
文化戒律，这种大胆的自我揭露是对传统文化的挑战，标志着阿拉伯现代文
学向去神化、平民化、人性化方面迈出了极大一步。需要指出的是，与西方
传记作家们，如卢梭、纪德、托尔斯泰等相比，阿拉伯传记作家们在揭露自
己私生活方面还是有限度的，不会像西方作家那样赤裸裸地、毫无耻感地描
写甚至炫耀自己的爱情冒险和性经历。

4. 描写内心抗争和与外部环境的疏离

传记文学打动读者、与读者发生共鸣的重要因素在于传主富有传奇的一
生。他们的人生充满了各种争斗，有的反映传主自我内心的抗争与叛逆；有
的揭示传主与传统文化的激烈碰撞；有的表现在激烈碰撞中传主的内心焦
虑、困惑和与现实世界的疏离；有的传主卷入社会政治、思想危机；有的传
主遭遇不白之冤，成为众人指摘和抨击的对象，甚至成为政治斗争的牺牲
品。通过他们在自传中的解释和辩白，读者了解到传主们经历的种种历史风
波和心理振荡，从而产生对传主的"理解之同情"。譬如，塔哈·侯赛因在
1926 年末于《新月》杂志上连载自传《日子》时，他正深陷于因著述《论
蒙昧时期诗歌》（*Fī ash - Sha ' r al - Jāhiliyy*，1926）引发的思想和心理危
机。这本著作引起了埃及思想文化界的轩然大波，作为埃及现代化进程中
西化的阿拉伯知识分子代表的塔哈，与传统的、复古的阿拉伯知识分子之
间围绕着"现代与传统"、"外来与本土"、宗教与世俗展开了激烈的思想
交锋，争鸣和危机所带来的内心疲惫和反思成为塔哈写作《日子》的动
机。再如，陶菲格·哈基姆在自传中这样描写自己告别留学多年的巴黎、

---

① ‏أحمد أمين، حياتي، مكتبة النهضة المصرية، ١٩٦١، ص٢٥٧-٢٥٨.‏

② 同上书，第 286 页。

回到祖国埃及后的心情：

> 世界上没有哪个地方能像巴黎一样荟萃各种艺术。巴黎，是的，世界的橱窗，展示着世间的天才……在埃及，我能做的只有活在像我这样的人无法生活的思想氛围中——若埃及还有称得上思想氛围的话。昔日的朋友，他们的话语和调侃，他们消磨时光的方式，今天看来已与我格格不入。若用一个词来表达我不愿意与他们为伍时的感受的话，那就是孤独，那种无法言说的孤独……思想者在埃及无法生存。[①]

从对自己文化的疏离到后来吸纳这种文化和外来文化的优秀因子，然后融汇二者、建构一种适合民族发展的新文化，这一过程，正是哈基姆在自传中想告诉读者的宗旨。

四 20 世纪 80 年代后的传记热

20 世纪 80 年代起，阿拉伯写作自传的知识分子、作家逐渐增多，掀起了持续到今日的"传记热"，以至埃及著名的文学杂志《新月》在整个90 年代每月专辟栏目——"成长岁月"来连载一些优秀传记作品。随后将这些材料集结成册，以专刊《成长：思想家、文学家和艺术家的人生》（《新月》杂志 1998 年 2 月第 566 期）发行。随着阿拉伯现当代文坛中写作自传的风靡，其叙述方式变得更加多样，内容更加丰富，事件发生的场域也更加广阔。有像哈纳·米纳（Hannā Mīna，1924—）的代表作、著名的小说体自传三部曲《陈年光影》（*Baqāya Suwar*，1975）、《沼泽地》（*al - Mustanqa '*，1977）、《采撷季节》（*al - Qitāf*，1986）那样的作品，通过截取童年最初的一段经历来追忆孩提时代；或像黎巴嫩作家艾尼斯·法里哈（Anīs Farīhah，1902—1992）的自传《写在我忘记之前》（*Qabl An Ansā*，1989）那样的作品；有以第一人称叙述的自传，如拉沙德·鲁世迪（Rashād

① توفيق الحكيم، زهرة العمر، مكتبة الآداب بالجماميز، ١٩٨٨، ص٧٦.

Rushdī，1912—1983）的《黥墨记忆》（adh－Dhākirat al－Maushūmah，1984）、《我的人生之旅》（Ma＇Rihlatī，1990）；也有一些自传是以长篇对话形式呈现的，如萨格尔·艾布·法赫尔（Saqr Abū Fakhr）与萨迪格·贾拉勒·阿兹穆（Sāwdīq Jalāl al－Azm）进行的长篇对话《无岸的对话》（Hiwār Bilā Difāf，1998）以及《对话阿多尼斯：童年，诗歌，流放地》（Hiwār Ma＇Adunīs：at－Tufūlah ash－Shi＇r al－Manfā，2000）。这种对话式自传的传主把自身的生平、思想、作品当作了话题的焦点；以访谈形式成功地书写自我一生的自传有：作家赛义德·侯拉尼耶（Sa＇īd Hulāniyyah，1927—1994）的作品《我发誓我曾生活过》（Ashhad Annanī Ishtu，1988）；还有像沙特阿拉伯流亡作家阿卜杜·拉赫曼·穆尼夫（Abdu ar－Rahamān Munīf，1933—2004）以记叙一座城市的变迁来叙述童年所闻所见的《一座城市的故事——40 年代的安曼》（Sīra Madīnah，Ammān fī Arba＇īnāt，1994）。

同样，书写传主的智慧、思想或精神的精神自传也佳作不断。比如，萨米尔·艾敏（Samīr Amīn，1931—）的自传《思想自传》（Sīra Dhatiyyah Fikrīyyah，1993）；扎基·纳吉布·马哈茂德（Zakī Najīb Mahamūd，1905—1993）的三部曲《心灵故事》（Qissat Nafs，1965）、《智慧故事》（Qissat Aql，1983）和《回忆的收获》（Hisāwd adh－Dhikrāyāt，1992）；阿卜杜·拉赫曼·巴德维（Abdu ar－Rahmān Badwī，1917—2002）的自传《我的一生》（Sīra Hayātī，1994）。以这种方式书写的自传多是作为思想者的作家对于自己人生经历有所感悟和思索的产物。

还有反映特定政治经历的传记，如泽娜卜·加扎里（Zaynab al－Ghazālī）女士的自传《我的一段别样人生》（Ayyām min Hayātī）反映了在穆斯林兄弟会中的政治经历；卡德里·卡勒阿吉（Qadrī Qal＇ajī，1917—）的自传《一个阿拉伯共产党人的经历》（Tajribat Arabī fī al－Hizb ash－Shuyū＇iyyi）则批判地评价自己的一生；萨拉姆·欧吉里（as－Salām al－＇Ujaylī，1918—2006）的自传《回忆政治生涯》（Dhikrayāt Ayyām as－Siyāsah，2000—2002）呈现了传主的两段人生经历：巴勒斯坦独立战争时期和巴以隔离时期的经历；路易斯·易瓦德的自传《生命书简：性格形成岁月》（Awrāq al－＇Umr：Sanawāt at－Takwīn，1990）将作者个人经历与埃及现代历史融合，反映了一位世俗主义者的一生；而法瓦兹·的黎波里西（Fawāz Tarābulsī）的自传《红色青年传》（Sīra al-Fatā al-Aahmar）则记录了革命一代——"社会主义民族主义兴起的一代"人的崛起与挫败。通过传主的政治生活经历，讲述这一代人的青春梦想最终灰飞烟灭的人生履迹。

一些自传则记录了某些重要时期或事件，譬如安巴拉·萨拉姆·哈利迪（Anbarah Salām al-Khālidī, 1897—1986）的《黎巴嫩与巴勒斯坦之间的记忆之旅》（Jawla adh-Dhikrāyāt bayna Lubnān wo Filastīn, 1978），希沙姆·沙拉比（Hishām Sharābī, 1927—2005）的自传《火炭与灰烬》（al-Jamar wo ar-Ramād, 1978）和《流年影像》（Suwar al-Mādī, 1993），哈立德·毛希丁（Khālid Maha ad-Dīn, 1922—）的《现在，我说》（al-Āna Atakallam, 1992），伊赫桑·阿巴斯的自传《放牧者的乡愁：自传》（Ghurbah ar-Ra'ī: Sīra Dhātiyyah, 1996，以下简称《放牧者的乡愁》），巴勒斯坦作家杰卜拉·易卜拉欣·杰卜拉（Jabrā Ibrāhīm Jabrā, 1920—1994）的《第一口井》（al-Bi'r al-'Ūlā, 1986）、《公主街》（Shāri' al-Amīrāt, 1994）等。

这时期阿拉伯自传特别值得一提的是，一些女作家的自传闪亮登场，以女性特有的情感和笔触建构女性话语，为现当代阿拉伯文学添上了浓墨重彩的一笔。如埃及作家宾特·夏蒂伊的《在生死桥上》（Alia al-Jisr Bayna al-Hayāt wo al-Maut, 1967），埃及作家拉蒂芙·齐雅特（Latīfah az-Ziyāt, 1923—1996）的《调查运动》（Hamlat at-Taftīsh: Awrāq Shakhsiyyah, 1992），纳瓦勒·赛阿达薇（Nawāl as-Sa'dāwī, 1930—）的《女子监狱回忆录》（Mudhakkirātī fī Sijn an-Nisā', 1983）、《我的人生书简》（Awrāq Hayātī, 1995），巴勒斯坦女作家法德娃·图甘（Fadwā Tūqān, 1917—2003）的《山路崎岖：自传》（Rihlah Jabaliyyah, Rihlah Sa'bah: Sīra Dhatiyyah, 1985，以下简称《山路崎岖》）、《羁旅更艰》（Rihlah As'ab, 1993），泽娜卜·加扎里的《我的一段别样人生》，黎巴嫩作家莱依拉·巴阿莱巴基（Layla al-Ba'labakī, 1934—）的《我活着》（Ana Ahyā），贾丽拉·里达（Jalīlah Ridā, 1915—）的《我的人生片段》（Safahāt min Hayātī, 1996），摩洛哥作家莱拉·阿布·扎伊德（Layla Abū Zayd, 1950—）的《回到童年》（Rujū' ila

Tufūlah，1993），等等。

　　世纪之交的"传记热"实际上是个世界潮流，无论是在传记文学的创作上还是在传记文学理论的发展上，形成了一股空前繁荣之势。国内传记文学理论家赵白生教授将传记文学创作繁荣的原因归结为人类自身发展的需要和诗歌、小说、戏剧等传统文类日趋凋零等因素[①]。而另一位传记文学研究专家杨正润教授将传记文学理论繁荣的原因归结为历史/文学学科界限的打破、新历史主义观的形成、文化人类学的兴起、精神分析法和结构主义理论的广泛应用等因素[②]。

　　现当代阿拉伯自传热再次将界定这一文类、阐释其基本特征等理论问题提到日程。学者们提出了以下发人深思的疑问：自传仅仅是重现逝去的年代，尤其是孩提时期么？还是仅仅是为自己辩白？抑或是叙述者对其人生、思想、智慧旅程的阐释？如果说自传是传主思想与智慧的记录，那么作者全部的作品——哪怕是数学或科学方面的——都可以算作其自传。一个人所有的书稿、成果、作品都或多或少地妆点了他的人生，构建其所关注的世界，充实其内心感悟，丰富其外部活动。所有这些都构成了人格与个人传记最基础也是最真实的方面。当学者们这样思考时，似乎开始远离自传狭隘的概念，也就是说远离传记的"个体性"，将自我置身于社会历史的平台，进入到人类在时间、空间坐标交汇而成的无限网络中。因为传主的成就与他的人生都是在特定的时间、空间下完成的，在特定的人群中实现的。比如，谈及塔哈·侯赛因写作《日子》，读者不可能忽视当时作者正身处20世纪20年代中期的埃及社会。作者是在与爱资哈尔谢赫们和一些传统社会组织间爆发矛盾和冲突时开始审视"自我"的。《日子》带有鲜明的时代特征和印记。换言之，塔哈在自传中记叙的个人人生历程——从上埃及乡村私塾到爱资哈尔清真寺，再到开罗大学，最后求学巴黎——与埃及社会19世纪末20世纪上半叶的现代化进程如出一辙。同样，上文提到的哈纳·米纳的三部曲，作品中的那个贫穷的孩子对于社会主义思想的探索与当时叙利亚走社会主义道路的历程几乎等同。

---

①　参见赵白生《传记文学理论》，北京大学出版社2003年版，第200页。

②　参见杨正润《现代传记学》，南京大学出版社2009年版，第13页。

由此我们可以说，现当代的自传写作动机并不囿于"对于个人年华的追忆"，也不仅限于对"逝去时光"的找寻和祭奠，或是对静好岁月的珍藏，或是对回归"子宫"的尝试，或作者在遭受人生挫折时做的或略或详的"自我审视"和"自我解释"，或是对自我清算时做的忏悔；自传的文体也不囿于散文，或小说，或诗歌，或对话；它在题材和体裁上超越了这一切，可说它是混合文学、历史、纪实、社会报告的杂糅产品。

五　马格里布地区的传记文学

马格里布是对埃及以西的北非阿拉伯地区的称谓，它包括利比亚、阿尔及利亚、突尼斯和摩洛哥四国。后三个国家都经历过法国殖民的历史，有着相似的、与其他阿拉伯国家不同的文化际遇，故这里的马格里布专指阿尔及利亚、突尼斯和摩洛哥。这三个国家有不少作家用法语写作，或法语、阿语双语写作，其情形较为复杂，故将这个地区的传记写作抽离出来做一概述。

该地区"自很早时候起就是多种语言（阿拉伯语及其方言、柏柏尔语及其方言、法语和西班牙语）相互角逐与彼此渗透的场域"①。自 19 世纪起法国在这个地区推行法国殖民文化政策、语言政策②和学校教育体制以后，大部分作家都用法语进行写作。"二战"结束后，法国在马格里布地区的殖民体系土崩瓦解，三个国家分别获得民族独立。然而，殖民教育体系并未随之中断。尽管三国政府，尤其是阿尔及利亚，强力推行阿拉伯语化运动，但法语作为通用语言的地位仍旧保留下来，甚至在政府大力扶持阿拉伯文学及作品出版的同时，用双语创作（法语和阿语）的作家不在少数。而且，摩

---

① 余玉萍：《穿越与突围——马格里布法语后殖民文学述评》，《外国文学动态》2012 年第 1 期。

② 笔者以为，这里有必要给"语言政策"做个定义，以便更好地理解马格里布作家的法语写作问题。语言政策是那些被授权和有权势之人制定的有关语言方面的一系列程序、规则、法律及决定，旨在影响某一特定语言的地位和影响，规范在特定的国家学习这种语言的人的语言行为，包括该语言的学习习惯、状态、结构、习得、方法，以及教授这种语言的课程。语言政策可以说是殖民主义者在殖民地国家实行文化政治统治中不可缺少的一环。参见阿里·贾巴林《以色列语言政策和阿拉伯语在以色列的地位》，王二建译，《中东研究》2012 年第 2 期总第 59 期。

洛哥作家塔希尔·本·杰伦（Tāhir bn Jalun，1944—）的法文小说《神圣的夜晚》获得 1987 龚古尔文学奖，小说《那片致盲的漆黑》荣获 2004 年爱尔兰都柏林 IMPAC 文学奖，该作家 2008 年被选为法国龚古尔文学奖评委；阿尔及利亚女作家、翻译家、电影导演阿西娅·杰巴尔（āsia Djebār，1936—2015）2006 年被选为法兰西学院的院士，这些国际殊荣的获得在一定程度上促进了北非法语文学的创作。

语言的多样性（包括柏柏尔语和阿拉伯方言在内的口头文学）、语言政策、文化教育制度的推行使阿拉伯文学在马格里布地区的再现经历了一段十分复杂的过程。此外，伊斯兰教文化、犹太教文化和基督教文化在这个地区的杂糅，增加了文学创作的多样性。因此，在这样一个多元的阿拉伯伊斯兰社会里，对文学的研究必然要从多个视角来梳理。就传记文学而言，作者写作所使用的语言及其所代表的社会身份远比西方社会所强调的个人主义更加重要。

由于上述历史文化际遇，我们在讨论这三个国家的传记文学时必然涵盖用法语写就的作品。因为作家写作语言虽然是法文，但其所表达的主题内容、身份诉求、文化自觉离不开现当代阿拉伯历史文化语境，而且用宗主国语言进行创作这个问题本身就是包括阿拉伯国家在内的殖民地国家后殖民时期写作中的一个十分重要的现象。

当 20 世纪 20、30 年代殖民地阿尔及利亚、摩洛哥和突尼斯寻求从宗主国法国中解放出来时，随着独立运动的展开，包括自传、小说体自传、日记和书信等各种形式在内的传记写作逐渐发展起来。到 20 世纪后半叶，三个国家相继独立后（阿尔及利亚独立于 1962 年，摩洛哥和突尼斯独立于 1956 年），这一文学形式逐渐呈蔚然之势。一些作家在自传写作上的实验性与法国"新自传"（new autobiography）的精神并行不悖，为传记写作在马格里布地区的发展做出了贡献。

虽然这三个国家的作家在传记中对殖民统治的经历有着不尽相同的表述，但有关在殖民和后殖民时期境遇中个体和民族的语言表达方式、语言和身份之间的关系、自我和他者的概念及体现等问题的讨论，是这三个国家作家共同关心的事务。

阿尔及利亚于 1830 年沦为法国殖民地，1962 年获得独立。在 19 世纪

80—90 年代期间，政府实行法国学校教育制度。从 20 世纪 20 年代开始，阿尔及利亚人开始用法文写作和出版。20 世纪 50 年代以前的作家大多被认为在文化和政治上已经与殖民者同化。他们虽然经常表示有必要保持阿尔及利亚人的身份，但主要还是与殖民者走在一起，并将此视为朝着现代社会进化的重要因素。这时期生活在阿尔及利亚的欧裔作家的作品对阿尔及利亚传记文学有较大的影响，如路易斯·伯特兰（Louis Bertrand）的《我的学徒岁月》（*Mes annees d'apprentissage*，1938）。但 1945 年开始，在第二次世界大战的影响下，面对法国在 1940 年的失败、1945 年 5 月 8 日对塞提夫（Setif）大游行①的残酷镇压等历史事件，阿尔及利亚作家以一种全新的方式表达对其个体和集体身份的诉求，由此传记写作展现出与以往不同的主题和表达策略。这方面的开山之作是莫鲁德·法劳恩（Mouloud Feraoun）自传体小说《可怜人之子》（*Le Fils du pauvre/The Poor Man's Son*，1950）。而被北非文学和思想界最重要的人物之一、突尼斯作家阿尔伯特·梅米（Albert Memmi）称为"52 年代人"（Generation of 52）的作家们，以"见证人"、"公众作家"的身份，将殖民主义和独立战争对个人和社会的影响诉诸自传笔端，成为这一时期文学写作的生力军。最著名的作家有穆罕默德·迪布（Muhammad Dīb）、莫鲁德·马梅里（Mouloud Mammerī）、马利克·哈达德（Malek Haddad）和卡迪布·亚辛（Kāteb Yacine），尤其是亚辛，他的自称为《复数形式的自传》（1956）的作品是一部极具实验性的自传文本。从 20 世纪 60 年代开始，重要的作家有饱受争议的左翼小说家、诗人拉希德·布佳德拉（Rashid Būjadrah）、纳比尔·法里斯（Nabīle Fāris）、塔哈尔·贾沃特（Tahar Djaout）和拉希德·米莫尼（Rachid Mimounī）。这些作家尽管从传统意义上来看称不上自传作家，但他们对于个人和集体身份及记忆的叙述，对在战争和革命影响下社会变革中人物的关注，使他们的作品带有强烈的自传性。比如布佳德拉的作品《顽固的蜗牛》（*al – Halazūni al – 'Anīd*，1977）、《一个失眠女人的夜记》（*Layyāliyāt' Imr'ah'Āriqah*，1985）等，

---

① 1945 年 5 月 8 日，阿尔及利亚塞提夫等地区爆发了反对殖民统治、要求民族独立的示威游行，遭到法国殖民当局的血腥镇压。在 10 天内，全国有 4.5 万人遭屠杀，6000 人遭逮捕。这就是震惊世界的"五月事件"。（参见赵慧杰编《列国志，阿尔及利亚》，社会科学文献出版社 2006 年版，第 59 页。）

都是有关作家自我的叙述。再如，法劳恩在 1962 年及以后遭暗杀之前一直是传记写作的重要人物，出版物有《法劳恩日记：1955—1962》和书信通信《致他的朋友们的信》（*Lettres a ses amis/Letters to His Friends*，1969）。

费德哈玛·艾斯·曼苏尔·阿姆鲁切（Fadhma Aith Mansour Amrouche）于 1946 年撰写的《我的生活故事》（*My Life Story*，1968）是阿尔及利亚女性用法语写就的第一部自传作品，也是北非女性传记写作的开山之作。在 20 世纪 70—80 年代间，女作家在马格里布开始声名鹊起，打破了女性在公共领域的"沉默"状态。其中最杰出的是 1936 年出生的阿尔及利亚女作家阿西娅·杰巴尔。有"阿尔及利亚的佛朗索瓦·萨冈"之称的阿西娅在 2005 年被选为法国学术界地位崇高的艺术殿堂——法兰西学院院士。她的新旧"三部曲"为她在世界范围内赢得了广泛声誉，旧"三部曲"反映了妇女独立人格、情感、性、社交、家庭以及与男性的关系，它们是《爱与幻想》（*L'Amour, la fantasia*，1985）、《女王的影子》（*In Ombre sultane*，1987）和《远离麦地那》（*Loin de Medine*，1991）；新"三部曲"反映了 90 年代恐怖分子活动猖獗时阿尔及利亚的社会状况，它们是《牢狱之广》（*Vaste est la prison*，1995）、《白色阿尔及利亚》（*Le blanc de l'Algérie*，1996）、《没有殓衣的女人》（*La Femme sans sepulture*，2002）。1980 年出版的《闺阁中的阿尔及利亚妇女》（*Femmes d'Alger dans leur appartement/ Women of Algiers in Their Apartment*）标志着阿西娅向自传写作的转向，此书中文版于 2013 年 11 月由上海文艺出版社出版；1999 年发表的《这些包围我的声音》（*Ces voix qui m'assiegent/These Voices which Besiege Me*）是阿西娅对语言、身份及其个人文学旅程进行进一步反思的作品；而她发表的最新自传是 2007 年出版的《在我父亲家里没有我的房间》（*Nulle part dans la maison de mon père*）。

阿尔及利亚女作家艾赫拉姆·穆斯苔阿妮米（Ahlām Mostaghānemī，1953—）的"三部曲"之一——《肉体的记忆》（*Dhākirat al-Jasad*，1993）也被一些学者认为具有强烈的自传性。

摩洛哥 1912 年沦为法国保护国，于 1956 年获得独立。由于法语成为政治和行政管理权力的语言，摩洛哥人认识到为了掌管国家，有必要理解和运用法语。因此从 1945 年之后，法语学校的就学率在增长。20 世纪 50 年代，有两个作家名声显赫：艾哈迈德·西弗里伊（Ahmed Sefrioui）和德里斯·克赖比（Driss Chraibi）。前者以他的童年自传《神奇的盒子》（*La Boite a merveilles/The Box of Wonders*，1954）而闻名；后者则以自己有关创伤经历的童年和与父亲的关系的自传《平凡的过去》（*Le Passe simple/The Simple Past*，1954）而成名，并在文坛引起了广泛争议。1957 年，摩洛哥出版了首部重要的小说体自传作品——阿卜杜·马吉德·本·杰伦的童年自传《童年》，标志着摩洛哥现代文学发展进入新阶段。1966 年阿卜杜·拉蒂夫·拉比（Abdel – latīf Laabi）发起具有影响力的"苏法莱"（Souffles，"杂音"）文化思想沙龙将马格里布的作家和思想家聚集一堂，但该集会于 1972 年遭到禁止，拉比被监禁八年。在此期间，他的书信通信以《来自流放城堡的叙述》（*Chroniques de la citadelle d'exil/Chronicles from the Citadel of Exile*，1983）出版。20 世纪 60 年代和 70 年代，穆罕默德·卡尔丁（Muhammad Kair ad – Dīn）继续对童年进行研究，写出了《我——一个痛苦的人》（*Moi l'aigre/Me, the Bitter One*，1970）一书。1971 年，小说家、文学批评家和社会学家阿卜杜·卡比尔·哈蒂比（Abdel kebir Khatibi）发表了《纹身的记忆》（*La Memoire tatouee/Tattooed Memory*，1971）。他称这部作品为"一个非殖民者的自传"，是该地区最优秀的自传作品之一。哈蒂比还和居住在法国的埃及作家雅克·哈松（Jacques Hassoun）之间的书信通信以《同一本书》（*Le Meme Livre/The Same Book*）在 1985 年出版。摩洛哥最著名的当代作家塔希尔·本·杰伦（Tahar Ben Jelloun）和更年轻一代的作家阿卜杜·哈克·赛尔汉（Abdel hak Serhane）继续了摩洛哥作家对童年岁月的关注，前者以《公共作家》（*L'Ecrivain public/The Public Writer*，1983）一书回忆了自己喜欢编造故事的童年，后者则以《马萨乌达》（Massaouda，1983）回忆了自己童年时代的创伤记忆。埃德蒙·阿姆兰·马利赫（Edmond Amran al – Maleh）以《一千年，一天》（*Mille Ans, unjour/A Thousand Years, One Day*，1986）的自传作品对在摩洛哥的犹太人特性进行了探讨。最后值得一提的是，穆罕默德·舒克里的阿文小说体自传《裸面包》。在这部作品里，作者以小说的手法真实、细致地描述了自己颇有传奇色彩的苦难的青少年时代经历，对父权的愚昧和粗暴给予了深刻的揭露，使该作品成为将自传与小说巧妙结合的典范，本书第八章的第四节将详细讨论该作品。

　　突尼斯于 1881 年沦为法国保护领地，于 1956 年取得独立。从 20 世纪 20 年代开始，法语就被广泛教授，而且是从事国家公务必须掌握的语言。因此，许多突尼斯知识分子获得双重文化的教育。法语文学主要由犹太人作家于 20 年代和 30 年代兴起，赖夫勒（Ryvel，拉斐尔·利维 Raphael Levy 的笔名）是其中著名作家，描写犹太人聚居区的生活。另一位犹太人作家和知识分子阿尔伯特·梅米（Albert Memmi）以小说体自传《盐柱》（La statue de sel/The Pillar of Salt，1953）声名鹊起，使突尼斯与阿尔及利亚、摩洛哥一起达到 20 世纪 50 年代马格里布政治写作的高峰。梅米一直是北非法语文学和思想界重量级人物，他的整个作品可以被视为在殖民主义和后殖民主义背景下对自己和"他者"关系的反思。

　　值得一提的突尼斯作家和作品还有：哈奇米·巴库奇（Hachemi Baccouche）和他的小说体自传《我的真实遗作》（Ma foi demeure/My Faith Remains，1958）；新生代作家阿卜杜·瓦哈卜·迈达卜（Abdel wahāb Meddeb），他与摩洛哥作家哈蒂比一样，其作品关注人性、回忆和语言。

　　对来自马格里布的所有作家而言，既从事政治活动又从事具有个性化传记写作是司空见惯的现象。

第　二　章

中世纪阿拉伯史传形态

第一节　阿拉伯传记的分类

传记这门人文学科早期在阿拉伯语中被称为"人学"（'ilm ar – rijāl, prosopography）。

"人学"专指对人的外表、个性、职业、社会和家庭关系描述的阿拉伯传记写作。最重要的类型有："西拉"（sīra），"塔尔杰马"（tarjamah），"塔巴卡特"（tabaqāt），"马加兹"（maghāzī），"巴尔纳马吉"（barnamaj），"马纳基布"（manāqib），"法赫拉塞特"或"法赫拉塞"（fahrasat 或 fahrasah），"瓦法耶特"（wafayāt），"穆阿杰姆"（mu'ajam）和"穆卡迪马"（muqaddimah）。"西拉"和"塔尔杰马"都是历史学和地理学层面上对传记的称谓，它们涉及广泛，下文将详细叙之。"塔巴卡特"专指对"同一代人"或"同一社会阶层"人的生平叙述，可译为"传记等级"、"传记纲要"或"传记辞典"。"马加兹"专指对先知穆罕默德率军远征记事。"巴尔纳马吉"和"法赫拉塞特"这两个术语限定用在特别的地区和时代，"巴尔纳马吉"当"传记"讲时，几乎专用在伊斯兰教传播到西班牙时期（公元 8—15 世纪），以后在北非地区较为少见①。而"法赫拉塞特"则严格表示这是北

---

① 阿卜杜·阿齐兹·艾哈瓦尼：《安达卢西亚学者的传记书籍》，载《阿拉伯古籍研究院期刊》1955 年 5 月。

非的传记或自传，特别是指苏非派信徒的作品①。我们可以说，"巴尔纳马吉"和"法赫拉塞特"是"塔尔杰马"的地区性变体。"马纳基布"是专门讲述王侯将相、贵族名流的美德及功勋的传记性段落。"瓦法耶特"是指以名人卒年为传述主线的传记写作方式，盛行于阿拉伯中世纪。"穆阿杰姆"是指以辞典条目的形式为人物作传的写作形式。"穆卡迪马"是为某书作序时介绍作者生平事迹的传记写作形式。

与古代传记概念相关的表达还有："艾赫巴尔"（akhbār），可以译成"记事"；"伊斯纳德"，可以翻译成"考据"或"传述链"（也称为传述世系）。大量的"记事"和冗长的"传述链"虽然不能成为真正意义上的传记，却也保留了人物的大量信息及其传主的家庭、生活境况，从而使后来的史传家借此为其所要作传者勾勒出一幅清晰的人物肖像。上述种类繁多的古代、中世纪阿拉伯传记写作类型从本质上讲都带有传记性，但只有"西拉"和"塔尔杰马"发展成为现代人们众所周知的流行的传记和自传类型。

一 "西拉"（sīra）

"西拉"是阿拉伯人物传记形式中最早的一种，时间可上溯至伊斯兰教传播后的第二个世纪（公元 8 世纪），作品有穆罕默德·本·易斯哈格·本·亚西尔（Muhammad bn Ishāq bn Yāsar, 704—768）和伊本·希沙姆写先知穆罕默德的传记。从动词 sāra（意为"去、走"或"旅行"）派生的名词 sīra 表示"路程"、"旅程"或"某人行动的风格、方式、习惯"，引申为"某人的举止行为"。这个词加上定冠词后特指先知穆罕默德的"传记"、"传略"。这个形式后来又用在对其他名人的生平记述中，例如，伊本·沙达德的《萨拉丁传》（*Sīra Salāh ad - Din al - Ayyūbī*），巴德尔丁·艾尼（Badr ad - Dīn al - Aynī, 1361—1451）为马木鲁克王朝的国王穆阿叶德写的传记《国王穆阿叶德传记中的印度利刃》，等等。

从此，"西拉"就指个人传记的独立作品，与夹杂在史传著作里面的人

---

① Dwight F. Reynolds, ed. *Interpreting the Self Autobiography in the Arabic Literary Tradition*, University of California Press, 2001, p. 38.

物小传形式"塔尔杰马"区别开来。"塔尔杰马"是指汇编在历史或地理著作里的人物履历和评介。与流传下来的成百上千部"塔尔杰马"相比，"西拉"作品显然很少，但并不妨碍它成为文学的一个独立类别。另外，"西拉"这个词似乎还包含像先知穆罕默德或他女婿阿里那样一个典范性人生的含义，可以看出在后来的几个时期里，什叶派传记作家以此种类型为主。在前现代时期，"马纳基布"（美德、功勋）这个词汇成为宗教典型传记的类型。不管在术语上如何变化，"马纳基布"的作品通常按"西拉"的方式进行，凭借目击者的陈述，以及传主与其老师、学生、家庭成员的关系和传主的著作，来证明传主的一生。

"西拉"这个词也逐渐有了"自传"的意思，这一点可以在一位也叫穆阿叶德的君王作品中看到。穆阿叶德·希拉齐在该书中叙述了他毕生的事迹。总之，"西拉"一词在早期难以区别是传记还是自传，作品的叙事者有时用第一人称，有时用第三人称。在古代和中世纪的参考书目、索引和前后引例中通常只是简单地写为"这是某某人的传略"。

几个世纪后，把"西拉"这个词当作独立的自传/传记文本来用的越来越少了（先知的传记例外）。15、16世纪的作家，像苏尤提、伊本·图伦（Ibn Tūlūn，1483—1546）和沙阿拉尼等都没有在他们讨论自传时提过"西拉"。原因之一可能与后来"西拉"也指民间文学中"传奇"这一类型有关，如史诗《安塔拉传奇》、《扎图·希玛传奇》、《希拉勒人迁徙记》等。"西拉"的含义也延伸到"有英雄色彩的传奇事迹和冒险经历"之意。这个词在19世纪末20世纪初随着现代文学的产生而复活，在现代阿拉伯文学中，它有"传记"的意思，当作"自传"讲时，用合成词"al‐sīra‐dhatiyyah/self‐sīra"。

从中世纪初到现代文学产生之前，大部分阿拉伯传记作品不采取独立文本的形式，而把人物传记放在各种史传文集和文选中，显示出文史不分家的学术传统。在伊斯兰教史中期（9—15世纪），"塔巴卡特"以编年的方式编纂的历史（tawārīkh）、"塔尔杰马"以及保留在"艾赫巴尔"（记事）中的传记材料，数量多得令人惊奇。有些大部头的传记纲要或传记辞典（bio-graphical compendium）足足收有一万条以上的"塔尔杰马"。传记写作是中世纪阿拉伯文学分布最广的一种类型。

二　"塔巴卡特"（tabaqāt）

我们看到的大部分古代、中世纪阿拉伯传记是汇集，英文叫"biographi-
cal dictionaries"（传记辞典）或"biographical compendiums"（传记纲要）。
这种类型最早是对一代人或一个社会阶层（等级）人物的生平记述，所以
阿拉伯语称这种类型的传记为"塔巴卡特"（tabaqāt，单数是 tabaqah，意为
"阶层"，"等级"），英文称为 generations。

中世纪史传家们为不同"等级"的人物作传，这些"等级"分别是：
《古兰经》背诵人、圣训派学者、医生、哈里发、什叶派教法学家、穆阿太
齐赖派①神学家、什叶派学者、也门语法学家、埃及知名女学者、16 世纪诗
人等等。

从事的职业、地域起源、宗教派别、历史时期、族群、师承关系甚至姓
名和绰号，都是定义一个特殊群体所需要的参数，借此将传主们收录入一本
特定的传记辞典中。女性学者一般都收进中世纪传记纲要中，有的专集特为
各阶层妇女，包括诗人、宗教学者和神秘主义者辟出专栏。这类"塔巴卡
特"的品种和数量一时间占了史传写作的大多数。中世纪的伊斯兰社会保存
有大量此类的传记作品，它们以多种方法被存取、引证和交叉引用。

组织编制这些传记作品以及同时代其他参考作品，凸显了一个时代的
智力环境。在这种环境里，分级和分类往往会关注到收集惊人数量的特殊
细节和详情，诸如：日期、姓名、书名以及某一学术方法论形成中师承关
系的名单。这种中世纪的阿拉伯传记写作方法被某些现代学者诟病，他们
批判整个阿拉伯自传和传记传统只把人类考虑成阶级（阶层），忽视了个
人和个性特征。

笔者以为，这种观点有失偏颇，它忽视了古典阿拉伯史传者的学术传
统，以及他们欲突出的要点。9 世纪初，或许更早些，穆斯林学者根据权威
人士，像圣训派学者（al‑Muhadithūna）、教法学家、苏非人士的传述来证

---

① 穆阿太齐赖派（al‑Mu'tazila），伊斯兰教经院哲学派别之一。Mu'tazila 一词有"离开者"之
意，故又称"分离派"；该词又有"论辩"之意，故又有"论辩学派"、"理性派"之称。

明先知言论的可信性，并在传述中详细记录了宗教权威辩论、争鸣的情形，以此证明该遗产确实是在论争中确定其正统地位的，且确实从这一代传给了另一代。这种范例和程式后来扩展到对其他权威人物的生平记录中，这种传记方式并不意味着缺乏个性化，相反，一个人是否被公认为权威，恰恰是通过此人在他的职业群体中、他与同代人的相互印证和一代代传诵和辩论中获得的。此人是"这个社会等级"的代表，关于此人的社会历史名气、关于他的有根有据的正反两面的论争以及他的作品，所有这些东西都会收录入他的传记条目中。论战、竞争唤起另一场有关传主的传记叙事，其中有不少内容包含着生动的事件和有趣的情节。诗人的传记评介对个性的描绘一般比那些圣训派学者们更有特色。就像侯内恩·本·易斯哈格、伊本·布鲁金和苏尤提等人的作品中所说的那样。

从这一点来看，古代、中世纪阿拉伯的传记和自传的界限并不分明。一方面，传记为自传文学形式的出现提供了一个框架；但另一方面，由于传记的目标并不重视甚至排斥个性，因此作为一种个性特征鲜明、文学艺术突出的自传形式便很难出现。即便如此，作传记辞典的史传家们使用的素材和研究的方法，也足以能够用"塔尔杰马"这种类型对人物进行记录和编撰了。

三　"塔尔杰马"（tarjama）

传记辞典中大部分的条目属"塔尔杰马"，即传记性评论介绍类型。"塔尔杰马"这个词来自阿拉姆语①，意思是"传记性的评介"。现代阿拉伯语中的字面意义为"翻译"或"解释、阐释"，这个释义也在中世纪阿拉伯语中使用。但在中世纪阿拉伯语中，这个词的动词也有"给一篇作品或作品的一个独立部分起个书名或标题"之意②。

---

① 阿拉姆语是闪米特语族（闪族）的一种语言，与希伯来语和阿拉伯语相近。阿拉姆语有3000年的历史，是世界上少数存活了上千年的古老语言之一。它是旧约圣经后期书写时所用的语言，并被认为是耶稣基督时代的犹太人日常用语。一些学者更认为耶稣基督是以这种语言传道的。现在还有不少叙利亚人讲这种语言。

② 参见穆罕默德·本·沙里法主编《伊亚德法官之〈法官在判决案件中的方法〉》，伊斯兰西部出版社1990年版，第30页。

"塔尔杰马"有三个主要的相关概念：解释或翻译；转换成不同的媒介；依靠某种标识来阐明某人。"塔尔杰马"作传记评介讲时，是指标注和解释某人的行为和成就，并使其易于为子孙后代了解，为学生接受。如果想更直接地了解此人，那就通过"塔尔杰马"的提示去通读此人的原著，也就是他／她的作品，或通过几代老师的传诵接受他／她的教导。这时，"塔尔杰马"这种传记类型可以看作是对原著的注释，是了解传主的钥匙。

"塔尔杰马"的基本组成部分通常包含传主姓名、家谱、出生年月（如需要也有故世年月）、老师的名单、传主所著作品的书目、旅行和朝圣的报道以及与传主有关的奇闻轶事。此外，根据传主的职业，一个"塔尔杰马"应当包括个人的文集和书信（rasāyil 和 ikhwāniyyāt）、诗歌选（shi'ar）、幻想和梦的解析（manāmāt 或 manāzir），功勋（karāmāt）和美德（manāqib）[1]。

这些"塔尔杰马"信息和资料，也都可以作为完全脱离任何传记条目的独立作品被编纂和出版。这对深入研究它所包含的不同时期的伊斯兰社会状况和传主个人的生活表征都意义重大。可惜，它们中的大多数并没有从学术角度引起人们的重视，究其原因，不外是它们处在现代历史、宗教、文学研究的视阈之外：文史学家们不承认它们是正史研究的文类，拒绝在文学史上给它们一席之地；历史学家们则把它们看作是未加工的，或是一目了然、毫无史学意义的材料。令人惊异的是，尽管它们的地位被认为只是一种媒介，但通过它，有关古代和中世纪阿拉伯—伊斯兰社会丰富的知识体系、学术传统得以流传至今。

在描写一个人至关重要的信息方面，也就是他作为一个传诵人、一个在某一知识领域有卓越贡献的人、一个让后代分享其理论和精神遗产价值的人，阿拉伯的"塔尔杰马"传记模式非常典型地反映了一个缜密的人物信息分类框架，反映了古代、中世纪阿拉伯的学术传统。信息呈现的范畴既作为"塔尔杰马"本身的主要成分得以编纂；同时，如果展开，也可以成为自行传播的一个独立文类，比方说，抽离出来的独立的人物传记便发展成我们上文提到的"西拉"。

这一点与西方的传记传统有着鲜明的不同。相对而言，在西方，只有传

---

① 参见扎吉·穆巴拉克《伊历四世纪的阿拉伯散文》（阿文版），开罗知识出版社 1966 年版。

主的"生活故事"才更像是传记/自传。像阿拉伯"塔尔杰马"这样的人物信息汇编，很少直接和传主的文学、艺术或智力输出相结合，往往与其传记/自传分开，通过其他形式编辑印刷。然而在冗长的中世纪阿拉伯"塔尔杰马"中，基本的史料信息常常直接和有关传主最好的诗篇、信件或名言、奇闻轶事结合在一起。于是传主的生活故事和文学产品，伴随着"塔尔杰马"被后来的传记学家和编纂者们的引证、扩展或总结一起传播下去。

如此这般，当传记作者想要写他自己的条目时，他可以用第一人称也可以用第三人称，顺着前人的传诵继续写下去，之间有时只用一句或一个短语来标明，诸如"下文是他自己执笔的……"这样的表达。结果是，在一个条目中既有"他传"，又有"自传"，都定名为"个人塔尔杰马/自我塔尔杰马"（tarjama an‐nafs/self‐tarjama）。传记作者可以说写了一部承接前人对自己传述的、自己又续写下去的"自身传记"（tarjama nafsah 或 tarjama li‐nafsihi）。"个人塔尔杰马"甚至传得更广，可以被编纂人录入传记纲要或传记辞典。"个人塔尔杰马"的内容再加上编纂人对该内容进行的辩驳、确证、增补部分，其结果便是，传记像滚雪球一样，越滚越大，很难分辨它是产生于传记作家还是自传作家之手。这种情况一直存在了几百年。最后，"个人塔尔杰马"为独立的传记形成提供了素材基础，并开始具有了"自我"特征。

总而言之，阿拉伯传记既作为历史的一个分支，又作为文学的一种特殊类型，在阿拉伯古代、中世纪的学术传统中演绎进化，发展成两个主要形式："西拉"（典范性的生平事迹）和"塔尔杰马"（传记性的评论介绍）。古希腊和古罗马文化通过阿拉伯文译作对阿拉伯的史传写作起了一定的影响，对10—12世纪的阿拉伯医师和哲学家施加的影响更为明显——这两类学者最为直接地接受古代希腊和波斯的思想。苏非的精神自传作为中世纪阿拉伯传记较为成熟的自传形式，影响了某些非精神的自传作品。两种公认的本土化的阿拉伯传记类型：自我传记（self‐sīra）和自我传记性评介（self‐tarjama），在不同历史时期的阿拉伯社会和文学范畴内被接纳，经过中世纪后期、近古时期史传家们的不断改进和修正，最终被现当代作家们继承下来，并理解为一个可认知的、为子孙后代记述祖先生活的写作行为。至于此种文类的定义和它在文本形式上与西方传记的不同和分歧，笔者以为这一点不必苛求。

第二节　异族文化对阿拉伯早期史传的影响

异族文化对阿拉伯早期史传的影响主要是指古希腊和古波斯文化。这首先聚焦在希腊医师伽伦①和波斯医师布尔佐易②两位学者身上。他们作品的阿拉伯文译本在中世纪广为流传，10—12 世纪的几部阿拉伯传记中都有引证。阿拉伯哲学家拉齐（ar - Rāzī，864—923，拉丁文中的 Rhazes）、伊本·西那（Ibn Sīnā，980—1037，即拉丁文中的阿维森纳 Avicenna）、医师伊本·里德旺（Ibn Ridwān）和伊本·海塞姆（Ibn al - Haytham，965—1049）、犹太改宗的伊斯兰学者萨姆瓦伊勒·马格里比（Samaw'il al - Maghribī，约1174 年卒）等人都在自传作品中提到伽伦和布尔佐易的一部或几部作品。

布尔佐易的成名是他将有名的动物寓言 *Panchatantra* 从梵文译成中世纪波斯语。这部波斯文作品在 8 世纪初由伊本·穆格法（Ibn al - Muqqafa'，724—759）转译成阿文，改名为《卡里莱和笛姆奈》（Kalīla wa Dimnah）。所有对布尔佐易生平的了解，都来自编写和翻译多种版本的《凯里来与迪木奈》的序言。序言里讲到了他的印度之行和他的两本自传。我们从他的印度之行得知，波斯国王阿努舍尔旺（Khsraw Anushirawan，531—579 年在位）听说印度有一部寓言故事集，下令布尔佐易一定要找到它。布尔佐易在印度王宫中住了一段时间，但一直没敢提出想看一眼这本不可思议的书。他和宫里一个叫阿扎威的印度人成为莫逆，两人常常讨论真正友谊的本质。最后他提出要求，阿扎威从国王的书房里给他取来了这本书。布尔佐易抄录并译出后返回波斯。阿努舍尔旺大喜，当下答应布尔佐易想要什么就给他什么，但布尔佐易只接受波斯王相赠的一袭斗篷，并要求在书中添加一段他个人的传记。国王答应了他的请求。

---

① 伽伦（Galen，约 129—200），生于小亚细亚的佩加蒙。古罗马时代的医学家、多产作家，开创了解剖学、血液循环等多种医学科学的理论和实践，影响千余年来中世纪的拜占庭和阿拉伯世界，后来的伊本·西那、伊本·鲁世迪、凡萨留斯等人的研究都基于他的成果。

② 布尔佐易（Burzōē），6 世纪波斯萨珊王朝名医、政治家。

　　布尔佐易的自传还提供了另一个叙述他去印度的版本：作为一个医术高明的医生，他对自己的技能深感失望。因为，他只能治病于一时，病人最终不免一死。他寻找精神的安慰，但没有一个宗教能为他的心病提供满意的答案。自传里，他两次提到出游印度可能是他精神探索的一部分。最终，他断绝社交，成为苦行修道者。

　　布尔佐易以一种与历史传统全无关系的形式进行他的传记叙述，全然不见诸如详细的姓名、日期或地点，结构也很少有编年史的意识。很难说它会对异常喜欢编纂历史事迹的大多数阿拉伯史传家产生影响。不过对安萨里的影响显而易见，安萨里的自传与布尔佐易的自传确有雷同之处。安萨里是个宗教学者，在他辉煌的前程走到顶峰时刻，突遭一场思想危机。根据他的自传《迷途指津》，我们得知他退出公众生活去寻求真理。但已知的宗教思想派别没有一家能令他满意，直到邂逅了苏非神秘主义思想，他的精神才得以安宁。他退出红尘，过着禁欲的苦行修道生活。与布尔佐易不同的是，修道生活几年后，他又重返俗世，写他其他的宗教学、逻辑学著作。

　　伽伦的大量作品，包括个人的参考书目和自传，有两本书被认为对早期的阿拉伯传记传统产生了影响：一本是《关于我的书》（*On My Books*），另一本是《我书的排序和分类》（*On the Ordering of My Books*）。前一本书是伽伦为自己的作品提供了一个权威性的名单，因为他注意到罗马书市上他的著作被署上了别人名字，别人的作品也张冠李戴。后一本书分成两部分：第一部分伽伦为自己的作品按从易到难的顺序详细分类；在第二部分里，他提供了写这些作品的原由、时间和地点。在这个粗略叙述的年表里，伽伦简要地回顾了他的旅行、所受的教育以及他与他的嫉妒者们长期存在的矛盾。

　　类似伽伦《关于我的书》的传记，后来确实变成阿拉伯传记的特征之一。阿拉伯传记中书目的传播和流通是不受约束的。但与伽伦作品不一样的是，书目往往被编纂进一部更大的传记专辑中，详细辑录了作者生活的其他方面，如他的生日、谱系、老师以及旅行等。侯内恩·本·易斯哈格的自传在语气上与伽伦的章节极为相似，而侯内恩又是伽伦作品卓越的译者，当然熟悉他的文体。侯内恩的描述更接近于模仿《圣经》、《古兰经》中写约瑟/优素福的文体，作为基督徒的侯内恩这样做并不奇怪。另一本描述中世纪知识分子生存状态的自传，就是百年后出现的苏尤提（Suyūtī，1445—1505）

的自传。

很清楚，布尔佐易和伽伦的作品流传很广，有可能为阿拉伯传记传统的出现创造了一定的条件，但我们还无法确定他们在怎样程度上对阿拉伯传记或自传作品的形式、结构、风格或内容产生了的影响。

第三节　阿拉伯传记的书籍种类

根据本章第一节中对中世纪阿拉伯传记形态的分类，我们可以把中世纪阿拉伯传记书籍分成以下几类：

一、史传大全；

二、编年体史传；

三、等级性纪传：撒哈拜、教法学家、经诵家、宗谱学家、圣训派传述者、语法学家、诗人、苏非信徒、法官、医生、哲学家等各等级；

四、地方志及当地名人传。

一　史传大全

我们所说的史传大全是指那些集合了一系列不同行业、不同等级、不同时代及不同地域人群史传的书籍。而这些人尽管背景迥异，却因一个共同的特质被集结一处，即值得为之作传的特质。同时，他们也都拥有以自己为传主的个人传记。尽管这些人的职业及生涯均不尽相同，但在此类史传书籍中，教法学家、圣训派传述者、诗人、文学家、医生、法官等被聚集一处。另外，一个生活在伊历1世纪的人物亦可同某位生活在2世纪、5世纪或其后某个世纪的人物相提并论。而且，王室成员与平民百姓，或沙姆［叙利亚］人、伊拉克人、埃及人与安达卢西亚人均可被置于一处，不必顾及国家与地域之差异。

此类史传书籍被视为某段历史时期各学科杰出人物大辞典。它按照人物的辞世年代或姓名顺序进行编排。对于按照姓名顺序的编排方式，我们将在下一节讲述。

在阿拉伯文学中，此类史传书籍独成一体，其中有三部被视为此题材书籍中最重要的著作，不可不提。

第一部史传大全是卒于公元 1181 年/伊历 577 年的卡马勒丁·安巴里（Kamal ad – Din al – Anbārī）所著的《智者同游——文学家等级》（*Nuzhat al – Albā'fī Tabaqāt al – 'Udabā'*）一书。该书被公认为继特定人群史传书籍出现之后首部史传大全。而在特定人群史传书籍中，圣训派传述者、诗人、语法学家、法官等均有其不同等级，对此，下文将予以提及。

虽然《智者同游》一书篇幅短小，且对于收录其中的杰出人物，仅简略介绍了其生平，但它仍不失为一部非常重要的著作。因为其中收录了截止到作者所在时代的许多前辈的史传。收录其中的人物传记均按照传主辞世年代顺序进行排序，而非按照其姓名拼写的字母顺序。安巴里十分偏爱语言、语法及文学三方面内容。这一点体现于：其所录史传多为语言学家、语法学家及文学家史传，且书中极少出现其他人群的史传，除非他们与语言及文学有所关联。

第二部史传大全是雅古特·哈马维（Yāgūt al – Hamawī, 1179—1229）所作的《文学家辞典》（*Mu'ajam al – 'Udabā'*）一书。作者细述了传主们生平，为每位传主划定等级，故而书中辑录了他所了解的关于语法学家、语言学家、宗谱学家、经诵家、编年史作家、历史学家、造纸家、文学家、书信学家、书法家们等的生平事迹。

作者对科学、文学、写作、造纸及书法行业的从业者了如指掌，并将他们收录于大辞典的词条中。他对造纸家史传的重视可归结于对自己老本行的追念。雅古特早年曾以誊抄著作为生，并以出售著作为业。他以两部著作流芳史册，一部是《地名辞典》，另一部就是我们正在谈论的《文学家辞典》。雅古特原本打算遵循其在前言部分规划好的大纲，即简略地介绍人物生平，然而他却无可避免地增加并延长了一些杰出人物的传略，甚至到了可以独立成书的篇幅。例如，他为易卜拉欣·本·阿巴斯·苏里所作的传略长达 70余页；为伊本·希莱勒·萨比所作的传略也接近这一篇幅；他为阿布·阿拉·马阿里（Abū al – Alā al – Ma'arrī, 973—1057/伊历 363—449）所作的传略长达 110 余页；他为乌萨马·本·穆恩齐兹所作的传略也将近 60 页。

雅古特为名人们作传时，充分体现了历史学家实事求是的原则，慎重行事。他反对重复传述，主张在所得史料之间比较、分析、去伪存真，向传主本人询问其出生日期，也向其他人探问传主们的辞世年月。在为同代人及前人作传时，雅古特堪称清正历史学家之典范。

雅古特所作史传的独特性在于，其在书的序言部分规划了一个史传写作大纲。这个大纲包括：各等级人群史传、对生卒年月不详传主的关注、将辞典中所录名人按其姓名拼写顺序进行编排、删节使史传作品烦琐化的传述链。

第三部史传大全是著名史传家、大法官伊本·赫利康所作的《名人列传》（*Wafayāt al – A'yan*）一书。伊本·赫利康与雅古特同属一个时代，后者比前者多活了 18 年。赫利康在其著作中为雅古特作传，并用这样一句话作为雅古特传的结尾：“人们在他死后纷纷赞颂他，追忆他的厚道德行，而我注定今生不能与他相会。”

这两位生前不曾相遇的伟大史传家相遇在史传艺术这一领域。他们的作品至今仍是后代研究 13 世纪以前各界名人传记的重要可信资料。与雅古特一样，伊本·赫利康在序言中制定了一个作传大纲。而后，他将史传作品按照传主全名的姓名顺序进行排序，而非如伊斯兰通史类书籍一般，实行编年体排列。这种编排的弊端是，当读者不知传主全名、只知其常用名时，查找其人便遇到了麻烦。

依照伊本·赫利康在其作品中制定的大纲，他笔下的传主不局限于学者、语法学家、官员等特殊群体，“而是将一切有声望的人和所有引起人们探寻欲望的人都收录其中，根据自己的了解对他们的境况进行证实并作简略介绍”。他将 865 位名人收录进《名人列传》中。

伊本·赫利康十分重视传主们的辞世时间，故而对其进行证实和确认。且若力所能及，亦对其出生年月予以注明。同时，对于名人及其姓名，他也极尽校正之能事，对它们进行逐一记录，也将其中他不能确定的资料录入。

对于史料真实性的考证，伊本·赫利康坦言：“为考证大纲我付出了努力，我无法容忍从不可信之人处照搬纲领，而是尽我所能对这一纲领进行考证。”这一席言简意赅的话语，表明他回避了不可信的信息来源，将调查法应用于史传写作，而不仅仅靠传述链。经伊本·赫利康查证后收集的史料均属于业已散落的伊斯兰文化遗珍。由此，他的《名人列传》一书被誉为“一件收纳遗珠的容器，容纳了许多被光阴尘封、被灾祸之手险些毁掉的书册"①。

英国东方学家尼科尔森②在其《阿拉伯文学史》一书中评价他为"首位书写全民族史传的作家"。英国东方学家吉布③赞同尼克莱森的学术观点，并在其《伊斯兰教百科全书》中评价"伊本·赫利康独创了史传集形式的多群体史传"。

伊本·赫利康的史传大全获得了阿拉伯人、波斯人、东方人和西方人高度评价和赏识，其著作于 15 世纪被译为波斯语，19 世纪时被译为土耳其语。而且，各时代均有一批学者为其加注，将其缩编、提炼，并对其进行评论。

二　编年体史传

编年体史传往往以事件发生的年代为主线来为时代名人作传。以编年体为线索的阿拉伯史传又分两种：一种以一个世纪（一百年）为单位；另一种以一年为单位。

以一个世纪为单位来为这时期的名人作传在中世纪的阿拉伯史传界十分流行。最早进行此方面实践的是中世纪史传家赛阿里比（al‑Tha'ālibī，卒于公元 1037 年/伊历 429 年）。他为公元 10 世纪（伊历 4 世纪）的著名诗人作传，名为《时代弃儿》（Yetīmat ad‑Dahr）。在随后的伊历 5、6 两个世纪中，再无编年体史传问世，直到卒于公元 1338 年/伊历 739 年的历史学家阿莱姆丁·巴尔扎里（Alam ad‑Dīn al‑Barzālī）。他创作了《伊历 7 世纪概要》（Mukhtasawr al‑Mi'at as‑Sābi'）一书，内容为该世纪名人列传。埃及史传作家卡马勒丁·乌德福维（Kamāl ad‑Dīn al‑'Udfūwī，1286—

①　转引自 محمد عبد الغني حسن، «التراجم والسير»، دار المعارف، القاهرة، ١٩٥٥، ص٤٥.

②　尼科尔森（Nicholson），1868—1945，英国东方学家，精通法文和阿文，专门从事伊斯兰苏非主义研究。著作有《伊斯兰苏非主义者》、《阿拉伯文学史》等。

③　吉布（Hamilton Alexander Rosskeen Gibb），1895—1971，英国东方学家。1912 年就读爱丁堡大学，专门从事闪米特语言及其文化的研究。著作有：《阿拉伯人对中亚的征战》、《穆罕默德的教义》、《伊斯兰文明的研究》、《阿拉伯文学简史》等。《阿拉伯文学简史》已译成汉语，1980 年由人民文学出版社出版，译者为陆孝修、姚俊德。

1347）也创作了 13 世纪杰出人物史传《明月与旅行家札记》（*al – Badr as – Sāfir wo Tuhfat al – Musāfir*）一书。这两部著作的手稿至今仍珍藏于一些欧洲的图书馆中。

以达官显贵为传主的世纪史传于 15 世纪首次出现。这部作品就是史学家伊本·哈杰尔·阿斯格拉尼（Ibn Hajar al – 'Asqalānī, 1372—1449）的著作《伊历 8 世纪名流中的遗珠》（*ad – Durar al – Kāminah fī A' yān al – Mi' at ath – Thāmin*）。此书四卷本于 1929 年在印度出版。

作者将女性人物考量其中，为女圣训学家、女传述者以及女信徒们作传。其著作中包含的女性传主传略多达数百篇。

《遗珠》一书中还囊括了鞑靼君主、蒙古君王、土耳其素丹等各色人物传记，从而使之成为 8 世纪伊斯兰史料的一个重要来源。虽然伊本·哈杰尔已为蒙古、鞑靼名人作传，但由于相隔遥远，终未能为印度名人写传记。直到 19 世纪的学者阿卜杜·海伊·哈桑尼（Abdu al – Hay al – Hasanī, 公元 1869—1923/伊历 1286—1341）著述了《随想游》（*Nuzhaht al – Khawātir*）一书，才为伊历 8 世纪（公元 14、15 世纪）的印度学者们作传，从而对《遗珠》一书进行了补充和完善。

自伊本·哈杰尔史传成书以后，有关各世纪史传作品开始逐渐出现。包括：萨哈维（as – Sakhāwī, 1427—1497）所作的《伊历 9 世纪名流之光》（*ad – Dhō 'al – Lāmi ' fī A' yān al – Qarn at – Tāsi '*）；历史学家纳吉姆丁·古兹（Najim ad – Dīn al – Ghuzī, 卒于 1683 年）所作的《伊历 10 世纪名流传》（*as – Sā' rah bi A' yān al – Mi' at al – Āshirah*）；卒于伊历 1111 年的历史学家穆罕默德·艾敏·本·法德里拉（Muhammad Amīn bn Fadlla）所作的《伊历 11 世纪名流影响概要》（*Khulāsawt al – Athar fī A' yān al – Qarn al – Hādī 'Ashara*）；卒于公元 1791 年/伊历 1206 年的伊斯兰教总教长穆罕默德·哈利勒·穆拉迪（Muhammad Khalīl al – Murādī）所作的《伊历 12 世纪名流串珠》（*Silk ad – Durar fī A' yān al – Qarn ath – Thānī 'Ashara*）等书籍。

一些史传作家们倾向于为同时代的名人或其师长作传。例如，萨拉哈丁·萨法迪（Salāh ad – Dīn as – Sawfadī, 1296—1362）著有《时代名流和胜利的援助者》（*A' yān al – 'Asr wo A' wān an – Nasr*）一书；卒于公元 1348 年

/伊历749年的伊本·法德里拉·欧马里（Ibn Fadlla al－'Umarī）著有《时代名流中的宫廷精英》（Dhahabiyya al－Qasr fī A'yān al－'Asr）一书；卒于公元1287年/伊历665年的阿布·夏玛（Abū Shāma）著有《两园增补》（adh－Dhayl Alia Rawdatayni）一书；卒于公元1348年/伊历748年的历史学家沙姆斯丁·扎哈比（Shams ad－Dīn adh－Dhahabī，公元1274—1348/伊历673—748）著有《师长辞典》（Mu'jam'Ashyākhihi）一书，他在此书中为近1300位师长作传。

另一种编年体史传是以一年为单位为名人作传。卒于公元1362年/伊历764年的伊本·沙基尔·库特比（Ibn Shākir al－Kutubī）创作了史传作品《历史之泉》（'Uyūn at－Tawārīkh）一书。该书的编排依照年代顺序，录入了公元1358年/伊历760年以前的名流。阿拉伯史传作家们有以名人们的死亡年代为依据为之作传的传统。故而，伊本·沙基尔·库特比在书中先对主要事件做一交代，而后另辟章节对各地区最重要的亡故名人，如科学家、文学家、哲学家、政治家予以排列，并依据名人们的重要性或长或短地为之作传。此类书籍还有伊本·乔兹的《罗列》（al－Mumtazim）；伊本·凯西尔（Ibn al－Kathīr，？—1396）的《始末》（al－Bidāyah wo an－Nihāyah）；史传家伊本·伊马德·罕百里（Ibn al'Imād al－Hanbalī，卒于公元1678年/伊历1089年）的《逝者生平拾粹》（Shadhrāt adh－Dhahab fī Akhbār Men Dhahaba），而以最后一本著作为最。该书年代跨度上至伊历元年（公元622），下至伊历一千年，且书中以年为单位，对每年辞世的各领域杰出人物之死都有所录述。在书中，作者为每位名人都作有一篇极简略的小传。该小传内容包括姓名、家谱，主要业绩、影响及著述、师长及学生等信息。

三　等级性纪传

等级性纪传类书籍是按照传主所专之志及其所事之职将其汇集一册，而非按其年代或姓名顺序排列的史传作品。此类书籍肇始于为撒哈拜等级作传。

撒哈拜等级

最早从事撒哈拜等级纪传的是《历史大集》（at－Tārīkh al－Kabīr）的

作者伊玛目布哈里和《传记等级》的作者伊本·萨阿德二人。我们已在上文中阐明，撒哈拜等级史传的宗旨在于为各传述者传述的圣训服务，以考据法这一最精准的标尺对圣训传述者们进行评价、指摘及匡正。

此后，史传作家们开始在撒哈拜等级中记述其生平信息及厚道德行，至11世纪（伊历5世纪）时，伊本·阿卜杜·巴尔·奈麦尔·古尔图比（Ibn Abdu al‑Barri an‑Namrī al‑Qurtubī，卒于公元1070年/伊历463年）写作了一部关于撒哈拜及圣训传述者的历史大辞典，该辞典名为《撒哈拜信息大全》（al‑Istī‘Āb fī Ma‘rifat al‑’Ashāb），书中按照字母排列方法，以拼写顺序对撒哈拜姓名进行了排序。此书辑录了3500篇史传作品。其特点是，较之史实，作者更倾向于以圣训为创作依据。故而，作者堪称"科尔多瓦的圣训传述者"，而且，他也的确是当时最伟大的圣训传述家。

13世纪时，历史学家伊本·艾西尔（Ibn al‑Athīr，1160—1233）——著名政治通史《历史大全》（al‑Kāmil fī at‑Tārīkh）一书的作者——独立创作了一部撒哈拜史传大辞典。书中辑录史传7500篇，比《撒哈拜信息大全》一书中多了一倍。伊本·艾西尔的这部著作名为《莽丛群狮——撒哈拜介绍》（Asad al‑Ghābah flī Ma‘rifat as‑Sihābah）。在创作过程中，伊本·艾西尔从先人的等级作品，特别是伊本·曼达、阿布·纳伊姆·伊斯法罕尼、伊本·阿卜杜·巴尔·奈麦尔及阿布·穆萨·麦地尼等人的著述中寻得依据。

15世纪时，关于撒哈拜传记的写作达到了巅峰。史传家伊本·哈杰尔·阿斯格拉尼写了《辨别撒哈拜的真谛》（al‑Isāwbah fī Tamyīz as‑Sihābah）一书。该书是一部集大成之作，超越了前人的著述，并对前人的许多臆想和谬误进行了修正与反驳。书中传主按照字母表顺序排列。同时，作者还在该书的一册中独辟一章用于女性撒哈拜史传的修录，而对于那些以别号闻名的撒哈拜们，作者也独辟一册为其修传。

教法学家等级

伊斯兰教四个教法学派①的教法学家们备受史传家们的青睐。史传家们或修写教法学家等级，或为教法学家们所代表的学派作传。此类书籍中成书

---

① 伊斯兰教四大教法学派是沙斐仪派、哈乃斐派、罕百里派和马立克派。

最早的是卒于公元 822 年/伊历 207 年的史学家海塞姆·本·阿迪（al－Hay-
tham bn 'Adī）所作的《教法学家及圣训传述者等级》（*Tawbaqāt al－
Fuqahā' wo al－Muhadithīna*）一书。11 世纪时，卒于公元 1083 年/伊历 476
年的阿布·易斯哈格·希拉齐（Abū Ishāq ash－Shīrāzī）写了《教法学家等
级》（*Tawbaqāt al－Fuqahā'*）。

关于各教派名人的史传作品则书目众多。沙斐仪派有卒于公元 1369 年/
伊历 771 年的泰吉丁·赛百基（Tāj ad－Dīn as－Sabakī）所作的《沙斐仪派
等级》（*Tawbaqāt ash－Shāfi 'yyah al－Kubarā*）以及卒于公元 1447 年/伊历
851 年的伊本·卡德·舒赫百·迪马什基（Ibn Qādī Shuhbah ad－Dimashqī）
所作的《沙斐仪派等级》（*Tawbaqāt ash－Shāfi 'yyah*）。

哈乃斐派亦有卒于公元 1373 年/伊历 775 年的阿卜杜·卡迪尔·本·艾
比·沃法伊（Abdu al－Qādir bn Abī al－Wafā'）所作的一部哈乃斐派等级。
该书是第一部关于哈乃斐派的史传作品，书名为《闪耀的珠宝——哈乃斐派
等级》（*al－Jawāhir al－Mudiyyah fī Tawbaqāt al－Hanafiyyah*）。卒于公元
1406 年/伊历 809 年的历史学家伊本·达格麦格·米斯里（Ibn Daqmāq al－
Misrī）写作了《串珠——伊玛目努阿曼弟子等级》（*Nazm al－Jumān fī
Tawbaqāt Ashāb Imāminā al－Nu 'mān*）一书。该书第一册中辑录了伊玛目
阿布·哈尼法的美德。

罕百里派有殉教于公元 1131 年/伊历 526 年的阿布·侯赛因·本·艾比·
叶阿莱·菲拉伊（Abū al－Housayn ibn Abī Ya 'l al－Firā'）为之著述的等
级作品。正如其在该书序言中所说，作者在书中辑录了其众多师长——居功
至伟的伊玛目阿布·阿卜杜拉·艾哈迈德·本·罕百勒的同仁们的生平履
历。全书所录史传截止到公元 1118 年/伊历 512 年。之后，卒于公元 1392
年/伊历 795 年的伊本·拉吉布·迪马什基·罕百里（Ibn Rajbu ad－
Dimashiqī al－Hanbalī）对该书进行了增补。书中所录史传年限下延至公元
1349 年/伊历 750 年。大马士革法兰西学院出版了伊本·拉吉布·迪马什基·
罕百里著作中的数册。在出版过程中，萨米·杜汉博士和亨利·劳斯特教授
对其作品进行了考证并为之附加了索引。

马立克派则有卒于公元 1149 年/伊历 544 年的嘎迪·伊亚德（al－Qādī
'Iyād）所作的《感悟》（*Madārik*）一书。马立克派中的部分人士将其命名

为《马立克派等级》（*Tawbaqāt al - Mālikiyyah*）。该书是首部关于该派名人的史传作品。遗憾的是它已失传，我们只能从史学家萨哈维对它的评价中得知一二。关于马立克派等级比较权威的作品是卒于公元1396年/伊历799年的伊本·法尔侯奈·马立克（Ibn Farhūna al - Mālikī）所作的《黄金绪论——本派学者记事》（*ad - Dībāj al - Mudhahhab fī ' Ulamā' al - Madhhab*）一书。作者于公元1359年/伊历761年完成了此书的编撰。书中前一部分主要介绍了伊玛目马立克的学说、门第、品质，学者们对他的好评及其对于伊玛目一职的合法性；他作出法律判决前的广泛采证和探查研究事迹；他对教法的恪守和对鼓吹新教义的女圣训传述者的痛恨；陈述自己所经历的灾难。在后一部分作者便着手为马立克派其他名人作传，并依照字母拼写顺序对人物姓名进行了排序。

经注家、经诵家等级

史传家们为各等级名人作传时并未忽略为从事《古兰经》经注、经诵之人作传，但"为经注家、经诵家作传"一事并未同为圣训传述者及宗谱学家等级修录并行，而是稍后一个时期进行。其原因是，人们担心遗落圣训载录，而对圣训载录的关注又催生了对圣训传述者的关注。故而，自公元8世纪（伊历2世纪）圣训载录之始，史传作家们便随之竞相修撰圣训传述者等级。

就经注、经诵家们而言，相关他们的独立史传创作开始较晚。尽管相关独立史传、等级出现较晚，但这并不妨碍诸如沙斐仪派、罕百里派、马立克派、哈乃斐派等级的收录与编纂。毕竟，这些《古兰经》经注家、经诵家们同时也是教法学家或各伊斯兰学派著名学者。

我们现知最古老的《经注家等级》是苏尤提修撰的。随后，他的学生、卒于公元1534年/伊历941年的达乌迪·马立克（al - Dāwūdī Malik）继承其衣钵，修撰了一部按字母顺序排列的经注家史传辞典。

至于那些以不同韵律唱诵古兰经的经诵家，为他们作传最早的是卒于公元1052年/伊历444年的阿布·阿穆尔·达尼（Abū Amurū ad - Dānī）所作的《经诵家等级》（*Tawbaqāt al - Qurrā'*）。随后，卒于公元1429年/伊历833年的沙姆斯丁·杰扎里（Shams ad - Dīn al - Jazarī）著有《经诵家终极目标——成为最称职的传述者和通明者》（*Ghāyah an - Nihāyah fī Rijāl al -*

Qirā' at Awlā ar – Riwāyah wo ad – Dirāyah）一书。

圣训传述者、宗谱学家等级

圣训传述者史传、群传大集是阿拉伯伊斯兰图书馆中馆藏书目最多的名人史传类书籍。此类书中值得一提的是，卒于公元 1203 年/伊历 600 年的阿布·穆罕默德·阿卜杜·伊纳·穆卡达斯·贾麦伊里（Abū Muham- mad abdu al – Ghinā Muqaddas al – Jamā 'īlī）所著的《全录》（*al – Kamāl*）一书。该书是一部详细的圣训传述者人名辞典，囊括了六大圣训集中提及的传述者，并将其姓名按照字母拼写顺序进行了排序。随后，出现了卒于公元 1341 年/伊历 742 年的阿布·哈贾吉·优素福·本·阿卜杜·拉赫曼·马齐（Abū al – Hajjāj Yūsuf bn Abdu ar – Rahmān al – Mazī）的《全录修订》（*Tahdhīb al – Kamāl*）。该书对《全录》进行了修校和增补。继而又出现了历史学家、圣训传述家、宗谱学家伊本·哈杰尔·阿斯格拉尼。他在其《修订全录的修订》（*Tahdhīb Tahdhīb al – Kamāl fi Ma ' rifat ar – Rijāl*）一书中对《全录修订》进行了修校。该书于公元 1907 年/伊历 1325 年分十二册出版于印度，是作者为其所知晓的圣训传述者等级所作的最后一部校订补修之作。

在谈述教法学家等级时，我们已对卒于公元 822 年/伊历 207 年的海塞姆·本·阿迪有所提及。此人修写了一部教法学家及圣训传述家等级类著作。他也凭借此书成为了我们所知的最早从事圣训传述者等级写作的作家之一。

至于宗谱学家们，是指圣训的记诵者。对于他们而言，仅记诵圣训原文是远远不够的。他们还应牢记相关圣训的溯源线索，对于圣训原文不落一字，对于圣训传述家的家谱不疏一人。可见，记诵圣训之事具有文学和诗歌传述者们不曾面临的记诵之难。他们拥有文学和诗歌传述者们不具备的记背传述链的能力。据说，卒于公元 928 年/伊历 316 年的阿卜杜拉·本·苏莱曼·本·艾什阿斯（Abdulla bn Sulaymān bn al – Ash ' ath）曾即兴向人们口授了烂熟于心的 3 万条圣训。

关于宗谱学家的史传，已有书籍予以辑录。这类书籍中最早的便是卒于公元 1348 年/伊历 748 年的历史学家沙姆斯丁·扎哈比所作的《宗谱学家等级》（*Tawbaqāt al – Huffāz*）一书。该书的一部分内容取自史传集。后有一群学者及史传家对该书进行了补注。例如，卒于公元 1466 年/伊历 871 年的宗谱学家伊本·法赫德·麦基（Ibn Fahd al‑Makkī），卒于公元 1505 年/伊历 911 年的史传家、宗谱学家苏尤提都对该书进行了增补。

语法学家等级

语法学家们和语言学家们亦有其专门的史传类书籍。关于此类人群史传的第一部作品出现于公元 10 世纪初（伊历 3 世纪）。其作者为卒于公元 898 年/伊历 285 年的阿布·阿巴斯·穆巴里德·纳哈维（Abū al‑'Abbās Mubarrid an‑Nahwī）。但在该书中，作者所录人物仅限于巴士拉学派（中世纪强盛的语法学派，其学术观点与库法学派对峙）语法学家。10 世纪时，还出现了两部语法学家史传：第一部为卒于公元 978 年/伊历 368 年的阿布·赛义德·希拉菲（Abū S'īd as‑Sīrāfī）所作的《巴士拉学派语法学家记事》（*Akhbār an‑Nahwiyyina al‑Basriyyina*）一书。该书内容简略，篇幅短小；第二部则是卒于公元 989 年/伊历 379 年的阿布·伯克尔·本·哈桑·祖拜迪（Abū Bakr bn al‑Hasan az‑Zubaydī）所作的《语法学家和语言学家等级》（*Tawbaqāt an‑Nahwiyyina wo al‑Lughawiyyina*）一书。作者在该书中为上至阿布·艾斯沃德·杜艾里（Abū al‑'Aswad ad‑Du'lī）时代，下至其师长——卒于公元 968 年/伊历 358 年的里巴希（Ribāhī）所处时代的杰出语法学家们作传。许多史传作家均从这部关于语法学家、语言学家史传的书稿中受益。例如，雅古特、马格里齐（al‑Maqrīzī，1364—1441）、苏尤提等。

13 世纪时，出现了埃及大臣贾麦勒丁·优素福·卡夫提（Jamāl ad‑Dīn Yūsuf al‑Qaftī,？—1268）所作的《凭借语法学家的智慧提点传述家》（*Inbāh ar‑Ruwāt Alia Anbāh an‑Nuhāt*）一书。作者以阿布·艾斯沃德·杜艾里时代的语法学家史传开篇，以自己所处时代的语法学家史传结尾。书中所录史传按照姓名字母拼写顺序排列，篇目近千，涵盖了所有时代及一切伊斯兰疆域内的语法学家，甚至对那些生活在西西里岛、加兹尼以及阿姆河以北地区的语法学家们亦有所涉及。

卡夫提的著述依赖于以下信息渠道：前人所作的史传作品、旅途中结识的师长及名人的传述、与诸多学者之间的通信往来。然而，卡夫提最终被全名、别号、雅号、常用名混杂这一难题所困，并对此束手无策。故而，在其著作中，或许会将同一人物的史传重复两遍：一遍是在全名项下，另一遍在其雅号或常用名项下。另外，卡夫提在其巨制中，对于诸多对语法稍有贡献的文学家、诗人、作家、教法学家及圣训传述家们亦有所留意。由此，总体说来，《凭借语法学家的智慧提点传述家》一书堪称一部文学家及学者史传。

关于语法学家的最后一部史传是苏尤提所作的《语言学家与语法学家等级大全》（*Bughyah al - Wa ' āt fī Tawbaqāt al - Lughawiyyina wo an - Nuhāt*）一书。作者在书中为上至阿布·艾斯沃德·杜艾里时代，下至其所处时代的语法学家们作传。该部史传大体按照字母顺序排列，但以名为穆罕默德（该人名因其与先知同名而被视作吉兆）的人物开篇，紧接其后的是各位"艾哈迈德"的姓名，此后的其他姓名则按照字母拼写顺序排列。

诗人等级

卒于公元 845 年/伊历 231 年的伊本·萨拉姆·朱姆哈（Ibn Salām al - Jumhī）率先在其《桂冠诗人等级》（*Tawbaqāt Fahūl ash - Shu ' rā'*）一书中尝试为诗人作传。《桂冠诗人等级》一书是此类非宗教人士传记的开山之作。因为继此书之后，史传家们相继着手依照社会各阶层及各学科分类为名人们作传。

伊本·萨拉姆热衷于为蒙昧时期及伊斯兰时期的诗人们修传。他的著述使人们对该时期诗人生平及其在诗歌领域中的地位了解甚多，而诗歌又是阿拉伯古典文学的根基和精髓。

诗人史传中最值得一提的是阿拔斯时期著名文学家、历史学家伊本·古太白（Ibn Qutaybah，828—889）所作的《诗歌与诗人》（*ash - Sha ' r wo ash - Shu ' rā'*）一书。该书囊括了众所周知的杰出诗人。伊本·古太白涉猎甚广，对语言、语法、文学、诗歌、《圣训》、教法、历史、教派、部落宗谱、战史、轶闻，几乎无所不知，无所不晓。《诗歌与诗人》是一本有关文学批评与部分杰出诗人传略的专著。该书于 1904、1905 年先后在荷兰莱顿与埃及的开罗首次印行。

卒于公元 1037 年/伊历 429 年的赛阿里比所作的《时代弃儿》一书中也有许多 10 世纪伊斯兰各国诗人的史传、生平资料及其诗作。此书真实而生动地反映了 10 世纪阿拉伯诗歌的盛况，展现了当时诸多诗歌种类，描绘了那个时代里众诗人的肖像。他们通过赞颂、讽喻、描写以及劝诫，为灵魂注入欢乐与诙谐，丰盈了尘世生活。赛阿里比并未按照姓名顺序对其作品进行编排，而是依照阿拉伯伊斯兰地域顺序对所录史传进行了排序。书中专辟篇章为哈马丹、沙姆、埃及及马格里布诗人作传，又独有一章为伊拉克诗人作传。第三章为波斯、戈尔甘、伊斯法罕地区的诗人作传。第四章为呼罗珊及阿姆河以北地区诗人作传。《时代弃儿》一书的可贵之处在于：它为我们提供了大量精彩的 10 世纪阿拉伯诗歌范例和诗传人略。

诗人史传类书籍中，阿布·法拉吉·伊斯法罕尼（Abū al – Faraj al – Isfahānī，897—967）所著的《歌诗诗话》（Kitāb al – Aghānī）是集大成之作。该书本非一部诗人史传作品，而是一本诗词谱集。其中收录了百余篇哈里发拉希德①命其乐师易卜拉欣·摩苏里（Ibrāhīm al – Mūsilī）等人为之择录的歌谱。阿布·法拉吉扩展了该书的内容，并增加了许多诗人，即歌词作者的生平概况及奇闻轶事，使该书具有了一定的史传性质。他为上至蒙昧时期下至与之同时代的诗人们作传，传述他们的大部分诗作，介绍他们的生平事迹。故而，该著作对于阿拉伯诗歌，乃至整个阿拉伯文学而言，都无愧为一部大百科全书。阿拉伯中世纪历史学家伊本·赫勒顿评价此书道："《歌诗诗话》是阿拉伯人的文献档案，是集他们前人的诗歌、历史、歌唱及其他各类艺术之精品于一体，据我们所知，在这方面，还没有一本书能引以为据，这是文学家企望达到的极致"。② 该书共 21 卷，1868 年于埃及开罗布拉格首次印行时为 20 卷；1905 – 1906 年在开罗再版增补了第二十一卷。

卒于公元 1274 年/伊历 673 年的伊本·赛义德·马格里比（Ibn S ‘īd al – Maghribī）所作的《当地历史上的名流》（al – Qadha al – Ma ‘alī fī at – Tārīkh al – Mahalī）一书也显现了诗人史传的地域性特点。作者在该书中为 13 世纪上半叶的安达卢西亚诗人们作传。

另一位为伊斯兰世界诗人作传的学者是卒于公元 1692 年/伊历 1104 年的伊本·麦阿苏姆·侯赛尼（Ibn Ma ‘sūm al – Husaynī）。作者在他所著的《时代彪炳—名流之功德》（Sulāfah al – ‘Asr fī Mahāsin A ‘yān ‘Asr）一书

---

① 阿拔斯王朝第五任哈里发哈伦·拉希德（786—809 年在任）。

② 转引自仲跻昆：《阿拉伯文学通史》（上卷），译林出版社 2010 年版，第 443 页。

中为 17 世纪沙姆、埃及、两圣地、也门、伊拉克、巴林、波斯及马格里布等地诗人作传。

苏非信徒等级

苏非信徒等级受到了史传作家们的诸多关注。萨哈维和哈吉·哈里发列举了一大批此类著作，其中成书最早的可追溯至 9 世纪，即 9 世纪的穆罕默德·本·阿里·哈基姆·提尔密济所著作品。

10 世纪时出现了数部苏非派及隐修人士史传类作品。其中最重要的是：卒于公元 952 年/伊历 341 年的伊本·赛义德·艾阿拉比（Ibn S 'īd al – A 'rābī）所作的《隐士等级》（*Tawbaqāt an – Nussāk*）。卒于公元 953 年/伊历 342 年的穆罕默德·本·达乌德·尼塞布里（Muhammad bn Dāwūd an – Nīsābūrī）所著的《苏非派及隐修人记事》（*Akhbār as – Sūfiyyah wo az – Zahād*）。

11 世纪时，诞生了两位苏非派史传大家：一位是卒于公元 1021 年/伊历 412 年的阿布·阿卜杜·拉赫曼·希勒米（Abū Abdu ar – Rahmān as – Silmī）；另一位是卒于公元 1038 年/伊历 430 年的阿布·纳伊姆·伊斯法罕尼（Abū Na 'īm al – Isfahānī）。希勒米有《苏非派等级》（*Tawbaqāt as – Sūfiyyah*）一书传世。书中，他将苏非派信徒划分为五个等级。对于书中姓名，作者并未遵循按字母顺序排列，而是以"等级"这一唯一标准作为排列依据。

阿布·纳伊姆则有《圣徒的饰物和贤士等级》（*Hilyah al – ' Awliyā' wo Tawbaqāt al – ' Asliyā'*）一书传世。萨哈维评价该书为"内涵丰盈之作"和"后人著述的根基"，并说"伊本·乔兹所著《贤士的品性》（*Sifah as – Sawfwoh*）一书中的诸多增补皆源自《圣徒的饰物》一书。"[①]

这一世纪还有卒于公元 1072 年/伊历 465 年的苏非信徒阿布·卡西姆·阿卜杜勒·凯里姆·古沙伊里（Abū al – Qāsim Abdu al – Karīm al – Qushayrī）的关于苏非信徒的传记名著问世，名曰《古沙伊里信函集》（*ar – Risālah al – Qushayrīyyah*）。此书以书信的形式为一群苏非名人作传。他也

---

① محمد عبد الغني حسن، التراجم والسير، دار المعارف، القاهرة، ١٩٥٥، ص٦٦.

是前文中提及的希勒米的学生，并在其作品中沿袭了其老师对各等级的排序方式。

13 世纪时，则有上文所提到的伊本·乔兹所著的《贤士的品性》一书问世。事实上，该书是对阿布·纳伊姆所著《圣徒的饰物和贤士等级》一书及书中传述内容的校正与缩编。且该书的编排依据地域顺序展开——以麦地那开篇，随后为麦加、巴格达，并依此顺序排列，直至马格里布，继而是沿海地区，最后为沙漠地区。书中提及某一地区时便会提及该地区的各层次男女隐士、信徒和苦行僧。该书中所录史传千篇有余，而希勒米所著群传中仅辑录了 103 篇苏非史传。

16 世纪时，苏非史传家阿卜杜·瓦哈卜·沙阿拉尼著述了名为《光怪陆离的记事等级》（ *Lawāqiha al - Anwār fi Tawbaqāt al - Akhbār* ）的苏非派史传。该书通称《沙阿拉尼等级》，书中辑录了自苏非派初兴至作者所处时代的苏非众信徒史传。该部著作无疑是信息最完善、涵盖面最广的参考资料。

法官等级

判决曾是先知掌管的首件事务。在伊斯兰教广泛传播后，他便将此事委托给一些地方长官。这一制度一直延续到第二位正统哈里发欧麦尔在位时期。欧麦尔在各个地区均任命了法官，并委托他们对"判决"一事进行全权管理。此后，各伊斯兰地区的法官数量开始逐渐增多，而这些法官们自有他们的轶事、决断与影响。故而，在为其他学者、艺术家们作传之余，史传作家们也开始转而为这一群体作传。

据记载，最早为法官作群传的当属卒于公元 824 年/伊历 209 年的阿布·欧贝达·巴士里（Abū Obaydah al - Basrī）所著的《巴士拉法官》（ *Qudāwt al - Basrah* ）一书。

业已成书的法官等级类书籍呈现出明显的地域性。在埃及，有卒于公元 965 年/伊历 355 年的史传家阿布·欧麦尔·穆罕默德·本·优素福·铿迪（Abū Omar Muhammad ibn Yūsuf al - Kindī）。此人编著了《埃及法官记事》（ *Akhbār Qudāwt al - Misriyyina* ）一书，书中辑录了公元 860 年/伊历 246 年以前的埃及法官的生平。还有卒于公元 997 年/伊历 387 年的埃及史传家伊本·祖拉格（Ibn Zūlāq）。此人编著了一本著作，对上文提到的铿迪所著作品进行了补充。书中所载法官所处年代下延至公元 996 年/伊历 386 年,即作者辞世前一年。伊历 9 世纪时则出现了史传家伊本·哈杰尔。此人写作了《埃及法官传记纲要》(Raf' al - Isr' an Qudāwt Misr)一书,从而将所录埃及法官史传的年代下延至伊历 9 世纪。

在安达卢西亚,卒于公元 971 年/伊历 361 年的历史学家、教法学家阿布·阿卜杜拉·穆罕默德·本·哈里斯·本·阿萨德·赫沙尼 (Abū Abdu Muhammad bn Hārith bn' Asad al - Khashanī) 是最早从事安达卢西亚法官史传写作的作家之一。他以公元 966 年/伊历 356 年作为时间下限为安达卢西亚法官们作传。其书中共录史传 50 篇,所录史传依据法官们的接任情况按时间顺序排列。伊历 8 世纪时,谢赫阿布·侯赛因·奈百希·马利基 (Abū al - Husayn an - Nabāhī al - Māliqī) 编著了一部安达卢西亚法官编年史,并将其命名为《对有资格行使判决者的至高瞭望》(al - Marqabat al - 'Awlyā' fī man Yastahiqqu al - Qadā' wo al - Futyā)。作者在这部法官史传中还谈及法官们审判的公正性、针对误判、乱判行为的警戒等与判决相关的问题。

医生等级

在等级类史传书籍中,涉及医生等级的相对较少,只有萨哈维提及的伊本·艾比·乌塞比阿 (Ibn Abī Usaybī 'ah, 1203—1269) 的《医生等级中的信息之泉》(' Uyūnu al - ' Anbā' fī Tawbaqāt al - Atibbā')一书。该书作者依据地域、民族和教派对所载人物进行了分类。书中录述了各个时期、不同地区的阿拉伯医生、伊斯兰医生、希腊医生、伊斯兰初期的阿拉伯医生、古叙利亚医生、迁入阿拉伯地区并将希腊语典籍译为阿拉伯语的医生、伊拉克及半岛地区的医生、波斯医生、印度医生、马格里布医生、埃及医生以及沙姆地区的医生。作者在人名排序时并未遵照字母顺序,故而所录述人物往往重复,在查找传主时带来了困难。对于这种非字母顺序的排列,伊本·艾比·乌塞比阿辩解道,自己已"依据传主的等级和社会地位,在最恰当的位置上安放了每位传主"。[1]

无疑,这部囊括了国土东西南北 400 余位医生并记录了他们生平、奇闻

---

① 转引自 محمد عبد الغنى حسن، التراجم والسير، دار المعارف، القاهرة، ١٩٥٥، ص٦٨.

佚事的史传作品为我们保留了许多业已散佚的古代医学知识和此行业的著名
人物。这本书如今已由东方学家马克思·缪勒①考证而出版。这位德国东方
学家自称为"磨坊主之子乌姆鲁·盖斯"。这是一个有趣的阿拉伯化外文
名，因为"马克斯"（Max）意为"最大"，与阿拉伯蒙昧时期诗人乌姆
鲁·盖斯名字中的"盖斯"一词近义，而"缪勒"（Muller）意为"研磨
机"，故得此名。

自伊历 7 世纪中叶至该书作者所处时代，《医生等级中的信息之泉》一
书一直是医生史传领域的唯一史料来源，直到当代医生、语言学家、学者、
已故的艾哈迈德·伊萨（Ahmad 'Īsā）博士为此著作修写了增补。年代跨度
上至公元 1252 年/伊历 650 年，下至公元 1942 年/伊历 1361 年。至此，"医
生等级"得以上下贯通。

此外，阿拉伯伊斯兰历史上也有一群哲学家，他们一边研习哲学一边悬
壶济世。对于他们，伊本·艾比·乌塞比阿亦为之作传。这些人物也出现在
卡夫提所著的《哲学家记事》一书中。

哲学家等级

或许，最早的有关哲学家史传作品当属卒于公元 981/伊历 371 年的哲学
家阿布·苏莱曼·曼提基·萨吉斯坦尼（Abū Sulaymān al - Mantiqī as -
Sajstānī）著述的《智慧之匣》（Sawān al - Hikimah）一书。此人著述颇丰，
且大部分是通俗易懂的哲学家史传作品。伊历 6 世纪时，卒于公元 1169 年/
伊历 565 年的哲学家扎希尔丁·拜哈基（Zahīr ad - Dīn al - Bayhaqī）的《伊
斯兰哲学家史传》（Tārīkh Hukamā' al - Islām）一书成书，所提及人物多为
伊历 5—6 世纪的哲学家。在《智慧之匣》中录述过的人物，拜哈基均不再
涉及。拜哈基的史传作品也未涉及任何沙姆、马格里布及安达卢西亚哲人。

伊历 7 世纪时，有一部著作传世，即上文论述语法学家等级时提过的
《凭借语法学家的智慧提点传述家》一书的作者卡夫提所作的《哲学家记
事》（Ikhbār al - 'Ulamā' bi Akhbār al - Hukamā'）一书。在其著作中，卡
夫提为古代及自基督教、伊斯兰教兴起至其所处时代的所有希腊、罗马、亚

---

① 马克斯·缪勒（Friedrich Max Müller，1823—1900 年），德国文字学家和东方学学家，是西方学
术领域中印度研究与宗教比较等学科的奠基者之一。

历山大、波斯和阿拉伯哲学家作传。他辑录哲人们的箴言，并列述他们的学派和著作。卡夫提将书中人物按照字母顺序进行了排列，并附有两章用以辑录以"阿布·某某"、"伊本·某某"开头的人物别号。卡夫提史传作品中对哲人诞辰未加辑录，对于其死亡日期也少有记载。

四　地方志及当地名人传

随着伊斯兰帝国疆域不断扩大，教法学家、经注家、圣训学家、学者、文学家、诗人等各界名流显贵开始汇聚于各大城市及都会。关于这些地区的地方志编写也随之成为必要。这种地方志并非地域编年史，而更像是一种人物传记。其中录述了生于斯长于斯的各等级名人，也录述不少迁入者的生平记事。故而，一度出现了一大批地方志史传书籍。除了有开罗、大马士革、阿勒颇、巴格达、科尔多瓦、格拉纳达这些大都会的地方人物志外，还出现了有关阿塞拜疆、伊利勒、伊斯法罕、戈尔甘、布哈拉、巴尔赫等伊斯兰区镇的地方名人传记。但有价值的史传作品并不多，值得一提的是卒于公元1070年/伊历463年的巴格达"赫蒂布"①艾哈迈德·本·阿里·本·萨比特（Ahmad bn Ali bn ath – Thābit）所著的《巴格达史》（Tārīkh Baghdād）、卒于公元1175年/伊历571年的圣训学家伊本·阿赛克尔（Ibn 'Asākr）所著的《大马士革史》（Tārīkh Dimashiq）和卒于公元1374年/伊历776年的丞相利桑丁·本·赫蒂布（Lisānu ad – Din bn al – khatīb）所作的《格拉纳达志》（al – ' Ihātah fī Akhbār Gharnātah）。

《巴格达史》卷帙浩繁。作者在书中首先介绍了阿拔斯王朝的都城，描绘了城中的文明，进而开始为当地人、迁入者中的各界名流作传，载述他们的生平、影响及著作。

这位演讲家按照字母顺序对所录名人进行了排序，排序所依人物姓名以本名为准，而非其常用名。同时，该书以名曰穆罕默德者开篇。该书在各地及其他伊斯兰都会中广为流传，载誉颇丰，引各地学者纷纷效仿。于是，出

---

① "赫蒂布"（Khatīb）是伊斯兰教教职称谓，阿拉伯语的音译，意为宣讲教义者、劝教人。后专指在主麻日或节日向穆斯林宣讲伊斯兰教义的人。

现了伊本·阿赛克尔的《大马士革史》一书。在大马士革本地及迁入名人
史传的涉面、增补、选材等方面，作者一并效仿了巴格达演讲家的行文模式
和逐层溯源的行文构架。由于这两位史传家同时又是大宗谱学家，因此他们
在结构上因袭了圣训派传述家的考据法。

　　在安达卢西亚，格拉纳达名人荟萃，丞相利桑丁·本·赫蒂布著了《格
拉纳达志》。在这部涉面甚广的著作自序中，作者提及了该书的编纂动机，
即一种可归结为"地区宗派主义"的动因。他坦言道："我受到了一种宗派
主义的影响，这种宗派主义不会贬损宗教或权位。同时，我还受控于一种热
忱，宗派主义者不会因为有这种热忱而受到责备。"他还说："爱国并非我的
独创，因思乡而陷入柔情也非自我始。贵族也好，平民也罢，乡情已融入这
片土地上所有儿女们的本性之中，引导着他们尽述故乡的美好。"① 的确，
正是这种家国情结促使伊本·赫蒂布成就这部巨著。或许，伊本·赫蒂布道
出了所有地方志史传家们完成其宏著的心结。

　　与其他史传家不同，伊本·赫蒂布在其著作排序中将国王们列于卷首，
随后是埃米尔，进而是达官显贵，其次依次为法官、经诵家、学者，再随后
依次为作家和诗人。分层辑录的方法贯彻其作品始终，直至以清贫的苏非派
信徒作为该书终结。他的这种贵贱偏见受到其他学者们的指摘。

　　但其文学价值较高，作者在写作中言辞精准，他以文学虚构的手法塑造
出精准而真实可触的传主形象。例如，他这样描写格拉纳达的艾哈迈尔时期
国王穆罕默德·本·优素福·本·伊斯梅尔："这位国王，论及品性，全家
族的成员无人能出其右，论及出身与继承权，亦是无人能及。真主赋予了他
英俊的相貌、挺拔的身姿、正直的品性、通明的思想、透彻的见解、敏锐的
洞察，使其疏于索取，又常助他人。真主赐予他容忍与宽厚的品质和平和的
内心，使他善良仁爱、清正廉洁、步履坚定、内心坚强、英名远播。"②

---

① 转引自：محمد عبد الغني حسن، التراجم والسير، دار المعارف، القاهرة، ١٩٥٥، ص٧٣.

② 同上。

第四节　阿拉伯传记的编撰原则

中世纪阿拉伯史传家在写作时有他们的传统和原则，如对史传篇幅的详略，史传材料的溯源，对传主个性和事迹的褒贬，对传主生卒年代的考证和实录，甚至在史传全集中对传主姓名的排序，都有他们的一尺之规。下面做一一介绍，附以例证和扼要评述。

一　史传的详略与褒贬原则

出于各种各样的原因，史传篇幅或长或短，其内容也相应或丰富或简略。这些原因，一部分可归结于史传作者，而另一部分则应归结于传主自身。无疑，关于传主的丰富生平信息及史实很大程度上帮助了史传作家，使之能够加长史传的篇幅，并拓宽辑录的范围。故而，史传家在着手史传写作时，往往会搜罗大量资料，以保障史传的篇幅。

一些重要的伊斯兰人物，由于其所处地位举足轻重，且与他们相关的资料十分丰富，往往给史传家们留下了大量素材，使史传家们得以为之修写篇幅较长的传记。阿拔斯时期著名诗人阿布·阿拉·马阿里这个富有传奇色彩的人物给历史学家雅古特留下了丰富的资料，并为之修写长达110页的传记。与之相仿，有埃米尔、阿拉伯骑士、圣战者之称的乌萨马·本·穆恩齐兹也为雅古特留下了丰富的素材，使他能够在《文学家辞典》一书中，占用60页的篇幅为乌萨马·本·穆恩齐兹作传。然而，在《文学家辞典》一书中，对于某些名人，作者仅用四行文字便匆匆结束了其传略写作。萨希布·本·伊巴德传（as‑Sāhibu bn 'Ibād, 938—995）达到了雅古特史传创作的篇幅极限。雅古特为其写作了长达150页的传记，其中收纳的素材有：萨希布在史界引发的轰动、争论及纠纷，他性格中的诸多矛盾等。正是这些矛盾促使诸如阿布·哈彦·陶希迪（Abū Hayān at‑Tawhīdī, 923—1023）之类的大作家极力描述其骄矜自负的性情。然而，陶希迪在从事乌萨马·本·穆恩齐兹传记写作时所持有的偏见远大于其作为一位阿拉伯大文学家所应有的公允。

　　另一方面，如果传主与史传作家同处一代，史传作家或许会出于对传主的关照与敬重而拉长著述。而这些长篇巨制的史传及个人传记作品，其写作动机则大有趋炎附势、溜须拍马之嫌，而且，时常会落入奉迎、袒护的窠臼。

　　对于像安达卢西亚历史学家利桑丁·本·赫蒂布这样一位大作家为与其同时代（伊历 8 世纪）的安达卢西亚埃米尔、格拉纳达国王穆罕默德·优素福·本·伊斯梅尔修传，我们不能以"有失偏颇"一词来形容。然而，伊本·赫蒂布在其《格拉纳达志》一书中为他作传近 60 页，充满了对这位国王的溢美奉迎之辞。例如，他写道："清晨，他的英名散布开来，一时四海皆闻。在萨阿德·本·伊巴德看来，其声望已高达云霄，世人皆为之感到自豪。"①

　　利桑丁·本·赫蒂布不愧为格拉纳达艾哈迈尔王朝（Bnī al – 'ahamar，统治安达卢西亚格拉纳达的最后一个王朝，约在 1232—1492 年）时期的忠实大臣。他效力于穆罕默德和其父两朝国王，并为其作传修史，浮夸、歌功颂德之词溢于言表便也不足为奇。然而，为前人作传也好，为时人作传也罢，他都惯于虚夸，这一点是其《格拉纳达志》史传的明显特征。

　　史传及人物传记作家萨哈维在其《致歪曲历史者》（al – 'I 'alān bi at – Tawbīkh liman Dhamma at – Tārīkh）一书中强调了为名人作传措辞的重要性，即应"不溢不损，恰到好处"。同时，他还对史传和个人传记作家们提出了如下要求："不可受一己之喜好支配而过分颂扬所好之人而忽略其他人。做到如此，须使公正战胜偏好，要心怀公正，行为公允，起码做到不感情用事。"②

二　史传的公允原则

　　史传及人物传记作家萨哈维关于"公允"及"舍弃偏好"的言论无疑是十分中肯的。这也是古代、中世纪阿拉伯人物传记和史传家们在从事写作

---

①　转引自 محمد عبد الغني حسن، التراجم والسير، دار المعارف، القاهرة، ١٩٥٥، ص٨٠.

②　同上书，第 81 页。

时十分重视的问题。若史传学家们心怀偏见、有所偏袒或流于奉迎，学术真实便也不复存在。而对于清正的史传家而言，完全摒绝偏袒、漠视、偏爱等因素也并非易事，因为这些因素正是人类与生俱来的通病。或许，萨哈维本人在著述其名作《伊历9世纪名流之光》一书时也并未做到其大力倡导的"公允"。时代因素和当时名人间风行的互竞互妒促使他在为时人修传时对诸多学者饱加诟病，毫无公允可言。萨哈维在诋毁这些学者时更是难以遏其偏见。作为一名在其著作《致歪曲历史者》一书中为其同行们限定修史之纲领与规则的史传及人物传记作家，如此言行着实令人讶异，有失身份。萨哈维与同代大史传学家、伊玛目苏尤提素有不合，个中缘由无外乎同行相轻。萨哈维于是忘记了自己"公允"、"公正"、"摒绝偏见"的主张，并在《伊历9世纪名流之光》一书第四部分苏尤提传中对其大加指摘。萨哈维在书中给苏尤提扣上了"中伤师长"、"剽窃著作"、"毫无教授之才"等种种罪名，对其多有贬损，甚至对他的一些品性也有所微词。例如，萨哈维写道："我仍旧不能理解他的疯狂与骄矜，他的这种品性在对待母亲时亦无所收敛，也正因为如此，他母亲对他也多有抱怨。"①

萨哈维这么做或许还有一个心理因素，即希望以此来凸显自身，并以此证明只有自己方是当时最杰出的史传学家。尽管如此，鉴于其在《致歪曲历史者》一书中的倡导，他仍不失为史传作家之典范。

对于同一个人物的评价，史传及人物传记作家们的结论南辕北辙的情况也时常出现。还拿萨哈维举例。萨哈维指控马格里齐在写开罗地方志时剽窃了史学家艾哈迈德·本·阿卜杜拉·艾乌哈迪的手稿，并以之为蓝本为自己的作品大行狗尾续貂之能事。但萨哈维的老师、史学家伊本·哈杰尔·阿斯格拉尼则与他的学生观点迥异。这位老师秉承了公允无偏的原则，对于"马格里齐的《开罗志》(al - Khutat al - Maqrīzīyyah) 剽窃艾乌哈迪作品"之事并无微言。相反，他在马格里齐传中写道："他谋篇精巧、言辞优美、行文出彩，这一特点在其所录开罗志中尤为突出。他复活了当地的风貌，阐明了历史上的未解之谜，重提了当地的丰功伟业，并为当地

---

① 转引自 محمد عبد الغني حسن، التراجم والسير، دار المعارف، القاهرة، ١٩٥٥، ص٨٢.

名流作传。"①

　　对于"马格里齐剽窃艾乌哈迪作品"一事的史料问题，萨哈维则闪烁其词。他时而将其归为对其老师伊本·哈杰尔史传作品的传述，时而又将其列为自己的考证所得。反观伊本·哈杰尔对马格里齐的评价，我们只能得出如下结论，即这种含糊其辞正体现了萨哈维的蓄意诋毁，而这种诋毁之辞在他为其他同代历史学家们所作的史传作品中亦有体现。如伊本·塔格里·布尔迪（Ibn Taghrī Burdī，1411—1469）、布尔汉丁·巴卡伊（Burhān ad – Dīn al – Baqā‘ī，1406—1480），乃至伊本·赫勒顿均未能幸免。

　　对于希望得知真相的读者而言，最难以忍受的是史传作者们对于同一人物的评价莫衷一是。不同的观点使事件混杂，头绪全无。在此，且举一例，开罗人阿卜杜·拉赫曼·本·阿里·塔法海尼是10世纪埃及学者，但受到同行们的嫉妒、偏见、利益及心理等因素的影响，史学家们对于此人的评价褒贬不一。史传家伊本·哈杰尔评价他道："他与人为善，广交朋友且通明世故"，又评价他道："他品德高尚、坚韧有容且极有权势，喜怒皆形于色、至其极。"随后，伊本·哈杰尔又在其《埃及法官传记纲要》一书中提及此人，并评价道："他维护正义多施恩泽，且侠肝义胆专于学术，他以高尚的品德匡济世人，在审判界的履历可歌可颂"。②

　　再听听与他同时代的史传家巴德尔丁·阿伊尼（Badr ad – Dīn al – ‘Aynī，1361—1451）对他的评述：

　　　　他父亲是塔法海纳的老农，农闲时则在当地做些小买卖。来到开罗以后，儿子离开了父亲，在开罗以赶驴谋生。而他多少有些过人之处，因而常常为人仲裁，也因此与一些埃米尔们攀上了些交情，就发了财。发财后，他骄横跋扈，以行贿的方式在哈乃斐派的法庭上占据了一席之地……他是一个心术不正的狂徒，为了达到目的不择手段……他没有完整地读过一本书，更没有创作过一部作品，既无著述也无编录……他断

　　① 转引自 محمد عبد الغنى حسن، التراجم والسير، دار المعارف، القاهرة، ١٩٥٥، ص٨٢.

　　② 同上书，第84页。

案时的判词多为谵语胡言、吹嘘自擂之辞……①

关于史传及人物传记作家阿伊尼贬损塔法海尼的原因，如果我们探究一下当时的历史背景，不难发现，两人间存在着同行相轻与地位尊卑之争。塔法海尼在埃及埃米尔处交了好运，又与埃及巨贾希哈布·麦哈里的女儿联姻，得到了人们的认可。在他获得当地大法官之职后，阿伊尼一直施计与他针锋相对，迫使他下台。随着彼此势力的消长，塔法海尼和阿伊尼先后掌管判决大事。正是竞争与官位促使阿伊尼对其同行做出上述评价。

三　史传的考证与实录原则

鉴于各版本的传述相互矛盾，考证与实录成为史传及人物传记作家们的必行之事。因为从某种程度上来说，对单个人物或某一群体生平的编年体记述亦可算作一种通史。《文学家辞典》一书的作者雅古特·哈马维堪当史传作家中践行考证之典范。对于录述过程中的每一个疑点他都予以考证并附以精辟的见解。对于自己不能确信的史料，他从不妄下定论，而常常用"我认为"、"我揣测"之类的措词予以录述。若能确信史料的真实性，则多用"据我所知"、"据我了解"之类的措词予以录述。

在雅古特的一系列考证中，有关易卜拉欣·本·穆姆沙兹·穆泰瓦基里生平的传述有两个版本：其一，易卜拉欣不愿与阿拔斯王朝哈里发穆泰瓦基里的子孙为伍，故叛逃，转而追随9世纪中叶叛军首领雅古布·本·里斯·绥法尔；其二，易卜拉欣正是阿拔斯王朝哈里发穆阿泰麦德向雅古布·本·里斯·绥法尔叛军派出的使者。这样一来，便有了两种传述版本：其一认为传主愤怒地叛离了哈里发；而另一个版本则称传主为哈里发派出的使者。在提及两种传述版本之后，雅古特并未像许多史传作家那样就此收手，而是进一步评价道："有关他追随雅古布的第一种传述更为可信，他在雅古布军中写给穆阿泰麦德哈里发的诗文可援以为证：

———————

① 转引自 محمد عبد الغني حسن، التراجم والسير، دار المعارف، القاهرة، ١٩٥٥، ص٨٥.

> 我的族系子孙繁盛血统高贵，也占尽了异族国王们的遗馈，
>
> 请告诉哈希姆家族子子孙孙，废黜国王切莫迟疑岂容后悔！

有些疑点或许会长久存在，而存在久了，便会弄假成真，直到有人可以用一个历史见证人或一个强有力的事实证据辩明这一误解。苏海勒·本·扎克瓦尼（Suhayl bn adh – Dhakwanī），在为先知之妻阿伊莎作传时提到，自己曾在瓦斯特城知遇阿伊莎。可阿伊莎卒于公元 677 年/伊历 58 年，瓦斯特城也是在阿伊莎离世整整一个时代后才由哈贾杰建立的，苏海勒又如何与她在瓦斯特城相遇呢？有关这一说辞，萨哈维已对其作出了修正。

史传及人物传记作家们或许会在某些问题上达成一致，并就此进行相互传述，甚至以讹传讹，直到出现足以修正其观点的资料或证据，史传及人物传记作家们的误传方得以澄清。

四 对生卒日期的注重原则

从诸多依照卒年进行考证编就而成的史传书籍中，不难看出，穆斯林史传及人物传记作家们对于传主死亡的重视胜于其出生。历史学家伊本·赫利康对名人卒年的重视足以说明问题。也正因此，他将其伟大著作命名为《名人列传》（按阿文书名直译应该是：名人离世）。作者以这一书名揭示了其著作的要旨，并在书中记录了传主的卒年，以免忽略时间线索。

伊本·赫利康已尽其所能地记录传主的出生日，而这一尝试仍受其个人能力所限，因为相较于对死亡日期的记录，确定出生日期显然更为困难。一个人在出生之时，他今后的地位、前程都是未知的，故记录他的出生日期便也并非必要；而当一个人死亡之时，他既有的名望、地位、学识或教养都可成为他的标识，方可盖棺定论，历史学家们便也乐于记载他的卒年。

伊本·赫利康在为名人作传时记录了许多传主的诞辰，时间具体至日、月、年不等。若无力准确录述传主的生辰，则记载其大致区间。

史传及人物传记作家们对卒年的重视始于大历史学家沙姆斯丁·扎哈比。他在其《伊斯兰史——名人等级》（*Tārīkh al – Islām Tawbaqāt al – Mashāhīr wo al – 'A ' lām*）一书的序言中写道："对于卒年的核实，前人并

未给予其应有的重视，仅仅依赖口述心记，导致一些圣门直传、再传弟子的卒年甚至被延后至阿布·阿卜杜拉·沙斐仪所处时代。鉴于此，我们把他们列入一个等级。此后，史传及人物传记作家们应该开始重视对于学者及其他名人卒年的核实，甚至对于一群名不见经传的人，也核实了他们的卒年。"[①]

尽管后来的历史学家们已进行了卒年考证，但人物混淆、杂乱、版本繁杂之类的因素致使考证工作需要付出大量的精力与思考，也需要进行大量史料及事件之比较。比如，关于沙斐仪派教法学家伊本·卡斯·塔伯里的卒年，一说公元 946 年/伊历 335 年，一说 947 年/伊历 336 年；关于著名经注家赛阿里比，其卒年有公元 1035 年/伊历 427 年、公元 1045 年/伊历 437 年两种说法；关于著名语言学家伊本·拉旺迪，其卒年有公元 859 年/伊历 245 年、公元 864 年/伊历 250 年两说；关于著名诗人阿布·阿塔希亚，其卒年有公元 826 年/伊历 211 年、公元 828 年/伊历 213 年两说……不一而足。

面对这些繁杂各异的卒年，史传及人物传记作家们尽其所能地进行考证，而考证的依据便是他们信赖的传述来源以及它们之间的互文性。比如，沙姆斯丁·扎哈比不接受伊本·贾麦阿关于辅士马杰麦阿·本·雅古布卒于公元 776 年/伊历 160 年的录述，故在此处驻足考证：由于古太白曾引证过马杰麦阿的言论，而他拜访马杰麦阿的时间应在公元 786 年/伊历 170 年之后，故而马杰麦阿的卒年必定在公元 786 年/伊历 170 年之后。考证的完成还需另一个步骤，即考证古太白的拜访确实在公元 786 年/伊历 170 年之后，由此引发对古太白的考证。此种编纂法使阿拉伯史传书籍篇幅冗长，结构庞大。

五　史传的素材来源原则

史传及人物传记作家们通过已经核实的渠道获知传主的相关信息，而这些生平信息的获得往往建立在作者与传主的私交上。例如：卒于公元 1234 年/伊历 632 年的史传家伊本·沙达德为萨拉丁·艾尤比作题为《王室奇闻和优素福家族的功德》（*an - Nawādir as - Sultāniyyah wo al - Mahāsin al - Yūsufiyyah*）

---

① 转引自 محمد عبد الغني حسن، التراجم والسير، دار المعارف، القاهرة، ١٩٥٥، ص٨٧.

的人物传记；卒于公元1035年/伊历427年的历史学家阿布·纳斯尔·阿特比为马哈茂德·加兹纳维国王作传《亚米尼》；利桑丁·本·赫蒂布为格拉纳达国王穆罕默德·本·优素福作传。上述史传家们都与王室家族有着密切联系，他们或是国王的重臣，或是王室的密友。

史传家们获得传主信息的另一途径便是道听途说，这一点在许多史传书籍中均有体现。关于传主生平，史传作家们或从某人处听说，或传述另一人的录述。例如：伊本·赫利康曾传述同代学者的言论；卒于公元971年/伊历361年的阿布·阿卜杜拉·赫沙尼在其名著《科尔多瓦法官》一书中为安达卢西亚法官作传时也传述了他人之言。他写道："我从知情人士处听说"或"关于传主，有些人告诉我说……"伊本·赛义德·马格里比也曾从包括其父亲（历史学家、文学家）在内的许多人口中得知传主生平。他常常使用诸如"我父亲告诉我"或"我父亲说"之类的表达。

依照传述链录述传主生平是史传、群传、个人传记作家们长久以来惯用的方法。伊本·萨阿德在其《传记等级》一书中运用了这种方法。由于他是首批写作个人传记、征战记事、圣训人物的作家之一，故而在历史考证的过程中，采用了与圣训派传述者一致的方法，即考据法。伊本·法拉吉·伊斯法罕尼在其《歌诗诗话》一书中采取了这种方法。用考据法的还有《巴格达史》的作者艾哈迈德·本·阿里·本·萨比特、《罗列》作者伊本·乔兹、《伊斯兰史——名人等级》的作者扎哈比，等等。然而历史学家伊本·赫利康并未在其《名人列传》一书中沿用这种历史考据法。因为圣训学派传述家们的身份及方法并未对其产生很大影响，而这种身份及方法对历史学家塔伯里产生了深刻影响。他的著作中记载了大量传述人的姓名，数量之繁多足以使研究者晕头转向。

另外史传作家用的参考书目也是后人录述时不可或缺的有关传主的信息来源。因此圣训学派史传家们十分重视收集所有与该领域相关的文献，从而避免遗漏前人录述。显而易见，伊斯兰历史上最早的史传作家仅仅通过传述的方式行文。因为当时并无相关的文本资料，所有的信息都被记背于心，进而口口相传。随着时间的推移，同一主题的作品不断增多，借用文献的需求逐渐产生，参考资料及素材来源也不断增加。于是，同其他作家一样，史传及人物传记作家们也开始毫不避讳地在其著作序言中或其他位置罗列参

考文献。通常情况下，史传素材来源会被列举在史传的序言中。而伊本·
赫利康却并未在其《名人列传》一书的序言中罗列参考文献，而仅仅写下
了如下文字："我阅读了相关书籍，并从权威学者口中获知了书本中无从
寻觅的信息。"

雅古特·哈马维在其《文学家辞典》一书的前言中关注了对参考文献
的提及，同时也提到了一批该书中并未涉及的语法学家群传及史传类书籍。
他坦陈自己从所有参考书目中汲取了精髓。雅古特并未止步于罗列参考文
献，而是以一个严谨苛刻的批评家的立场对这些参考文献进行了评述，并一
一阐明了其价值。比如，他评价阿里·本·法德勒·穆贾什伊的《文学家
轶事中的黄金树》一书道："我通读了他的作品，发现他作传甚多，但由于
作者忽略了时间线索且未留意传主的卒年与年龄，故而其作品对后人少有裨
益。"他又评价祖拜迪所作的《语法学家和语言学家等级》一书道："有关
这一主题，阿布·伯克尔·本·哈桑·伊什比里创作了一部不容忽视的著
作。这部作品是此类书籍中最有价值的一部，其中录述了数量最多的史传及
记事。对于该作品的精髓，本书亦有所汲取。"

伊本·哈杰尔·阿斯格拉尼在其《伊历 8 世纪名流中的遗珠》一书中
罗列了该作品的参考书目。其中包括：萨法迪所作的《时代之盾》、伊
本·法德里拉·欧马里所作的《时代名流中的宫廷精英》、马格里齐所作
的《开罗志》、利桑丁·本·赫蒂布所作的《格拉纳达志》，以及《伊
本·赫勒顿东西纪行》等书目。这些参考书目中的一部分流传至今。

沙姆斯丁·扎哈比在其著作中提及了参考文献，他在序言中坦言自己借
鉴了多部著作。他在其著作中引证了约 40 部历史、人物传记及群传类的集
大成之作。这些作品大多业已失传。

当纳吉姆丁·古兹为伊历 10 世纪名人作传时，手边资料不过寥寥数本，
无法满足参考之需。他在进行《伊历 10 世纪名流传》一书的素材收集工作
时，多以师长的手稿、权威学者们的手稿或口耳相传的见闻作为资料来源。

历史学家、史传作家卡夫提对"在序言中罗列参考文献"的惯例作出
了调整，转而将参考文献列入正文范畴，从而开创了一种交代参考文献的新
方法。

当代史传家们习惯于在著作的结尾处建立一个文献名称索引，若正文中

提及的事件有必要阐明其出处，则在书边页处予以注释。

另外，一些传主的物件和遗留物也是素材来源之一。这些遗留物可以帮助作家们了解传主并修正他们对传主的看法。

六　传主的排列顺序原则

纵观阿拉伯文学史、历史上的史传作品，不难发现，每部作品中的名人排序都有所不同。每位作者都会选择一种最适宜、最便于流传且最简明的排列方法。

大部分史传家都倾向于按照字母顺序进行名人排序。如，伊本·赫利康的《名人列传》、雅古特的《文学家辞典》、伊本·哈杰尔·阿斯格拉尼的《遗珠》、萨哈维的《伊历 9 世纪名流之光》、纳吉姆丁·古兹的《伊历 10 世纪名流传》。

而以字母顺序进行名人列序的史传家们也并未完全遵循同一种排列方法。有的人在其著作中将所有名人按照字母顺序进行排列。例如：伊本·赫利康的《名人列传》及雅古特的《文学家辞典》。有的作家将与先知同名的"穆罕默德"置于卷首，以示吉利，随后对其他名人依照字母顺序予以列序。而另一些作家则以名曰"穆罕默德"者开篇，进而录述名曰"艾哈迈德"者史传，随后录述名曰"易卜拉欣"者史传，最后对其他名人依照字母顺序予以列序。

以名曰"穆罕默德"者开篇的史传作家有：《巴格达史》的作者艾哈迈德·本·阿里·本·萨比特，《语言学家与语法学家等级大全》的作者苏尤提，《伊历 10 世纪名流传》的作者古兹，《卒年大全》的作者萨法迪。

按字母顺序排列名人的方法为阿语资料的查阅者造成了困难。因为名人们依其姓名顺序得以排列，而非以其常用名或别号。这样一来，史传查阅者就必须对传主的别号、绰号、常雅号等有所了解，方能正确地查询到传主在作品中的位置。关于阿拉伯历史名人的姓、名、绰号、雅号、别号方面的知识可参照葛铁鹰教授在《回族研究》2010 年第 3 期和 2011 年第 2 期的文章《阿拉伯古代文人的名、字、号》。

有些史传家抛弃了以姓名字母顺序排列名人的方法，转而以卒年时间顺序为所录名人进行排列。例如，卒于公元 1392 年/伊历 795 年的伊本·拉吉布在其为罕百里派名人作传时，就用了卒年顺序法。伊本·拉吉布在其作品中为卒于公元 1067 年/伊历 460 年至公元 1106 年/伊历 500 年间的罕百里派名人作传。他将公元 1067 年/伊历 460 年作为其所录名人卒年的开端，因为这一年正是卒于公元 1131 年/伊历 526 年的伊本·艾比·叶阿莱·弗拉依所著《罕百里派等级》一书的成书之年。而伊本·拉吉布的作品正是一部伊本·艾比·叶阿莱作品的增补之作。尽管伊本·拉吉布选择了以卒年为序的排列方法，但在排列同年辞世的名人时，依然运用了名字字母顺序的排列方法。

阿拉伯史传家们认为，以卒年顺序排列的作品，当首推卒于公元 1678 年/伊历 1089 年的伊本·伊马德·罕百里所作的《逝者生平拾粹》一书。从先知穆罕默德出走麦地那的伊斯兰元年起至公元 1591 年/伊历 1000 年这十个世纪间，作者在每一年叙事的末尾都附注了当年辞世的各行各业名人的名单。其中包括哈里发、埃米尔、大臣、军官、法官、传述家、教法学家、文学家、诗人及一切在千年伊斯兰史上占有一席之地的名人。他还录述了名人们的诞辰，并为大部分名人简要作传。但他对名人境况、影响、诗作、生平、著作等信息的介绍都极为简略。

七　人物核实及其谱系考证原则

许多名人的姓名在书写上极为相似，其组成姓名的字母也几近雷同，若没有标上符号，就可能造成混淆，难以分辨。面对如此难题，史传家们并未袖手旁观，而是满腹热忱地著书立说，以考证、核实名人，并澄清其姓名的区别。于是出现了人物核实及其谱系考证领域方面的史传作品。

在考证领域的早期编纂家中，卒于公元 980 年/伊历 370 年的伊玛目哈桑·本·巴夏尔·艾米迪（al – Hasan bn Bashar al – Āmidī）考证的史传书籍最多。其著作《似而不同》（al – Mu ' talif wo al – Mukhtalif）旨在对诗人的全名、别号、雅号进行考证，同时为诗人们补录一些生平履历及名篇鉴赏。艾米迪的这部著作无愧为有关诗人史传的珍贵典籍。书中录述了截至伊历 4 世纪的所有诗人，且作者在书中对所录名人姓名均进行了核实，对姓名相似的名人也均给予提及。例如：以悬诗闻名于世的诗人乌姆鲁·盖斯，其悬诗首句"朋友们，请站立，陪我哭，同纪念，忆情人，吊旧居，沙丘中，废墟间"（仲跻昆译）更是举世皆知。乌姆鲁·盖斯·阿比斯·本·蒙泽尔，此人通晓伊斯兰教教义并曾面见先知皈依教门，他曾以诗名志：

> 我仰赖真主，此心不易；
> 我推崇教门，此志不渝。

还有乌姆鲁·盖斯·本·伯克尔·扎伊德……艾米迪在其作品中为我们历数了九位名曰"乌姆鲁·盖斯"的诗人，为他们简要作传并交代了其所属谱系，列举了其部分诗作。

在核实名人、考证其姓名的异同及澄清混淆这一方面，宗谱学家阿卜杜·伊纳·本·赛义德所作的同名之作《似而不同》一书堪称经典。此人卒于公元 1018 年/伊历 409 年，是当时埃及地区的圣训派传述大家。他在家谱方面的广博学识帮助他进行了大量细致的史传考证及核实工作。其研究成果使后世的圣训、历史及史传学者受益良多。他的方法规避了大量姓名上的混淆与误区。伊本·赛义德的作品主要为圣训派传述家姓名进行考证，这一主题与其前人艾米迪完成的诗人姓名核实不谋而合。

随着圣训派传述家的增多，其姓名日益繁杂，因其姓名而产生了种种疑惑、混淆与误区，故而核实传述家姓名并澄清其差异已成为了一项不可避免的工作。

伊本·赛义德辞世数十年后，出现了《巴格达史》一书的作者艾哈迈德·本·阿里·本·萨比特编写的《避免书写相似性造成的读写错误和臆测》一书。此书堪称鸿篇巨制。据马立克考证，该书共有十九册。此书以手稿形式呈现。据德国东方学学家布鲁克勒曼考证，共有三个抄本，流传下来的是埃及出版社出版的 700 页版，该版本结尾处略有缺失。

由于谱系混淆而导致史传录述的混淆时有发生。比如"哈斯里·凯尔瓦尼"这一氏系，在阿拉伯文学史上，有两位名人出自这一氏系：其一为卒于公元 1095 年/伊历 488 年的文学家、教法学家、经诵学家阿布·哈桑·哈斯里·凯尔瓦尼；另一位是《文学之花》一书的作者、卒于公元 1061 年/伊历

453 年的阿布·易斯哈格·哈斯里·凯尔瓦尼。他与阿布·哈桑·哈斯里同属一代。

上述问题催生了史传家们著书立说，以便阐明相似姓名、别号、雅号区别的需求，同时史传家们还酌情为传主们作或长或短的生平简介。

历史学家扎哈比也曾对这一领域有所涉及。他编写了《姓名及谱系之谜》一书，并在书中为许多姓名、谱系或雅号相似的名人作传。

由于伊斯兰历史上大部分名人姓名都源自地名、部落名、或职业名（诸如工、农、商业），故而出现了一部分致力于谱系溯源的史传家。谱系学成为古代史传领域方面很重要的学科。卒于公元 1166 年/伊历 562 年的历史学家、圣训派传述家阿卜杜·凯里姆·赛姆阿尼（Abdu al - Karīm as - Sam‘ānī）是这一领域的开山鼻祖。此人著有《谱系》（al - Ansāb）一书，并按照字母顺序对书中所录名人的别号、谱系（例如：艾米迪、伊斯塔赫里、艾乌扎仪、亚斐仪、巴特莱尤斯、陶希迪、杰尔米、哈利米、哈米迪、花剌子密、赫乌拉尼等）进行了排列。如果有两个或以上名人共有一个别号，则逐一罗列其姓名，阐明其差别，并为每位所提及的名人作交代生卒年月的史传。该书辑录传略 4000 余篇，其中有很大一部分是圣训派传述家史传。

谈及名人的核实与考证，不得不提伊本·赫利康在其《名人列传》一书中对于确定传主姓名、核实字母与标符、区分相似字母（例如：斯努与什努、艾伊努与俄伊努）等方面的贡献。伊本·赫利康的考证工作杜绝了对于书中所录伊斯兰名人姓名的臆想与拼读错误。同时，他的考证也并未仅局限于名人姓名一个方面，其考据法也包括对地名的考证。伊本·赫利康在其著作中为 865 余位名人——详细作传。阿拉伯人、东方学家及阿拉伯学研究者们均对其著作予以高度评价。

八　史传的缩编和补遗原则

在阿拉伯伊斯兰史传领域，有许多书籍借缩编、提炼或增补前人著作而成书，从而延展了这些传记作品的生命力，丰富了整个史传作品的写作。若要历数这些缩编、提炼或增补类的书籍及其作者，则足以列出一个长长的清单。其篇目之众实非本书所能容纳。但尽管如此，有些作品还是有必要提及一下。

有一批作家缩编了伊本·赫利康的《名人列传》一书。其中包括伊本·赫利康之子穆萨和卒于公元 1377 年/伊历 779 年的伊本·哈比卜·哈勒比。《阿拉伯人之舌》（也有人译为《阿拉伯语大辞典》）一书作者、卒于公元 1311 年/伊历 711 年的伊本·曼祖尔·艾弗利吉缩编了伊本·阿塞克尔关于大马士革史及当地名人传的名著；扎哈比缩编了卡夫提所作《凭借语法学家的智慧提点传述家》一书；贾麦勒丁·本·沙辛所作《群星璀璨——埃及、开罗法官生平缩编》（该书为手稿，藏于柏林）一书系缩编伊本·哈杰尔·阿斯格拉尼所作的《埃及法官传记纲要》一书而成的。

有的作家也亲自对自己的作品进行缩编及提炼。例如：伊本·塔格里·布尔迪（Ibn Taghrī Burdī，1411—1469）缩编了自己的著作《群星璀璨》一书，并将缩编后的作品命名为《源自〈群星璀璨〉的群星闪耀》。该书手稿现已下落不明。同时，伊本·塔格里还对其史传方面的巨制《清源》（al - Menhal as - Sawfī）一书进行了缩编，并将缩编后的作品命名为《〈清源〉指南》；卒于公元 1480 年/伊历 885 年的历史学家布尔汉丁·巴卡伊（Burhān ad - Din al - Baqā‘ī，公元 1406—1480/伊历 809—885）将自己辑录的师长、学生及同代学者史传著作《时代的标志—师长及同道人史传》（‘Unwān az - Zamān fi Tarājim ash - Shuyūkh wo al - ‘Aqrān）一书进行了缩编。缩编后的作品名为《标志的标志》（‘Unwān al - ‘Unwān）。

缩编及提炼使史传及个人传记类书籍更便于参阅也更易于流传。故而，许多作家均由冗长录述转向了简略评介，并由长篇铺陈转向了概略与提炼。除缩编之外，还有一些其他的改编方法，即提炼、删除传述链或删节关于传主生平的次要信息。例如：史传学家伊扎丁·本·艾西尔对赛姆阿尼所著《谱系》一书进行了提炼，并将提炼后的作品命名为《精髓—对〈谱系〉的提炼》；已故当代作家谢赫·穆罕默德·胡德里以删节传述链的方法对阿布·法拉吉·伊斯法罕尼所作《歌诗诗话》一书进行删节和提炼，只保留了诗人生平的具体内容及其诗作。

诚然，传述链对于以圣训及圣训学家为内容的书籍而言十分必要，且许多史传家也确实做到了保留历史溯源。例如，历史学家、圣训派传述家、经注家、伊玛目塔巴里就曾在其史学著作中采用了这种圣训派传述家们惯用的溯源法。然而，对于文学类书籍以及文学家、诗人史传、群传类书籍而言，这种溯源法的使用则并非必要。文学性很强的语境何需附以冗长的史学溯源？

九　同代性对史传写作的影响

在阿拉伯伊斯兰史传写作中同代性在一定程度上会影响史传作家对传主的评价，使之有失公允。但史传家们在为同代人作传时，也有有利因素，如便于对传主进行多方位的了解，也可获知传主生平的方方面面。这种便利是后代及异地史传作家所不可企及的。而与传主相隔几代则能使史传作家们能更公正地对传主进行评价，不致因时代偏见歪曲传主形象。

较之后代史传学家们，同代的作家享有更多有关传主的第一手资料。故而，在为穆斯林民族英雄萨拉丁·艾尤比作传时，伊本·沙达德与萨拉丁同代人创作的传记比其后人所作史传更为真实可信。然而，同代性也会导致以牺牲历史真实性为代价的奉承和偏袒。利桑丁·本·赫蒂布为格拉纳达国王穆罕默德所作的个人传记堪称史传文学中的经典，但"经典"的地位不足以使我们忘却一个事实，即伊本·赫蒂布为格拉纳达国王作传时，他是国王的大臣，他对传主的客观性令人质疑。

或出于偏爱，或出于畏惧，阿拉伯伊斯兰史传家们对同代传主多有奉迎，下面即是一个佐证。《黄金草原》一书作者麦斯欧迪是阿拔斯王朝哈里发卡希尔（公元 932 年/伊历 320 年继任哈里发）的同代人。麦斯欧迪是极重史实之人，但在提及哈里发卡希尔时仍有所避讳，他写道："他机敏高尚，对敌勇武。他铲除了包括穆阿尼斯·哈迪姆、巴里格、阿里·本·巴里格在内的异己。对于他，时人无不惧惮。"[1] 而对于该哈里发对其继母与先王（哈里发穆格泰迪尔）所施暴行，或出于畏惧或出于奉迎，麦斯欧迪则三缄其口。直到卒于公元 1372 年/伊历 774 年的历史学家伊本·凯西尔为我们描述了该哈里发的上述暴行，原文如下：

---

① 转引自 محمد عبد الغنى حسن، التراجم والسير، دار المعارف، القاهرة، ١٩٥٥، ص١٠٦.

穆格泰迪尔的母亲身患水肿，又听闻自己的儿子被裸露下体并处死，便忧思郁结，病势日笃。她绝食数日，后在女眷的劝说下略有进食。在此情形下，哈里发卡希尔传其觐见，并威逼她交代私产所在。她交出了女人所有的首饰、珠宝及衣物，但拒不承认藏匿私产之事，并发誓道：若有隐匿，我便无颜面对我的儿子。哈里发便命人将她倒挂起来鞭打，以酷刑逼问，终于屈打成招——她承认自己曾变卖私产。于是她的财产被充为军饷，哈里发逼迫她变卖房产，被她严辞拒绝。[①]

在史传写作中，同代性最大的弊端在于诱使史传作家们转向诡辩。他们为了奉迎，即使言辞荒谬也在所不惜。在传记创作中，他们以浅陋的辩白掩饰传主的过失，言语措辞间甚至没有一句真话。卒于公元 1258 年/伊历 654 年的史传家伊本·乔兹[②]曾为萨拉丁·艾尤比时代的埃尔比勒埃米尔穆兹法尔丁·本·扎因丁（此人对他宫廷里的人和书记员们大行查抄、杀戮）辩白如下：“也许他察觉到了他们的背叛，故认为没收他们的财产用于行善积德方面更为适宜。”

与此相反，同代性也可能导致对传主的丑化与中伤。这种情形在崇尚王权的时代尤为常见，同行之间存在着竞争和嫉妒。比如前文提及的历史学家萨哈维和历史学家苏尤提之间的竞争。这种竞争也曾发生在萨哈维与其同代同行的巴卡伊之间。萨哈维在其《伊历 9 世纪名流之光》一书第一部分为巴卡伊作传时对其进行了指摘，他在史传的开头写道：

他曾先后游访耶路撒冷与埃及百姓。彼时他穷困潦倒……他录述详尽，能力众所周知，故而佯称自己能以古兰经和圣训的标准评判时人……。但是，他给传主们扣上堕落、欺骗与无知的帽子，信口雌黄。录述事件相

---

①　转引自 محمد عبد الغني حسن، التراجم والسير، دار المعارف، القاهرة، ١٩٥٥، ص١٠٦.

②　此人并非卒于 1201 年的历史学家阿卜杜·拉哈曼·伊本·乔兹——《罗列》及《贤士的品性》的作者，而是他的外孙，全名为优素福·本·卡扎乌俄里（يوسف بن قزأوغلي），其代表作为《名流史上的时代之境》（مرآة الزمان في تاريخ الأعيان），该书 1951 年首次印行于印度。

互矛盾，行为不端，嫉妒心强。①

阿布·哈彦对同时代的撒黑布·本·欧巴德的评价与录述与《时代弃儿》的作者赛阿里比为撒黑布塑造的形象迥异。阿布·哈彦为撒黑布·本·欧巴德作传时如是写道：

> 人们皆因其凶悍无耻而疏远他。他重罚薄赏，多行责难且言语不堪，他吝于给予且头脑发热；易怒且不易平复，他为人凶残，天性嫉恨。纵是有德之人亦不能幸免于他的嫉妒，知足之人也不能幸免于他的怨恨。史传作家和为官之人震慑于他的淫威，行乞偷生之人则忌惮他的淡漠。他杀人如麻，暴虐且自负，但并无高明之处，甚至少年和傻瓜都能将他玩弄于股掌。②

而赛阿里比则对他作出了如下评价：

> 我找不到适合的言辞来描述他在文学及学术界的至高地位。他慷慨与宽宏以及他的厚道德行，因为我的措辞只能体现他最基本的德行与功绩。我的描述仅能展现他最基本的美德与贡献。但我还是要说：他是东方的骄子，荣耀的丰碑，他开启了一个时代，他是公正与美德的源头。一切赞美之辞用在他的身上都不算过分。如果没有他，我们便无法留存这个时代的美德。他将一生倾注于对什叶派人士、学者、文学家及诗人生平的研究中。他一生中收集了大量有功德之人的生平。他为他们倾尽了所有，他的所有著作都与这一领域相关。他满腔热忱地积蓄着荣光，重复着研究，积攒着善行，锤炼着词句……。③

当面对如上所述、针对同一人物的两种截然相反的评价时，作家们须采

---

① 转引自 محمد عبد الغني حسن، التراجم والسير، دار المعارف، القاهرة، ١٩٥٥، ص١٠٧.
② 同上。
③ 转引自 محمد عبد الغني حسن، التراجم والسير، دار المعارف، القاهرة، ١٩٥٥، ص١٠٨.

取谨慎的态度。没有人知道他们如是评价的动机及心理，而他们的作品却会永世相传。

综上所述，我们发现中世纪阿拉伯人物传记有以下几个特点：

1. 以描写、总结人物的一生或主要生活片段，或作为一个特殊阶段回顾的阿拉伯人物传记，其数量远比想象的要多得多，但相比于大量的阿拉伯史传和人物群传的写作，个人传记是一个次要的类型；

2. 中世纪的阿拉伯传记作家在他们的作品中，记录了个人生活及内心世界，但大多数这类信息只有通过仔细的史传文献的阅读和通晓他们的社会文化环境才能明了；

3. 中世纪的阿拉伯文学已经牢牢地建构了一种"综合的传记意识"，具有自己的学术成规和写作范式，众多阿拉伯传记/自传在字里行间中也显示出阿拉伯民族、文化、宗教等因素，从而构成了不同的作传动机；

4. 增补、缩减、修订前人著作很多，以致同一等级的史传作品像滚雪球一样发展；

5. 对某一等级的杰出人物作传时，关注历史的纵向延续性，做到一脉相承，上下贯通，缺少对某一人物个性的细致入微的刻画，辞典式录述为主，对传主的评论少，更谈不上刻画传主的性格特征。

6. 注重传主的卒年，而生年往往语焉不详。

下　编

第 三 章

阿拉伯自传文学中的"自我"及其文化特征

第一节 传统阿拉伯自传文学中的"自我形象"

在第一、二章里我们已经概述了阿拉伯古代、中世纪、近现代的传记/自传作品及其发展脉络，总结了前现代阿拉伯史传的形态和作传原则。我们注意到，传记作为一种更普遍的文学门类，比自传更为发达，在形式上有着更为严谨的规定性。似乎每个独立的派系（如罕伯里学派、苏非神秘主义学派等）为后代规定了他们各自作传程式；而自传并没有像传记、家谱学那样成为一种"系统科学"。原因取决于传记与自传两种写作的不同写作方式：阿拉伯伊斯兰传统在写作传记和家谱学上注重积累和拓展，编纂和考证家们以一定的程式要求放手编撰、增补、重写传记文献，以适应不同历史语境和不同政治目的的需要；而自传很难做到既满足个人作传动机方面的自由度，又从根本上不改变文本程式，每一代自传作家总是按照自己的作传目的另辟蹊径。这导致了自传作品没有成规，每部作品各具特色。

对于这些阿拉伯传统中声称具有作者自我生活代表性的或强烈自我意识的作品，我们将赋予它们什么地位？这个问题的解答取决于两个方面：第一，它们在多大程度上满足了读者通过自传阅读以了解传主一生的期望值，即多大程度上展现了个人的、心理的、内在的自我；第二，传统阿拉伯自传文学的再现方式和"自我"有怎样的内在关系。

如果我们抛开西方自传批评家那种"标准"或"契约"影响下的现代自传定义来看阿拉伯传统自传，不难发现，阿拉伯自传自 9 世纪到 15 世纪末已发展成为一种独特的自觉的文体。它在主题模式、话语表达方式、自我精神觉醒路径等方面已形成阿拉伯特有的自传传统。阿拉伯传统中的自传作家们非常注重如何将我们所说的"私人生活"、"个体特征"写进他们的作品中，只是，我们现代自传个体所指涉的"私人生活"、"个体特征"应具备的要素并不完全等同于传统阿拉伯自传作家们所关注的焦点。传统阿拉伯传记作家有着与当时历史语境相一致的观念。西方学者们把这一差异说成是阿拉伯文化中"个性欠发展"，这一说法既不准确也不明智。笔者试图尽量用一种相对不受现代文类观念影响的本色眼光来研究传统阿拉伯自传文学中的自我肖像，尤其是这一文类在前现代的再现方式。

有证据表明，阿拉伯自传作家们在9—15世纪之间就产生了记录"自我行为"的强烈意识。一些自传作品首先在文人、作家圈内生产出来。他们既互相认识，又彼此阅读对方的作品，在某些情况下，有着特殊影响或受人尊敬人物的自传作品激励着一系列自我写作的产生，并有了经典文本。至少在一个时期——15—16世纪，阿拉伯传记作家当中出现了"自传焦虑"。这一"焦虑"背后更为广博的社会政治因素尚未全面揭示，但它促使作家们提笔讨论和评估自传写作，提出一系列有关自传的理论性问题。如，从历史观上看，自传是否比传记更为可信？自传写作比传记写作更为道德吗？写的自传应当是一篇独立的作品还是鸿篇巨制中介绍自我的一部分？等等。尽管自传文本没有呈现出一套理论成规，但在中世纪阿拉伯作家中，整体上看，形成了一个独立的范畴。这一范畴可以大致理解成一种文学行为——用书面语言解释（阐释）自我、重现自我、描述自我的行为。

当我们把阿拉伯自传放在当时的历史语境中来看时发现，在中世纪阿拉伯社会那个宗教独尊的时代，一个学者在宗教上的造诣、师承关系、各地游学、布道经历是十分重要的自传主题，在一定程度上成为自传文学的成规。

除了上述主题外，在传统阿拉伯自传文本中，有许多关于童年的趣事轶闻，有的讲述童年时为难的处境、失败、不礼貌而挨罚的事件，有的因干了蠢事成为大家的笑柄等等。连那些赞扬成年成就的自传文本，也常常包括作者们相当详细的、儿时所犯错误的细枝末节。如，提尔密济一开始就承认是父亲逼着他读书的，后来才慢慢习惯，不玩那些孩子气的游戏。他也注意到，27岁那年朝圣回来，经历了一次"皈依活动"，才成功地背记了全部《古兰经》。这个迟来的宗教生活成为提尔密济作品中最引人注目的焦点，也展示了他精神权威的身份。

伊本·西那虽然承认自己是掌握多种科学的通才，但曾经把亚里士多德的《形而上学》（Metaphysics）读了"40多遍"还是不得要领，直到后来弄到一本法拉比注释的手抄本才受到启发。

阿卜杜·拉梯夫·巴格达迪说起过一件事：父亲第一次带他去学校，那天尽管他在家做了充分准备，还是听不明白老师在课堂上"语无伦次的喋喋不休"，之后转到助教手里才算把课堂内容弄懂。巴格达迪详细描述了他和这位失明的助教之间发展起来的温暖的友谊和同志之爱，以及两人后来如何成为学友，并肩受教于这位老师的门下。

扎鲁格说起他一次被拉去市场上听说书，一个亲戚笑话他整日好吃懒做，无所事事。之后，他从不涉足这类场所。他也说过有一次尝试着用海娜凤仙花化妆，被一位亲戚斥为他胭脂味太浓。往后，他再也不着意修饰自己了。一次家里请客，客人还没上桌他先动了手，也被训斥了一通。

传统阿拉伯传记中的童年叙事主题例子很多，这里不再一一列出。

下面我们以伊本·哈杰尔·阿斯格拉尼、伊本·布鲁金·齐里、乌萨马·本·穆恩齐兹、苏尤提等人的自传或回忆录为例，阐释中世纪阿拉伯人在书写自我时的四个特点：

1. 在师承关系中建构学术性自我；
2. 通过个性、私密关系描述凸显本真性自我；
3. 通过释梦确证权威性自我；
4. 以诗歌嵌入自传抒发自我感情。

一　在师承关系中建构学术性自我：伊本·哈杰尔的自传

传统阿拉伯文学的自我肖像要探讨的一个问题是："个人的"、"私密的"以及"内心自我"这些有关自传的现代化术语是否完全适用于中世纪作品。我们当今生活时代的一个重要特点是，自我概念被鲜明地分为公共和私人两个方面。这种现象在早期也是这样的吗？在其他文化中也是如此吗？在后弗洛伊德的西方世界，性行为和性特征成为组成私人自我以及个人特征的主要部分，并被认为是看透潜意识的一扇窗户。前现代人们的世界观也是这样的吗？像"个人的"、"私密的"以及"内心自我"这种概念化的表达，需要我们更为深入地去研究前现代的文本本身。对这些概念做历史性的、本质性的考量，以便把握那个时代的关于"自我人格"的特征。

现代读者指望一份自传应是：作者批评性地评估自身的人格和个性，对自己的生活历程做回顾性的检查，甚至给子孙后代传授某些生活中难以学到的教训。但在阅读传统阿拉伯传记时，我们发现某些作品只是生活表面事件的简单记述，没有勾画出多少作者的个性和特征。如中世纪后期的阿拉伯传记作家伊本·哈杰尔·阿斯格拉尼的自传，该作品以第三人称写成，收录在作者的《埃及法官传记纲要》中。该自我表述篇幅较短，可以在这里引述全文，以便做一分析：

> 伊本·哈杰尔·阿斯格拉尼是阿斯格兰人。在埃及出生并长大，定居开罗，生于伊历 773 年（公元 1372 年）2 月。父亲死于伊历 777 年（公元 1375 年）。母亲在他童年时也去世了，所以他从小是个孤儿。5 岁进校，9 岁就能背诵《古兰经》全部经文。伊历 785 年（公元 1383 年），他 12 岁时，开始在斋月做"泰拉威哈"（tarāwīh）礼拜的领拜。①
>
> 他的监护人是埃及商会会长、著名的莱兹·扎克丁·阿布·伯克尔。那年，会长正巧搬住到他隔壁，见他无人照料，便收留了。
>
> 那几年，他和希贾兹（汉志）的权威人物拉迪丁·塔巴里的最后知交阿菲福丁·阿卜杜拉·尼沙威里、马卡姆的教长一起学习布哈里的圣训实录（sahīhah）。尽管没学完，他还是拿到了证书。
>
> 他的老师里有谢赫·谢姆斯丁·穆罕默德，谢赫在哈鲁布萨福门街的一间屋子里教课。屋子的右边就是谢里夫·阿吉里安的女儿阿伊纳（先知后裔）的住处。她家里有一扇窗正对着麦加圣寺，坐在窗前，能把天房看得清清楚楚。读书的、听课的经常在窗前席地而坐。（这部自传的）作者的老师也常和同学一起坐在那里。诵经人朗读时，老师会让大家仔细听，直到他念到末尾。（这部自传的）作者有时出外办事，也没人点名查问。这样，我对布哈里圣训的考据来源自谢赫·纳吉姆丁·

---

① 此礼拜也称为"间歇拜"，斋月期间晚上自愿履行的副功拜，每四拜休息一次。——笔者注

穆尔杰尼。与后来的老师相比，他教授得很好，我因他的美德信赖他。之后，（作者）背记了此研究领域的多种删节本。这很有必要，因为有人看中他了，这人就是谢赫·谢姆斯丁·穆罕默德。作者开始上他的课。并着手考察从伊历791年（公元1390年）起的文学艺术。他吟诗作赋，写即兴短篇，歌颂先知。

伊历796年（公元1394年）9月，他偶遇当代大师、圣训传诵人扎因丁·阿拉齐。当圣训艺术在他身上显露时，他和大师相处了整整十年之久。在第十年年末，他为他的老师阿布·易斯哈格·塔努赫写了《百条先知圣训集》。

后来（作者）去亚历山大，向当地的权威们求教。之后，又去朝觐，经过也门，一路上不断在麦加、麦地那、亚丁等城市和乡村听课。

在也门，他见到了当时的语言学泰斗、阿拉伯语词典编纂者马吉德丁·本·什拉兹，获赠一本他最有名的作品之一《阿拉伯语词典》。见了大批名人学者后，他返回开罗。下一站他走向地中海东部，在加沙、拉姆安拉、耶路撒冷、大马士革等地听课。

他在大马士革停留了一百天。这期间他听到一千条圣训，其中有塔巴拉尼的《中间集》，阿布·阿卜杜拉·本·曼达的《伴侣集》等名著。回开罗后他完成了著作——《评论之评论》（*Ta'līq at-ta'līq*），描述他最伟大的导师们的生平事迹。后人便步其后尘。伊本·哈杰尔一直是谢赫·希拉吉丁·布勒基尼的得意门生，最后拿到了他颁发的教律法证书。

这时他动手写自己的书。伊历808年（公元1406年）起，他在沙伊胡尼亚学院口述《四十份不同的圣训》。之后他便有了薪俸，在新杰马利亚学院里教授圣训，直到伊历814年（公元1411年）离开那里。之后他又被聘为贝巴尔西亚学院的教长，并在新姆阿叶迪亚学院教沙斐仪律法。伊历827年（公元1423年）9月17日被任命为埃及法官。

正是这种表达形式，西方学者认为它不符合自传的自我肖像。其实，如果我们把它放在阿拉伯文化的历史语境中仔细阅读，会发现几个值得注意的现象。

首先，作者以第三人称的叙述口吻小心翼翼地列出自己幼年的禀赋，给自己做出学术定位：伊本·哈杰尔5岁入学，9岁把《古兰经》背记完，12岁开始做"间歇拜"的领拜。与同龄儿童有所不同，他的早熟可能归结于父母早亡。第三人称的叙述方式是阿拉伯传统自传极为普遍的叙事方式。这种方式一方面拉开了既是叙事者又是文本内主人公这一双重角色之间的距离，从而使读者对被叙述者——传主产生一定的可信度；另一方面，对于忌讳自夸的阿拉伯民族而言，第三人称的叙事方式更能显出谦逊的姿态。

同样令人印象深刻的是，作者开始描写他早期想掌握布哈里圣训集的经历。在这里作者既突出了自己从师于权威的过程，又渲染了当时受教时的环境氛围，读者看到了其书屋与先知后裔为邻、与圣寺很近的宗教学术气氛，师生同坐于窗前，以及学生们在听力和口诵方面的训练。这里叙述口吻变成了第一人称："我对布哈里圣训的考据来源自谢赫·纳吉姆丁·穆尔杰尼。与后来的老师相比，他教授得很好，我因他的美德信赖他。"

这一描述阐明了传主的师承关系。而这一点是阿拉伯传记学术传统中尤为重要的一点，它决定了传主在这一领域的学术权威性。同时也反映了中世纪阿拉伯语的教学法——"这篇作品是我从某处得到的消息"，"我听完了某某人的作品"，"我完全掌握了我的听力"，"我有权传达某某作品"——课上，老师或传诵人大声背诵一篇作品，学生听写（所以要用"听"和"听力"）并讨论；如果学生想做这一行的传诵人，并获得这一领域的证明或文凭，他必须把作品吟诵给老师听，回答老师对作品提出的问题。而对布哈里圣训的传诵是衡量一个出色的阿拉伯学者的试金石，由此确定了伊本·哈杰尔在这个研究领域中时代权威的地位。

伊本·哈杰尔较详细地叙述这些独特的事件和自己的师承关系，其动机不言而喻：他希望证明，自己的威信、精神气度和人格形成来源于传诵这些作品；他也希望用自己的人生故事为后人树立榜样：童年时父母双亡，自己苦读书斋；青年时拜师于名门，不懈努力奋斗；中年时去各地游学而获得权威地位。

伊本·哈杰尔的自传既简洁又客观，为后人提供了范例。他的学生立刻注意到这部简短的自传并刻意模仿，如萨哈维和苏尤提每人各写了一部自传，而萨哈维的两个学生伊本·达依巴（Ibn Dayba）和扎鲁格也先后写了一篇。苏尤提的学生伊本·图伦·迪玛士基写了自传。阿卜杜·瓦哈卜·沙阿拉尼根据苏尤提的模式,完成了他 700 页的自传。

二 通过个性、秘密关系描述凸显本真性自我:伊本·布鲁金的回忆录及其他自传

假定像"私人的"、"个人的"、"内心自我"等概念其本质是不变的,与历史发展无关,同时,向我们呈现的所谓个人的(与公众相对)事件也是事实,那么,传统阿拉伯文化中关于个人生命写作的作品是可以称得上自传的,即使按现代自传的标准也不例外。这些作品拥有现代学者追求的许多标准,例如:作者思想的直接勾描,他们的情感反应,以及从童年、成年到老年心理发展的觉醒。我们以伊本·布鲁金·齐里的回忆录为例可说明阿拉伯传统自传中个性化的特征。

11 世纪的北非王子伊本·布鲁金·齐里是统治西班牙南部格拉纳达地区柏柏尔齐里王朝①(kingdom of Granāda)的末代国王。1090 年他被入侵的阿尔摩哈德人(Almoravids)废黜后,作为俘虏被送往摩洛哥终其一生。被俘后伊本·布鲁金开始写回忆录。在作品的前三分之一篇幅里,布鲁金为他的祖先和他们的统治进行辩解;第五章到第十二章,布鲁金描写自己的生活和任职期间发生的事件,其中有一分册专述布鲁金登位。最末一章也是我们最感兴趣的部分,在这一章,作者将自己一生的大事按编年顺序排列下来。他以下面的这段话结束了回忆录:

> 我现在写的是发生在安达卢西亚(今西班牙南部)的一些事,关于我们王朝角色的转换以及我们多舛的命运。只要我的记忆够好,能力允许,可以一直写到现在。让我现在提几首我写的有关这方面的诗。有时,当我头脑没有被烦恼所困、神定气闲之时,我便能自由思考所有美好事物的风姿,体验一切甜美感受带来的愉悦。我从未认为我有诗人气

---

① 柏柏尔齐里王朝(973—1152)的地域在今阿尔及利亚和突尼斯境内。伊本·布鲁金·齐里任素丹时该王朝分支统治西班牙南部格拉纳达至 1090 年。齐里王朝 1090 年亡于阿尔摩哈德人之手。

质，当然，也没特别去培养它，因为我发现自己只有对某物感兴趣、被某事打动时才吟诗作曲。①

在回忆录中，我们了解到青年时期伊本·布鲁金的个性，他曾一度转向宫廷占星家操弄的造命运势图，拿它跟眼前的命运做比较：

> 任何事物在他的观念和诞生时就已命定了。从我出世时刻的预测来看，我已得悉在我的气质和性格里确实有许多特性……。这份运势文件被宫中大臣藏了起来，最后不得不交到我手里。这使那位大臣很不安，他怕我会辱没了运势图中预言的好运。在这张图里，我读到了许多奇妙的、不可思议的命运的耦合。②

他特别提到这份造命运势图准确地预言了他的一生将晚年得子；一辈子会渴望要几个机智活泼的男孩；另外，如预言所示，他将会为某种忧郁和其他可怕的念头所折磨，导致心理失调。的确，他没能按照占星家们为他预见的弥久好运走完一生，现实生活中，他的命运充满了变数。

伊本·布鲁金在回忆录中详细讨论了有关对医药、健康、饮食习惯、性风俗、占星术方面以及精灵和天使是否存在、生活乐趣和男女爱情等多个主题，他在引证了早期权威们对每个主题的观点后，说出自己的观点。比如对饮酒，他这样写道：

> 我对酒的看法是这样的：如果某人痛饮后情绪高涨，那谁都不要去跟他说"少喝点儿！"对那些好嘬一口但喝不多的，那谁都不必去说"再来一盏！"一贯通情达理的人自己很明白，什么是和他天性不协调的。人们说酒可以消愁，但我说借酒消愁愁更愁，一切就看他举杯时的心情：心情愉快，喝上一杯能使平静的心绪兴奋激荡；但如果为烦恼所

---

① 伊本·布鲁金：《齐里王朝末代国王回忆录》（阿文版），E. Lévi – Provencal 审校，开罗知识出版社 1955 年版，第 178 页。

② 同上书，第 179 页。

困，酒后不仅烦恼依旧，甚至忧虑交加，走上邪路……往事催人忧伤，有的时候酒会把你转移出这块伤心地。①

在讨论生命的磨炼、财富和权力带来的欢愉时，伊本·布鲁金鲜活地、甚至自嘲地把自己描绘成一名阶下囚——他先是坐拥天下，后又被对手悉数取尽，如今只是个被流放他乡、动动笔杆子的家伙：

> 我被这样那样的烦恼所苦，这是人性使然。人和人之间没有太多差别，因此主命令普天下人要相爱犹如爱己，以求得正义和公平。
>
> 我曾经拥有一切：积聚的财富、可口的食物、华丽的衣服、坐骑、屋舍……，一令即出，所欲便至。
>
> 如今，在所有这些尽数失去后，我发现自己比过去任何时候都更希望孩子陪伴左右。无论如何描写都无法写出想要孩子的心情。那些奋斗得到的功名利禄早晚散尽。为此，我把这二十年算成一百年——它们逝去了，"就象昨日未曾繁茂过！"（《古兰经》10：24）。现在更适合我的是默察什么是我真正寻觅的。这是主的特权去命令他想要的！②

在谈到他写回忆录的动机时，他说：

> 这本书的地位——以我生命起誓——它将替代我的儿子，让我忆起过去。书中，我为不明真相的人解释了我的种种，解释了那些被事件蒙蔽、四处流传并被嫉妒者的谗言将我打倒的流言蜚语……。我写这本书，主要是为了那些善良、真诚、为我的事心神不宁的人们，为了那些爱我、希望我好的人们。③

---

① 伊本·布鲁金：《齐里王朝末代国王回忆录》（阿文版），E. Lévi – Provencal 审校，开罗知识出版社 1955 年版，第 184—187 页。

② 同上书，第 196—197 页。

③ 同上书，第 199—200 页。

文章最后几个段落热情洋溢地要求读者好好地对作者作出鉴定，鄙弃那恶毒的已经损毁他名誉的诽谤。最后一篇愤怒的演说直接指向那些恶意批评者，遗憾的是原稿中最后几行字迹模糊，已难以辨认。

伊本·布鲁金的回忆录不是此类自我揭露作品的独例。许多自传作家告诉读者他们事业中面临的考验和磨难，并从个人角度出发评估他们的理想和事业。如，侯内恩的自传通篇是描写政敌的诽谤、他克服种种困难、力战对手获胜的经历；伊本·里德旺的自传述说自幼家贫仍苦读不辍，哀叹无钱娶妻，到很晚才成家。他对当时的学术界情况，特别是医学界的事态，表示普遍的忧虑；谢赫·塔希尔·贾扎伊里（Shaykh Tāhir Al - Jazāyirī, 1862—1920）一方面诉说自己受尽折磨，另一方面又自夸自己如何凭借着智慧和幽默度过坎坷磨难；优素福·巴哈拉尼（Yūsuf al - Bahrānī, 1696—1772）在自传中回忆了自己艰辛和不幸的一生，谈到了自己最终事业上取得成功的经历，说书人的身份穿插在他整个人生故事里。

许多作者也毫不掩饰地把自己多彩生活中戏剧性的一刻写入自传。如，阿布·哈彦·安达卢西（Abū Hayyān al - Andalusī, 公元 1256—1344/伊历654—745）的自传（作品已失）主要是哀悼过早去世的女儿努达，自传记录了父亲想跟女儿倾诉的一生；伊本·乔兹将自己一生的记事作为遗产留给儿子，劝戒他走上一条愉快的、出人头地的生活之路；苏非长老扎鲁格的自传写到他母亲的早逝让他重塑人生，促使他投身学术研究，追求尽职虔诚的生活方式，引起家庭和亲友们的惊讶等等，不一而足。

某些作者在自传中表白他们对逝去年华的嗟叹，在踏入耄耋之年时产生想把一生作一回顾的念头。如，乌萨马·本·穆恩齐兹在九十高龄完成了他的自传。他表达了只有在写作时才认识清楚那个年轻"自我"的心情，哀伤昔日的时光。

另一些作者在自传中描写个人癖好或与情欲作斗争的经历。如，伊本·西那在自传中常常举例说自己当读书到深夜困得睁不开眼时，习惯喝上一杯，在他看来酒能提神，可以让他继续工作。优西说起他新婚燕尔时，床第之欢使他有一个月无法集中精力做研究。他回忆，是坚强的毅力使他最后克服了肉体的欲望，回到书桌旁。伊本·阿吉巴写他年轻时一表人才，吸引不少女性欲以魅力勾引他，但在真主的扶佑下，他不为声色所惑。

有的自传描述作者和双亲、兄弟姐妹、夫妻的亲密关系。如，提尔密济在自传中提供了一幅他妻子深深卷进他精神生活和影响他前进的动人画像；布鲁金在他的回忆录中说出了祖父对父亲的垂爱，父亲是独子，25 岁英年早逝，祖父的关爱便转移到孙子身上，童年时，祖父让他转出学校，专心在宫廷里学习治国之道；乌萨马在自传里通过许多奇闻轶事回忆他和父亲之间那种紧密和恒久的友谊；扎鲁格因父亲在他不谙世事时已去世，感到很悲伤，母亲是个十分苛刻的"无能的女人"，而祖母对他疼爱有加，丧父后是祖母把他带大的；伊本·阿吉巴在自传中另辟一章，讲述了他的妻子和子女们的关系；阿里·穆巴拉克常因行为不轨而入狱，他父亲一次次把他保出来，允许他离开对他进行体罚的老师。

很明显，尽管阿拉伯自我生命书写传统没有要求作者暴露他们的私生活，但也没有阻止这么做。这些私密关系和个人生活细节即使按照现代自传标准来衡量，也堪称优秀的案例。

三　通过释梦确证权威性自我

在中世纪阿拉伯—伊斯兰文化里有一批丰富的说梦和解梦文献。早期伊本·西林（Ibn Sirīn，728 年卒）、伊本·艾比·敦亚（Ibn Abī ad - Dunyā，894 年卒）、伊本·古太白有关说梦、解梦的小册子，广泛流传了好几百年，后人又改编增补了不少。12 世纪，哈桑·本·侯赛因·哈拉勒（al - Hasan bn al - Husayn al - Khallāl，1127 年卒）的传记词典《解梦人等级》（*Tawbaqāt al - Mu'bbirīn/ The Generations of Dream Interpreters*），列出了多达 600 余个有名的职业解梦人。《旧约》、《古兰经》、《圣训》以及希腊、波斯和印度的文化，无一不为阿拉伯—伊斯兰文化关于梦和解梦的信仰与实践提供了大量的材料。873 年左右，阿拉伯自传作者侯内恩·本·易斯哈格把阿特米多鲁斯①的关于梦的小册子从希腊语译成阿拉伯语。另一个自传作家，伊本·西那写过一篇文章专论解梦。现存的伊本·百纳阿（Ibn al - Bannā'，

---

① 阿特米多鲁斯（Artemidorus），公元 2 世纪罗马帝国作家。曾在 2 世纪晚期撰写了《解梦》（*On the Interpretation of Dreams*）。这部著作包含了许多关于古代迷信、民间传说和象征的信息。

1078 年卒）13 个月的日记片段里，写了自己和亲友的 25 个梦，并附有详细解读。历史学家伊本·赫勒顿将解梦列为伊斯兰学科之一，他认为，"梦幻的真相是人的精神在处于灵魄本体的瞬间，显见事物的形象。当本体处于纯灵魂状态时，各种事件的形象就存在于其中。……这样人的精神就可以从中得到他迫切希望知道的有关未来的事情。"[①] 中世纪阿拉伯的解梦学在当时是一门具有权威性的显学，以至 10 世纪时的一位拜占廷作家，尽管他对伊斯兰教的信仰和实践一无所知，居然还想冒充阿拉伯学者，为他写的希腊梦境手册增添更多的权威性。

　　早期的阿拉伯学者们几乎一致认定鬼神都能托梦（manām）或引出幻觉、梦兆、梦境（ru'yah）；有的学者相信在夜间让你做梦的是鬼魂，而白日梦都是神来之笔。早期阿拉伯学者解梦的文本用词并不总能让我们断定这些"梦"或"幻觉"是在熟睡时还是朦胧中产生的。另外，先知穆罕默德的一则有名的圣训也这样说过：无论谁在梦中见到我，他确实看见我了，因为魔鬼是无法装出我的形象的。[②] 因此，人们对先知本人形象的种种幻觉就构成了有别于来自其他梦境的自我叙述，这在阿拉伯宗教传记和自传方面起了很重要的作用。

　　早期阿拉伯社会有关梦境的文献分为两大类：不需要做过多解析的梦和需要特殊分析的象征性或寓意性的梦。第一类不言自明；大部分解梦作品专属第二类。有关梦的最普通专著形式是手册或词典。它罗列了梦的实例和解析或特有的标志及其意义。圆一个意愿梦境时，词条列出梦中事件发生于何时、是怎么发生的，这种梦一般和特定的人物有关；圆一个象征性或寓意性的梦时，词条包括解析或意义，通常对该梦产生的具体情况不提供任何资料。在意愿梦境的解析里，有时附加一些信息。它常以诗歌形式出现，以天使、先知、死去的亲属或早年的师长等形象传给做梦人。第二类梦的解析相应地和"冥冥中的声音"（hātif）的意念关系紧密。它在伊斯兰教产生以前的诗歌和故事中广为出现。梦在阿拉伯文献中的功能有

---

① ［突］伊本·赫勒顿：《历史绪论》，李振中译，宁夏人民出版社 2015 年版，第 130 页。

② Ibn Abī Dunyā, *Morality in the Guise of Dreams: Ibn Abī Dunyā, a Critical Edition of Kitāb al-mamām*, ed. Leah Kinberg Leiden: E. J. Brill, 1994, p. 81.

两个：一是未来事件发生的征兆；二是某种行为或某人身份地位合法化的证据。

受到弗洛伊德精神分析理论和传记实践的影响，"梦"受到了20世纪传记作家的重视。在现代传记作家看来，"梦"和真实的事件具有同样的重要性："真实的和想象的事件在梦中会立即显现出相同的效果，而且这种情况不仅存在于梦中，在产生更为重要的心理结构的过程中也是这样。"① 现代的读者在解析梦境时关心的是，梦作为作者"内心体验"的一种反映，其结果是什么，甚至作为作者心理解析，其内心深处个性成熟的表现又是什么。然而，古代和中世纪的阿拉伯传记作家通常不把梦作为人格或个性的反应，而在一定程度上看作是反映未来的征兆，更多的是作为此人权威性的证明，使一桩特定的行动或个人的身份地位得以肯定或合法化。象征性的梦和做梦人个人的生活无关，而是和那种充满不确定性的生活——某人的政治、社会、经济状况有关。

医师兼传记作家的侯内恩用《古兰经》中优素福故事的形式，通过意愿性梦境讲述他磨难和痛苦的经历，是自我陈述的最好例子。与优素福相仿，侯内恩被诬告、错判并关进牢狱。错案中的判官哈里发有一天感到不舒服做了个梦，在宫廷上他公开说梦后，侯内恩昭雪、被释、发还查抄的财物并升迁。侯内恩戏剧般的人生转机来自哈里发的公开说梦。哈里发在梦中看到两个形象，被认定是耶稣和侯内恩。耶稣告诉哈里发，侯内恩被错判，理应赦免，哈里发立即招来左右侍从并服用了侯内恩开出的药剂。梦的说出对侯内恩一生的整个叙述至关紧要，因为它构成了侯内恩获释和重新得宠的唯一契机。

希姆纳尼（as－Simnānī，1336年卒）年轻时生活奢靡，是伊朗东北部阿尔贡素丹的宫中挚友。24岁那年，正当他要上阵杀敌之际，忽听得一声"责难的声音"来自天际，眼前出现一幅幻象。这一感受给他很大的震撼，最终导致他放弃宫廷享受，追求山野间苦行和神秘主义的生活。

犹太学者萨姆瓦伊勒·马格里比在从犹太教改宗伊斯兰教时，多次在梦

---

① 彼得·洛温伯格（Peter Loewenberg）：《精神分析学说与后现代主义》，罗凤礼译，载《史学理论研究》2002年第4期。

中看到先知萨姆瓦伊勒（他的同名人）和穆罕默德。尽管他在自传里说明梦和幻觉只是一个人生警告，不是改宗的根本原因，其改宗完全基于对真正信仰和伊斯兰教的认同，但他显然还是把梦的重要因素考虑进去，以说服一些读者：

> 　　读了这本书的人现在应当明白，我不是在梦的引诱下放弃我的第一信仰。要干一番事业的明智人岂能不加论证或示范就被梦和幻景所诱骗……恰恰就是这些论证和示范才是我改宗并走上正道的原由。要说梦，它仅仅起到了提醒和激励我走出拖沓和惰性的作用。①

显而易见，萨姆瓦伊勒·马格里比梦见先知穆罕默德、希姆纳尼在战斗前的幻觉，都为作家们宗教信仰的转变提供了背景。

伊玛德丁·卡梯布·伊斯法哈尼（Imād ad – Dīn al – Kātib al – Isfahānī，1125—1201）也有同样的梦诱发了自己的行动。一次，伊玛德丁陪萨拉丁的叔叔努尔丁来到一所被地震破坏的清真寺前，努尔丁许诺重修大寺并用黄金和马赛克镶嵌工艺装饰礼拜的壁龛，可是不久他便去世，计划没能实现。后来，努尔丁托了一个梦给伊玛德丁，怪他没有把修缮壁龛的事放在心上。伊玛德丁心想，这件事我早就托人在办了。但托梦一再出现，他不敢怠慢，立刻写信给家人，果然工程还没有动工。他于是下令马上启动工程。

梦的另一个功能不是作者行为举止或所作决定的合法化，而是对他精神或学术地位的确认。提尔密济在麦加朝圣时，说起过他皈依神秘主义的经历。在他的讲述中，描写完自己当时是如何乐此不疲地把斋和祈祷，隐居山林，久久漫步于荒野、踯躅于废墟和墓地间后，开始详述自己一系列梦的记事。他先描述看到了先知穆罕默德的幻觉，继而仔细描述妻子的梦，梦中其妻意外遇上天使，天使还要她把信息转达给丈夫。按提尔密济的说法，这些

---

① Samaw'al al – Maghribī, *Ifhām al – yahūd*, *Silencing the Jews*, ed. And trans. Moshe Perlmann, New York, American Academy for Jewish Research, 1964, pp. 87—88.

梦"无不清晰详明、历历在目，无需作任何解析"。① 最后，提尔密济说起他的亲朋好友做过的有关他的梦，由此引出对故友亲朋的叙述。

中世纪阿拉伯学者阿布·夏玛也以梦的形式，先说了自己，然后讲述其母亲、兄弟以及众多熟人和泛泛之交，也讲述他们的梦境。这一切的目的无非都指向一个目标：阿布·夏玛作为一名学者有着崇高的声望和地位。例如，作者讲到自己在哥哥的梦中悬于从天际垂下的一条长绳上，被带到岩石清真寺②，梦中的形象告诉他，他和所罗门（Solomon）一样由上天授以知识。

最能说明梦是未发生之事前兆的例子莫过于伊本·阿迪姆（Ibn al -'Adīm, 1192—1262）讲述自己出生的经历。伊本·阿迪姆在自传中讲述其父因早年丧子极为悲痛，但他做了两个梦。在第一个梦里，那个早逝的孩子现身跟他说："爸，告诉我妈我想回到你们身边。"在第二个梦里，其父看到自己的阳物射出一道白光停留于梁际久弥不散。这梦被解释为儿子的到来，不久，母亲临盆生下作者。同样情况，艾伊达鲁斯（al - Aydarūs, 1628年卒）的父亲在作者诞生两周前得一梦，梦中身边围着一大群伊斯兰神秘主义者。因为这梦，父亲坚信儿子将来必成大器，便按梦中见到的两个圣人的名字给儿子起了大名。

四　以诗歌嵌入自传抒发自我感情

阿拉伯自传的主要部分常常以作者的几行诗歌来表述。一些诗人的代表性或杰出的诗句是阿拉伯自传中公认的优秀范例，其目的不外用以展示传主的文学成就和文学修养。自传作家按照先例从自己的作品中选出诗篇，在多数情况下，这首诗往往反映出作者一生中具有重大意义和最能令人潸然泪下的大事件。由此，每当现代的校勘人员以及中世纪和近现代的学者们以种种

---

① 参见阿布·阿卜杜拉·提尔密济，"阿布·阿卜杜拉职业生涯的开始"（选自提尔密济自传《圣徒的封印》），见《贝鲁特东方文学研究院论文集》（阿文版），奥斯曼·叶哈雅校勘，1965年版，第14—32页。

② 岩石清真寺（as - Sakhrah），位于耶路撒冷旧城圣殿山（Temple Mount）阿克萨清真寺之侧，又名萨赫莱清真寺、金顶圣殿。公元691—694年由阿卜杜·马立克所建。

理由要删节这些诗句时，发现无法舍弃它们。事实上，诗歌应当被理解为阿拉伯自传传统的核心成分，而不仅仅作为文体的装饰部分。

在阿拉伯文化中，诗歌有着其他体裁无法承担的功效。首先，诗歌在伊斯兰教传播以前是最早和最有价值的文学形式，尤其是古诗"格西特"（qasīdah），其地位一直保留至今；其次，直到 19 世纪和 20 世纪，诗歌和散文在阿拉伯文学中始终相互配合、诗文并茂。然而，诗歌可以独立收集成册，一般不会加进散文；而散文里却常常加进大量的诗歌、韵文。

在伊斯兰教兴起以前阿拉伯半岛的口传文学中，诗歌是官方话语的模式，而散文常因结构不定备受诋毁，不被重视。诗歌因其正规的韵律结构，在口传文学中较为不易改动；散文由于结构自由，容易更改。来自口传的最早的阿拉伯散文叙事，由于和诗歌结了伴，终于找到了书写的途径。《阿拉伯人的日子》（Ayyām al - Arab）采取了诗、文并置的方式：每个历史故事都由其附随的一首或多首诗歌加以证实并确定。至于作品的背景和诗歌原作在艺术上的表现，则全由散文的叙事来阐明。多数中世纪阿拉伯传记作品具有将散文和诗歌并置从而能轻而易举地在二者间来回转换的简约风格，如伊玛德丁·卡梯布·伊斯法哈尼的自传《叙利亚的雷电》（al - Barq ash - Shāmī）。

诗歌在"标定的"、有别于散文的话语里传递概念。如上所述，它可以用来勾画一个正规的或权威的言语行为，也能用作表达浓浓的感情因素，如爱情、忧郁、孤寂、愤怒、希冀……，所有这些主题在诗歌里表达得远比散文里要多。由于诗歌的持久性、能感知性的美学功能，它在散文里有效地起着作用。也就是说，在古代和中世纪的阿拉伯文化中，如果用白话或动作来表达，从文学意义上说可能是无法接受的，而以诗歌来表达同样的感受，却能获得一种令人满意的社会、文学效果。另一方面，诗歌也可能蜕变成一种陈词滥调，用词造作、矫饰，相仿的主题和形象重复出现。

在前现代阿拉伯社会里，受过教育的文学、政治和宗教人士差不多人人做诗，至少偶尔也附庸风雅一下。有的积累多了便独立编撰成册。对于非诗人而言，诗歌是以嵌入的形式存在于他们的其他作品中，包括传记或自传。而公众也知道这样的传记作家一般都能写诗。像利桑丁·本·赫蒂布和伊马拉等人，他们的自传中收有不少诗篇。诗歌在他们的叙事中往往出现在描述最激动人心的时刻。

　　伊马拉·耶麦尼的一生，可以认为是诗歌在公众生活中起着重要作用的最好例子。他是阿拉伯中世纪唯一一位首先赢得诗人桂冠的自传作家。伊马拉生于也门，毕生的经历繁杂缤纷：先是学者、商人，后来当了外交官（法蒂玛王朝驻开罗的特使），最后是一名宫廷诗人。他数度得到法蒂玛王朝权贵们的欢心又多次失宠，甚至遭到被软禁在埃及南部荒蛮之地数月之久的厄运。他的自传描述了自己在法蒂玛人中经常受压、失败、强迫改宗什叶派的故事。尽管他一生的前程在法蒂玛人手中数度浮沉，还是被后人推崇为"为整座大厦，甚至在它倾圮后，付出了令人瞩目的忠诚"的忠臣。萨拉丁登上王位后，重振埃及的逊尼派。伊马拉被看作是法蒂玛人的拥护者，也被怀疑是什叶派教徒。他写了不少歌颂萨拉丁和艾尤比王朝王子们的颂诗，但都没能博得萨拉丁的青睐。最后，献上的诗歌《诉说苦衷》（shakwā）表达自己的怀才不遇。诗歌这样起句：

> 啊，时代的耳朵，如果我说话，求你倾听——
> 　　这肺痨病人的哽咽，这可怜虫的呻吟！
> 留住每一声你听到的呼求吧！
> 　　听到的声音如果不能留下，求您侧耳又有何益。

　　这样庄重的诗句没能打动萨拉丁。也就在这前后，伊马拉同时还为覆灭的法蒂玛王朝写了一首优美的颂诗，这首诗为伊马拉带来了诗界声誉。对此，一位评论家这样写道："向一个覆灭的王朝表示敬意的诗，再没有比这首写得更好的了"：

> 命运啊，你用瘫痪击打了荣耀之手，
> 　　连那挂满佩饰的颈项，也都被你剥得精光。

　　似乎预感到自己的大限已到，伊马拉这样结束了自己的诗篇：

> 可怜的伊马拉吟出这首颂诗，

　　担心谋杀，不怕错杀！

　　关于他戏剧性的死亡，有两个传记版本。一个版本认为伊马拉被指控为一个旨在复辟法蒂玛王朝的政治集团分子，被处死。另一版本更广为流传，且为他的同代人、传记作家伊玛德丁所认可，说他写了一首颂诗，其中有一行属异端邪说：

　　　　这个宗教的发端突然从一个人的心头冒出，
　　　　　　他为之奋斗，民众称其为"诸国之君主"。

　　萨拉丁阅后大怒，命人将伊马拉绞死或钉死在十字架上。伊玛德丁认为上述诗行或系伪造，而且是按伊马拉风格伪造的。由此可见诗歌在当时是一个非同小可的行当。

　　90岁的乌萨马·本·穆恩齐兹在高龄时悠然沉思，他以一首诗作为其自传《前车之鉴书》的结束：

　　　　当我踏上久已向往的生命舞台之巅，
　　　　　　却一心想匆匆了结这残生一段。
　　　　长寿留下的是周身乏力，只有等到时光的敌意，
　　　　　　我才能借此，邂逅兴衰与轮换。
　　　　我虚弱疲惫，两位密友——视觉和听力
　　　　　　早就爽约不与我相伴。
　　　　欠身起来，背上似乎压了一座大山；
　　　　　　抬腿迈步，脚上好像系着铁链。
　　　　拐杖就像昔日交战中佩带的矛与剑，
　　　　　　如今紧握它才能蹒跚向前。
　　　　绵软的床垫犹如坚硬的磐石，
　　　　　　我睁着双眼，夜夜难以入眠，
　　　　人的一生从来就是如此逆转：圆满完成那一刻，

亦即重回起始的刹那间。①

　　近现代的阿拉伯传记写作风格也受到传统文学的影响，如阿里·阿米利（Alī al‐Amilī，17世纪）22岁的儿子侯赛因去世时，阿米利著文排解切肤之痛，后以吟诗作表：

> 主啊，旭日既不曾东升也没有西平，
> 　　但儿子！你是我的心肝、我的心音。
> 我从未端坐着当众发表过演说，
> 　　但你永远是我在伙伴之间的话题。
> 我既不叹息、高兴，也不忧郁，
> 　　但对你的记忆却带走了我的呼吸。
> 我干渴，举杯正待痛饮，
> 　　不想杯底里跳出你的身影。
> 星星啊，你的生命如此短促！
> 　　看来你竟和流星依偎在一起；
> 蚀提前来临，急急忙忙赶上星星，
> 　　来不及进入月球轨道便已折损。
> 新月初谢，还没有茁壮成长，
> 　　它不徘徊踟蹰，只等着那圆月来临。
> 我抚慰儿子，寄托哀情：
> 　　"丢下旧世界，摆脱红尘是你的万幸。"

　　艾哈迈德·法里斯·希德雅格也认为用诗句表达对幼子的夭折是恰如其分的。他在自传中描述了孩子从生病到死亡的全过程后，全文以72行挽诗收尾，起句是这样的：

---

　　① *An Arab‐Syrian Gentleman and Warrior in the Period of the Crusades: Memoirs of Usāmah ibn al‐Munqidh*, trans. Philip K. Hitti, Princeton: Princeton University Press, 1987, pp. 190—191.

　　自你过世，每一念及，清泪长流；
　　　　回忆好比火葬用的柴垛。
　　离我而去的儿呀，你遗弃了一个孤魂，
　　　　任凭它的忧郁在烈火中炙炙。①

　　作为情感的话语，诗歌是最能打动人心的。伊玛德丁在他的自传里用简约的语句说明了这一点："我太想家了。在路上，每一停步都用诗句来表达我的思念。"②

　　阿拉伯文学传统中，诗歌也被用作其他的目的——风雅的修饰、正规的演讲、权威的讲话、劝说的手段，但在传记或自传叙事中，诗歌以嵌入的方式，成为为回溯性事件增加感情分量的筹码。

　　把赞美、忧伤、欣喜、骄傲等心灵上的经历转化为诗歌创作的领悟力，正是衡量一个诗人内在感受和悟性的尺度。人们更愿意看到，作为揭示心底或灵魂深处重要行为的人，在情感反应上的原始表意，它是这些感受在"艺术"中、在诗歌创作中的反映，意在言外。从这个意义上看，前现代的阿拉伯诗歌美学已达到了很高程度。

　　对前现代阿拉伯自传文本的研究受限于阿拉伯文学话语的转变。从 19 世纪末起，阿拉伯文化开始适应一种类似西方的流行观点，即，诗歌和散文分离成为不同文体的话语表述，不能混为一谈。在此之前，多种阿拉伯文学，包括自传和传记，有很多作品都是诗、文混杂的，二者间的相互配合、相互影响构成文本重要的特色。19 世纪末，在第一批现代阿拉伯文人中有人想在小说里保持这种双文体形式，往往在散文叙述中插进长长的诗句。③进入 20 世纪后，诗歌和散文终于不可逆转地分离了。说唱文学（prosimetric literature）的形式也几乎完全退出高雅文学的圈子，仅在民间文学中留下一

---

①　Ahmad Fāris as – Shidyāq, *as – Sāq alā al – sāq fī ma huwo al – Fariyāq*, Paris：Benjamin Duprat, 1855，p. 614.

②　عماد الدين الكاتب الاصفهاني، البرق الشامي، باختصار من الفتح البنداري، سنا البرق الشامي، بيروت، دار الكتاب الجديد، ١٩٧١، ص١١٤.

③　比如说，萨利姆·布斯坦尼（Salīm al – Bustānī，卒于 1884）在小说中就是这样做的。纽约大学教授 Constantin Georgescu 写有专著，介绍他的生平和作品，书名为《一个被遗忘的黎巴嫩复兴先驱：萨利姆·布斯坦尼》（*A Forgotten Pioneer of the Lebanese ' Nahdah '：Salīm al – Bustānī*，1978）。

席之地。结果，现代版本的前现代自传一概不包括原本中的诗歌部分。例如，现代版的伊本·西那和伊本·布鲁金的自传，早已没有了中世纪版本中附带的诗歌。这一变化使现代学者在很大程度上失去了深入领悟前现代作者们个人情感方面的机会。

第二节　在"公共"与"私人"之间周旋的"自我"

不同历史时期的文化凸显了与这个时期成员"自我认同"紧密相关的文化性格和行为。它表现为虔诚、性倾向、道德、等级、族群、个人情感、公民意识等观念。这些文化表征成为这个时期"自我"的反映和重要组成部分。任何一项声称要对某个特殊社会历史时期的"个人性"做一考察的研究，应建立在比自传文本构成的语料库更宽泛的基础上。自传写作可以提供一个特别的参照，但它们只能提供一部分论据。若要对一定历史语境中的"个人性"进行全面研究，就需要考证一大堆问题：人类行为中的哪些因素对个人身份有着决定性的意义？人格从根本上来看是不变的还是流动的？人类"自我"是否是一个个性存在方式和个性特征相符合的有机整体？抑或"自我"是被二分成内在/外在、公共/私人的对立两面？如若如此，这些彼此依存的因素是处在相对统一还是绝对斗争状态？

中世纪阿拉伯—伊斯兰文化中有过关于人类特性问题的探讨与写作。如学者阿布·哈彦·陶希迪在他的《生命书简》（*Risālat al-Hayāt*）中论证了组成一个人特征的各种因素。他认为，人的特性分为两个范畴：有些脾性通过有意识的努力，可以消除，至少可以淡化，而另一些性格作为灵魂的坚固组成部分，人无法摆脱它或进化它。他把人性分为以下几个不同层次：天性（innate nature）、性格（character/personality）、本质（essence）、特性（characteristics）、气质（temperament）、脾性（disposition）。尽管想要完全了解一个人个体特征的诸多方面是一项复杂的工作，阿布·哈彦和他同时代的学者们就人格的多重性还是达成了一定程度上的共识——前三种是相对稳定不变的，而后三种则是不断变化的。人格中的某些方面处在不断成长和转化中，而另一些方面则是保持稳定和不变的。[①]

传统中的阿拉伯自传作家们非常注重如何将我们所命名的"私人生活"写进他们的作品中，在这方面他们有着独特的选择权。阿拉伯文学成规似乎既不鼓励也不阻碍这种私人性表达。尽管这些文本乍一看没有多少现代自传所讨论的"个人性特征"，但一点也不缺乏"个人化事件"。事实上，每个文本都充斥着个人生活的特殊细节，在许多情况下，它们都与作者具体而微的人格相联系。这一点我们在前面的叙述中已略窥一斑。

然而这个"私人性自我"与现代文学中的"私人性自我"有着本质上的不同。传统阿拉伯自传作家们将自己刻画成既是一个鲜明的个体，又是各种举足轻重的关系的聚合体。于是，传统自传中"自我"和他者的关系凸显出纵向的家族谱系化或师承谱系化特征；传统阿拉伯自传关于个体生命的写作方式凸显出自传和其他文类并置的特征；现代阿拉伯自传与西方自传相比较，在文化上凸显出西方自传少有的"教化感"、"集体感"、"耻辱感"等特征。下面就从这几个方面来论述阿拉伯自传的传统和文化特征。

一 家族、师承谱系维系"私人"与"公共"

在家族的谱系中，这些关系可回溯到父母、祖父母以及更远的前辈，往后可推及到儿女、孙辈。与之相并行的是受教育谱系。中世纪阿拉伯自传文本详尽无遗地记录了与老师和学生的关系。相对而言，文本很少描述传主和兄弟姐妹、同学、朋友之间的"边际关系"（或曰横向关系）。唯有一项例外，就是一些自传作家描述他们与当时名流的关系，如伊马德丁和他的保护人萨拉丁的关系。

对于许多作家而言，证明自己在历史中的地位是他们作传的主要目的。而构成历史地位的主要因素是对权威的超越、合法性的确立以及在某领域的学统传承性。由此，家族的谱系、宗教权威、政治的合法性、神秘的启蒙以及学术知识的继承等成为传统自传文本的主要信息。中世纪阿拉伯自传文学中一个相当普遍的主题是，作者声称自己在此领域有着与众不同、史无前例

---

① 转引自 Claude France Audebert, *La Rasālat al - Hayāt d' Abū Hayyān at - Tawhīdī*, Bulletin d'Etudes Orientales 18, 1964, p. 155。

的理念和洞见。这一公共知识分子的特征也正是作者个性化特征的反映。

家族谱系和教育谱系传承性的范式是否也可以运用到个性概念上？如果个性是一种以遗传为主兼具一定变化的因素，那么，对一个家族祖先们以及后代们的细致记录以及对老师辈们的记录当然比有关朋友们、兄弟姐妹们的边际关系记录更有意义。这也许能够解释为什么中世纪阿拉伯自传文本更关注有关作者父辈、祖辈、师辈们的人格描写，甚至对于叔叔辈的描写也远胜于对密友、兄弟姐妹们的描写。更遑论对自我"私生活"的描写。

20世纪以后，西方社会将自我二分为内在/外在、公共/私人两个方面。具有反讽意味的是，正如哈贝马斯与其他一些学者指出的那样，现代西方的"私人"自我概念正是与那些文学门类应运而生的。这些文类使"私密性自我"公共化，如日记、日志、回忆录、自传、以小说手法书写的虚构性"私人"生活片段以及后来的网络日志、博客。现代西方"私人"概念的出现和个性的张扬恰恰以公共场合为载体的。

而前现代阿拉伯自传中公共和私人的场域看起来泾渭分明。阿拉伯自传作家们并不认为，西方式的忏悔录和详尽地记录性和爱情经历的自传写作，相比于讲述家族谱系和受教育谱系而显得干巴巴的阿拉伯自传写作，更能代表内在自我。其实，关于两性偶遇、欲望、爱情实践、示爱技巧等方面的描述对传统阿拉伯人而言并不陌生。只是，他们将有关这些方面的讨论放置于更合适的香艳作品中，如《神游香艳园》（*ar - Rawd al - 'Ātiru fi Nuzhat al - Khātir*）；或放置于有关爱情伦理讨论的书籍中，如《鸽子项圈》（*Tawq al - Hamāmah*）。他们当然很难接受现代西方精神分析法，即把性行为、性压抑作为形成人格和自我的中心内容。对于一个内在自我，阿拉伯人也许更喜欢寻求其智力的、精神的、神秘的体验，并在诗歌中恰到好处地表达自我感情。诚如《神游香艳园》的英译者贝尔顿（Sir Richard Francis Burton）所说：

有一个在西方不太为人所知的明确的事实，那就是东方人比起西方人而言，在性方面较少压抑自我，但同时他们又更虔诚，更有宗教感和道德观。他们不仅视爱情和性生活为生活中自然、健康、必要的因素，而且视其为一门艺术，旨在为成功的婚姻与幸福的夫妻生活奠定基础。①

二 自我呈现方式显示出自传与其他文类并置的特点

阿拉伯传统自传作家认为，呈现其作品和行为是表达一个个性自我的源泉，然而，没有必要把自我呈现放在一个文本里完成。因为某人的诗歌（诗言志）、私人信函、官方信函、宗教演讲（布道）、梦境描述、娱乐性的奇闻轶事、游记、日记等都是自我表述的一部分，使某人的影响力波及更广阔的世界和未来的几代人。因此，这几种文类也连自传一道同时呈现，体现了传统阿拉伯自传与其他文类并置的特点。

尽管一些阿拉伯自传作家的自传写得干巴巴，但在其他文类中的自我揭露却异常引人注目，如伊本·哈杰尔·阿斯格拉尼和阿布·夏玛的作品。在一些作品中，表达个性的冲动非常凸显；而在另一些作品中，却很微弱。因此，如果某人试图将阿拉伯自传作为有关传主的自成一体的独立的文本来读，那么他会感到失望。从某个层面来说，传统阿拉伯自传与其他文类并置的方式的确是完整再现传主一生的方式，而且这种方式确实在当时十分流行。

一些中世纪和近现代自传并不像现代自传那样文类"界定分明"，而是常常出现在一个大的文学语境中。在这个语境中，各种形式都司空见惯，它们之间的互文性像棱镜一样，多视角地展示传主的一生。甚至作为物体形式的"书"也与后人所定义的"书"的概念不同。那时的"书"是同一作者的多样作品的大集合或是其短小篇章选编集结成的册。尽管作者小心翼翼地建构他们的自传，甚至其篇幅冗长累赘，然而只有少数自传作家们考虑到读者的感受。从第一、二章里我们知道有关传记和家谱学的材料汇编相当普遍，但自传材料的汇编却从未做过尝试。人们可以从"塔尔杰马"的文类中读到和分析作家肖像。这些材料魅力十足，富有教育意义且震撼人心。这些文本像是棱镜，通过它可以看到作者的文学全貌。从这个层面上来理解自

---

① 转引自薛庆国《阿拉伯文学大花园》，湖北教育出版社 2007 年版，第 66 页。

传作品也许更靠近前现代阿拉伯自传作家们和他们的读者想要了解的关于个体生命的真实叙述。这种作传程式不妨当作前现代阿拉伯"自传契约"吧。

概言之，前现代阿拉伯自传作家们希望他们的自传文本将连带着他们的诗集或其他智力和艺术的产品一起被后人读到。自传不仅再现一个与众不同的自我阶段，更是整个一生描述的总和，展示出一个其成就可以被放置和评估的大的历史语境。在这个大框架内，尤为重要的是，通过对令人尊敬的过去、穿越现在、走向未来的知识的跨越和传承来描述某人的学术地位，从而折射一个人的家世背景。因为这一点很难在作者的其他作品中得以展示。通过悉数某人的老师和某人研究过的作品来确立某人获得的权威地位，这一点意义深远；通过展现某人在智力和艺术方面生产的质和量来证明其在该知识传播途径中所起的作用，这一点至关重要；偶然也会拓展为展现和报道作者对同辈人的地位和价值所做的证词。如果某人被指控做错了什么，解释有误，或遭到诽谤，那么可以通过这种叙述发起捍卫运动，引导读者"重返历史现场"正确地理解某人的行为或言词，或对某人已发表的作品做出合理解释。

阿拉伯传统自传产生于史传不分的历史语境中。尽管它没有照搬历史和传记的写作模式，但也保留了史传的基本写作手法。阿拉伯自传关注历史事实和真相，这必然涉及确定某些论述的权威性。阿拉伯传统文学中有关主张对历史事件权威性描述的成规与现代西方的现实主义写作方式（包括西方历史性写作，如传记和自传）大相径庭。

以上两种写作实践的重要差异也许首先在于，有关传记写作的学术传统不尽相同。现代以来，西方自传作家把一生的经历和回忆看成是色彩斑斓的万花筒。他们将其编织进一个相当连贯的故事中，将元叙事的框架强加在整个人生故事中。欧洲文学中自传写作的普及化与小说的大量生产相伴随，揭示了这两种文类是非常亲近的姊妹，尤其是成长小说（Bildungsroman）的结构，它与许多自传作品如此相似，以至于只有涉及真实与虚构的热议时才能将二者勉强分开。从历史上看，西方文学普遍将自传式叙述划分成章节的成规可以追溯到小说性话语（如片段式的浪漫传奇）或戏剧表演（幕和场），而不是源自于真实生活体验或历史书写的结构。而前现代阿拉伯作家在写人一生的经历时则更注重此人的历史真实性、学术的权威性，并严格遵从这一写作成规。

另外，对线性编年顺序记录自我过往人生的可靠性这一点，西方自传作家和阿拉伯自传作家怀有不同的观点。尽管在西方文化中处于经典地位的一些作品并不按简单的、线性编年史顺序叙述，但是中世纪以降的西方自传偏爱清晰的线性叙述逻辑，编年史顺序法在现代西方自传中有着举足轻重的地位，成为西方生命书写中一贯性和权威性的工具。这与欧洲文艺复兴和启蒙运动的巨大文化转型相关。然而，线性的编年顺序法并非可靠：人类的记忆不是线性的，它远非是一条紧密联系的纽带，而且它并非准确无误；从作者的现在重建过去的行为并非是一个线性的编年史的过程，主要的经历也不会按线性编码，而是围绕着人生主要事件，呈现出前后思想跳跃的特点。

与此不同，阿拉伯自传作家们有着更多的文学成规。相对于西方自传清晰的线性逻辑，阿拉伯自传作家们更注重通过提供传主外在的学术权威性证据来维护记录的真实性，避免读者对传主自说自话表示的质疑。同样，他们还通过另一些方式，如诗歌、梦境、冥冥中的呼唤来刻画传主的情感和内在动机。对许多阿拉伯自传作家而言，智力上成就的分类和罗列的手段一直是描述一个人一生的主要模式。当阿拉伯自传作家进行自传叙述时，他们通常根据一些理性的标准，比如，将时间划分成以年为单位的作传方式，或根据主题，分章断节地讲述有关老师、公共关系、家族史等内容。在笔者看来，这种"东拉西扯"表面上淡化了"线性历史"，而实际上增添了自传的可信度。

三 阿拉伯自传与西方自传在文化上的差异

18 世纪晚期以降，欧洲自传的大爆炸和日趋大众化通过殖民时代帝国的政治和文化极大地影响了 19 世纪末到 20 世纪现代阿拉伯自传的产生和发展。作为一个独立文类的现代阿拉伯自传，被认为是西方的"舶来品"。这一论断如果不经仔细考证和分析是不恰当的。1926—1927 年间，塔哈·侯赛因具有影响力的童年回忆录出版了，这一行为被解释为他到欧洲求学的结果。然而，他也是他那个年代最具有影响力的阿拉伯文学史家。他对博大精深的传统伊斯兰文化、中世纪黄金时期的阿拉伯文学知识了如指掌。他在自传中细述了孩提时期的经历，乍看似乎借用了现代欧洲自传传统，但当我们细究他受了欧洲哪本著作的影响时，发现这种观点难以成立。而当其被视作阿拉伯传统文化的一部分时，他的自传似乎可以成为长达数世纪的阿拉伯自传文本链中承上启下的一环。的确如此，当用这一方法来看塔哈·侯赛因的自传作品时，那种奇异的用第三人称叙事的方式，那经典化的阿拉伯传统文学表述文体及语言风格，甚至那教育式的口吻，似乎与阿拉伯传统更接近，丝毫找不到西方文化的元素。

由此，我们认为，不管是传统阿拉伯自传还是现代阿拉伯自传，与西方自传都有着鲜明的差异。这些差异除上面所述的两个民族历史发展进程等因素之外，从文化层面看，阿拉伯自传和西方自传在公共/私人、外部/内部二元对立上还表现出以下三个方面的本质差异：

1. 西方自传作者注重批判性的自我再现，而阿拉伯自传作者则着力描述其公众榜样的作用。现代西方传记和自传的现代性表现在其与传统传记的叙述方式有所不同，在理智与情感上叙述者与叙述主题的距离感更大，仿佛有一个时空上遥远的"非我"在与"当下之我"对话，即使叙述主题的主人公就是叙述者自身。但是，这种历史相对论或曰新历史主义观并未根本上影响到阿拉伯—伊斯兰社会。在这个社会里，写圣人的批判性传记被视为渎圣，而民族主义者也希望通过叙述榜样人物的生活、创造个人崇拜来实施教化。自我叙述的情况也是如此。因而现代阿拉伯传记较之于西方传记缺乏内省的成分，更接近于回忆录。

2. 西方自传作者重视个人的人生观、世界观，而阿拉伯自传作家强调其根深蒂固的集体身份。关于个人本质和意义这一特定文化观念在一定程度上也阻碍了阿拉伯传记和自传的发展。集体价值大于个人价值，这种思想减弱了对个人生活认真检视的需要，减少了把个人生活经历加以系统整理的尝试。传统阿拉伯自传以描述"外部性"为特征，强调集体归属感。而现代自传则注重探究人物内心，揭露人物心理状况与内心波澜，呈现外界及外部事件对于人物内心的投射。

3. 西方自传作者对私人事件态度坦白，而阿拉伯自传作者对此倾向于隐而不宣。阿拉伯—伊斯兰社会文化是这样一种文化：它反对揭露自身，不愿承认社会所不喜的行为，奉行"若犯错，则掩过"的社会伦理。在这种文化中，书写人物"内部性"是很困难的。我们经常看到这样的现象：阿拉伯作家要么否认作品是自传，要么在叙述中回避主观个人评述。评论界曾试图以阿拉伯—伊斯兰文化中缺乏历史相对论或缺乏个人主义来对此加以解释，但是造成阿拉伯—伊斯兰社会里优秀的自传作品较少的真正原因在于，在阿拉伯—伊斯兰文化中，人的内在世界与外部世界、公众生活领域与个人生活领域是完全割裂的。

综上所述，阿拉伯—伊斯兰文化造成了阿拉伯人不可能抛弃对榜样或模范的崇拜，无法从集体主义传统中自拔，不能放弃民族主义者所谓的"耻感文化"的尊崇。正如现代叙利亚流亡诗人阿多尼斯所说：

> 因为个人——作为个体或独立的人，能支配自己意志、思想和行动的人，能决定自我命运的人——的思想也是不存在的。"集体—民族"是最完美的政治和文化存在，也是这一存在的基础和标准。它是大树和母亲，个人只是其中的一瓣细芽。个人不应有见解，除非这种见解只是集体的延伸和重复。"对宗教发表意见者，即使正确也是错误"。这一教法判语证实了我的看法。根据这种思维，真理不是一种迸发，也不是思想和现实不断接触后的产物。它预先存在于宗教经典，存在于获得"公议"① 的经典诠释中。因此，人包含在集体和民族中，他只是衣服上的一道皱纹。②

上述这些差异在现当代阿拉伯文学中正在逐步缩小。如果我们检视一下20 世纪初出生或至少在"二战"前完成其教育过程的一些自传作家的作品，就会发现，在 20 世纪上半叶，虽然阿拉伯—穆斯林社会仍然存在将社会传统强加于个人的现象，但自传作者并未将自传写作仅局限于反映社会现实。作为个人生活的历史记述者，他当然从未超越事件记录的现实疆界，但是在再现人生经历的过程中，表现出公共角色向私人自我的转化，他总是倾向于

---

① 伊斯兰教法除依据《古兰经》和《圣训》外，在实践中还采用"类比"（Qiyās）和"公议"（Ijmā'）两大原则。——笔者注

② 阿多尼斯：《在意义天际的写作》，薛庆国、尤梅译，外语教学和研究出版社 2012 年版，第 3 页。

赋予生命以某种意义，同时也表现出作者本人在"公共"和"私人"之间周旋的艰难性。

四　"公共"向"私人"的转化

现当代阿拉伯自传作者也许的确会把自己描述成同代人或下一代人的楷模，但同时并未完全遵循传统模式。埃及社会主义新闻记者萨拉麦·穆萨 1947 年发表自传《萨拉麦·穆萨的教育》，在自传中，穆萨的说教味很浓。他说，每本自传如若是认真诚实地写就，都可以成为他人模仿的范本。但他显然认为他本人的人生故事要高于一般层次，因为他的动机不同：

> 在讲述我的人生故事，在为读者描述我人格成长、自我教育过程的同时，我着力突出了我在两方面所起的作用：一是摧毁由当代通往我们过去黑暗时代的桥梁；另一个是努力把充满光明进步、胆识魄力的明天的历史与由暴政、贫困、无知、懦弱造成的悲惨黑暗的昨天的历史相链接。①
>
> ……
>
> 我写这篇自传的主要动机，也许是我自知在很大程度上与我生存其中的这个社会是隔绝的。我与它的信仰、情感、前景的大趋势都不协调。因此，这个人生故事将是我直面身处的社会的态度，一种逆反抗议的姿态。我写作的目的是要对历史做出交代。②

自传作者也许仍然会感到对集体归属感的重要性，但却不会被传统的集体模式限制。

埃及学者、作家艾哈迈德·艾敏 1950 年发表自传《我的一生》，在自传

---

① 萨拉麦·穆萨：《萨拉麦·穆萨的教育》（*Tarbiyyat Salāma Mūsā*）（阿文版），开罗，1958 年版，第 2 页。

② 同上。

中，他将自己视作同时代人的典型例子，而不是一个边缘人物。艺术与文学的民主化使历史学家的兴趣由国王和统治者转向了普通人。在对这一过程进行反思之后，艾哈迈德·艾敏将自己归入后者行列：

> 是否要出版此书，我也曾经犹豫：对于我的人生，人们会感兴趣么？伟大的政治家、高层人士，他们出版回忆录或自传时，会披露不为人知的历史、隐匿多时的机密，从而展现真相、还原历史……而我，两者都不是，为何还要出书呢？对于这个问题，我只能在权宜各方情况之后回答如下：因为贵族时代已近永久终结，取而代之是民主的繁荣。民主的影响及其穿透力已经深入艺术和文学……今天，史学家不单写统治者，也写普通人；不仅写财富，也写贫穷；不仅写王权，也写农耕。那么，为什么我不可以写写我的人生故事呢？①

不过，艾哈迈德·艾敏的这种作传态度其实是过谦了。实际上艾哈迈德·艾敏与塔哈·侯赛因、萨拉麦·穆萨、阿巴斯·马哈茂德·阿卡德、艾哈迈德·鲁特非或陶菲格·哈基姆等同属改革派。而上述这些人在出版自传时都非常清楚他们个人在开创新社会中所作出的贡献：

> 也许我的人生故事可以反映我们这一代人的一个生活侧面，表现我们的一种生活方式；也许对今天的读者有些益处，对明天的历史研究人员有些帮助，因为我一直注重描述环境和我自身、那些影响我的环境因素，以及我在环境影响下的成长历程。②

自传作者也许最终仍然会对他的个人生活有所保留，但是并非是出于遵从"耻感文化"。巴勒斯坦女诗人法德娃·图甘 1985 年出版自传《山路崎岖》，出版前她曾有很长一段时间犹豫不决，最终才与家人达成一致意见。在该书的序言中她提到"耻辱感"使她的自传出版变得艰难，但这种"耻

---

① 艾哈迈德·艾敏：《我的一生》（阿文版），开罗，1989 年版，第5—7 页。
② 同上。

辱感"与其说是来自对声望贬损的内在恐惧，或来自外部社会对其施加不公正的心理负担，不如说是作者的过谦之词：

> 纵观我的整个文学写作生涯，每当面对有关我的个人生活，以及引导和影响我个人生活的因素等问题时，我都会畏缩。畏缩的原因我一直以为可能由于我从未对生活感到过满足或幸福。就像结果实少之又少的一棵树，我一直渴望更大的成就、更宽广的视野。①

"耻辱感"和"为己则隐"的传统文化造成了人为的困难，但是作者并没有因此而噤声。相反，这使她提高音量说出心声，她要找到有相同遭遇的同路人以便战胜"耻辱"和"自谦"：

> 那么我现在为何要写此书，把不尽如人意的个人生活中的种种隐秘幽深公之于众呢？诚实谦虚地说，我此生虽无甚建树，但人生中风暴不停、冲突不断。种子须得在土壤里劈出一条路来才得见到阳光。我的故事正是种子对抗坚硬多石土壤的故事，充满挣扎、剥夺和艰难，希望这个故事能给那些行走在艰难旅程上的人们带去一线光亮。②

　　20世纪上半叶的阿拉伯自传有一个共同的特点是对真实性、客观性的追求，这使得自传更多反映的是传主作为学者、作家或评论家等公众身份的一面，充斥着日记片段、文献、照片，更像是回忆录；而私生活的一面却以小说体自传的形式登上现代文坛。现代阿拉伯文学中小说体自传或自传体小说大行其道的个中因素在第八章中将叙述。这里只简单举两个例子给予说明，作家如何假以小说的"面具"游走于"公共"和"私人"之间。
　　写于1910—1950年间的埃及小说作品都带有很强的自传性质。最好的例子是埃及作家易卜拉欣·马齐尼和埃及诗人、评论家阿巴斯·马哈茂德·阿

---

① 法德娃·图甘：《山路崎岖》（*Rihlah Jabaliyyah*，*Rihlah Sa'bah*：*Sīra Dhatiyyah*）（阿文版），安曼，1985年版，第9页。
② 同上。

卡德的作品。易卜拉欣·马齐尼写了小说《作家易卜拉欣》，其实写的就是他自己。阿卡德在他 1938 年发表的唯一一部小说《萨拉》（*Sārah*）中描写了萨拉与霍玛姆之间的一段爱情。萨拉是解放了的新女性，变化无常。而霍玛姆则受到另一女孩杏德智慧的吸引，与萨拉恋爱的同时与杏德也保持着一种柏拉图式的精神恋爱关系。很普遍的说法（阿卡德本人也承认）是，小说主人公霍玛姆正是按作者阿卡德本人塑造的，而小说中的两个女人则分别以黎巴嫩女作家爱丽丝和梅·齐雅特为原型。

　　然而在阿卡德的自传中，作者对其恋爱情况只字未提，甚至把小说《萨拉》说成是完全出自想象的作品。尽管阿卡德的小说与自传之间的这一出入可以看作是将公众生活与私人生活相分离的有力证据，但笔者认为更主要的原因在于 20 世纪上半叶自传作家们对自传真实性、客观性的追求。在他们的观念中，私人情感、情绪、恋爱属于小说世界，并非因为它们涉及私人生活，而是因为它们具有主观性、虚幻性、短暂性、不可靠性，因此不能写进传记/自传文类中。在阿拉伯作家看来，私生活进入到自传里的前提是，这种私人生活必须是作者生活经历的客观的、并有据可查的组成部分。20 世纪前半叶阿拉伯自传往往都是知识分子描写自我如何奋斗成长的经历：他首次接触到现代西方文学，与他所接受的阿拉伯传统文学相斗争，继而克服种种困难，最后超越民族和地域疆界，取得成功。自传不仅要实现与作者个人历史的统一，而且也要与新的、独创性的民族历史相一致。创建或形成新国家的个人责任感使自传作家将其客观使命置于其个人私生活之上。因此，他们十分注重自传与历史的统一性。阿拉伯自传作家在自传作品中对真实性、客观性的追求正是将其与西方自传区别开来的主要特征。

　　尽管殖民时代西方帝国的政治和文化极大地影响了阿拉伯自传这一文类，使之发生了快速和复杂的转型，但是前现代阿拉伯传统文学的成规之回声仍然在 20 世纪头几十年的一些自传文本里显现。像宾特·夏蒂伊、穆罕默德·卡拉哈·阿里（Muhammad Qarah Alī，1913—1987）等，他们如同前现代阿拉伯自传作家们一样，将大量诗歌嵌入到他们的自传里。黎巴嫩政治家、文学评论家阿米尔·沙基布·艾斯拉尼（al‐Amīr Shakīb Aslān，1869—1946）在他的自传前言中列出了前辈们长长的名单，包括苏尤提、伊本·西那、伊本·赫勒顿和利桑丁·本·赫蒂布等，那些自传作家们本人也是那么做的。艾尼斯·法里哈在自传中对儿子里达的叙述与阿卜杜·拉提夫·巴格达迪、伊本·乔兹、阿布·哈彦·安达卢西、巴哈拉尼、萨里玛公主等在他们作品中给家族后代的讲述很相似。从塔哈开始的 20 世纪 30 年代起，一些自传作家们续用了用第三人称叙述的方式。穆斯林宗教学者，如谢赫·阿卜杜·哈米德·马哈茂德（Shaykh al－Hamīd Mahmūd）、穆罕默德·穆泰瓦里·沙阿拉维（Muhammad Mutwallī Sha'rāwī）、阿卜杜·哈里姆·基什克（Abdu al－Halīm Kishk）写的自传作品与传统阿拉伯自传成规如此靠近以至于当代瑞典学者泰兹·卢克用"塔尔杰马的回光反照"来描述它们。[①]现代阿拉伯学者和作家们甚至写了自我编写传记词条编入传记辞典里，就像 13 世纪阿迪姆等学者为雅古特所做的那样。甚至有一个自传作家分别用传统和现代的两种方式写了自传，此人就是叙利亚学者穆罕默德·库尔德·阿里。20 世纪 20 年代，他先用传统的写法对自己的一生做了简短描述，作为他的自传作品《沙姆志》最后一部分。二十年后，穆罕默德·库尔德·阿里又将他的自传扩展为四卷本的巨作，以大量的线性方式叙事法和现代文学风格重写自传。

简而言之，尽管 20 世纪的阿拉伯自传展示了许多在前现代阿拉伯文本中没有的形式上的特点，但文学传统的内在继承性和学术精神仍显而易见，印证着阿拉伯传统中"解释自我"的文学写作实践具有强大和深远的影响力，也显示出作者由"公共性"自我向"私人性"自我的转化。

第三节　现代阿拉伯自传中的"自我"与开篇模式

按照法国传记文学理论家菲利普·勒热讷的"自传契约"理论[②]，自传作者必须与读者立约，标题页上标明这个人的真实姓名，作品是此人对自己

---

① Tetz Rooke, *In My Childhood: A Study of Arabic Autobiography*, Stockholm: Stockholm University, 1997, pp. 92—97.

② Philippe Lejeune, *Le pacte autobiographique*。国内学者杨国政教授已将勒热讷的《自传契约》一书译成中文，由生活·读书·新知三联书店于 2001 年 10 月出版。

一生人格发展的回顾。自传体文本的叙述主体和客体在一定意义上说是相同的。在有选择地重塑自我的过程中，作者同时也对读者做出了界定。尽管所有自传作品不可避免地包含着真实和虚构两个要素，但是自传文学的读者所期待看到的作品，是不同于小说那种纯虚构的故事。与小说相比，自传读者对自传内容真实性的期待要更直接、更具体，对作者约束力要更大。真正的自传主要以提高作者与读者之间的沟通强度为主。因此"自传契约"对自传隐含读者的界定作用要大于小说对其读者的界定。可以不夸张地说，在完成自传文本的过程中，自传读者的地位与其作者的地位是相似的。换言之，自传之阅读与自传之写作一样，受到相同的约束。这也就是从读者论的角度出发，来衡量一部自传的优劣。

鉴于此，自传如何开篇给作家们提出了严峻的挑战，它要像小说那样引人入胜，使读者有接着往下看的兴趣，又要完成以下功能：有关"自我"的叙述要合乎某种社会文化总体的伦理性；要合乎传记的真实性原则；引出要讲的话题，同时又不能一下子袒露得太多。从这个角度来看，自传开篇的重要性在于它可以看成是作者对隐含读者的期待做出的第一步，换言之，也是作者对读者阅读期待加以界定采取的第一个步骤。

为此，笔者试图对现代阿拉伯自传的开篇模式做一梳理，以此勾勒出现代阿拉伯传记作家作传的意图和开篇策略，从而，从某个角度反映出现代阿拉伯自传的文化特征。

可以说，脱离了西方文化语境的忏悔录成为一种独立的文学门类后，随着现代化被带入非西方国家和地区，由此，阿拉伯现代文化中自传文学也开始发展起来。在众多的自传作品中，我们大体可以将现代阿拉伯自传开篇模式分为三种类型：

第一种开篇模式与其说是自传的开篇不如说是自传正文前的一个引言。有的学者称其为类文本或亚文本。在现代阿拉伯文学中，惊人数量的自传都有类似的"引言"（或曰"绪论"、"导言"），但鲜有对其确切功能进行研究的。一个有趣的文学现象是，1890 年至 1923 年这段时间里的德国自传文学作品，几乎无例外地都有这样一个类文本开场白（paratextual incipit）。德国的这种情况，一种解释认为，当时自传这种文体还不具有普遍认可的文学价值，因此需要对此加以解释说明。这一解释也很适用于现代阿拉伯自传文学。泽克里亚·易卜拉欣（Zakariyya Ibrāhīm）和阿里·艾德哈姆（Alī Adham）认为，阿拉伯自传中大量存在"前言"（muqaddimah）这一现象，说明作者无法把握读者对该文本的反应。[①]"前言"是作者对于还不十分熟悉该文本的读者所做的一个姿态。在有些作品中，这种前言还不止一个，如杰卜拉·易卜拉欣·杰卜拉的自传《第一口井》中就有两个前言。

这种开篇的作用在于解说自传写作的目的和意义。它可以公开引导读者如何阅读文本，对标题加以解释，或对作者不认可的某些理解加以更正。它通常直接指向读者，同时通过向（隐含）读者介绍叙述者和被叙述者间的复杂关系，建立起叙述者的双重身份。有些时候，作者会特意否认作品为自传。这显然说明，如无此"非自传"的特别提示，文本是会被当作自传阅读的，读者会对其中的人物与作者及其有关人物对号入座。希望或避免文本被作为自传来阅读有很多方法，其中最简单的是在主标题后加上副标题——自传或小说。

第二种开篇形式上是自传文本的第一句、第一段或第一节，内容为作者童年或青年时代的一个事件的记述。这个部分可以列出几个标准性的自传要素：时间、空间、人物背景等。在自述中，作者会仔细选择这个开篇事件的基调，以体现他要向读者传达的整体自我形象。这种开篇从心理学角度考虑可以理解为：在心理治疗中，催眠后的第一个梦境、自我分析的第一句话、病人头脑中出现的第一个形象，通常被认为是整个治疗过程的线索。因此，自传的第一句、第一段或第一节也可能同时起到微缩全篇的一个作用。

第三种开篇是作者记忆中的钩沉者——第一意识当中似有似无的事件。它与第二种开篇模式有时（但非总是）是重合的。作者常常向读者传递这样一个印象：要追忆最早的人生记忆是多么困难。作者会强调，对成年自我来说，孩童时期缥缈记忆中的那些味道、声响、影像是多么难以捕捉和记述。但是作者还是要把它们挖掘出来，因为它们意义巨大，它们描画出后来

---

① زكريا ابراهيم، مشكلة الإنسان، القاهرة، ١٩٧٢، ص٢٦.

على أدهم، لماذا يشقى الإنسان، القاهرة، ١٩٦٦، ص٢٥٩.

成为作者的那个人的生命之初的样子。记忆对象变得不如记忆活动本身来得重要，记忆活动本身成为自传叙述进程的对象。

下面逐一论述这三种模式并辅以例证。

一 第一种开篇模式：以类文本前言开篇

作者常直接以读者为讲述对象，并与之建立一种私密关系。这类前言的作者会与读者一起站在一段距离之外审视作品。这是界定读者的一种最直接的方式。作者会对写作内容的选取加以解释，点明认为自身经历重要到需要付梓的理由。作者通常会对写作或收集自传素材时自己的年龄加以说明，此举常伴有对流年的缅怀之情或对时间的哲学思考。这个部分总是与主体文本截然分开，并冠以"导言"、"绪论"、"序"、"前言"（*tawti'a*，*muqaddimah*，*taqdīm*，*kalimah*，*fi al-mustahall*）之类的标题。不过，这个部分也可能会以脚注或后记的形式出现。无论哪种，它与正文主体通常是清楚分开的。我们将此部分称之为类文本或副文本（paratext）。

一个最好的例子是米哈伊勒·努埃麦的《七十述怀》的前言。该书1960年初版时名为《生命的故事》（*Hikāyah al-'Umr/ Life of a Story*），1983年3卷本于贝鲁特再版时改为《七十述怀》。在前言中，作者写道：

> 七十年……
>
> 信手拈来。从一数到七十，易如反掌。即便算出七十年里有多少个月、多少星期、多少天、多少小时、分秒，也轻而易举。但是，你无力使它按时空顺序，一一再现；无力将每一瞬间带来的启示、幻想、激情、自发或自为的行动、心中的邪念欲望、光天化日或冥冥之中的梦幻泡影，隐瞒部分，而又有意或无意披露另一部分的欢愉和痛楚，逐层分离出来……依此类推，如何计算双脚迈出的步伐和两手摸过的躯体、鼻子嗅过的气息、舌苔尝过的滋味以及吃进肚里的饮料和食物后排出体外的废料？
>
> 亲爱的读者！凡此种种和除此之外的千千万万，都是构成你我一生的基本粒子。粒子的大部分已深深沉落，记忆无法触及了。但无法触及

不等于湮灭，它们的详情细节永远存在于悠古不朽的宇宙间……①

继而，努埃麦引述了一些读者来信赞美其作品的片段，强调他的作品给公众留下的深刻印象。他说，这些信有数百封之多，来自世界各地的阿语读者。这一做法，可以看作是作者间接承认担忧一些读者不接受该自传。

萨拉麦·穆萨在他的《萨拉麦·穆萨的教育》一书的开篇中写过一篇导论性长文，论及一般性自传的类型，特别强调了他在埃及历史上的地位：

> 在讲述我的人生故事，在为读者描述我人格成长、自我教育过程的同时，我着力突出了我在两方面所起的作用：一是摧毁由当代通往我们过去黑暗时代的桥梁；另一个是努力把充满光明进步、胆识魄力的明天的历史与由暴政、贫困、无知、懦弱造成的悲惨黑暗的昨天的历史相链接。②

又说：

> 我写这篇自传的主要动机，也许是我自知在很大程度上与我生存其中的这个社会是隔绝的。我与它的信仰、情感、前景的大趋势都不协调。因此，这个人生故事将是我直面身处的社会的态度，一种逆反抗议的姿态。我写作的目的是要对历史做出交代。③

萨拉麦·穆萨回答了隐含读者的潜在提问：你到底为什么要写自传？再者，开篇也对读者做出了界定，即对社会存异议者、社会弃儿感兴趣的那些人，并且交代了这个作品是以教育为中心问题的。萨拉麦·穆萨也提到了他作为摹本的作品，即《亨利·亚当斯的教育》（*The Education of Henry Adams*）：

---

① ［黎巴嫩］米哈伊勒·努埃麦：《七十述怀》，王复、陆孝修译，甘肃人民出版社 1993 年版，序，第 7 页。

② 萨拉麦·穆萨：《萨拉麦·穆萨的教育》（阿文版），开罗，1958 年版，第 2 页。

③ 同上。

自始至终，我的人生故事就是我的教育故事。因此，我借用了亨利·亚当斯的标题，并认为这个中的重要意义也必将惠及读者。①

陶菲格·哈基姆的《生命的牢狱》是这样开始的：

这些记录并非仅仅写下了生命的历程，它们更试图对生命做出解说和阐释。我掀开我人生机器的箱盖——检视那一般称之为"本性"或"性格"的"马达"。这"马达"决定我的能力，控制我的命运。它由何物构成？有哪些组件和部件？让我们从一切的最初，从我呱呱堕地开始吧！

我们无法选择自己的父母，也就无从选择塑造我们所用的组件。所以检视这些组件就必须一丝不苟、老老实实。我们国家的传统一贯将父母和先辈置入一成不变的固定模式里，其形象如此完美、虔敬、富有德行，以至任何对他们进行人格分析的企图都是如此的没有必要，就让我们稍稍越过这个"雷池"一步。我们需要拿出一点点勇气和诚意，来弄清束缚着我们本性的某些方面。②

在这里，我们看到对作家写自传构成困难的另一个因素是，作者不仅要展露自己的内心世界，还必须将父母、家人，包括他们的缺点和问题，如实描述。陶菲格·哈基姆辩称，这是自传必不可少的一个部分。在他的自传里，陶菲格·哈基姆在类文本性质的后记中这样收尾：

这已成为人生的一部分，我没有打算把它写成对生之过程的记述，所以也就没有按照传记写作的一般方法那样，按事情发生的先后顺序。在多数情况下，把时间和事件交相混合，以便直达要表达的问题的核心，即揭示出形成我本性有关的东西。我的全部人生都是在这个本性枷

---

① 萨拉麦·穆萨：《萨拉麦·穆萨的教育》（阿文版），开罗，1958 年版，第 4 页。
② Tawfiq al - Hakīm, *The Prison of Life: An Autobiographical Essay*. Translated by Pierre Cachia, Cairo, 1992, p. 3.

楷之下。①

尼扎尔·格巴尼（Nizar Qabbānī，1923—1998）在其自传《我和诗歌的故事：我的自传》（Qissatī m'a ash-Sh'r：sīra dhatiyyah，1979）的开头就断定他比其他任何人都更有资格写这个传记。尼扎尔·格巴尼希望读者明白，因为他声名远扬，所以担心别人会给他写传记；但只有他自己，才能确保传记的真实性：

> 我希望在别人还没动手之前自己来写我与诗歌的故事。我要亲手给自己画幅肖像，因为没有人可以比我画得更好；我要在评论家们按照他们的模式将我切割、分解、重组之前，自己掀开面纱。②

和这种得意洋洋的开头相比，法德娃·图甘《山路崎岖》的开篇就羞涩多了：

> 纵观我的整个文学写作生涯，每当直面有关我的个人生活，以及引导和影响我个人生活的因素等问题时，我都会畏缩。畏缩的原因我一直以为可能由于我从未对生活感到过满足或幸福。它像结果实少之又少的一棵树，我一直渴望更大的成就、更宽广的视野。那么我现在为何要写此书，把不尽人意的生活中的种种隐秘幽深公之于众呢？③

法德娃·图甘隐喻性地回答了自己这个问题，她写道：

> 我的故事是种子对抗坚硬多石土壤的故事，是带着焦渴与岩石抗争的故事，希望这个故事能给那些行走在艰难旅程上的人们带去一线

---

① Tawfīq al-Hakīm, *The Prison of Life*: *An Autobiographical Essay*. Translated by Pierre Cachia, Cairo, 1992, p. 208.

② نزار قباني، قصتي مع الشعر——سيرة ذاتية، بيروت، ١٩٧٩، ص٩.

③ فدوى طوقان، رحلة جبلية رحلة صعبة: سيرة ذاتية، دار الشروق للنشر والتوزيع، ٢٠٠٩، ص٩.

光亮。①

几行之后，法德娃·图甘加了一段深刻的评论：

> 我还没有完全打开我生命的宝箱。我们没有必要把个人隐私都挖掘曝光。我们更愿意把一些很珍贵的事情埋藏到内心深处的某个角落，不被外人窥见；灵魂某些侧面还必须用面纱来遮挡，才能保护它不被庸俗化。②

这段评论向读者分享了一个公开的秘密：这位作者从不曾打算向读者倾其心中所有。对法德娃·图甘来说，这种保留似乎与她走出传统女性空间所经历的困难有关。透过这段陈述，读者可以了解到任何自传都是有选择性的。萨拉麦·穆萨也是如此：

> 就作者不会将所有实情全部披露而言，自传作品是不完美的。如果事件当事人还在世，而对事件内情的披露会对当事人造成影响和痛苦，这种信息就不应披露。有些人，当我此时此刻想到他们，仍会因为他们对我所做的极度恶行而深深叹息，但我不会把他们写出来，因为他们尚在人世。③

萨拉麦·穆萨的前言反映了阿拉伯自传写作的伦理原则。法德娃·图甘的自传显然是以女性读者为讲述对象，很多女性自传也是如此。这个序言中自我指涉的"我们"包括女性读者，但并未由此而必然将男性读者排除在外。这一点，在安巴拉·萨拉姆·哈利迪在《黎巴嫩与巴勒斯坦之间的记忆之旅》中要更为明显。她在开篇中这样写道：

---

① فدوى طوقان، رحلة جبلية رحلة صعبة: سيرة ذاتية، دار الشروق للنشر والتوزيع، ٢٠٠٩، ص٩.
② 同上书，第12页。
③ سلامة موسى، تربية سلامة موسى، القاهرة، ١٩٤٧، ص٤.

我们习惯于在面纱的暗影里，通过它的孔洞窥视世界，对生命的路标投以匆匆一瞥。透过面纱，我们接受到知识的几缕闪光。我们热切地希望抓住那照进牢狱般的闺墙、照进这垂闭幕帘的一线光亮。在那遥远的他方，闺墙被行动力和生命力带来的搏击声穿透。我们很难想象这些行动的面貌是怎样的，它有何意义。闺墙内，我们被动、麻木、一成不变地被生命推着奔跑，却又总在原地踏步。在第二性别者——祖母、女儿、侄女们所组成的圈子里，她们一起却又相互隔绝地朝着一个她们没有发言权的未来前行。对世代承袭、不容更改的传统，她们毫无怨言地忍受，完全臣服于那高级、神圣的永恒意志。第二性别者，遵守她们无法拒绝甚至无权评说的律法。①

但是以男性为隐含读者的传统势力如此强大，以至上文中一开始特指戴面纱者的"我们"，到了后面竟然完全变成了男性读者：

　　我邀请你们，亲爱的读者（男性读者 qāri'i al‑karīm），陪我一起穿越我同辈女性所走过的这段布满荆棘的征途。②

又说：

　　在我这段回忆旅程出发之前，我想说，我想写的不是日记，不是我的家族史，也不是所谓的"传记"作家们所写的个人生活史。我要写的，是我经历的时代中里程碑性的事件。③

激发读者兴趣，同时申明作者所言忠实可信的另一种方法，是像 1992 年版的塔哈·侯赛因的《日子》所做的那样，在正文前加了"作者序"（kalimat al‑mu'allif）。这个前言最初写于 1954 年 12 月，是为法语盲文版

---

① عنبرة سلام الخالدي، جولة الذكريات بين لبنان وفلسطين، بيروت، ١٩٧٨، ص٩.

② 同上书，第 10 页。

③ 同上书，第 11 页。

译文写的，后收入单卷本《日子》。他这样写道：

　　我有空的时候口述了这段往事，没有想过要印成书供人阅读，甚至没有想过讲完之后还会有人来读这样作品。说实话，我之所以要讲，本是希望将自己从时不时袭来的悲痛忧思中解脱出来。

　　读完这段往事的盲文读者，将从中看到他们中的一个伙伴年轻时生活的鳞爪。在他对视障的痛苦有所了解后，越发意识到盲人兄弟的困难……我希望，盲人朋友通过阅读这本书，可以在生活的艰辛中得到些许慰藉。①

还有一种开篇模式较为传统，也许可以称之为"失传手稿的序言"。路易斯·易瓦德的《一名海外留学生回忆录》中的序便是个很好的例子：

　　1965 年 5 月初，我意外收到一本蓝色封皮的小册子，中等开本，全书不超过 25 页。小册子是从亚历山大邮来的，跟《金字塔报》一起放在我桌上。一翻之下，不禁目瞪口呆。小册子是我 1942 年写的《一名海外留学生回忆录》的部分内容，之后这部分书稿就失踪了 20 年之久一直没有找到。一小时后，《金字塔报》办公室隔壁的扈利先生来找我，说他也收到邮寄来同样的这本书。几小时后，接到十几个著名作家打来的电话，有陶菲格·哈基姆、侯赛因·法齐等，都说收到了书，问我是怎么一回事。②

通过问候隐含读者从而创建读者群的一个典型例子是穆罕默德·舒克里的"作者的话"（Kalimah）。这个前言是在伦敦阿语版《裸面包：1935—1956 年小说体自传》出版时增加的。舒克里写道：

---

　　①　塔哈·侯赛因：《日子》（合本·阿文版），金字塔翻译出版中心 1992 年版，见"作者序"，第10 页。

　　②　لويس عوض، مذكرات طالب بعثة، القاهرة،١٩٦٥ ص.٧.

　　　　早上好，夜游者！

　　　　早上好，日逛者！

　　　　早上好，丹吉尔，你这个栽入水银般流动时间里的城市！

　　　　我回来了！像个梦游者，穿过小巷和回忆，穿过连接我昨天和今天的生命轨迹，去探寻词语、幻想和述说也难以愈合的伤疤。①

　　还有一类类文本前言开篇的自传非常独特。作者用半自嘲的手法声称他无意将其忏悔录公之于众。这样做的作用反而强化了作者——读者这一关系的私密性。陶菲格·哈基姆在《乡村检察官的手记》的前言中就这样写道：

　　　　我为何以日记记录生活？是活得懒散？当然不是！活得懒散的人就不写日记了，就这么过好了。我和犯罪活在一起，犯罪与我紧密相连。犯罪就像是我朝夕相见的朋友或妻子。我不能跟她单独谈话。但是在这，在日记里，我可以谈她，谈我自己，谈任何人。噢，日记啊！这一页一页，永远不会发表。你们只是一扇开着的窗，好让我的自由可以在压抑难耐时出逃！②

　　有的作者根本否认所述文本为自传。如易卜拉欣·马齐尼在其《我的生命故事》的开头这样写道：

　　　　这不是我本人的人生故事，尽管其中很多事件的确发生在我的生活当中，称其为生命的故事更为恰当。③

　　爱德华·赫拉特（Edwar al - Kharrāt，1926—）在其《藏红花的土地：亚历山大文集》（Turābuhā Za'farān: Nusūs Iskandarāniyyah，1986，英文名为：City of Saffron，1992）中，这样声称：

　　①　محمد شكري، الخبز الحافي، الطبعة السادسة، دار الساقي، ٢٠٠٠، ص٧.

　　②　توفيق الحكيم، يوميات نائب في الأرياف، القاهرة، ١٩٣٧، ص٥.

　　③　نقلا عن عبد العزيز شرف، أدب السيرة الذاتية، القاهرة، ١٩٩٢، ص٧٨.

这些文本不是自传，甚至连"近似自传"都算不上。其中想象的驰骋，艺术手法的运用，都已远远超过自传所能允许的范围。其间更有假想、幻象、梦境、似是而非的记忆。这些记述是生成的过程，不是传记，当然更不是自传。①

很明显，在这类文本前言中，作者十分清楚哪些内容可以写进自传，哪些内容不该写。这种情况下不能说作者违反了"自传契约"，而是他认定这个特定作品不应该受到某个规约的限制。如果没有上述作者"此非自传"的告诫，读者实际上会把作品视作自传的。很多时候，这种"非自传"的声明起到了保护作者的作用。童年时期的自传描述尽管无须保护，但青少年时期的往往需要。比如，初次性经历，走入婚姻殿堂的一段热恋，以及婚姻前的恋情等。塔哈·侯赛因接受萨米·哈亚提采访时谈及自己的婚姻时说："很快，爱来到我的心间。我想你不会要我描述这爱在我心底激起了怎样的情感！"② 很多作者喜欢把这种事写进小说体自传里。对读者来说，小说体自传所受的约束不像真正的自传那么严格。

有些自传有双前言，如杰卜拉·易卜拉欣·杰卜拉的自传《第一口井》以两段独立的、自成体系的篇章作为他自传的开头。第一段叫《写在前面》（fi al – mustahall），是这样写的：

起初我想写一篇完整的自传，尤其是在向我的同代作家们几次倡议写他们的回忆录以后。我希望他们写下他们的人生经历：那些变化、发展和冲突，它们赋予传主的生命、我们每个人的生命，乃至我们整个时代的命运一些滋味和某种意义。

但我知道如若进行详述，就应该回顾那些有生以来堆积如山的文献材料，尤其是来往的信件，这些信件有数千封之多，有阿拉伯文的，也有英文的，来自五湖四海。我深感任务艰巨，我手头只保存了一部分信件，遑论去整理没在手边的大部分信件！我意识到，假使没有这些信

---

① ‫إدوار الخراط ترابها زعقران: نصوص إسكندرانية، القاهرة، ١٩٨٥، ص٥.‬

② ‫كمال ثابت قلتة، طه حسين و آثار الثقافة الفرنسية في أدبه ، مطبعة شركة التمدن الصناعية، القاهرة، ١٩٧١، ص٢٥.‬

件，就不得不依靠那支离破碎、混沌杂乱的记忆去言说自我了。

　　所以我打算只写我生命的初始阶段，从我记忆所及的最早的孩提开始，一直到我完成英国的学业回到耶路撒冷，当时的我二十四岁出头，内心充满各种思想，被各种相互矛盾的想法撕扯着。[①]

　　之后，杰卜拉又写了另一段文字，放在《写在前面》之后，也是一个序言，题为《这第一口井》（*Hādhihi al-Bi'r al-Ūlā*）。这一开篇直接将读者带入事件的叙述中：

　　　　每当我们乔迁新居时，我们第一个要询问的事情就是关于井，院子里有井吗？井深吗？好用吗？水质好吗？还是早已干涸多年？[②]

作者思索"井"之于他一生的意义，这样告诉读者：

　　　　生命之井乃原初之井，没有了它就没有生命。生命之井存储经验，正如生活之井里储蓄水源，渴时可以取用。生命是一连串井的组成，每个阶段我们都要新挖一口井，让天堂积聚的雨水流进去，让经验的浪花涌进来。每当口渴难耐或干旱袭来，我们回到这口井畔。第一口井，是童年之井。[③]

　　这里作者解释了"井"与生命的象征关系，为读者解码自传标题《第一口井》的含义。

　　双前言的另一种形式是作者自传前言后又加入另一作者所写的一篇序言。女性作者经常采用这一形式以使作品获得男性权威的引导和支持。如巴勒斯坦诗人赛米哈·卡西姆（Samīh al-Qāsim）为法德娃·图甘的自传《山路崎岖》写了前言；凯玛勒·塞利比（Kamāl Salībī）为安巴拉·萨拉姆·哈利迪的

---

①　جبرا ابراهيم جبرا، البئر الأولى، دار الآداب، بيروت، ٢٠٠٩، ص٧-٨.
②　同上书，第13页。
③　同上书，第15页。

《黎巴嫩与巴勒斯坦之间的记忆之旅》写了前言。这位黎巴嫩史学家这样告诫读者：这些故事并非是作者的个人回忆录，而是"关于文化历史的一段优美记述"。

由此，我们发现双前言的目的有两种：一种是为了阐释模糊的自传标题的象征意义；二是为了获得男性权威作家的支持。

二　第二种开篇模式：以提及某个时期或某事件开篇

传统自传常用的正文开篇要交代时间、地点以及与自传第一人称叙述者有关的周围的人物。为此，自传会提及历史日期、地点名称、人物姓名等，信息有时会非常详细。乔治·泽丹的自传是这样开篇的：

> 当我还是孩子的时候，父亲给我讲述了我们家族的历史：我们祖父的名字叫泽丹·玛塔尔，或泽丹·优素福·玛塔尔。他是胡布斯勋爵的导师，而胡布斯勋爵又是埃米尔·穆斯塔法·阿斯兰的母亲。

这个开篇所包含的内容远超其字面含义。作者在这里专门提及祖父是想告诉读者其家族与上层社会的关系。

还有其他的开篇，首句写心理感受，把史实细节推后处理。比如，法德娃·图甘自传的首段是这样写的：

> 我由母体的黑暗中生出，来到一个还没有准备接受我的世界。母亲在怀孕的最初几个月里曾试图把我打掉，几次努力却没有成功。①

这是典型的阿拉伯女性自传开篇。传统阿拉伯社会文化将生女儿这件事视为家里的灾难。从某种意义上说，法德娃·图甘一生的故事都包含在这开头的第一句话里了。

---

① ﻓﺪﻭﻯ ﻃﻮﻗﺎﻥ، ﺭﺣﻠﺔ ﺟﺒﻠﻴﺔ ﺭﺣﻠﺔ ﺻﻌﺒﺔ: ﺳﻴﺮﺓ ﺫﺍﺗﻴﺔ، ﺩﺍﺭ ﺍﻟﺸﺮﻭﻕ ﻟﻠﻨﺸﺮ ﻭﺍﻟﺘﻮﺯﻳﻊ، ٢٠٠٩، ﺹ١٢.

很多自传的开篇也就是灾难的开始，经常是作者儿时目睹生命早逝的经历。例如，叙利亚作家哈纳·米纳的小说体自传《陈年光影》的英文版《记忆的碎片：一个叙利亚家族的故事》（*Fragments of Memory：a Story of a Syrian Family*，Transl. Olive Kenny and Lome Kenny，1993）一开头写道："他们用担架把病重的父亲抬出去，母亲哭哭啼啼跟着。"而摩洛哥作家穆罕默德·舒克里在其不同凡响的小说体自传《裸面包》中这样开篇：

> 邻居的男孩子们把我围在中间，我开始嚎啕大哭。我舅舅死了。他们有的也在哭。我知道，这次的哭和平日里挨打或丢了什么东西而哭是不一样的。后来，我看到好多大人都在哭。当时里夫乡下①闹饥荒，久旱无雨，战事频仍。②

由此，穆罕默德·舒克里引出幼年记忆中最难忘的事件：摩洛哥里夫山区反饥饿、反压迫、为生存而进行的激烈斗争，然后是在丹吉尔贫民窟为叔叔灾祸性死亡而痛哭流泪。作者让读者迅速进入他儿时的心理状态，之后才具体交代事件的地点和时间。这种时间交代没有依据正常的线性年代顺序，而转向里夫居民出走、摩洛哥乡村贫困悲惨的特殊年代。作者对这些历史事件铭心刻骨。对此，作家萨拉哈·纳梯吉（Salāh Natīj）为此做了恰当的评论，他说，这个自传开篇确立了一个世界，描画了一个特殊场景，预兆了一种命运。③

拉蒂芙·齐雅特的《调查运动》是一部个人笔记集。各章以年代时间为标题，其中第一部分（第4—109页）标题为"1973"，内容从1973年3月开始，涉及1967年、1963年、1950年、1962年，最后又回到1973年；第二部分（第111—175页）标题"1981"，副标题为"从1981年在格那梯尔（al‑Qanatir）女子监狱坐牢写起"。全书开头也是描写一场死亡：

---

① 指的是摩洛哥东北部里夫山区周围及沙漠中的11个部族。——笔者注

② محمد شكري، الخبز الحافي، الطبعة السادسة، دار الساقي، ٢٠٠٠، ص٩.

③ Salāh Natīj, *Le pain nu de Mohamed Choukri：Une lecture plurielle*, in IBLA, 56, 1992, p. 70.

1973 年 3 月。邻室里我兄弟阿卜杜·法塔赫正在他生命的最后时刻。这一点他自己是浑然不知的，家里也只有我一个人明白。医生说他还可以活三到六个月。持续性的护理、逼出来的笑脸和笑话、做过手脚的处方单……这一切都使他无法知道自己病情的严重和将死的实情。我在他隔壁屋里写，暂时把死亡推在一边，就像一部看似无法写完的自传。5 月，我兄弟溘然长逝。我的自传写作也随之停笔。以下即是我写于那段时间里的自传。①

三　第三种开篇模式：以依稀的回忆开篇

自传的第三种开篇是，作者本人以似是而非的原初记忆开篇。作者试图回忆起他记忆中保存的第一个人、第一件物、第一种颜色、声响、味道或者感受。其理论依据是，幼年记忆中留存的第一个印象，必然对作者儿童时期乃至后来的人格形成具有重要意义。这种重构"自我"的首次尝试，其困难之处在于作者必须找到一种文学方法，使读者哪怕只是片刻，沉浸在作者的记忆中，进入那种朦胧混沌、捉摸不定、语言无法述及的状态。作者在这种开篇中，往往表述以下几种情况：可能是时间或生死的部分映像；可能是孩童视角感受到的冲击；可能向读者分享某种感想，表达要给某种难以名状的事物冠名是多么困难却又多么重要，等等。作者越是成功地向读者描述困难，读者越会相信作者在写作中必定极尽所能做到真实。这种似梦似幻的、非线性的、断断续续的记忆，带有非常清晰的成年人感官印象，却又无法准确知道事件发生的时间。这一特点尤其表现在童年岁月。而且，自法国作家马塞尔·普鲁斯特（Marcel Proust）的《追忆逝水年华》发表以来，现代自传写作策略已把追忆过程本身作为写作焦点。

作者惯常在自传首页，将记忆的第一个曙光加以描述。经常强调要将记忆追溯到这样的早期是非常困难的，如努埃麦在《七十述怀》的开篇中

---

① لطيفة زيات، حملة التفتيش: أوراق شخصية، القاهرة، ١٩٩٢، ص٦.

所云：

> 任何人都难以准确无误的确定记忆中的事物，特别是对童年的初次回忆和当时的年龄。下面，我将不按时间顺序，告诉读者，我童年时代的某些记忆。①

之后，作者讲述了这"第一个记忆"："我尚能忆起母亲把我扛在肩头去教堂的情景……"②

这样便将读者带入到《七十述怀》第一章主体部分的第一个场景：在天之父与旅美之父。叙述者的母亲一边教他祷告"我们在天之父"，一边教他为移居美国的"缺席"的父亲祈祷。（《七十述怀》，正文，第3页）对于一直生活在宗教信仰之中的作者来说，这样的自传开篇十分合适。

这种对"初始记忆"的追寻，在很多阿拉伯自传和回忆录中都能看到，如沙特阿拉伯著名记者、电视主持人艾哈迈德·舒盖伊尔在《四十年的国内国外生活》中这样开篇：

> 我不知道何时开始有意识，何时开始记事儿……当我努力向记忆深处探寻昔日的宝藏时，我把自己看成是个小孩儿；我已经不记得那时是几岁了。我住在图勒凯尔姆南区的一所小房子里，周围环境更像是农村而不是城市。邻居家里常看到骆驼、奶牛、山羊进进出出……我们家常住的人只有我母亲和另一个男人——我不知道他是谁，但肯定不是我父亲，可又不清楚他和我们有什么关系。所能知道的就是他不分白天晚上经常出门，出门总扛着梯子。记得有一天在院子里地上搁着一只长长的木箱，耳边响着一片说话声和哭声，现在所能记得的就是"走了，走了"。后来我才弄明白：那个男人是我叔叔，母亲与父亲离婚后嫁给了他……院子里摆着的木箱是把他带到永恒居住地的棺材。他死时和母亲结婚才一年。"走了，走了"意味着要我明白死亡的景象是

---

① 米哈伊勒·努埃麦：《七十述怀》，王复、陆孝修译，甘肃人民出版社1993年版，序，第10页。
② 同上。

怎么一回事。①

还有萨拉麦·穆萨，他在自传中写道："我对童年的最早记忆是生了病，母亲坐在床边为我祈祷的情景。"②

陶菲格·哈基姆在其《生命的牢狱》第四章开头之处写道：

> 这一切都在我很小很小时发生的。那个年龄，记忆无法穿透包裹在浓雾之中的事情。每当我们试图追忆童年，都会感到这份记忆在一堵大墙下停住了脚步。这墙坚固、浓黑，撞上去，通不过。墙后面的事，仅能窥望到一些支离破碎模糊不清的影像，其意义也让我们茫然不解。无论大人多么努力地给我们解释，但他们的解释跟那些记忆中巨大的形象相比，都是那么的微不足道。道理就是：儿童世界里活动的事物，具有成人心智无法理解的形式。因此，大人也就无法对那又大又小又神秘的世界作出解释……我的经历就是：那些披着黑白大氅的鬼的模样，它们总在我屋门后出现，很快又闪电般地消失。③

现代阿拉伯文学中最著名的自传开篇也许要算是塔哈·侯赛因的《日子》，作者在开篇中以十分流利、优美的笔触这样写道：

> 他没有回忆起这一天是什么日子，也不知道它在安拉所定的年月里处于哪个位置，甚至也弄不清那到底是一天中的哪个时刻。对这些他都只能有个"约莫"的概念。他认为最有可能是清晨或傍晚。他想，最可能是这两个时刻。因为记得当时脸颊感觉微凉，太阳的热度还不曾把这一份凉意带走。是的，有可能是那个时刻，因为虽然他无法区别光明和黑暗，还记得出门那一刻，感觉到一丝恬静柔和的光明，四周的黑暗

---

① ‫أحمد الشقيري، أربعون عاماً. أربعون عاماً في الحياة العربية والدولية، بيروت، ١٩٦٩، ص١٩.‬

② ‫سلامة موسى، تربية سلامة موسى، القاهرة، ١٩٤٧، ص١٠.‬

③ Tawfiq al - Hakīm, *The Prison of Life: An Autobiographical Essay.* Translated by Pierre Cachia, Cairo, 1992, p. 40.

已开始在围拢。还有一个他记起来的情况可以证明是傍晚。当他感觉到了这缕清凉的空气和这道光亮时，但没有察觉到周围强烈的唤醒活动。他对睡醒后和熟睡前的活动差别是十分熟悉的。如果那一刻他头脑里还有任何清晰明确、不容置疑的记忆，那应该是离屋子几步远的芦苇秆编成的篱笆了。①

这里，我们看到一部传记的开篇正在努力把最初的人生记忆付诸文字表达。它已超过"约莫"的魅力：一位盲人的童年回忆。从上面引文中，我们可以感觉叙述者和被叙述的"自我"都是盲眼的。被叙述者不能区分光明和黑暗，因此当叙述者说"几乎记得"时，失明者的感觉已一目了然。这强化了"自传契约"的作用：读者知道塔哈·侯赛因是失明的，因此可以理解，他对记忆原初的追溯有着双重困难：一方面，要捕捉孩童缥缈如梦的记忆本来就很困难；另一方面，把盲眼世界描述给活在另一个完全不同世界里的明眼读者，就更加不易。在这个例子中，开篇第一段起到了双重作用：既是对"几乎记得"的描写，又通过"芦苇秆篱笆"的象征作用对失明这一中心问题做了交代。

阿拉伯传记学家、黎巴嫩美国大学教授伊赫桑·阿巴斯在20世纪90年代写了自传——《放牧者的乡愁》。这位以专著《传记艺术》闻名当代阿拉伯文学理论界的老前辈在自传中，表达着淡淡的怀旧的忧伤。这部自传完美地体现了上述自传开篇的三种模式：其一，书中类文本的前言向读者诉说了作者的疑虑，他的一生是否值得写成传记，并坦言，出于种种原因，做到传记要求的"完全的真实"是不可能的；其二，正文一开始就描写了他四岁时离家走丢、进入一个陌生之地的事件，暗合了传主的一生是一次充满乡愁的孤旅；其三，以第三人称叙述的儿童早期记忆（第1—3章）将这一部分与其他有关人生的章节分割开来。

① طه حسين، الأيام، دار المعارف، القاهرة، الطبعة التاسعة والخمسون، ١٩٨١، ص.٣.

第四节　现代阿拉伯自传中的诗性化特征：
马哈福兹的《自传的回声》

　　自传记文学作为独立的门类在艺术殿堂里占有一席之地以来，有关其本质——"诗与真"的讨论从未间断过。随着现代科学技术日新月异的进步，人类社会进入到现代资本主义时期，传统层面上的真实与虚构的界限受到了极大的挑战。作为"主观性更强"、"自由度更大"、叙事不"那样完整"的自传（参见杨正润《传记文学史纲》，第31页），更受到现代小说潮流的影响。它糅合小说艺术技巧，突出传主自身精神成长或宗教皈依过程，成为精神自传。由于这类作品或大胆披露自我成长中鲜为人知的"劣迹"，如卢梭的《忏悔录》；或把"情感与事实混为一谈"，如歌德的《诗与真》；或将自己成年时的思想、观念移植于童年身上，如萨特的《词语》，读者对于这类自传的解读莫衷一是，较之于对作者在其他方面的鸿篇巨制的激赏，读者的心理预期遭遇挫败。这些文学、哲学大师在描写自我的时候果真"捉襟见肘"吗？这是我们值得思考和探求的问题。

　　《自传的回声》（以下简称《回声》）正是这样一部备受争议的作品。它是埃及作家、1988年诺贝尔文学奖得主纳吉布·马哈福兹（Najīb Mahfūz，1911—2006）的自传。这位一向不愿为自己树碑立传的文学大师，在耄耋之年，虽身体欠佳，病卧在床，仍难抑制强烈的创作愿望，便把"或是我生活中曾发生的一件事，或是一个瞬间、一个念头"[1]记录下来，加以修改，并以《回声》之名先在《金字塔报》、《文学消息报》连载，后于1996年出版单行本。

　　自传一经发表，赞美声有之，非议声亦不绝。非议多是针对马哈福兹所

---

[1]　纳吉布·马哈福兹：《自传的回声》，薛庆国译，光明日报出版社2001年版，译者序，第2—3页。

采取的隐晦的文风和诗化的文体①。在《回声》里，我们看不到人们所熟悉的"我出生于……就读于……"之类的传统自传表述形式。它也"非漫漫人生的记录"②。如果我们按照阅读传统自传的心理预期来读《回声》，很快就会陷入茫然不知所云的状态。我们看到的只是马哈福兹现实生活和梦幻世界交织而成的一处处"风景"或一个个"断片"，"那些具有自传性质的短章与断想、寓言，对孩提时代的回忆、梦幻，苏菲式的格言与隽语，汇成了一汪深邃的智慧之潭"。③

对于这样一种自传的解读，或许日本现代批评家柄谷行人（Karatani Kōjin）在他的论著《日本现代文学的起源》中提出的"风景之发现"，会给我们一些启示。"风景之发现"是柄谷行人为探讨"现代文学"起源而阐释的一种文学认识论。他在中文版序中，开宗明义地说："我试图从风景的视角来观察'现代文学'。这里所谓的风景……是从前人们没有看到的，或者

---

①　http：//www. complete－review. com/reviews/mahfouzn/echoesof. htm：阅读时间：2008 年 10 月 25 日。

Echoes of an Autobiography is something of a surprise：not so much a record of a long life（Mr Mahfouz is now 85）as a collection of allusions and aphorisms. The obvious comparison is with the mystic musing of Lebanon's Kahlil Gibran（...）Look a little deeper，however，and what emerges is the familiar Mahfouz obsession with humanity's foibles. – The Economist

《自传的回声》有点让人意外：作为一本典故和格言的文集，它不太像是漫长生活的纪录（马哈福兹已经八十有五了）。这里最明显的是和黎巴嫩的哈利勒·纪伯伦神秘冥想的比较……稍往深处看，浮现在我们眼前的是马哈福兹那带有人性瑕疵的（思想）冲动。——《经济学家》

If you are looking for an autobiography of Naguib Mahfouz，or even for the echoes of one，please ignore this book.（...）However，if what you want is the quintessential Mahfouz（...）you need look no further. – Rasheed El－Enany，Times Literary Supplement

如果你在找一本纳吉布·马哈福兹的自传或类似的作品，那就别看这本书……如果你要的是纳氏的精髓（完美的典型），你也不用再往下读了。——拉希德·艾纳尼，《时代文学补遗》

Though titled Echoes of an Autobiography，the echoes in this collection are very faint indeed. That isn't necessarily a bad thing：in this tell－all－and bare－all age an elliptical and spare variation on the theme is a welcome change. But Mahfouz's book ultimately strays too far away from the personal. – The complete review's Review

尽管冠名了《自传的回声》，集子里的回声却异常的微弱无力。这倒也不一定是件坏事：在这赤裸裸无所不说的年代里，对主题作一番省略和多余的变动，不失为欢迎之举。但纳吉布·马哈福兹的书对他个人来说，实在走得太远了——《完整评论》的评论

②　The Economist，http：//www. complete－review. com/reviews/mahfouzn/echoesof. htm，阅读时间：2008 年 10 月 25 日。

③　纳吉布·马哈福兹：《自传的回声》，薛庆国译，光明日报出版社 2001 年版，封底。

更确切地说是没有勇气去看的风景"①。为此，柄谷行人撇开"二战"后文学界有关"新批评"、结构主义、解构主义、后现代主义等声浪迭起的方法论之争，而对现代文学进行本源性的研究。因为在他看来，当"现代文学"走向末路之际，正是我们对文学的存在根据产生质疑，同时文学也会展示出其固有的力量之时。

这一文学认识论，给我们以这样一种启示：现代文学所描述的生活世界是人作为认识主体，通过感性和悟性，将外部事物内化为一种主观体验后，投射在内心的"风景"。这种观察和呈现世界的方式以"人"为主体，把人的精神世界重新置于宇宙的中心。它与现代人"孤独的内心状态紧密联接在一起的"，"风景乃是被无视'外部'的人发现的"②。作家毋宁说是在描述局外的"人"或"事"，不如说是在描述一处"无我无他"的"风景"。因此这种描述常常与无时空感的"内在的人"——"我"的内心独白、自述、主体性相联系。

无时空感的"内在的我"极大地改变了传统自传的叙事内容和艺术表达形式。当现代自传"把表现心理真实看作更重要任务"③时，其艺术性大大增强了。马哈福兹的《回声》不妨说是对现代自传具有诗性化特征的表述。

在《回声》里，马哈福兹开创了"一种与传统传记艺术格格不入的传记写作模式，忌讳按年谱表排列一生经历，传统自传的'自我'成长的线性线索消失了，看不见对往事有条理的整理和分析，个人的生平经历、心灵成长以及思想发展轨迹散落于不按时间顺序排列的诸事件经纬中，导致以时空为载体的人生内容肢解、破碎。在文体上，作者采取了不受任何体裁限制的、自由度更大的'断想式'"④。由此，我们发现，自述者以"断想式"的"回声"作为其自传的落脚点。除了有学者认为的"体力不支，因而无法创

---

① 柄谷行人：《日本现代文学的起源》，赵京华译，生活·读书·新知三联书店 2006 年版，作者序，第 1 页。

② 同上书，正文，第 15 页。

③ 杨正润：《传记文学史纲》，江苏教育出版社 1994 年版，第 425 页。

④ 阿卜杜拉·易卜拉欣：《在回声和隐讳间行进的传记和虚构》，《文学消息报》（阿文版）1997年 11 月 7 日。

造长篇巨著……其内容或是生活中曾发生的一件事，或是一个瞬间、一个念头，但又算不上真正的传记，于是想到'回声'这个词"的因素外①，在笔者看来，马哈福兹的自传创作还有其他含义：他强调事件发生后在他内心深处产生的连锁反应，这一连锁反应构成了他的"心理真实"和"自传事实"，即作者"关心的是事件对他引起的影响，并不想重叙时过境迁的历史"②。马哈福兹无意复述童年、青年、成年、老年的生活经历，重在挖掘意义、或者说赋予其意义。他想在事件本身和读者之间架构起一种"象征性的空间"③，把这种心灵"回声"作为他所看到的关于宇宙、关于人类、关于世间万物的"风景"体验（这已内化为他的一生），通过其强烈的苏非主义思辨色彩，用简捷、抽象的话语描述出来。一切的过往都是他现时的感受，"我与我周旋"的结果是，"我"叙述的不纯粹是事实，也不纯粹是经验，而是经验化的事实④。确切地说，《回声》成了以"我"的成长为载体的苏非主义寓言。

鉴于此，本节将从《回声》的断片式的自传结构、断片的美学、文本关键词及意象几个方面来解读《回声》，旨在揭示以纳氏自传为代表的现代自传文本诗性化特征，以期拓宽现代自传叙事的领域和视角。

一　消解时空的断片式自传结构

《回声》包括 226 篇独立成文、各有标题的"断片"或"断想"。作者不仅再现了客观世界，同时也展现了他的主观世界，因而《回声》是他的内心世界和精神生活的反映。这种文体与其说是在描述事件，不如说是纯粹的哲理思辨。晚年的马哈福兹觉得"细节变得不那么重要，因为我在作品中主要表达一些哲学思考"，"思考主要集中在时间、死亡和一些哲学

---

① 纳吉布·马哈福兹：《自传的回声》，薛庆国译，光明日报出版社 2001 年版，译者序，第 2—3 页。

② 阿卜杜拉·易卜拉欣：《在回声和隐讳间行进的传记和虚构》，《文学消息报》（阿文版）1997 年 11 月 7 日。

③ 同上。

④ 可参见赵白生《传记文学理论》，北京大学出版社 2005 年版，第 26 页。

问题上"①。

在这些长短不一的"断片"中，我们看不到传统自传中明显的时间和空间标识，只能隐约看到一些"时间"的痕迹。如，第 1 篇"祈祷"（按：这里的序号是为了叙述方便由笔者加上的）把读者拉回到作者"不到七岁时"（译文均引自薛庆国译本）经历的学潮。这里指的是 1919 年埃及革命在作者幼小心灵里留下的最早"镜像"。继之是第 2 篇"哀悼""我"祖母的去世。死神第一次降临到自述者家人头上，"恸哭声攫走了我的安宁"、"充满忧伤和恐惧的胸口"是自述者对死亡最初的"印象"。接下来，便是对孩提时光、青春机缘、亲朋芳邻的回忆，这些构成了现已年迈的作家回望过去时感受到的"断片残影"。到第 10 篇"幸福"时，作者经历了初恋的甜蜜，"窗口闪现的那位美人，向行人发散着明眸之光"。埃及著名评论家、纳氏研究专家拉贾·尼高什在《马哈福兹回忆录》中描述过这段奇缘："有一天我正在踢球，突然被阳台探出的一张迷人的脸吸引。那年我十三岁……我一直单恋着这位美丽的姑娘……"② 这一"美人"成为马哈福兹一生思慕的形象载体。从第 12 篇"信物"起，作者通过"怀念"偶然翻到的"枯萎的玫瑰花瓣"引出了"我"的第一位代言人"智者朋友"。并以"智者朋友"的口吻阐述了人类"记忆"的力量，它"显示在回忆里，也显示在遗忘里。"这一表述，道出了人类的整部历史，即在循环的回忆和遗忘中构成了"人"之为"人"的根性和依据。至此，原点的"我"和欲追寻终点的"我"开始了富有哲理的对话。到第 118 篇"迷失者阿卜杜·拉比希"出场时，"我"的第二代言人"阿卜杜·拉比希长老"成为后一百多篇断片的主人公，"自从我结识了他，只要一有余暇，我就常去拜见他"，听他讲令人"心旷神怡，飘飘如入仙境"的话语。迷失者阿卜杜·拉比希长老为了寻找丢失了七十多年的孩子，第一次出现在古老的街区，开始引领"我"走向神秘而迷人的苏非世界。马哈福兹借助他传达自己的大慧之言。最后一篇"解脱"表明了"我"的顿悟："在殷切的期盼中，目光见到了他，心灵听

① 拉贾·尼高什：《马哈福兹回忆录》，《金字塔报》翻译中心 1998 年版，转引自薛庆国译《自传的回声》，光明日报出版社 2001 年版，第 122 页。

② 同上。

到了他"，这里的"他"，即苏非主义者心中——也是马哈福兹心中——的神，已不是传统教义中令人敬畏的对象，而是一种爱的对象，是作者一生心向往之的对象。至此，马哈福兹的精神世界升华到了苏非思想所探求的终极真理——"人主合一"的境界。他的"解脱"完成了关于自己一生的叙述，终结了他皈依苏非思想的历程。因此，这部自传是以"我"的成长为载体的苏非主义形成的寓言，是一部典型的精神自传。

"我"、"智者朋友"、"迷失者阿卜杜·拉比希""三者实为一体。他们的相继出现，是作者思想发展的几个阶段的象征"①。青年时期的马哈福兹是一位具有历史责任感、爱国主义精神的知识分子。他创作出历史小说《命运的嘲弄》（1939）、《拉杜碧斯》（1943）、《底比斯之战》（1944）来唤醒沉睡的民族意识，激励民众去抗击英国殖民统治，争取民族独立，这是原点的"我"；中年时期的马哈福兹用现实主义创作手法创作了具有更长时间跨度和更丰富社会内容的宏大叙事小说——"三部曲"（《宫间街》、《思宫街》、《甘露街》），史诗般地概括了埃及 20 世纪上半叶的风云变幻，达到了"这一流派的顶峰"，稍后又写出了颇有争议的神话寓言、象征小说《我们街区的孩子们》（1967），反映了现代人存在的种种危机以及对科学、宗教的深刻反思，这是"智者朋友"的"我"；晚年的马哈福兹倾向于用凝练的笔触，诗化的语言，喟叹光阴似箭，人生如梦，以饱蘸着"爱"的笔墨来弘扬积极的生命追求，字里行间浸润着苏非思想，如《自传的回声》（1996），《疗养时期的梦》（2005），这是"迷失者阿卜杜·拉比希"的"我"。

马哈福兹正是用象征的结构，将过往、现在和未来融于作者主体世界的无限广阔性中，从而消解了时空概念。埃及著名文学批评家拉贾·艾德将此总结为："在他优美的语言中，过去和现在拥抱，二者一起又与未来相逢。"② 自述者通过对自己成长过程的追忆，渐渐地意识到自己及周围人们的"存在"。自述者只是捕捉自己心头留下并时时浮现在脑际的印象，加以

---

① 阿卜杜拉·易卜拉欣：《在回声和隐讳间行进的传记和虚构》，《文学消息报》（阿文版）1997 年 11 月 7 日。

② 拉贾·艾德：《读纳吉布·马哈福兹文学》（阿文版），亚历山大知识出版社 1989 年版，第 87 页。

展现。对他来说，事情发生的先后没有意义，现实从回忆中形成，通过"回忆"这一心理机制，为自己确立了恒常的生命存在形式，也是把过去纳入现在的方式。"今"与"昔"的回忆已同时出现在自述者脑海里。由此，自述者解除了"时间"的束缚，获得了过去、现在的重叠和交叉。正是这一"回忆"机制，使马哈福兹的自传成为一部人的传记①。因为，回忆是人类使自己的文明得以延续的方式，而在最宽泛的意义上讲，回忆正是人的存在方式本身。这也是《回声》所隐含的人类学层面丰饶的资源。

　　马哈福兹在"时空"上的巧妙处理赋予了《回声》以独特的现代自传艺术形式，表现出自述者在文学创作上的新观念和新技巧。他借助超越时空概念的潜在意识，不时交叉地重现已逝去的岁月，从中抒发对故人、往事的无限怀念和难以排遣的惆怅。"生命"在马哈福兹看来，是"一股注入遗忘之海的记忆之流"（第124篇"病"）。生命只是一连串孤立的片刻，靠着回忆和幻想，许多意义浮现、消失，消失、浮现，如一连串在海中跳跃的浪花。在他看来，整个作品抑或整个人生没有完整的故事，只是生命中一个个断片的汇集。有阿拉伯学者把这种写作方式称为"马赛克式的叙述"②。一个个断片犹如一块块马赛克拼接出了马哈福兹多姿的人生画面。

二　断片的美学

　　如上所述，《回声》是由"断片"组成的。这些看似不完整的断片，却使读者通过遐思一起参与到自述者的回忆中，来完成有关自传的叙述。美国哈佛大学汉学家斯蒂芬·欧文（Stephan Owen）在谈及断片形态在作家追溯和再现往事时所起的作用时认为，断片更能触发人们的联想力和艺术感受力，并说孔子的《论语》也是断片式的著作。他概括道："这种类型的言简意赅的言辞，是一种标志，表明它们是不完整的，它们的寓意比它们自身更为深刻。由于这些言辞是片断不全的，我们的注意力就被引向那个已经一去

---

　　① 阿米尔·达布克：《回声的回声——对马哈福兹〈自传的回声〉的解读》（阿文版）http：//www. arab－ewriters. com/? action＝showitem&&id＝2049，阅读时间：2008年10月20日。

　　② 同上。

不复返的生活世界……作品本身是不完整的；只有在我们面向那些失落的同外部的关系时——同作者、环境和时代的关系，它才变得完满了。"① 斯蒂芬·欧文在总结构成这一"断片的美学"因素时归结为两点：一是受诗歌影响形成的抒情方式；二是记忆本身就是来自过去的断裂的碎片。因此，马哈福兹的这些"具有自传性质的短章与断想、寓言，对孩提时代的回忆、梦幻，苏非式的格言与隽语"，从某种意义上可以说是一种现代自传的美学表达。

例如，在第102篇"简史"中，马哈福兹这样写道：

> 第一次恋爱时，我还是儿童。我游戏岁月，直到死神自天际显现。在青春之初，我懂得了夭折的爱人留下的不朽爱情。我淹没在生活的大海里。爱人去了，记忆在正午的烈日下燃烧。我心中的向导把我引向苦难铺就、通往虚伪目标的金色之路。有时完美的主人浮现，有时已故的爱人隐现。
>
> 我明白我和死神之间有着嫌隙，但我注定要怀有希望。

自述者拾起历史遗留的断片，跳跃性地、闪回地叙述自己恋爱、失去挚爱、在生活的浮沫中挣扎、以积极的态度面对悲苦现实的人生历程。"在青春之初，我懂得了夭折的爱人留下的不朽爱情"，使人感受到自述者那些与青春有关的日子。虽爱断情殇，但也换回了对爱情真谛的理解；"我淹没在生活的大海里"使读者体验到自述者在生活的漩涡里浮沉、生死较量；"爱人去了，记忆在正午的烈日下燃烧"是这一短篇的高潮。我们可以想象出自述者在人生的孤旅中，带着刻骨铭心的记忆踽踽前行，犹如在烈日的炙烤下艰难跋涉；"我心中的向导把我引向苦难铺就、通往虚伪目标的金色之路"，带读者走出了生命的焦灼和困境，感受到自述者已经超脱苦难生命的束缚，走向虚无的终极目标。在这条路上，陪伴他的是爱、爱人和生之希望。

再如，在第72篇"信物"中，马哈福兹写了这样一个断片：

---

① 斯蒂芬·欧文：《追忆——中国古典文学中的往事再现》，上海古籍出版社1990年版，第81页。

　　一朵干枯的玫瑰，花瓣已经破碎，这是我在整理藏书时从一排书后发现的。

　　我笑了。已逝的遥远的往事绽露出瞬间的亮光。

　　怀念溜出时光之掌，存活了五分钟。

　　干枯的花瓣散发出密语一般的芳香。

　　我想起一位智者朋友的话："记忆的力量显示在回忆里，也显示在遗忘中。"

　　一朵干枯的玫瑰唤起了自述者当年全部的感受和情绪。当前的感觉和重新涌现的记忆使这片干枯的花瓣散发出"密语一般的芳香"。它把读者带到了自述者曾经有过的静好时光。他本想执着地眷恋一个爱人、一位友人、某些信念，或保存好某件信物，然而遗忘从冥冥之中慢慢升起，淹没他最美丽、最宝贵的记忆。记忆的力量为抗争遗忘而加强，但正是遗忘使此时此刻的想起倍觉柔软、温馨。读者可以感受到导致自述者说出这些话的情感和智慧远远超出于这个断片本身，读者的注意力被引向自述者那段一去不复返的生活世界，意识到原来支撑人存活下去的东西竟是那些已经失去了的永不复返的东西。

　　《回声》中这样的断片随处可见。无论是平淡中寓深意、寻常中藏机锋的段落，还是时时掠过眼帘的诗意盎然的篇章，都能让人生发无穷的冥思和遐想。

三　文本关键词及意象

　　我们周围的一切都处于永恒的流逝、销蚀过程之中。当美好的往昔恍如隔世，青春的机缘几近虚幻，蓦然回首，发现那么多无法抓住的流光，那么多无法抓住的爱恋悄然逝去，曾经强悍的，变得衰弱，曾经执拗的归为柔顺，岁月无声地改变一切，经过时光之筛的过滤，惟余下凄凉与惆怅。这是《回声》的主旋律。在《回声》中，对生之向往、美之讴歌、死之吟诵、往昔之感怀不绝于耳。"生命"、"美好"、"爱"、"梦幻"、"死亡"等词语在文本中反复出现，构成了马哈福兹自传的诗性表述，是我们解读文本的关键词。为了表达这些主题，马哈福兹营造了各种意象。

所谓意象，就是一种隐喻的表达。通过揭示某一陌生事物或某一难以描写的感情与一些熟悉事物的相似及内在联系，帮助读者想象这一陌生事物或感情，从而加强这一感觉的持久性和普遍性。吴晓东在其论著《从卡夫卡到昆德拉——20世纪的小说和小说家》一书中以对郁达夫的描述举例，生动说明了意象在叙述心理真实方面的作用。当读者读到"郁达夫是在一个梅雨季节的早晨离开他那富春江边的故乡的，当时他没有意识到，那笼罩在烟雨迷蒙中的江边故居，将会长久地定格在他以后的生命记忆中"时，"梅雨季节的早晨"这个意象"有一种独特的美感，叙事本身表达了一种生命和时间的内在绵延的特征。但至于郁达夫是不是真的在梅雨季节离开故乡，是不重要的，重要的是叙述的真实，而不是历史的真实"①。

研究意象能够展示马哈福兹的独特之处。因为"每个诗人都有他独特的区别于他人的意象结构，这种结构甚至在他的早期作品中就已出现，而且不会也不可能从根本上改变"②。马哈福兹的文学创作受到西方现代文学思潮的影响，但其灵感更多的源自于本民族的文化，在诺贝尔奖获奖致辞中，他说自己是"两大古老文明——法老文明与伊斯兰文明之子"，"他一向对伊斯兰神秘主义（即苏非）情有独钟，晚年更从中获得莫大的精神慰藉"③。"神秘主义与诗性思维相通……而艺术表现手法更是与神秘主义一脉相承。"④ 马哈福兹很少解说自己的理念，而是通过意象将理念暗示给读者。

在《回声》中，我们经常读到"美人"——"花园"、"美人"——"肃穆寂静的夜晚"、"美人"——"枯萎的玫瑰"这样几套组合意象。如："我面前展现出一座花园，秀色盈目，绰约的女子在其中徜徉。"（第85篇"旅行"）再如："月光溶溶，在这肃穆迷人的夜晚……他在一片寂静中听到簌簌的动静。只见前面水中冒出一个女子的头……她的美丽与端庄都到了极

① 吴晓东：《从卡夫卡到昆德拉——20世纪的小说和小说家》，生活·读书·新知三联书店2003年版，第4页。

② 诺思洛普·弗莱：《批评之路》，王逢振、秦明利等译，北京大学出版社1998年版，第7—8页。

③ 纳吉布·马哈福兹：《自传的回声》，薛庆国译，光明日报出版社2001年版，译者序，第2—3页。

④ 李琛：《阿拉伯现代文学与神秘主义》，社会科学文献出版社2000年版，序言，第2页。

致。"（第 18 篇"历史片段"）"在一个吉祥的良宵，我听到一声低语，说月
光朗照时，天使将在路上出现。我怀着爱者的痴心和英雄的意志，在路上徘
徊往返。忽然，一个女子呈现了片刻，她敞露着天仙一般的面孔，蓦然而
至，让我痴迷、沉醉。"（第 148 篇"秘密"）这些例子属于前两组意象。马
哈福兹借此表达自己所追求的崇高的苏非精神世界，即精神修炼和灵魂净化
达到人神合一的神奇境界。它"源自真诚爱者的心灵对被爱者（即真主）
的一种深情、狂喜与着迷"①。他以"美人"代表自己高远的精神追求与中
国古代伟大诗人屈原的"香草美人"意象不谋而合。屈原在"九歌"中以
"美人"代表自己政治理想和高洁的品格。

　　在"美人"——"枯萎的玫瑰"这组意象中，我们读到的是马哈福兹
对过往的怀念和珍惜。这里的"美人"代表美好的过去和已逝的亲朋好友，
表达马哈福兹对生命的热爱和祭奠。如："在我独处的时候，她如同盛开在
鲜绿枝头的玫瑰一样来临。那风华岁月的记忆流动起来。我为时光的飞逝而
怅惘。"（第 41 篇"女巫"）"他往身后注视良久，那里剩下的，只有枯萎的
玫瑰，欢娱，清澈的梦，慈怜的妇人的温馨。她已上了岁数，却永不衰老。"
（第 86 篇"芳香"）

　　此外，马哈福兹还用"寄存物"这一意象表达"生命"短暂和虚幻，
用"不速之客"这一意象表达"死亡"的不期而至与无常。因为在他看来，
"生命，是一股注入遗忘之海的记忆之流；死亡才是确凿的真实"（第 124
篇"病"）。这与美国作家约翰·厄普代克《安魂曲》中的诗句"生命不过
是破旧的诡计/而死亡阴暗，广阔，真实"的描述异曲同工。

　　以上意象带有浓厚的苏非思想。因为这种宗教意识"早已渗透到阿拉伯
人的血液中，渗透到阿拉伯文学作品的字里行间"②。

　　需要指出的是，马哈福兹虽然看重苏非信徒的精神修炼和感悟，但不赞
同避世，相反，他提倡要敢于承担苦难、义无反顾投入生活的积极人生。他
认为"生活看起来是一连串的争斗、泪水与恐惧；但它又有一种令人迷恋和
沉醉的魅力"（第 166 篇"魅力"）。生活不仅意味着享受，更意味着创造和

---

①　金宜久：《伊斯兰教的苏非神秘主义》，中国社会科学出版社 1995 年版，第 46 页。

②　李琛：《阿拉伯现代文学与神秘主义》，社会科学文献出版社 2000 年版，序言，第 2 页。

工作。"我宁喜一年到头劳碌不停，也不愿一个月的赋闲"（第 169 篇"我们的天性"），生活中人人都应恪尽职守。放下手头生意去追求美人的人，将被拒之门外，因为美人"不欢迎那些丢下市场上的营生而前来的慕求者"（第 106 篇"选择"）。

马哈福兹以诗化的隐晦文风完成了关于自己的传记，并非心血来潮或故作玄虚。笔者以为，马哈福兹如此作传可以归结为以下三个文化因素：

1. 现代文学潮流极大地影响了现代自传的表现风格，使它突破了传统自传的时空框架，既挑战了传统自传的叙事模式，又丰富了现代自传的诗性化艺术表达形式。现代自传更侧重于把人的精神世界重新置于宇宙的中心，人作为认识主体，将外部事物内化为一种主观体验，将生活世界看作是投射在内心的一处处"风景"，从而大大消解了时空观，解构了传统传记艺术的叙事模式，形成了独特的艺术风格。作者在叙事时所采取的独特的"断片式的自传结构"，所把持的美学原则，是与现代哲学、语言、美学和文学的认识论相扣合的。它表现为客观世界无规律可循，人物难以描写，人生的内容是零散的，杂乱的。这要求我们对自传文学的真实性和虚构性做重新界定。

2. 马哈福兹自传风格是小说大师本人对人生感悟与诗意表现风格完美结合的产物。他由美学抵达苏非神秘主义是他观察和呈现生活世界的独特方式。从这个意义上讲，纳氏的自传是典型的精神自传。因为他以象征的手法，通过思想发展的几个阶段，讲述了自己皈依苏非思想的过程，使这部自传成为以"我"的精神成长为载体的"我"的苏非主义形成的寓言。在马哈福兹那里，苏非主义与诗性是相通的。马哈福兹的艺术创新是他对于生命的特殊感受而做的一次艺术实践，是对传记文学阐释策略的大胆尝试。

早在创作小说《小偷与狗》（1961）时，"马哈福兹就注重从现代意识的角度回眸往事，语境从日常语言相对确定的现实情境转换为流动的、具有时间纵深度和空间广阔性的经验情境"①。这一时期，标志着马哈福兹在小说艺术创作中对传统小说的叙述结构、语言以及美学原则等方面的质疑和转向。在《我们街区的孩子们》（1967）里，马哈福兹更是用象征性的手法，

---

① 谢杨：《马哈福兹小说语言的诗性特点》，张宏主编《当代阿拉伯问题研究》，人民出版社 2006 年版，第 132 页。

以神话寓言的方式，演绎人类历史，表达他对人类理想与现实的深刻思考。20 世纪 70、80 年代，他以诗一般的语言，借鉴阿拉伯民间文学的风格，创作出小说杰作——《平民史诗》（1977）和《千夜之夜》（1982）。马哈福兹是一个不愿意重复自我的人，作为小说家，他毕生都在追求、践行小说的改革和创新。

　　3. 马哈福兹如此作传还受到阿拉伯自传传统文化的影响。由于宗教因素、政治因素、社会伦理道德观等约束，阿拉伯人缺乏像西方那样坦诚自白的作传机制。有的阿拉伯学者把阿拉伯"自白文学"作家分为三类：第一类完全以中立的态度描写自我和他人；第二类热衷于坦荡地揭示自我及内心最隐秘之处；第三类则善于用精湛的表达技巧，委婉、隐讳地表述自我。读者很难穿越包裹着传主个性的那层迷雾。"马哈福兹就是属于善于把自己隐匿在作品中的作家"①，这样做盖因出于自我保护或是保护家人和其他人的目的，遵从自传伦理的原则。这也是许多阿拉伯自传作家难以突破隐讳思想藩篱的原因。

---

　　① 哈比比·库纳尼：《自白文学和揭秘自由》，http：//www. moroccotoday. net/takafasafar. htm，阅读时间：2008 年 10 月 7 日。

第　四　章

现代阿拉伯自传与民族身份

第一节　现代阿拉伯自传和民族文化的建构

罗伯—格里耶 1961 年曾经断言："新小说不是一种理论，而是一种追求。每一位新小说家都在追寻自己的道路和发现。"套用罗伯—格里耶的这一断言，我们可以说现代阿拉伯自传也不是一种理论，而是一种追求。知识分子在追寻自己和民族的发展道路，在自我发现，在建构一种新文化。

自传在现代阿拉伯社会文化中占据着特殊的地位。大批优秀作品的涌现使自传形成了一种独立的文学门类，并已成为 19 世纪中叶以来在阿拉伯现代化进程中重构阿拉伯民族文化链的重要一环，构成现代阿拉伯文化的重要组成部分。作者在描写个人时并不局限于人物本身，而是通过自我来审视拥有相同命运的共同体。自传和小说体自传的意义在于它在特定的历史文化背景下，通过个体的一生来反映一个时代的特征，以一种新的艺术形式来建构新的民族文化以此表达当下人类的共同价值观。正像埃及文学评论家阿卜杜·穆哈辛·塔哈·巴德尔在《现代阿拉伯小说的发展》一书中所称，在民族、社会复兴时期，民族主义与小说艺术的概念相伴而生。

如果把关注点转到现代阿拉伯文学的起源，我们可以看到欧洲文学，尤其是欧洲传记对它的影响，现代阿拉伯自传的第一批作品诞生于埃及。欧洲在政治、经济、社会、文化等方面对埃及的影响，要比对阿拉伯世界的其他地区更为强烈。自穆罕默德·阿里时代起，埃及崛起了一个新兴的中产阶层，其中包括改良派教师、文人作家、国家公务员。他们通过自身努力，摆脱了出身和传统的束缚，立志要成为个人前途和国家未来的建造者，并迸发出强烈的民族责任感和使命感。因而我们很容易理解，在这一阶层中产生了现代阿拉伯最早期的自传作家之——乔治·泽丹。他于 1908 年写就的《我的一生》（*Sīra Hayātī*），显然受到了塞缪尔·斯迈尔斯（S. Smiles）的《自助》（*Self – Help*）阿拉伯译文版的启发。《我的一生》描写了他从一个目不识丁的穷小子成长为功成名就的历史小说家的过程。其后的一些作家，则不论是写生平经历还是写人生故事都在一定程度上模仿了《亨利·亚当斯的教育》（*The Education of Henry Adams*），如萨拉麦·穆萨写了《萨拉麦·穆萨的教育》（*Tarbiyyat Salāma Mūsā*）。

其实，早在 1898 年，当埃及诗歌王子艾哈迈德·邵基出版他的四卷本《邵基全集》时，就在埃及保守派和革新派之间引发了关于民族文化应该西化还是本土化的热烈辩论。这场辩论的导火索便是邵基在《邵基全集》中写了一篇简短的自传。该自传不仅概述了他个人生活，而且描述了对他影响最大的阿拉伯经典诗人的生活，并探讨了一些他读过的欧洲文学经典的特征。该自传在当时首先引起了新闻界的关注，开明人士、语法学家、语言学家、文人之间通过报纸、杂志展开了一场文化辩论。辩论围绕着学习西方经典还是传承阿拉伯经典展开。批判邵基作品的一系列文章和回应性文章被发表，最后形成了一系列有关民族文化的公共论坛，就是我们现在所说的 19 世纪下半叶的"阿拉伯复兴运动"（Nahda），或"阿拉伯文艺复兴"。邵基最强劲的对家和批判家就是语言保守派代表人物穆罕默德·穆维利希（Muhammad al – Muwaylihī，1858—1906）。穆维利希本人也是著名作家，以作品《伊萨·本·希沙姆谈话录》（*Hadīth 'Isā bn Hishām*）久负盛名。该书对当时社会做了辛辣的讽刺，采用了中世纪说书人描写流浪汉冒险故事时专用的韵文体——"玛卡梅体"。穆维利希采用古文体正是希望以此在语言上复兴阿拉伯传统文化。

在辩论中，语言保守主义者们主张回归阿拉伯诗歌传统，确切地说，他们主张阿拉伯文学应因袭中世纪以来的表达形式。显然邵基的诗歌革新思想遭到了批判。同样遭受保守派攻讦的还有雅兹基（Al – Yāzijī）和纪伯伦等主张文学革新的作家。在这场"穆—邵之辩"中，穆维利希曾写过两篇文章，批判的焦点主要集中在邵基写的自传上。他认为邵基的自传违背了阿拉伯传统文学的成规。他指出：1. 邵基通过自传来赞美自己，而不是让别人来美化他，这违背了阿拉伯人"隐己美"的传统道德；2. 邵基用散文体来描述自己，这违背阿拉伯文学的诗歌传统；作为一个诗人，无论怎样，应该让他的诗站出来作为他唯一的公共之声；3. 他做了别的阿拉伯诗人没有做过的事情，即将自传写进诗集里；4. 邵基在欧洲求学时找到了文学创新理念，并付诸实践。这种取道于西方的文学行为是遭人诟病的，尤其是在被称为诗歌王国的阿拉伯社会里。在此领域，阿拉伯人优越于西方人，为何还要俯首于西方人？①

最后，穆维利希批评邵基在自传中写了自己孩提时与赫迪威（埃及总督）的邂逅和其他名流的交往经历。在穆维利希看来，这些回忆性片段反映了诗人的傲慢和自负。由此，我们发现穆维利希在 1898—1899 年间对邵基的指摘也在攻击四个世纪前苏尤提、伊本·图伦、沙阿拉尼等传记作家在他们自传前言中阐述的自我捍卫。早在四个世纪前，以苏尤提为代表的阿拉伯自传作家们已经对阿拉伯自传做过系统的阐释并付之于实践。这一点在前两章中均有提及。

穆维利希的文章遭到了黎巴嫩评论家、思想家阿米尔·沙基布·艾斯拉尼（al‑'Amīr Shakīb Aslān，1869—1946）的驳斥。这场由自传引发的文化辩论最终形成了一股强烈的民族文学之风。虽然乔治·泽丹、萨拉麦·穆萨的自传写作难免受到西方自传的影响，但很快，阿拉伯作家找到了自我叙事的方式。1926—1927 年间，塔哈·侯赛因写了小说体自传《日子》，标志着阿拉伯现代自传文学作为一种艺术形式登上文坛，从此阿拉伯现代自传写作日渐强盛：艾哈迈德·艾敏写了自传《我的一生》；阿卡德写了自传《我》和传记作品《阿拉伯古代大诗人和伊斯兰名人传》；艾斯拉尼也许为了赢得上述文化辩论的胜利，证明自己观点的正确，于 1931 年写了自传。但是，那时他的观点已失去了一定的文化批判意义，因为自传写作到了 20 世纪 30 年代已蔚然成风。

奇怪的是，尽管《邵基文集》一版再版达 12 次之多，邵基的自传并没有作为文集的一部分再版。每版在邵基自传的位置上被穆罕默德·侯赛因·海卡尔写的序言所取代。而穆维利希的批判性文章被收集在曼法鲁特的文学作品选篇中，几十年来一直是阿拉伯世界公立学校必读教材。

---

① 可参看 Dwight F. Reynolds, ed. *Interpreting the Self Autobiography in the Arabic Literary Tradition*, University of California Press, 2001, p. 259。

　　自传不仅反映传主的一生，也反映其所处时代的文化气候和社会风貌。这里反映出两个时代的文化症候：一是传主所追忆的年代，通常指向传主的"孩提年代"和"青少年时期"；二是作者进行回忆时所处的时代，它常常反映出作者正在经历一段苦痛的人生阶段。这时的作者内心充满挣扎，作者或叙述者对开始撰写自传时所处的社会怀着深深的思想文化焦虑，而焦虑本身来自社会意识形态对他的压力，表现为"本土与外来"、"传统与现代"、"反殖与崇洋"之间的斗争。譬如，塔哈·侯赛因在 1926 年末于《新月》杂志上连载其著名的自传《日子》，当时他正深陷于因著述《论蒙昧时期诗歌》（1926）引发的思想和心理危机。这本著作引起了埃及思想文化界的轩然大波，作为埃及现代化进程中西化的阿拉伯知识分子代表的塔哈，与传统的、复古的阿拉伯知识分子之间围绕着"现代与传统"、"外来与本土"展开了激烈的思想交锋。争鸣和危机所带来的内心疲惫和思索成为塔哈写作《日子》的主要动机。

　　这一点在《日子》的前言中有所流露。该前言最初写于 1954 年 12 月，是为法语盲文版译文写的，后收入单行本《日子》。他是这样写的：

　　　　我有空的时候口述了这段往事，没有想过要印成书供人阅读，也许连讲了之后还会有人来读这样的想法都不曾有过。说实话，我之所以要讲，本是希望将自己从时不时袭来的悲痛忧思中解脱出来。

　　由此，读者不难看出，作者承认该文初稿是在艰难时期给自己写的个人回忆录。后来别人敦促他在《金字塔报》上连载发表。为了他的盲文读者，他让我们对他的经历有了更深的了解：

　　　　读完这个故事的盲文读者，将从中看到他们中的一个伙伴年轻时生活的鳞爪。在他对视障的痛苦有所了解后，越发意识到盲人兄弟的困难……我希望，盲人朋友通过阅读本书，可以在生活的艰辛中得到些许慰藉。[①]

————————

① 塔哈·侯赛因：《日子》（合本·阿文版），金字塔翻译出版中心 1992 年版，见"作者序"，第 10 页。

1973 年再版《日子》自传三卷本时，上述内容亦出现在前言中。出生于十分传统的上埃及农村的盲人塔哈·侯赛因希望通过自己一生的际遇，冲破身感的孤绝，向传统的宗教社会挑战，他对自我"异化—转变—西化—回归"的描写，展示了 20 世纪初至今埃及社会传统—现代化—本土现代化的历史演进过程。借此，塔哈不但明确交代了自我身份（一个上埃及的失明少年），还顺带达成了另一效果：他把自己造就成一个英雄——战胜了由于幼年失明带来的种种困难、重重障碍；从农村迁往首都开罗并最终取得最高学历，不仅在本国而且在欧洲亦如此；在法国遇上梦中情人并得以相携而归。作者经过不懈努力实现了自身的现代化。这一生命历程对埃及总统纳赛尔及其后继者时代追求现代生活方式的埃及年轻人而言，不啻为一种榜样。另一方面，在纳赛尔当政的反智主义（反知识的）氛围中，塔哈通过自传强调知识分子的觉悟，强调对民众的启蒙作用，强调知识分子在民族民主化进程中的作用，批判文化官僚们对知识的漠视，排挤老一辈文化精英分子，扶植受过文化集权主义熏陶的御用文人。

《日子》一直以来都被认为是阿拉伯现代自传的开端，在文学史上占有重要位置。该作品对后来的自传写作产生巨大影响，其他作家纷纷仿效塔哈以这种文体来写自传。关于该作品对后世的影响，可详见本章第三节。

由此，我们发现，阿拉伯现代自传是伴随着民族国家的崛起而兴起的。在 19 世纪末 20 世纪初那些优秀的传记作品产生时期，传记艺术可称之为一种民族艺术。重要作家们的自传或传记作品最初都发表在国家报纸的文化专栏中，因为他们是在对整个民族说话。从他们讲述的声音中，读者感觉到他们满怀着富国强民的热望和对民族文化思想危机的忧思。可以说，在 19 世纪末 20 世纪初的阿拉伯社会里，读传记、写传记就意味着加入到一场有关国家大事的民族文化讨论之中。

在后来的整个 20 世纪里，自传写作也担当起民族属性的认同、文化身份的定义等建构民族文化的重任。如，1957 年，摩洛哥出版了首部重要的"自传叙事"作品——阿卜杜·马吉德·本·杰伦的童年自传《童年》，标志着摩洛哥现代文学发展进入新阶段。自传反映了西化的主人公回到故乡费斯开始学习阿拉伯语、寻找自己摩洛哥民族身份认同的艰难历程。黎巴嫩语言学家、历史学家艾尼斯·法里哈在其小说体自传《听着，里达!》里反映了传统农村生活方式与现代城市生活之间的文化冲突，反映了民族新旧交替的阵痛，在文学上获得了成功。努埃麦在自传《七十述怀》中弘扬乡土文化，赞美乡间劳作，讴歌乡民乡情。而1967年以后的巴勒斯坦自传更是充斥着强烈的民族主义情感，因为，对于失去故土的人来说，自传体是唯一能够表达存在感的疆域，在那里蕴藏着民族生命的源泉。

下面，笔者将通过"'想象的国度'：现代阿拉伯童年自传及文化建构"、"征服黑暗：塔哈的《日子》"和"普罗米修斯的探索：易瓦德的《回忆录》和《生命书简》"三节更深入地探讨自传和民族文化建构的关系。

第二节 "想象的国度"：现代阿拉伯童年自传及文化建构

可以说每个人的人生故事都始于童年。这一时期加上青少年时期在内大约持续20年。对大多数人而言，这一人生阶段要短于成年和老年时期。通常，人们会认为，"理想"的自传在结构上也应该仿照这一人生演进规律，对童年时期的记述应短于关于人生其他时期的记述。不过，在阿拉伯现代文学中，自传作品往往违反这一"理想"模式，常常倾向于把童年叙事的篇幅拉长，童年经历的叙述在整个作品中占绝对优势。有的作家甚至撇开人生的其他时期，专写孩提时期的经历。阿拉伯自传作家对拉长童年叙事的青睐，从他们的自传标题上便显而易见，如：赛伊德·古特布的《村里的孩子》、易布拉欣·阿卜杜·哈利姆（Ibrāhīm Abdu al - Halīm，1920—1986）的《童年岁月》（*Ayyām at - Tufūlah*，1955）、阿卜杜·马吉德·本·杰伦的《童年》、优素福·海卡尔（Yūsuf Haykal）的《少年时代》（*Ayyām as - sibā*，1988）、莱拉·艾布·扎伊德（Layla Abū Zayd）的《回到童年》等。

为什么童年叙事在阿拉伯现代自传中占有如此突出的地位？合理的解释是，作者认为童年在自己的一生中极为重要。孩提岁月代表着他的根性，代表着他的文化和民族属性，童年形成的人格本色影响了日后作为作家的实体存在。作家与日俱增的才识与情感因童真未泯而充满了生命和活力。正如巴勒斯坦作家杰卜拉·易卜拉欣·杰卜拉在其自传《第一口井》的"前言"中做的解释：童年是生命的"第一口井"，它在人生中，无论在时间上还是含义上都具有原初性和根本性。第一口井永不干涸，一旦蓄满儿童身上冲刷下来的体验和经历之水，成年的他便总可以回到井边来，消解心头之渴，找回生命的活力，在生命的"第一口井"中，蕴藏着民族文化生生不息的源泉。在写自传时，杰卜拉考虑再三，最终将自己5—12岁的经历收进《第一口井》中：

> 起初我想写一篇完整的自传……
>
> 但我知道如若进行详述，就应该回顾那些有生以来堆积如山的文献材料，尤其是来往的信件，这些信件有数千封之多……。我深感任务艰巨，我手头只保存了一部分信件，遑论去整理没在手边的大部分信件！我意识到，假使没有这些信件，就不得不依靠那支离破碎、混沌杂乱的记忆去言说自我了。
>
> 所以我打算只写我生命的初始阶段，从我记忆所及的最早的孩提开始，一直到我完成英国的学业回到耶路撒冷，当时的我二十四岁出头……。
>
> ……
>
> 但当我开始着手写那些童年回忆时，发现我必须高度概括，大量删减，否则无法叙完。我再次意识到了当初决定回溯的那段时期其实过长……，所以最终我决定将自传写到我的十二岁，更确切地说，写七八年的童年时光。[①]

另一位巴勒斯坦女诗人、作家法德娃·图甘在其自传《山路崎岖》中进一步阐述了这一观念。在法德娃·图甘看来，童年经历并非仅仅是人生故事的起点，同时，它也是不受外部事物干扰的纯粹的自我成长时期的终结：

> 我的童年世界是唯一还没有丧失心理意义的世界，那是我唯一可以带着温暖的内心返回的世界。除此以外，对我来说，一切都臣服于改变的法则。[②]

---

① جبرا ابراهيم جبرا، البئر الأولى، دار الآداب، بيروت، ٢٠٠٩، ص٧-٨.

② فدوى طوقان، رحلة جبلية رحلة صعبة، دار الشروق للنشر والتوزيع، ٢٠٠٩، ١٤١.

　　阿拉伯作家对童年自传的情有独钟也印证了英国浪漫主义诗人华兹华斯的名句——"儿童是成年人的父亲"。

　　童年叙事在阿拉伯现代文学中占有如此突出地位的另一个原因，或许能从自传的美学维度做出解释：作者与自己的孩提时代在时间和心理上的距离使他能够通过回溯童年，重温那个一去不复返的生活世界，重构一个连贯的、看不见的"想象的国度"（萨尔曼·拉什迪语），对逝去的时光起到一种"心理补偿"的作用。故乡不会终生伴随我们，在我们记忆中留下的只是一些残片。随着时间的流逝，这些故乡的记忆残片就会凝固起来，变成记忆中最珍贵的私人收藏物，成为美化"故乡"的原料和心理依据，从而故乡成为自传作家"想象的故乡"。作家笔下的故乡——"被叙述的故乡"，是对关于"故乡"的经验和想象（记忆）的重新整合。

　　在许多现代阿拉伯自传中，童年叙事总是独立于成年叙事进行的。这使得童年自传成为阿拉伯自传文学里一种特有的文学体裁。事实上，童年自传体并非阿拉伯文学中独有。在西方文学中，文艺理论家普遍持有这样的观点，即：独立的童年叙事构成自传中一个形式独特的变体，本身自成一类。有关此类论述可见于罗伊·帕斯卡尔（Pascal, R.）、布雷特斯奈德（Brettschneider, W.）、科埃（Coe, R.）、勒热讷（Lejeune, Ph.）的著作①。由于阿拉伯传统传记并没有对童年时期过多地着墨，因此，童年自传体之于现代阿拉伯文学，是文学转型的重要标志。自传得现代文学风气之先，塔哈·侯赛因于

---

① Pascal, Roy, *Design and Truth in Autobiography*, London, 1960.

Brettschneider, W., *Kindheitsuster: Kindhet als Thema autobiographischer Dichtung*, Berlin, 1986.

Coe, R., *When the Grass was Taller: Autobiography, and the Experience of Childhood*, New Haven, 1984.

Lejeune, Ph., *On Autobiography*, ed. P. L. Eakin, 1989.

西方文学中现代童年自传不胜枚举，如，前苏联作家高尔基的《我的童年》（*My Childhood*, Maxim Gorky, Detstvo, 1913）；法国作家纪德的《如果种子不死》（*Si le grain ne meurt*, André Gide, 1928）；法国作家萨特的《词语》（*Les mots*, Jean Paul Sartre, 1964）以及英籍德语作家卡内蒂的《得救之舌》（*Die gerettete Zunge*, Elias Carnetti, 1977）。马格里布法语文学中，公认这种类型的摩洛哥作家有莫鲁德·法劳恩的《可怜人之子》（*Le fils de pauvre*, Mouloud Feraoun, 1950）；摩德里斯·克赖比的《平凡的过去》（*Le Passé simple*, Driss Chraibi, 1954）；阿卜杜·卡比尔·哈蒂比的《纹身的记忆》（*La mémoire tatouée*, Abdel Kabir Khatibi, 1971）。撒哈拉以南非洲也有童年自传的佳作，较有名的有：几内亚作家莱伊的《黑孩子》（*L'Enfant noir*, Camara Laye, 1953）；尼日利亚作家索因卡的《阿卡的童年岁月》（*Aké—the years of child*, Wole Soyanka, 1981）等。

1926 年创作了小说体自传《日子》第一部，将童年叙事独立于成年叙事进行。之后不少作家步其后尘，形成了一种独特的体裁。在本章中，笔者将对这一文体的发展脉络及主要特征进行梳理和研究，并探讨该类型作品在民族文化建构方面的意义。

一　童年自传的发展脉络

阿拉伯现代文学中出现的早期自传作品都把童年时期作为叙事中心。这不奇怪，因为童年叙事是"自传中最纯粹的形式"（帕斯卡尔语）。一般认为，塔哈·侯赛因的《日子》是自传在阿拉伯世界作为一种文学表现形式而获得历史地位的开山之作。紧随其后的是，易卜拉欣·马齐尼的小说体回忆录——《我的生命故事》，主要回顾了 19、20 世纪之交开罗中上层社会中一个男孩的命运轨迹。

之后不久，赛伊德·古特布模仿《日子》写出了《村里的孩子》。赛伊德和塔哈·侯赛因一样，在农村度过了童年。受侯赛因自传的启发，以相同的形式讲述了自己的成长故事，表达了他对社会的看法。正如自传标题《村里的孩子》所显示的那样，故事的背景是埃及农村，以原始落后的农村与觉醒的现代城市之间的矛盾冲突为主题。这一冲突体现为叙述文本中两个自我主体间的心理拉锯战：一个是天真无邪的儿童；另一个是长大成熟的叙述者。这一主题在《日子》中也有出现，此后则成了这一类型的范式。《村里的孩子》写于作者加入穆斯林兄弟会①几年之前，在自传中作者表达了对经济、社会改革的呼吁。

之后，自传开始在阿拉伯世界的其他地区出现，也都带有"童年自传范式"这一特征。1957 年，摩洛哥出版了首部重要小说体自传作品——阿卜杜·马吉德·本·杰伦的童年自传《童年》，标志着摩洛哥现代文学发展进入新阶段。该文本创新之处在于故事的背景。由于主人公幼年生活在曼彻斯

---

① 穆斯林兄弟会（al – Ikhwān al – Muslimūna），音译"伊赫瓦尼"。穆斯林宗教—政治组织。埃及人哈桑·巴纳于 1928 年建立了该组织，主张以《古兰经》、"圣训"、伊斯兰教法为指导原则，创建一个"公正、平等、理想的伊斯兰国家"。

特，所以叙述者童年回忆都是关于18世纪20年代那个烟尘弥漫的英国工业城市曼城，而不是一派田园风光的某个阿拉伯村庄。当主人公随已西化的商人家庭回国来到费斯城（Fez）时，现代与传统、西方与东方之间在主人公的内心深处发生了强烈碰撞。祖辈们传说中的故乡与现实中的故乡反差很大。主人公积极地介入"故乡"的现实，开始学习阿拉伯语，甚至学习当地土语，并用标准语来进行文学创作，由此寻找自己摩洛哥民族身份的认同感。自传涉及个人命运和民族独立的问题，触及复杂的"故乡"情结、双重身份的"焦虑"、东西方文化碰撞等主题。这对自传作家的能力和智慧构成了挑战。

几乎与此同时，黎巴嫩语言学家、历史学家艾尼斯·法里哈凭其描写童年的《听着，里达!》（*Isma' ya Rida!*，1956），在文学上获得了成功。叙事以短故事形式出现，是叙述者兼主人公给儿子讲的睡前小故事。该作品的核心意图也是表现传统农村生活方式与现代城市生活之间的新旧冲突。在作者看来，现代社会发展实际上毁掉了人类生活；"觉醒的城市"是一座监狱，带给人们的是癌症、歇斯底里症、精神崩溃和心脏病，而"落后的农村"才是自由和心灵宁静的真正归宿。世界上，几乎所有近现代以来的作家都会因古老的故乡在现代化进程中变得面目全非而痛心疾首。

《听着，里达!》道德说教味较浓，算不上自传中的上乘之作。然而，在体裁和题材方面，它的确开风气之先。它对现代工业文明的批判，与米哈伊勒·努埃麦的《七十述怀》殊途同归。后者对现代工业文明的批判更为犀利。努埃麦自传的第一部分也是对童年的记述。作者对乡民乡情的描述充满了欢乐与喜悦，是一部对黎巴嫩乡土文化、乡间劳动、乡民情操的礼赞，充满着不尽的乡愁。当努埃麦听到"身下的碌碡机械地转动着，铸铁的牙齿啃磨着麦穗，不断发出诱人的音响"时，觉得"犹如最负盛名的乐队在乐迷心中激起的涟漪"，他"心头溢发出无比的喜悦。"[1] 无疑，努埃麦的《七十述怀》是叙述自我生命放弃现代都市文明、回归家园以寻求"诗意栖居"的成功之作。

---

[1] ［黎巴嫩］米哈伊勒·努埃麦：《七十述怀》，王复、陆孝修译，甘肃人民出版社1993年版，第16页。

再回到埃及，我们发现 1952 年革命以后，童年自传明显进入了流行期。这一时期，埃及戏剧家陶菲格·哈基姆出版了《生命的牢狱》。这部作品或许可以看作是童年自传体流行起来的标志。埃及左翼记者、作家易卜拉欣·阿卜杜·哈利姆的一部较早期作品，使用了这一体裁的代表性标题——《童年岁月》，很容易让人联想到塔哈·侯赛因的《日子》。《童年岁月》所叙述的人生故事主要围绕着作者幼年丧父的痛苦经历展开。失去了赚钱养家的父亲，全家陷入饥饿，这种影响对家庭来说是灾难性的。丧父事件对作者造成了难以消弭的心理阴影。由于悲惨的童年经历，他谴责社会的不公。他的批判更多地指向阶级社会的罪恶，尤其是在医疗和教育领域方面的落后和愚昧。后来他又写了续篇《春天的日子》（Ayyām ar‑Rabī‘，1961）和《祖国的土地》（Ard al‑Watan，1962）。后两部作品明显带有作者社会主义现实主义（socialist‑realist）倾向，阿拉伯社会主义进步思想深刻影响了作者兼叙述者的思想追求。因此，此时易卜拉欣·阿卜杜·哈利姆的童年自传话题不是城市化而是工业化过程。作者曾在尼罗河三角洲的一家纺织厂待过一个夏天，并自称这一经历对他本人的自我塑造起了决定性的影响。

可以说，阿拉伯童年自传是现代阿拉伯社会现代化和民族新文化建构进程的一个缩影，既反映出这一过程中传主个人行为的心理动因，也展现了他在社会大舞台上所取得的成果。自传作者多数出身寒微，典型的自传文本展示的是一个"成功者的故事"。主人公从一个贫贱儿童，克服身体上、心理上或社会上的重重障碍，取得人生突破，实现自我超越，步入成果丰硕的成年。

这种人生故事结构也出现在把社会危机定义为性别危机的首部作品里——埃及女作家宾特·夏蒂伊的《在生死桥上》。该作品讲述了从小受宗教教育影响的作者与父亲抗争、要求接受世俗化教育的故事。阿拉伯女性的形象终于可以以自传文本叙事的形式与男性文学形象比肩。故事以叙述者为新逝亡夫写的悼诗起篇，这也是阿拉伯古典文学中的传统女性写作模式。但全文的重点在于表达现代女性争取个人自由、争取男女社会地位平等的诉求。

菲利普（Philipp，Th.）认为，无论是数量上还是质量上，"20 世纪中

期都是阿拉伯自传写作的一个极盛时期".① 不过，出乎菲利普意料的是，
20 世纪 70 年代以后的作品不仅数量上更多而且可读性更强。比如，来自叙
利亚的小说家哈纳·米纳的社会主义现实主义小说体自传三部曲《陈年光
影》、《沼泽地》和《采撷季节》；摩洛哥作家穆罕默德·舒克里更具存在主
义风格的小说体自传《裸面包》也拥有广大的读者群。这两位作家的自传
以强大的艺术感染力，回溯童年受虐的经历，饥饿、酗酒、争吵、不忠、家
庭暴力等主题占据突出地位。文本渗透着作者努力摆脱痛苦、对社会不公深
怀痛恶的诉求。尽管上述两位作家的作品在文学叙事策略方面存在差异，但
都表现出同一个特点：对失去的"童年天堂"的怀恋之情并不是阿拉伯文
学中童年自传唯一的主题，相反，在这两位作家的自传中，"童年"经常是
记忆中的"地狱"、"噩梦"。叙述者对儿时所遭遇的父权制度的不公满腔悲
愤，因而成为反叛父权统治的代言人。

　　另外，1967 年后，巴勒斯坦人民失土丧邦的生存境遇也给这个地区的
自传写作带来了新的主题和叙事模式。为数不少的作家正是对自己在巴勒斯
坦的童年记忆的追溯，写出了自传，再次确定巴勒斯坦民族的身份。"也许，
对于失去故土的人来说，自传体是唯一能够表达存在感的疆域，而追忆是连
结往昔与当下的有力途径。通过追寻过去能够确证自我的存在。"② 我们注
意到，这些自传文本充斥着强烈的民族主义情感。对大多数阿拉伯作家来
说，"民族身份"似乎是"个人身份"的重要组成部分，家国共命运是他们
自传的主旋律。杰卜拉在其自传《第一口井》中对自己"民族身份"的创
造性表述既直接又清晰。在他看来，老家的水井可以将他带回到家乡，带回
到那个在家乡的土地上懵懂成长起来的原初的他；井对于他而言，象征着祖
国的本真；井不断向他肯定：在经历了伤痛、流亡之后，需要回归最初的朴
拙，因为在那里，蕴藏着民族生命的源泉③。作品既有高度的艺术性，又充
满现实感，是现代阿拉伯童年自传的上乘之作。希沙姆·沙拉比的贡献也很

---

　　① Philipp, Th. , *The Autobiography in Modern Arab Literature and Culture*, in *Poetics Today*, 1993, Vol. 14,《No. 3, p. 601.

　　② 余玉萍：《以记忆抵抗权力——当代巴勒斯坦文学一瞥》，《文艺报》2012 年 2 月 13 日第 6 版。

　　③ 　جبرا ابرهيم جبرا، البئر الأولى، دار الآداب، بيروت، ٢٠٠٩، ص١٥.

突出。他先创作了关于青少年和成人时期的自传作品《火炭与灰烬》，表现了阿拉伯知识分子悲哀的命运：初时像火炭一样，希望生命燃烧，寻觅生命的意义，最终却只看到生命之炭化为灰烬，了无希冀。接后又创作了童年时期的自传《流年影像》。

上世纪 90 年代又涌现出一批优秀的童年自传作品。这里值得一提的是，黎巴嫩美国大学教授、阿拉伯传记学家伊赫桑·阿巴斯写了自传——《放牧者的乡愁》。该学者以传记理论专著《传记艺术》在阿拉伯文论界久负盛名，他在建构阿拉伯传记文学理论方面颇有建树。伊赫桑·阿巴斯在自传前三章以第三人称方式叙述孩提早期记忆，将童年经历与其他人生阶段分割开来，描写了童年的他少小离家，步入陌生的世界。自传暗合了传主的一生是一次充满乡愁的孤旅。

综上所述，现代阿拉伯童年自传的文学目的在于：

1. 揭露父权社会的专制和暴虐。家庭是社会的缩影，在父权制社会中，作者通过与父亲的较量，通过与形形色色的社会权势的斗争，以获得个体的自由和尊严；

2. 揭示原始落后的农村与觉醒的现代城市之间的矛盾和冲突；

3. 在东西方文明冲突中寻找自己民族身份的认同感；以个人记忆来抵抗失去的地理疆域和民族权力；

4. 对现代工业文明进行批判，渴望自我生命放弃现代都市文明，回归家园，寻找心灵的自由和宁静。

二　童年自传的叙事特征

1. 叙事模式总体为小说式

上述提及的童年自传作品有的在书名或副标题中清楚表明"自传"二字，如法德娃·图甘的《山路崎岖：自传》，伊赫桑·阿巴斯的《放牧者的乡愁：自传》；有的在书名中明确含有"生命书写"之意，如易卜拉欣·马齐尼的《我的生命故事》，陶菲格·哈基姆的《生命的牢狱》；有的有明显的追溯性年代特征，如希沙姆的《流年影像》，哈纳·米纳的《陈年光影》，易卜拉欣·阿卜杜·哈利姆的《童年岁月》，米哈伊勒·努埃麦的《七十述怀》，阿卜杜·马吉德·本·杰伦的《童年》，优素福·海卡尔的《少年时代》，莱拉·艾布·扎伊德的《回到童年》；还有不少作品在书名或副标题上看不出明显的"自传"标识，如杰卜拉的《第一口井》，穆罕默德·舒克里的《裸面包》，哈纳·米纳的《沼泽地》，宾特·夏蒂伊的《在生死桥上》，艾尼斯·法里哈的《听着，里达!》。

不管是否标明"自传"，我们都把它们放在同一类型中分析。这里凭借的依据是菲利普·勒热讷的关于自传的契约及其后来的补充说明。他认为，从根本上说，自传是一种阅读方式，同时它也是一种写作方式，是作者和读者之间签订的契约；这一类型最终取决于信念，关键点在于读者相信文本写作者、叙述者和主人公之间具有绝对的无条件的同一性。如果这种信念得以确立并维持，只要读者认为文本内容是按作者本人的人生故事来写的，那么文章叙事是虚构方式（小说方式）还是纪实方式（传记方式）就无关紧要了。① 由此，勒热讷点出了文学自传的双面性：一方面制约于事实，必须忠于文献；另一方面又要扮演好艺术作品的角色。即所谓的"文学自传的悖论"。但他肯定，正是意义的透明（纪实性）和美学的追求（艺术性）之间形成的张力，促使自传这一文类整体上具有丰富多样的形式。

就阿拉伯童年自传而言，纪实性和艺术性的对立统一，使叙事模式呈现出两种样式：传记模式和小说模式。

传记模式的文本以非虚构的历史性记述手法为特征，叙事以事件的陈述和透明的言语表达为基础，对所述事件发生的时间非常明确。通常可以强烈感受到叙述者的存在，并具有比故事主人公更大的直接解说权，叙述者对所述之事起到"聚焦"的作用。

以小说体叙事的文本，则显然以虚构的文学手法为主，带有人为的艺术构思痕迹。叙事的突出特征是：场景交代完整，内容连贯，描写细致入微；言语多为"间接"形式，即对话或独白中的"转述"，喜欢用第三人称；叙述者的存在感尽管也可能被强烈地感受到，但叙事的首要目的，在于努力重现不仅在时间上同时也是在意识中的遥远的经历。因此，最为常用的就是孩子的视角。通常是故事主人公控制着叙事发展，而不是叙述者来掌控情节的

---

① Lejeune，Ph.，*Le pacte autobiographique*（*bis*）in Moi aussi，Paris，p. 26.

发展。这就是"小说模式"。

现代阿拉伯童年自传作品中小说模式在数量上要明显多于传记模式。由此，我们发现小说化叙事模式成为阿拉伯童年自传显著的特征。造成这种现象的社会、文化、语言等方面的因素将在"阿拉伯现代自传与小说"一章中详述。

2. 叙事结构具有史诗风格

童年自传故事的叙事模式、时空跨度和承转起合的艺术构成了自传作者独特的叙事风格。现代阿拉伯童年自传叙事结构都具有明显的史诗风格，即在文本结构安排上是一场冒险"旅程"或"骑士探险"；是从一个未知世界走向另一个陌生空间；从"子宫的黑暗"跨入有意识的生命存在；结尾处往往是主人公最终走向一个远远超越自己思想视野的广阔天地。旅程上发生的情况，反映了主人公一步步自我成长的过程。

事件叙述的表层可能遵循时间、空间或主题的发展顺序，但在更深层次上，主人公的心理体验方式是一种穿越或探险行为，是其自我在心理空间维度向外发展的运动过程。故事的典型结尾，往往是核心事件——主人公的"告别"。主人公向他迄今已知的世界告别，向着朦胧神秘的陌生世界出发，走向"未知的命运"（al‐masīr al‐majhūl）。如，陶菲格·哈基姆在《生命的牢狱》中这样结尾：

> 动身那天，我拥抱了母亲和祖母，她俩泪水涟涟。我和父亲一起向港口走去。我登船站在甲板上，在码头上寻找父亲的身影。他站在那，打着一顶白伞，朝我挥手。随着轮船缓缓出港，父亲开始挥舞手帕。我看出古板的父亲竭力控制着感情，装着平静地告别。这一幕，使我不禁泪流满面。埃及渐渐远去，前面是完全未知的世界。①

再如，赛伊德·古特布在《村里的孩子》中如此述说离别之情：

> 男孩心情复杂，心神不宁；去开罗是他多年的梦想，但要离开一直

---

① توفيق الحكيم، سجن العمر، القاهرة، مكتبة الأدب، ١٩٦٤، ص٢٧٠-٢٧١.

陪伴他的世界时，他不清楚自己是高兴还是悲伤。离别时刻的集合声响了，他才从纷乱的心情中回过神来。他与家人一一道别。母亲拥抱他，把他拉到胸前，仿佛在用一颗温暖焦虑的心与他告别。她就那样一直搂着他，直到父亲轻轻地把她拉开。传来敲门的声音，召唤他的声音再度响起，哽在喉头的话没有说出来。他走了出去。①

此类例子不胜枚举，概括列举一些如下：

《乔治·泽丹回忆录》：主人公离开贝鲁特前往开罗，期待新的教育机会；②

《日子》第一部：主人公离开家乡的村庄，去开罗爱资哈尔大学读书；③

《听着，里达!》：主人公离开家乡的村庄，去寻求接受高等教育；④

《童年》：主人公为逃离殖民压迫离开费斯，去埃及学习；⑤

《七十述怀》第一部：主人公离开黎巴嫩前往美国，希望在那里接受现代大学教育；⑥

《裸面包》：主人公准备离开丹吉尔，前往给他提供初等教育机会的学校；⑦

《陈年光影》：主人公（随家人）离村，前往伊斯肯德伦（Alexandretta，原名亚历山大勒塔，现归土耳其领土），躲避饥荒；⑧

《沼泽地》：主人公（随家人）离开伊斯肯德伦，前往拉塔基亚，逃避土耳其统治；⑨

《少年时代》：主人公离开巴勒斯坦，去法国上大学；⑩

---

① سعيد قطب، طفل من القرية، القاهرة، ١٩٧٣، دار الشروق، ص١٩٠.

② جرجي زيدان، مذكرات جرجي زيدان، التحرير: صلاح الدين المنجّد، بيروت، دار الكتاب الجديد، ١٩٦٨، ص٩٩.

③ طه حسين، الأيام، بيروت، دار الكتاب اللبناني، ١٩٨٢، ص١٣٦-١٤٠.

④ أنيس فريحة، اسمع يا رضا، بيروت، دار المطبوعات المصورة، ١٩٨١، ص٢٠٢.

⑤ عبد المجيد بن جالون، في الطفولة، رباط، مكتب مكتبة المعارف، ١٩٧٥، ص٣٤٨.

⑥ [黎巴嫩] 米哈伊勒·努埃麦：《七十述怀》，王复、陆孝修译，甘肃人民出版社1993年版，第169页。

⑦ محمد شكري، الخبز الحافي، لندن، دار Saqi، ١٩٨٩، ص٢٢٦.

⑧ حنا مينا، بقايا الصور، بيروت، دار الآداب، ١٩٨٤، ص٣٥٨.

⑨ حنا مينا، المستنقع، بيروت، دار الآداب، ١٩٨٦، ص٤٣٨.

⑩ يوسف هيكل، أيام الصبا، عمان، دار الجليل للنشر، ١٩٨٨، ص٢٠٣.

《流年影像》：主人公离开巴勒斯坦，去美国上大学。①

从象征意义上看，主人公离去的情节代表了所谓的"闭合式结尾"②。上述例证表明，闭合式结尾是阿拉伯童年传记的标志性特征。

在自传中使用"告别"这一情节来结束某一人生阶段，有其原因。首先，核心人物的离开确实曾在现实中发生过，作为文献，这一叙事反应了阿拉伯世界普遍的教育落后局面，到外面的世界去求知是改变命运的重要方式，是人生的转折点；其次，作为艺术作品，这样的结尾增添了成年后的自我在回溯当年情景时的想象，渲染了离别的气氛。"离开"象征着发展、进步和成长，暗示着探索和冒险的开始。一些女性自传作品则把另一些时间作为人生的节点，如《在生死桥上》，女性叙述者宾特·夏蒂伊没有把她迁移到开罗进入大学这一事件当作生命的转折点，取而代之的是，她叙述了与未婚夫相识的情节，宾特·夏蒂伊用"找到了人生伴侣"情节作为人生故事的转折点，象征童年时期结束，新的冒险开始。

无论哪种情况，结尾都与自传的核心主题——寻找自我身份有关，因为"离别"行为具有根本性的"自我成长"象征意义。主人公不仅离开自己熟悉并痛恨的地方去往他处，而且更重要的是，他要与先前的"自我"分手。儿童人生——"幼虫"阶段结束了，成年人生——"蝴蝶"行将振翅飞翔。"离别"这一场景象征着作者（也就是叙述者、主人公）身份的一次次转化、超越。此外，自我转化和超越经常也象征着社会的变革，从原始到先进，从无知到觉醒，从简单到高级，从悲惨到幸福；或者相反，从高尚到堕落，从宁静到喧嚣，从"自由"到被占领，等等。

这一典型结构让读者联想到阿拉伯成长小说。成长小说的情节围绕着雄心勃勃的年轻主人公的命运展开，他的教育和内心成长是中心主题。按照文学常规，故事结尾安排的是主人公学徒生涯结束的情节。这一模式显然与上述提到的童年自传的结尾结构非常相似。

阿拉伯童年自传与阿拉伯成长小说的相似之处也使得更宽泛概念上的自传与阿拉伯小说之间具有相似性，后者常常是"自传体的"，正如前者常常

---

① هشام شرابي، صور الماضي، بيروت، دار الطليعة، ١٩٨٨، ص٢٠٢-٢٠٣.

② Bonheim, H., *The Narrative Modes: Technique of the Short Story*, Cambridge, 1982. pp. 92, 119.

是"小说体的"。从形式上看，自传与小说之间并没有清晰的分界线；两种体裁相互关联并互有借用。但在类型上，它们还是不同的。因为它们会使读者以不同的阅读方式去对待作品。因此，笔者以为，体裁类型问题最终也会影响读者的判断与评论。因为看起来简单质朴的一篇小说实际可能是一部充满想象力的自传，反之，一部按自己生命履迹写就的自传，由于采用了一定的现代叙事策略，读起来倒更像小说。事实等同于真实这一品质对作为自传的文本来说是优点，会得到读者的赞许；但对作为小说的文本来说，读者会认为这一品质是限制作者想象力的锁链。这是我们在阅读阿拉伯现代作品时常常遇到的问题。

3. 叙事时间跨度总体较短

时间维度是自传的要素之一。时间距离使作者能够回顾起一生经历，并把它浓缩在几百页篇幅内。这一距离也是充分发挥作者——叙事者文本解说权的必要条件。如果写作时间和经历发生的时间比较接近或融合，其写作成果便归于"日记"类；如果叙事交代了与作者有关的事件和地点，却没有给作者——叙事者对其历史经历表达内心感受以中心地位，其写作成果则被归为回忆录。在童年自传中，叙事时间的跨度，即作者——叙事者所述的童年年龄段，也体现了自传的一个特征。在阿拉伯自传作品中，不管是传记模式的还是小说模式的，判断童年自传的基本标准应该是"所述经历的时间跨度"。童年自传中叙事的时间跨度必须仅限于主人公的童年和青少年时期。也许有的自传故事时间跨越半生甚至更长，看起来像一部包含传主各个人生阶段的完整的自传。但如果童年和青少年时期占了整个故事的大部分篇幅，它也应该算作童年自传。

比如，艾尼斯·法里哈的《听着，里达!》，这是一部典型的以"原初记忆"开篇的小说体自传。故事起始时间不详（没写日期，只提到哥哥死亡的噩耗），叙述者兼主人公以追述的方式，回顾自己童年经历，说给年满 10 岁的儿子里达听。童年时期的描述差不多占了 200 页（第14—202 页）。青年后期和成年早期，即到儿子出生写得十分简略，仅数页而已（第 202—206 页），类似后记。再如，黎巴嫩作家、记者穆罕默德·卡拉哈·阿里的《字里行间忆生平》（*Sutūr min Hayātī*, 1988）算是比较完整的自传，从童年讲到成年，但童年、青少年经历占了整个篇幅的近90%，讲到了20岁（这算是时间跨度较长的一例）。成年经历只做了粗略交代，更像是一段调侃式的编后记。这两部作品都应该算是童年自传。

有的自传故事时间跨度短到只有一年。如易卜拉欣·阿卜杜·哈利姆的《祖国的土地》和哈纳·米纳的《采撷季节》。这两部高度小说化的自传作品都关注了青少年早期某一年的经历对他们一生的影响。前者讲述了主人公离家出走到纺织厂打工，深刻意识到工业无产者噩梦般的遭遇；后者描述主人公和家人陷入贫困，在一个严冬季节采摘橄榄，干着按天付工钱的廉价体力活。这两部作品都是作者前两部童年自传作品的延续（《祖国的土地》是《童年岁月》和《春天的日子》的延续；《采撷季节》是《陈年光影》和《沼泽地》的延续）。

从叙事时间跨度看，阿拉伯童年自传可分为三类：

第一类：从字面上看，仅对童年进行叙述。《日子》第一部是典型的例子（讲到13岁），其他的如《童年》（讲到10岁）、《陈年光影》（讲到13岁）、《第一口井》（讲到12岁）、《村里的孩子》（讲到14岁）。

第二类：只记述青少年时期。故事一开始不涉及主人公的早期童年。这些作品不提早期童年的原因是，在它们之前已有前传，它们属于后续作品。比如《日子》第二部（叙述时间为8年）之前有《日子》第一部；《春天的日子》之前有《童年》；《沼泽地》之前有《陈年光影》。但也有例外，比如埃及作家赫里勒·哈桑·赫里勒（Khalīl Hasan Khalīl, 1921—1999）的《庄园》（al - Wosiyyah, 1983），故事一开始主人公就已经12岁了。

第三类：这是最大一类。它们共有的"典型"特征是都同时叙述了童年和青少年时期。有《童年》、《听着，里达!》、《七十述怀》第二部、《生命的牢狱》、《在生死桥上》、《乔治·泽丹回忆录》、《裸面包》等。

第一、二类作品的叙事时间跨度总体较短（1—10年），第三类作品故事较长（10年或略多一些），包括了童年的整个过程。阿拉伯童年自传的时间跨度略短于其他文学中相应类型的平均时间跨度，即15—18年。①

---

① 可参照 Coe, R., *When the Grass was Taller: Autobiography, and the Experience of Childhood*, New Haven, 1984, p. 7。

4. 叙事空间具有乡土化特征

空间维度是自传的另一要素。个人历史不仅是日期的时间序列，也是地点的空间序列。因为地点是生存事件发生的舞台，是人生演进的背景。故乡"空间叙事美学"为读者提供了作者——叙事者当时的内心真实感受。北京大学教授吴晓东在其论著《从卡夫卡到昆德拉——20世纪的小说和小说家》一书中以对郁达夫的描述举例，生动说明了"空间叙事美学"在叙述心理真实方面的作用。当读者读到"郁达夫是在一个梅雨季节的早晨离开他那富春江边的故乡的时候，当时他没有意识到，那笼罩在烟雨迷蒙中的江边故居，将会长久地定格在他以后的生命记忆中"时，"梅雨季节的早晨"那个"烟雨迷蒙中的江边故居""有一种独特的美感，叙事本身表达了一种生命和时空的内在绵延特征。但至于郁达夫是不是真的在梅雨季节离开江边故乡，那是不重要的。重要的是叙述的真实，而不是历史的真实。"① 空间不仅是主人公地理概念上的故乡，更代表着他赖以生存的传统文化、伦理道德、自然风情、经济状况等社会属性。

印度裔英国作家萨尔曼·拉希德在题为《想象的国度》一文中专门讲述了他的小说《午夜的孩子》与他在孟买度过的童年经历的密切关系。在他看来，已失去的国度对于流亡作家而言比任何人都更具意义。那一去不返的世界只能通过想象和叙述得以补偿。被叙述的故乡实际上是作者"自我的延续。当他写故乡时，其实是在写自己"。②

童年性格的形成与周遭环境的紧密联系在杰卜拉的自传《第一口井》中也有突出的表现，正如作者所云：

> 我并非要写什么历史，有许多人比我更有学识、更有资格、更有能力，他们描述了20年代和30年代初的巴勒斯坦。在此，我也无意写我的家史，那时另一回事，何况我力不能及。我更不会写关于巴勒斯坦的社会分析报告……

---

① 吴晓东：《从卡夫卡到昆德拉——20世纪的小说和小说家》，生活·读书·新知三联书店2003年版，第4页。

② Wellek, R and Warren, *Theory of Literature*, New york: Harvest Book, 1962, p. 221.

　　我要写的仅是我个人的经历，纯粹的孩提时光。我关注的是"自我"，那个越来越引起注意的"自我"，那个不断澄明的"自我"，那个感悟越来越深的"自我"，那个也必然永远困惑的"自我"……。我宁愿不断地探寻一个个体的存在，它的意识、认知、情感与岁月一同成长。它的纯真生机勃勃，甚至与纯真本身紧紧相随。当然，这个个体存在包括周遭的一些事物：房屋、树木、山谷、小丘、阳光、雨露、面庞、声音。个体因此而充满生机，因此而懂得价值观和伦理道德，因此而感悟美丑和欢痛。

　　或许我已经有意无意间把自我和周遭融为一体，互为映照，甚至彼此成为对方的表现和象征。这个共同体会敌不过时间的销蚀，所以我尝试把它抓住，捕捉进文字的网中，不要让它再次溜走。[1]

　　在阿拉伯童年自传作家笔下，空间叙事充满了乡土气息，故乡往往是他们内心争斗的角力场，被叙述的主人公正处于裂变的过程中。他们的故乡空间叙事表现在以下几个方面：

　　1. 对故乡的贫穷与落后进行社会文化层面的批判；

　　2. 对故乡进行浪漫主义的描写；

　　3. 对故乡怀着落叶归根般的怀旧和乡愁；

　　4. 关注故乡的历史变迁。

　　在塔哈·侯赛因的《日子》（第一部）里，他的家乡上埃及农村是他批判的场域。他的内心充满了矛盾：一方面，在同质性的现代化进程中，农耕文明所代表的传统文化的"整体性"已不可避免地显露出分崩离析的趋势，寻找新的自我意识已在童年的作者身上萌芽，寻找的过程便是他对陈旧制度的揭露和批判，这时的作者是游离于传统文化之外的"他者"，他把离开上埃及去开罗求学作为"新生"；另一方面，他虽然和周遭的贫困、愚昧、丑陋、衰老格格不入，但作为传统文化的一分子，源远流长的文化习俗已将他和那个传统整体黏合在一起。农村的乡土人情又是主人公割不断的"脐

---

[1]　جبرا ابرهيم جبرا، البئر الأولى، دار الآداب، بيروت، ٢٠٠٩، ص١٠.

带"。它象征着原有的秩序和紧密的社会联系，而"城市"象征着知识与进步，也意味着传统价值观的日趋荒芜。传统和现代之间的张力导致作者对故乡的叙事充满了爱恨交加的个人情感。在农村和城市双重身份的争斗中，主人公最终选择了后者。《日子》象征着历史翻过了一页，新世界已经诞生。

与塔哈这种对故乡文化批判性的叙事不同，艾尼斯·法里哈在《听着，里达!》中对故乡农村的叙事则充满了牧歌式的田园气息。叙述者采取了阿拉伯传统说书艺术，将黎巴嫩农村日渐式微的美好的传统文化景象对年方 10 岁的儿子娓娓道来。在叙事者看来，"落后的农村"才是真正的自由和心灵宁静的象征。同样对农村生活充满欢欣的还有米哈伊勒·努埃麦。他的《七十述怀》便是对乡土文化、乡民乡情、乡间劳作的讴歌，是对将"故乡"的美好毁掉的因素——现代文明、工业文明——的无情批判。与塔哈正好相反，努埃麦将自己从美国回到家乡——沙赫鲁卜作为"新生"。他眼里的家乡：

> 巨石嵯峨，溪水清澈，草木繁茂，景色秀丽。绥尼山熠熠闪烁，鸟儿鸣啭、轻风低语，泉流吟唱。巴斯坎塔村俨然成为一座茂密的大果园。山麓间片片红色宛如碧蓝大海中的颗颗红宝石。[①]

正是"爷爷哀愁而甜美的劳动歌声"、"巴斯坎塔那破旧的家乡……那里的山石、林木、鸟雀……绥尼山和它的峰巅以及洞穴中闪烁的光影或摇曳的树荫"将在海外求学 25 年后的努埃麦拉回故里，成为"沙赫鲁卜的隐士"。

上述童年自传关于农村的不同叙事本身也反映了 20 世纪上半叶到下半叶阿拉伯社会文化和思想的变迁。生活在 19 世纪末 20 世纪初的塔哈正处于埃及现代化初期，现代性的启蒙思想深入那个时代知识分子的心灵，农村代表着旧有的文化秩序和落后的生活方式，而走向外部世界、接受西方的先进思想文化和观念、改造家乡愚昧落后的面貌成为那代知识分子共同的使命；到了 20 世纪 50、60 年代，即努埃麦写《七十述怀》的年代，现代性带来的恶果已初露端倪，尤其对常年生活在海外的游子而言，回归家园、持守民族

---

① ［黎巴嫩］米哈伊勒·努埃麦：《七十述怀》，王复、陆孝修译，甘肃人民出版社 1993 年版，第 21 页。

属性和文化根性成为努埃麦那代知识分子的诉求。

另一方面，50、60 年代的阿拉伯世界充斥着浪漫主义爱国主义气息，那种充满民族主义热情的对故乡生命的礼赞在易卜拉欣·阿卜杜·哈利姆的《春天的日子》和《祖国的土地》中表现得十分明显。阿卜杜·哈利姆在《祖国的土地》里谈到："回到家乡就是回到祖国，回到母亲的怀抱，回到恋人的胸前和双唇。"① 在《春天的日子》里，作者将自己与家乡的关系比作母子关系：

> 我学会了吮吸母亲的乳汁，以便生长。我爱上了那乳汁的甘甜，越是远离，越加思念；我也吮吸到童年家乡的种种滋养，爱上了她的味道，无论身处何方，故土总让我魂牵梦萦。②

这里，作者把"家乡"当作不变的整体，甚至把它符号化了。它就是"母亲"和"恋人"的代名词。

从 1952 年纳赛尔主义胜利到 1967 年在第三次中东战争中阿拉伯阵营的失败这十几年间，埃及洋溢着一种蓬勃向上的时代气息。乐观、进步、对未来的美好憧憬是那个时代的主旋律，浪漫主义和社会主义热情夹杂着强烈的民族主义精神。因此，"家乡"、"乡村"成为寻根、自我身份再确定的空间场所，甚至与"国家"概念相等同。

"乡土气息"也表现在 20 世纪 50、60 年代北非摩洛哥自传文学叙事上。如我们前面提到的阿卜杜·马吉德·本·杰伦的童年自传《童年》。不过，对于从小在英国曼彻斯特长大的本·杰伦而言，"故乡"的概念比较复杂：一个是自己从小亲历的故乡英国的曼城；一个是祖辈的老家、自己长大后才回来"介入"的故乡摩洛哥的费斯，是他叙述的"想象的国度"，也是他精神的流放地，成为他努力适应的场所，对个人身份再定义的领地。

"乡土气息"最为浓郁的自传典范当属杰卜拉的《第一口井》。瑞典阿拉伯传记文学研究专家泰兹·卢克（Tetz Rooke）将杰卜拉自传中的"乡土

---

① ابراهيم عبد الحليم، أرض الوطن، دار الثقافة الجديدة، القاهرة، ١٩٦٢، ص١٤٠.

② ابراهيم عبد الحليم،أيام الربيع، دار الثقافة الجديدة، القاهرة، ١٩٦١، ص٩.

气息"归结为一种"当代神实主义"创作潮流①。在文本中，杰卜拉以清新的笔调描写家乡伯利恒农村的旖旎风光，在他的笔下，小鸟在春日的夜晚飞来飞去（第 59 页），野花遍地，绿树成荫，大片的橄榄园郁郁葱葱。书中提到的农作物名称不下 18 种，山野植物不下 9 种，还有繁多的动物与昆虫名称。杰卜拉的自传是一幅描绘自然、记载民俗的画卷：村里特有的建筑构造，伯利恒各种教堂的历史，村民们在井边、院中为骆驼饮水的情景（第 25 页），小商贩走街串巷叫卖乳酸饮品的习俗（第 98 页），祖辈们叙述的神话故事、民间传说，等等。作为失去家园、长期流亡海外的巴勒斯坦作家，个人自传中必然渗透着民族主义色彩。然而，在杰卜拉自传中没有空乏的政治口号和鼓噪的民众情绪，有的只是静静地描写乡村原有的一切，以及英殖民者打破乡村的宁静后带来的变化。

《第一口井》写于 1987 年，作者在文本里对民族主义的态度与发表于 20 世纪 50、60 年代的《听着，里达!》、《童年岁月》里"自我"表现出的强烈民族主义色彩有着本质上的区别。这种区别源于 50、60 年代和 80 年代阿拉伯社会意识形态领域的变化。对于前者，民族主义浪潮以压倒一切的主流意识形态直接表现在现实主义社会主义文学作品中，自传里带着强烈的政治色彩；而对于后者来说，阿拉伯世界经过波诡云谲的变化②，阿拉伯民族主义思想——建立独立的民主国家，建立泛阿拉伯民族统一阵线——已发生了极大的转型。文学已从单一的政治意识形态领域的禁锢中解放出来，呈现出一种新的文学气象。埃及作家爱德华·赫拉特称之为"新感觉派"文学思潮（al‑Hassāsiyyah al‑Jadīdah）③。这一思潮试图解构传统的现实主义

---

① تيتز رووكي، في طفولتي دراسة في السيرة الذاتية العربية، المترجم: طلعت الشايب، المجلس الأعلى للثقافة، القاهرة، ٢٠٠٢، ص٢٨٧.

② 这里主要指 20 世纪下半叶阿拉伯世界经历的 1967 年第三次中东战争的失败、以色列对巴勒斯坦的占领、纳赛尔去世、黎巴嫩内战、知识精英流亡海外、政治伊斯兰思潮上升等一系列重大社会、政治、宗教、军事事件和变革。

③ 1993 年埃及作家爱德华·赫拉特出版了他的文学理论专著《新感觉：小说现象文集》，第一次提出了"新感觉派"文学概念。他认为，"六五战争"以后阿拉伯世界的历史和文化发生了巨大变化，文学也由传统的文学创作朝"新写作"方向转型。"新感觉派"文学的含义是"对外部影响的感知及应对"，主要体现出四个特点：打破传统冗长的叙事排序和线性时间发展；深入潜意识，挖掘深层自我，将梦、呓语、潜意识行为作为文学表达的形式和内容；打破既定的语言结构和流行的语境；通过梦、神话、诗歌来扩展现实的含义，质问现行的社会模式，建立新的艺术现实。

观，用"新现实主义"观来看待艺术的真实性。"新感觉派"文学作家们常常将乡村的民间遗风、谚语猜谜、神话故事注入到他们的创作中，在作品中发出"沉默的大多数"的声音。自传写作是"新感觉派"作家们对这一理念的文本实践，如赫拉特写了小说体自传《藏红花的土地》，杰卜拉写了《第一口井》，阿卜杜·拉赫曼·穆尼夫写了《一座城市的故事——40 年代的安曼》，等等。

附录　按年表排列的现代阿拉伯童年自传作品（2000 年以前）

作品名	第一次印刷（年）	作者
日子（第一部）（*al – Ayyām I*）	1929	塔哈·侯赛因［埃］（Taha Husayn）
日子（第二部）（*al – Ayyām II*）	1939	同上
生命的故事（*Qissat Hayāt*）	1943	易卜拉欣·马齐尼［埃］（Ibrahīm al – Māzinī）
村里的孩子（*Tifl min al – Qaryah*）	1946	赛伊德·古特布［埃］（Sayyid Qutb）
童年岁月（*Ayyām at – Tufūlah*）	1955	易卜拉欣·阿卜杜·哈利姆［埃］（Ibrahīm Abdu al – Halīm）
听着，里达！（*Isma 'ya Rida!*）	1956	艾尼斯·法里哈（黎）（Anīs Farīhah）
童年（*Fi at – Tufūlah*）	1957	阿卜杜·马吉德·本·杰龙（摩）（Abdu al – Majīd Bn Jallum）
七十述怀（*Sab 'Ūna*）	1959	米哈伊勒·努埃麦（黎）（Mikhāil Nuaymah）
生命的牢狱（*Sijn al – Umr*）	1964	陶菲格·哈基姆［埃］（Tawfīq al – Hakīm）
乔治·泽丹回忆录（*Mudhakkirāt Jurji Zaydān*）	1967（1908 完稿）	乔治·泽丹（黎）（Jurji Zaydān）
在生死桥上（*Alia al – Jisr*）	1967	宾特·夏蒂伊［埃］（Bint ash – Shāti'）
春天的日子（*Ayyām ar – Rabī '*）	1961	易卜拉欣·阿卜杜·哈利姆［埃］（Ibrahīm Abdu al – Halīm）
祖国的土地（*Ard al – Wotan*）	1962	同上
陈年光影（*Baqāya Suwar*）	1975	哈纳·米纳（叙）（Hanna Mīna）
沼泽地（*al – Mustanqa'*）	1977	同上
我在路上（*Ana 'alā at – Tarīq*）	1981	阿卜杜拉·图希［埃］（Abdu Allah at – Tūkhī）

续表

作品名	第一次印刷（年）	作者
和我在一起（Ma'i）	1981	邵基·戴伊夫［埃］（Shawqī Dayf）
裸面包（al-Khubz al-Hāfī）	1972	穆罕默德·舒克里（摩）（Muhammad Shukrī）
庄园（al-Wisiyya）	1983	赫利勒·哈桑·赫利勒［埃］（Khalīl Hasan Khalīl）
采撷季节（al-Qitāf）	1986	哈纳·米纳（叙）（Hanna Mīna）
第一口井（al-Bi'r al-Ūlā）	1987	杰卜拉·易布拉欣·杰卜拉（巴）（Jabra Ibrahīm Jabra）
旅程（ar-Rihlah）	1987	费克里·扈利（Fikri al-Khūlī）
字里行间忆生平（Sutūr min Hayāti）	1988	穆罕默德·加拉赫·阿里（黎）（Muhammad Qarah Ali）
少年时代（Ayyām as-Sibā）	1988	优素福·海卡尔（巴）（Yūsuf Haikal）
生命书简（Awrāq al-'Umr）	1989	路易斯·易瓦德［埃］（Luwis 'Iwad）
流年影像（Suwar al-Mādi）	1993	希沙姆·沙拉比（巴）（Hishām Sharābī）
回到童年（Rujū'ila at-Tufūlah）	1993	莱拉·艾布·扎伊德（摩）（Layla Abū Zayd）
打开的窗户（al-Nawāfidh al-Maftūh）	1993	谢里夫·希塔塔［埃］（Sharīf Hitatah）

第三节 征服黑暗:塔哈的《日子》

《日子》是埃及现代最著名的作家、文艺评论家、思想家和教育家塔哈·侯赛因的小说体自传。通过该自传，作者表达了自己的文化立场，开辟了阿拉伯小说体自传的先河，成为后世作家效仿的典范。

塔哈出生在上埃及的小乡村，家境贫寒，3岁时患眼疾而致双目失明，却聪慧过人，9岁前便能背诵整部《古兰经》。1902年入开罗爱资哈尔大学盲人部学习伊斯兰教课程，1908年转入新创办的埃及大学（今开罗大学前身）学习，1914年获该校第一个博士学位。1914—1919年间先后在法国蒙皮利埃大学和巴黎索尔本大学，系统研读古希腊、罗马的历史文化和欧洲特别是法国的近现代文化与文学，再获巴黎大学法国国家博士学位，成为在国外大学获得博士学位的第一个埃及人。回国后致力于文学创作、研究和教育事业，先后担任过埃及大学文学院院长、教育部顾问、亚历山大大学校长、教育部部长、埃及作协主席、阿拉伯语言学会会长及阿拉伯国家联盟文化委员会主席等职，在埃及思想文化界乃至阿拉伯世界具有举足轻重的地位。此外，他还获得牛津、剑桥等欧洲 7 所著名学府授予的名誉博士称号，多次获埃及国家文学奖、国家文学表彰奖和尼罗河勋章等奖项，曾两度被推荐为诺贝尔文学奖候选人。

塔哈·侯赛因虽是盲人，却一生勤奋好学，笔耕不辍，著述甚丰，留有70 多部著作。1974 年，黎巴嫩图书社结集出版了《塔哈·侯赛因全集》，共19 卷，内容涵盖文学、语言、历史、哲学、政治、教育和宗教等诸方面。译著类有《希腊诗剧选》、伏尔泰的《查第格》、纪德的《忒修斯》、拉辛的《安德罗玛克》、亚里士多德的《雅典人的制度》等；文学作品有小说体自传《日子》、小说《鹬鸟声声》、《苦难树》和《山鲁佐德之梦》等；文论类有《论蒙昧时期的诗歌》、《哈菲兹与邵基》、《谈诗论文》、《与穆太奈比在一起》、《文学与批评》、《星期三谈话录》和《真论与批评》等。鉴于他开创了阿拉伯现代文艺批评理论和阿拉伯现代小说体自传之先河，以及在小说创作、外国文学译介等领域上的卓越建树，著作卷帙浩瀚，被誉为"阿拉伯文学巨擘"。他身为盲人，却创造了一个从乡村盲童成长为一代文豪和学界宗师的人生传奇，被当代埃及传记作家凯马勒·麦拉赫称为"征服黑暗的人"。

塔哈·侯赛因的代表作《日子》是一部小说体自传，共有三部。作者以真挚抒情的笔调叙述了自己童年和青少年时期的生活，记录了成长经历、周遭见闻和酸甜苦辣的种种感受，真实反映了 20 世纪初埃及青年在追求新知、完善自我过程中同旧式经院教育之间的矛盾冲突，折射出一代革新派知识分子在与守旧派的激烈交锋后，仍坚定地推动文化复兴运动的决心和信心，以及为此而采取的文化立场。另外，作品"以对历史的真实描述，使它具有认识价值；又以其批评意识和改革意识，使它具有较大的社会意义"[1]。

---

① 仲跻昆：《阿拉伯现代文学史》，昆仑出版社 2004 年版，第 193 页。

《日子》最早刊出时，作者没有明言是自传作品，但读者很自然地将该作品作为作者的自传来阅读。因为塔哈在公众视野中是知名度很高的风云人物。文本中的叙述者、那位盲童主人公——"我们的朋友"或"那位年轻人"，和作者塔哈的身份完全重合，生平际遇相同，其他人物也与作者的家庭成员有对应关系，其真实性毋庸置疑。

在1954年的《日子》盲文版序言中，作者首次承认该文是写给自己的个人回忆录，自我慰藉，本没打算发表，后《新月》杂志向他索稿，便交付杂志连载，反响不错，结集成册。"不管别人相信也好，怀疑也罢，我只是实话实说。"①

塔哈富有传奇色彩的、丰富的、值得"自传"的人生经历却被作者注入了"文学性"要素。在驾驭故事、叙事技巧和艺术性上都可圈可点。"自传性"跃然上升成了纯然的"小说性"，不仅给读者深刻的人生感悟，让人看到赋有启迪意义和引示价值的别样人生，又能让人在阅读中体味到一种美好的纯粹的文学审美愉悦。这一点本身就说明了文学的社会职能所具有的艺术魅力，标志着现代阿拉伯文学与历史学交叉的开始。

塔哈《日子》中塑造的求知欲强、自强不息的失明青年知识分子形象，还不曾出现在以往的阿拉伯民族文化和文学中。以前的阿拉伯文学主要以诗歌、韵文和故事为主，还有政论性杂文和历史小说。而塔哈的《日子》在文体上独树一帜，"首次将自传和小说紧密地结合在一起"②，开创了阿拉伯小说体自传之先河，成为此后作家纷纷效仿的典范之作，影响巨大而又深远。其对阿拉伯现代自传文学写作的典范意义主要表现在，以现代阿拉伯知识分子成长的基本范式、艺术品格追求和叙事美学探索建构了现代阿拉伯"新文化"，树立了"新形象"。下面，笔者就从这三个方面对《日子》进行探讨。

---

① 塔哈·侯赛因：《日子》（合本，阿文版），金字塔翻译出版中心1992年版，见"作者序"，第8页。该序原是作者为1954年的《日子》盲文版所作。

② 阿卜杜·穆哈辛·巴德尔：《阿拉伯现代小说的发展》（阿文版），埃及知识出版社1963年版，第303页。

一　基本范式：个人成长与社会镜像的契合

《日子》第一部早在 1926 年 12 月开始在《新月》杂志上连载，直到 1927 年 7 月结束。后于 1929 年结集为单行本，记述了作者童年时期的家乡生活。父亲是个小职员，家中人口众多，有 13 个孩子，塔哈排行老七。他 3 岁时患眼疾而被江湖郎中治瞎，后被送入村里的私塾学诵《古兰经》，以求将来成为"诵经师"谋生。他聪明过人，记忆超群，求知欲旺盛，又去开罗爱资哈尔大学继续深造。

《日子》第二部于 1939 年出版，记述了作者在爱资哈尔大学八年的学习生活，既描写了爱资哈尔年轻人的宿舍生活及其周围的人物，又勾画了作者如何从渴望进入爱资哈尔大学学习到对其憎恶的心路历程。

时隔 16 年后，《日子》第三部 1955 年 3 月开始在埃及《最后一点钟》周刊上连载，直到 6 月结束，1962 年正式出版。该部分描绘了作者进入新式大学的喜悦心情，在聆听了一些具有新思想的埃及学者和欧洲东方学家讲授知识后，作者茅塞顿开，视野更加开阔，坚定地选择了走文学之路，并写出论文《纪念阿布·阿拉》获得埃及大学第一个博士学位。后被派去法国继续深造，获得了博士学位又收获了令人羡慕的异国爱情。总体来看，《日子》第一部的艺术成就最高，截至 1983 年已经再版 59 次，1932 年英译本推出，现已译成世界多种文字。

表面上看，《日子》展示的是塔哈的个人求学经历，从乡村私塾到首都宗教知识殿堂再到新式大学，最后到国外西式大学的学习轨迹。深层上却勾连着 20 世纪初埃及教育由旧式单一的经院教学向新式综合的大学教育逐渐转型的艰难过程。这里既有个体生命成长的苦涩体验，又有社会历史发展的阵痛裂变。因为"历史本身在任何意义上不是一个文本，也不是主导文本或主导叙事，但我们只能了解以文本的形式或叙事模式体现出来的历史，换句话说，我们只能通过预先的文本或叙事建构才能接触历史"[①]。那么，在塔

---

① 弗雷德里克·詹姆逊：《政治无意识》，王逢振、陈永国译，中国社会科学出版社 1999 年版，第 253 页。

哈受教育的各个阶段展现的社会镜像分别是：埃及农村环境的严酷，农民生活的艰难、愚昧和落后，私塾先生和一些知名"学者"的不学无术又装腔作势的旧式知识分子心态；爱资哈尔大学经院教学方法陈旧、课程内容索然无味，授课教师间互相造谣中伤、钩心斗角又趋炎附势；新式阿拉伯大学学者云集、教授内容引人入胜、师生平等且气氛融洽；西式法国大学以人为本、重思辨和创新，令作者对西方世界和西方文明十分欣赏。

塔哈写《日子》第一部时正处于人生的低谷，时年 37 岁。因《论蒙昧时期的诗歌》（1926）一书的观点引起埃及宗教人士和文化界保守派的口诛笔伐，甚至背上了"渎神"和"叛教"的指控，遭到了针对他的抗议游行和正式"调查"，一度被禁止教书，著作也被查禁。作者追叙他自小便开始与命运抗争，先是接受失明的残酷现实，后又与私塾先生、学长等人的对抗。从小就有着不屈服和不妥协的性格，似乎在以"昨日之我"鼓励"今日之我"，并以隐晦、委婉的言辞说明"何以为我"的前因后果。《日子》第二部发表时，作者 50 岁，正处在事业如日中天的巅峰期，担任多种要职，对爱资哈尔大学及其谢赫们的批判和嘲讽直截了当，毫不留情。"他更增加了对爱资哈尔的憎恶"[1]，至于和爱资哈尔的关系，"他本来认为已经断绝了，至少是已经准备断绝了"[2] 等。《日子》第三部出版时，作者 66 岁，带着欣喜回忆开罗大学和法国的求学生活，还有甜蜜的爱情。

自传本是"一个人书写自身"的文体，较为私密化。但个体无法脱离社会环境而独立存在，只有在社会生活中表现个人，才能更好地表现传主人格发展和人物行为的动因。影响塔哈的重大历史事件是穆罕默德·阿卜杜教长的被迫离职和突然去世。1894 年，穆罕默德·阿卜杜担任爱资哈尔大学教长期间，曾尝试在爱资哈尔进行一系列的改革，在传统阐经释道的宗教和语言文法课外，增设文学、地理和数学等"皮毛课"。虽受学生欢迎，却受到教育界保守力量的阻挠，特别是当政者的公然批评，教长被迫离开。塔哈原想爱资哈尔的学生会为教长采取行动，乃至付出生命。可他们却没有作为，令他"心里充满了羞愧和愤怒，更加看不起爱资哈尔的长老和学生了。

---

[1]　塔哈·侯赛因：《日子》，秦星译，作家出版社 1961 年版，第 172 页。
[2]　同上书，第 199 页。

虽然他自己并不认识教长，也从来没有到教长家里去访问过"①。教长的去世轰动了整个埃及，可真心悼念他的却是教外人士。这里显然有较多的属于塔哈个人感性体验的"私人叙事"，却包含了极为深刻的社会意识和历史内涵的"宏大叙事"，《日子》便上升为映现时代的一面镜子。塔哈对教长的同情，不再是独立个体的表达，而是当时埃及有良知的知识群体的表达。这一系列事件诱发了塔哈与爱资哈尔决裂的决心，也是他日后文化立场形成的关键点。若说他幼时对旧私塾教育的反抗是无意识的，那么少年时对爱资哈尔经院教育的反抗却是有意识的。青年时对埃及大学教育的积极接受和对西方文明的热情推崇，必然产生了以西方现代文明为样板，来设计埃及未来这一文化立场，并写了社会学专著《埃及文化的未来》（1938）。塔哈的西化救国主张贯穿在他日后一系列著作中，如文论中采用法国哲学家笛卡尔"系统的怀疑论"方法和认识上"唯理论"的观点进行文学研究，大量译介欧洲思想、文化和文学方面的著名作品。在治国方略上提出"埃及复兴的道路必须'走欧洲人的路'，以成为他们'文明的同路人'"②，等等。

塔哈的《日子》正是个体与社会变革两个层面的结合体。"作者将自己个人青少年时代的生活经历和追求与整个社会风云变化联系在一起，并通过对比的手法，写出新旧两种文化、两种思想的斗争，从而使作品具有较深刻的社会意义"③。

二　艺术品格追求：坦率诚实和真实人格的重合

自传写作是一种自我表达的过程，也是一种自我形象塑造的过程。作者回顾性的叙事是建立在对自我人生经历选择性基础上的，需要围绕一定的题旨讲述。

塔哈作为埃及乃至阿拉伯世界的知名人士，特别是他从盲童变成文豪的传奇人生，最大限度地刺激并吸引着读者，想要窥视传主本人的私密生活经

---

① 塔哈·侯赛因：《日子》，秦星译，作家出版社1961年版，第171页。
② 高惠勤主编：《东方现代文学史》（下册），海峡文艺出版社1994年版，第1321页。
③ 仲跻昆：《阿拉伯现代文学史》，昆仑出版社2004年版，第193页。

验、情感历程和思想渊源。尽管塔哈写自传不是为了发表，可他的叙事选择却侧重在他身为特殊群体的独特的生命体验、求学经历和心灵历程，以及在争取美好生活的因果链上有着怎样的真性情。整部自传围绕着这条内在的隐性线索展开。这种自我展示和书写却无意识地暗合了读者的阅读期待。

在《日子》第一部的开篇，作者用散文诗般的笔调描述他记忆中的上埃及乡村生活。岁月流逝，斗转星移。因太久远了，具体的时间已记不清，只能隐约推测出个大概，要么是清晨要么是傍晚，因为脸颊上有一阵凉丝丝的微风拂过，还有漆黑中似乎看到一道恬静的光线。叙事者好像在通过明暗影像和感官触觉判断周围环境，有别于普通人对外部环境的了解，暗示小男孩是盲人。

盲童极为敏感，有颗易感而又易受伤的孤寂心灵。塔哈用率真、细腻的笔调追忆盲童的心理变化过程：如何从能见一点光到完全失明，到靠听觉、触觉和想象感知外部世界，又从家人对他的态度——母亲的慈祥和怜惜、父亲的抚爱和温煦、兄弟姐妹的拘谨——感觉到自己与他人的不同；觉察到别人能做他所不能做和看的事情；开始很委屈，后来只能变成沉默的悲哀。因为看不见，活动范围变得狭小，生活又受到许多限制。他便用"坚强的意志"来约束自己的一举一动，更加自律，却没有抱怨和哭泣，坦然地接受，做自己喜欢的单人游戏，特别羡慕到处跑动的兔子。

盲童内心世界很丰富。虽然看不见，他的世界是黑漆漆的，可他像其他正常的小孩一样怕黑，还怕夜间魔鬼出没。失明囚禁不住他喜欢听逸闻趣事的嗜好，更囚禁不住他想象的翅膀。他幻想能拥有苏莱曼的戒指，役使精灵为他效力，背着他到水渠对岸看奇景。他还着迷于魔法，幻想拥有一根魔杖，一敲地面，9 个法力无边的精灵从地面钻出，听从他的命令。他的生活并不都是孤独寂寞的，也有快乐的时刻。塔哈用欢快的笔触写了他等表弟要来的喜悦之情，层层递进。先点明表弟是他亲密的伴侣，再写他刚听到这个消息时欢喜得几乎发狂，一心想着第二天的到来。夜里再没听到什么响动，他却失眠了，嫌时间过得太慢。上午上课也心不在焉。回到住处，时而宁静，时而激动，却又要故作镇静，以免被哥哥发觉异常。内心恨不得时间再快些，黄昏早点到。估摸着时间差不多了，便想象着表弟来的路径，乘马车从火车站驶来，穿过两个门，拐个弯，再穿过咖啡馆的烟雾和水烟袋的咕噜声，向塔哈住的街区驶来。一听到走在地板上的脚步声，就知道表弟到了，笑着迎上去，笑着拥抱在一起。

盲童还有颗隐忍宽厚的包容之心。他喜欢听诗人的吟诵，常被姐姐打断，强行拽他衣服，像抱草一样地用两只胳膊轻轻抱起他，把他的头放到母亲膝盖上，然后依次扒开他的两只大黑眼睛，往里滴药水，他感到难受，却不抱怨也不哭。在开罗上学期间，哥哥常把他独自丢在黑漆漆的屋里，背着他独吞少得可怜的生活费。父母问起，他都说好，以免他们担心。他尝到过失去亲人的痛苦，特别是他哥哥传染上霍乱而死。他内心有了很大变化，希望能赎回哥哥的部分罪恶，规定自己每天礼两遍 5 次拜功，每年把两个月的斋：一个为自己，一个为哥哥。还把食物和水果施舍给穷人或孤儿。

盲童心态坦然地接受一切苦难，不屈服于命运，绝不轻言放弃和停下求学的脚步，在人生路上顽强拼搏。他每日每餐只吃爱资哈尔供应的饼子，用黑蜜当菜，"既不抱怨，也不烦恼，既不表示难以忍受，更不觉得自己的处境值得怜悯"[1]。尽管他衣衫褴褛又双目失明，但面容安详，嘴角挂着微笑，和领路人匆匆地一起向爱资哈尔走去。脚步坚定，毫不蹒跚，脸上没有盲人脸上惯有的忧郁表情。周围的孩子都在玩耍，而他却在课堂上全神贯注地听讲，面带笑容，不觉痛苦，也不烦躁……[2]艰苦的生活，生理的残疾，并没有吓倒塔哈。他以非凡的毅力和坚定的信念克服了一个又一个的困难，终于到达了荣誉的顶峰。

塔哈在自传中极为坦诚地呈现自身的缺点，毫无忌讳，有着强烈的自省和自我批判精神。如私塾先生让学长每天督促他背诵《古兰经》，而他却用钱和食物贿赂学长。学长不仅放松对他的监管之责，还放权让他管理其他学童。而他如法炮制，只是他要的贿赂品很特别，不是钱，而是给他讲故事、歌谣和神话。他"就是这样既行贿又受贿，既欺人又被欺"[3]。他还公然在父亲面前说谎和欺骗。有一次张冠李戴地背《千言诗》，糊弄父亲，被兄长识破，很是尴尬和难堪。塔哈对既往不光彩经历的追述与自我形成审美距

---

① 塔哈·侯赛因：《日子》，秦星译，作家出版社 1961 年版，第 75 页。

② 同上书，第 74 页。

③ 同上书，第 26 页。

离，把自己当成他者进行理性审视和自我批判的写作精神，显示了其内心深处充分的自信及自我意识的成长与坚强。

塔哈以这种坦诚的心境叙述着自我的人生历程。行文过程中，极大地还原了真实的事件和自我的心理特征。作品的真实性因作者表达情感之"真"，增添了情感的浓意又充满了深情，有着一种心灵倾诉的基调。读者的心被这样一个双目失明、敏感自尊的孩子所吸引，为他没得到上苍的垂怜而惋惜，又为他来日的功成名就而欢欣鼓舞，进而把他奉作英雄式的人物而膜拜。

塔哈写《日子》本是为激励自己。作者也希望，"盲人朋友通过阅读本书，能在生活的艰辛中获得些许慰藉，能在微笑面对生活时获得些许鼓励，努力成为对自己和他人有用之人，坚韧不屈又满怀希望地战胜一切艰难险阻"①。

三 叙事美学探索：纪实叙事和文学技巧的结合

塔哈在回忆人生成长过程中的点点滴滴时，在叙事视角和策略上、人物事件的选择和安排上、语言句式的色彩和音韵上都很用心，以此增强自传的可读性和趣味性，确定了阿拉伯现代文学传记独特的审美基调，奠定了它的美学原则。

塔哈在自传中使用第三人称，这为叙事带来了很大的便利，既可以深入人物内心，又可以抽离人物故事，提出"客观"的意见。塔哈时而称主人公为"小男孩"、"我们的朋友"，时而称他为"年轻人"，和作者塔哈的身份几乎重合。这种身份的重合是通过回顾性的叙事来完成的，却包含了双重的视角：过去的视角和当下的视角，也就是"幼年的'他'和成年的'他'有一段时间并肩前行"②。开篇，幼年的"他"通过叙事话语客观地描述了

---

① 塔哈·侯赛因：《日子》（合本·阿文版），金字塔翻译出版中心1992年版，见"作者序"，第10页。

② Ed de Moor, Autobiography, Theory and Practice：The Case of al – Ayyām, Robin Ostle, Ed de Moor & Stefan Wild（eds）, *Writing The Self, Autobiographical Writing in Modern Arabic Literature*, Saqi Books, 1998, p. 133.

作为盲童的生活片段后，成年的"他"却评论道："儿童的记忆是很惊人的，也许更正确些说，一个人对于童年的往事的记忆是惊人的。"①

更有些时候，塔哈直接将成年的"他"换成年长的"我"。通过非叙事话语，承担着审视、评判或解说的功能。私塾先生教会"我们的朋友"背熟《古兰经》后，要向他家提出一些物质奖励要求，若不答应，便与他家人绝交，还用最厉害的咒语来诅咒他。这时，成年的"他"，变成了第一人称的"我"来评判此事。不认为私塾先生真会这么做，因为他和这家人相识已20年了，相处无拘无束，有一套固定的习惯。

双重的视角和不同话语的共存使得《日子》文本产生特殊的复调效果。过去的塔哈时而单纯可爱，时而又激愤满怀，而当下的塔哈则貌似很超然冷静，实则坚韧睿智，不同话语的交融不断地拓展着叙事的张力。

在叙事策略上，塔哈以自我的人生经历为框架，历史风云以碎片化的记忆退为背景，又不十分明了地将它们诉诸笔端。例如前面谈到爱资哈尔穆罕默德·阿卜杜教长离职和死亡这件事，写的是事件的后续反应。至于事件的缘由、经过等留为空白，需要受众调动记忆或拓展阅读来填补。因而，历史事件虽未成为文本的直接叙述对象，但文本却因为有这些叙述得不完整留下的空白而更具历史叙述的印记。

塔哈在自传中选择对其性格形成产生重大影响的典型事件来讲述。作者经过主体情感的渗透，注重细节的陈述，描述得颇为独到和细腻。塔哈自幼好学，对于不懂的事物，好寻根究底，又喜亲身实践，这便给他带来许多痛苦和烦恼。他小时突发奇想，一改用一只手吃饭的习惯，而用两只手一起取食，遭到讥笑。父母的不理解、兄弟的善意大笑，使塔哈那颗敏感又易受伤的孤寂心灵翻起千层涟漪。这一事件使他更加同情和理解有关中世纪盲诗人阿布·阿拉的种种传闻。作者还特意在文本中穿插上阿布·阿拉的故事和笑话。这很符合阿拉伯读者的欣赏习惯。这也使他清楚地认识到作为盲人生活会有许多不便、艰辛和痛苦。而这件事对作者以后生活的影响更长久。从此他禁止自己吃稀饭、米饭和汤等用勺的食品。他多么希望独自一个人吃饭。但他没有勇气向家人提出，直到他自己当家，才把这个习惯当作自己的规

---

① 塔哈·侯赛因：《日子》，秦星译，作家出版社1961年版，第6页。

矩。第一次去欧洲，去饭店，租房住时，他都借故不到公用饭厅，让人把饭
拿到他房间。他一直保持这种习惯，直到结婚后，妻子才使他改变各种积
习。在饭桌上，他怕别人给他杯子，他接不好，或是杯子在手上颤动，便不
好意思在饭桌上喝饮料。饭后才站起来喝洗手用的水，喝这种不洁的水有损
健康，以致他后来果然得了胃病，可谁也不知道他是怎么得的。盲童在生活
上对自我的约束让读者心生怜悯，更能体会盲人的不易。这也是塔哈在盲人
版《日子》序中表达的意图：

> 读完这个故事的盲文读者，将从中看到他们中的一个伙伴年轻时
> 生活的鳞爪。当他对视障的痛苦有所了解后，越发意识到盲人兄弟的
> 困难……我希望，盲人朋友通过阅读本书，可以在生活的艰辛中得到
> 些许慰藉。①

《日子》的文学性还体现在时而大胆使用幽默、诙谐和讽刺的语言，用
漫画式的手法，绘声绘色地刻画出那些不学无术而又要装腔作势、招摇撞骗
的号称"谢赫"们的丑恶嘴脸，读后令人忍俊不禁。

塔哈有敢于挑战权威的勇气，特别是在自我知识积累到一定程度后，特
别不能容忍爱资哈尔的"谢赫"们假装博学。这些"谢赫"授课时漏洞百
出，学生提出异议与之辩驳，又理屈词穷，或克制怒火，用一种异常甜蜜的
口吻说："让真主在复活日来评判你我吧！"或恼羞成怒，或直接辱骂学生
为"蠢货！混蛋！"或咬牙切齿地叫学生"住嘴！废物！滚开！笨猪！"更
有甚者把鞋子丢向学生。"要不是上埃及的同学们都保护他，拿着鞋子站在
他身边围成一圈，真不知道他会遭到别的同学怎样的毒手，当时的爱资哈
尔，谁不怕上埃及的鞋子呢？"②

《日子》的语言风格在阿拉伯文坛也是独树一帜的。这在一定程度上得
益于《古兰经》的句式。因为作者自小就能熟背《古兰经》，进入爱资哈尔

---

① 塔哈·侯赛因：《日子》（合本·阿文版），金字塔翻译出版中心1992年版，见"作者序"，第
10页。
② 塔哈·侯赛因：《日子》，秦星译，作家出版社1961年版，第166页。

大学又强化了他对《古兰经》的记忆。再者，"在作者看来，文学之所以称得起文学，就是既要动听，又要动人，所以他尽量使自己的语言具有音韵效果。他有意识地反复运用词型、音节相同的词汇，以达到音韵和谐，深入读者和听众内心的目的"①。有学者还认为《日子》那充满音韵的语言风格具体表现在"那些用优美的音韵环环相扣在一起的句子"中②。"反复运用词型、音节相同的词汇"、"环环相扣在一起的句子"，这些正是《古兰经》句式最基本、最突出的特色。

在伊斯兰国家，能背诵《古兰经》的人，一律被称为"谢赫"，有资格穿戴象征其荣誉、身份的缠头巾、宽袖长袍，受人尊敬。塔哈自幼聪明，不到 9 岁便熟背《古兰经》，得了"谢赫"称号。可服饰上毫无改观，只因他年龄尚小，塔哈深感受到莫大的侮辱。作者在书中用一组疑问排比连锁型句式，表达了他强烈的不满和愤怒：

> 既然他是一个谢赫，已经背诵了《古兰经》，怎么还能认为自己小呢？
> 小孩怎么能成为谢赫呢？
> 背诵了《古兰经》的人怎么会是个小孩呢？③

"谢赫"一词在阿文中也有"老人"之意。

塔哈灵活多变地模仿了《古兰经》的语言结构，运用在《日子》文本中，或在结构相同的句子基础上，再配以音节相同的词汇的重复，便透溢出极浓郁的阿拉伯语韵味；或把《古兰经》以节为单位组成排比连锁型句式关系，扩展成为以长短不一的段落为单位，段首是相同的时间短语，后接陈述语气的过去式动词句，一道组成排比连锁型句式关系；或在模仿的基础上对《古兰经》句式关系进行创造性的发展，仍以段为单位构成循环重复型句式关系；或把排比连锁型句式关系和循环重复型句式关系交错使用，来深

---

① ［埃］邵基·戴伊夫：《阿拉伯埃及近代文学史》，李振中译，人民文学出版社 1980 年版，第286 页。

② 同上。

③ 塔哈·侯赛因：《日子》，秦星译，作家出版社 1961 年版，第 17 页。

入细致地展现一个失明少年丰富的内心世界和那颗易感而又易受伤的孤寂心灵，以达到感人肺腑的艺术效果。

"文似看山不喜平"，塔哈正是在表现手法上大胆借鉴《古兰经》句式关系，使用时又灵活多变，从而形成自己独具魅力的语言风格，使《日子》这部小说体自传波澜起伏，整齐中有变化，常式中用变式，重复中有省略，和谐中见灵活，平铺直叙的语言，却有一种音乐美，让人们感到一种隐约的旋律波，如浓雾中远远的声音，夕暮里淡淡的光线，紧紧地吸引着读者的心弦。

《日子》叙述的是作者个体的成长过程，折射出的却是一代革新派知识分子在动荡和变革的历史演进中的思想历程。个体生命有着生理上的"失明"，一代知识分子却有着精神思想上的彷徨和迷惘，那就是面对西方先进文化和探求本民族发展出路过程中选择何种文化立场。个体克服了生理上的"盲"所带来的各种艰难困苦，最终获得了幸福美好的新生活。通过对西方文化和本民族文化的比对参照，确立了自己的西化救国的文化立场，并身体力行地以其作品和社会实践，为埃及乃至现代阿拉伯思想文化上的彷徨和迷惘提供了一盏照亮前行方向的明灯。对于阿拉伯民族特别是阿拉伯青年来说，塔哈"是一个征服黑暗、战胜环境、赢得辉煌人生的榜样；一个摆脱束缚、走向自由的象征"①。

正因如此，《日子》被认为是当代阿拉伯抒情散文风格的典范，也是阿拉伯现代小说体自传的奠基之作。它对后来的自传写作自然产生了巨大影响，引得许多作家争相模仿采用小说形式来写自传，或直接将个人的生活作为描写对象，或间接将个人的经历化为小说的背景，有的作家或公开承认或公开否认对《日子》的借鉴，而埃及著名作家、诗人、伊斯兰学者赛伊德·古特布在其自传《村里的孩子》的内页直接标明："此书献给塔哈·侯赛因。"以表明作者对塔哈先生的崇敬。这无疑承认模仿了《日子》的风格。

第四节　普罗米修斯的探索：易瓦德的 《回忆录》和《生命书简》

埃及现代著名思想家、文学家、"世俗主义者之父"路易斯·易瓦德

---

① 高惠勤主编：《东方现代文学史》（下册），海峡文艺出版社 1994 年版，第 1354 页。

1915 出生于埃及中部城市明亚（al – Minya）①，是被誉为埃及"现代文学巨擘"的塔哈·侯赛因的学生和同乡。1937 年易瓦德以优异的成绩获得了开罗大学英语文学学士学位，1940 年获得了剑桥大学的英语文学硕士学位，1953 年获得了美国普雷斯顿（Preston）大学的文学博士学位。后来任教于开罗大学文学院英语系，任系主任一职，并长期为埃及《共和国报》、《金字塔报》等报的专栏作家。

易瓦德著作等身。有近 50 部作品问世，内容涉及历史、思想、文学、社会文化诸方面；体裁多样，在诗歌、散文、学术评论、传记、翻译等领域都留下了丰厚的遗产。研读硕、博期间完成的三部著述奠定了易瓦德在历史批评方法论方面的学术地位，第一部为 1945 年完成的《霍拉斯的诗歌艺术》；第二部为 1950 年完成的《现代英国文学》；第三部是 1953 年提交给普雷斯顿大学的博士论文《论英法文学中普罗米修斯主题》（此专著在 2001 年纪念作者去世十周年时译成阿文）。此外，他的重要作品还有：译作《解放了的普罗米修斯》，回忆录《一名海外留学生回忆录》，自传《生命书简：性格形成的岁月》，小说《凤凰》，文化思想理论专著《现代埃及思想史》、《阿拉伯语语言学绪论》、《世界戏剧》、《社会主义与文学》、《欧洲研究》、《东西方之旅》、《埃及和自由》等。1989 年，鉴于易瓦德在文学、思想文化领域做出的突出贡献，埃及政府为他颁发了国家荣誉奖。

这里，我们试图通过分析易瓦德的回忆录和自传来透视这位著名思想家、作家的性格形成和思想发展轨迹，进而揭示他所代表的一代埃及现代知识分子在"外来与本土"、"传统与现代"思想文化交锋中所起的启蒙作用以及所处的两难境遇乃至悲剧命运。

一 两个回忆性文本的区别和关联

在古希腊诸神中，被誉为"盗火者"的神明普罗米修斯（Prometheus）将知识带给人类，触犯了诸神之父宙斯，被后者锁在高加索山的悬崖上。普

---

① 开罗以南近 250 公里的埃及中部城市，曾是埃及 18 王朝阿肯那顿法老执政时期（公元前 1379—1362）的都城，现为著名的旅游胜地。

罗米修斯坚信靠人类的知识和智慧一定会战胜奥林匹斯众神，为此他甘愿受苦来赎罪。从路易斯·易瓦德的回忆录《一名海外留学生回忆录》（以下简称《回忆录》）和自传《生命书简：性格形成的岁月》（以下简称《生命书简》）中，我们也看到了作者如普罗米修斯般"盗火"和"赎罪"的命运转承。他的一生在现代埃及思想文化领域有关"外来与本土"、"传统与现代"的矛盾与对抗中上下浮沉：年轻时负笈欧洲，为启蒙尼罗河家乡的民众，从西方带来知识的火种；中年后随着阿拉伯世界世俗主义、自由主义和民主理想的节节败退，被指控为外来殖民者文化的代理人和传统伊斯兰文化的敌人而沦为阶下囚。

《回忆录》早在 1942 年便已脱稿，实际上是作者的处女作，但直至 1965 年才得以出版。洋洋洒洒近 300 页的篇幅，主要描写作者 1937 至 1940 年间在剑桥大学国王学院攻读文学硕士学位的情况。虽说自传和回忆录本属同族近邻，但二者仍有一些差别。不同点在于：自传强调作者的开拓性自我、建构性自我，而回忆录则着重讲述作者目击的事件以及所接触的人物。笔者以为，回忆录在回忆的事实性上当比自传更胜一筹，而自传在性格形成的真实性上更精确。

回忆录里不谈角色的成长和发展；没有自我内心的冲突，没有命运的起承转合或自我发现。作者在《回忆录》中坚持一条年表式的线性结构写作法：先从开罗后由亚历山大搭乘邮轮赴欧为全篇的起承；再以三年后在英国拿到学位、结束留学生涯、再经海路返回埃及为转合。全篇让我们看到了一个静态角色背后呈现出的一系列动人的事件以及参与事件中的各色配角。沿着这条轴线，我们对作者路易斯·易瓦德从 22 岁到 25 岁这一段生活有了深一层的了解。

但作者的性格和思想形成，并非来自他《回忆录》里叙说事件时的处境和体验。确切地说，他的性格充分形成于《回忆录》中叙述"自我"留学经历之前那个人生阶段。如果我们要留意路易斯·易瓦德的性格成长过程，想摸清他在家庭环境、教育制度和在一个政治文化剧烈动荡的埃及社会中其思想发展的轨迹，就必须参照他在人生末端写的自传作品——《生命书简》。在 20 世纪整个 80 年代的 10 年间，易瓦德断断续续写完这部近 627 页的巨著。1989 年岁末出版后不到 9 个月，作者便与世长辞

（1990 年 9 月）。

易瓦德临终前完成的自传和他的处女作《回忆录》都是重拾旧事，是一种追忆行为。有趣的是，他的收山之作居然起到了——事实也确实如此——为他处女作作序的作用。因为，《生命书简》谈的是作者从童年到1937 年福阿德大学（开罗大学前身）毕业这段时间的生活，而《回忆录》陈述的是这之后三年在剑桥读研究生的情况。作者生命中的两个阶段和两个相隔近半个世纪的回忆性文本写作时间的倒置，即在生命末期书写的"自我"却先于写在生命早期的"自我"，且不尽相同，这是一个非常有趣的现象。它不仅反映了人类记忆的天性，即作者当下叙述时间和所忆事件发生的时间之间的距离是引发记忆的装置，这也是所有自传的源泉，而且还能使读者更好地理解易瓦德"自我"性格形成、思想发展的个中社会文化因素。换言之，其实"自我"受制于时间，通过不同时期的回忆不断生成变化。如果一个人在不同时期对发生在自己身上的同一事件理解有所不同，那么回忆在从中发挥了关键作用。

这一点，我们从同一个易瓦德在相隔近半个世纪的文本中反映的两个"自我"现象里得以印证。《回忆录》处处凸显出这个年方 27 岁的年轻作者的精神世界。书里有期望，有希冀，有自信，有蔑视，有激情，有忧伤，还有大胆开拓以及准备接纳全世界的青年人特征和开放心态。所有这些不仅体现在内容和叙事的精神中，更体现在极具冒险性的文本写作中：近 300 页的篇幅，作者用的是埃及方言而不是标准阿拉伯语。这种行为在当时并不多见。笔者以为，作者这样做的目的实际上是想表明自己引以为傲的以法老文明为源头的埃及民族主义思想文化立场。再则，《回忆录》写就于作者说的那些事件结束后不到两年的时间里，未经时间的滤器，仍然具有某种日志或日记的新颖性和即时性。因此，《回忆录》表现出青年人自命不凡、敢为人先的"自恋式"自我特征。

与《回忆录》中青春的能量和民族主义的狂放相比，《生命书简》凭借回忆童年、青少年向我们展示了一个 75 岁高龄长者在经历了一连串个人和民族挫折与失败后百无聊赖和心灵空漠的况味。尽管易瓦德在这里谈的还是他童年和青少年时期的"我"，早于《回忆录》里的那个青年的"我"，但是他的陈述不时被后来近半个世纪埃及所经历的历史风雨变幻及自我思考所左右。凭着后知之明，作者说古道今，反思埃及社会现代化经历的曲折历程。

作者的叛逆精神或许在生命的末端依然完好无损地保存着，但看得出这是藏在深度隐忧中的对历史的反思。时过境迁，只有经过长时间意识、观念和记忆滤器的调整，作者才把《生命书简》奉献在读者眼前。因此，该自传表现出反思本民族文化、愿为民族痼疾受难的"救赎式"自我特征。从"盗火"到"赎罪"，从"自命不凡"到"愿受惩罚"，易瓦德走完了自己普罗米修斯式的人生。

二 《回忆录》中的自恋式"自我"

如果仔细剖析一下《回忆录》（*Mudhakkirāt Tālib bi'thah*）的阿文书名，读者可以看出作者赋予这本回忆录的意义。书名里的 Tālib bi'thah 可以译成"派出的、公派的学生"。两个词的词根 talaba 和 ba'atha 在阿拉伯语中有着丰富的内涵。Tālib 不仅是普通字面上"学生"的意思，它也当"求学者或真理的探索者"讲。动词 ba'atha 撇开其基本词意"派出"以外，还有"复兴"、"重生"、"复活"之意。由此，我们意识到《回忆录》中的作者易瓦德不仅仅是一名"公派海外的留学生"，而且他还是真理的探求者，是生活在黑暗、愚昧文化中的普罗米修斯。他肩负着寻求新知、复兴民族的使命，他负笈西方就是为了求得神圣的知识和现代性火种。也的确如此，易瓦德被认为是 20 世纪埃及现代化进程中传播西方文化、推动民族复兴、建立民主制宪、主张政教分离的知识精英，是日本近代启蒙思想家和教育家福泽谕吉（1835—1901）所说的那种"文化原型人物"。这一身份在易瓦德后来的所有文本中得以确证。换言之，作者一生的文本正是在这一使命意识的驱动下谱写的。正如他在介绍自己唯一的一本 1947 年完成、1966 年出版的小说《凤凰》（*al - 'Anqā'* / *The Phoenix*）时这样评价自己：

> 我的同辈都知道，我这个人不仅是个一般意义上的大学老师，也是一位大师（mu'allim）。只有在当知识和生命之间出现障碍的过渡时期，这种类型的人物才得以存在。请允许我借用雪莱描写自己在法

国大革命时情景的话语来描述自己："我被一种改造世界的强烈欲望所点燃。"①

可见作者年轻时就具有强烈的使命感和启蒙意识。他意识到自己与同族人有着不同，他确信自己肩负着普罗米修斯式的使命，即到异邦去盗取新知的火种。作者这种自命不凡意识的背后，涌动的是"自恋式"自我。

《回忆录》便是易瓦德被普罗米修斯式的"强烈欲望"点燃而结下的一颗青涩的果实。如前面所述，易瓦德把雪莱的诗剧《解放了的普罗米修斯》译成了阿文。而他1953年提交给普雷斯顿大学的博士论文也是有关普罗米修斯的，题为《论英法文学中普罗米修斯主题》。由此可见，易瓦德内心深刻的"普罗米修斯情结"。他的一生也具有了"普罗米修斯神话"的框架。框架里的主人公用从家乡赴欧环行回忆录的方式，讲述了自己在欧洲获得新知并将之传播于仍处于愚昧状态的人民大众的过程。这一人生阶段隐喻了普罗米修斯对奥林匹斯山的入侵，偷到了诸神的火种带回人间。

作为一个普罗米修斯"盗火"的文本，《回忆录》充分地展示了埃及早期留洋学子在从海外搬运"外来"文物制度、思想学问并将其移植于本土过程中经历的文化心理振荡和冲突，反映了"弱国子民"在被迫现代化过程中"自我"与"他者"、"反殖"与"崇洋"之间一种复杂的互动关系。易瓦德无限渴望自身成为一个优秀"他者"的心理在《回忆录》第一章的开篇部分就显示出来。有一次，一名小办事员看到易瓦德在签名栏里只写了自己的名字"路易斯·易瓦德"，没有签上"路易斯·哈那·哈利里·易瓦德"全名，要求他补上，易瓦德照办了。接着，小办事员又让他把教名"路易斯"（Lūwīs）改正为"路易兹"（Lūwīz）。易瓦德力争说路易兹是个姑娘的名字，但他的辩解无济于事。为了不丢失学位，他最后只得签上"路易兹"。踏出办公室，他脑海里马上把这个办事员和剑桥大学的登记员作了比较，在剑桥，他只是简单地被称作"易瓦德先生"即可。由此，两种不同文化在作者心里发生冲突：一种是形式主义的、琐碎的；另一种是务实的、注重事物本质的。

---

① لويس عوض، العنقاء، بيروت، دار الطليعة، ١٩٦٦، ص٨-٩.

第一章末尾，我们的主人公登上了"考塞尔"号（Kawthar）邮轮驶向法国。"考塞尔"号是埃及海运公司1934年第一批三大远洋航班之一。根据《古兰经》记载，"考塞尔"也是天堂里一条河的名字。我们的主人公在甲板上看到的是那逐渐远去的亚历山大港湾以及随之一起带走的码头上搬运工人"龌龊的"心情、大堆的纸箱以及"恐怖的"起吊机那一抹令人不快的印象。那实在不是一幅田园诗般的画面。更令人不快的是，此时主人公又想起早年离开故乡上埃及的明亚地区时的情形——自己搭上了开往开罗的列车，告别了"像一罐沙丁鱼"似的明亚，开始求学之路。在家乡凡有梦想和憧憬如作者一样的人每天都靠着这样的希冀打发日子：

> 我要去英国。我要看泰晤士河、西斯敏大教堂、苏霍区、伦敦塔、皮卡迪里广场、圣保罗教堂、雷克斯汽车公司……我要看到明信片在眼前变成现实。我要和1882年以来耗尽埃及财富的人亲密往来。我要和凯瑟琳、希兹克利夫①一起住进《呼啸山庄》和约克夏·代尔国家公园里。那里是艾略特诗歌中被冰雪、雨滴和棕色雾气包裹着的土地。②

这里异国的文化与风情又与家乡"沙丁鱼罐头"似的明亚以及单调乏味的亚历山大海港形成鲜明的对比。作者在文中指的"耗尽埃及财富的人"无疑指的是英国人，是欧洲的神祇，他正是要把他们的"火种"采集给自己的人民。作者要和"1882年以来耗尽埃及财富的人亲密往来"这句话充满了矛盾，表达了现代化早期介于东西方文化之间的学子既不满又同情自己民族的现状、既羡慕又嘲讽西方优先的复杂心态。

这个无比渴望自身成为一个优秀"他者"的知识分子是自恋的，而在遭到"他者"的歧视时，必然是反抗的、不敬诸神的。接下来我们就看到主人公对英国人表现出的对埃及的无知、偏见、甚至蔑视给予回击。有一次，他房东的14岁女儿琼领着他参观剑桥大学，他对琼提的问题既感到好

---

① Catherine 和 Heathcliff 是《呼啸山庄》的男女主人公。

② لويس عوض، مذكرات طالب بعثة، سلسلة الكتاب الذهبي، القاهرة، روز اليوسف، ١٩٦٥، ص٢٩.

笑，又感到被羞辱。下面是易瓦德对这次参观的描述：

> 每次她都会站住，指着这所或另一所学院问道：
> "你们埃及有大学吗？"
> "有的，琼。"
> 走不多远，穿过一个公园。
> "你们埃及有公园吗？"
> "有的，琼。"
> 过去一辆公交车。
> "你们埃及也有公交车？"
> "有的，琼。"
> 因为心烦和难堪，我的脸一阵阵潮红，但我还是忍着：你把我们想成什么了？难民？
> 我们走过一个路灯柱，是的，她又问了："你们埃及有路灯柱吗？"①

还有一回，易瓦德碰上一个应该比那个 14 岁女孩琼更有点学问的青年——一个大学教授的儿子，他本人就读于圣约翰大学生物系。没想到一见面他也问道："在埃及你们是不是都用牛奶洗澡？"又问："在埃及你们是不是都坐在椰枣树下等着枣子往嘴里掉？"这些问话激怒了我们的主人公。尽管作者内心也感到自己文化的落后，对自己民众被动的生活状态深感遗恨，但不管他怎么不满自己文化的缺点，当他接连不断地遭遇到英国人在意识形态里早把埃及想象成一个陈旧没落、一成不变的历史实体时，他感叹道："英国有很多人除了在《圣经》里读到过埃及，他们对真实的埃及其实是全然无知的。"② 也因此，当一个叫帕梅拉的热情的英国年轻女子向他求爱时，他彬彬有礼地拒绝了。他一再提醒自己来英国是"有任务"在身的，他要把"火种"带回自己家乡。

这里我们不禁联想到埃及著名文学家、戏剧家陶菲格·哈基姆 1938 年

---

① لويس عوض، مذكرات طالب بعثة، سلسلة الكتاب الذهبي، القاهرة، روز اليوسف، ١٩٦٥، ص١٥٨ـ١٥٩.

② 同上书，第 159—160 页。

发表的自传体小说《东方鸟》。哈基姆的小说主要讲主人公穆赫辛和法国姑娘苏珊的关系，就此讽喻了东西方价值观的不同：姑娘显得颇为实利主义，穆赫辛相对比较单纯和情绪化，两人亲密关系显得很不现实。而易瓦德在《回忆录》中对异国爱情表现出的冷酷与理性的态度似乎预见性地揭示了穆斯塔法·赛义德灾难性的命运。赛义德这个人物 20 多年后在苏丹作家塔伊布·萨利哈（Tayb Sāolih）的小说《迁往北方的季节》（*Mawsim al – Hijrah ila ash – Shamāl/Season of Migration to the North*，1967）中出现了。小说中留学英伦的苏丹青年才俊赛义德与英国女子结了婚，却在报复心的驱使下杀了妻子，遭遇异乡官司；后回到家乡喀土穆，本想为家乡农村水利建设做点事情，但终因与家乡落后的文化格格不入而自溺身亡。

吊诡的是，尽管易瓦德因西方人对自己文化一成不变的偏见和挖苦感到愤怒，但同时他也时不时地为自己文化的落后和没有生机而叹息、感伤。一天清晨，他漫步在伦敦市中心的牛津大道上，身不由己地卷进了熙熙攘攘的生活漩涡和匆匆而过忙于生意的人流里。他把眼前的景象跟开罗的慵懒和慢节奏作了一番比较：

> 这里（在伦敦），你见到男人在跑动，女人在跑动，汽车在跑动，公交车在跑动。整个国家都在跑动。你会感到似乎自己也被裹挟着顺流而下……，而不是呆在沼泽地里，停留在远古凝固的生活中……①

当他着力描写"藏红花盛开季节"自己站在剑桥所谓的"叹息桥"上，默默地看着桥下男学生们用长桨划船，姑娘们有的斜靠着看书，有的在幻想河水把她们载往城外和情人相会时的感受时，他说"我会在一旁观看，为尼罗河感到惋惜，无论冬夏，河面上弥漫着一片船篷里传来的哭丧的哀悼声"②。

另一方面，《回忆录》里无处不浸淫着主人公对欧洲文化知识成就的迷恋。其源头来自古希腊及其神话，经由莎士比亚和弥尔顿，再到马修·阿诺

---

① لويس عوض، مذكرات طالب بعثة، سلسلة الكتاب الذهبي، القاهرة، روز اليوسف، ١٩٦٥، ص١١٤.

② 同上书，第 148—149 页。

德和艾略特。整个回忆录堆砌了大量的几乎欧洲各个时代的文学资料，彰显了主人公惊人的博学与消化能力。这些便是主人公想带回家乡的"火种"。

读者从《回忆录》中不难看出，埃及早期学子们的留洋经历不仅是具有启蒙思想的"普罗米修斯们"睁眼看世界以获新知的历史，也是这些学子们在西方人那里遭受屈辱的历史，表达了早期学子们的复杂心态。

三　《生命书简》中的"救赎式"自我

在"普罗米修斯神话"中，被报复心驱使的宙斯下达命令，将"盗火者"普罗米修斯捆绑于高加索山上，让秃鹫日复一日地啄食英雄的肝脏。普罗米修斯怀有一种坚定的信念：相信自己能够创造人，至少能够毁灭奥林匹斯众神祇。为此他不得不永远受苦来赎罪。那么从西方采集新知火种回到家乡的启蒙知识分子易瓦德遭到的又是怎样的惩罚呢？在易瓦德版的普罗米修斯神话中，惩罚来自人类而不是诸神。在自传里，读者看到易瓦德那一代启蒙知识分子毕生宣传世俗主义、自由主义和民族主义的理想遭到了重创；读者看到了命运对作者本人的嘲弄：1954 年因抗议以暴力对付游行民众而被纳赛尔领导下的埃及自由军官逼离大学①，其遭遇如同 1931 年塔哈·侯赛因所面临的处境②；1959—1960 年间他被认为是"赤色分子"而沦为阶下囚；最后，在他生命的末程中，随着政治伊斯兰势力的上升，他的著作因持非正统观点而被封杀③；我们还看到他被指控为外来殖民者的文化帮闲和正统伊

---

① 1954 年 9 月 19 日，易瓦德与其他 50 多名开罗大学的教授被埃及自由军官领导下的革命指导委员会驱逐出大学。消息传至远在明亚的易瓦德父母那里，如同晴天霹雳，尤其他的母亲感到对儿子 35 年的辛勤培育付诸东流，从此身体每况愈下，1956 年在抑郁中去世。为此，易瓦德认为是纳赛尔集团害死了母亲。（参见．لويس عوض، أوراق العمر، ١٩٨٩، مكتبة مدبولي، ص٨٣-٨٤.）

② 1931 年，废除了 1923 年民主宪法的独裁者、埃及首相西德基帕夏（Sedki Pacha）要求时任开罗大学文学院院长的塔哈·侯赛因担任《人民报》的主编，以该报为阵地捍卫西德基帕夏的政党"人民党"，遭到塔哈的拒绝；稍后西德基要求开罗大学聘任一些支持他的政党要人成为文学院荣誉博士，又遭到了文学院的拒绝。恼羞成怒的西德基下令免去塔哈文学院院长一职，并将其调离开罗大学。

③ 其被封杀的著作是 1980 年出版的《阿拉伯语语言学绪论》（由埃及书籍出版总局出版）。作者在文中提出了阿拉伯诗歌要走出传统、摒弃因循守旧的诗歌格律、诗歌要西化的主张。因而该书被指控为诋毁阿拉伯语、攻击伊斯兰教、否定阿拉伯—伊斯兰历史。该情形亦同 1926 年塔哈发表了《论蒙昧时期的诗歌》一书后的遭遇。

斯兰教的敌人，遭到媒体的痛斥和辱骂①。这些经历隐喻了普罗米修斯式的人物不得不以永远受苦来为人类救赎。

性格决定命运。这部自传的副标题为《性格形成的岁月》，故作者把笔触聚焦于自我性格形成的两大要素上：家庭因素和社会因素。在长达 19 章、628 页的篇幅里，作者基本上是隔章分别叙述两条线索：个人成长经历和伴随童年、青少年时期埃及经历的急剧动荡的政治、文化环境和各种社会思潮。

在个人成长线索里，我们依此了解到自奥拉比反英起义到 20 世纪 80 年代为止，信奉基督教的易瓦德家族纵向、横向的家谱、成员、老师、同学以及他们的经历、遭遇、社会地位和成就。这看似拉家常的表述折射出易瓦德深受家族影响的典型性格特征：耿直刚正，不善交往，感情内敛，不畏权势。正如作者这样描述自己的家族：

> 易瓦德家族的成员有一些有别于其他人的共同心理和品质上的特点：我们不撒谎，也不知道如何撒谎、如何恭维，因而不能左右逢源、摆脱尴尬、躲避困境；我们实话实说，不善社交。这种性格使我们不管学识多么渊博，常常处于孤立状态，尽管我们对所有人都以礼相待；我们只与符合我们严格处世之道的人交往，我们不合群，也不鼓励人们与我们结党；我们只给予该得到此物的人，对于我们爱戴和敬仰的人，我们愿奉献一切而不求回报。②

这也是上埃及科普特人的性格特征。正是这种刚直不阿的性格造就了路易斯·易瓦德既成就卓著又命运多舛的人生。

倘若这种性格让易瓦德有所愧疚的话，那就是他对小弟拉姆西斯的感情。与易瓦德一样，拉姆西斯在外国文学研究、翻译、埃及戏剧研究等方面颇有建树，但哥哥易瓦德在埃及文学、文化、思想、社会领域的非凡造诣和

---

① 参见《路易斯·易瓦德…神话与真实》（阿文版）一文，http://www.eltwhed.com/vb/showthread. php? 2669 - % E1% E6% ED% D3 - % DA% E6% D6 - % C7% E1% C3% D3% D8% E6% D1% C9 - % E6% C7% E1% CD% DE% ED% DE% C9 - ! (التوحيد) 阅读时间：2013 年 1 月 11 日。

② لويس عوض، أوراق العمر، ١٩٨٩، مكتبة مدبولي، ص٥٤-٥٥.

崇高地位，遮蔽了拉姆西斯的光芒。更让易瓦德对小弟感到内疚的是，他怕圈内人指责他利用职务之便扶植亲属，几次都没有为小弟的就业、文章的发表打开方便之门，导致后者毕业后在外省的一家中学教书，后来才调到艾因舍姆斯大学教授英语文学。当小弟拉姆西斯就读于开罗大学文学院英语系本科时，大哥易瓦德已是该系资深教授。作为小弟的老师和领导，易瓦德对拉姆西斯的要求十分严格，因为总分没有给小弟"良"，而是"中"，导致拉姆西斯没能升入甲班。为此，易瓦德清算自己道：

> 这件事让我久久感到心痛。因为它导致了拉姆西斯不能以"优秀"的成绩拿到学士学位，影响了他的前程。但凭借着勤奋和持之以恒，他拿到了硕士、博士学位，弥补了成绩平平的学士学位带来的缺憾。我时常反躬自省：自己是不是也属于卡西姆·艾敏所说的那类人——"一些法官对亲属行使不公的判决是为了在众人面前彰显他的公正"。我应该谴责自己的自私，谴责暗地里想为自己脸上贴金的行为。[1]

但易瓦德也为自己耿直的性格开脱道：

> 我个人认为，我在埃及知识分子中的友善远远多于敌意。然而，我的敌人少而强势，我的朋友多而无能。自由和进步形同如此，它们的敌人少而强，它们的朋友众而弱。在埃及乃至世界亦如此。当我谈到我的朋友和敌人时，并不是对我个人而言，我个人从不树敌，我若伤害了谁，那也不是出于我的一己之私，而是为了大众或践行总体原则。我不怀疑小弟拉姆西斯有能力不依靠我，在我的思想界朋友中找到为他扫清前进道路上障碍的人物。[2]

易瓦德在《生命书简》中对成长过程中自我和家族各成员里鲜为人知的"劣迹"大胆揭露，这使得该自传堪称阿拉伯文化中不为亲者讳的典范。

---

[1] لويس عوض، أوراق العمر، ١٩٨٩، مكتبة مدبولي، ص١٠٩-١١٠.

[2] لويس عوض، أوراق العمر، ١٩٨٩، مكتبة مدبولي، ص١١٤.

这一点充分显示了身为基督徒的易瓦德"自我救赎"的作传动机。

另一方面，读者从中不难看到持不同政见、站在不同宗教、文化立场上的易瓦德对埃及 20 世纪后半叶的政治现代化进程深感失落、痛心疾首的原因。在自传的另一条线索里，读者看到易瓦德对 1919 年萨阿德·扎格鲁勒领导的反英民族资产阶级爱国运动、1922 年建立的埃及君主立宪制政体、1923—1930 年之间埃及的三次反宪法政变①、1952 年纳赛尔民族主义革命等重大事件以及这些事件背后的温和爱国主义、激进爱国主义、世俗主义、民族主义、政治伊斯兰势力等各色政治力量角力进行了大胆的揭露和鞭辟入里的分析，使该自传成为内容翔实、语言通俗优美、在社会、历史学方面具有重要参考价值的文献档案。

在左翼人士易瓦德看来，到他写自传的 20 世纪 80 年代末为止，19 世纪初开始的在殖民主义者边缘地带试图崛起的埃及，始终没有彻底完成民族主义精神之父萨阿德·扎格鲁勒倡导的"独立和立宪"大业，没能真正实现社会民主、平等、进步、繁荣的现代化伟大目标。埃及政治文化现代化的进程层层受阻。原因一是，英国和由君主派、大地主及富农组成的国内反动集团合力阻挠华夫脱党领导下的埃及民主进程。20 世纪 30 年代，西德基帕夏的独裁统治废除了 1923 年民主宪法，遇到了当时作为反帝民主斗争先锋的学生团体的坚决抵抗。此时，英国殖民者和埃及王室勾结，支持以新"政治伊斯兰"思潮（原教旨主义）为理论依据的穆斯林兄弟会的成立（1927），他们以"尊重传统文化"为由，牵制埃及的进步势力。尽管华夫脱党后来

---

① 1919 年由扎格鲁勒领导的反英起义最终使埃及宣告独立（1922 年 3 月 15 日），成立二元制君主立宪制政体，立福阿德为国王。该国王其实是英国人的傀儡。当时埃及民众高呼"宁可在扎格鲁勒领导下被占领、不愿在福阿德手下求独立"的口号（参见 لويس عوض، أوراق العمر،١٩٨٩، مكتبة مدبولي، ص١٥٦）。1923 年 4 月颁布宪法。1924 年 1 月扎格鲁勒领导的华夫脱党获胜，组建第一届内阁。1924 年 11 月英国利用英驻苏丹总督被刺事件迫使内阁辞职，福阿德国王任命艾哈迈德·齐瓦尔为首相，解散了议会，此为第一次反宪政变。1926 年 5 月，华夫脱党又在议会选举中获胜。1928 年 6 月，福阿德以华夫脱党新领袖纳哈斯牵扯到一起伪造法律案为由，迫使其辞去首相职务，由自由立宪党人穆罕默德·马哈茂德另组新内阁，接着解散议会，此为第二次反宪政变。1929 年底，华夫脱党在新议会选举中获得绝对优势，纳哈斯组建新政府。福阿德国王利用纳哈斯与一妇女通奸丑闻，于 1930 年 6 月解散政府，由自由立宪党人西德基任首相，并迅速解散议会，终止了 1923 年宪法。此为第三次反宪政变。[参见赵国忠主编《简明西亚北非百科全书》（中东），中国社会科学出版社 2000 年版，第 133 页]

重新执掌政权，废除了 1936 年的《英埃同盟条约》①，苏伊士运河占领区内的游击战争也蓬勃开展，但这些努力到 1951 年"开罗纵火案"② 后宣告失败。

原因二是，1952 年的"自由军官组织"政变和 1954 年纳赛尔掌权的第二次政变旨在结束日益激化的反帝、反殖民族民主运动。然而，纳赛尔主义的反帝纲领直到 1955 年 4 月万隆会议后才提出。它不仅"缺乏民主"（禁止民众组织社团），也"取消"了所有形式的政治生活，由此产生的思想文化真空使政治伊斯兰势力乘虚而入。1955—1965 年的短短 10 年后，这一纲领就失去了活力。埃及发展迟缓又给了以美国为首的帝国主义可乘之机，它以以色列为军事工具破坏埃及民族民主运动。埃及 1967 年的军事失败标志着它长达半个多世纪的反帝反殖运动高涨形势日渐式微。

原因三是，殖民主义/帝国主义对埃及国内的亲英、亲美势力施加改造，以便服务于自身的需要。这种帝国主义的"分而治之"策略不仅打击了埃及进步势力，也破坏了原有的政治和社会结构；它还不断强化保守、激进、反动的思想文化，以便让买办势力来控制埃及。

身为信奉基督教的埃及少数族裔科普特人，易瓦德始终认为宗教问题是帝国主义、殖民主义摆布埃及的一张王牌。在自传中，他预见性地指出：

> 这股反世俗主义的宗教势力，我们很少发现它公开声明于各报纸端，而是常常发现它像埃及政治灰烬中将熄灭的火炭，但只要有一只手拨弄这块火炭，它就会死灰复燃。这只手无疑是埃及人自己的，但操纵者却是躲在各种面具背后的外国势力，非一双雪亮的、训练有素的眼睛

---

① 1936 年 8 月，英国与埃及签订《英埃同盟条约》，为期 20 年，规定英国将军队移驻苏伊士运河基地区。1951 年 10 月，埃及议会曾宣布废除该条约。1952 年"七·二三革命"后，埃、英于 1954 年 10 月签订《苏伊士运河基地协定》。根据协定，英军于 1956 年 6 月 13 日全部撤离运河区。（参见《中国军事百科全书》，军事科学出版社 1997 年版，第 1393 页）

② 1951 年 8、9 月间，埃及人民举行了空前大规模的反英示威运动。1952 年 1 月 26 日，英美间谍机关制造了"开罗纵火案"，烧毁了许多外国企业和建筑，并以此为借口迫使华夫脱党政府下台。埃及国王法鲁克委派阿里·马赫尔组阁。马赫尔上台后，血腥镇压反英人民运动。[参见宗实《阿拉伯联合共和国》（内部读物），世界知识出版社 1964 年版，第 41—42 页]

不能察觉。①

易瓦德一生倡导埃及走民族独立的世俗化道路，对形式主义的激进的宗教思想多有批判。在他挖掘自己世俗主义倾向由来时，他将之归于家庭的影响，他说：

> 家里从来不谈"把斋"、"礼拜"这类词。谁要是问"你把斋了吗？"、"你做祷告了吗？"这类问题，大家会觉得这很不礼貌。谁想把斋，谁想做礼拜，谁就默默地做好了。这是自己的事，不是做给别人看的。我记得《圣经》里有章节说，谁公开宣布自己在把斋或做礼拜，谁就是伪君子……。宗教字典在我家里并不通行，也许这一家庭氛围影响了我世俗主义思想的形成。②

易瓦德还对埃及作家、1988 年诺贝尔文学奖获得者纳吉布·马哈福兹的获奖作品《宫间街》（1956）的"现实主义性"表示质疑。埃及评论家一致认为，马哈福兹凭借着三部曲《宫间街》、《甘露街》、《思宫街》对1919—1952 年埃及社会的扫描，开辟了埃及现实主义小说风格。但易瓦德并不这么认为，他觉得他亲历的 1919 年埃及社会完全不同于马哈福兹笔下的情形。1919 年革命的背景在马哈福兹小说里消失殆尽，男主人公艾哈迈德·阿卜杜·贾瓦德除了在家里训斥妻儿老小、发封建卫道士之淫威，就是与青楼女子厮混作乐，全然对革命的洪流、埃及的命运漠不关心，这不符合当时的情形③。易瓦德将马哈福兹小说与当时现实产生反差的原因归结于：1919 革命是手工业者、知识分子、农村有一些田地的富农为核心的革命，而马哈福兹出生于开罗商人家庭，他们是这场革命的观望者，因此对革命的描述有失偏颇。

不言而喻，易瓦德在《生命书简》中对埃及近一个半世纪的现代化之

---

① لويس عوض، أوراق العمر، ١٩٨٩، مكتبة مدبولي، ص٢٢٧-٢٢٨.

② 同上书，第 83 页。

③ 同上书，第 117—118 页。

路进行反思，对自我性格形成和思想轨迹进行梳理。可以说，该自传是对同代的死者、自由主义者、启蒙知识分子、梦想实现埃及独立、民主社会的有识之士的遭遇做一盘点。"救赎"的意义不言而喻。

从早期意气风发的海外学子到晚年百无聊赖的八旬老人，易瓦德走完了自己普罗米修斯式的一生。在《生命书简》的末尾，也在他人生的末程，作者为他早期的《回忆录》写了一段说明后，似乎给自己盖棺定论道：

> 卸下了那些如今依然令人堪忧的往事有50年了。尽管饮尽了这50杯毒酒，但对此生的任何选择我无怨无悔，甚至到了现在一路走向坟墓时，我依然两袖清风，怀里只揣着一代代青年读者的食粮与尊严。如果时光可以倒流，我仍将一如既往地我行我素，包括这辈子做下的那些荒唐事。[①]

看来，即便生命重来一次，易瓦德仍旧会像普罗米修斯那样无怨无悔地为人类获得智慧、自由和正义的"新文化"而赎罪，哪怕考验自己的是无边的苦刑。

---

①　لويس عوض، أوراق العمر، ١٩٨٩، مكتبة مدبولي، ص٦٢٥-٦٢٦.

第 五 章

现代阿拉伯自传与地域

第一节　地域记忆和作家乡愁

众所周知，在一定地域文化下形成的文学作品往往具有地域文化的色彩，在中国古代文学史上也曾有过不少以地域命名的文学流派，如江西诗派、临川派、桐城派等。这种地域因素可能包括历史、地理、政治、经济、文化、人口、宗教、民俗以及文学艺术等。

作家在为自己作传时，往往把自己的命运与一处地域的命运联系在一起。对过往的回忆便是对这块土地的记忆。埃及作家爱德华·赫拉特在其小说体自传《藏红花的土地：亚历山大文集》（*Turābuha Za'farān/ City of Saffron*，1986）中抒发对亚历山大城由衷的感情："我爱亚历山大的激情似藤蔓般疯长……亚历山大！啊，亚历山大！我孩提时的烈日、童年里的焦渴、青春期的慕情。"[①] 土耳其作家奥尔罕·帕慕克在他的自传性作品《伊斯坦布尔　一座城市的记忆》中流露："伊斯坦布尔的命运就是我的命运：我依附于这个城市，只因她造就了今天的我。"[②] 约旦裔沙特阿拉伯作家阿卜杜·拉赫曼·穆尼夫在讲述自己20世纪40年代的生活时，其实是在讲述他孩提时生活过的那座城市——安曼的故事。在其自传《一座城市的

---

① Edwār al‑Kharrāt, *City of Saffron*, translated by Francis Liardet, Quartet Books, Ltd, 1991, Preface.

② ［土耳其］奥尔罕·帕慕克：《伊斯坦布尔　一座城市的记忆》，何佩桦译，上海世纪出版集团2007年版，第5页。

故事——40 年代的安曼》中，他坦言：

> 一座城市不纯粹由地标构成……一座城市是五彩缤纷的流动的生活。她是地方、人、树、雨的气味，是空间和时间本身的流溢。一座城市是人们可感知的生活方式：他们怎么交谈，怎么处事，怎么彼此面对，怎么相互超越……，一座城市是城里居民的梦想和失望……，一座城市是人们的幸福和忧伤。①

因此，可以说，写《一座城市的故事》是作者对安曼城这个他曾经生活过的城市的一个承诺。穆尼夫说："当我开始写一座城市的故事的时候，我兑现了对自己的一个承诺，那就是写一本关于这个我出生和度过童年、少年时代的地方的书。"②

在笔者看来，使作家自传和地域形成某种默契的重要因素有两个：地域和自我身份的关系；地域和作家的乡愁。

一　地域和自我身份的关系

1. 自我身份的最初确定

作家出生的地方实际上是作家最初身份的确定。一方水土养一方人，这方水土不仅仅是一个地域空间概念，它更是那个时期的那一方人、那些事。地域从其居民中获得面貌，居住者又从这方水土中汲取养料。人们一旦获得了某些地域品格，反过来又会去影响那个地域和那个时代，赋予那个地域和那个时代鲜明的性格和特征。作家对出生地的接受就像接受自己，接受自己的命运。诚如帕慕克所言："我接受我出生的城市犹如接受我的身体和性别。"③ 作家和出生地之间便是你中有我、我中有你的关系。关于这方水土

---

① Abdu al – Rahmān Munīf, *Story of a city, a childhood in Amman*, translated by Samira Kawar, London, 1996, p. v.

② عبد الرحمن منيف، ذاكرة المستقبل،المؤسسة العربية للدراسات والنشر والمركز الثقافي العربي، بيروت،٢٠٠١، ص٤٢.

③ ［土耳其］奥尔罕·帕慕克：《伊斯坦布尔　一座城市的记忆》，何佩桦译，上海世纪出版集团 2007 年版，第 6 页。

什么方面好，什么方面不好的争论对他而言是毫无意义的。作家对它的回忆和怀念完全出自真心。既然是真心，那么它便包含一切：记忆、想象、诗意、思考、知识、学问……，于是便有了赫拉特对亚历山大城"似藤蔓般疯长"的激情，有了穆尼夫那种回忆40年代在安曼度过的"一去不复返的岁月"时感到的"浓浓忧伤"①，这便是作家的乡愁。

赫拉特对亚历山大城的依托感不仅因为，在那里他"找到了结合社会正义和个人自由的最佳公式"，那里的民族主义爱国运动使他"至今仍是一个追求人类个性自由、解放的虔诚信徒，而不是一个游离社会之外、空虚无所事事的个体，也不是一个虚有其表的技术性人物"②。也不仅因为：

> 1948年的牢狱生活③至今仍是我精神和智力上保持的最珍贵的经历之一。它们帮我有能力评估内在的和社会个体的自由理念，崇尚人类尊严的重要性和主体间传授的需要，克服孤独——人类命运的一个部分。所有这些，对无论作为作家的我，还是作为社会市民的我，其价值都是无法估量的。④

更重要的是，在他看来，他和故乡亚历山大城之间无言的爱情故事是极具自传特征而富有感染力的：

> 我出生在亚历山大，一座藏红花的城市，一座用我的心编织、再编织的兰白大理石城市。在它那雪白的、泛着泡沫的脸上，我心依然悸动。在这座城市里，文学源远流长，多元文化遗产穿过悠悠古代、中世

---

① عبد الرحمن منيف، سيرة مدينة عمان في الأربعينات، المؤسسة العربية للدراسات والنشر، بيروت، ٢٠٠٦، ص٤٨.

② Edwār al - Kharrāt, Random Variations on Autobiographical Theme, Robin Ostle, Ed de Moor & Stefan Wild（eds）, *Writing The Self*, *Autobiographical Writing in Modern Arabic Literature*, Saqi Books, 1998, pp. 12—13.

③ 1948年5月15日傍晚，作者因参加亚历山大市民要求英国军队撤出埃及、争取民族独立、为社会正义和自由而斗争的大游行而被捕，关进了法鲁克集中营。——笔者注

④ Edwār al - Kharrāt, Random Variations on Autobiographical Theme, Robin Ostle, Ed de Moor & Stefan Wild（eds）, *Writing The Self*, *Autobiographical Writing in Modern Arabic Literature*, Saqi Books, 1998, pp. 13—14.

纪和现代岁月，凝结杂糅，融为一体。它从来没有、以后也决不会是一根单调、孤立的石柱。它是"一个所有国家及其智慧荟萃的市场"。①

作家笔下的家乡是上帝防护的深湾良港，是永恒美人克里奥帕特拉之珠，是夜间无须照明、通体透亮的大理石城市，是诗人之城，是阿波罗纽斯②、卡利马什③、悲剧诗人康斯坦丁·卡瓦菲④以及所有缪斯女神的住地，是圣马克⑤、圣亚他那修⑥和田园式教堂奠基人之地，是奥列根⑦、狄奥尼修斯⑧、圣亚他那修等人像先知般以真理面向全世界之地。这里不仅有宽阔的街道、巍峨耸立的拱形大殿、华美的廊柱，还有孩提时的烈日、童年的焦渴和青春期的慕情。

2. 在他者眼光中对自我身份的再确定

对故乡的爱恋引发了赫拉特对西方人眼中的亚历山大和他心目中的亚历山大的比较和思考。

作为本土作家，赫拉特笔下的亚历山大全然不同西方作家达雷尔⑨眼中的亚历山大，后者以游记的文体写了著名的《亚历山大》"四部曲"。赫拉特对此书的评价是"声名狼藉"。

在赫拉特看来，达雷尔的亚历山大完全是他个人印象里的臆造之物：

---

① Quoted from Robin Ostle, Ed de Moor & Stefan Wild (eds), *Writing The Self*, *Autobiographical Writing in Modern Arabic Literature*, Saqi Books. p. 14.

② 阿波罗纽斯 (Apollonious, 300—246B. C.)，又名阿波罗罗德，史诗诗人、亚历山大图书馆馆员、学者。

③ 卡利马什 (Callimachus, 305—240B. C.)，希腊诗人、学者、阿波罗纽斯的老师。

④ 卡瓦菲 (Constantine Cavafy, 1863—1933)，希腊诗人、记者、公务员。

⑤ 圣马克 (St. Mark)，耶稣门徒、圣徒、第二福音书作者。

⑥ 圣亚他那修 (St. Athanasius, 296—373)，亚历山大主教。公元 4 世纪埃及、东方教堂四大长老之一，自幼在亚历山大接受哲学、神学知识。

⑦ 奥列根 (Origen, 185—254)，早期基督教学者、神学家、《旧约圣经》希腊文本的译者。

⑧ 狄奥尼修斯 (Dionysius)，公元前 5 世纪前后的神秘主义神学家，以《神秘的神学》、《神的名字》等 5 篇论文著称。

⑨ 劳伦斯·达雷尔 (Lawrence Durrel, 1912—1990)，移居亚历山大的英国小说家、诗人、戏剧家和旅游作家。主要作品为《亚历山大》"四部曲"(*The Alexandria Quartet*)、《黑书》(*The Black Book*) 和《阿芙罗狄蒂的反抗》(*The Revolt of Aphrodite*)

　　达雷尔的亚历山大，完全是他个人特异性创造的神话。由一个基本上是老外感知、模拟和臆想的、与真实割裂的、偏激的图景组装而成的城市。达雷尔的亚历山大是一层肤浅的外壳，是外交官和地主的官邸和住宅，是飘浮在另一个城市另一种生活的海洋表层的泡沫。对亚历山大，他只清楚"本市"居民禁止进入的街道、小区和住家以及外国人、半埃及人活动的地区。而被他以种族主义口吻称作"阿拉伯城"的真正的亚历山大，在他的文章里却只是一处表面豪华的、异化了的东方景观。他对我生于斯长于斯的亚历山大是完全陌生的……。①

　　西方人写亚历山大，更多的是对异国情调感兴趣，站在自己的角度上对她做价值判断，评头论足，很轻松，很傲慢。因为其目的是为了满足作者本人和西方读者的刺激、冲动，再创一个关于异国情调的"东方"神话。而赫拉特写亚历山大不是作为局外人对一座城市的评头论足，也不是对大都市的游记，而是亲历，是回忆。这种感情是发自内心的，出于真心，真心中便有了一切：

　　　　我了解亚历山大以及和我一起成长的子民。他们辛勤劳动，彼此相爱，苦乐交融，生死与共……。

　　　　我的亚历山大不仅仅是一处梦境般之地。这里栖息着鲜活的记忆和现实；也不只是一处美景或历史和现代文化的寄存处。对我而言，亚历山大是一个超自然的身份，一次领悟内在真理的精神冒险，一个与绝对以及在咆哮或平静的海面上向未知地平线无限伸展的某物体进行对抗和确证身份的过程。另一方面，亚历山大在我文章里不是一个抽象的布景，她既不是素材也不是小说场域，她本身就是自传性的一幕。②

　　赫拉特也对自己的家乡在现代性的冲击下渐渐失去昔日荣耀深感忧虑。

---

① Edwār al‐Kharrāt, Random Variations on Autobiographical Theme, Robin Ostle, Ed de Moor & Stefan Wild (eds), *Writing The Self, Autobiographical Writing in Modern Arabic Literature*, Saqi Books, 1998, p. 16.

② Ibid.

乡土文化的明显褪色和城市人口的急剧上升使"亚历山大看上去是一个嘈杂的、被蹂躏的省城"①,那种帕慕克式的"帝国斜阳"般的乡愁也夹杂在赫拉特对家乡的激情中。然而,作家仍然对自己的家乡充满了希望。在他眼里,亚历山大依然生动而富有活力。这座港口城市无论昔日还是今天,始终是艺术家、作曲家和文学家灵感来源之地。亚历山大所代表的文化及其养育的文学不是简单接嗣希腊、拜占庭的文化、哲学、科学和文学,她还承接了悠远的法老文化的精神财富。今天,也和阿拉伯—伊斯兰文化紧密相连,并努力参与到阿拉伯现代民族文化建构中。

对赫拉特而言,亚历山大始终是一座充满多样文化和遗迹的城市。亚历山大在时空上的无限性早已融入他的身体和灵魂中,如他所说:"无限性是我作品的主题,或许,它是亚历山大的主要特征。"② 在小说体自传中,他表达了自己对这座城市由衷的爱恋:

> 再多的水无法浇灭我的爱火,洪流也无法淹没它。你是大水中央一块光滑的漂石,那里山谷两边的缓坡上,长满了青绿的铃兰和接骨木花;那里是藏红花之地,肥沃而有生气;高处,一只黑色的鸽子在鼓翼,翅尖探向无限,永远敲击着我的心。③

二 地域与作家的乡愁

穆尼夫在《一座城市的故事》的前言里坦言:

> 回忆一旦控制了某人,那么这个人就成了回忆的俘虏,无力抗拒。而回忆在某些时候看起来很美,却令人痛苦不堪。因为它承载着对一去

---

① Edwār al – Kharrāt, Random Variations on Autobiographical Theme, Robin Ostle, Ed de Moor & Stefan Wild (eds), *Writing The Self*, *Autobiographical Writing in Modern Arabic Literature*, Saqi Books, 1998, p. 14.

② Ibid. , p. 16.

③ Ibid. , p. 17.

不复返的岁月的浓浓忧伤，连带着那些人们以为已经结束、却难以忘怀的事情，裹挟着与之相关的种种声音、暗示、地域的气味、肌体、话语，再次萌生出感伤和渴望交织的愁绪，希望有一天一切都重现如初。①

穆尼夫的"对一去不复返的岁月的浓浓忧伤"与帕慕克的"呼愁"不期而遇。正如后者在《伊斯坦布尔 一座城市的记忆》一书的扉页中所引阿麦特·拉希姆之言——"美景之美，在其忧伤"，"乡愁"成为作家们在讲述自己孩提生活过的故乡故事时怀有的共同情绪。德国著名作家、诗人赫尔曼·黑塞（1877—1962）正是通过写自己的心灵自传《乡愁》（1904）而取得了"文学上的第一个成功"②。

念及昨日，不胜依依。在穆尼夫和帕慕克娓娓道来的这些关于城市的前尘残影中，地域本身就是一个能动体。她像磁场一样会将自己的性格辐射给城中之人，在这场人城互动的关系中：

> 充塞于风光、街道与胜景的呼愁已渗入主人公心中，击垮了他的意志。于是，若想知道主人公的故事并分担他的忧伤，似乎只需看那风景……。对于主人公而言，面对绝境只有两种方式：沿着博斯普鲁斯海岸行走；或是去城里的后街凝望废墟。③

绵延不尽的忧伤对帕慕克而言似乎是高悬于伊斯坦布尔上空挥散不去的阴霾。而穆尼夫的最初记忆也追溯至笼罩着安曼城的"一片死寂"：

> 对安曼城的第一记忆便是加齐国王被暗杀的那天。
> 在那天之前，孩子们眼中的边界不会超过他们所居住的街区。即便越过街区，也是在大人的带领下，在附近走走。

---

① عبد الرحمن منيف، سيرة مدينة عمان في الأربعينات، المؤسسة العربية للدراسات والنشر، بيروت، ٢٠٠٦، ص٤٨.
② ［德］赫尔曼·黑塞：《乡愁》，陈晓南译，上海三联书店 2013 年版，第 7 页。
③ ［土耳其］奥尔罕·帕慕克：《伊斯坦布尔 一座城市的记忆》，何佩桦译，上海世纪出版集团 2007 年版，第 102 页。

在那天之前，日子在庸常而缓慢中流逝，好像世界的边界就是街区的方圆之地。

在那个春日的上午，一片死寂突降街区，恐惧者正翘首观望发生了什么，消息传来：加齐国王被暗杀了。

在穆尼夫幼小的记忆里，1939 年以前的安曼是这样的：在这个安静的城市里，生活随着季节轮转。不管是农民还是城里人，贝都因人还是塞加西亚人，穆斯林还是基督徒，都聚集在一起和平共处，一块儿劳作、生活。但是第二次世界大战的硝烟很快波及这个城市，第二次世界大战一结束，附近的巴勒斯坦地区便狼烟四起。由此，20 世纪 40 年代的安曼在战火的硝烟中跃入世人的眼线。那个时代的这座城市便是持续至今的现代阿拉伯灾难史的开端。

正如意大利裔古巴作家卡尔维诺①所言："记忆既不是短暂易散的云雾，也不是干爽的透明，而是烧焦的生灵在城市表面结成的痂"。无尽的乡愁促使作者不厌其烦地勾勒和重建他记忆深处的这座城市和城中的各色人物。在穆尼夫的记忆里：

乌姆·塔希尔——哈吉·艾妮塞的母亲是这个街区的老祖母，大家都这么称呼她。她总是久久地坐在二楼的窗边，临窗眺望，将街区所发生的一切尽收眼底，时不常会听到她那低沉的纳布卢斯口音警告那些欺负人或说粗话的孩子。②
……

瘸腿女士医院是当时的妇幼医院。院长是个瘸腿的英国女人，也许是美国人。她和丈夫惠特曼除了看病、给病人发放牛奶，还播发一些电影胶片，给病人分发圣经，尤其是《旧约》。③
……

----

① 伊塔洛·卡尔维诺（Italo Calvino, 1923—1986），毕业于都灵大学文学系。曾参加反法西斯抵抗运动。处女作《通向蜘蛛巢的小路》，用非英雄化的手法反映游击队的生活。他的作品具有后现代主义风格。

② عبد الرحمن منيف، سيرة مدينة عمان في الأربعينات، المؤسسة العربية للدراسات والنشر، بيروت، ٢٠٠٦، ص٥٤.

③ 同上书，第 60 页。

　　那时安曼的民间郎中很多，各有所长，远近闻名……。他们常常走
街串巷，有时对病例诊断意见一致，但大部分情况下他们对疑难杂症的
处理各执一端，以致彼此交恶，甚至对簿公堂。①

　　……

　　抱有一丝生还希望的病人总是被送到谢赫·萨拉赫处。大部分情况
下，谢赫·萨拉赫治病不收报酬。谁跟他提及钱的事他就跟谁急。但在
他不在家时，哪位家境殷实的病人家属给他送去一头绵羊或一听黄油，
他也只好接受，并自嘲道："安拉的恩赐我是无法预料的。"经他治疗
而无法生还的病人，其家属在出殡时一定邀请谢赫·萨拉赫出席。他的
在场证明病人确实回天无术。②

穆尼夫对那个年代人物的回忆无不浸淫着浓浓的乡情和感念之绪。

作为一个生活在与安曼平行世界的城市人，帕慕克也一如穆尼夫拉杂家常
似的，不自觉地将关于伊斯坦布尔城市的意象拼贴在他那呼之欲出的乡愁中：

　　城市本身在回忆中成为呼愁的写照、呼愁的本质。我所说的是太阳
早早下山的傍晚，走在后街街灯下提着塑料袋回家的父亲们。隆冬停泊
在废弃渡口的博斯普鲁斯老渡船，船上的船员擦洗甲板，一只手提水桶，
一只眼看着远处的黑白电视；在一次次财务危机中踉跄而行、整天惶恐
地等顾客上门的老书商……夏夜在城里最大的广场耐心地走来走去找寻
最后一名醉醺醺主顾的皮条客；还是帕夏官邸时的木板便已嘎嘎作响、如
今成为市政总部响得更厉害的木造建筑；从窗帘间向外窥看等着丈夫半夜
归来的妇女；在清真寺中庭贩卖宗教读物、念珠和朝圣油的老人……雾中
传来的船笛声；拜占庭帝国崩溃以来的城墙废墟；严寒季节从百年别墅的
单烟囱冒出的丝丝烟带；在加拉塔桥两旁垂钓的人群……。③

---

①　عبد الرحمن منيف، سيرة مدينة عمان في الأربعينات، المؤسسة العربية للدراسات والنشر، بيروت، ٢٠٠٦، ص٦٧.

②　同上书，第71—72页。

③　[土耳其] 奥尔罕·帕慕克：《伊斯坦布尔　一座城市的记忆》，何佩桦译，上海世纪出版集团
2007年版，第90—91页。

　　流淌在穆尼夫和帕慕克笔端的对古城老人旧事的悼念情绪，正是汇聚那个时代那方人与地域亲密关系的向心力量，造就了这方水土的这群人。在笔者看来，这类作家在写自传时，书中所涉及的回忆主体至少有两个：一个是作家本人；另一个是作家生活过的地域；或许还有第三个，即作为共同体而存在的那个年代、那个地方的那群人。作者在为自己作传时，实际上是在为这块地域作传。

　　现代阿拉伯自传与地域的关系尤其体现在黎巴嫩、巴勒斯坦这块素有"流淌着奶和蜜的富饶之地"美誉的迦南地区。这里是人类三大宗教——犹太教、基督教、伊斯兰教的发源地，在《圣经》中被记载为上帝的"应许之地"、"希望之乡"。山清水秀、美丽富饶、有着种种神话传说、圣徒传记的迦南地区，在历史的漫漫长河中，经历过种种文化交替、并存、冲突、融合的悲喜剧，孕育了一代代怀有人文主义情怀的文人墨客。诚如我国著名作家莫言在评价 2006 年诺贝尔文学奖获得者、土耳其作家奥尔罕·帕慕克的自传《伊斯坦布尔》时说："在天空中冷空气和热空气交融会合的地方，必然会降下雨露；海洋里寒流和暖流交汇的地方会繁衍鱼类；人类社会多种文化碰撞，总是能产生出优秀的作家和作品。"[1] 他们关注人类命运，满怀人文情怀，渴望各民族超越政治、宗教、种族界限，在多元文化中寻找和谐发展途径，以求共存。黎巴嫩作家、思想家米哈伊勒·努埃麦和巴勒斯坦作家、画家杰卜拉·易卜拉欣·杰卜拉便是其中的两位佼佼者。前者以自传《七十述怀》、后者以自传《第一口井》将他们的一生与生于斯长于斯的迦南地域紧密相连。下面两节将对这二位作家的自传与地域的关系做更细致的探讨。

第二节　"沙赫鲁卜"的隐士：努埃麦的《七十述怀》

　　黎巴嫩作家米哈伊勒·努埃麦是一位久负盛名的思想家、文学家。1949年 12 月 24 日的《埃及人报》这样报道他："米哈伊勒·努埃麦是一所绝无仅有的人道主义学校，是人类思想诸多高尚信仰中最忠诚者。如果阿拉伯世

---

[1]　莫言：《好大一场雪》，《东方文学研究通讯》2008 年第 2 期。

界，甚至整个东方要宣扬自己的思想家，以其哲学家、诗人和作家而自豪的话，那么，我们阿拉伯民族应该首推米哈伊勒·努埃麦，他是我们当代精神和文学的骄傲。"①

如果读一下迈入古稀之年的米哈伊勒·努埃麦在回望自己一生时所写的自传——《七十述怀》（1959 年），我们会发现诸多对他的赞誉绝无虚夸之词。这部长达 850 页的自传，以清新柔美的笔触，心潮澎湃的诗意，洞察幽微的思想，悲天悯人的情怀，多元文化的普世观，高屋建瓴的预见性，为读者打开了一扇窗。透过这扇窗，我们看见了作家抗拒生活的浮沫、追寻纯真的一生。而引领这一斗争的强大力量源泉就是黎巴嫩绥尼山区沙赫鲁卜家乡秀丽的风光和纯真的乡情，地域赋予他寻求真知、爱、诗意的苏非主义情怀。为此，作者将自己称为"沙赫鲁卜"的隐士。

苏非思想即伊斯兰教神秘主义，是一种从宗教信仰出发探究人的精神生命和宇宙生命的学问。其实，东西方宗教中无不包含神秘的内容，出现过各种神秘主义教派。伊斯兰教也不例外。起初，伊斯兰教许多信徒的一生，就是一遍一遍背诵《古兰经》，生活力求清苦禁欲。到公元 8 世纪，这种禁欲主义者被称作"苏非派信徒"，而苏非派信徒在宗教上最明显的转变是由禁欲主义的"畏神"变成神秘主义的"敬神"。在这段发展过程中，禁欲主义与神秘主义者之间的裂痕日益扩大。我们从"穆尔太齐赖派"② 同正统派之间的分歧，以及哈拉基③被处死和之后安萨里④转向苏非派，都可以看出神秘主义者为代表的神学已经成为阿拉伯文学的一部分。神秘主义思想与诗性思维的相通，为中世纪整个阿拉伯文学提供了背景。当时几乎每部重要文献

---

① 转引自［黎巴嫩］米哈伊勒·努埃麦《七十述怀》，王复、陆孝修译，甘肃人民出版社 1993 年版，第 567 页。本节中凡汉文括号里出现的序号均出自该书的页码，不再另加注。

② 穆尔太齐赖派（al‑Mu'tazilah），8—12 世纪伊斯兰教的宗教哲学派别。西方学者称之为唯理主义派。该派以唯理思辨的方法，自由讨论教义问题。阿拔斯王朝麦蒙时期，曾一度成为占主导地位的宗教派别。

③ 哈拉基（al‑Husayn bn Mansūr al‑Hallaji，857—922），伊斯兰教苏非派著名代表人物。因宣扬禁欲主义和人主合一的"入化说"，被监禁、审讯，后由阿拔斯王朝最高法庭以"叛教大罪"，处以磔刑。死后被苏非派尊为"殉道者"。

④ 安萨里（al‑Ghazzālī，1058—1111），伊斯兰教权威教义学家、哲学家、法学家、教育家。正统苏非主义的集大成者，从理论上构筑了伊斯兰教正统的宗教世界观和人生观。

的作者都与禁欲主义和神秘主义的纷争有关，他们通过诗歌作品来表现自己的立场。

国内有些学者认为，苏非神秘主义的诗歌因关注心灵，在中世纪为阿拉伯文学注入了活力，注入了精髓，使阿拉伯文学在其漫长历史中，其主题和题材或显或隐接受宗教和神话的影响，而在艺术表现手法上更是与神秘主义诗性一脉相承①。这一点也是我们在阅读努埃麦自传中感受最深刻的。

被米哈伊勒·努埃麦称为"一次冒险"的这部自传，可分为三个部分：孤独的少年；在美国；隐居沙赫鲁卜。从他为己树碑立传的理由，我们可以看到其苏非主义思想的内核——准备"来世的干粮"。努埃麦相信"轮回"，认为人存在的目的就是认识自我，而认识的过程就是通过修炼、精进、体验，从围着小我旋转，直至大我，与主合一而获得真知，从有限到无限，从人到主，返回神性之本。②为此，作者希望通过自传，"清算往昔，揭示内心，打开灵魂的窗口接受上帝之光。"（第 447 页），并希望总结自己的一生能对那些"寻找着，并知道如何寻找被浮沫掩盖着的事物的人来说，也可能会有很大的好处……。"（第 575 页）显然，内省自我，清算自我，揭开遮盖着生活本质的迷障，在蛛网密布的内心隧道中寻找光亮，是作者作传的意图，而自传本身成为其苏非思想形成的最佳注脚。

一　努埃麦苏非思想的催生地——绥尼山麓

努埃麦的家乡黎巴嫩巴斯坎塔镇坐落在海拔 2700 米的绥尼山麓，距贝鲁特 50 公里。在作者笔下，他的家乡巨石嵯峨，溪水清澈，草木葳蕤，景色秀丽。绥尼山林木在阳光照耀下熠熠闪烁，林中鸟儿鸣啭，轻风低语，泉流吟唱。在他眼里，巴斯坎塔镇"俨然成为一座茂密的大果园，山麓间片片红色宛如碧蓝大海中的颗颗红宝石"。（第 21 页）

幼年的努埃麦喜欢"一个人在水渠边享清福……抬头静观朵朵白云在湛

---

① 参见李琛《阿拉伯现代文学与神秘主义》，社会科学文献出版社 2000 年版，序，第 2 页，前言，第 2 页。

② 同上书，第 20—33 页。

蓝无垠的天空中轻轻掠过"。他会在沙滩上画出条条曲线和种种图案，喜欢独自冥想，与自己心灵中的伙伴会心交流，这是他最快乐的时候（第 44 页）。可以说，苏非思想的因子在他幼小的心灵里已深深扎根。

在耶稣的故乡拿萨勒读书时，少年努埃麦对满山环翠的吐尔山①流连忘返。山中超然的孤独、无尽的幽僻能让孤独的少年感到有种神奇的力量，"与头顶上徘徊的记忆敞开心扉"。（第 74 页）在远足的旅行中，他多次恍惚觉得灵魂出舍，离开同伴，走在当年耶稣及其门徒行走的小路上。当他就读于乌克兰的西米那尔神学院时，酷爱莱蒙托夫的诗篇。他深深被诗人笔下的高加索层峦叠嶂的美丽景色所陶醉，决心一定要为黎巴嫩绥尼山区——他童年的摇篮和思想的膜拜地写下诗篇。

正是这诗性的少年记忆，最终使他在俄罗斯、美国求学 25 年后，回到故里，隐居家乡沙赫鲁卜山区，渴望与他那生于斯长于斯的故土诗意般安居。他也因此被称为"沙赫鲁卜"的隐士。因为，他向往那"当年张望世界的窗口——巴斯坎塔我那破旧的家……那里的山石、林木、鸟雀……绥尼山和它的峰巅以及洞穴中闪烁的光影或摇曳的树荫……那是对根的眷恋……。"（第 415 页）

而让努埃麦对绥尼地域的眷恋化作与之长相守行动的另外因素就是，该地区多元文化、多元宗教、多元人文思想对他的熏陶。他出生于带有伊斯兰教和基督教双重印记的马龙教派②家庭，大卫的诗篇、爷爷那哀愁而甜美的劳动歌声、母亲带他去教堂祈祷的祷告、俄国学校赞美尼古拉二世的颂歌，是努埃麦早期的学习课本。很快，天资聪慧、喜欢思考的他，渴望"寻求光明、指引和知识"（第 67 页）。在拿萨勒俄国学校里，少年十分喜欢"诗韵简析"这门课，同时对俄罗斯作品的兴趣日益浓厚，读了一些译成俄文的法国小说以及契诃夫、托尔斯泰的作品，还认真读完了陀思妥耶夫斯基的《罪与罚》。在乌克兰学习生涯中，他更是大量阅读俄罗斯大文豪，如普希金、

———————

① 以色列北部、拿萨勒东部的山脉，犹太人和阿拉伯人杂居区，现多为阿拉伯人居住地，已开辟为游览名胜。

② 马龙教派在基督教中属于东正教派一支。十字军东征后，信徒大多移居黎巴嫩北部山区。它明显受伊斯兰教的影响，规定神职人员能结婚，使用叙利亚语和阿拉伯语，保持古叙利亚教会的传统礼仪。

果戈里、屠格涅夫、高尔基等作家的作品。他尤其崇拜托尔斯泰，十分关注托尔斯泰与自我、与世界的斗争，把他的胜利或失败看成是自己的胜利或失败。"他寻找着自我，探索世界的真谛。像他一样，我也开始认真寻找自我和我的生存真谛。照亮托尔斯泰前进道路上的灯以及我赖以行进的唯一的灯塔，就是《新约》。"（第 167 页）

在乌克兰学习的第三年，一股苦修的浪潮袭击着风华正茂的努埃麦。为了摆脱朋友之妻的情网，他远离尘嚣，于沉默中感受到爱在孤独里与心灵接近。青年努埃麦开始痴醉于孤独的欢欣。那年暑假，努埃麦独坐在沙赫鲁卜高高的岩石下，看见冷冽透明的绥尼山泉潺潺流过，周围浓荫环抱，田野散落着刈割的农民和安详放牧的牛羊。他的思想掺合着浓荫、岩影仿佛行走在一条黑暗的隧道里，无数的声音在体内呐喊，询问：一切从何来，又向何去？突然他瞥见一丝天光，心儿顿觉豁然开朗。他觉得"我将在瞬息之间，目睹我的主，认识他，并同他对话"（第 154 页）。正是这瞬间的忘我、寂灭、与主合一的体验，使他觉得自己"已和周围的一切水乳交融。完全有着同一躯体，同一灵魂，一同向无限伸展"，这一瞬间照亮了他"未来的道路"（第 154 页）。与绥尼山区万物"一体同魂"的体验，将努埃麦带入到超越地域文化的疆界，消除民族文化甚至宗教文化的传统或偏见的更为广阔的人文天际。

在美国读大学时，努埃麦不但对本民族的哲学、思想大师们，如伊本·西拿、安萨里、伊本·鲁西德[1]，那绥里[2]的学说做研究，而且对西方先哲们，如苏格拉底、柏拉图、叔本华、尼采等人的思想也十分感兴趣。在这期间，他深入研究了自古以来的各种内学，研究了天启宗教和其他各种天道。他在一位印度苏非青年的引导下，阅读了《薄伽梵歌》和《瑜珈经》。令他惊讶的是，"尽管它们彼此在时空距离遥远，但它们的目的与方法竟如此接

---

[1]　伊本·鲁西德（Ibn Rushd，1126—1198），中世纪阿拉伯著名哲学家、教法学家，医学家，亚里士多德学派的主要代表人物之一。他继承了亚里士多德的哲学思想中科学和理性的倾向，综合了阿拉伯与东、西方伊斯兰教哲学家的思想成果，并在同正统教义学家安萨里等人的论战中，使哲学摆脱宗教的束缚而得以独立发展。

[2]　那绥里（Nasir Khusraw，1004—1087?），波斯著名诗人，什叶派宗教宣传家。学识渊博，精通教义学、教法学、哲学和伊斯玛义派的"内学"。

近。'吠陀'①、'甚特阿凡斯达'② 和 '赫尔墨斯秘义书'③ 相去不远。老子的 '道' 无异于基督的 '归'"（第 210 页）。他眼前出现了菩萨、老子和耶稣的面孔，他确信这三个人已经看到了他所要追寻的 "庞大的、遥远而模糊的东西"。努埃麦意识到 "我生来第一次感到上帝是我内心的一种力量。我们之间并非是一种人间的创造和被创造、崇拜和被崇拜、信仰和被信仰的关系"（第 229 页），他迫切地感到 "应该将自己从曾经陷入的浮沫中挣扎出来，单独和自己的心生活在一起"（354 页），"尘埃和蜃楼中没有我的追求。我只能在绥尼山区的怀抱之中，在与心的幽聚时才能找到我的目的"（第 397 页）。

从努埃麦的生命书写中，我们看到，家乡的山水和人文气息给予他 "思" 之禀赋，"思" 贯穿他一生：童年时的静思，青年时的苦思，老年时的冥思，使他能够凭借 "心灵之眼" 感受到万物的普遍性和共性，意识到不同宗教、不同信仰、不同文化的人们其实是殊途同归的。

二 努埃麦苏非思想的形成处——沙赫鲁卜禅房

1932 年，努埃麦 43 岁时从美国回到家乡，远离繁华都市，蛰居沙赫鲁卜这个被他称为 "方舟" 的禅房。他深居简出，躬耕著述，他后来的大部分作品都在这里完成。从自传中，读者看到，身处隐居生活的努埃麦一直在思考、实践、解答他的人生困惑，处理人与自己、人与人、人与神、人与自然之间的关系，最终达到诸关系之间和谐地相处。在他看来，人生就是掌握完全平衡的秘密，人生就是 "认识你自己"。

努埃麦认为，"我" 是和宇宙中一切表现的和隐秘的事物相联的。对于 "我" 的认识就是最高深的知识——宇宙的知识，是一切知识的基础。"只有当你学会了如何与人共处，既不伤害他，也不被他伤害地和他同吃同喝，

---

① Veda，用古梵文创作的流行于伊朗、印度一带操印欧语的各民族的颂神诗歌和宗教诗歌。

② Zend - Avesta，波斯古经。

③ 公元 1 世纪前后有关神灵启示，神学和哲学的作品。实际上是东方宗教的要素和柏拉图哲学的一种融合。

结为邻里，那时，你才找到了通向知识之路"（第 454 页），才能"让知照亮心田"①。这里的"知"指的是"真知"，而"知"就是苏非思想的内核。

苏非主义者把认识的对象——知识归于神，提出由"神的自身本质构成知识"。随后，他们又把获得的知识分为两大类：一类是通过心灵获取的，另一类是通过理性思维获取的。在他们看来，这两种知识的价值截然不同，前者属于神智（即真知），后者属于普通知识。鉴于两者性质不同，达到认识这两种知识的途径也截然不同，前者通过内心修炼，由神给予灵魂的启示而实现，苏非派的鼻祖安萨里称之为"灵感悟彻"；后者则通过思辨、勤奋、凭借客观经验来实现，安萨里称之为"经验型知识"。苏非派认为神智无所不在，它融化在每个认识对象之中，达到对神智的认识就意味着对神本体的认识。这种认识，也是对认识客体而言的主体意识的表现，是客体与主体意识的最终综合。这种表现和综合，证明了人神合一的确实性。而经验性认识，充其量只不过是客体的反映，对它的获得不含有主体意识成分。② 那么，人是否能达到真知呢？努埃麦的回答是肯定的。

他认为，对于真知，每一个人内心就是自己的"实验室"（第 209 页）。努埃麦在《人的价值》一文里认为，人本来就是完美的。他是宇宙的秘密和隐秘的宝藏，是自然存在的目的。而人存在的目的就是认识自我的过程。人在探索身体奥秘和物质特征时，通过物质方式获知灵魂的隐秘，通过可见的东西了解合理的内涵。科学家从实际的试验逐步转向理性的观念，达到精神的感觉，直至上帝。人在不断认识过程中，日臻完美。③ 一旦知识到达"绳子末端"，便会发现自己站在显微镜、望远镜都无法达到的能力面前，于是惶惶然不知如何称呼它，称之为"上帝"吧，或称它为"力量"，或称它为"意志"、"法律"。由此看，上帝就是人自己，是人崇拜自己、热爱自己、追求自己的结果，上帝因人的需要而被造出来。因此，上帝是"道"，是人、宇宙、万物存在之规律，是存在之共性和普

---

① 《努埃麦全集》，卷六，《米尔达德书》（阿文版），贝鲁特百科知识出版社 1970 年版，第 633 页。

② 参看蔡伟良编《灿烂的阿拔斯文化》，上海外语教育出版社 1997 年版，第 81—82 页。

③ 《努埃麦全集》，卷五，散文集《世界的声音》（阿文版，1948）中《人的价值》，贝鲁特百科知识出版社 1970 年版，第 377 页。

遍性。努埃麦的苏非思想是超宗教的，既汲取了尼采关于"超人"的思想和自由精神的合理因素，又调和了各宗教之间的门户之见，弘扬了苏非主义是"一种心灵的饥渴"、是"不受历史、语言或民族的局限"的人类精神现象这一终极追求。

　　这样说，是不是人就是无所不能、掌握真知的神呢？不是。努埃麦认为，人是有缺陷的，人起初并不认识自己是谁，他将自己与世界分割开来，给自己造了一个对立面，从此就制造了不幸和灾难。人是"左手提灯的盲人"，"右手擎着黑暗的明眼人"，是"从精神逃入坟墓，又在坟墓中寻找精神的粗心人"。他认为，人这位"明眼的盲人"在摸索宇宙的路上，不断地捡起散落在路边的精神碎屑。当他拾起"我"的碎屑时，他也拾起了被他称之为"世界"或"非我"的碎屑。他想保存好"我的"，而把"非我的"扔掉，其结果发现他把"我"和"非我"都扬弃了（第325页）。换言之，人性的弱点就是与生俱来的二元对立性，一方面在建设自我，另一方面在破坏自我；一方面想做更好的"我"，另一方面又丢失了"自我"，在盲从、迷惘、无知中，制造出种种不幸和灾难。

　　那么如何协调"我"和"非我"呢？关键是对这个"非我"的认知。这个"知"就是努埃麦苏非主义观的"真知"："非我"不是外在于"我"的另一个人。如果是外在与"我"的另一个，那么这个认识过程必然是否定自我，抛弃自我，去做虚幻的"非我"之梦。这样的认知必然是虚妄的、谬误的。人必须认识到你所追求的那个目标就存在于自身内部，是自我不断的更新，是自我一次次地再发现，是自我的不断超越，直至有一天豁然觉悟：我即是神，神即是我，从而实现"人主合一"。正如苏非派代表人物哈拉智在他的《诗集》中所说："他（指真主，笔者注）我分彼此，同是一精神；他想我所想，我想他所思。"① 因此，人认识自我的过程，就是人的本体觉悟过程，是"灵感悟彻"的过程。

　　在"灵感悟彻"之前，人充满了矛盾：欲望和恐惧并存，悲痛和欢乐同在，自由和枷锁相依，生命与死亡并行。而通向"我"与"非我"和谐、

---

① 中国伊斯兰百科全书编辑委员会编：《中国伊斯兰百科全书》，四川辞书出版社1994年版，第192页。

"人主合一"的路径只有一条，那就是"爱"。而"爱"在努埃麦看来就是克服私欲：权欲、富欲、情欲、名欲和永生欲。

对于权欲，努埃麦始终是报以不屑的观点，他批评那些把地球看作是宇宙中心的人是"够无知的了，但更无知的是那些把人看成是万物之主，使人成为宇宙之主的人"。他十分反感那些为满足权欲而使用卑鄙手段的人。他们戴上假面具，显示自己原是比众人高贵的泥土，"然而他们距离那绥里对弟子们的训导：'欲为人主，必先做众人之奴'是多么遥远！"（第478页）他借耶稣的话说："有人在获得普天下的人的同时失去了自己，这又有何用？"（第167页）

关于永生，努埃麦相信轮回。他认为，个体的生命是有限的，人作为宇宙的一部分，生命是一种延续的运动，它从一种状态转向另一种状态，两者之间我们称之为"死亡"，因此生是死的一部分，死也是生的一部分。人的肉体生命虽有限，但精神却永存。因此，他十分注重精神生活，追求精神超升。在他看来，经常性地内思自我，便能看到世界的普遍性和局部性，了解它的规律以及与此相联系的方法和媒介。他把这种内心的观照，看作内心的试验，"人的心就是自己的实验室"（第209页），而每个本体都是纯粹的生活内核。世界上的一切都存在于人的内部，所有存在于人内心的都在世界上。努埃麦认为，人所以恐惧死亡，是因为他没有很好地生活过（第457页）。

三　努埃麦苏非思想的归宿——诗意地安居

努埃麦从美国回到家乡后，虽蛰居沙赫鲁卜，但他"从没有屈从对品德的放纵和对人类崇高价值的玩忽"（第82页）。而是以积极的入世、救世的态度来建构自己的精神世界。他一方面远离繁华，深居简出，躬耕著述；另一方面积极为各院校、俱乐部、社会团体组织各种报告会，积极从事慈善事业。在他的"方舟"沙赫鲁卜山洞里接待来自其他阿拉伯国家和世界各地的来访者，为村里没有文化的乡亲们无偿做"秘书"工作。他说："我没有离开过人们，人们也没有离开过我。和我的心一样，我的家门日日夜夜冬夏常开。"（第575页）

　　努埃麦以自己离开浮华都市、隐居家乡、返璞归真的行为，履践了"自己的生活方式与自己的思想方式相一致"的托尔斯泰式的人生信条。当他从美国回来时，耳际响着形形色色"文明的喧哗"，脑子里堆积着一座又一座思想的火山。他像中国的庄子一样，向往田园生活，他"吻过沙赫鲁卜的小棚，吻过棚前那颗古老的橡树和树下的泥土"，面对绥尼山坐在树荫下，眼、耳、血、肉、心绪、思想统统都沉醉了，"沉醉在佳美和欢乐中"（第434页）。这里，"天比镜子明亮，和风更比梦幻中情侣的耳语温柔"（第434页）。这便是努埃麦"工作的世界"。对故土的眷恋使他像个孩子一样，全身心地与自然交融相投。这也是海德格尔笔下"诗意地安居"所在："群山无言的庄重，岩石原始的坚硬，杉树缓慢精心的生长，花朵怒放的草地绚丽又朴素的光彩……所有这些风物变幻，都穿透日常存在，在这里突现出来，不是在'审美的'沉浸或人为勉强的移情发生的时候，而仅仅在人自身的存在整个儿融入其中之际……"[1] 这种安居是把自身作为宇宙一分子完全融入宇宙的欢欣和喜悦，是人摆脱了一切物质的和精神的束缚，为自己的岁月，以灵魂的名义放声歌唱的欢欣和喜悦。因此，努埃麦的隐居，不是隐士对尘世的逃遁，相反，当他听到"身下的碌碡机械地转动着，铸铁的牙齿啮磨着麦穗，不断发出诱人的音响"时，觉得"犹如最负盛名的乐队在乐迷心中激起的涟漪"，他"心头溢发出无比的喜悦"。（第16页）

　　努埃麦苏非主义观的"思"和"知"深深植根于他回归故土的本源中，居者和居地两相情愿，诗意般相居，互为依存，亲密无间。努埃麦找到了其人性本源。正如海德格尔所说："诗人的天职是还乡，还乡使故土成为亲近本源之处。"[2]

　　努埃麦还乡接近本源，而这一本源恰巧是三大宗教——犹太教、基督教和伊斯兰教的诞生地。他的多元宗教、多元文化融合的苏非思想在故土找到了栖息地，从而使他的自传《七十述怀》成为人性和地域不可分割的最好阐释。

---

[1]　海德格尔：《人，诗意地安居》，郜元宝译，上海远东出版社2004年版，第83页。
[2]　同上书，第87页。

第三节　回忆的深井:杰卜拉的《第一口井》

　　杰卜拉·易卜拉欣·杰卜拉是巴勒斯坦当代优秀的小说家,也是一位诗人、翻译家、文艺批评家和画家。他是个多产作家,一生共创作 60 多部作品,被译成 12 多种语言在全世界出版发行。除本节将要论述的这部自传外,其代表作《寻找瓦利德·马斯欧德》也备受外国读者的青睐。在阿拉伯作家协会所推"20 世纪 105 部最佳阿拉伯语中长篇小说"榜单上排名第二。

　　杰卜拉出生于巴勒斯坦伯利恒一个贫苦的基督教家庭。幼年的杰卜拉在亚述人开办的学校里学习,在那里接触到了古叙利亚语、阿拉伯语和英语,而后转学至伯利恒国立学校就读。12 岁时,杰卜拉进入耶路撒冷拉什迪亚学校。完成高中学业后,杰卜拉考入耶路撒冷阿拉伯语学院,并于 1938 年获得了教育学和英文文学学士学位。此后杰卜拉前往英国剑桥大学留学,并于 1948 获得文学批评学硕士学位。1948—1952 年间,杰卜拉获美国研究奖学金赴美留学。

　　1948 年巴勒斯坦战争爆发后,饱受战乱之苦的杰卜拉移居至伊拉克,开始了他的流亡生涯。在这里,杰卜拉积极投身文化事业,几年后与贾瓦德·萨利姆一同创建了巴格达现代艺术协会。美国留学回来后,他一直任教于巴格达大学。

　　1994 年 12 月 20 日,杰卜拉于巴格达去世。2004 年 8 月 28 日,纪念杰卜拉逝世十周年之际,巴勒斯坦伯利恒大学举办了一场隆重的学术研讨会。会议围绕杰卜拉已出版作品进行了为期两天的学术讨论,以纪念这个城市最杰出的儿子。与此同时,伯利恒市政府在以"杰卜拉"命名的街道上举办了一场纪念活动。

　　作为一名成功的小说家,杰卜拉幼年的生活为其提供了大量的文学素材。这些素材深深地烙印在他的脑海中并最终帮助他形成了独特的文学创作风格。而在英国的深造经历使他深入接触了西方文学。在大量吸收和借用西方文学表现手法、并将其融会贯通在作品中的同时,杰卜拉也做出了自己的思考:他试图在小说创作中探索一种符合阿拉伯审美的、与以往作家风格不同的现代派写作手法。他先后创作了小说《船》、《寻找瓦利德·马斯欧德》,并与同为阿拉伯文坛中的著名作家拉赫曼·穆尼夫共同创作了自传性小说《没有地图的世界》,希望以此拯救和重聚巴勒斯坦离散的民族精神。

就其诗歌成就来说,杰卜拉曾积极倡导散文诗运动,被认为是阿拉伯散文诗运动的先驱;在文艺批评方面,杰卜拉也是一位杰出的阿拉伯文艺批评家。他的批评不但包含文学,还涉及电影、艺术、绘画等方面。除母语阿拉伯语外,杰卜拉精通英语,深厚的语言功底和文学造诣让他不仅翻译了大量的西方文学作品和与东方史相关的作品,而且还能进行双语创作。直到今天,杰卜拉仍被阿拉伯世界公认为莎士比亚作品最好的翻译家。他的翻译不仅保留了原作的美感,也充分符合阿拉伯语行文特点。他翻译的作品包括《神话与象征》、《哲学之前》等。

杰卜拉一生获得的奖项颇丰,先后获得意大利欧洲文学奖(1983)、科威特文学艺术奖(1987)、伊拉克小说文学奖(1988)、阿联酋苏尔坦·阿维斯文学批评奖(1989)、巴勒斯坦耶路撒冷文学艺术勋章(1990)、突尼斯勋章(1991)、美国哥伦比亚大学怀尔德翻译奖(1991)等。

《第一口井》于1987年出版,是杰卜拉创作的一部童年自传作品。记述了作者12岁以前在伯利恒度过的童年生活。作品所描述的7年时间跨度,正是作者由懵懂无知的少年走向青年的重要人生阶段。而此时正值第一次世界大战结束不久,巴勒斯坦刚从奥斯曼帝国的压迫中解放出来,又在犹太复国主义的推动下沦为英国的"托管区"。巴勒斯坦民族在现当代的存在性从此成为几代巴勒斯坦人心中永远的梦想、永远的痛。

回忆是一口深井。爱尔兰诗人西默斯·希尼在《个人的诗泉》里写道:"有些深井发出回声,用纯洁的新乐音/应对你的呼声。"杰卜拉在《第一口井》中试图在回答"我是谁"这个永恒问题的同时,以"拨弄污泥,去窥测根子"的勇气,挖掘自己记忆的深井,将童年记忆与周遭的一切相连,以此找寻民族的根性。

在挖掘回忆的深井后,作者最终听到了"纯洁的新乐音","它们存在于我的记忆中,溶入我的血液里,带着难以名状的柔情,与日俱增的美,经痛苦淬炼愈加炽热的诗性,以及因分隔而愈加奇妙地与童年热恋并行的情

感"。（第 12 页）

《第一口井》在叙事手法上的最大特色就是其隐喻性，从而使这部自传具有浓郁的文学艺术品格。作品中的隐喻性跳出文本修辞的范畴，延伸至更广的领域。笔者试图从隐喻性视角来探讨该部自传与地域的关系。

一 "井"的隐喻性

作者将《第一口井》作为这部自传的书名，本身就包含了深刻的喻意。在自序中，杰卜拉开宗明义："每当我们乔迁新居时，我们第一个要询问的事情就是关于井的，院子里有井吗？井深吗？好用吗？水质好吗？还是早已干涸多年？"（第 13 页）

受地域环境和自然环境的影响，巴勒斯坦终年干旱少雨，气候干燥。一口口水井便成了巴勒斯坦百姓生活中不可或缺的要素。它不但为百姓供给日常饮水，还肩负着灌溉农田果园的重任。作者在自序中花了不少笔墨说明"井"和童年生活的关联：

> 井多种多样，依居而定；同样井栏也不拘一格。井栏见证了房子和井的历史：时光荏苒，井绳被放下去，在井中上上下下拉扯，井绳的痕迹留在了井口，井口先是被它打磨得光亮，接着留下了一道道与岁月等深的凹槽。

> 有一种井装有一个铁质的弓形装置，中间有个球，井绳的上下靠它控制。这种井是很少见的，只有在一些大户人家的院子里才能看到。房屋的主人能享受一点轻省，水从屋檐的管道里流入井里。这种井还可能配有水泵，代替了水桶。

> 然而通常我们使用的都是简陋的井：雨水从房檐的笕中流进庭院，汇集在同一个池子里，之后所有的水注入到井边一个不过一米深的坑中，坑底略高处有一个连通井底的水渠，雨水在坑中先进行过滤，沉淀出泥沙和杂质，然后通过水渠流入井里，这时的水比较清澈了，但要完全澄清还需几日，泥沙和杂质在井中会再次沉淀。

所以每过几年，就必须清理井中的沉积物。① （第 13—14 页）

这样的水井世世代代记录了巴勒斯坦山区城市和农村的生活。所有橄榄树、杏树、扁桃树、葡萄的灌溉都依靠它。井水也是平常人家的生活用水。杰卜拉记得小时候家的院落一角总是存上一大缸水，喝水做饭时就舀上一碗。冬暖夏凉的井水让他印象深刻：在那些炎热的夏季，大人用水桶提起井水，让孩子们喝清凉的井水解暑；冬天，井水也比缸里的水要暖和些。家里的菜园也是用井水灌溉的。

"井"不仅养育着巴勒斯坦一方百姓的生命，更是作者安身立命的精神归宿。对于杰卜拉，这饮水灌溉之井有着深刻的含义：这是他生活必不可少的生命之井。它代表着生命最初的温暖和纯真，是他干渴时的给养地，受伤后的避风港，流离后的回归处：

> 生命之井，就是那口生活中不可或缺的淳朴的井。在其中，积累经验，就如同蓄水以备不时之需。我们的生命就是一串井，每个阶段我们都挖下一口新井，注入上苍之水和经历的积累，以便每当干渴侵袭我们、大地干旱无雨时，我们就能回到井边。（第 14 页）

在杰卜拉眼里，"井" —— "生命"与"井" —— "童年"通过隐喻的映射机制获得内在联系：童年的那口井是纯真的，恬美的；"井"隐喻着生命；"井"的存在见证着巴勒斯坦人生生不息的民族根性，也象征着流亡巴勒斯坦流亡知识分子一次次回归的精神家园：

> 第一口井是童年之井，是那口让孩子感受到最初的经验、观念、声音、欢痛、思念与恐惧的井。于是，随着岁月的流逝，他的认知和意识都不断增长，无论是痛苦的还是幸福的。每当他汲取这井水，就越加明白那些伴随着欢乐和悲伤的经验、观念和声音是什么。掬着这井水，他

---

① 本节中随文注出的页码均出 البئر الأولى جبرا إبراهيم جبرا، دار الآداب، بيروت، الطبعة الأولى، ٢٠٠٩، المقدمة ص١٣-١٤ 自该自传，不再一一加注。

永远不会知道获得的是清水还是浊泥，也许浊泥更多，而清水更少，为什么不是呢？他就是靠着这井水生活，得到给养的：对于这个孩子来说，他不能没有这口井，每每回到井边，都会在他人性中注入丰盈的甘泉。(第 15 页)

一方水土养一方人。杰卜拉身份属性从这"第一口井"中就已经有了向未来成长的"雏形"。这个雏形就是杰卜拉生命中的童年之井。在童年之井里，清水中掺合着浊泥，浊泥里渗出甘甜的泉水，这何尝不是一切生命真实的写照？何尝不是一切民族存在的反映？对生命的感悟，对快乐的追求，对知识的渴望，对根性的依赖，都让这口井的深度、纯度不断增加，时间越长，井水就愈加丰沛甘甜。

二　乡土气息的隐喻性

在自传中，杰卜拉以清新的笔调描写家乡伯利恒农村的旖旎风光：村里特有的建筑构造，伯利恒各种教堂的历史，村民们在井边、院中为骆驼饮水的情景（第 25 页），小商贩走街串巷叫卖乳酸饮品的习俗（第 98 页），祖辈们叙述的神话故事、民间传说。在他的笔下，小鸟在春日的夜里飞来飞去（第 59 页），野花遍地，绿树成荫，大片的橄榄园郁郁葱葱。书中提到的农作物名称不下 18 种，山野植物不下 9 种，还有繁多的动物与昆虫名称。作者笔下的伯利恒自然风光饱含着浓浓的乡土清新之气：

> 通常复活节过后就是春天了。沉寂的果园就有了生机，银莲花开得姹紫嫣红，五彩缤纷。它们昂着头朝向太阳，露水点缀了它们的叶片，也点缀了石头，树枝和草地……傍晚时分，燕群飞过蔚蓝的空际，抵达了它们热爱的土地。这就是伯利恒春天的黄昏。每当我们在乡间玩耍、歌唱、讲故事的时候，总能听到燕子的叫声。他们时而嬉戏盘旋，时而落在屋顶休憩，之后就再一次飞向远方……（第 60 页）

杰卜拉的自传是一幅描绘自然、记载民俗的画卷。作为失去家园、长期流亡海外的巴勒斯坦作家,个人自传中必然渗透着强烈的民族主义色彩。然而,这种民族主义的构成,并没有空乏的政治口号和鼓噪的民众情绪,有的只是对乡村原始风貌的静静描写。作者的叙事似乎在讲述那遥远而又仿佛如昨的故事。

在作者笔下,地域特征呼之欲出。在伯利恒这个耶稣降世的圣城中,坐落着大大小小的教堂:圣诞教堂、方济会教堂、神父安东教堂;希腊东正教、罗马天主教、亚美尼亚东正教、叙利亚天主教和许多基督教东方学派在此共存。伯利恒的教堂表现出独特的美感,那是不同宗教和平共处带来的和谐之美。圣诞教堂宏伟壮丽,是整个城市的地标式建筑,而其他一些派别无论大小,也建有自己的教堂。每一座修道院或是教堂都设有一所学校,尽管当时很简陋,但在 20 世纪 20 年代,这对于教授最基本的读写来说已经足够了。虽然当时在伯利恒的穆斯林对于基督徒来说是绝对的少数,但是依旧是这个城市居民的重要组成部分。清真寺和教堂遥相呼应,信仰不同宗教的人们杂居在一起相安无事。这一描写让 20 世纪初的伯利恒充满了神秘与和谐美,也表达出作者希望多种文化和宗教应平等相处的愿望。

浓郁的乡土气息和明显的地域特征隐喻着民族身份的确定性和不可抹杀性。诚如巴赫金在《小说理论》中所说的那样:"自然现象被纳入自传整体之后便获得了隐喻性。生活中事件对地域的一种固有的附着性、粘合性。这地域即家乡的岭、家乡的谷、家乡的田野河流树木、自家的房屋。"① 在伯利恒的圣诞教堂,杰卜拉曾为躲避母亲责罚而在此"避难"。田间的果树,时而是他放声朗诵和引吭高歌的舞台,时而是他旅途中的驿站;就连那天空中变化的云朵,也成了他发挥想象力的道具。生活事件脱离不开祖祖辈辈世代居住的这一具体空间。这个不大的空间世界是相对封闭的,同其余世界仿佛隔离。然而在这有限的空间世界里,世代相传的生活却会绵绵流长。"世代生活地点的统一,冲淡了不同个体之间以及个人生活的不同阶段之间的时间界限。地点的一致使摇篮和坟墓接近并结合起来,使童年和老年接近并结合起来。"②

---

① [苏]巴赫金:《小说理论》,白春仁、晓河译,河北教育出版社 1988 年版,第 425 页。

② 同上。

《第一口井》中尘世生活和自然界和谐生长，节奏合拍，自然现象和人生故事倾诉着共同的语言，象征着人与自然的统一。由此，作者通过对家乡自然美的回忆，再次对亘古不变的巴勒斯坦民族属性给予了确定。

这种民族属性不是显示在历史教科书上的说教，也不是停留在政治概念上的"国界"，它是那种浓浓的乡情所依托的根基。杰卜拉喝着家乡的井水，吃着家乡的五谷杂粮，在乡亲们的眼皮底下一点点长大；在家乡的小学校里认第一个字，读第一本书；从家乡的田林山水出发走进这个神秘而广袤的世界。于是故乡情就在他成长过程中自然地滋生于他心灵深处。这也是作者作传的出发点：

> 我宁愿不断地探寻一个个体的存在，它的意识、认知、情感与岁月一同成长。它的纯真生机勃勃，甚至与纯真本身紧紧相随。当然，这个个体存在包括周遭的一些事物：房屋、树木、山谷、小丘、阳光、雨露、面庞、声音。个体因此而充满生机，因此而懂得价值观和伦理道德，因此而感悟美丑和欢痛。
>
> 或许我已经有意无意间把自我和周遭融为一体，互为映照，甚至彼此成为对方的表现和象征。这个共同体会敌不过时间的销蚀，所以我尝试把它抓住，捕捉进文字的网中，不要让它再次溜走。（第10页）

作家对故乡的怀念，在一定意义上也是对业已失去的巴勒斯坦属性的怀念。在回忆这口深井中，他试图唤醒记忆深处那个沉睡地带，静静地听见深井中发出的"纯洁的新乐音"，追回生命中失落的那一段珍贵的时光。

在"纯洁的新乐音"中，"乡音"是留住和勾起民族共同体情感的最佳形式。自传中，大量的人物对白都没有采用阿拉伯标准语，而是保留了巴勒斯坦方言。"方言"这个具有鲜明地域特征的语言标志，让整部作品都充满了乡土气息。而民谣的再现更是把这种乡情推向了极致。巴勒斯坦的孩子在嬉戏玩耍时总会吟唱民间歌谣，进行山歌对唱。杰卜拉在自传中对此有过极为细致的再现：

欧妮亚

骆驼在哪儿

在坎扎阿

它在吃啥

烤大饼

喝啥

露水

……

飞吧，飞吧，鸽子

请代我问候我的主人

我的主人在阿卡

他给我一片蛋糕

蛋糕在箱子里

箱子没有钥匙

钥匙在铁匠那里

铁匠在吃鸡蛋

鸡蛋在母鸡里

母鸡在吃麦子

麦子在磨盘里

磨盘在转动

磨里全是浆汁

……（第49—50页）

　　然而童年和巴勒斯坦这片故土一样，正在不断离杰卜拉远去。白云苍狗，沧海桑田，五次中东战争让这片养育他的土地发生了深刻的变化，难民营和临时安置点取代了绿树青瓦，冰冷的铁丝网和数不清的关卡割断了那一缕缕乡情。直到1994年离世，杰卜拉也没能再次踏上这片热土。这使那浓浓的乡情中，夹杂着一缕化不开、沉甸甸的乡愁。

三　"门坎儿式时空体"结构的隐喻性

在《第一口井》中，除了上述地域性隐喻外，以空间位移为标志的"门坎儿式时空体"结构是作品向前发展的推动力。而"门坎儿式时空体"叙事结构本身具有强烈的隐喻意味：空间位移往往暗合着个体命运的危机或超越。苏联文艺批评家巴赫金曾在其著作《小说理论》中指出："'门坎'一词本身在实际语言中，就获得了隐喻意义（与实际意义同时），并同下列因素结合在一起：生活的骤变、危机、改变生活的决定（或犹豫不决、害怕越过门坎儿）。在文学中门坎儿时空体总是表现一种隐喻义和象征义。"①

从《第一口井》叙事结构的角度来看，传记时间诚然是一条主线，但是其最主要的补充形式就是"门坎儿时空体"结构，时间和空间相互依存。约旦文学评论家哈利勒·谢赫对此指出："杰卜拉关于时间推移的感受是通过与空间的深层联系获得的。"②

门坎儿式的空间跃进象征着生活的危机和转折。杰卜拉的童年经历了多次搬家，一处居所往往住上一年半载，就被迫迁往另一个地方。家——这个原本寓意安定、稳固的避风港对杰卜拉一家人来说却成了个流动的驿站。从"客栈"到"哈沙西"，从"熊窝"到"法塔胡之家"，从"扎和路噶之家"到移居耶路撒冷。在一次又一次的搬家中，生活的磨难考验着一家人的意志力。对每一处童年记忆中的"家"的结构、周围环境，杰卜拉都进行了细致的描写。"客栈"是杰卜拉记事起的第一个家，那其实就是一栋楼一层的一间老旧的屋子。屋子挨着主干道，黑暗潮湿。屋里没有窗户，只有在早上阳光才能通过敞开的大门照射进来。杰卜拉的入学给原本就已经窘迫不堪的家庭带来经济负担。《第一口井》中杰卜拉买本子和笔的经历，恰好说明了这一点：

---

① ［苏］巴赫金：《小说理论》，白春仁、晓河译，河北教育出版社 1988 年版，第 450 页。

② خليل الشيخ، سيرة جبرا إبراهيم جبرا الذاتية، وتجلياتها في أعماله الروائية، من كتابة القلق وتمجيد الحياة وتمجيد الحياة، المؤسسة العربية للدراسة والنشر، ص٧٨.

　　我回到家里，看到祖母正在院子里收衣服，尽管我一言不发，仅仅是一种期盼的眼神望着她，她就立刻看穿了我的心思。她把手伸进口袋，从里面掏出一个系好的小方巾，她小心翼翼地解开方巾，从四五个硬币中拣出一个圆形有孔的半分钱，对我说："拿着去买本子吧，别告诉你母亲是我给的，快去吧，悄悄的！"（第 26 页）

　　那天晚上，我的本子成了一家人的欢乐。父亲看着我写的字母，夸赞说："写得太棒了。"哥哥优素福开玩笑道："你写的字就像倾斜的山坡，要下山喝水吗？"母亲说："本子和笔都要省用，仔细用，知道了吗？"而一旁的祖母则不停地给我使眼色。（第 27 页）

本子和笔成了一家人整晚议论的欣喜话题。物质的贫乏让这个家庭和这个 5 岁的孩子一样，敏感而容易满足。然而这种幸福感稍纵即逝，残酷的现实就让杰卜拉一家人在不久之后就搬家了。他们搬到了一个叫"哈沙西"的屋子里。这里的条件比之前住的地方更加简陋，他们住了一间由粗糙的石砖垒成的屋子里，屋顶覆盖着干柴，再用泥土填充。这样的屋子既不能遮挡大雨，也无法隔绝酷暑，下大雪时还有坍塌的危险。然而这次搬家没有给家境的改善带来多少帮助。圣诞节将至，一家人再次陷入愁苦。为了准备年货，母亲精打细算，勤俭持家，日子依然过得捉襟见肘，难以维持。父亲的工地上到了冬天更是冷清。为了养家糊口，他几天就换一家工厂，每天回家后都疲惫不堪。屋漏偏逢连夜雨。1927 年，伯利恒发生了严重的地震灾害，大量的民房建筑被毁，许多灾民流离失所，工厂停工，学校停课。天灾给这个本就不幸的家庭雪上加霜。为了生计，杰卜拉一家人先后搬到了"熊窝"和"法塔胡之家"。杰卜拉曾有这样一段回忆：

　　我们又一次搬家了。起初我不甚明白我的父母为何要如此频繁的搬家，但是之后我渐渐知道，房租是最重要的原因。每一次搬家，都意味着房租更加便宜，而房子是不是更大就是次要的了。（第 98 页）

以搬家为标志的"门坎儿式时空体"的推进在《第一口井》中见证了杰卜拉一家在动荡不安的巴勒斯坦社会大环境下的沉浮。而"学校"成为

"门坎儿时空体"结构的另一维度。杰卜拉既在这里长大成才，也在这里工作深造。每一次转学、升学和为求学做出的改变，都是杰卜拉身心的一次自我超越。在这个过程中他完成了从一个乡村男孩到文学大家的华丽蜕变。

杰卜拉进入的第一所学校是希腊东正教学校。在这样一所设施简陋、学生混杂的宗教学校中，杰卜拉遭受了"皮肉之苦"，懂得了遵守"规则"。入学伊始，杰卜拉好奇而又贪玩，他把来之不易的练习本撕掉做玩具，又和小伙伴阿卜杜一连逃学好几天不上课，终至被母亲责罚。尽管有祖母的庇护，杰卜拉还是尝到了说谎和逃学的苦果。他在场院里大哭，即使是吃着祖母给的面饼也不能消除脸上火辣辣的疼痛。那天晚上，杰卜拉的父亲就决定让他转到要求更严的叙利亚天主教学校读书。因为那里有一位认识的老师，也是邻居，这样父母就能知道杰卜拉是否逃学了。

经历了这次教训，杰卜拉的学习逐渐走上了正轨，成为一名不旷课的好学生。他把通往叙利亚天主教学校的道路成为"新路"。这条道路使他开始懂得用规范和理性来约束自己的行为。若干年后，当杰卜拉谈起这段童年插曲时曾感叹道："童年故事就是回忆和梦的混杂，是存在之强烈和诗性之休眠的交织物，是理性和非理性的穿插，但这种交织物确定无疑地存在于内心深处，永远。"（第11页）也正是在这种交织中，杰卜拉迈出了由一个懵懂无知的孩童走向一名大作家、大学者的第一步，在质疑和否定中完成了一次次重要的自我超越。从希腊东正教学校到叙利亚天主教学校，空间的变化成为这种超越的推动力量和表现形式。纵然理性和规范此时还没有成为他思维的主导力量，但至少这是一个良好的开端。

在此之后，杰卜拉又进入了由伯利恒市民修建的哈拉巴学校就读。与贾里斯老师和同学们共同经历了一段美好的学习时光。但是真正让他再一次成长的，是他进入伯利恒国立学校的那段经历。初到学校的杰卜拉既激动又兴奋，宽敞明亮的教室让他吃惊不已。在自传中他记录了这次人生跨越时的心情：

　　直到那一刻我才知道什么是真正的教室。以往的学校里都是长长的板凳，五个或者更多的孩子挤在一起。而在这里，学生们两两挨着，还有一些空的凳子。我坐在法希姆老师给我指定的位子上，既忐忑不安，

又高兴不已。(第 127 页)

杰卜拉拥有了真正的课本。"我感到它们是通往天堂大门的钥匙。我对它们爱不释手，仿佛它们有一种我未曾感受过的魔力。"（第 127 页）良好的教育环境为杰卜拉提供了崭露头角的平台。凭借着对英语的喜爱，在一次英语课上，杰卜拉成了班里唯一一个通过教学督导考察的学生。督导员还专门为他写了评语。他后来回忆说："那件事或许会让我给督导员留下深刻印象，但同时他也给我此后的学习生活产生了深刻的影响。"（第 130 页）家庭环境的影响让杰卜拉从小就对音律很感兴趣。在该校合唱队的选拔中，杰卜拉凭借一副好嗓子脱颖而出。此后，他有幸接受了系统的音乐训练，并在许多盛大节日和重要场合参加演出。除此之外，阿拉伯语书法老师希沙姆鲜明的个性以及独特的教学风格也使得杰卜拉深受启发，将自己的命运同文字紧密联系在一起："从那天起，我学会用一种独特视角领略一个美妙的世界。我学会感受鲜活的文字，我把它们植入了我一生追求的美学实践中。"（第 134 页）

可以说，进入伯利恒国立学校是杰卜拉人生中的一个重要转折点，对此他在自传中谈道：

> 伯利恒国立学校让 9 岁的我开始了真正的生活。那些时光，就如同阿拉丁神灯一般，让此前封闭保守的我接触到了形形色色的人物。我必须尝试去接受这全新的一切。（第 130 页）

3 年之后，杰卜拉随父母来到了耶路撒冷，进入了伊斯兰教为主导的拉什迪亚学校。这里也是杰卜拉留英归来后任教的地方。在这里，他的人生再次改变。耶路撒冷的工业化水平和科教水平都较伯利恒更优越。这在拓宽杰卜拉视野的同时，也对他提出了更高的挑战。在这里，他用成绩兑现了自己向老师的承诺，也是在这里，他的潜能和竞争意识第一次被充分地激发出来。他对于竞争和成功有了自己的认知，他认为，通过学校的考试是为了自我的超越，并不是与谁比高低，争强好胜。

在杰卜拉心智快速成长的同时，他的宗教观念也在潜移默化地发生着变化。在这个伊斯兰教为主导的学校里，身为基督徒的杰卜拉开始参加伊斯兰教宗教考试。他的理由是，虽然他不是穆斯林，但他尊重其他宗教，况且作为学生参加考试是必须的。这种超越宗教界限、追求人性大同的思想或许可以解释杰卜拉在若干年后的 1948 年，当他与相识多年的女友莱米艾结婚时，毅然决然地皈依了伊斯兰教的大胆行为。

门坎儿式的空间结构贯穿《第一口井》的始末。如果说童年线性时间是整部作品的主线，那么预示着危机和超越的"门坎儿式时空体"结构就是情节发展和推进的动力。"家"和"学校"的二元结构共同构成的隐喻机制描绘出作家的生命原初和早期的成长经历。

纵观整部作品，作者通过地域性的隐喻手法，将关于家乡的老井、伯利恒恬静的自然风光、童年的歌谣、流传在这个地区百姓们耳熟能详的神话故事娓娓道来，描绘出不同宗教、不同信仰的平凡而善良的巴勒斯坦人民在这片土地上和谐相处、辛勤劳作的图景，再现了巴勒斯坦民族属性的真实性和存在感。从微观上讲，自传反映了垂暮之年依然流亡在外的作家对故土家园的纪念情感，通过对童年往事的追忆和想象，重温昔日的美好时光和故土的宁静恬美；从宏观上看，在后冷战时期，以"个体记忆"之名来记录历史、修正历史，抵抗遗忘，为即将被抹去的民族属性写下个体鲜活的记忆，无疑是强化集体文化属性和加强民族认同感的最佳方式。

第 六 章

现代阿拉伯自传与流亡

第一节　流亡者自传的"空间政治"

一　自传与流亡者的"空间政治"建构

尼采说："在一切写出的作品中我只喜爱一个人用血写成的东西。"[①] 从某种意义上说，自传正是这类可令尼采兴奋的文字，因为它们真正是"深入肺腑，发自肌肤"的表达，源自自传者真切的现实体验，而这种人生体验与经历往往并非是"田园牧歌"的模式，更多的时候充满着创伤和痛苦的记忆，是一种苦难叙事。正是在这个意义上，斯皮瓦克说："自传是一种创伤，在这里，历史的血迹不会干涸。"[②] 因此可以说，自传恰恰是自传者建构的一个"空间"，他们将自己的经历、记忆与想象构筑其中，从而实现对个人身份、民族身份或文化身份的认同，这一空间存在于现实之外，深处于自传者内心之中。

不过要说明的是，这里所指的自传"空间"不同于法国自传学者弗朗索瓦斯·西莫内—特南近来所提出的意义，即在"空间"的涵盖下让"虚构和非虚构"在自传中并存，以纠正勒热讷"自传契约"理论的局限；也

[①] 尼采：《查拉图斯特拉如是说》，钱春绮译，生活·读书·新知三联书店2007年版，第38页。

[②] See Veronica Marie Gregg, "How Jamaica Kincaid Writes the Autobiography of Her Mother", in *Callaloo*, 3 (2002), p. 920.

不同于叙事学理论中提到的"叙事空间"，它更多是时间的地理化；这里所指的自传"空间"更接近于霍米·巴巴的"第三空间"（The Third Space）[①]理论。在这里，"空间"指的是一个人的社会处境，不仅是国家地域的空间性，而且指个人所处社会阶层的空间感，因此包含一个人的族裔、民族、国家、性别、社会等层面的政治定位。这种物理性的地域、抽象性的社会阶层决定的地理政治定位，对自传会产生直接的影响，使自传成为处于某一社会"地位"的人的表达。应该说，"空间政治"定位问题较明显地表现在边缘地域、边缘文化或后殖民自传中，特别是流亡者自传中。由于政治意识形态、文化差异与冲突，他们对社会空间的敏感度更强，而这一空间是非此非彼的"混杂空间"（place of hybridity），是不同政治文化遭遇、交融、协和的产物，体现了自传者的认同或抵抗。

我们知道，由于战争、政治斗争或文化冲突等因素，流亡构成了世界文化中的普遍现象。对流亡者而言，无论被动还是主动，他们都失去了曾经的故土或国家，处于离散或游移的状态。为此，如何去整合支离破碎的人生经历，获得更完整统一的自我身份，对他们来说就是非常迫切的问题。换言之，流亡者自传写作本身就是一种政治行为，是一种"人权"的表征。正如英国女性主义研究者茱莉亚·斯文戴尔斯所说："现在，自传极有可能成为受压迫者和文化难民的文本，正在形成一种为个体和他人说话的权力。"[②]作为一种政治权力和民主诉求的工具，自传恰恰为他们提供了自我认同与表达的最直接空间，因为自传就如同从一个人的人生和记忆的根部生长出来的树，是最自然而然的。在这里，他们可以倾诉对某种政治体制或意识形态的抵抗，表达对故国家园的留恋、乡愁与美化，挖掘记忆中的乐园与创伤，从而重构自我身份，完成对自我身份的再次认同。总之，在流亡者的自传中，个人遭际被嵌入政治历史的宏大图景之中，是"意识形态与乌托邦"的集合，同时也在文本、修辞中对政治语境进行回应。正如国内自传研究者梁庆

[①] Smith, Sidonie, and Julia Watson. *Reading Autobiography：A Guide for Interpreting Life Narratives*. Minneapolis：University of Minnesota Press，2010，p. 46.

[②] Julia Swindells，"Introduction"，*The Uses of Autobiography*，ed. Julia Swindells，London，Taylor & Francis，1995，p. 7.

标教授在《自传的"微观政治"式解读》一文中所说："自传远非超然于现实的'佳构',它是一种真正纯粹的'人生写作',涉及的是具体的、现实的人——某种特定政治现实中的人,自传者终究无法摆脱与现实政治的瓜葛,在文本、修辞中就不得不对政治语境进行回应。"[1] 当然,这也要求研究者以客观审慎的态度对待这类自传,既承认其诉求权力,同时又要避免受其过度情感性的干扰,多做"退一步"之思,尽力还原其自我书写的背景、意图与手法。

流亡者自传是基于"对话"和"平等"理念基础之上的,是众声喧哗的多元世界中的一种声音,是自我捍卫或自己为自己争取到的话语权力,如此,美国学者西多尼·史密斯、茱莉亚·沃森认为:"多重对话声音替换了统一的'我',这些声音都作为自传性之'我'在语言中言说,而这是'包含多种具象世界、多种受限定的口头意识形态和社会信仰体系'的语言。"[2] 自传作家们摆脱或暂时摆脱了被某种专断的强力来"命名、控制和记忆"的可怕境况,获得了一定的自由。通过地理或精神空间的移位来传达不同的信念。正如福柯所坚持的:"(他)通过对身份话语的强调以及对权力的批评,分析了多样的、分散的、局部的自我的技巧,通过它主体获得了处于历史性的、独特的真实体系中的自我认知。"[3] 或者可以说,通过语言,自传成了流亡者能感受到自身作为主体而存在的精神家园。

同时我们必须认识到:"定位问题以及身份地理学在殖民/后殖民、移民、迁居,以及流亡者的自传叙述中尤其复杂……大量形容性术语已经标示了由以流离失所、丧失身份等为特征的各种压迫史遗留下来的历史的、社会文化的和心理的踪迹,并以下列术语对这一主题进行了理论化概括:混杂(hybrid)、边缘(border)、流散(diasporic)、女混血儿(mestiza)、游牧的(nomandic)、流浪的(migratory)、少数化(minoritized)。这些术语涵盖了一种'中间状态',即经常处于运动和无根状态的动态摇摆主体。"[4] 也就是

---

[1] 上海交通大学传记中心主办:《现代传记研究》(第一辑),商务印书馆2013年版,第58页。

[2] Smith, Sidonie, and Julia Watson. *Reading Autobiography: A Guide for Interpreting Life Narratives.* Minneapolis: University of Minnesota Press, 2010, p. 204.

[3] Ibid.

[4] Ibid., p. 215.

说，虽然同处于历史文化的"中间状态"或"第三空间"，但是不同流亡者的处境是不同的，因此，即使是对流亡者这一群体本身而言，也有必要进行更多元化的理解，以避免他们再次被语言的暴力所控制，如主动流亡/被动流亡，现实流亡/内心流亡，等等。

作为流亡知识分子的代表和后殖民理论建构者的思想家，巴勒斯坦裔美国学者萨义德的人生经历、自传实践与批评理论正构成了流亡者自传的典范和研究范例："很明显，跨越各种地理空间和政治空间的生平叙述已经被证明正在以学者们所使用的有效方式自我理论化。也就是说，自传文本将语言、文化、传统和历史的差异置于了首要地位……在萨义德深具影响的《文化与帝国主义》的召唤下，关于帝国的形成与解体的历史性观照研究也转向了生平写作，它被视为对文化进行批评性描述的重要场所。因为关注自传行为如何处理变迁中的主体这类问题与实践，批评家们应用萨义德的批评方式来检验目前留存的过去的遗产，它们为处于全球性离散中的主体和流亡主体中的后殖民主体与离散者服务。"① 通过萨义德的自传《格格不入》，我们正好可以检视其批评理论的适用性，从而也为这种理论增添了鲜活的注脚。这种现象反过来也正好应和了尼采的话：一切哲学其实都是哲学家的自传与自我表达。任何思想和理论都无法与作者的经历分割开来，都必须返归其自身方能找到理解的触点和界限。正如维特根斯坦所说："关于你自己，你不可能写出比你本人更真实的东西……你从你自己的高度描写你自己。"②

如此一来，在流亡者自传中，自传、身份、政治、文化、叙述等问题变成了一个统一体，也正构成了研究的基本空间："随着身份叙述实践在未来时代的日益增加与变化，自传研究者们将会在如下的丰富对话中做出贡献：即在理解自我、群体与地理政治变迁之间的交汇点问题上，他们的意义何在。"③

---

① Smith, Sidonie, and Julia Watson. *Reading Autobiography: A Guide for Interpreting Life Narratives*. Minneapolis: University of Minnesota Press, 2010, p. 224.

② ［英］维特根斯坦：《维特根斯坦全集》（11卷），河北教育出版社2003年版，第45页。

③ Smith, Sidonie, and Julia Watson. *Reading Autobiography: A Guide for Interpreting Life Narratives*. Minneapolis: University of Minnesota Press, 2010, p. 234.

二 当代巴勒斯坦文学中的自传

自从 20 世纪初中东巴勒斯坦地区被强制实行锡安主义起，巴勒斯坦民族就翻开了悲惨的离散历史。至今尚没有自己独立国土的巴勒斯坦人，"身份焦虑"、"文化属性"、"民族主义"始终与他们如影相随。因此，巴勒斯坦自传堪称流亡者自传的典范，它的文学价值、历史意义、国际影响和流亡带来的跨越维度（跨语言、跨种族、跨宗教、跨文化和跨国界），几乎是世上独一无二。翻开当代巴勒斯坦自传作品，令人唏嘘不已的不仅是那缕缕稠得化不开的"故国残梦"的乡愁，更是巴勒斯坦流亡知识分子叙历史之所不能诉，写历史之所不能言的勇气和智慧。在当代巴勒斯坦自传地图中，读者看到世界并不是平的，这里，地理、领土、血缘、族裔、语言、神话对于巴勒斯坦民族的存在仍然至关重要；巴勒斯坦、以色列两个民族对于同一块土地拥有权的争夺在政治文化层面上演变成两种民族主义叙事的彼此对抗。

作为失国丧邦的巴勒斯坦人，作为缺席的在场者，在宏大历史叙事阙如的历史语境中，鲜活的个人记忆成为关于 20 世纪巴勒斯坦人苦难离散历史具体的、忠实的见证，因而，以回溯性叙事为主要写作策略的自传或自传体小说不断涌现，在当代巴勒斯坦文学中占据很重要的地位。自传者对自己所持的民族主义叙事实践是凭借一定的意图和手法完成的。正如艺术家们往往通过种种修辞技巧而非简单、空洞的口号来隐秘传递自己的理念一样，流亡自传者在其自传中也在运用各种技巧进行精心修辞，在深思熟虑中描述或展现自我或其所代表的族群，因此经常性地出现隐喻、暗示等情况。究其原因，除了自传者的文学性、学术性追求外，恐怕更重要的还是对政治因素的考量，自传的修辞策略其实正是应对政治语境的回应，即对"空间政治"的建构。

譬如，长期流亡伊拉克的巴勒斯坦作家杰卜拉·易卜拉欣·杰卜拉写了《第一口井》，回忆了自己 12 岁以前在纳布卢斯度过的童年生活。作者用巴勒斯坦寻常百姓生活中不可缺少的水井隐喻了不可抹杀的民族根性，将童年记忆与民族集体记忆相连。经历了流离失所之苦的游子一次次感受到在家乡朴拙的老井旁、甘甜的井水里蕴含着民族生生不息的生命源泉。

再如，巴勒斯坦著名诗人穆利德·巴尔古提（Murīd al-Barghūthī，1944—）写了自传《我看见了拉马拉》（1996），叙述了自己在流亡30年后，对拉姆安拉及附近家乡的重访。作者从连接着约旦和约旦河西岸地带、被称为"回归之桥"的阿伦比桥起笔，开始了他的返乡之旅。望着眼前阔别已久、魂牵梦绕的家乡，望着眼前这片有着多重命名的土地——祖国、西岸和加沙地带、被占领土、自治政府、巴勒斯坦、以色列……看着把守关卡的以色列士兵，作者思绪万千："他的枪从我们这里夺走了诗歌的土地，留给我们关于土地的诗歌。他的手中握着土地，而我们的手中握着幻境。"①"桥"的悬置感正是当代巴勒斯坦流亡者生命状态的真实写照，从而使"桥"成为流亡者"空间政治"定位的隐喻。

还有，当代巴勒斯坦最伟大的民族诗人马哈穆德·达尔维什，他的后期作品几乎都是自传性的，如《为了遗忘的记忆》（1987）、《你为何把马儿独自抛下》（1995）、《陌生女人的床》（1999）、《吉达利亚》（2000）等，尤其是《为了遗忘的记忆》和《你为何把马儿独自抛下》。前者通过散文形式以第一人称"我"追忆了如同"广岛原爆日"一样恐怖的1982年8月6日，那天流亡贝鲁特的巴勒斯坦难民再次遭遇被驱逐的大劫难。作者以梦中人呓语般碎片化的语言风格将被历史否决的巴勒斯坦难民的人生碎片拼接，以此哀悼土地和民族身份失落之痛。后者通过诗歌形式，以"我"从"远古"走来为开篇，将"我"的复数形式推向历史纵深，使自传成为"巴勒斯坦人"的群传，希望以巴勒斯坦人和犹太人自古以来共有的集体记忆——神话、宗教、传说、语言甚至诗韵来弥合专制的暴力话语在同为闪族子孙的两个民族之间造成的感情裂痕和历史叙事差异，从而为巴以和平进程在政治文化层面上开辟新的空间。达尔维什的自传性作品表达了他的"美学抵抗"诉求，也是他的"空间政治"建构的意图和方式，即在"诗歌的土地上建立巴勒斯坦国"。

而巴勒斯坦裔美国学者萨义德更是将自我人生经历与跨文化批评理论、自传实践结合在一起，他的《格格不入》构成了研究流亡者自传的典范。萨义德在《东方学》（Orientalism，1978）一书中明确指出：东方乃是西方

---

① 余玉萍：《以记忆抵抗权力——当代巴勒斯坦文学一瞥》，《文艺报》2012年2月13日第6版。

的"替代物与潜在自我"①，我们不妨理解这句话的意思是西方存在于东方之中；他在《旅行理论》（Traveling Theory）一文中阐释了理论的跨文化旅行模式，指出在跨文化旅行中，当某一理论从一种文化跨域传播到另一种文化语境时，它必然时刻处于"旅行"状态。虽然，萨义德在此专指理论而言，但是，这一理论的适用范围，并不局限于此，它同时也为文本的跨文化传播和传主的跨文化写作，开启了新的研究视域。

下面，笔者将以达尔维什和萨义德的自传作品为例，详细考察两位作家、思想家的自传及其"空间政治"建构的背景、旨意和手法。

第二节　缺席的在场者：达尔维什的自传性叙事

在阿拉伯现代诗歌史上，巴勒斯坦最杰出的诗人马哈茂德·达尔维什享有独特的地位：其名字与祖国的命运紧密相连，其作品成为巴勒斯坦浓缩的历史，其人被看作巴勒斯坦民族的精神符号。诚如巴勒斯坦裔以色列作家安通·沙马斯（Anton Shammas，1950—）对他的评论：

> 达尔维什将其个人自传转化成一部现代史。奥斯陆协议后达尔维什曾感叹"当巴勒斯坦人一觉醒来，竟发现他们的过去已消失"。但我们，作为记忆被切除的幸存者，作为《你为何把马儿独自抛下》的读者，则将永远铭记巴勒斯坦有两幅政治家无法抹杀的地图：一幅保存在巴勒斯坦难民的记忆里，另一幅描绘在达尔维什的诗歌中。②

达尔维什在经历了 1948 年第一次中东战争给巴勒斯坦人民带来的失地丧邦之痛以后③，又经历了 1967 年第三次中东战争失败和阿拉伯民族主义思

---

① 萨义德：《东方学》，王宇根译，生活·读书·新知三联书店 1995 年版，第 3 页。

② Mahmoud Darwish, *Why did you leave the horse alone*, Brooklyn, Aachipelago Books, 2006, Back cover.

③ 第一次中东战争又称"巴勒斯坦战争"。1948 年 5 月 14 日，以色列根据联合国"分治决议"建国。次日，阿拉伯国家向以色列宣战。战争历时约 8 个月。以色列多占了"阿拉伯国"约 5700 余平方公里土地，近百万巴勒斯坦人被驱逐出家园，沦为难民。

想瓦解之挫①，继而经历了 1982 年以色列入侵贝鲁特②、诗人被迫二度流亡法国的悲苦。1985—1995 年期间诗人定居法国巴黎。流亡生涯不仅"在他的血液中洒下了沉思的盐，使他回到遥远的过去：对童年、故土、自然的痴恋"③，还使他在痛定思痛中意识到，所有的记忆终究敌不过时间的销蚀，"历史是胜利者的清单"。作为失土丧邦的巴勒斯坦人，以个人生命叙事方式再现历史以抵抗权力话语、抵抗遗忘是巴勒斯坦知识分子对自我身份和民族属性再定义、再建构的有力途径。于是在这期间和之后，诗人写了自传性散文作品《为了遗忘的记忆》（1987，英文书名为 *Memory for Forgetfulness*，以下简称《记忆》）、自传性长篇史诗《你为何把马儿独自抛下》（1995，英文书名为 *Why did you leave the horse alone*，以下简称《把马儿抛下》）、自传性诗集《陌生女人的床》（1999）、《吉达利亚》（2000）等自传性作品。

　　这些自传性作品标志着诗人的文学观由早期的"政治抵抗"转向"美学抵抗"。④ 在这里，达尔维什的"美学抵抗"可以理解成诗人以自传方式建构其"空间政治"。

　　"抵抗文学"概念最早由巴勒斯坦著名作家格桑·卡纳法尼（Ghassān Kanafānī，1936—1972）提出，用来定义 20 世纪下半叶巴勒斯坦作家声讨以色列入侵巴勒斯坦、号召人民奋起抵抗土地占领者所创作的文学作品。其中，"抵抗诗歌因其易于传播的优点发挥了主导作用"⑤，抵抗诗歌始终以爱国主义政治题材为主，旨在激发民众的革命热情，但其遭人诟病的原因也在于题材的单一和意义的有限，且注重其内容超过其形式的美感。达尔维什早期也创作了许多言辞铿锵、斗志昂扬的诗歌，被视为抵抗诗歌的经典之作，如他的成名作《身份证》（1964）。随着诗人创作的日趋成熟和长期流亡生

---

① 第三次中东战争又称"六·五战争"。1967 年 6 月 5 日，以色列向埃及、约旦和叙利亚发动进攻，在六天内占领了西奈半岛、约旦河西岸和戈兰高地，总面积达 6.7 万平方公里。埃及等阿拉伯国家在战争中因各怀利益而惨败，蒙受巨大耻辱，加深了对以色列的复仇情绪。

② 以色列侵黎战争，又称"加利利行动"。1982 年 6 月 6 日，以色列向黎巴嫩的巴勒斯坦解放组织武装发动突然进攻，至 8 月 12 日停火，巴解武装伤亡和被俘达 8000 余人，所剩的 1.2 万余人被迫撤往 8 个阿拉伯国家或流亡世界各地。

③ تحرير: عبد الإله بلقزيز، هكذا تكلم محمود درويش في ذكرى رحيله، مركز دراسات الوحدة العربية، بيروت، ٢٠٠٩، ص١٥.

④ 同上书，第 130 页。

⑤ غسان كنفاني، أدب المقاومة في فلسطين المحتلة، مؤسسة الأبحاث العربية، بيروت ١٩٨٢، ص١١.

涯的经历，尤其是面对奥斯陆巴以和谈中巴解组织表现出的政治软弱，① 进入20世纪80、90年代后，诗人创作重心由对题材的关注转移到对美学内涵的追求。诗人也因此遭到众多学者、抵抗诗人们的非议，有人谴责他放弃了创作"抵抗诗歌"，放弃了巴勒斯坦人民，陷入到个人的情感漩涡里。② 而诗人的回答是："我放弃的是创作直接的、意义有限的政治诗，并未放弃抵抗在美学上的丰富内涵。"③

　　诗人的抵抗美学在《记忆》和《把马儿抛下》两部自传性作品中表现得尤为突出。这两部作品的出版先后相隔八年，前者采用了散文体形式，后者采用了诗歌体形式。对达尔维什自传性叙事的研究，不仅使读者了解诗人个体生命的不断超越以及由此带来的现代主义自传性叙事美学的内涵，而且使读者深刻意识到：20世纪后半叶巴勒斯坦人从"在场的缺席者"到"缺席的在场者"转向的艰难与曲折；巴勒斯坦知识分子在宏大的民族历史叙事阙如的生存境遇中，以个人鲜活的记忆书写民族史、为民族身份再定义做出的努力和抗争。本节尝试从上述两部作品的叙事特征入手，探讨达尔维什"美学抵抗"的内涵。

一　《记忆》——"在场的缺席者"之自传性叙事

　　"在场的缺席者"（the Present Absentee）是以色列官方在1950颁布的《不在地主财产法》④ 时对巴勒斯坦难民的称谓。根据这个法令，以色列将

---

①　1993年9月13日，以色列和巴勒斯坦人在华盛顿签署协议。之前以、巴双方谈判代表在挪威首都奥斯陆进行了一系列秘密谈判，并取得了重大进展。双方同意就巴勒斯坦在加沙和杰里科实行自治达成协议，故该协议称为《奥斯陆协议》；因在华盛顿签署，故又称《华盛顿宣言》。该协议共有17项条款，涉及自治安排的一系列重大问题。

②　تحرير:عبد الإله بلقزيز ، هكذا تكلم محمود درويش دراسات في ذكرى رحيله، مركز دراسات الوحدة العربية، بيروت، ٢٠٠٩، ص ١٦١-١٦٢.

③　محمود درويش، حيرة العائد، من الأعمال الجديدة الكاملة ٣، رياض الريس للكتب والنشر، بيروت، ٢٠٠٩، ص٣٣٨.

④　在阿拉伯语中称为 Qanoon Elhader/Gayeb （قانون الحاضر الغائب）, 该法令于1950年3月实行。《不在地主财产法》把任何因1948年巴以战争离开家园的巴勒斯坦人归类为"不在者"（absentee），他们的土地由以色列保管人（custodian）管理。该法令还规定，保管人可以把土地出售给以色列发展局。同样的法律在1967年第三次中东战争之后，也在约旦河西岸和加沙实行，被剥夺土地的巴勒斯坦人没有得到任何补偿。

地主不在的土地大多用于建设以色列军事基地或犹太人定居点。自此，失去土地和民族身份的缺席者——巴勒斯坦人的存在始终是一个次要的存在。在《记忆》中，达尔维什愤怒而感伤地揭示了 20 世纪后半叶巴勒斯坦人作为"在场的缺席者"存在的吊诡性——"我们的在场只是为了见证别人有权带着所有杀人武器宣布我们的最终缺席"①，进而揭示了"在场的缺席者"与权力的抗争即是"记忆"与"遗忘"的抗争。

　　《记忆》通过第一人称"我"追忆了被叙事者称为"广岛原爆日"——1982 年 8 月 6 日贝鲁特大劫难的前后经过。作者兼叙事者劫后余生，流亡他乡。五年后当他独自啜饮思乡的苦酒，回忆起生死交错的命运时，仍充满了对战争和死亡的恐惧。战争为人们留下的心灵创伤并未因战争的结束而抚平。痛苦的记忆像梦魇般纠缠着作者，挥之不去，但又不堪回首，如同"那些将腿锯掉多年后的人仍感觉到腿的剧痛，尽管腿已不在"②。"被遗忘的浪花抛掷到贝鲁特岸边的人们"虽生犹死，虽死犹生。诗人"站在生命的站台上拖着自己的影子，流落他乡，去日不多……是忘记了回家的路还是忘记了记起本身……"③ 他的记忆之都——海法港④和贝鲁特是他千里梦回的地方。

　　全篇以梦中的对话开始，又以梦中的对话结束。对话的双方是躺在灵柩里的活者与灵柩本身。这样一个开篇与结尾表明了《记忆》是一场生死对话，浸润着已被掩埋的生命躯壳与尚未泯灭的灵魂之间抗争的悲凉。这种在精神分析学上称之为"原初场景"的开篇模式⑤奠定了全篇的叙事基调。这里的"原初场景"指的是创伤记忆的"原初场景"（primal scene），它对应于"重复场景"（repetitive scene）。从精神分析学来看，导致精神性创伤的最初事件就是"原初场景"，它存在于人的潜意识中，并不断以幻想、梦的形式重复出现。弗洛伊德通过对梦的解析，揭示了人类生活中潜意识的诸多表现。达尔维什以"梦"中灵魂和肉体对话的模式作为《记忆》的开篇，

---

① محمود درويش، ذاكرة للنسيان، رياض الريس للكتب والنشر، بيروت، ١٩٨٧، ص١٥٢.

② 同上书，第 28 页。

③ 同上书，第 178 页。

④ Haifa，地中海东岸港口城市，诗人的故乡，已被以色列占领。

⑤ 可参见赵山奎《精神分析与西方现代传记》，中国社会科学出版社 2010 年版，第 142—144 页。

试图表明贝鲁特大劫难在他内心留下的创伤使他感到虽生犹死，重复性的噩梦挥之不去，他以复现噩梦"原初场景"的方式，将想遗忘的记忆从记忆的深洞中拖出：

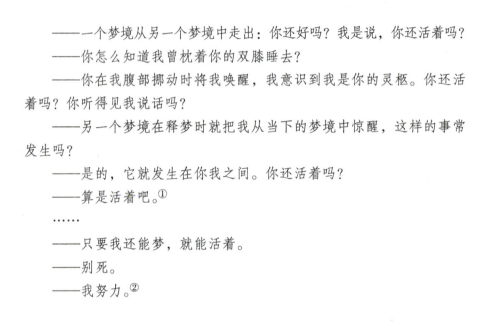

  ——一个梦境从另一个梦境中走出：你还好吗？我是说，你还活着吗？

  ——你怎么知道我曾枕着你的双膝睡去？

  ——你在我腹部挪动时将我唤醒，我意识到我是你的灵柩。你还活着吗？你听得见我说话吗？

  ——另一个梦境在释梦时就把我从当下的梦境中惊醒，这样的事常发生吗？

  ——是的，它就发生在你我之间。你还活着吗？

  ——算是活着吧。①

  ……

  ——只要我还能梦，就能活着。

  ——别死。

  ——我努力。②

《记忆》由开场的梦引出了另一个真实界——潜意识世界，提醒读者存在着另一时空世界。引入对潜意识世界的描述可以理解为是一种换位修辞，是对疯狂轰炸下的贝鲁特城这一"真实世界"陷入极度混乱喧嚣情景的一种文学性比喻。③ 贝鲁特劫难一直像"清醒的噩梦"④ 纠缠着作者及其他劫后余生者，使作者回忆起当时的毁灭性情景时，尽管事过境迁，但仍深陷梦魇，文本中梦境人物——作者兼叙事者非但没有因此隐匿反而更加凸显。这样一个开篇和结束使读者立刻意识到，要通过传统线性叙事技巧把握陷于毁

---

①　محمود درويش، ذاكرة للنسيان، رياض الريس للكتب والنشر، بيروت، ١٩٨٧، ص٧.

②　同上书，第 188 页。

③　参见保罗·德曼（Paul de Man）《解构之图》，李自修等译，中国社会科学出版社1998年版，第265 页。在保罗看来，自传不仅仅是一种文类，而且是解读或理解人生的一种修辞格。

④　محمود درويش، ذاكرة للنسيان، رياض الريس للكتب والنشر، بيروت، ١٩٨٧، ص١٧٨.

灭和荒诞中的世界和历史是不可能的。受到弗洛伊德精神分析理论和传记实践的影响，"梦"受到了 20 世纪传记文学家的重视。在现代传记作家看来，"梦"和真实的事件具有同样的重要性："真实的和想象的事件在梦中会立即显现出相同的效果，而且这种情况不仅存在于梦中，在产生更为重要的心理结构的过程中也是这样。"①《记忆》梦境中的潜意识世界恰恰是阿拉伯真实世界的投影，是 1948 年后巴勒斯坦难民"在场的缺席者"生存境遇的真实写照。

回忆伴随着那天以色列空袭炸弹的呼啸声逐步展开。记述进程时断时续，夹杂进诗人 40 岁之前的人生片段（人到四十这一点在全文中多次提到）：诗人 60 年代的牢狱经历、童年记忆、十字军东征的故事、巴勒斯坦度过的青少年时期以及那时的伙伴、反犹斗争、创办文学杂志等等；文本中还不断将阿拉伯和欧洲历史上经典作品片段嵌进当下的描述中，如伊本·艾西尔②、乌萨马·本·穆恩齐兹、塞万提斯等的作品，当然也包括《古兰经》、《圣经》这样的经典。由此，《记忆》呈现出碎片化的写作风格。

碎片化的叙事风格还表现在对时空的独特处理上。时空维度是自传的两大要素，个人记忆不仅是时间在空间中的滞留，也是空间在时间上的排序。《记忆》的整个文本叙述时间跨度仅为半天——凌晨 3 点至黄昏。叙述时间被无限拉长，诗人慢慢地苦熬着"那历史上最漫长的一天"（文中不止一次提及），行文在当下和过去中不断闪回、切换；而空间便是已然成为人间地狱的贝鲁特城：一座座昔日的车站影影绰绰地耸立在烟尘中，头顶上炮弹呼啸，铅灰色的天空沉重得几乎要与大地合一。周围的断垣残壁、贝鲁特广场的有轨电车路线、沿途的建筑、街区、街坊、朋友家的公寓、咖啡馆以及评论杂志《迦密山》③的办公室构成了他回忆空间。诗人犹如梦游般沿着一条支离破碎的街道，漫无目的地踽踽独行。

---

① 彼得·洛温伯格（Peter Loewenberg）：《精神分析学说与后现代主义》，罗凤礼译，《史学理论研究》2002 年第 4 期。

② 伊本·艾西尔（Ibn al-Athīr，1160—1234），中世纪阿拉伯著名历史学家。生于伊拉克，著有《历史大全》(al-Kāmil fi at-Tārīkh)、《莽丛群狮》('Usūd al-Ghābah) 等重要文献。

③ 《迦密山》(al-karmil，مجلة الكرمل)，是马哈茂德·达尔维什于 1981 年在黎巴嫩创办的季刊，其宗旨是为阿拉伯世界的思想、知识与文学的创新开辟园地，搭建作者与读者互动的平台。

虽然自传性叙事可以制造一种连贯的模式来讲述人生故事,① 但达尔维什在《记忆》中却只提供一些断断续续的偶然事件,甚至一堆毛石和几块残砖碎瓦。因为,被围困、轰炸中的贝鲁特任何藏身之所都可能变成葬身之墓。昔日熟悉的脸庞已化作鬼魂,脚下已不再有大地,身侧已不再有路标,能让记忆扎根的坚实土壤已流失殆尽,而意识中的记忆也随着时间的流逝渐渐销蚀。还没有全然消失的,是贝鲁特的一个影子,一个只有在回忆中栖居的地方,一座千里梦回却再也无法触及的城市,故乡海法也是如此。

诗人用碎片化的手法,似乎希望读者能感受到,在历史的暴行与人类的残杀下的城市和人生里,寻常的记忆标志物已丧失了作用。面对权力和遗忘的威胁,现实中的巴勒斯坦人生活在无根无系、无时空的噩梦中。《记忆》碎片式的风格是诗人没有参照时空的人生唯一可能表达的方式。借此,作者把被历史否决的缺席者的人生碎片拼接聚合。作家取"记忆"之形,成哀悼之实。通过回忆,土地和民族身份失落之痛得以战胜,忘却成为可能。一如米兰·昆德拉的名言:"回忆是遗忘的一种形式。""作者的回忆既是一种指向过去的行为,同时又是基于当下、朝向未来的建构"②,进而可能为那些飘零流亡的人们、那些生命印记随时都面临着被拭去的"在场的缺席者"们留下某种不朽的东西。

二 《把马儿抛下》——"缺席的在场者"之自传性叙事

达尔维什通过书写《记忆》来抵抗遗忘,以此表达悲伤和愤怒,对战争、对死亡的恐惧,对已故亲朋好友的悼念。如果说这时期的诗人处于"在场的缺席者"之"生命抗争"期的话,那么,八年后的达尔维什在书写《把马儿抛下》时则已进入到凤凰涅槃、浴火重生的人生阶段。1987 年达尔维什当选为巴勒斯坦解放组织(PLO)执委会委员,是 1988 年巴勒斯坦全

① 参见赵白生《传记文学理论》,北京大学出版社 2003 年版,第 66 页。赵教授认为经典传记文学遵从"一致的一贯性"理论,即作者将自己的一生编织成连贯无缺的完整故事里。
② 余玉萍:《以记忆抵抗权力——当代巴勒斯坦文学一瞥》,《文艺报》2012 年 2 月 13 日第 6 版。

国委员会会议通过的《巴勒斯坦国独立宣言》的起草人。但 1993 年巴解组织同以色列达成奥斯陆协议后，达尔维什不满巴解组织领导人对以色列的让步，认为奥斯陆协议"带给巴勒斯坦人少得没有底线的公平，乃至巴勒斯坦人自己都不知道哪些领土已被占领。奥斯陆协议未出现任何一个包含撤退的表达"①。他遂向阿拉法特辞去了政务，专心从事文学创作。退出政坛的达尔维什，并没有放弃对巴勒斯坦问题的关注和政治抵抗，而是"以语言变革的方式，引起政治、经济危机的爆发和变革"②。作为"缺席的在场者"，诗人在"灰烬过后将发生什么"③ 的发问中崛起，以更练达、从容、积极的心态，通过个人生命书写来再现更久远、更宏大的民族历史。以此表现自己的美学诉求，希望在"诗歌的土地上"建立巴勒斯坦国。诚如他在《缺席的在场》中的自问自答：

> 可诗人面对历史的铁耙又能做些什么呢？也只能靠记忆守卫那可见的和不可见的古道、老树和水井，保护语言，不让它隐喻的特点褪萎消瘦，不让它因死难者的呼号而过分消耗。他们要求在明日的记忆里占有一席之地，用比武器更强大的力量——语言的力量——去争夺那片土地。④

自传性史诗《把马儿抛下》便是他所指的"比武器更强大的力量"。诗人采用了叙事、抒情、对话、象征以及诗篇间的互文等多种手法，通过回溯童年，叙述了 20 世纪后半叶巴勒斯坦人失地丧邦、颠沛流离的悲剧命运。诗歌围绕着逃亡、革命、探寻、失落、绝望、重生等主题展开追忆，并将巴勒斯坦土地上的神话、历史、文化、语言等元素融进自己的个人传记中，使个人传记成为一部有着丰富人文内涵的民族史诗。长诗中没有空泛的政治口

① عادل الأسطه، أدب المقاومة من تفاؤل البدايات إلى خيبة النهايات، مؤسسة فلسطين للثقافة، دمشق، ٢٠٠٨، ص١٤٢.

② أدونيس، زمن الشعر، دار الساقي، بيروت، ٢٠٠٥، ص٢١٨.

③ محمود درويش، لماذا تركت الحصان وحيدا، من الأعمال الجديدة الكاملة ١، رياض الريس للكتب والنشر، بيروت، ٢٠٠٩، ص٢٨٠. 本节随文标出的页码，全部出自该诗集，不再一一加注。

④ محمود درويش، في حضرة الغياب، من الأعمال الجديدة الكاملة ٢، رياض الريس للكتب والنشر، بيروت، ٢٠٠٩، ص٤٨٨-٤٨٩.

号，只有真切诚挚的情感和瑰丽深邃的想象。诗人全部的创作目标都在于在"诗歌的土地上"建立巴勒斯坦国。当"现实的巴勒斯坦"并不存在时，那个叫"巴勒斯坦性"的观念仍完整地存在于诗人的文本中。换言之，诗人为"巴勒斯坦"这个民族共同体作了传，"马儿"既指向作者自己，也指向被历史抛弃了的巴勒斯坦人。

这部史诗性作品的自传性是不言而喻的。这一点从作品扉页上的献词和诗歌中的时空转换、事件陈述中不难看到。扉页上明确写着"纪念逝者：爷爷：侯赛因；奶奶：艾米娜；父亲：萨利姆；献给生者：母亲侯莉娅"。这些人物在文本中都一一登场，家族史的味道浓重。

与《记忆》叙事时间跨度短暂不同，在这本诗集中，诗人由"眺望""自己的影子自远古而来"开篇，将记忆的时间跨度拉长，使回忆具有历史纵深感：

就像屋外的阳台，我随心所欲，放眼眺望

……

我眺望古时先知们的行列
正赤足登上耶路撒冷
不禁问道：在这新的时代
可有一位新的先知

……

我眺望自己的肖像正逃出自我
登上石头阶梯，拿着母亲的绢帕
在风中飘荡：
假如我像孩子般回到你身边
你回到我身边……什么将会发生

我眺望遮蔽了叶哈雅①的橄榄枝

---

① 叶哈雅，伊斯兰教的先知，先知宰凯里雅之子，也称"耶哈亚"、"叶海亚"。在《新约》中称为施洗约翰。穆斯林们认为叶哈雅是真主话语的见证人与正义的先知，并预示了尔撒（耶稣）的到来。

我眺望在阿拉伯语词典中已消亡的词语

我眺望波斯人、古罗马人、苏美尔人，

眺望新的难民……

……

我看见自己的影子

正自

远古

而来……（第 277—281 页）

从期盼"两日后重返家园"（第 300 页）的侥幸到再也没能回到故乡海法的残酷现实，从"期待凤凰般的涅槃"（第 357 页）到"被他人在咳嗽中唾弃"（第 434 页），诗人不仅书写了自己的一生，而且记录了"缺席者"们被历史遗弃的命运。诗人回忆起自己的童年、被占领的场面、风中母亲的绢帕、家乡的石头台阶、先知的故事和神话……

往事像电影画面般呈现、切换：诗人出生在地中海东岸城市海法，那时正是杏花满树的三月（第 286 页）；1948 年当诗人 7 岁时，以色列军队入侵海法，将父亲和其他难民驱逐出家园，巴勒斯坦人开始大逃亡（第 290 页）；逃亡的路上充满了艰辛困顿，在血与火的洗礼中，全家人在黎巴嫩安顿下来（第 316 页）；母亲是他的守护神，母亲教会他语言，面对国内严峻的现实，母亲劝他远走他乡，但无论身处何方，只做自己（第 343 页）；60 年代诗人因思想激进被以色列当局三次关押入狱，诗人自比 10 世纪阿拉伯哈姆丹王朝的"王子诗人"艾布·法拉斯，"王子诗人"出征拜占庭被俘后在狱中写下了著名的《罗马集》，达尔维什借《罗马集》抒发自己内心的苦闷（第 369 页）；在诗人感到绝望之时，语言拯救了诗人的心灵，诗人将语言视作祖国，笃信诗歌、写作具有的神奇力量，他将用语言战胜一切，建立一个语言的"圣地"（第 365 页）；1967 年第三次中东战争中阿拉伯国家遭受惨败，诗人借德国反纳粹主义戏剧家、诗人布莱希特在军事法庭上的证词之名，质问以色列犹太复国主义者和西方大国利益集团在中东的阴谋和罪行（第 418 页），等等。

不止于此，诗人仿佛是一只飞翔在高空的鸟儿，以俯瞰式的、全景式的目光，审视人类历史的更迭，审视人类的存在，将自传融入民族的群传中。他不仅是个人回忆的亲历者，也是巴犹两族人民集体记忆的见证者，是巴勒斯坦这块土地神话、宗教、传说、语言的代言人。诗人吟诵道：

> 我化为向两面开放的窗子归来……
> 忘记作为个体的自我
> 以便在一个民族中汇成群体
> 耳闻窗下异乡水手们的赞歌
> 目睹交战者的家书。①

作品中，诗人引述犹太教、基督教、伊斯兰教三大宗教的多个典故，借用约书亚、叶哈雅、优素福等先知人物建构自己的叙事体系。比如，诗人援引《圣经·旧约》中该隐因嫉恨将弟弟亚伯杀害的故事，谴责现代犹太人对同是闪族后裔的阿拉伯人进行手足相残的不义；用《圣经·旧约》中平民拿伯的葡萄园被以色列国王亚哈与王后耶洗别强占的典故来倾诉现代阿拉伯人反被以色列人送上法庭审判的冤情。诗歌中阿拉伯人的祖先伊斯玛仪反复吟唱"哈利路亚/哈利路亚，/一切终将重新开始"（第311页），并甘愿用生命换取土地："竖琴啊，请将失去的带回，并亲手把我宰杀。"（第315页）诗人希望从更久远、更宏大的历史中寻找在巴勒斯坦这块土地上生活的民族的共同属性，希望以巴勒斯坦人和犹太人自古以来共有的集体记忆——神话、宗教、传说、语言甚至诗韵来弥合专制当局利用权力话语在同为闪族子孙的两个民族之间造成的感情裂痕和历史叙事差异，从而为巴以和平开辟新的政治文化空间，寻找对话基础和途径。

三　达尔维什自传性叙事的美学内涵

由于思乡心切和对"奥斯陆协议"的不满，1995 年达尔维什回到拉姆安

---

① محمود درويش، لماذا تركت الحصان وحيدا، من الأعمال الجديدة الكاملة ١، رياض الريس للكتب والنشر، بيروت، ٢٠٠٩، ص٣٧٧.

拉。然而这次回来，他并没有归乡感，他感叹"他的巴勒斯坦仍然遥不可及"①。他生活于其中的现实的巴勒斯坦和他诗歌中的巴勒斯坦之间的沟壑能填平吗？他的无根之感和流亡创伤能否因归乡而得以慰藉吗？答案是否定的。诗人经受着双重流亡：地理的流亡和心理的流亡。在经过多年的文化围剿和长期的流亡生涯以后，诗人最终意识到：只有与世界诗性的交融，去除民众赋予自己既定的光环，不去回应政治的鼓噪和民众盲目的民族主义狂热，才能赋予巴勒斯坦更广阔的含义。它不仅是一块土地、一个国度，它还象征着存在，象征着人类的正义。由此，他将自己的个人回忆融入巴勒斯坦人民共有的流亡记忆中；用巴勒斯坦地域上世代繁衍的种族、历史、神话、宗教、语言的多重性和跨文化性构建民族身份；在"诗歌的土地上"建立他理想中的巴勒斯坦国。这就是他"去政治的政治抵抗"，即"美学抵抗"。

达尔维什自传性叙事的美学内涵表现在以反讽的手法揭示了"记忆"与"遗忘"在哲学层面上的悖论关系。关于"记忆"与"遗忘"，米兰·昆德拉有句名言："人类和权力的对抗即是记忆和遗忘的对抗。"在达尔维什看来，人类的历史总是处在互相矛盾的双向运动中：一方面人们在时空中刻下自己的名字以示不朽；另一方面被刻下的名字终将敌不过时间的销蚀而被遗忘。然而越是以语言暴力的方式想抹去的记忆，越会以不断被提醒的方式加深对它的记忆。这正是"缺席的在场者"之现状：

那些被遗忘的浪花抛掷到贝鲁特岸边的人们能逃脱自然的法则吗？谁还能为他们重组记忆——那除了遥远生活的破碎的影子便了无内容的记忆。这样他们就足以被遗忘了吗？在不断提醒他们疏离于土地和社会之外的暴虐语境中，谁能帮助他们遗忘？谁愿意接受他们为"公民"？谁能保护他们免遭歧视和围剿的鞭笞：你们不是这儿的人！

那些遭到内部社会驱逐的人们，那些剥夺了工作、平等权利的人们，那些被遗忘的人们，他们在遭受这种困境的时候同时也为这种暴虐鼓掌欢呼！因为正是它反过来赋予他们记忆的恩泽，促使他们记住

① تحرير:عبد الإله بلقزيز، هكذا تكلم محمود درويش في ذكرى رحيله، مركز دراسات الوحدة العربية، بيروت، ٢٠٠٩، ص١٥.

权力被剥夺的现实，以训练他们自己忘不了祖国。他患上肺病以便不忘记肺的存在，他夜宿野外以便不忘记另一个天空。他好好服务以便不忘记爱国使命，他因被剥夺"本土化"① 而不忘记建立自己的巴勒斯坦国。总而言之，他应该成为阿拉伯兄弟的"他者"，以便被提醒要去赢得解放。

达尔维什自传性叙事的美学内涵还表现在通过语言变革来颠覆僵化的封闭的话语系统。让"缺席的在场者"建构新的文化政治空间，以抵抗巴勒斯坦人在现实历史语境中的被歧视和被宰制。诗人曾感叹道："成为诗人的巴勒斯坦人和身为巴勒斯坦人的诗人具有怎样不同的含义？前者是历史的产物，因语言而存在，而后者是历史的牺牲品，因语言而胜利。"② 他指出："我们应当将文化中的历史运用起来，这需要不断扩宽各方面的知识领域，首先需要保护我们的群体记忆，捍卫我们记述历史的权利，捍卫我们的历史意识形态，发展我们表达自身民族属性和人文属性的各种工具，建构社会民主文化、自由文化和尊严文化，加强人权意识。"③ 达尔维什强调对历史知识的学习和捍卫记述历史的权力，旨在建构新的"政治空间"，为巴勒斯坦土地留下比武力争斗更具人文意义的语言文化遗产，在坚持民族属性的同时，追求"建立在广阔的人文天际上"④ 的世界主义，从而完成了民族身份的再定义。

达尔维什自传性作品便是他以美学抵抗为特征的"政治空间"文本实践。在作品中，诗人着意对语意的探索和创新。比如，在《记忆》中反复出现"我们出走吧"、"去海那边"的呼唤，"出走"的语意表达唤起了读者对《旧约》中"出埃及记"的联想。今日既无"身份证"又无"户籍卡"的巴勒斯坦人这一流亡族裔恰似当年被法老士兵追逐、渡过红海、穿越西奈半岛的摩西，历史悲剧性地循环上演；而"海之边"正是诗人家乡海法的

---

① 这里的"本土化"是指阿拉伯当地政府吸纳巴勒斯坦难民为本国正式公民的政策。

② محمود درويش، حيرة العائد، من الأعمال الجديدة الكاملة ٣، رياض الريس للكتب والنشر، بيروت، ٢٠٠٩، ص٤٨٨.

③ 同上书，第 219 页。

④ محمد ابراهيم الحاج صالح، محمود درويش بين الزعتر والصبار، وزارة الثقافة سورية، دمشق ١٩٩٩، ص٥.

方向，"海"在阿拉伯语中被称为"巴哈尔"，该词也有"诗歌格律"之意。显然，诗人的归乡路便是对诗歌韵律的承继、坚守和弘扬。在绵延的时空中，当代巴勒斯坦人是屈从于被歧视和被宰制的历史命运，还是奋力从僵化的权力话语中突围，创造新的语意，在语意的天际上写作？显然是后者。在诗人看来，对词语遗产的挖掘是对巴勒斯坦民族记忆的唤醒和凝聚，是民族共同体在没有土地的大地上唯一的承载。如他所吟诵的那样：

> 大地上再无土地承载我
> 只有我的词语携我飞翔
> 它像从我肌体分身的鸟儿
> 建起它的旅巢
> 在我的残骸上，在周遭幻世的废墟上①

"旅巢"既是迁徙又是定居。诗人在不断地流亡中，凭借着民族的语言与文化寻找归乡的路，这就是诗人一生的写照。

第三节　居无定所的游侠：萨义德的《格格不入》

偶尔，我体会到自己像一束常动的水流……这些水流，像一个人生命中的许多主题，在清醒时流动着，最佳状况的时候不需要调解或协和。

爱德华·W. 萨义德在其回忆录《格格不入》的结尾，借用流水的意象，对自己的一生做了如上总结。萨义德是在 1991 年被确诊为罹患白血病后着手撰写回忆录的。其时，他已是美国学界文学和文化批评领域的知名教授，并凭借《东方学》一书成为当代后殖民批评的急先锋。但其卓尔不群

---

① محمود درويش، لماذا تركت الحصان وحيدا، من الأعمال الجديدة الكاملة ١، رياض الريس للكتب والنشر، بيروت، ٢٠٠٩، ص٣٧٧.

的理论见解在欧美学界引起强烈反响的同时，也招致许多批评和非议，在阿拉伯国家和第三世界则存在被误读的倾向。在政治领域，仍然是 1991 年，萨义德因不满于奥斯陆协议的签订，从巴勒斯坦全国委员会辞职，仿佛已成为"中东和平进程"的逆动分子。而在其对手眼里，萨义德则常常被视为"恐怖教授"、"说谎者"、"疯狂的煽动者"。在如此境况下，作为"一个离乡、亡国多年之人"，一个去日不多的癌症患者，萨义德开始认真回顾自己的早期人生，"以今日之我探索、书写昔日之我"①，希望通过自传叙事展现内心的真实，并以自传式反思获得某种自我认同。

自传作为"解读或理解人生的一种修辞格"②，是对过往历史的一种校正性干预，为了回答"我是谁"和"我为什么是谁"，作者需要从无数生平事件中筛选出有利于定义自我的特定情节，进行解码和重新编码，即阐释和编辑，赋予其新的意义、情感和解决方式，以达成这样一个目标，即"自传的任务首先是个人救赎"③。英文的"自传"一词（auto - bio - graphy）似乎暗示了自传的三个构成元素，即"自我—生命—书写"。其中前两个元素是自传被冠以"生命写作"之名所必备的，后一元素则是作家、学者和思想家自传中的常见内容。在萨义德的回忆录中，这三个元素始终互为反映和互为强化。而"书写"元素是理解作者缘何如此编织生命故事、建构自我认同的关键。

一　诠释生命

萨义德在《格格不入》一书中，主要讲述了自己童年至青年初期的成长经历，目的之一是"追溯自己并不太成功的个性解放过程"④。而催发这

---

① 萨义德：《格格不入：萨义德回忆录》，彭淮栋译，生活·读书·新知三联书店 2004 年版，导读，第 8 页。本节出自同一著作的引文，将随正文标明出处页码，不再另行做注。

② 保罗·德曼：《解构之图》，李自修等译，中国社会科学出版社 1998 年版，第 265 页。

③ Gustorf G. , Conditions and Limits of Autobiography, in J. Olney（Ed.）, *Autobiography*: *Essays Theoretical and Critical*, Princeton, NJ: Princeton University Press, 1980, p. 80.

④ 保罗·鲍威编：《向权力说真话：萨义德和批评家的工作》，王丽亚、王逢振译，社会科学文献出版社 2003 年版，第 21 页。

种"个性解放"的，是来自生命深处刻骨的分裂感和错置感。正如作者在前言中所述：

> 我生命中最基本的分裂，是阿拉伯语和英语之间的分裂……语言之外，地理——尤其在离乡背井的离去、抵达、告别、流亡、怀旧、思想、归属及旅行本身出现的地理——也是我早年记忆的核心。（前言第4页）

"语言是存在的家园。"（海德格尔语）萨义德将阿拉伯语和英语在他身上所体现出的"彼此共振"、"彼此眷恋"又"相互纠正"、"相互评说"（第1页）的关系认定为他生命中最基本的分裂，应该说是不带些许矫饰的。这两种语言可能同时是他的第一语言，实则两者皆非，是他早年记忆中第一个无所适从的困局。与之相关的是，他的宗教、种族/民族和文化背景。作为信奉基督教的巴勒斯坦人，他在阿拉伯穆斯林世界属于少数族裔；作为巴勒斯坦的阿拉伯人，他在美国同样被归入边缘人群。他可以说自己同时是巴勒斯坦人、阿拉伯人、美国人，却均无法做到纯粹。他是巴勒斯坦在海外颇有影响的政治代言人，其学术文化思想却牢牢地扎根西方。因此，确切地说，"他是一系列冲突而又相互依赖的语言、宗教、文化和传统的复合体的一部分"①。而从耶路撒冷，到黎巴嫩，到开罗，再到美国的地理大位移，在他漂泊的足迹间形成了"一套复杂、密致的网"。他在每一处获得一种身份认同，并试图在这样的复杂网络中安顿自己，统一自己，却发现"抵达"之后必然是"离去"，寻觅归属是一种枉然。因此，他只能坦言："我毕生保持这种多重认同——大多彼此冲突——而从无安顿的意识，同时痛切记得那股绝望的感觉……"（第4页）

近年来的自传研究表明，由于社会等级、性别、种族/民族，以及其他许多社会结构和文化因素的作用，在女性（尤其是第三世界女性）自传、少数族裔自传、客寓作家的跨文化生命写作中，传主的身份通常呈现主流人

---

① 瓦莱丽·肯尼迪：《萨义德》，李自修译，凤凰出版传媒集团、江苏人民出版社2006年版，第130页。

群自传中所未见的特征，即碎片式和无序性。这是由他们在社会中的边缘化
存在，或曰，由边缘化存在导致的抗争意识所决定的。这使得上述自传中的
主体意识在具备个人性的同时兼有强烈的集体性，目的在于颠覆主流话语系
统，建构本群体的身份政治。这也反映了自传写作通常具有的政治功能。萨
义德于"绝望"中保持的"这种多重认同"，其特点必然是流动的、多元
的、并处于永恒不断的变化之中。

　　但是，作为后现代时期一位卓越的后殖民理论家，萨义德并未止步于
此。他在回忆录的开篇即称："创造了我，并且要我在父母与四个妹妹的世
界里找到位置的用意，总是有那么点错缪。是因为我不断误解我的角色，还
是我身心里有个深深的缺陷，我早年大多时候都无法分辨。"（第 1 页）随
着阅读的深入，我们发现这种错缪感其实充斥于其生活的各个空间，使得
"凌驾一切的感觉是我的格格不入。"（第 1 页）既然自己的多重身份是如此
吊诡，这种深刻的错缪感无源可循，无处可避；既然自己不得不时常协调暗
含的各种张力和矛盾，那么为何不尝试着对身份进行去定义化，或曰，去身
份认同呢？如果说"这种身份/认同的设定并不是为了排除'异己'（'异'
于自'己'的他者），而是为了更宽广的人道关怀"[1]，那么去身份认同也并
不意味着去除民族性，却能在实现"更宽广的人道关怀"之后获得某种超
越。因此，萨义德最终进行了存在主义式的选择："从某种角度看，我认为
身份问题是当前所有问题中最次要的。比这更重要的是要超越身份界限，走
向别处……"[2]　由此衍生的是对"游牧的、去中心的、对位的"流亡状态的
永恒追求。"流亡是过着惯常秩序之外的生活……每当习惯了这种生活，它
撼动的力量就再度爆发出来。"[3]　而作为大自然基本元素之一的水就是标准
的"流亡者"，它流动不居，无须刻意的安置，却在特定条件下充满了撼动
山川的力量。流水的自由和活力，蕴含了萨义德对于自我的塑造与对未来的

---

　　[1]　American Intellectuals and Middle East Politics: An Interview with Edward W. Said, 转引自爱德华·
W. 萨义德《知识分子论》，单德兴译，生活·读书·新知三联书店 2002 年版，译者序，第 3 页。

　　[2]　保罗·鲍威编：《向权力说真话：赛义德和批评家的工作》，王丽亚、王逢振译，社会科学文献
出版社 2003 年版，第 35 页。

　　[3]　Edward W. Said, Reflections on Exile, in *Reflections on Exile and Other Essays*, Harvard University
Press, Third printing, 2002, p. 186.

期待。

　　由于自我叙事是在具体的社会、历史、政治语境下对自传记忆的重组和再建①，从身份认同与生命故事的关系这一角度考察，可以说，"身份是选择的产物"。② 如果说在现实生活中，萨义德通过存在主义式的选择，完成了身份的超越，那么，在自传这种叙述的真实中，则以说明个性诞生的最有效手段——童年叙事，阐述了自己是如何由生命的分裂感和错置感，走向身份的去定义化，进而达到个性的某种解放。

二　诠释自我

　　关于撰写回忆录的宗旨，萨义德曾指出："回忆录是我对于尝试维持内在自我的完整性的回应，凭借的是摊开所有的矛盾与不合。"（导读第9页）随着阅读的展开，读者发现这"所有的矛盾与不合"，是以传主的阿拉伯"姓"（Said）与英文"名"（Edward）的相谬性为出发点的。

　　"爱德华"可以说是传主的第一自我。这是一个外在的、异化的"我"，由纪律、规则和模式所范铸。为了达到父母的期望，"永远不得放松"，却"永远不得要领"（第19页）。早已加入美国籍、服过兵役、经商颇有成就的父亲望子成龙，用铁一般的纪律与课外教育将他囚禁在极端、僵硬的生活体制中，使他感到压抑和无法胜任，只能在母亲那里、在音乐和书的世界中寻得片刻的安慰。久而久之，他变得怯懦拘谨、优柔无定、缺乏意志。1947年迁居开罗后，爱德华奉父命，先后进入英国人和美国人所开设的学校就读，在顺从听命的同时因与老师、同学格格不入而屡屡违规，招致不断的否定与批评，因而"日益满怀不安适、叛逆、漂浮和孤独"（第65页）。来自外界的改造使他产生极深刻的自我意识，以被贬抑的、异化的"我"为耻；

---

　　① 萨义德曾说，记忆的重组和再建就如同一个人演讲前在脑海里设想一幢大楼，然后将所有愿意回忆的事物（包括物件、地点和语词）分门别类地放置在楼内的不同房间，待到演讲时逐一检阅。See: Edward W. Said, *Invention*, *Memory*, *and Place*, *Critical Inquiry*, Vol. 26, No. 2（Winter, 2000）, p. 180。

　　② Dan P. McAdams, "Identity and the Life Story", in Robyn Fivush, Cathenine A. Haden（Ed.）, *Autobiographical Memory and the Construction of a Narrative Self*, Lawrence Erlbaum Associates, Inc., 2003, p. 196.

与此同时，在不断的自我反思中，他发现了一个"内在的、远没有那么顺从的、能独立于'爱德华'而进行阅读、思想甚至书写的自我"（第206页）。而那个外在的"爱德华"，虽为他获得了一纸美国身份，却仅仅是个"虚妄甚至意识形态的身份"（第104页）。它"像轭一般安在 Said 这个道地阿拉伯姓下"（第1页），引来的只有"尴尬和不适"（第104页）。他在作文中，"希望自己能离形蜕化"，"希望变成一本书……不断易手、易地、易时，我仍然能保持真我（做一本书）。即使被从车里失掉，即使失落于抽屉深处，我还是我"。（第87页）他希望捕捉到那潜伏的、时而闪现，多数时候却无法自明的"真我"。他将它称为"最好的自我"，虽"不确定"、但"自由、好奇、敏捷、年轻、敏感甚至讨人喜欢"（第100页）。

在离开开罗前夕，爱德华就读于维多利亚学院，已经能够将学校的表面生活，与"汲源于音乐、书，汲源于和幻想交织的记忆而产生的情绪与感性"的"内在生活"分开。但他也同时意识到，这两种自我需要整合，并且"总有一天会整合"（第249页）。1951年，来到美国后，纽约的高耸建筑几乎将他淹没。他毫无重要性的存在，尤其是不久后就从"爱德华"转为"萨义德"的称谓让他如释重负。"萨义德"的称谓说明了他的阿拉伯身份。当它不再躲藏在"爱德华"的后面时，反而获得了某种力量。随着内在自我愈来愈频繁的爆发，两种自我的分裂也愈来愈显著。在赫蒙山进行预科学习时，循循善诱的教育方式逐渐唤醒他先前被压抑的个性，使他决心寻找自己的思想领土，尽管在社会空间上永远是个局外人。从此，他的美国岁月，"像断奶一般"（第331页），让他逐渐脱离开罗留给他的思想、行为、言语习惯，变得独立坚强，进退自如。进入普林斯顿大学后，包罗至广的课程、彼此冲突的各种思潮则进一步激发了他的思考兴趣，并"开始为自己塑造一种清晰又独立的心智态度"（第336页）。由此，传主以"萨义德"为称谓的"第二自我"在异地美国开始正式形成，完成了作者的写作预期："我的基本母题，是'第二自我'如何浮现。"（第267页）

萨义德第二自我的形成，反映了戈夫曼（E. Goffman）关于自我认同的一个理论观点，即：当个体离开某种遭遇而进入到另一种遭遇中去的时候，他要小心谨慎地把"自我的呈现"调整到某个特殊情境所需要的行为方式中去。这样的一种观点常被解释为：个体可能拥有与各种不同的互动环境一样多的自我；并且，在许多情况下，情境的差异化可能促进一种自我的整合。① 这也是萨义德在《旅行理论》（Traveling Theory）一文中阐释的关于理论的跨文化旅行模式，他指出在跨文化旅行中，当某一理论从一种文化跨域传播到另一种文化语境时，它必然时刻处于"旅行"状态。

从萨义德在普林斯顿的最后一年同时与两个恋人保持关系的经历中，我们或许可以发现这种自我整合的意图。一个是中东老家的伊娃，象征着萨义德与阿拉伯故土的联系；另一个是他在布莱恩·摩尔的"黛安娜"，代表了美国的理想形象。与黛安娜在一起，萨义德感到前所未有的释放，"她似乎直通我的内核——我长期为自己保有、不是外在派给我的'爱德'或'爱德华'。而是我一直明了，但无法顺利或立即触达的另一个自我。"（第 344 页）但是，在间歇维持了十来年的关系之后，黛安娜最终离他而去，使之意识到："这个美国，我永远进不去……"（第 341 页）两段恋情的先后告终，也实际宣告了萨义德自我整合的失败。这让萨义德义无反顾地转向以"断裂"为幸事，因为"我对自由的追寻，对'爱德华'之下，或者，对被'爱德华'淹没的另一自我的追寻，也只能缘自那个断裂……"（第 355 页）所以作者感言："'正确'与适得其所，似乎都不重要，甚至不值得向往了。"（第 355 页）最好是漫迹各处，不断流动，去除系泊，放弃"家"的感觉，从而再次回归到流水的意象。

如本节开篇所述，自传叙事是对过去的一种校正性干预。从该含义出发，可以说，我们出生时，业已拥有我们日后逐渐发现、认识、修正和使我们自身不断回归的意义。萨义德在《格格不入》中所展现的是一种类似的"回归"：通过艰难的追寻，试图回归到"真我"；又通过自传叙事，试图揭示一种内心的真实，追求真实之上的"回归"，因为"自传不是要有真实，而是它就是真实"②。

---

① 参见安东尼·吉登斯《现代性与自我认同》，赵旭东、方文译，生活·读书·新知三联书店 1998 年版，第 223—224 页。

② 菲力浦·勒热讷：《自传契约》，杨国政译，生活·读书·新知三联书店 2001 年版，第 82 页。

三 诠释创作之原动力

1964 年，萨义德以《约瑟夫·康拉德与自传体小说》为题的博士论文从哈佛大学毕业，其时他已任教于纽约哥伦比亚大学。其正式的学术创作始于《起始：意图与方法》（1968 年着手写作，1975 年出版）。《东方学》（1973 年着手写作，1978 年出版）则树立了他在美国文化批评圈的地位，并以此全身介入巴勒斯坦和中东政治。那么，这与他内在自我的构建是否有着彼此切合的关系？

萨义德的回忆录表明，其第二自我成就于美国，尤其与普林斯顿大学自由的思想氛围密切相关。它让他视野开阔、思维活跃，渐渐形成敢于质疑、挑战权威的勇气。面对各种潮流和主张，他敏锐地意识到自己可以有所作为，却苦于"没有理论工具"（第 339 页）。回忆录虽未涉及萨义德此后的学术发展，但我们知道，20 世纪 60 年代末至 70 年代，美国学界以"再现危机"为焦点，掀起了新左派运动。哥伦比亚大学是一个首当其冲的阵地。萨义德在这场学术纷争中崭露头角，是因为他率先放眼欧陆，并大胆引进西方马克思主义和福柯理论来进行文学批评，阐释叙事策略，以此解构西方中心主义。《起始：意图与方法》就是他反对学院式批评传统，追求标新立异的首次尝试。①

同时，萨义德也不止一次地提到过，《起始：意图与方法》一书是 1967 年中东战争后的产物。这场战争，被萨义德视为其人生的转折点：

> 1967 年带来了很多的离乱失所。这在我意味着散失了所有的一切，如我青少年时期和我成长的世界，我受教育的非关政治的岁月，我在哥伦比亚大学自以为超脱世事的教书和治学，等等。1967 年之后，我非复昔日之我；那场战争驱使我回头寻找那一切的起点，也就是为巴勒斯

---

① 在此后撰写的力作《世界·文本·批评家》（1983）中，萨义德阐述了那段时间以来，自己对美国左翼文学批评的思考，以及对当代批评走向的看法，强调批评家要独辟蹊径。参阅萨义德《世界·文本·批评家》中译本（李自修译，生活·读书·新知三联书店 2009 年版）第七、八章。

坦的斗争。（第 354 页）

流亡者多半拥有故国情结，萨义德也是如此。所不同的是，当故国的不幸遭遇触动了萨义德潜藏的心结时，他正处于第二自我的建构期。由此，对学术创新的追求、对内在自我的探寻、为故国呐喊的意愿三者合而为一：

> ……我向我早先人生中焦虑不安且大致隐藏未露的一面汲取力量——反权威主义，突破被强迫的沉默，最重要的是，发出不谐和的声音，重新面对无法调和的事物之间本来就有的那种紧张，从而粉碎、驱除一套不公不义的秩序。我心中始终认为，那套秩序的制定者是比较强权的一方，无论这一方可能是谁。（第 354 页）

在此，直接促使传主决意摧毁这套"不公不义的秩序"的，正是当时有关巴勒斯坦的一系列事件。

在后来撰写的《流亡沉思录》（2000）中，萨义德较详细地叙述了那时期的心路旅程。他回忆了自己初涉巴勒斯坦政治时所遭遇的环境压力，但这并未阻止他因其美国学者和巴勒斯坦人的双重身份，而成为巴勒斯坦政治在美国的合适代言人。1972 年，他到贝鲁特休假一年。平生以来首次有机会潜心研究阿拉伯哲学和文学，主要目的就是要强化自己的这种发言能力。在接下来的 1973 年中东战争期间，他便开始着手撰写《东方学》，并与后来的《巴勒斯坦问题》（1979）、《报道伊斯兰》（1981）构成"三部曲"。对他而言，"再现的研究是重大的文化议题，而我在这三本书中所处理的就是再现的力量……"[1] 借此，反权威主义的学术创作，为巴勒斯坦代言的政治诉求，与独立自主的第二自我的建构再次三者合而为一。

但是，《格格不入》刚刚付梓，扑面而来的是对其作者的质疑。反对者们认为萨义德自小便离开故土，对巴勒斯坦的遭遇缺乏感同身受，且家境优越，与难民的艰辛隔绝甚远，因此根本没有资格承担巴勒斯坦政治代言人的

---

[1]　爱德华·W. 萨义德：《知识分子论》，单德兴译，生活·读书·新知三联书店 2002 年版，第107 页。

角色。其实，类似的抨击早已存在，只是《格格不入》的出版不仅没有消解，反而加剧了这种质疑。《格格不入》所引起的争议，不亚于萨义德先前的任何一部著作。这显然与他创作自传的初衷相悖。

在《格格不入》一书中，萨义德的确未对巴勒斯坦问题作任何浓墨重彩的描述。在行文走笔间，诸如巴勒斯坦沦陷与以色列建国、1967 年战争、巴勒斯坦运动的开端、黎巴嫩内战以及奥斯陆协议等有关事件仅仅作为大背景，"在回忆录中有所影射"，但细读起来，"能不时在字里行间看到它们游移不定的存在"。（第 3 页）总的来看，萨义德对家乡的记忆，仿佛笼罩在一层薄雾之中，给人以模糊感。譬如，萨义德坦言 1948 年巴勒斯坦难民大逃亡时，自己"是那场经历的一个毫无意识、几乎懵然无知的见证者"（第132 页）。由于年龄尚小，而父母又因远离政治，对此按下不表。在开罗，他只能从为巴勒斯坦难民工作的姑姑那里间或得到消息，并"首次体会巴勒斯坦的历史与奋斗的目标"（第 138 页）。而父亲那句少有的长叹——"我们也失去了一切"（第 133 页）更令他记忆犹新。但是，无论如何，直到1967 年，在美国所受的长期教育以及与巴勒斯坦人缺乏接触，"使我在美国的早期生活远离已成悠邈回忆、无以化解的忧伤及莫名的愤怒的巴勒斯坦"（第 162 页）。

在撰写自传之前，萨义德曾写作《最后的天空之后：巴勒斯坦人的生活》（1986），其中就强调了这种模糊感：

> 我几乎无法真正记得任何关于耶路撒冷和拿萨勒的事情，没有什么具体的，也没有什么触觉、视觉或听觉的记忆，能够经久不衰到抵抗时间……巴勒斯坦意味着离散、剥夺，对某处的错误记忆滑进对另一处的模糊记忆，一般意识的令人困惑的恢复，以及在阿拉伯环境里分散的被动存在。人们无法平坦流畅地讲述巴勒斯坦的故事。[①]

"在最后的国境之后，我们应当去往哪里？在最后的天空之后，鸟儿应

---

① 爱德华·W. 萨义德著，吉恩·摩尔摄影：《最后的天空之后：巴勒斯坦人的生活》，金玥珏译，新星出版社 2006 年版，第 20 页。

当飞向何方?"巴勒斯坦当代诗人马哈茂德·达尔维什的著名诗句引出的是一幅幅悲凉的黑白照片、一段段伤感的破碎记忆,与巴勒斯坦作为客体的碎片式存在现实相呼应。模糊感之外透露出的是一种深深的失落。萨尔曼·拉什迪认为,许多流亡或移民作家的生命写作与小说创作可归结为"被某种失落感所萦绕,因而产生回忆的诉求"。但是这种回忆一定是不确切的,因为"我们的身体与印度的疏离几乎不可避免地意味着:我们将不可能精确道出那些失去的东西"①。也许正因之疏离,所以方显失落;因之模糊,方显真实。而巴勒斯坦人"失地丧邦"、"花果飘零"的残酷现实更加剧了其海外游子心中的痛。恰如《格格不入》中译本译后记在论及萨义德的巴勒斯坦心结时所言:"萨义德细挑一些关键处点题,并刻意不作大声疾呼状,但他念兹在兹,无非此痛,其操危虑患之切,字里行间不难体会。"(第 358 页)

若细读《格格不入》,对萨义德浓厚的巴勒斯坦情结当了然于心。这应该是萨义德撰写自传的一个用意。在此基础上,认识到该情结与其自我建构及思想发展之间的融合关系,便能更好地理解萨义德理论和学术主张的源动力。一些关于萨义德学术立场的质疑,诸如:萨义德作为西方文化的归化者,以西方之学养反抗西方,实际是西方的共谋者等说法,在萨义德自传式的探索和追寻面前,当再斟酌。

而另一些关于萨义德学术见解的质疑者,也当可从中理解其理论创新的原初语境。以萨义德引起学术界最多质疑的代表作《东方学》为例,有批评人士认为作者从其私人化的批判意识出发,既简约了东方,又将东方学简约成一个关于权力机制的认识论;有批评者指其动用了多种文化分析范式,却未能做到综合协调,使得论证过程陷于悖论和混乱;还有评论者对作者关于东方学所作的"政治的假定"深表质疑,认为书中意识形态气息浓厚,显现了对西方文化的敌视态度。而事实上,若从萨义德的巴勒斯坦情结出发,将《东方学》与阿以冲突的语境紧密联系,则许多批评至少可以做到平心静气。在这一点上,有学者甚至认为:"倘能如此,我们便无须指责爱德华·萨义德的反东方学立场,学院派东方学家也无须批评其研究方法

---

①　Salman Rushdie, Imaginary Homelands, See: Gunnthorunn Gudmundsdottir, *Borderlines: Autobiography and Fiction in Postmodern Life Writing*, Amsterdam – New York, NY2003, p. 144.

上的薄弱、资料信息上的缺陷、意识形态上的激进、以及主观主义的过分运用。"①

综上所述，巴勒斯坦情结既是萨义德学术创新的源动力，也是其推断演绎有所短缺的缘起。而无论如何，挥之不去的巴勒斯坦情结是他流亡生涯中的一个支撑点，也是他追求流水之自由和活力的最终归宿。因此我们看到，即便到了生命的末年，萨义德依然为巴勒斯坦问题笔耕不辍，或在其他类著述中每每论及巴勒斯坦。

四 诠释学术之追求

在创作回忆录时，萨义德同步撰写《知识分子论》（1994）一书。在一次论知识分子的访谈中，萨义德坦言他本人并未意识到自己的书会具有如此影响力。因为多数时候的他都处于一种"不定、流亡、边缘化、局外人"的状态，所以，"我写这部回忆录的原因之一就是要找出为什么对自己的作品有这种疏离感"。②

流亡显然是萨义德生命的基本元素。它代表了萨义德的思想追求，并作为一个母题，不断出现于他的相关作品中，使之呈现变奏曲般的结构。在《格格不入》一书中，流亡感得到了最真切、深刻的体现。叙事者和传主共享一种流亡经验，由身体（客体）的实际流亡和心灵（主体）的恒久错置（隐喻流亡）交集而成。当这种切身的流亡经验被运用到学术创作时，便具现为自称"业余者"、"圈外人"、不屈不移、卓然特立的公共知识分子形象。

在《知识分子论》一书中，萨义德阐述了公共知识分子作为永恒流亡者的特质及其思维方式，而其中多数在《格格不入》中都有体现。这种互文性既因两本书是同步创作，更是自觉而为之。譬如：萨义德在《知识分子

---

① http：//www. ahram. org. eg/Archive/2003/10/12/OPIN6. HTM. ‏عبد الحميد صالح حمدان، إدوار سعيد وعالم الاستشراق، الأهرام، ٢٠٠٣.١٠.١٢.

② 爱德华·W. 萨义德：《知识分子论》，单德兴译，生活·读书·新知三联书店 2002 年版，第115 页。

论》中认为阿多诺作为永恒流亡者，"其再现的核心在于写作风格"，"最大的特色是片断、突兀、不连贯、没有情节或预定的秩序"[1]；而《格格不入》的写作，亦追寻不受时空局限，行云流水般的自由思路。此风格更反映在《最后的天空之后》中图文交错的对巴勒斯坦的碎片式再现。再譬如：《知识分子论》中认为"流亡者同时以抛在背后的事物以及此时此地的实况这两种方式来看事情，所以有着双重视角（double perspective），从不以孤立的方式来看事情"[2]；《格格不入》作为移民与放逐者的生命写作，必须在今昔截然不同的两种时空之间、两种文化之间架构桥梁、弥补缺口，则同样需要这种对位、并置的"双重视角"。这种视角，用拉什迪的话来说，是由"我们的距离，我们遥远的地理观测点"[3] 所构建的。至于《知识分子论》中关于流亡者的其他特质，诸如独立自由、大胆无畏、勇于超越，在《格格不入》传主的人生追求和自我建构中表现得一览无遗。对此前文已多有阐释，此处不再赘述。

在萨义德眼里，真正的知识分子是孤独的，他不应唯唯诺诺，迁就适应；作为"业余者"、"圈外人"，他"既不为奖赏也不为实现眼前的职业计划所动，而是献身投入公共空间中的观念与价值"[4]，故而对意外获得的功名将产生疏离感。而在《格格不入》中，萨义德通过审视自身成长经历，确证了自己作为知识分子的追求，故而找到了对使自己获得功名的作品产生疏离感的原因，以获得释然；更重要的是，通过描绘自身成长肖像，诠释了自己所奉守的知识分子理论。[5] 所以，瓦莱里说："没有一种理论不是一个精心准备的某种自传的片段。"[6]

解读萨义德，展现于面前的是一位旅行者的一生，是迁徙和穿越的一

---

① 爱德华·W. 萨义德：《知识分子论》，单德兴译，生活·读书·新知三联书店 2002 年版，第 51 页。

② 同上书，第 54 页。

③ Salman Rushdie, Imaginary Homelands, See: Gunnthorunn Gudmundsdottir, *Borderlines: Autobiography and Fiction in Postmodern Life Writing*, Amsterdam – New York, NY2003, p. 141.

④ 爱德华·W. 萨义德：《知识分子论》，单德兴译，生活·读书·新知三联书店 2002 年版，第 92 页。

⑤ 除了知识分子理论，在《格格不入》中，读者还能了解到萨义德所谓的"东方人"意识，它是萨义德小时候在两个英国殖民地（巴勒斯坦和埃及）接受西式教育时所获得的。如其所言，这一意识在他身上留下深刻痕迹，构成了他研究东方学的个人情结。

⑥ 转引自菲力浦·勒热讷《自传契约》，杨国政译，生活·读书·新知三联书店 2001 年版，第 12 页。

生，是"不断从一种文化相交的边缘跳到另一种文化相交的边缘"① 的一生。在这个过程中，萨义德始终未变的是他的开放性兼独立性。正是这一开放性兼独立性，构建了萨义德独特的身份和自我，造就了他自由的学术和运思方式。他对自身的总结和期待，让人想起"天下之至柔，驰骋天下之至坚"这句关于流水的中国古训。这里的"柔"是个蕴藉丰富且饱含辩证的概念，它涵盖了萨义德所追求的流亡意境：既漫迹各处又特立独行；外表流动不居，而内里充满定力。

解读萨义德，研究其学术著作当然是一个重要途径。而其自传则从生命、自我和书写三个维度展现了传主内心的深刻与复杂，思想的丰富与深邃，以及学术发展的最初履迹。作为一位知名学者和理论家，萨义德撰写自传的一个不言而喻的目的是以其早年人生际遇阐释其学术理念的形成。这使得其生命故事的编织，自我认同的建构均需遵循预定的框架，因为自传中的"我"本来就是自传写作的预设命题。职是之故，自传叙事永远是一种"虚构的真实"。但是，"写自己的历史，就是试图塑造自己。这一意义要远远超过认识自己"②。《格格不入》在这一点上已然胜任。

---

① 保罗·鲍威编：《向权力说真话》，王丽亚、王逢振译，社会科学文献出版社2003年版，第323页。
② 菲力浦·勒热讷：《自传契约》，杨国政译，生活·读书·新知三联书店2001年版，第81页。

第 七 章
现代阿拉伯自传与性别

第一节　传统文化与阿拉伯女性自传

在传统阿拉伯伊斯兰文化社会中，私人生活、家庭生活、内心感受和思想情感都被视为隐而不宣的领域。撰写自传本身就意味着违背社会伦理。而对女性来说，从事自传文学写作风险尤大。在伊斯兰世界的大部分地区，两性之间的空间界限十分严格。公共空间是男人的领域，即所谓的"男性世界"。而女性只能在内部的、私人的空间从事活动。这个空间被称为"女性世界"。① 在伊斯兰社会理想的状态下，男人世界和女人世界是完全隔开的。然而，二者又构成了一个充满悖论的有机社会整体，因为男性的荣誉在于他能够在公共空间里绝对地撇开他与女性的关系。在公共场合，女性的脸是被遮住的，她们也没有任何话语权，甚至，她们的名字都不能被提起。

从古至今，女性在公共场合的活动都被各种礼教和制度约束着。这些礼制对她们怎样才能走上大街、走进市场、走入清真寺等做了明确的规定。其中就有这么一条规定：女性一旦进入公共场合，就要放下她的面纱挡住脸。黎巴嫩文学家安巴拉·萨拉姆·哈利迪在《黎巴嫩与巴勒斯坦之间的记忆之旅》一书的开篇处，描述了生活在面纱暗影中的第二性——阿拉伯女性的从属地位：

---

① 参看法蒂玛·穆尔尼西（Fatima Mernissi）《家庭·意识形态·伊斯兰》（德文版，*Geschlecht*, *Ideologie*, *Islam*），玛丽·路易丝·诺特（Marie Luise Knott）等译，慕尼黑出版社 1987 年版，第 153 页。

我们习惯于在面纱的暗影里，通过它的孔洞窥视世界，对生命的路标投以匆匆一瞥。透过面纱，我们接受到知识的几缕闪光。我们热切地希望抓住那照进牢狱般的闺墙、照进这垂闭幕帘的一线光亮。在那遥远的他方，闺墙被行动力和生命力带来的搏击声穿透。我们很难想象这些行动的面貌是怎样的，它有何意义。闺墙内，我们被动、麻木、一成不变地被生命推着奔跑，却又总在原地踏步。在第二性别者——祖母、女儿、侄女们——所组成的圈子里，她们一起却又相互隔绝地朝着一个她们没有发言权的未来前行。对世代承袭、不容更改的传统，她们毫无怨言地忍受，完全臣服于那高级、神圣的永恒意志。第二性别者，遵守她们无法拒绝甚至无权评说的律法。①

巴勒斯坦女诗人法德娃·图甘在其自传《山路崎岖》中对高墙深闺有过如下描述：

在这个家里，在这个四面高墙隔离了外部世界的院内，一群被活埋了的女眷生活其中。我的童年、少年和一部分青年时期就这样深锁闺房。

家庭完全由男人掌控。女人应该完全忘掉"不"字的发音，除非在做礼拜和净身时不得不说"万物非主，唯有真主"。而"是"的发音也不过是在哺乳期就学会了的鹦鹉学舌，它附着于女人的双唇直至生命完结。

表达内心的权利被剥夺，欢笑和歌声被禁止，只有当男人们去上班时才偷得须臾欢快。个性独立绝对是她一生中缺席的概念。②

从 20 世纪开始，在许多阿拉伯国家中，将两性空间界定开来的两大重要标志物——闺房和面纱，逐渐消失。然而，在 20 世纪最后四分之一时间里，随着原教旨主义的兴起，闺房和面纱在一些阿拉伯地区又再次出现。不

---

① عنبرة سلام الخالدي ، جولة في الذكريات بين لبنان وفلسطين، بيروت،١٩٧٨، ص٩.

② فدوى طوقان، رحلة جبلية رحلة صعبة، دار الشروق ، ٢٠٠٩، ص٤٠.

过，即便在一些较开放的伊斯兰社会里，我们仍能发现那些隐性的闺墙和面纱。这使得有关私人领域的揭露仍是敏感的话题，任何越雷池的话语或行为都会遭到社会舆论的指摘，甚至惩罚。

阿拉伯传统文学对女性的限制极大。女性只能写些挽歌，被称为"里塞"（Rithā'），用以悼念部落里死去的男性亲人——他们的父亲、兄弟、儿子。而在散文这种传统的文学领域中，女性揭示自我的机会极为有限：

> 散文创作允许作者对世界进行更加清晰和详尽的再现、阐释和重构。模仿是它的一大特征。与传统的阿拉伯诗歌创作相比，这一特征尤为突出。尽管如此，女性所能涉足的也只是一些次要的文学领域。散文世界对女性大门紧闭。①

现代女性撰写文学作品被视为一种公共行为，也受到了礼制的约束。带着面纱的妇女如果从事文学创作则被视为犯了大忌。② 在文学世界中，社会加之于作家的束缚和压力，远比这一地区的权力机构对他们的监管更让人崩溃。

女性在公开场合想自我展示是不可能的。撰写自传这种相对个人化的文学自我表达方式，对于女性而言是完全不被允许的。一些妇女的理想生活状态就是大门不出，二门不迈，遑论从事文学创作并以此表达她们的心声了。③ 所以，在阿拉伯的传统文学中，见不到妇女自传性的作品也不足为奇。

然而从 20 世纪起，这种现象大为改观。随着阿拉伯世界的政治、经济和文化方面的变革，妇女历史地位的提高，女性自我意识的觉醒，女性自传作品得以公开发表。由于西方殖民势力的入侵，传统的体制，特别是男权主义受到了极大的挑战。阿拉伯世界因而开始民主化、政治化的进程，女性也

---

① Fedwa Malti – Douglas, *Woman's Body*, *Woman's Word*: *Gender and Discourse in Arabo – Islamic Writing*, Princeton, 1992, pp. 4—5.

② 参看泽娜卜·加扎里（Zaynab Ghazālī）的回忆录《我的一段别样人生》（阿文版，*Ayyām min Hayātī*），贝鲁特出版社 1987 年版。

③ 转引自阿芙萨娜·纳吉玛巴蒂（Afsaneh Najmabadi）《伊朗当代女性自传》（英文版，*Women's Autobiographies in Contemporary Iran*），剑桥出版社 1990 年版，第 5 页。

得以在公共场合活跃起来。黎巴嫩、埃及、巴勒斯坦以及其他阿拉伯国家相继爆发了革命运动，运动中宣扬自由平等的口号对当时妇女的解放产生了深远的影响，越来越多的女性从深闺里走了出来。1919 年，埃及大革命爆发时，妇女也组织了一次反对英国侵略的示威游行。这是阿拉伯国家的妇女第一次公开进行的政治运动。随后在 1921 年的巴勒斯坦独立运动中，妇女再次组织了示威游行活动。尽管这些女性运动先驱者们出门仍然用面纱挡着脸，坐在封闭的车子里，但她们却在一步步地征服着外面的世界。正如利比亚作家、社会活动家莱拉·艾哈迈德所描述的那样：

> 过去妇女出门要戴面纱，她们也不能出现在公共场合，不能参与政治活动。如今，已能看到妇女出现并活跃于公众场合。她们参与的活动也受到了新闻媒体的报道，还附有她们摘下面纱后的照片。①

女性因而赢得了撰写自传的权利。

第一批从事自传文学创作的女性都具有一个共同的特点，那就是在开始写作之前她们已经在一定程度上进入了公众领域。不管是为政治活动撰稿，还是从事诗歌创作，她们的生活已经公开化，为公众所谈及。但即便如此，她们的创作之路也并非一帆风顺。这项事业要求她们在保护私人秘密和走向公开化之间做出协调。在将每一桩私人事件写入作品中的时候，她们需要考量这是否触及了女性世界里的某个禁忌。在阿拉伯世界中，妇女的自传作品决不能包含那些不得体的内容。不管是奥斯曼帝国的政治运动者哈立德·艾迪卜·爱德华（Halide Edip Adivar）撰写的回忆录，还是埃及女权运动主义领袖胡达·莎阿拉薇（Hudā Sha'rāwī，1879—1947），或是伊朗的自传作品中，不得体的内容是不允许写进作品的。一部自传反映了一个社会的构成，而从事文学创作的女性自其出生那一天起便已将性别概念深深地印刻在其意识中。她们是最富有挑战精神的先驱，将她们的人生故事写出来已然违反了社会基本的禁忌。

---

① 转引自贝拉（Bella）和申克（Schenk）合编《生命线：女性自传理论》（英文版，*Life Lines：Theorizing Women's Autobiography*），伊萨卡出版社（Ithaca）1988 年版，第 156 页。

　　下面，笔者将从"阿拉伯女性自传与自然描述"、"阿拉伯女性自传与政治诉求"、"'种子与岩石的抗争'：图甘的自传《山路崎岖》"三节来研究阿拉伯女性自传。

第二节　阿拉伯女性自传与自然描述

　　阿拉伯女性作家在致力于冲破社会禁忌、裸面书写自我人生故事时，自我约束似乎在不断地压制她们想要表达自我的情绪，而排遣自我的方式之一便是寄情于大自然。

　　那么这些看似恭顺的女性作家们是如何借助对大自然的描写将那些反叛精神融入到作品中的呢？

　　波伏娃在《第二性》中写道："女性作家在与荒野以及花园对话时将她的生活经历和人生理想向读者娓娓道来。"① 这里，我们尝试以两位阿拉伯女性作家的自传为例，来说明女性自传是如何通过与大自然的对话来吐露闺墙和面纱背后的心声。一部是埃及女权运动先驱胡达·莎阿拉薇的回忆录《闺房岁月》（Asr al‑Harīm/*Harem Years*）；另一部是巴勒斯坦女诗人法德娃·图甘的自传《山路崎岖》。两人都在深闺中长大，她们童年、少年的生活几乎与世隔绝。作为女性，她们终其一生都在与命运作斗争，试图挣脱阿拉伯社会的牢笼。最终，她们通过撰写自传来表述她们各自征服外部世界的人生旅程。

一　胡达·莎阿拉薇和《闺房岁月》

　　胡达·莎阿拉薇的回忆录直至 1981 年才得以发表，书名为《闺房岁月》。这是她离开人世之前的口述，由她的秘书执笔完成。胡达·莎阿拉薇曾参加过女权运动和埃及的民族独立运动。1923 年，她在开罗火车站公开揭下面纱。这在埃及历史上戏剧性的一刻成就了莎阿拉薇在阿拉伯妇女解放史上的地位。这一举动昭示着闺房体制在埃及的瓦解。她花了 40 年的时间才

---

① Simone de Beauvoir, *The Second Sex*, trans. H. M. Parshley, London, 1988, p. 719.

终于从闺房的束缚中解脱出来。回忆录讲述了她40年的闺房生涯。

在叙述童年生活时，莎阿拉薇对那些促成她女权思想形成的经历记忆犹新。由于性别原因，她受到了一部分人的歧视，也得到了一些人的同情。在她的回忆中，不管是欢乐时光还是痛苦岁月，自然界都在她的生活中扮演着重要的角色。特别是她在回忆过往揪心的经历时，读者总会看到她对家里那座花园和临窗眺望那座花园情景的描述。例如，在讲到她母亲因她是个女孩而歧视她、偏袒她弟弟时，她的内心深受伤害。她会自己一个人躲在花园里，与花草、小鸟为伴：

> 从此，我每个下午都会待在花园里，坐在水果树下的花丛里，与小鸟和其他动物为伴。我宁愿与自然为伴，也不想和那些深深伤害我的人们相处。①

在这座花园里，胡达找到了一份宁静，也找到了自己的伙伴。

在回忆父亲的第一任妻子亲爱的乌姆·卡比拉时，她也提到了大自然的美好。在胡达的童年记忆里，乌姆·卡比拉是唯一一个值得她信任的人，因为她总是偏袒、保护小胡达。在这部回忆录中，胡达详细叙述了她们俩共处的那一晚，那是多么欢乐的时光啊！与自己的母亲睡觉时，母亲总是喜欢关紧门窗，怕弟弟着凉。乌姆·卡比拉与胡达在一起时，晚上睡觉会开着窗子，特别是在夏季炎热的晚上：

> 在乌姆·卡比拉的房间里睡了一觉。早上醒来，听着窗外的鸟叫声和园丁开门的声音，神清气爽。与自然对话，我欣喜不已，飘飘欲仙。②

13岁那年，胡达被迫嫁给了她的表兄。新婚第二天早上，她就逃到了花园里，排遣忧伤。她的这位夫君，年长她几岁，胡达从小就很惧怕他。结

---

① Hudā Shaʿarāwī, *Harem Years: the Memoies of an Egyptian Feminist*, trans. Margot Badran, London, 1986, p. 37.

② Ibid., p. 35.

婚那几日，家里总是播放着欢快的音乐，家里也一片欢乐，以至于她暂时忘记了自己的处境。可女眷们一走，她就忧郁起来。关于新婚之夜，胡达在作品中只字未提。但从她对第二天早上看着花园的描述中足见她的悲伤之情，她如此写道：

> 向窗外望去，铺着豪华地毯，挂着精美刺绣的大蓬屋已经不见了，昨晚让我欢欣的明亮灯光也消失了。我原本以为这一切都会久久持续下去。看到这一切美好的事物被摧毁，我心绝望。大蓬屋支起的那个地方什么都没留下。那些承载着我难忘回忆的树儿，都哪去了？我不禁为那些树而悲泣，为我逝去的青春和剥夺的自由而悲泣。在这座光秃秃的花园里，我看到曾经生活的场景。而今，那些在我悲惨的童年中陪伴我、鼓舞我的美好事物都被摧毁了。不忍看这一幕，我将脸扭了回来。此刻心情沉重，以后便再也没有去过这座花园，无法忍受那些痛苦的回忆。①

在女作家们看来，归隐自然就是追求自由独立的象征。美国康斯威辛大学教授、文学评论家安妮斯·布拉特在她的《女性创作的原型》一书中将这种自然意象归结为一种创作原型。② 用荣格③的话说，她们无意识地将自然赋予了某种文学意象。在希腊神话中，这种例证比比皆是。为了摆脱牧神潘，宁芙仙子庇提丝将自己变成了一棵枞树；宁芙仙子绪任克斯被潘神追得走投无路时将自己变成了一棵芦苇；宁芙仙子达芙涅为了逃脱阿波罗的追求，请求河神将她变成了一棵月桂树。

在 19 世纪和 20 世纪的女性成长小说（Bildungsroman）中，我们的女主人公也是以同样的方式寻求自我保护。在布拉特看来，女性在走进社会的过程中，一方面必须接受那些已经加之于她们的观念，另一方面她们却想将自己真实的一面展现出来，因而这个过程十分痛苦。最终，我们的女主人公为

---

① Hudā Sha ʻarāwī, *Harem Years: the Memoies of an Egyptian Feminist*, trans. Margot Badran, London, 1986, pp. 57—58.

② Annis Pratt, *Archetypal Patterns in Women's fiction*, Brighton, 1981, pp. 11ff.

③ 荣格（Carl G. Jung, 1875—1961），瑞士心理学家和精神分析医师，分析心理学的创立者。早年曾与弗洛伊德合作，曾被弗洛伊德任命为第一届国际精神分析学会的主席。

了逃避对她自由的束缚，像达芙涅一样躲进了大自然中。①

二 法德娃·图甘和《山路崎岖》

在巴勒斯坦女诗人法德娃·图甘的自传《山路崎岖》中，归隐自然的女性意识也是浓墨重彩的一笔。这位诗人 1917 年生于巴勒斯坦纳布卢斯的一个政治开明、经济殷实的封建家庭，在家里排行较小。她母亲是巴勒斯坦一个妇女组织的活跃分子。这一组织在 1929 年加入了胡达领导的阿拉伯妇女联盟。即便如此，法德娃·图甘早年的生活也是失去自由、与世隔绝的。在阿拉伯上流社会，受过教育的都市女性中，巴勒斯坦妇女是最后一批揭下面纱、走出深闺的女性。在纳布卢斯这样的小镇，直到 20 世纪 60 年代初妇女才得以摆脱父权的枷锁。通过诗歌创作，法德娃·图甘得以走出深闺。此后不久，她就走向公开场合，用自己的名字发表诗歌作品，刊登在阿拉伯世界的报纸杂志上。像胡达·莎阿拉薇一样，当法德娃·图甘小时候深受伤害时，总是会向大自然寻求帮助和庇护。在自传中，她写道：

> 此时，我会在院子里找个角落把自己藏起来，或者站在苦橘树下，抬头看着天空，想让老天爷把我的脸蛋儿变得红扑扑的，这样就没人再取笑我是黄脸怪物了。②

在波伏娃看来，小女孩对大自然的情感远比对男人更加强烈，她们膜拜大自然。因为：

> 在自然界，女性与动物、植物为伴，以此可以摆脱家庭和男性社会对她的束缚，做一个真正自由的人。她发觉，在神秘的森林中，她的灵魂能独自畅游；在无边的旷野里，她的想象可以无限驰骋。在这广袤的旷野里，她可以自由呼吸；站在山顶之上，伸手即可触到蓝天。她可以

---

① Annis Pratt, *Archetypal Patterns in Women's fiction*, Brighton, 1981, pp. 16—24.

② فدوى طوقان، رحلة جبلية رحلة صعبة، دار الشروق، ٢٠٠٩، ص١٩.

一直走下去，走向未知的将来。坐在山顶，山下铺展开的一切事物都可供她享用。看着奔流的河水，望着闪烁的阳光，欣喜之余，她感到了一丝惆怅，未来是喜是悲无从得知。湖面上的涟漪，斑驳的阳光，似乎在告诉她这是在冒险。大自然的种种芬芳和色彩向人们诉说着神秘难懂的话语。但有个词听得十分真切，这个词就是"生活"。①

法德娃·图甘在还未长大成人之前，她还有一定的活动自由。一有机会，图甘就会跑到心向往之的外部世界，而与邻居女儿艾丽娅一块在乡间散步的时光是她最享受的时光。她这样描述与大自然亲密接触时的喜悦之情：

走在小路上，两旁绿树掩映。道路太窄，我们不能并肩而行，我会走在艾丽娅的身后，这种感觉就好像我们来到了另外一个新的世界。挣脱古老的房子里令人窒息的礼制的束缚，呼吸着外面世界自由的空气，让我精神振奋。这种美好的时刻让我禁不住想拥抱周围的一切。我多么希望能将自然界的精灵放在手心里，带回家，和那些小玩物一起藏在枕头下。我愈发地喜欢那条羊肠小道和路边的树儿。置身其中，与周围的一切和谐相处，我深感欢愉。那里的一切都激发了我的好奇心。第一次看到此情此景时，我的想象力受到了前所未有的冲击，我感到阵阵欢喜。抑制不住内心的冲动，想要拥抱这自由的、无拘无束的大自然。如果自由也可被称作放肆妄为的话，我喜欢在树林间这种放肆妄为的感觉。就像襁褓中的婴儿凝视着母亲的面庞，我深深注视着身边的一切。日复一日，一点一点地探知周围的自然界。②

自然界象征着神秘的精神世界。女性在现实生活中因缺乏自由和平等的权利而压抑的情感，可以通过在作品中对自然界的描述得以抒发。安妮斯·布拉特在《女性创作的原型》一书中如此分析女性写作的情感动因："随着女主人公的成长，父系社会对她的束缚越来越大，因而她对自然的热爱之情

① Simone de Beauvoir, *The Second Sex*, trans. H. M. Parshley, London, 1988, p. 368.

② فدوى طوقان، رحلة جبلية رحلة صعبة، دار الشروق، ٢٠٠٩، ص٤٤-٤٥.

也愈发浓厚。"①

对自由的向往促使法德娃一有机会就跑出家门，在大自然中寻找慰藉，虽然有时候也会受到各种阻碍。这种感觉就像私会情人，她心里忐忑不安。社会道德秩序给她上了一道枷锁，一不小心她就会被带回去。法德娃在作品中写道：

> 我总是会祈祷，希望真主保佑我能顺利跑出来，不要被我的堂兄弟、父亲或是哥哥艾哈迈德瞧见，再把我带回去。这样我会失望透顶。②

事实上，她的初恋就是被她的大哥优素福扼杀的。当哥哥发现一个男生在街上给法德娃送花时，就对妹妹实行了严格禁阻。从此，家里人也不让法德娃上学了。优素福认为他是按照传统礼制行事。作为兄长，他有责任维护妹妹的名誉。家庭成员中法德娃最爱的人是二哥易卜拉欣，因为他是唯一一个不拿规矩说事的人。与艾哈默德和优素福不同，易卜拉欣不仅在家里教法德娃作诗，他还将妹妹带到大自然中，任其自由放纵自己。法德娃在自传中写道：

> 他把我带到山上，任由我跑来跑去，他自己则坐在一个石头上想问题。我会跑到山上的小径，在那里欢快地蹦来蹦去，四处找寻那种长杆、圆茎的黑种草。我喜欢吮吸里面甜甜的汁液。我还到处跑着采樱草花、红色海葵花、甘菊花。过了一会，易卜拉欣就会过来看看我，叮嘱我不要跑远了。③

从上述这段描述中，我们可以发现，法德娃不仅深深地热爱大自然，她其实已经成为了大自然的一部分。这段文字也向读者描述了兄妹之间深厚的情感纽带。兄妹俩与其他的家庭成员不同，都想挣脱家庭的束缚，在大自然

---

① Annis Pratt, *Archetypal Patterns in Women's fiction*, Brighton, 1981, p. 22.

② فدوى طوقان، رحلة جبلية رحلة صعبة، دار الشروق، ٢٠٠٩، ص٤٥.

③ 同上书，第 61 页。

中寻求自由：来到大自然，法德娃可以无拘无束地又蹦又跳，不像在家里要温顺谦让；而易卜拉欣则可以让妹妹的思想自由驰骋，兄妹俩在大自然里可以互诉衷肠。

波伏娃认为，女性对自然的崇拜只停留在童年时期，一旦长大成人、结婚生儿育女后，她就会接受社会赋予她的传统家庭女性角色。不过，《山路崎岖》的作者法德娃却终生未嫁。与胡达不同，她从未放弃与自然为伍。终其一生，法德娃发现，只有在大自然中，她才能找到一份安宁与自由。她在书中写道，当她哥哥易卜拉欣把她带入诗歌世界的时候，她就想到了身处大自然的喜悦，感到生命焕发出生机："未来的世界光明灿烂，就像春天里大片大片绿绿葱葱的麦苗。"① 她的诗性与大自然息息相关。她曾和易卜拉欣去耶路撒冷待过一段时间。1941 年，易卜拉欣去世后，她不得不回到家里。此后，一有机会，她就会偷偷跑到附近的橄榄树林去。书中，她这样写道：

> 我会坐在大树荫下，享受着在这里宁静的时光，想象着能在这里盖一座小木屋，独自在这里生活。②

后来，法德娃成为著名的诗人。当被邀在黎巴嫩美国大学做演讲时，她告诉听众她的诗歌灵感来自大自然，大自然是她儿时最好的玩伴。面对台下的一张张面孔，她情不自禁地回忆起当年自己的情形："坐在院子里，对着周围的树儿深情地吟诵我喜爱的诗歌：啊！斟酒人，我们在呼唤你，而你却不应答。"演讲中的法德娃情不自禁地灿然微笑，不是"为了表达对听众的感谢之情，而是为当年那个富有想象力、陶醉在诗歌世界里的小女孩"③。

当然，莎阿拉薇的《闺房岁月》和法德娃的《山路崎岖》这两部作品还不足以证明，在阿拉伯现代文学中，自然描写就是女性自传写作唯一的情感代码。不过，至少可以说明现代阿拉伯女性自传的一些叙事特点。随着阿拉伯社会文化的进步和女性地位的不断提高，或许人们已经改变了对隐私的

---

① فدوى طوقان، رحلة جبلية رحلة صعبة، دار الشروق، ٢٠٠٩، ص٦٥.

② 同上书，第 113 页。

③ 同上书，第 66 页。

看法，女性可以更加直白地表露她们的心声。

第三节　阿拉伯女性自传与政治诉求

一　阿拉伯女性自传与政治

评论家普遍认为，一本好的自传不仅是作者对自我淋漓尽致的阐释，也表达了其与整个社会的联系：自传是其时代风貌的再现。这一评论标准可以从许多男性自传文学中体现出来。他们的自传作品记叙的多是其本人职业或智力生活的发展历程，所以对他们生活经历的研究也大部分是对他们成功人生故事的肯定。另一方面，评论界对女性自传的共识是：女性自传很少反映她们所处的时代；她们的自传很少关注女性在公共生活和时事等领域的参与度，而更关注的是她们私人生活的一面——家庭琐事、生活困境、周遭的亲朋好友，等等。这些观念反过来折射出一种社会对男女传记产品的价值评估偏见，即重视有逻辑性和连贯性的男性自传，而轻视不连贯的支离破碎的女性自传。这种成见也弥漫在阿拉伯女性创作的各个方面，以至于一些评论家认为女性作品过于依赖个人经验和情感，是个人经验和情感的堆砌，没有"创造性"，不能成为真正的文学艺术作品；而男性作品不仅是作者个人生命的艺术再现，也是他所处时代的政治文化生活的艺术反映。[①]

这些对女性自传或自传性写作的批评不仅引发了关于在男权社会中女性被男性定义和评判的讨论，而且也使作家本人和学者们深入到女性内部

---

① 此说法可参见布朗米勒的观点（Brownmiller, S., *Femininity*, London, Hamish Hamilton, 1984, p. 125.）；亦可参见阿拉伯著名女性文论家布希娜·沙阿班（Bothaynah Sh'abān）的"阿拉伯女性文学"一文［《阿拉伯时事》（al‑Shu'ūn al‑Arabiyyah，阿文版）第9期，阿拉伯联盟出版社，第109—117页］。布希娜女士在该文中指出，"有一种流行的说法是，女性文学更关注自我，而男性关注的视野更广阔"；还可参见埃及作家拉蒂芙·齐雅特的"反对男性文学……反对女性文学"（《耶路撒冷报》，伦敦出版，1990年4月26日第6版）一文，拉蒂芙女士抗议这种说法："女作家被认为是毫无艺术灵感的、仅凭印象写作的人物……，是一个缺乏客观性的自传作家。这一论断是毫无根据的。"

层面关于女性个人与政治、个人与整体、女性与艺术的关系等问题的审视和讨论。

　　笔者以为，"个人的即政治的"① 这一口号在当代阿拉伯女性自传中仍然切中现实，一如当初它刚被提出时那样。纵观 20 世纪 50 年代末到 80 年代初大约 30 年间的埃及女性作家的作品，我们发现，"抵抗"这个概念不仅体现在性别界限的对立上，而且彰显在女性文学文本内部更深的层面上。正是横亘于男女之间在存在方式、思索、话语等方面的双重标准，使得埃及作家拉蒂芙·齐雅特②和纳瓦勒·赛阿达薇③的评论文章和文学作品充满生命力。拉蒂芙·齐雅特在《阿拉伯小说中的女性形象》一书中讨论了男女之间存在的价值差异，发现"男女关系中折射出阶级社会的特征"，认为二元论"只是男性视角而非社会现实和本质"④。在女性无足轻重的世界里，女性丧失了自我意识和主体性。对这一问题的关注是拉蒂芙短篇小说集《暮

---

　　① "个人的即政治的"口号是第二次女权运动浪潮中提出的最重要的口号。这句口号表明女性主义者对政治的理解有所变化：政治不应该只局限在公共领域的一些政治活动，而是也应该将个人的生活领域包括在内。美国女权主义者凯特·米丽特明确地将性和政治纳入女性主义理论框架中，并在《性政治》中提出"性政治"主张。米丽特认为政治的定义也是多种多样的，其在《性政治》书中解释的政治并不是单单只指选举、政党和参加议会等政治活动，而是指一群人可用于支配另一群人的权力结构关系和组合。

　　② 拉蒂芙·齐雅特（Latīfah az‐Ziyāt），埃及当代著名的女作家、戏剧家、文艺批评家，埃及女性运动先驱之一。1923 年 8 月 8 日生于埃及城市杜姆亚特。20 世纪四、五十年代带领学生、工人参加过争取民族独立解放的反英运动。1952 年毕业于开罗大学，留校任教，1957 年获得开罗大学文学院博士学位。担任过文学院英语系主任、艺术学院批评系系主任、戏剧学院戏剧批评系系主任、艺术研究院院长等职。拉蒂芙以 1960 年出版的自传性小说《敞开的门》一举成名，家喻户晓。1981 年萨达特时期遭到政府监禁，后释放。这段经历在她的自传《调查运动：个人书简》中有详细记述。1996 年获得国家颁发的国家文学荣誉奖，当年病逝。

　　③ 纳瓦勒·赛阿达薇（Nawāl as‐Saadawī），埃及当代著名的女作家，女权主义者。1931 年出生于埃及尼罗河三角洲，毕业于开罗大学医学院，曾获纽约哥伦比亚大学医学心理学硕士学位。行医生涯为其女性主义写作提供了丰富的第一手资料，1969 年发表论著《妇女与性》，因大胆涉及宗教和性别压迫问题，被解除官职，该书遭到查抄。后因参与社会、政治运动遭到过监禁。出狱后转到大学从事女性医学和心理研究，并投身于文学创作。1973 年以出版中篇小说《冰点女人》而一举成名，该小说被译成英文。之后，她又写了《女子监狱回忆录》（1982）、《我的人生书简》（三册，2000）两部自传作品。其中《我的人生书简》译成英文后缩为两册，取名为《伊齐斯的女儿》（*A Daughter of Isis, The Autobiography of Nawal El Saadawi*, 1999）和《火中穿行》（*Walking Through Fire: A Life of Nawal El Saadawi*, 2002），影响深远。

　　④ لطيفة الزيات، من صورة المرأة في القصص والروايات العربية، القاهرة، دار الثقافة الجديدة، ١٩٨٧، ص٥٠ وص ٧١.

年》（*al - Shaykhūkhah*）的一个中心主题。她对个人与整体以及个人与政治、生活与艺术等关系的关注则成为其第一部长篇小说《敞开的门》（*ash - Bāb al - Maftūh*，1960）的主题（有不少评论家认为该部成长小说带有强烈的自传性），而且也是她晚年自传《调查运动：个人书简》（*Hamleh at - Taftīsh：Awrāq Shakhsiyyah*，1992）的重要主题。

"没有任何东西可与政治分离，甚至爱情也是如此"这一观念也是贯穿于赛阿达薇的虚构和非虚构写作的永恒母题。她在诸如"概观我这一辈子"（An Overview of My Life）和"女性在埃及的成长"（Growing up Female in E-gypt）等文章中，记录了父权制社会政治对其各个人生阶段的影响。在《我的环球旅行》（*My Travels around the World*，1986）一书中，她记录了20世纪60年代至70年代之间她所到国家的印象，集中揭露了各地具体的社会文化、经济和政治问题，尤其是那些与妇女有关的问题。在该书中她抨击了美国的种族主义，体察斯堪的纳维亚地区"冷漠和永久的中立立场"，揭示了"英国殖民主义继续在非洲秘密推行"的存在。在《女子监狱回忆录》中，她详细叙述了她的囚禁经历和对压迫势力的反抗。该书反映了"从最隐私的个人揭露到最严厉的历史批判"①的女性主义立场，被看作是对第三世界女性政治参与以及流放、抵抗记忆的叙述。

二　阿拉伯女性自传在性别和叙事策略上的双重挑战

阿拉伯女性在从传统文化环境中走出来、向发现自我的目标挺进的过程中，首先遇到的问题是性别带来的对传统思想的挑战，即妇女的性行为及其控制。赛阿达薇和拉蒂芙·齐雅特作品中有关作家本人与作品中主人公的性别问题是评论界乐此不疲、大做文章的焦点，凸显了阿拉伯女性作家与评论界就性别问题带来的紧张关系。

叙利亚作家、翻译家、文评家乔治·塔拉比什（Georges Tarābīshī）曾撰文谴责赛阿达薇在她的四部小说女主人公身上显示出了自我身份，并批评

---

① 博伊斯·戴维斯（Boyce Davies）语，他是美国康纳尔大学非裔女性文学、比较文学教授，出版了《非洲女性、写作、身份》、《作为学者的加勒比女性作家：想象力、理论化、创造性》等著作。

赛阿达薇与她小说女主人公一样患有神经质①。赛阿达薇对这种评论加以反驳，并对文学批评沦落成对她本人的人身攻击局面感到十分遗憾：

> 我完全相信，如果小说出自男性作家之手，塔拉比什不会觉得有必要将作家身份与其小说主人公对号入座。这就是女性作家要面对的问题之一。我出版了许多关于女性生活的书，每部作品都会有评论家认为，该部小说的主人公就是作者本人——我的化身。②

看来，阿拉伯女作家们首先必须学着创造适当的女性话语（feminine discourse）和叙事策略来应对男权社会对她以及她作品中女主人公的评头论足，继而应对对作者本人女性身份的挑战。

事实的确如此。19 世纪末 20 世纪初阿拉伯女性文学才初展头角，当时的女性作家们还没有具备太多的创作经验和文体策略，还未能够将她们的个人经验巧妙地织入文学艺术形式中。此后的几十年中，女性作家们开始学习创作策略，建构女性话语体系。③ 她们的创作遭到一些评论家的责难，这种非议甚至来自于女性本身。美国印第安纳大学的英语和女性研究专家苏珊·古巴尔（Susan Gubar，1944—）教授认为，从历史角度看，女性是艺术的客体，一直没有获得代表自身发言的主体权利，因此女性与创造力的关系存有质疑。她还认为，一方面，由于迫切希望通过写作来表现其真实生活状况，女性作者会更倾向于使用个人化表达形式，如日记、回忆录、书信，以展现她们的自我个性，这不免有些自恋；另一方面，由于分不清艺术和生活的界限，她们会把个人生活像艺术作品一样拿来展示，从而造成作者将自我化身为供人阅读的文本④。

---

① جرجي طرابيش، أنثى ضد الأنثى: دراسة في أدب نوال السعداوي على ضوء التحليل النفسي، بيروت، دار الطليعة، ١٩٨٤. 这部著作于 1988 年译成英文，在伦敦萨奇出版社出版。这里指的赛阿达薇的四本小说是：《一位女医生回忆录》、《冰点女人》、《双面女人》和《一位缺席者》。

② جرجي طرابيش، أنثى ضد الأنثى: دراسة في أدب نوال السعداوي على ضوء التحليل النفسي، بيروت، دار الطليعة، ١٩٨٤، ص١٩٠.

③ سوسن ناجي، المرأة في المرآة: دراسة نقدية للرواية النسائية في مصر، القاهرة، دار العربي للنشر والتوزيع، ١٩٨٩، ص١٦٧-١٦٨.

④ Gubar, S., "The Blank Page" and the issues of Female Creativity, in Abel, E., ed., *Writing and Sexual Difference*, Brighton, Harvester Press, 1982, pp. 77—81.

　　拉蒂芙·齐雅特驳斥了古巴尔的上述理论，认为在自己的创作中，情况并非如此。她深信自己并未把生活当成艺术品来展示，"我从未把生活和艺术混淆不清"①。她说，许多女作家像许多男作家一样，在创作作品中，将自我作为一个主体，但"创造性"和"非创造性"的重要区别在于这个"自我"如何被使用，目的如何。她认为，这要看"私人"经验是否只是具备私人和个体层面上的意义，还是提升到普遍和非个人层面上，或是深化到艺术美学层面，读者从中可以获得关于生活的普世的真知灼见。拉蒂芙·齐雅特深刻意识到女性创作中的重要一点就是：如何把个体的经历——这是任何一部作品的基础和创作源泉——提升到探索普遍人性的艺术形式层面。她强调说，自己在小说写作过程中始终坚持的是：

　　　　我是笔杆子，不是笔下文……在使用我个人经历之处，我做了修改并订正。这样……素材成为主题框架下的一个单元，化私人的为公众的、将个人的转为一般的。②

　　而赛阿达薇宣称，她作品的主人公的生命历程伴随着一场道德的、政治的和社会的抗争。为了使她的作品成为挑战男性主导文学的媒介，她必须在她的作品中创造适当的话语和叙事策略。因为女作家和女主人公必须抵制世代相传下来的作为女性需遵从的成规以及既定的话语体系。

　　女性自传写作表明，一个女性无法作为完整独立的个体来体验自我，是因为她知道自己是如何被男权统治文化所定义的。在探究自我身份的过程中，她一方面总是通过分析别人眼中的她来看待自己，她成为了社会文化的客体；另一方面，为了"书写"自我，她必须努力去找到自己的主体性。这种与既定社会文化的疏离感和由此产生的抵抗性正是促使女性作者进行自传写作的动机。

　　对于性别界限导致的女性与传统的疏离，英国社会女性主义理论家、作家希拉·罗博森（Sheila Rowbotham）有过中肯的解释。她认为，传统文化

---

①　لطيفة الزيات، ضد الأدب الذكور، القدس، لندن، ٢٦ إبريل، ١٩٩٠، ص٦.

②　لطيفة الزيات، حول الالتزام السياسي والكتابة النسائية، حوار مع لطيفة الزيات، قامت به المجلة المصرية "ألف"، العدد ١٠، ١٩٩٠، ص١٣٤-١٥٠.

对女性的再现不仅导致了女性对传统定位的疏离，而且导致女性新的自我意识的觉醒，进而导致女性双重自我的分离：一是定义于男性所主导的文化中的"自我"；二是试图超越这种文化描述而重建的"自我"①。这种分离和错位一方面促使女性努力寻找一种女性话语来表述自己全新的、陌生的体验；另一方面意识到自己总脱离不开被传统文化所定义而造成的失语。这使得她们寻找话语的过程总是骑跨于"两个自我之间"。"两个自我"也正是赛阿达薇的小说《双面女人》的主题。寻找话语的过程便是她们不断探索、建构自我主体的过程。要实践女性完全的、独特的自我主体的考验，意味着在不断创新的空间疆域中实现自我认同。这里的"空间"概念是一种隐喻，它暗喻自我主体在向内、向外的抗争过程中裹挟着不断创新的复杂的叙事策略去建立"漂移不定的、无边无界的场"②。这种独特的"自传主体"正是美国小说家、艺术家阿娜伊斯·宁（Anais Nin）所描述的实体："我从未给自我的实体画地为牢，我只感觉到空间……我感兴趣的不是自我的核心，而是这一内核走向多元、扩展到无限的可能性，以及它的分散性、柔韧性。"③

　　由此，我们发现，女作家在写作中建构女性话语本身便与政治和社会文化紧密联系在一起，甚至女性写作将超越个人和政治的藩篱，投向更广阔的人性领域，探讨女性作为"人"之存在，其生命意义的内涵。正如弗吉尼亚·伍尔夫对女性写作所说的那样：

　　　　女性生活中日益壮大的非个人性将激励诗歌的精神，在诗学领域中女性创作性仍非常薄弱。这将促使她们不再满足于以敏锐的洞察力记录观察到的一切细枝末节。她们将目光超越个人和政治的关系投向更宽广的方面，在那里她们试图解决关乎我们命运和生命意义的问题。④

---

　　① Susan Stanford Friedman：Women's autobiography selves：theory and practice. in Sidonie Smith & Julia Watson（ed.）Women，Autobiography，Theory，The University of Wisconsin Press，1998，p. 77.

　　② 唐岫敏：《论自传中自我叙事的主体身份》，《浙江师范大学学报》（哲学社会科学版）2009 年第 1 期。

　　③ Anais Nin，The Diary：Volume One，1931—1934. Gunter Stuhlmann（ed.）. New York：Harourt Brace Joanovich，1966，pp. 200—201.

　　④ Virginia Woolf，"Women and Fiction"，in Collected Essays，Vol. 11，ed. Leonard Woolf，London，The Hogarth Press，1967，p. 147.

巴勒斯坦女诗人法德娃·图甘在阐释自己的女性主义观时也认为，女性应该以独特的叙事方式参与总体的民族文化的构建，改善女性的生存状况并不是女性文学斗争的唯一目的，女性创作的最重要目标是改良整个社会的政治、思想、文化状况。她始终认为女性的解放和整个社会的解放是分不开的。

那么如何理解像赛阿达薇、齐雅特、法德娃·图甘这样的女作家及其作品、作品的叙事策略，以及在作品中要建构的自我呢？笔者以为，当我们在读她们的作品时，不能将她们的虚构和非虚构作品分离开来看。因为，读者不难发现她们这些虚构和非虚构作品的互文性，这些作品与其说是叙事者有关自我过往生活的经历、童年故事的回忆，不如说是作者在自我女性意识逐渐觉醒驱动下的自传性表述；我们不能将这些作品孤立、单纯地看成是某种特殊的文体，将它们界定成虚构作品，或自传，或成长小说，而应该看成是一种具有互文性的混合文体。

下面，笔者以齐雅特作品和赛阿达薇的作品为例，尝试从她们的叙事策略中感悟女性作家在自传性作品中体现的政治、艺术诉求以及主体的建构。

三 齐雅特作品的互文性与政治诉求

齐雅特小说作品和自传的互文性是读者理解这位埃及女作家叙事策略和写作意图的必要方式。埃及著名文学评论家法鲁格·阿卜杜·卡迪尔（Fārūq Abdu al – Qādir）指出，齐雅特的长、短篇小说中存在着明显的自传元素，认为小说文本中投射出的作者形象，既有"找寻自我的主体形象"，也有"作为找寻对象的客体形象"[1]。作品中主要人物都与作者具有相似性：作者本人的亲身经历显然为其故事提供了素材。最为明显的例子是《烛光下》里的主人公。该主人公在 1960 年发表了长篇小说处女作之后陷入了创作困境，而齐雅特本人在 1960 年发表《敞开的门》之后也遭遇了类似的困境。

---

① فاروق عبد القادر، ضوء الشيخوخة يسكن على أرض الماضي، أوراق من الرماد والجمر، القاهرة، دار الهلال، ١٩٨٨، ص٨٥.

　　拉蒂芙·齐雅特在小说作品中始终都在借助个人形式并大量使用"第一人称"叙述手法。在其短篇小说集《暮年》中，主人公们经常使用自传式个人叙事形式作为超越自身局限的手段：通过虚构的写作行为来重新定义个人价值，重申个人身份。其中，与小说集同名的短篇小说《暮年》，其主人公把重读她过去各个时期所写的日记、书信看作是叙述的前言，然后以否定性、破坏性话语重构她的言词体系，借以否定原来的自我。当主人公重读昔时日记时，说道："我必须在稿纸上重新面对一次自我。"① 她提笔书写的过程，正是通过个人的历史回顾重新解读自我的过程：写作过程使她重拾自我意识。在该小说集的另一篇小说《开始》中也是如此。文中叙事者回顾、重写她的个人回忆录，创作了自传体短篇小说，来实现自我人生态度和情感的重新界定。短篇小说《书信》的情形也很类似，作品中叙事者通过一封信的写作过程超越了自我。

　　齐雅特运用这种自传性的个人叙事策略有其艺术目的。在她的作品中，成长和认知的发展来自对身份冲突的写作、梳理、修改、重新认识。齐雅特认为，这种身份冲突给女性造成了混乱：尽管能够感知到自我的主体性，但同时又被要求把自我作为客体来认识。作品中的主人公们通过写出自己的生活经历，实现了对伪客体意识的投射和转移，通过写作将伪客体转移到真实客体——文本——之上。文本好比是一面镜子，投射出来的镜像是"他我"。个人叙事形式（如回忆录、日记、书信）的混合使用也有其特殊用意：造成行文在形式和结构层次上随处可见的混乱、破碎效果，从而反映出女主人公们意识分裂的心理状态，在反理性和反统一性的过程中，重新建构女性自我话语，进而才能把写作过程中发生的照亮一生的"自我发现"这一关键意识凸显出来。② 例如，在小说《开始》中，从"身体与文本统一性的丧失和重新发现"这一作品主题来看，它反映了作品中女主人公丧失原有

---

　① 　لطيفة الزيات، الشيخوخة، القاهرة، دار المستقبل، ١٩٨٦، ص٤٧.

　② 　这一点可参见：

　لطيفة الزيات، حول الالتزام السياسي والكتابة النسائية، حوار مع لطيفة الزيات، قامت به المجلة المصرية "ألف"، العدد ١٠، ١٩٩٠، ص١٤٠.

　　另外，开罗艾因舍姆斯大学文学院拉德娃·阿舒尔（Radwā 'Ashūr）教授也指出，齐雅特的这种碎片式的叙事风格与多丽丝·莱辛在《金色笔记》里采用的日记和回忆录杂糅的风格很相似，其意图在加强文本的碎片化。齐雅特本人也承认自己受到莱辛的影响。

的理性和统一性的意识状态，同时也引领读者对理性和统一性的再认识。齐雅特频繁使用的"第一人称"叙事形式有助于将读者深深带入阅读过程，也正是作者的写作过程，促使读者不但对作者的身份与作品本身进行思考，也对自身价值和身份进行审视。

伦敦大学名誉教授、女权主义评论家、理论家科拉·卡普兰（Cora Ka-plan）① 在谈到女作家写作时说："由于发现进行自我表达十分困难，女性写作中很大比例是关于女性话语权的。"② 齐雅特在作品中塑造的主人公女作家的形象可以看作是她本人要求话语权的一个体现。其小说主人公的写作行为与其本人的小说写作行为之间存在着紧密的关联性。苏珊·古巴尔教授也认为，很多女性作家把其身体用作其艺术的唯一可用载体，因此创作的体验就犹如经历身体的伤痛，正如女性笔下常见的一个比喻"流血成文"（bleeding into print）③。有关"血"和"女性身体"的比喻和意象在齐雅特作品中十分突出，并且与写作过程相关。齐雅特喜欢使用"胎儿依附"、"分娩"等意象来说明女性写作与文本的关系。如在《暮年》一文中，作为叙事者的女主人公把自己的写作称为"稿纸上的分娩"④。

齐雅特的比喻，其意义不止于将创作表现为身体的伤痛，它还呼唤人们对女性在生理能力之外的繁衍潜力进行再认识。"再生"不是通过女性的身体而是借由作品文本来完成。齐雅特的女主人公们正是在文本中完成心智上的自我再造：写作因此成为女性心智和创造力的象征，可以重塑身份，改变命运；也象征了女性有能力重获主体地位，重新发现自我。通过写作，女性遭受的心理压迫得以释放：写作引导她的女主人公们在语言和身体上形成一种新的关系，将她们自身重新插入一种自定义的语言中。所以，通过写作，她的女主人公们成为意义的制造者而非意义的承载体。这种积极的、富有行

---

① 科拉·卡普兰（Cora Kaplan），伦敦大学名誉教授、女权主义评论家、理论家。她的作品集中表现 18 世纪后期英国女性的美学和政治，以及 20 世纪女权主义的小说和电影。

② Kaplan, C., "Language and Gender", in Walder, D., ed., *Literature in the Modern World*, 1990, Oxford, OUP, 1991, p. 312.

③ Gubar, S., "The Blank Page" and the issues of Female Creativity, in Abel, E., ed., *Writing and Sexual Difference*, Brighton, Harvester Press, 1982, p. 78.

④ لطيفة الزيات، الشيخوخة، القاهرة، دار المستقبل، ١٩٨٦، ص٤٧.

动力的叙事姿态和策略构成了齐雅特作品的总特征。

在自传《调查运动：个人书简》开篇时，齐雅特反而没有用第一人称叙述，而是借祖母之口以"第三人称"讲述了她威严的父亲年轻时放荡不羁的经历。在该部自传中，作者将其生活经历分成两个部分：一部分围绕着父亲的经历、兄弟的死亡、自己对政治的热忱和参与、青年时代的成长、离婚并失去住所等几条线索展开；另一部分则以其自我的写作生涯为中心，时间追溯到她于1981年在格那梯尔女子监狱坐牢。纵观自己的一生，齐雅特觉得这样划分有其重大意义，作者没有把自身再现为一个"完整的"、"连贯的"自我，是因为她把一生都用来努力"聚合被割裂的一切"，包括在个人/心理层面、在社会/政治层面上的割裂。这一点和《烛光下》中的女主人公完全一样。这位主人公笔下的自我是一个以发现自我与整体的关系为最大乐趣的人。这也是《敞开的门》中女主人公莱拉参加政治活动的推动力量。

而在谈及自己与社会、政治运动的关系、政治将个人分离、摧毁个体存在的完整性时，她也用了"第三人称"的叙事手法描述自己的经历：

> 直到被关进亚历山大监狱，她一直是个"政治人"。对她来说，社会一般舆论高于个人看法，普遍关注的问题大于个人关注的问题。她选择嫁给她到大学工作后不久认识的一个同事而不是她所爱的人，仅仅是不想因此而脱离在她看来是必不可少的政治工作。[①]

经历了六个月孤独监禁的生活后，她感到自己的一半生命已完全毁灭，另一半也已奄奄一息。她说，躯体内的那个女人在寻求：

> 报复的机会，报复，为她长期不能成为完整的个体——一个既高度社会化又极端个人化的存在物。所能肯定的是，正是这种分裂，才是造成她一生中相当长一段时期内无所作为的一个原因。[②]

---

① لطيفة الزيات، حملة التفتيش، أوراق شخصية، القاهرة، دار الهلال، ١٩٩٢، ص١٤٦-١٤٧.

② 同上书，第147—148页。

　　齐雅特以"第三人称"的叙事手法，与体内的那个自我对话，或与遥远过去的那个"自我"对话，在时空上获得了距离感，从而使叙事者具有相对理性的审视姿态，由此达到了作者通过自传叙事策略在文本中重新建构一个完整的、统一的自我之目的。

　　自传中，她再现了自己在婚姻中、在离婚后、在虚伪的价值理念下的不断挣扎。这一点她在短篇小说《暮年》中称之为"游戏"——逃避作为男性的"他者"的命运、拒绝自我意识灭绝的"游戏"①，或在《烛光中》称之为"活着的谎言"②。但由于缺乏对"游戏"本质的认识，作品中的女主人公们看不清自我的真实想法和欲望，在精神和心理方面处于麻痹瘫痪状态。而作者认为她的第二次婚姻正处于这种状态。在自传中她这样描述自我的麻痹和迷失：

　　　　又一次，我朝第二任丈夫大喊："我恨你。"并当着他的面摔门而去。不过那只是刚开始跟他生活的时候，之后我还是在他那里迷失了自我。我的存在悬于他的一句话、一个眼神……再后，我戴上面具，伪装自我，假装成文明规矩的样子……之后，我的生活被拖进他监禁我的条条框框中。③

　　齐雅特的生活侧面在《暮年》文本中也有体现，比如作品中女主人公们与丈夫的疏离。齐雅特在评论性文章中这样论述道：

　　　　在阿拉伯女性文学叙事中，独立于男性之外的"女性"是不存在的，她只有在和一个男性有了关系后才能存在……对男性而言，女性只是他者，不是一个独立的自我，也就是说是男性外在的一个物体。④

---

① لطيفة الزيات، الشيخوخة، القاهرة، دار المستقبل، ١٩٨٦، ص٥٢.

② 同上书，第101—103页。

③ لطيفة الزيات، حملة التفتيش، أوراق شخصية، القاهرة، دار الهلال، ١٩٩٢، ص٦٩.

④ لطيفة الزيات، من صورة المرأة في القصص والروايات العربية، القاهرة، دار الثقافة الجديدة، ١٩٨٧، ص٣٩.

作者在自传中指出，正是她与丈夫在政治上的分歧，导致她不相信自我和自我的欲望①。短篇小说《书信》的叙述者也在寻求自我发现的传奇，她以写作为手段来实现这一目标。

实际上，齐雅特的大部分短篇小说中的叙事者都是通过写作发现她们自我对生活的态度。齐雅特承认她本人也是如此。② 这些女主人公们重复使用这一特定策略，使读者联想到她们是"同一人"，而这"同一人"或许就是作者齐雅特本人。不过，尽管都与作者本人的经历有相似之处，齐雅特各短篇小说却并非是其个人生活片段性或局部性的展示。女主人公们也许做法相同——将自我转化成文本并借此发现自我的特性，但这并不等于说她们的自我特性与作者的自我特性完全是一致的。

《烛光下》的叙事者曾说，她"年轻时以实际行动争取社会变革。作为女性，她的行动就是写作"③。齐雅特也是如此。从其自传可以看出，她是一个热衷于政治的人：11 岁，目睹了反西德基帕夏的游行示威后，仿佛一夜成人，并产生了政治意识。这次事件与阿巴斯大桥事件④给她很大震动，促使她萌发了强烈的寻求社会变革的思想。像她笔下的主人公一样，齐雅特也因此转向写作——只是把学生时代的激进政治主张转化成性别政治/文本政治，以谋求改变人们对女性的看法。她通过文学批评和对自己作品风格、主题、政治主张的把握，去质疑盛行的偏见。她还进一步通过对主题的选取和处理，从个人层面走向社会层面，从特殊走向一般：在《敞开的门》一书中，女性政治解放的主题与爱和自我价值实现的主题紧密相连。齐雅特认为，像《敞开的门》这样的小说"在今天是不可能有的，因为它所赖以存在的政治统一的氛围已经

---

① لطيفة الزيات، حملة التفتيش، أوراق شخصية، القاهرة، دار الهلال، ١٩٩٢، ص٦٥-٦٧.

② 见题为《一个人的事业》一文（阿文版）。该文是 1994 年 3 月 31 日开罗《金字塔报》记者对拉蒂芙·齐雅特的采访。

③ لطيفة الزيات، الشيخوخة، القاهرة، دار المستقبل، ١٩٨٦، ص٩٦.

④ 1946 年 2 月，埃及大、中学生在开罗举行反对英国占领和法鲁克国王的大规模示威游行。2 月 9 日，当游行的队伍通过市中心的阿巴斯大桥时，遭到英军和埃及军警的血腥镇压，死伤 50 余人。阿巴斯大桥惨案激起了埃及全国人民的极大愤怒，全国各大城市相继举行反对英军暴行的示威游行，亲英的诺克拉西政府倒台（详见纳忠《埃及近现代简史》，生活·读书·新知三联书店 1963 年版，第 218 页）。

消散，今天意识形态和受众阅读心理也已大大改变"①。

　　齐雅特短篇小说中的主人公们通过写作来重新定义女性与语言的关系，从而摆脱以自我牺牲为中心的传统女性意识，重新找到"自我"的主体性。齐雅特也是以写作（包括短篇小说和自传写作）来恢复"完整"性——完整之自我、完整之女性、完整之人生。在自传中，她寻求展现"完整人"所应具有的不同侧面，既关注其个体独特性问题又关注其所代表的女性一般性问题，并把二者互相联系起来。从这方面看，她的一些短篇小说与她的自传在结构上具有相似性和互文性。因为正是这一点把她本人与她的创作紧密联系在一起。与她短篇小说类似，其自传的大量片段事件也没有按照时间先后顺序由远及近安排，而是围绕现在的写作时刻做取舍。她以"自传"之名创作的《调查运动》这一文本，其间还穿插着其文学创作、小说构想、日记等，从而又一次模糊了不同写作类型的界限，排斥和拆解了文本/自我的人为边界，就像《暮年》中的情形一样。这种对边界的排斥也体现在其自传中交替使用第一人称和第三人称这一叙事手法上，而这一做法使叙事者身份的连贯性遭到质疑。她的以零散碎片拼成的自传，并不追求勾画人生全景或者展示人物全貌，而仅对其中更为重要的时刻或侧面加以呈现。自传中展现的自我是片段性的，寻找着那个虚隐脆弱、不确定的完整自我。因为这个自我自始至终都在努力寻找平衡。

　　齐雅特短篇小说和自传描述了个人，写到了特例，也意识到这种个人特例与社会一般的关系。这一点她说得很清楚："我和很多阿拉伯女性作家所关心的，是国家的全体人民，是整个埃及的阿拉伯人的特性。"② 这里不仅个人的即是政治的，而且政治也是个人成长中不可分割的组成部分。对于与第二任丈夫婚姻失败的原因，她的体悟是"政治取向在我们的性情和观点中的作用远大于我们的想象"。③

　　为最终阐明个人生活与政治生活之间的关系，她进一步写道：

---

① لطيفة الزيات، حول الالتزام السياسي والكتابة النسائية، حوار مع لطيفة الزيات،قامت به المجلة المصرية "ألف"، العدد ١٠، ١٩٩٠، ص١٤٣-١٤٤.

② 见拉蒂芙·齐雅特一文《反对男性文学……反对女性文学》，载于《耶路撒冷报》，伦敦出版，1990 年 4 月 26 日第 6 版。

③ لطيفة الزيات، حملة التفتيش، أوراق شخصية، القاهرة، دار الهلال، ١٩٩٢، ص٧٢.

如果不是因为 1973 年 10 月 6 日①，我可能根本不会有写回忆录的想法，或者说不会有做任何事情的欲望。我清楚，随着时间的推移，过去参加政治活动的经历已经变成我行事和情感体验的方式。这使我避免了一些个人错误，没有遭遇埃及所遭遇的政治挫折。

"什么也别想毁掉我，"我说，那时我刚摆脱第二次婚姻。

"什么也别想毁掉我，"我说，那是在 1967 年的挫败让我捶胸顿足地喊了几个月之后。②

齐雅特作品中，个人与政治、特殊与一般之间的张力始终存在，将二者联系起来是她永远的追求。这一点不仅体现在她的艺术创作上，也贯穿在她生活的过程中。离婚后，她写道："我竭尽全力……对我的婚姻经历进行一番客观的考量，把一般性和特殊性联系起来。"③ 在一次接受《金字塔报》记者采访时，她说："要走向成熟、走向自我和解，就必须把私人与公众两个领域统一起来。"④ 她的自传正可以看作是这样的一次尝试。自传中她不仅仅是个作家，还是评论家、囚犯、学者、儿童、成人、政治活动家，从而使她的一生具有真实性、完整性，不只有公众一面或私人一面，而是作为两个方面互相联系的一个整体。齐雅特提出的"个人政治"要求我们，只有站在事物不可二分的角度，站在自我和语言基本关系的层面，重新考量"自我"这一概念时，才有希望使社会中的每一个个体行动起来为社会带来根本性的变革。要具有完整性就意味着抛弃"非此即彼"的二元论思想。二元论只能使被描述的综合体的两面都受到削弱。我们要做的是，必须找到新的、包容性的语言，找到个人生命能够完整展现的第三空间。

---

① 1973 年 10 月 6 日，埃及和叙利亚向以色列发动了军事进攻，第四次中东战争（也称"十月战争"、"斋月战争"、"赎罪日战争"）爆发。通过这次战争，阿拉伯国家打破了以色列"不可战胜"的神话，增强了阿拉伯民族的自信心。——笔者注

② لطيفة الزيات، حملة التفتيش، أوراق شخصية، القاهرة، دار الهلال، ١٩٩٢، ص٩٢-٩٣.

③ لطيفة الزيات، حملة التفتيش، أوراق شخصية، القاهرة، دار الهلال، ١٩٩٢، ص٧٣.

④ 见题为《一个人的事业》一文（阿文版），该文是 1994 年 3 月 31 日开罗《金字塔报》记者对拉蒂芙·齐雅特的采访。

四 赛阿达薇自传的叙事策略及其主体建构

如前面所述，对性别的挑战是女性自传主体建构的出发点。在《我的书简》（以下简称《书简》）中，赛阿达薇首先坦言自己从小所遭受的性别压抑——"作为女儿身，生于一个仅需要男性的世界"的痛楚："这种意识，这个事实，如一股寒颤穿遍我的身体——黑色的颤栗，如死亡的黑色。"①

性别压抑造成的反抗精神在童年时期就显现出来。由于经常在马路上快跑和骑车，赛阿达薇被祖母斥为"比家中的任何一个男孩都难以管教"，被姨母教训说"只有玩布娃娃的才是好女孩"。她对姨母家中的少年女仆因遭受性侵犯而怀孕并被解雇的结局深感愤懑和不平。她最讨厌学校放假，因为那时的她只能被囚于屋檐下的方寸之地。她渴望冲出男人们所统治的家庭牢笼，过上自由放飞的新生活。

在青少年时期，这种反抗精神体现在与当时的教育理念发生冲突和提出挑战。如在女子中学，她成绩优秀，却因为提问"天堂是否有纸和笔"这样的古怪问题被语文老师赶出课堂；因为编写一个少女未婚先孕的悲剧并组织演出而险些被校长勒令退学。在开罗大学，她思想活跃，是男生们讨论学生运动时被通知参会的唯一女生；她在关键时刻所发表的言论让持各种主张的男生们心服口服。

继之，"反抗"的舞台转向社会，体现于个人蓝图的建构与实现。毕业后，她自愿回老家担任乡村医生。在积极为乡亲们解除身体上病痛的同时，与当地父权主义展开斗争，试图将可怜的村姑玛斯欧黛从丈夫的家庭暴力下解救出来。她内心深处蕴含着浓厚的英雄情结，"爱国"、"牺牲"、"战场"、"危险"等字眼对她有一种天然的吸引力，甚至梦见自己扮成女英雄，像阿拉伯古代女诗人汉莎那样口吟诗篇，像身披盔甲的骑士那样冲锋陷阵，解救饱受压迫的芸芸众生，开辟理想的新世界。

作者在自传中对从性别压抑到个性叛逆的自我剖析，与其说是一种回

① Nawal El Saadawi, *A Daughter of Isis*, *The Autobiography of Nawal El Saadawi*. trans. Sherif Hetata. London & New York: Zed Books, 1999, p. 52.

忆和诉说，不如说是一种探寻自传主体身份的努力，由此建构了"反抗性自我"的主体。赛阿达薇将写作作为寻找自我生存意义的武器："我用它来抵抗来自一国统治者、来自家庭内部父亲或丈夫的专制体制。写下的文字成为我对以宗教、道德或爱的名义所施不公的抗议。"① 通过写作，"我让自己的同胞姐妹开口说话，让自己体内沉默的孩子通过白纸黑字来表达自我"②。

似乎为了回应阿拉伯社会主流文化对自己的认知——"世俗女权主义的宗师"③，避免活生生的自我主体被符号化，赛阿达薇在《书简》中花了大量笔墨来揭示"我"与他人的关系。她坦言最难下笔的其实是所谓的私密关系的揭露，其中包括"性"。但她同时意识到该问题对于揭示"隐匿性自我"是不可回避的。赛阿达薇最终发现"自传寻求揭示隐匿的'我'……自传使我超然于日常琐事之上，发现自己的生命正被一种不同的光芒所照耀……"④。

在赛阿达薇眼里，父亲是个"公正的好人"，是个好丈夫，好父亲，但他一如传统人士那样重男轻女，他望子成龙，虽然女儿的成绩优异，却永远无法弥补他对于儿子学业很差的失落感，这造成了父女间感情的疏离。尽管她与父亲并不亲近，但在她身上总能找到父亲的影子，她在许多方面步父亲的后尘，如像他那样爱国和勤于思考，像他那样热爱阿拉伯文学等。可见她与父亲之间存在着既崇拜又斗争、既爱戴又疏离、既渴望亲近却始终"存在一段永远无法跨越的距离"的复杂关系：作为一位女权主义者，她在与父亲的较量中成长，"父亲"这个角色是传统父权制的象征；随着年龄的增长和父爱的加深，尤其是父亲去世后，赛阿达薇的"隐匿性自我"承认："对父

---

① Nawal El Saadawi, *A Daughter of Isis*, *The Autobiography of Nawal El Saadawi*. trans. Sherif Hetata. London & New York: Zed Books, 1999, p. 292.

② Ibid. , p. 53.

③ 1999 年，埃及著名的《金字塔报》周刊版在赛阿达薇自传英译本之一《伊齐斯的女儿》出版之际以赫然醒目的标题——"'世俗女权主义的宗师'回来了"发表评论文章，见 Nadia Abou Abou El - Magd, Nice girls play with dolls, http: //weekly. ahram. org. eg/1999/446/bk6_ 446. htm。

④ Nawal El Saadawi, *A Daughter of Isis*, *The Autobiography of Nawal El Saadawi*. trans. Sherif Hetata. London & New York: Zed Books, 1999, p. 294.

亲的爱也许是我一生中最伟大的爱……"① 也许我们可以理解为，父亲的死亡最终消除了女儿内心的不平，实现了父女的最终和解。

如果说与父亲关系的陈述道出了赛阿达薇对性别和既定的性别文化由斗争、较量到和解的过程，那么两性之爱反映了她内心主体灵与肉的挣扎。赛阿达薇在自传中回忆了 20 岁时与同窗、自由战士哈迈德·哈尔米的第一次婚姻，因后者不能接受 1956 年苏伊士运河战争失败、终日沉湎于吸毒而宣布婚姻解体；第二任丈夫虽是法律界名流，物质条件优越，但他性格刻板，对妻子的文学创作横加干涉，婚姻最终走向失败；第三次婚姻终修成正果。她与结束了 14 年监禁的左翼人士谢里夫·赫塔特相遇，被对方的英勇果敢和宽容诚恳所打动，结成伉俪。

在赛阿达薇的心目中，只有母爱是至高无上的。这源于生为女儿身的她对同性的深刻同情和对母亲的感激。她回顾自己 6 岁时被迫依照传统接受女性割礼的痛彻腓骨以及初次来潮时的惊惶恐惧，怀念出身贵族却勤俭持家、相夫教子、在厨房和卧室之间终其一生的、早逝的母亲。

上述赛阿达薇"隐匿性自我"的情感揭露是自传主体心灵深处始终渴望"爱"的表达。她一生都试图在这个"被爱和婚姻定义的世界"里，努力寻找"自我认同"和"生活的意义"。赛阿达薇没有刻意为"女权主义者"辩护，但"隐匿性自我"却也道出了"世俗女权主义的宗师"有血有肉的更为真实的一面。

赛阿达薇在写作上找到了"自我认同"："我的自我在写作间呼吸并得以表白。我的笔打破了身体和世界之间的隔离墙。我创造了文字，文字更创造了我。文字是我拥有的一切，而我为它们所拥有。在文字和我之间是一种建立在公平之上的爱的关系，任何一方都未试图主导另一方。"② 显而易见，通过文字，赛阿达薇拥有了一种超凡的力量，一种爱的力量，拥有了语言所能表达和暗示的世界。写作既是她生命存在的方式，也是她存在的意义。赛

---

① Nawal El Saadawi, *A Daughter of Isis*, *The Autobiography of Nawal El Saadawi*. trans. Sherif Hetata. London & New York: Zed Books, 1999, p. 162.

② Nawal El Saadawi, *Walking Through Fire: A Life of Nawal El Saadawi*. trans. Sherif Hetata. London & New York: Zed Books, 2002, p. 16.

阿达薇与文字的关系印证了法国语言学家爱弥儿·本维尼斯特的"主体的地基是在使用语言的过程中建立起来的"① 说法。自传书写使赛阿达薇打破了自我与世界之间的高墙，让自传主体向多元的心理空间漂移、延展，呈现出动态的、丰富的、多元的、流动的特点。与复述她的生活往事相比，赛阿达薇更愿意给我们展示她是谁，或者更准确地说，她怎么成为现在的她。

为躲过国内原教旨主义者将自己列入黑名单的威胁，赛阿达薇被迫旅居美国。当她呼吸着异国自由的空气时，我们看到这位"伊齐斯的女儿"更加丰富和多元的一面。无论走到哪里，她对家乡都有一种自觉的精神认同，她无法割断供养她的"脐带"——尼罗河母亲。身处异国的她魂牵梦萦的依旧是生之养之的尼罗河故乡：古埃及的神祇，祖母的故事，孩提时的乡村，开罗的冬日，昔日的故友亲朋，悲欢交集的往事……此时的她超越了性别、地理、文化、宗教的疆界，把个体生命放在无始无终的、由每一个现实的瞬间组合而成的、通向无限性和永恒性的宇宙天地间："生命之于我，随着手指间笔的移动，随着胸腔呼出呼进的空气，随着我腕表指针的嘀哒向前……此时此刻是从出生到死亡、从虚空的过往到尚不存在的未来的无限瞬间。"②

随着女性自传书写策略的日益成熟和女性主体意识的不断加强，未来女性自传的再现方式与社会伦理规范之间必然朝着彼此包容、协商、和谐、共生的维度发展。

第四节 "种子与岩石的抗争"：图甘的自传《山路崎岖》

巴勒斯坦女诗人法德娃·图甘是阿拉伯自由诗的先驱者之一。1917 年出生于一个政治开明、经济殷实的封建家庭。在 20 世纪 20 年代的阿拉伯社会里，只有少数开明富裕的家庭才会送女子上学。诗人也曾有机会进入女子

---

① Emile Benveniste, *Problems in General Linguistics*. Coral Gables：University of Miami Press, 1971, p. 224.

② Nawal El Saadawi, *Walking Through Fire：A Life of Nawal El Saadawi*. trans. Sherif Hetata. London & New York：Zed Books, 2002, p. 6.

学堂。然而因一位 16 岁男生给她送花示爱被长兄发现，从此被深锁闺房，剥夺了上学权力。后来在兄长易卜拉欣的引导下，法德娃通过自学，完善自身学识与修养，渐渐踏上文学之路。

易卜拉欣是巴勒斯坦著名的诗人，曾任贝鲁特美国大学教授。他对性格倔强又敏感好强的妹妹十分欣赏，给予她父亲般的关爱和呵护。在他的引导下，法德娃走出失恋和失学的精神委顿，开始大量阅读阿拉伯古代经典诗歌并尝试诗歌创作，展露出非同一般的诗歌天赋。在接触了产生于埃及、伊拉克、黎巴嫩等地区的新诗后，法德娃爱上新诗创作，并于 20 世纪 30 年代末、40 年代初在阿拉伯诗坛崭露头角。易卜拉欣的去世对法德娃打击很大。为纪念这位亦师亦友的兄长，法德娃创作了诗集《易卜拉欣的灵魂》和纪念性散文集《我的兄长易卜拉欣》，于 1946 年发表。此外，在她的第一部诗集《孤独的日子》中也有不少诗句提及易卜拉欣。

作为多产诗人，法德娃的诗歌在艺术形式上兼有传统的格律诗和现代的自由体诗，但主要以自由体诗为主。她的诗歌在内容上最明显的特征是充满爱国激情，富有抗争精神。究其原因，一方面受易卜拉欣的影响，另一方面归结于诗人生活的年代正处于民族危亡、反殖兴邦的大背景。作为一位杰出的女性作家，法德娃一生用笔捍卫民族尊严，捍卫女性尊严，批判父权的专制统治，批判社会道德的双重性，揭露阿拉伯女性的悲惨境遇，伸张只有解放妇女才能实现人性真正解放的文化思想，为阿拉伯女性建构话语体系。因此，她的作品体现出强烈的社会使命感，很少有脱离人民、脱离社会的无病呻吟之作。

法德娃的诗歌成就得到了阿拉伯世界、地中海文化圈的广泛认可，获得了多项殊荣，如 1978 年获得了意大利巴勒莫市颁发的地中海银橄榄文化奖；1989 年获得了阿联酋颁发的苏尔坦·阿维斯奖；1990 年获得巴勒斯坦解放组织颁发的耶路撒冷勋章；1992 年获得意大利萨莱诺国际艺术节当代文学奖；1996 年获得阿拉伯世界最杰出女诗人勋章。

诗人在 1985 年发表的自传《山路崎岖》正是她自我奋斗历程的总结。巴勒斯坦当代著名诗人萨米哈·卡西姆（Samīh al－Qāsim）在该自传的前言中这样评价此书："在已逝的伟大作家塔哈·侯赛因的自传《日子》之后，没有哪部自传能够在大胆自白、语言纯正、言辞华美三方面能与法德娃·图甘的自传相媲美"①。

法德娃在自传中详叙了自己童年、青年时期的成长经历；回顾了自己诗歌创作逐步走向成熟的过程；揭露了1948年到1967年间巴勒斯坦一步一步被以色列占领的历史。在这部自传中，她将自己的一生比作山路之行，是"种子与坚硬的岩石抗争的故事"，是"种子与焦渴抗争的故事"（第9页）。1993年，年近八旬的诗人回溯自己的一生，以及巴勒斯坦民族近一个世纪前赴后继的斗争史，不禁嗟叹感慨，再次书写自传《羁旅更艰》，将自己坎坷的一生与巴勒斯坦争取民族独立的曲折历程相映照，表达了自己的政治诉求，显示出文学和历史相结合的艺术魅力。诗人在20世纪80、90年代"弃诗从传"的举动，一方面应和了世纪之交的世界性传记热（参看本书第一章第三节），另一方面与巴勒斯坦当代文学的转型有关。

1967年"六·五战争"的受挫对已经取得国家独立的阿拉伯民族而言，无疑再次走到十字路口。反帝反殖的任务并没有彻底完成，又面临着统一在阿拉伯主义旗帜下的共同体走向何方的问题。与此同时，文学的社会职能越来越发挥着重要的作用。与20世纪上半叶不同的是，1967年后女性作家群体异军突起，而在女性作品中尤以自传性作品居多。尽管这些自传性作品的创作与当时的战争状况密不可分，但是在这些作品中几乎看不到战争风云，既看不到硝烟弥漫的战场，也看不到顶天立地的英雄。女性作家们以细腻的笔触描写家庭里或邻居中某位烈士的音容笑貌，讲述战争给人们带来的心灵创伤，从而形成了一道边缘的却独特的文学景观。"家"在这些作品中，不仅是个安身立命的场所，还是游子的精神依托和灵魂归宿，是民族的根。她们以个人成长史来反思民族传统，批判文化痼疾，从而在寻求个人身份认同的同时，寻求民族的认同感。

下面，笔者从内容和艺术两个层面来分析法德娃自传的特点。

---

① فدوى طوقان، رحلة جبلية رحلة صعبة، سيرة ذاتية، دار الشروق للنشر والتوزيع، ٢٠٠٩، ص٥. 本节随文标出的页码均出自该书，不再另外加注。

一　回忆时间跨度较大

《山路崎岖》中的情节起始于法德娃出生前1913年在巴黎召开的"第一届阿拉伯会议"①和犹太人准备定居巴勒斯坦的"锡安主义"即犹太复国主义运动，截至1967年其兄纳米尔的去世和阿拉伯人在第三次中东战争中的失败，历时半个多世纪，跨度较大。另外，作者将家史回溯至5个世纪之前：

> 众所周知，5个世纪以来，图甘家族的祖先生活在霍姆斯和哈马之间的沙漠里，至今那里还有一座山丘，名曰"图甘山"，那里居住着一群贝都因人。40年前还来到纳布卢斯寻亲，在我家住了几日（第39页）。

在对20世纪前半叶图甘家族和巴勒斯坦种种遭际的陈述中，法德娃首先讲述了倾向于阿拉伯民族主义的父亲因反对英国对巴勒斯坦的托管而遭到流放的事件。从此纳布卢斯便沦为西方殖民者任意践踏的地区：1923—1948年纳布卢斯由英国托管；1948—1949年在阿以战争中一度被阿拉伯人军队攻占，后归约旦成为纳布卢斯省省会；在1967年战争中，被以色列占领。在这个失去民族属性的城市里，作者开始了她早年的启蒙教育。

接着，作者回忆了童年时就读的法蒂玛女校，虽然对学习读音和书写的初始阶段已记不清楚，但当时强烈的求知欲让她难以忘怀。对知识的渴求让她找回失去的自我，那种在家里享受不到的自我价值。

在法德娃童年的记忆里，伯父哈菲兹和哥哥易卜拉欣填补了父爱的缺失，尤其是易卜拉欣。作者用大量笔墨来描述这位兄长，他阳光般的性格和蓬勃的诗情感染和启蒙了作者，使她逐渐走出"失乐园"的幽闭生活，开始从文学诗歌中寻找快乐和希望的源泉。易卜拉欣诗歌中满怀的爱国热情和民族大义也

---

① 1913年6月中旬，青年阿拉伯协会和奥斯曼地方分权党在巴黎召开阿拉伯人代表大会，表明阿拉伯民族族裔组织由分散走向联合。会议反对脱离奥斯曼帝国而独立，但在阿拉伯民族范围的划分上出现分歧。

深深地影响了女作家幼小的心灵，引导她逐渐走向文学创作之路。

自传中作者回顾了自己文学创作的几个阶段，着重讲述了1948—1967年近20年的诗歌创作期，并将它分成两个时期：浪漫主义诗歌创作期和象征主义、现实主义诗歌创作期。前一时期的代表作有诗集《孤独的日子》、《我发现了她》，后一时期的代表作有《紧闭之门》和《夜幕和骑兵》。之后诗人又回归传统韵律诗歌的创作，以期从文化遗产中获得创作灵感，拓宽诗歌发展空间。

20世纪60年代在伦敦度过的两年旅居生活可以说是作者人生的转折点。置身于欧洲文化的经历进一步拓宽了她的创作视野，加强了她对人性的理解，极大提高了她的女性意识。她不满于男性话语占主导地位的主流文化，力图用女性私人话语解构主流文化，以女性独特的叙事方式参与总体民族文化的构建。她以女性问题为切入点，指出阿拉伯国家在社会、政治上的双重标准，认为改善女性的生存状况并不是女性文学斗争的唯一目的，女性创作的终极目标是改良整个社会的政治、思想、文化状况。她始终认为女性的解放和整个社会的解放是不可分割的，"她要在现实世界里获得自己一席合法的地位，就必须放弃自己已有的女性的独立立场而以她所隶属的社会整体的要求阐释世界和表现世界"。正是从这个时期起，作家将女性的命运和国家民族的命运紧密联系起来。

1967年阿以战争以阿拉伯国家的惨败而告终。这对所有的阿拉伯人而言都是极大的耻辱，难以接受的现实。因为那时人们都沉浸在阿拉伯主义战无不胜、政府即将取得全面胜利的狂欢中，却猛然发现阿拉伯军队已经节节败退。与政府和一些男作家们所宣扬的战争"失利"不同，包括法德娃在内的一些女作家勇敢地承认阿拉伯主义的"失败"，并对战争惨败的政治、经济、社会等原因加以深刻的剖析，重新回顾和思考各次战争。相比男作家们着重描写战争前线所发生的战事，女作家们更倾向于将笔端深入战争的本质，探讨错综复杂的社会问题及族群内部的各种矛盾关系，反映普通民众在战争中经历的苦难和他们不懈的斗争，并将女性斗争融入其中。

法德娃从琐碎的日常生活中抽身出来，在被占领区纳布卢斯，积极投身到公众事业中，投身到"抵抗诗歌"创作、爱国报刊和杂志的创建中。这时期法德娃的诗歌讲究传统韵律和现代韵律的结合。

命运多舛，羁旅多艰。回顾半个多世纪巴勒斯坦的斗争史以及自我成长的历程，生存的困厄，感情的创伤，理想的失落，这些郁积在胸的种种苦闷，使法德娃在写自传时欲说还休，她坦言：

> 我从未对生活感到过满足或幸福。它像结果少之又少的一棵树，我一直渴望更大的成就、更宽广的视野。那么我现在为何要写此书，把不尽人意的生活中的种种隐秘幽深公之于众呢？老实说，尽管果实寥寥，但却不乏拼搏之剧烈。（第9页）

在萨米哈·卡西姆看来，法德娃的一生"非同寻常，它见证了凌云壮志和委顿的现实之间巨大的分裂"。（第5页）"当这一行行的文字映入读者眼帘的时候，读者发现自己——甚至他的神经末梢——沉浸在历史的真实和精神的驰骋相混杂的情绪中，经由我们伟大的女诗人法德娃·图甘那轻快、透明的言辞、亲切的辩白传递出来。"（第5页）他评价法德娃的自传写作"带领人们在个人和集体两个层面上走向光明之路、探索之路以及超越之路。启蒙—抗争—超越三位一体担当着重新塑造世界和生活的重要任务"。（第6页）

二　以诗性语言构筑女性自传

在这部自传中，作者以小说的技巧、诗性的语言，绘声绘色、生动细腻地道出了一位感情丰富、命运多舛、受过良好现代教育的女作家的一生。作品不仅是时代的记录册，更是作家的心灵史。诚如作者本人在作品献词中所说：献给那些在我生命中起过作用又消失在岁月长河中的人们。

小说技巧的运用赋予了这部作品在真实与虚构、自我白描和自我想象之间的最大张力。作品的开篇便显示出独特的女性叙事特质：

> 我由母体的黑暗中生出，来到一个还没有准备接受我的世界。母亲在怀我的最初几个月里曾试图把我打掉，几次努力却没能成功。
> 母亲生了十个孩子：五个男孩，五个女孩。当时轮到我时，她不想

再生了。这是我从小听她讲的故事。

怀孕、生育、哺乳的工作让她倍感艰辛。十一岁结婚，生头胎时她还不到十五岁，后来每隔两年半就生一个孩子。

母亲的这片沃土——就像巴勒斯坦的大地——有序地给我父亲生产出几对儿女。

……

子孙满堂，财源滚滚是父亲今生今世炫耀的资本。他希望第五胎生个男孩，但事与愿违，我的出生让他很失望……（第9页）

这样的开篇似乎暗示了作者个性的倔强和对自己生不逢时的哀叹。接下来的表述更加增添了"我这个多余人"的悲剧性：

我的生日迷失在岁月的浓雾中，消失在父母的记忆里。我问母亲：哪怕记得哪个季节？哪一年？她笑着回答：我不记得哪年哪月，只记得我正在做"阿库伯"①，便感到阵痛的来临。（第13页）

似乎"我"的降生是随意播散的一粒种子，无人知道它何处生根，也不知它何时发芽。但这粒种子竟然发芽，悄然破土而出，并在"与坚硬的岩石抗争"中顽强地生存下来。尽管这棵"生命之树结果少之又少"，但她的灵魂"始终向往更大的成就，更广阔的视野。"（第12—13页）

作者用诗性的语言表达出阿拉伯世界的女性来到这世界之艰难，生存空间之逼仄。因为"很难打破那习以为常的成规——那个没有理性的传统，那个将女性放置在无用角落里的传统"。（第10页）"未知将我抛掷在这崎岖山路，我只好从崎岖的路上开始了我的山路之旅。"（第11页）作者通过自传，"渴望超越时空——那个暴虐、钳制、溶于虚无的时间，以及那个家如牢狱般的空间"。（第10页）以便"为在崎岖山路上行走的人点亮一线光

---

①　这是巴勒斯坦人喜欢吃的一道菜。"阿库伯"一词来自古叙利亚语，它是一种野生植物，生长在纳布卢斯山区，每年2、3、4月份是它生长的旺季，人们将它采摘来，刨掉外层的荆棘，便可与肉炖成一道菜。——笔者注

芒"（第9页）。

在描写自己尚未成人之前，偶然与邻居女儿艾丽娅在乡间散步、偷得须
臾自由的喜悦之情时，作者用优美的比喻来表达自己对大自然和自由生活的
热爱：

> 走在小路上，两旁绿树掩映。道路太窄，我们不能并肩而行，我会
> 走在艾丽娅的身后，这种感觉就好像我们来到了另外一个新的世界。挣
> 脱古老的房子里令人窒息的礼制的束缚，呼吸着外面世界自由的空气，
> 让我精神振奋。这种美好的时刻让我禁不住想拥抱周围的一切。我多么
> 希望能将自然界的精灵放在手心里，带回家，和那些小玩物一起藏在枕
> 头下。我愈发地喜欢那条羊肠小道和路边的树儿。置身其中，与周围的
> 一切和谐相处，我深感欢愉。那里的一切都激发了我的好奇心。第一次
> 看到此情此景时，我的想象力受到了前所未有的冲击，我感到阵阵欢
> 喜。抑制不住内心的冲动，想要拥抱这自由的、无拘无束的大自然。如
> 果自由也可被称作放肆妄为的话，我喜欢在树林间这种放肆妄为的感
> 觉。就像襁褓中的婴儿凝视着母亲的面庞，我深深注视着身边的一切。
> （第44—45页）

在描写纳布卢斯镇里那个貌似虔诚实质虚伪的女"谢赫"时，作者用
幽默、恰当的比喻将"谢赫"冷酷、傲慢、变态的性格刻画得淋漓尽致：

> 当时我很想为她服务，比如上市场买点她需要的物品，以赢得她对
> 我的怜爱和满意。她居然吝啬得连一个微笑或慈爱的眼神都不曾给我，
> 她就像一堵寸草不长的冰墙……她像一片沙漠，没有树，也没有水源，
> 她像一个坐在看不见的宝座上的冷面女神。（第25）

在描写自己的初恋和因长兄的干涉而"失乐园"的心情时，作者更是
用诗性的语言表述了自己初恋的美好和对父权文化的痛恨：

> 春天来了，我意识到那个叫做"爱"的情感，那个茧缚着我的存

在直到无尽的情感。

他来了，拿着一束馥郁芳香的鲜花，带走了我的芳心。至今我还能感受到那种气息，每当闻到花香时，那种气息犹如一只无形的手，将我抛向过去，或将过去抛向我。

……有十年的时间，那幅情景历历在目。它在我内心引起了悸动，由这种悸动产生了惊讶，让我终生难忘。它是我内部世界和外部世界的新奇之物，我在初恋的惊讶面前屏住了呼吸。

我的内心充满了那朦胧而奇异的花香，难以名状。心开始融化在充满东方热切情感的歌曲魅力中。从此我爱上穆罕默德·阿卜杜·瓦哈卜①的歌曲。（第53页）

……

我囚禁在兄长优素福为我设定的地理空间里，枯萎，愁闷，几乎不相信所发生的一切。

……

我躲进被窝，以掩盖喷涌的泪水。渐渐地，那种抑郁的情绪越来越浓。有时我进了厨房，站在瓦斯罐前，拿起火柴，但因害怕不能承受身体的剧痛而放弃了自焚。我考虑过比自焚稍轻微些的自杀方式。我常想能不能服毒，可毒药从哪儿来？

……

自杀是我唯一能够行使的个人自由。我想以此表达我对他们的抗争。自杀，自杀，这是唯一途径，是我向家人的暴虐行为进行报复的唯一能力。（第57—58页）

当作者深感自己与传统文化强烈的疏离时，感伤地说：

再后，我把自己幽闭起来，躲进自己的内心世界。虽然仍与家人在一起，然而心已远离。他们无法闯入我的私人世界……我与现世的隔阂越来越大，我越来越沉湎于白日梦。在梦里，我冲破囚禁我的牢笼，独

---

① 当代埃及著名的作曲家、歌唱家。——笔者注

自徜徉在街上，迈向我不知道的世界，遇上爱我和我爱的异乡人。（第
58—59 页）

作者诗性语言的运用在该自传中比比皆是。这一方面源于作家诗人的
气质和女性的气质，这样的表达方式我们在男性自传里鲜有发现；另一方
面显示出阿拉伯现代自传在表达上突破历史叙事的藩篱，向文学叙事迈进
的趋势。

三　将纪实文体嵌入唯美的文学叙事中

如前所述，诗性语言和小说技巧的运用是法德娃该部自传最鲜明的艺术
特色，使她的回忆性叙述成为一部"品味高雅的文学作品"（尼卡什语）。
仔细阅读该自传，读者还不难发现，纪实文体的嵌入赋予了作品的真实性和
文献性。作者将唯美和纪实统一于作品中，增加了自传文学的可信度。

比如，作者讲到自己 1917 年出生时的历史背景时，节选了巴勒斯坦已
故的共产运动领袖、历史学家伊米勒·图马的历史著作《巴勒斯坦问题的源
起》一书中的表述：

是时，英、意、法殖民者瓜分埃及、利比亚等北非地区，阿拉伯奥
斯曼帝国已成为法国和英国的猎物。随着民族主义运动的兴起，阿拉伯
人开始凝聚起来，在帝国各处建立社团，为争取权利而斗争。1913 年 6
月巴黎召开的阿拉伯第一次会议阐明了一个事实，即阿拉伯民族主义运
动已落入奥斯曼帝国的框架里，没有出路，因为欧洲帝国主义分子遏制
了奥斯曼帝国。（第 17 页）

在这段节选后面，作者写出了该表述的出处：伊米勒·图马博士著的
《巴勒斯坦问题的源起》一书，第 90—91 页。这一纪实性的表述方法加强了
作者出生时所处环境的真实性，继而马上引出自己出生时的背景，当时有
着阿拉伯民族主义倾向的父亲与另一些爱国仁人志士因抵抗英国托管而遭
到政府镇压和流放。由此，作者交代了自己的出生与巴勒斯坦沦为犹太复

国主义运动牺牲品的共时性，说明了自己的命运与巴勒斯坦的命运息息相关的必然性。

在谈到自己上学的法蒂玛女子学校时，法德娃以注释的方式，介绍了当时纳布卢斯的建校舍历史，她谈到：

> 尊敬的阿拉伯教育家易卜拉欣·萨那巴尔在纳布卢斯建校舍历史报告中说："奥斯曼帝国时期，建立了男子小学——赫努图杰尔学校；在加扎里学校的一层，有个鲁什迪走读学校，孩子们读完小学后再在这里读五年书。至于女生们，则在租借的教室里读书。另外还有以苏丹穆罕默德·拉沙德的名字命名的拉沙德西区学堂，即现在的法蒂玛女子学校，以及拉沙德东区学堂。（第 238 页）

在引用完易卜拉欣·萨那巴尔的报告后，法德娃在该注释后面，继续阐明自己的调查：

> 当 1945 年我担任教育督察一职时，引起我注意的是，政府校舍的数目从 1918 年到 1945 年一直没有变，延续了当年奥斯曼帝国时期的数量，所有的扩建都是通过租借校舍来完成的。这些房子与其说是校舍，不如说更像个住宅。它们的缺点就是屋室、操场狭小，通风不好，采光度差。（第 238 页）

注释作为一种亚文本或类文本是当代自传作品的一个重要组成部分。它与正文一起，担当着回溯性作品重要的说明职能。法德娃通过这番注释，即说明了自己当时上小学的情景，又说明从奥斯曼帝国末期到 1945 年之间，巴勒斯坦当局对教育的不重视。

在回忆自己敬仰的伯父哈菲兹时，法德娃引用巴勒斯坦著名历史学家伊哈桑·纳米尔的历史著作《纳布卢斯山的历史》（1938），来说明伯父去世的历史背景：

> 1925 年纳布卢斯成立了爱国党，支持参加当年伊斯兰最高委员会

大选的哈吉·阿明·侯赛尼。同时，成立了反对爱国党的人民民主党。哈菲兹是爱国党的成员。阿明·侯赛尼在大选中胜利以后，该党很快分裂成了两派：地方派和委员会派。委员会派与阿明·侯赛尼本人有关，地方派与耶路撒冷市市长拉吉布·纳沙西比①有关。整个地区因两派对立而分裂，造成了很大的危害。（第 29 页）

作者在注释中标明了上述话语的出处：伊哈桑·纳米尔的《纳布卢斯山的历史》（第三部）。这番交待为伯父的死因埋下了伏笔，继而记叙了 52 岁的伯父在 1927 年因心绞痛而去世的悲剧。伯父的早逝与派系斗争不无关系。伯父的死对作者打击很大，法德娃很久都无法从悲伤中解脱出来，以至于作者"一直将他最后一次剪指甲用过的指甲刀珍藏在枕下，亲吻它，在哭泣中睡去"（第 30 页）。

在个人情感的抒发和纪实性文献引用的穿插中，法德娃完成了这部独特的女性自传，使这部自传在文学性和纪实性两个层面都取得了很高的成就，引起了读者的强烈反响。诚如埃及著名文学评论家拉杰·尼卡什在该书封底上这样评价："法德娃以象征、隐喻、暗示的手法述说阿拉伯女性的忧虑，其写作风格极具美感。她的率真和勇敢使这部回忆录最终成为品味高雅的文学作品，一流的社会文献，成为她那一代人群体的故事，描述了那一代人的种种忧虑，而并非法德娃个人的故事"。②

法德娃·图甘用自己的文字和语言书写了阿拉伯女性的命运，书写了巴勒斯坦民族的命运。她的墓志铭表达了她对巴勒斯坦这片土地满怀的赤子之爱，这就是她的著名诗篇——"惟在她的怀抱足矣"：

> 只愿在她的怀抱中离去，
> 埋入她的土地，

---

① 拉吉布·纳沙西比（Raghib an‑Nashashibi，1881—1951）出生于耶路撒冷。1914 年入选奥斯曼议会。1920—1934 年（英国委任统治时期）任耶路撒冷市市长，为巴勒斯坦反对派民族保卫党领导人。1949 年任约旦政府难民部部长。——笔者注

② فدوى طوقان، رحلة جبلية رحلة صعبة، سيرة ذاتية، دار الشروق للنشر والتوزيع، ٢٠٠٩، الغلاف الأسفل.

而后融化殆尽。
我愿复生为她土地上的一棵草，
我愿复生为她土地上的一朵花，
让祖国哺育的孩子将它抚摸。

我愿化作一抔土、一棵草、一朵花，
惟在她的怀抱足矣。

第 八 章

现代阿拉伯自传与小说

第一节　现代自传的真实性和事实性

一　自传的再界定

当文学理论的注意力转向自传时，出现了一种不寻常的狂热现象，原因可能是没人能彻底界定自传究竟是什么。虽然法国传记学理论家菲利普·勒热讷早在 1971 年就给自传下了定义——"当某人主要强调他的个人生活，尤其是他的个性的历史时，我们把此人用散文体写成的回顾性叙事称作自传。"① 但是这一定义非但没有划清自传和其他文类的界限，反而引起传记学界的热议，特别是随着 20 世纪 80 年代后"新自传"和"新小说"的合谋②，自传成为 20 世纪最后 20 年以来最受作者和读者喜爱的文体。正像美国埃默里大学意大利学学院教授坎黛丝·朗（Candace Lang）评述的那样：

---

① ［法］菲利普·勒热讷：《自传契约》，杨国政译，生活·读书·新知三联书店 2001 年版，译者序，第 4 页。

② 1985 年法国作家罗伯—格里耶在寻求"新小说"发展时，创作了自传三部曲的第一部《重现的镜子》，以小说的手法为自己画像，称之为"新传记"——"想象的自传"。这实际上是对勒热讷"自传契约"的颠覆。这种"涂抹上小说色彩"的自传不仅避免了作者掉进"参照对象"的陷阱，而且在变幻不息的叙述话语中呈现出一个动感的、碎片的"我"，而这个"我"又真实地存在于作者的生命历程中。对"真实"这一概念的重新考察，使勒热讷在某种程度上对新小说派在建立新的文本结构上做出的贡献给予了肯定。

"自传确实是在哪里都有人用心要找的文体"①；也如保罗·德曼（Paul De Man）在他的《浪漫主义的修辞学》中的断言："任何一本带有可读性很强的扉页的书多少总是传记性的。"②

由此，传记理论家们纷纷从自己的理解出发，尝试着给自传下一个较为宽泛的、更具实践性的定义。如芝加哥大学历史学教授卡尔·温特劳布（Karl Weintraub）说：

> 自传是现代人自我构想的一个主要组成部分：他相信不管他是什么人，必然是一个独特的个体，他生命的任务与他的人格应当是真实一致的。③

德国学者、犹太教政治和宗教专家克里斯多夫·迈艾森（Christophe Miething）说：

> 自传只观察一个问题：我是谁？……自传性的目标服从于希腊哲人发出的指令"认识你自己"。④

路易斯安那州州立大学语言学教授詹姆斯·奥尔内（James Olney）则说：

> 这是我所看见的自传的巨大价值——尽管并非自传是唯一具有这一价值的文类，诗歌也起了同样的作用，一切艺术都如此。然而，自传提供了一种理解，即最终是理解你自己，而非其他什么人。⑤

自传定义的不确定和写作的井喷现象必然引发有关理论的建构和实践，

---

① Candace Lang, 'Autobiography in the Aftermath of Romanticism', *Diacritics*, Winter, 1982, p. 6.

② Paul De Man, *The Rhetoric of Romanticism*, New York, Columbia University Press, 1984, pp. 67ff.

③ Karl Weintraub, *The Value Of The Individual*: *Self and Circumstance in Autobiography*, University of Chicago Press, 1978, p. xi.

④ Quoted in Smith, R. *Derrida and Autobiography*, Cambridge University Press, 1955, p. 55.

⑤ James Olney, *Metaphors of Self*: *The Meaning of Autobiography*, Princeton, 1972, p. x.

而现代文学理论又无法与诸如语言学、心理学、人类学、哲学、历史学等研究领域的理论与方法割裂。由此，关于自传的研究必然延伸到一个无限的维度，甚至已经涉及自传主体的矛盾统一性以及现代文学叙事的美学原则等一些哲学性话语。然而，该命题始终绕不开关于真实性和艺术性的讨论，以致把握好艺术的真实性和历史的事实性之间的分寸成为传记文学的命脉。

在阿拉伯国家，这一命题得到理论界和文艺创作界的广泛关注。对此命题的讨论已经到了相当的深度，如，埃及著名作家、传记文学理论家爱德华·赫拉特在为伦敦萨奇书店（Saqi Books）出版的《书写自我：现代阿拉伯文学中的自传写作》（1998）一书写序时认为，当前自传主题呈现出无序变化，强调"文学作品中的'真实'要比'事实'更为重要"的观点①。加州伯克利大学的罗宾·奥斯特教授赞同赫拉特的观点，进一步阐释道：

> 从文学写作的层面看，正如我的想法，所发生的一切是一个用语言和字词固有力量完成的艰巨复杂的事业。不用说，这条思路必然会导致探究最"正确"的、有文献佐证的、刨根究底至最终事件的真实，更不用说印象、思想和情感了……，从这个意义上说，文学作品中的"真实"要比事实更为重要；一个不可避免的主观的添改在这里比一个推定的、永无可能达到的客观事实更富有成效。②

黎巴嫩女作家、文评家尤穆娜·伊德（Yumna al－'īd）也在大马士革法兰西近东学院（Institut Francais du Proche－Orient）于 2007 年 6 月 19 日举办的传记文学研讨会上探讨传记中"真实"和"事实"的关系问题。

关于传记的"真实性"和"事实性"，中国传记学界也对此有过热议，这方面的情况可参看赵白生教授的《传记文学理论》一书。

这里，我想通过以下三个方面对这一问题谈谈自己的看法：

---

① Edwār al－Kharrāt, Random Variations on Autobiographical Theme, Robin Ostle, Ed de Moor & Stefan Wild (eds), *Writing The Self, Autobiographical Writing in Modern Arabic Literature*, Saqi Books, 1998, pp. 9—10.

② Robin Ostle, Ed de Moor & Stefan Wild (eds), *Writing The Self, Autobiographical Writing in Modern Arabic Literature*, Saqi Books, 1998, p. 23.

1. 传记信息与传记叙事的关系；
2. 传记的真实性和事实性以及真实的相对性；
3. 现代艺术的美学原则。

二　传记信息与传记叙事的关系

自从英国历史学家劳伦斯·斯通（Lawrence Stone）在 1979 年发表了《叙事的复兴》（ *The Revival of Narrative* ）一文引发出所谓的新文化史观（The New Cultural History）以来，史学界提倡历史书写应该回到叙事的观点，反对以科学的方法研究历史致使历史著作变成了社会科学报告的做法。如此一来材料信息与叙事发生了关系，传记学也随之发生了深刻的变化。笔者将主要以阿卜杜·拉赫曼·穆尼夫为其自传《一座城市的故事》一书所作的序为例，分析材料信息与传记叙事之间的关系。

穆尼夫以小说家的视角就传记中传达的信息提出了很多疑问，他认为，传记叙事需要依靠记忆，而记忆这东西无论人如何做到精细和忠实，总免不了欺骗，因为所忆之事是根据记忆特有的标准筛选而来的相对重要之事。因此，一些所忆之事并非完全如发生时那样，它只是呈现给人们的样子，或者说是留在人们记忆中的样子。记忆经由文字表述出来，而文字本身无论怎样精妙，也免不了出现纰漏，具有危险性、狡猾性，通常也不过是生活的影像，充其量是从外部对生活的触摸。生活本身丰饶无垠，充满了难以回溯的细枝末叶。[①] 另外，由于所忆之事是历史性的，因此是处在不断变化中的。尽管如此，作者须尽量做到以真实存在的有根有据的事实为基础，以相对公正的态度对待自传写作。

可以说穆尼夫提出的问题从理论上指出了历史叙事和记录事实之间的区别。由此，穆尼夫在该自传的"序"中声称，他并不想照搬现实，也无法做到照搬现实，亦无意将其所叙之事与社会资料、文献、数据做一比较。他并非为安曼或他在安曼经历的事件"作史"，而是"为解释和探究提供一种

---

① عبد الرحمن منيف، سيرة مدينة عمان في الأربعينات، المؤسسة العربية للدراسات والنشر، ٢٠٠٦، ص٤٦.

新的可能"，重新"安排了事件的顺序"，即提供了一种新的叙述背景，以帮助读者形成"一种对现实的新看法"。①

显而易见，穆尼夫书写自传旨在探究事件在人们心中留下的影响，即从自身角度出发，对现实中经历过的、了解到的事件，阐述"当下之我"对之的认识和看法。但他担心自己的话会导致读者的误解，将探究真相的欲望与作者个人的喜好混淆，从而断章取义，割裂了事实。故穆尼夫急于澄清探究真相与个人喜好的区别，探究真相得到的信息并不是凭空臆想，也不是肤浅的无稽之谈，或与事件大相径庭。穆尼夫一方面表明了自传写作传达的信息十分重要，另一方面也不否认作者的话具有相对性，穆尼夫拒绝绝对话语。继而，他强调客观程度的问题，而不是客观本身，正如他所说："事实本身就是这个样子。"②

如果说穆尼夫所作之传与事实真相有所不同，那么这也仅仅是作者本身引起的差异。这种差异是观点上的差异。穆尼夫将之归因为人类始终处于运动与改变中。传记叙事只是为了"评定人类的价值或是描绘其面貌"。同样，如穆尼夫强调的那样："在特定时刻、特定情况下，如此评定事件，但也并不否定事物在其他情况下会呈现出另一状态，甚至可能南辕北辙。"③

在谈到信息的真实性时，出于同种考虑，穆尼夫认为地点与人类及其相互关系是随时间或是历史的发展而发展的，它建立在许多生活层面上。因而，他认为无论书写自传还是叙述他传都是一项艰难的选择。究其原因，首先是，需要书写的场景很多，并且纷杂交错，难以选择；其次，作者在选择所叙之事时，对于其看重的事件难以做到"毫无感情，客观中立"④。

三　传记的真实性和事实性以及真实的相对性

基于上述关于传记信息的客观性、真实的相对性等阐释，穆尼夫强调从

---

①　عبد الرحمن منيف، سيرة مدينة عمان في الأربعينات، المؤسسة العربية للدراسات والنشر، ٢٠٠٦، ص٤٥-٤٦.

②　同上书，第 49 页。

③　同上书，第 47 页。

④　同上。

读者论的角度来写作自传，理解自传中的信息。也就是说，对于读者来说，阅读自传是在阅读记忆中的信息；阅读传记或许需要读者必须根据自己的学识、亲身体验来"重构事件现场"①。

穆尼夫这样来解读自传及传记中蕴含的信息，其观点与菲利普·勒热讷关于自传的新观点不谋而合。菲利普·勒热讷重新定义了僵化、不能适应时代发展的自传契约。他对"真实"做了重新解释：自传契约，如其他契约一样，处于"现在时"。如果我们更近距离地、现象学地观察这个"现在时"，就会或多或少地明白，自传作者要讲自己生活的真实这一承诺几乎是无法实现的，以致人们经常这样小心翼翼地声明：这是"在我看来"的真实，是"我"的真实。新小说派或许正是可以从这个角度来帮助自传开辟新的叙事道路，并由此构建新的文本结构。② 对此，有的学者便认为，自传是一种文学作品，它的形式可能是小说，也可能是诗歌、散文，甚至是哲学论文。作者在其中或隐或现地展示自己的思想、描绘其感受。如果我们将这种定义与勒热讷的自传批评相结合，便可看出现代自传在文体上的杂糅性。

如此看来，传记或自传中传达的信息未必比小说体自传或小说中的信息更客观，换言之，小说体自传或小说中的信息未必不如传记与自传中的更真实。其原因如下：

1. 正如前面所提及的那样，无论是历史，还是小说，抑或是诗歌、散文，同属叙事文体。它们基于想象，书写关于昔日的记忆。书写过往便是将我们所欲书写的事情转化为单纯的话语。诚如穆尼夫所说，"这些词藻无论多么精妙，都不是本源，只能说贴近本源，有时只不过是现实生活苍白的倒影"③。因此，穆尼夫认为，"人很难忠实地、心安理得地记录自己的所见所闻"④。这一观点与罗伯—格里耶对"传记真实性"的看法殊途同归。格里

---

① عبد الرحمن منيف، سيرة مدينة عمان في الأربعينات، المؤسسة العربية للدراسات والنشر، ٢٠٠٦، ص٤٧.

② Michel Contat, *L' auteur et le manuserit*, Paris: PUE, 1991, p. 39. 可参见王晓侠《从新小说到新自传》，《国外文学》2010 年第 1 期。

③ عبد الرحمن منيف، سيرة مدينة عمان في الأربعينات، المؤسسة العربية للدراسات والنشر، ٢٠٠٦، ص٤٦.

④ 同上书，第 48 页。

耶认为"传记的真实"在写作行为产生之前并不存在。作者—叙事者—主人公的身份模糊不清，其发展方向也难以确立。他的形象塑造建立在碎片记忆的基础之上。①

这也是"新小说"写作的美学原则。这一原则认为，写作并不体现一个预先存在的现实，写作中的世界随着写作行为本身的产生而同时被创造出来。正如法国"新小说"流派的代表作家之一克洛德·西蒙所说："我们所营造的是一个文本，与这个文本相对应的只是一件事情，那几乎是在作家写作的当时所发生的事情。我们不描述写作之前预先存在的东西，而是写作过程中所发生的事情。"②

或许正因如此，尽管穆尼夫在其作品《一座城市的故事》叙述了那个时代自己的生活经历，尽管书中讲述了他的童年，关于这座城市的叙述总体上、本质上也与他同该城的关系密不可分，与他在城中所感所见、在其生命中留下印记之事，以及深受影响的市井人情紧密相关，但其本人并不愿意将该部作品归为自传，而希望将之视作地方志。同样，穆尼夫也未将其作品《许愿树》归为自传，而这本书主要讲述作者孩提时代的个人经历。对于这本书，穆尼夫并未明确将之归为某个特定文类，并非传记，亦非小说。他认为，称这些作品是什么文体并不重要，重要的是，在这种叙事方式中，信息通过艺术手段（即提供信息的艺术能力）透露展示，从而使它们具备了真实性，那么它们就是具有思想价值和艺术价值的作品。

2. 原因之二则是，小说以一种虚构手法进行叙述，故作者可以在小说面具下更自由、更勇敢、更真实地表露自己。这是自传中直白的书写所不具备的特点，尤其当这类作品屈于威权统治、受传统势力禁锢时，哪怕稍稍涉足有关性、宗教以及政治的言论，都会受到所处文化的法典律例、传统习俗的抨击和惩罚。

流放、监禁、写入黑名单、迫害致死仍威胁着阿拉伯世界的许多文学

---

① 可参见王晓侠《从新小说到新自传》，《国外文学》2010 年第 1 期。

② Clande Sinmon & Bettina Knapp. 〈Document Interview avee Clande Sinmon〉, in *Kentucky Romance Quarterly*, Vol. 16, n°2, 1970, p. 182.

家、作家。纳吉布·马哈福兹已为之付出血的代价；侯赛因·马尔瓦（Husayn Marwah）与马赫迪·阿米勒（Mahdī 'Āmil）惨遭暗杀，加利卜·海勒赛（Ghālib Halas）、加伊卜·陶阿麦·法尔曼（Gha'ib Ta 'ama Farmān）、赛阿德·优素福（Sa 'd Yūsuf）等作家流亡他乡。还有许多文学家曾身陷囹圄，如，阿卜杜·拉提夫·莱阿比（Abdu Latīf La 'bī）、阿卜杜·卡迪尔·沙威（Abdu al－Qādir ash－Shāwī）、松阿拉·易卜拉欣（Sonallah Ibrāhīm）、马哈茂德·艾敏·阿利姆（Mahmūd 'Amīn al－'Ālim）、卡西姆·哈达德（Qāsim Hadād）、阿卜杜·拉赫曼·穆尼夫等。

但仍有很多作品敢于涉足禁区：性、宗教与政治。这些书有的被禁，有的后来得以出版，但不得不采取虚构的小说手法或诗化写作方式来解决这一难题，如纳吉布·马哈福兹的《我们街区的孩子们》（*Awlād Hāratina*）、海德尔·海德尔（Haydr Haydr）的《海藻宴》（*Walīmat al－A 'shāb al－Bahriyyah*）、阿卜杜·拉赫曼·穆尼夫的《盐城》五部曲（*Mudun al－Milh*）、阿卜杜·瓦兹努（Abdu Wāzinu）的《感官之园》（*Hadīqat al－Hawās*）等。

由于传统文化观念对于作者的禁锢，或是权力阶层——政治、父权、社会直接或间接的压制，自传中对于自身的揭露与剖白受到很大限制。而小说体自传，乃至小说，却可明确地透露有关信息。这使小说体传记成为人类学许多领域中研究者的有效辅助文献。

如哈纳·米纳在小说体自传三部曲《陈年光影》、《沼泽地》、《采撷时节》中以罕有的勇气对其父进行控诉，指责父亲对母亲和家人的压制与漠视及其可耻的堕落；苏海勒·伊德里斯在小说《深壕沟》中（*al－Khandaq al－Ghamīq*）则讲述了宗教父权制对其个人自由的压制，禁止其获取现代公民思想、剥夺其发表异见的权利；阿利亚·马姆杜哈（'Āliya Mamdūh）在小说《樟脑丸》中（*Habāt an－Naftālīlin*）表达了男权至上对母性女权的压迫，导致母亲最终走向死亡；穆罕默德·舒克里在小说体自传《裸面包》中敢于叙述自己的经历，讲述其青春期深陷其中却被社会视为可耻的性关系，从而揭露了社会上贫穷青年人的不幸；松阿拉·易卜拉欣的小说《荣誉》（*Sharaf*）、加利卜·海勒赛的《疑问》（*Su'āl*）以及阿卜杜·拉赫曼·穆尼夫的《地中海之东》（*Sharq al－Mutawwasit*）等很多作品都对政治威权压制自由进行了控诉。这些作家在回溯自己悲惨的人生际遇、书写自传时抹上了一层小说色彩，或许能使他们自身避免掉进"对号入座"的尴尬境地。

或许摩洛哥学者哈桑·穆迪恩的观点能帮助我们更好地理解阿拉伯小说体自传的内涵："小说体自传需要我们以特殊的方式来阅读，不仅把它看作是现实生活的见证者，而且还要把它描述的现实看作是艺术化了的真实。"①

四 现代艺术的美学原则

小说中传达的信息未必是事实，但一定是真实的，它是通过一定的艺术手段来表现被传达信息的真实性。信息的真实性与叙事者解读与史料相关的信息时所持的观点有关。叙述的目的在于以一定的艺术手法为这些观点及解读的真实性提供佐证，使之可信。

但我们可以从一种相对客观的角度对通过艺术手法来表达的信息进行质疑，给出评判，尤其是在后现代热潮不断涌现的今天，这种评判似乎更加复杂且存在着多种可能性。这里所指的后现代热潮体现在以下两个方面：

第一，随着图片信息生产技术的发展，信息的形成需要借助图片、卫星传输的图像或者电子通讯媒介传送资料，而不再仅仅依靠肉眼所见或是记忆所存的图景。在这方面，波德里亚认为发生的事情可视作一种"未发生事件"（a non – event）或不为人所知的事件。这是由于很久以来我们失去了区别现实与想象中类似现实之物的手段。

第二，我们接纳了一些语言学方面的观念。这些观念认为语言仅仅是一种指符系统，含义喷涌而却与可依据的原始素材隔离。现实应通过语言、语境或特定指符系统来解读，只有通过文本形式才可抵达事实或历史文献。今天我们生活在充斥着语言游戏（或是令人满意的范本）的世界里，修辞已然达到极致，语言所指自由漂浮，却无锚可下。

上述两点均降低了史料在评价语言文本中传达信息事实性方面的价值作用。这自然也包括各种叙事性文本，并且对文本的解读要通过上述的语言系统，依据文本及其中包含的信息进行。真实性问题凸显，并非关于信息的价

---

① حسن المودن، الرواية والتحليلي النصي – قراءات من منظور التحليل النفسي، الدار العربية للعلوم ناشرون، دار الأمان، الرباط ٢٠٠٩، ص٣٥.

值，而在于信息的来源。我们不再质疑信息是否真实，而是关注叙述是否有据可循。

许多以叙事方式进行创作的阿拉伯知识分子，无论创作的是自传（其中不乏小说成分）还是小说（其中亦包含许多自传因素），都采取了多种形式支持叙事中信息的真实性。他们清楚地意识到近 20 年来阿拉伯文学叙事方式的种种倾向，更加重视形式以及艺术美学原则，而非仅仅关注信息内容本身。因此，信息内容及其产生过程更多地取决于叙事技巧，而不局限于史料文献本身。仿佛叙事时间、场域、技巧决定了史料的真实性，乃至叙事与叙事策略成为成就一篇作品的最重要的因素。

这种支持信息真实性的趋势体现在很多叙事性作品中（传记或纪实性小说），并且方式多样。尽管这些作品各不相同，但都注重将史实引入文章，使之证实虚构世界中提供的信息以及种种联系的真实性。也就是说，这些作品通过文章内的史实来证明信息的真实性。这正如穆尼夫所说，是"最困难的情况"。因为信息的真实性需要不止一件事情来证明，并且永远是相对的，取决于审视的角度以及评判的标准。这种真实性绝不是绝对的，作者也不可能是完全可信的目击者。也许这种观点可以解释穆尼夫在其作品《一座城市的故事》中叙事的精细度，以及作者在为城市、城市的街巷、城市的温情、城市的变迁作传时对叙述内容和角度的重视程度，因为这些都是事实。穆尼夫通过提及名称、历史、知名人士（而非虚构人物）来表现这一点。

以支持信息真实性的小说叙事法来写传记的作品在现当代阿拉伯文学中很多，可例举如下：

在伊利亚斯·扈利（Ilyās Khūrī）的小说《太阳门》（*Bāb ash-Shams*，1998）中，隐含作者或是叙事者借助事件亲历者历史叙述的方式叙述事件，赋予虚构的真实以事实的印记，或是借此揭示长时间无人问津以致不为人知的事实，譬如巴勒斯坦人被逐出故土却被曲解成主动离开等。口述历史强调了所叙之事及文中信息的真实性，以艺术性的真实作为叙事策略来证明所叙之事的相对客观性。

拉德瓦·阿舒尔（Radwā 'Ashūr）的小说《欧洲一隅》（*Qit' at min' Ūrubā*，2003）中，作者未以叙事者的身份进行叙述，而是以一名旁观者的身份通过多种方式进行小说叙事：

·通过历史事件（1952 年 1 月 26 日的开罗纵火案）；

·通过书信与报告（关于 19 世纪埃及犹太人的材料和辑录）；

·通过知名人士、组织、机构等的口述记录。

拉比阿·贾比尔（Rabī'Jābir）在小说《贝鲁特——世界之都》（*Bairūt Madīnat al-'Ālam*，2003）中探讨了一个重要的问题，即探究虚构手段是否有能力带回那些只留存在记忆中的曾经。该书借助很多可信的参考文献，致力于寻回记忆、证实记忆中有关这座城市——贝鲁特的往昔岁月。

松阿拉·易卜拉欣在小说《自我》（*Dhāt*）、《荣誉》（*Sharaf*）中对小说的小说性，即小说如何向大众提供信息，提出疑问，旨在通过报纸、杂志、资料中记载的知识赋予这些信息以真实的印记。

这类带有纪实主义倾向的小说作品还有很多，诸如阿卜杜·拉赫曼·穆尼夫的《盐城》和《墨绿色的土地》（*Ard as-Sawād*）一类的历史小说。这类小说中包含大量关于沙特阿拉伯初现石油以及伊拉克达乌德帕夏①时期的社会文化状况。

自传、小说体自传以及纪实性小说揭示了阿拉伯人的现代性"自我"。同时，无意间与世界后现代主义浪潮相应对、相融合。正如波德里亚所说："我们已经变得要求忘记所有关于现实或是真实的争论，在后现代的世界中驯服地生存。语言游戏充斥着这个世界，能指和所指分离，似是而非的幻境盛行。"② 而当今阿拉伯人也变得希望忘记现实中的真实，怀疑所有可能的信息表示，或是认为这些信息带有绝对的相对性，最终让他们生活在焦虑、无奈与无助的现实中。

第二节　现代阿拉伯自传及小说体自传

自传与小说体自传（有人把它称为"心理自传"，参见《外国文学评

---

① 达乌德，伊拉克巴格达帕夏（1817—1831 年在位）。1750—1831 年，巴格达由马木鲁克王朝统治，处于自治地位，由帕夏（总督）实行管理。达乌德帕夏重视军事改革。1826 将土耳其近卫军的 18 个团编入自己的军队，并聘请英国军官担任教官，使伊拉克军队进一步扩大。

② 尼古拉斯·楚尔布拉格：《波德里亚、现代主义与后现代主义》，选自道格拉斯·凯尔纳编，陈维振等译的《波德里亚——一个批判性的读本》，凤凰出版传媒集团 2008 年版，第 298 页。

论》2011 年第 3 期，虞建华一文）的分野一直是传记文学理论界争论不休的问题。对此问题的争论不仅引起对菲利普·勒热讷的"自传契约"的质疑，而且连带出有关自传种种问题的不断质疑。如"虚构与真实"的命题，文学本体论的问题，语言的能指和所指的关系问题，甚至掺杂进民族的文化因素和意识形态因素。

其实，该问题一直以来也是阿拉伯传记文学界极其关注的问题。比如，2007 年 6 月 19 日大马士革法兰西近东学院以"书写自我"为题召集几十位来自阿拉伯国家和欧美大学的阿拉伯传记文学专家和知名学者参加研讨会，围绕着自传写作、自传源泉、现代生活故事、传记理论与实践等议题进行了深入的探讨。其中关于自传与小说体自传、自传性小说的产生及定义是会议的焦点。会议论文被集结成册，于 2009 年出版。再如，埃及著名文学批评期刊《季节》（Fusūl）2009 年发行了冬春季专刊，集中研讨小说体自传的问题。

根据近几十年流行的一些阿拉伯回忆性作品其文学性强弱程度，我们把自传分为以下几类：

1. "人物生平记录"。至少包括以下两种：一种是作者以主要参与者或仅仅是见证者的身份，记载政治、社会事件的"回忆录"，并且重视两种身份主次比例。第二种便是记录作者生活或是曾经历的种种事情的"日记"。日记可采用一定的文学手法，但它确切地说，并不能被完全划入文学范围，仅可算作历史文献。

2. "个人自传"。个人自传截取传主一生中或长或短的一段时期，充分描绘了个人生活图景。自传聚焦于自身，不按时间顺序书写。根据现今通行的界定来说，自传遵循一定的规则，即：散文式风格；自身生活为主题；作者与叙事者、作品里的主人公（即传主）三位一体；讲述过去的事情。① 这种自传有可能会涉及真实的历史事件，因此可以用以检验历史事件的真伪。但是关于传主自身的真实特性则有可能隐含在作者对其人生历程的描摹上，全凭作者一己之言，真伪难辨。

3. "小说体自传"。这一类作品关注个人生活历程，并且尽力从约束他

① 可参看菲利普·勒热讷《自传契约》，杨国政译，生活·读书·新知三联书店 2001 年版。

写作的一切桎梏中解脱出来。尤其在历史被二分为"事件的历史"和"叙述的历史"的新历史主义观产生后，此类作品不再片面强调所记录内容是否忠实于历史，也不再片面强调表达体裁（散文、诗歌还是小说）。因此，其中现实与想象、原文与引文、虚构与真实杂糅。由于形式多姿多样，只有"autofiction"一词才能最为精准地称呼这一种类，也就是说它是虚构的自我，或是说虚构性自传，抑或是小说体自传。

上述三种回忆性作品，按顺序文学性逐渐递增，第三种文学性最强。后两类自传因其均运用了文学艺术手法，毫无疑问都属于文学范畴。这些手法的美学价值在于用艺术策略表现预想的"自我"内涵。有了这样的艺术手法，内容才算完整，即形式是内容的有机组成部分。所以，真正的文学作品应该同时传达意义信息（表意）与风格信息（形式或策略）。有关第一类传记是否属于文学范畴尚在争议中。本节主要探讨的是后两种，即自传和小说体自传。

一　作为现代小说先声的自传

如本书第一章里提到，阿拉伯现代文学发轫于19世纪末20世纪初阿拉伯社会发生政治、文化、思想巨大转型的历史语境，即通常说的阿拉伯复兴运动。传记和小说相伴而生，甚至可以说人物传记是小说产生的先声。[①] 有些传记作品自复兴运动之初便已出现，尽管有着很高的文学性，却始终未被评论界重视，其地位也未能确定。通过界定这些作品的文类及其艺术性有助于我们了解现代阿拉伯文学的始貌。这类作品与自传有关。它们是：1855年艾哈迈德·法里斯·希德雅格在巴黎出版的《法里雅格自谈录》，次年，纳绥夫·

---

① 1835年埃及建立了第一所教授外语、以翻译为主要专业的学校，取名为"语言学校"。首任行政主管是被誉为"埃及新闻之父"的里法阿·塔哈塔维（Tāhātāwī，1801—1873）。他主持翻译了有关古代史、中世纪史以及欧洲帝王、名人传记等方面的专著多达数百部（见蔡伟良《埃及近代启蒙思想家塔哈塔维思想溯源》，《阿拉伯世界研究》2011年5月）。塔哈塔维身体力行写了自传《巴黎拾粹》（出版于1831年左右）。而第一部阿拉伯现代小说普遍被认为是1914年埃及作家穆罕默德·侯赛因·海卡尔的《泽娜卜》[见仲跻昆《阿拉伯文学通史》（下卷），译林出版社2010年版，第586页]。由此，或许我们可以认为，现代阿拉伯自传早于小说产生。

雅齐吉（Nasīf al‐Yazijī，1800—1871）出版的玛卡梅韵文故事集——《两海集》（*Magmaal‐Bahrayni*），以及 1865 年弗朗西斯·马拉什（Furansīs Marāsh）出版的故事体政论集《真理的丛林》（*Ghābat al‐Haqq*）。

　　这里重点要说的是《法里雅格自谈录》。关于此书众说不一，有一种深入的观点认为这部独特的作品是阿拉伯现代小说体自传的滥觞。小说这一形式在它以后的一个世纪内逐渐发展成熟。哥伦比亚大学中东语言和文化研究专家皮尔·卡夏亚（Pierre Cachia）教授认为希德雅格的《法里雅格自谈录》是"一部发散性的、生动的、处处洋溢着拉伯雷式特征的小说体自传"[①]。

　　就文学形式而言，这部作品是多种文体的集合。古有阿拉伯古代文学常用的文体，今有西方现代文学文体，其中常用的是阿拉伯韵文体（玛卡梅文体）、辩论体、书信体、轶事体、说书体和殷鉴叙述体、法特沃体与教法释义体。除散文之外作品中也有诗歌体，其中包括长诗与彩锦诗（Muwasshāt）；就语言而言，在使用标准语之外，作者还用俚语和民谚等方言。至于西方现代文学手法，除了现实主义叙述手法外，作品中也包含了浪漫主义与历史主义叙述手法、虚构与寓言手法，甚至还有一些近似戏剧的段落。这无疑借鉴了英国讽刺作家劳伦斯·斯特恩的《项狄传》[②]一书的风格。

　　然而无论其用何种文体，何种手法，都脱离不了作者本身的影子。所有研究者均指出这一点，并认为这是作者的一部完整自传。[③] 只是叙事者法里雅格已超越了作者希德雅格自身，法里雅格是作者诸多面孔的汇聚点，扮演

---

　　① Cachia, P. "The Prose Stylists", in Badawi, M. M. , ed. , *Modern Arabic Literature* (*Cambridge history of Arabic Literature*), Cambridge：Cambridge University Press, 1992, p.406. 弗朗索瓦·拉伯雷（1495—1553）是法国也是文艺复兴时期欧洲著名的人文主义作家。他在名著《巨人传》里痛快淋漓地批判教会的虚伪和残酷，痛斥天主教毒害儿童的经院教育。《巨人传》艺术上的最大特色是其荒诞不经的夸张描写中所透露出来的绝妙讽刺、幽默和极为丰富的想象力，从而形成了独特的"拉伯雷式风格"。

　　② Tristram Shandy, 全名为《特·项狄的生平与见解》（1757—1769）。这部作品开 20 世纪心理小说的先河，其明显散乱的结构出自 J. 洛克的"构思联想论"。小说的主题随意更换，情节不多，主要由人物的对话而不是由活动构成。小说怪异的、与众不同的趣味深受那些厌倦了陈旧庸俗小说读者的欢迎，被称为"最离奇的小说"。

　　③ تفصيل انظر السير الذاتية في بلاد الشام، تنسيق ماهر الشريف وقيس الزرلي، دار المدى للثقافة والنشر، ٢٠٠٨، ص٢٩.

了作者诸多身份，经历了许多历史事件，他是一个虚构性的人物形象，影射的是真实的历史人物希德雅格。然而像这样将历史事件与虚构事件混杂在一起书写的"自我"却十分和谐，形成了一种只能出现在小说体自传中的统一。

之所以将该作品称为小说体自传，基于以下几个方面的考虑：

1. 从该作品的阿文书名和法文书名上看。阿文书名直译为《架着腿，法里雅格谈其人其事》，书名追崇当时时髦的玛卡梅韵文体复古之风（我们知道19世纪下半叶"阿拉伯文艺复兴"时期的文学家穆罕默德·穆维利希曾发表了他的著名作品《伊萨·本·希沙姆谈话录》，该作品通篇采用的是"玛卡梅韵文体），被编排成两个押韵的短语，显得略有神秘感。法里雅格明显是作者的名字"法里斯"和"希德雅格"两词的结合，自传性的成分不言而喻。而原书扉页上出现的法语书名"法里雅格的生活与冒险经历：他的旅行与他对阿拉伯人和其他族群的面面观以及两者之间的关联"（*La vie et les aventures de Fariac：relation de ses voyages avec ses observations critiques sur les arabes et sur les autres peuples*），其自传性则更为突出。反倒让书名的另一半"架着腿"（*as - Sāq ʻ ala as - Sāq*）却不那么引人注目了。其实"架着腿"恰恰道出了一个阿拉伯说书人的身份。1930年法国学者亨利·佩雷斯（Henri Pérès）在一篇文章中认为，该书的书名暗示了"说书人惯常的姿势——身子惬意地埋进一把圈椅里，准备讲述一个长长的、漫游奇景的奇遇记"[①]；另外，"架着腿"也是性的影射，该词在文中被一再提及，对女性优劣的叙述不仅是该书重要的内容，更是作者本人以与异性的关系来确定自我特征的一种方式。以性的影射作为书的重要内容这一点毫不奇怪，摩洛哥现代小说家本·杰伦就认为阿拉伯古代文学本来就富含情色因素。[②]

2. 从叙事者与作者的关系来看。作者以作者序这一附文开篇，[③] 随后是

[①]　Quoted from Robin Ostle，Ed de Moor & Stefan Wild（eds），*Writing The Self，Autobiographical Writing in Modern Arabic Literature*，Saqi Books，1998，p. 32.

[②]　参见余玉萍《游牧与抵抗——塔哈尔·本·杰伦"三部曲"的隐喻解读》，《外国文学评论》2012年第1期。

[③]　即正文之外的部分，如题目、序言、批注等。法国文学理论家吉尼特教授认为该附文相当于 paratexte，即类文本，也称副文本、亚文本，可参见 Gérard Genette，*Figures*，Paris，Seuil，1987.

前言（一首长诗），这之后另一位叙事者出现，他是"说书人"法里雅格，不论发生在何地的新知旧闻，抑或是内心独白与凭空幻想，全都逃不过他的掌控。说书人常常通过制造迷局和悬念，以故事套故事的叙事方式吸引听众。这里，说书人成为作者设定的一个"话语上的叙事者"，这个"虚构人物"替代事实上的叙事者，即作者自己。叙事者法里雅格与作者本人在叙事线索上不会混淆，读者对这个隐含作者心知肚明。尽管法里雅格与作者的名字不尽相同，但十分相似（上文提到），生活经历也有很多类似之处（童年、家庭、旅程……）。另外，法里雅格的妻子与作者现实中的妻子不论在举止还是话语上也有不少相同之处，作者将其妻命名为法里雅格娅（这个名字在阿语中是法里雅格的阴性形式）。

叙事者身份转换（即在同一部作品中由一位叙事者转换到另一叙事者）还延伸到了其他叙述层面。在第二部分，叙事者由全知的"说书人"法里雅格转换成为一群虚构人物，他们与他融为一体，之后又与作者自身在人生轨迹上相合为一，即他们所经历的事件、他们的人生观与价值观乃至身体特征等方面与作者十分相似，然而他们来自另一个世界——虚构世界。这群人物中牧师这一形象便是最好一例。他与法里雅格在外貌、童年与青年时期的历程、职业、对于教会、修道院的不屑、与社会相悖的立场等方面都十分相似，与法里雅格相似便是与作者相似。

3. 从所叙之事来看。书中大部分内容讲述了法里雅格的经历：当上抄写员、创作诗歌、尝试做生意和当老师，还间接提到改宗新教。接着而来的是作者对马龙教派等级制度的辛辣而富有激情的讽刺。他指控那些传教士们不重视社区教育，教育制度迂腐而僵化。之后，我们看到他坐着海轮在地中海里往来于马耳他和亚历山大，在寻访开罗时爱上了一个埃及姑娘并结了婚。书的最后章节提到他访问过英、法等国，并在当地著书立说，评论东西方不同习俗，评论女性的优劣之处，实事求是地将欧洲文学的长处和阿拉伯文学传统相比较。

这不由得让我们联想到希德雅格本人动荡的一生：法里斯·希德雅格1804 年生于黎巴嫩的阿什古特，离开艾因·瓦莱格学校后，当上了一名抄写员，这是他家族世袭的职业。有资料佐证，他后来在抄写之余，还从事教书和贸易等活动。与此同时，他大哥艾斯阿德也被美国新教教会聘为义工在贝鲁特教书，最后导致其改宗基督教新教。后来，艾斯阿德被家族移交给马龙教派首领并囚禁在加努宾修道院内直至 1830 年去世。这时，十分钦佩大哥思想的希德雅格也开始和美国传教士合作。但为自身安全起见，他决定逃出黎巴嫩。1826 年，希德雅格由海路逃往马耳他，在当地为传教士当译员。

这时，他已开始厌倦传教士的生活。不久，他从马耳他返回埃及，在开罗结识了不少爱资哈尔的学者（这是他后来改宗伊斯兰教的一个重要因素），并娶了一个因政治原因移居埃及的叙利亚女子。随后，又和妻子一起回到马耳他。1848 年，两人同去英国，在那里从事把《圣经》译成阿拉伯文的工作。几年后，我们又看到他的身影不断出现在伊斯坦布尔、马耳他、突尼斯、法国，并重又回到英国。他在英国访问了牛津和剑桥等多个大学，渴望被其中一两所聘为阿拉伯语教授。在为前程奔走期间，希德雅格曾为许多显贵达人，包括维多利亚女王和阿卜杜·马吉德素丹歌功颂德，后者对希德雅格的诗歌和盛誉十分欣赏，曾邀请他访问君士坦丁（今伊斯坦布尔）。1861 年，希德雅格在伊斯坦布尔创办了《新闻报》（al‑Jawā'ib），并为之贡献了他的余生。

小说体自传集自传和小说于一体。若将其视作小说，则须归至成长小说（Bildungsroman/Education fiction，又称教育小说）一类。国内传记文学理论研究者许德金教授曾写有专著《成长小说与自传》（高等教育出版社 2008 年版），阐释了成长小说的自传性特征。因为这种文体聚焦于叙事者（即作者）自青春期直到成年所经历的思想上、情感上的事件，以及这些事件对其人生的影响。这些事件都是其成长中不可或缺的部分。事实上，成长小说是 18 世纪欧洲现代文学中突出的文类，并为现实主义小说的发展奠定了基础。在欧洲文学史上，现实主义小说不是小说这一文体的基本范式，而是由成长小说孕育而成，换言之，它与自传性叙事有着千丝万缕的联系。因此，现代西方文学起源于对个体自身的探索和告白，以摒除个人的集体属性及社会传统对个人的影响来独立剖析个人。这里的"个体"并非脱离社会只关注自我，而是提升自我以便在社会中发挥自身作用。

一直以来，西方自传作家把一生的经历和回忆看成是色彩斑斓的万花筒，他们将其编织进一个相当连贯的故事中，将整个故事嵌入元叙事的框架中。欧洲文学中自传写作的普及化与小说的大量涌现相伴而生，揭示了这两种文类的亲缘性。二者是非常亲近的姊妹，尤其是成长小说的结构，它与许多自传作品结构如此相似，以至于只有涉及真实与虚构的热议时才极力将二者区分。一些学者认为小说早于自传出现，并且一直引领自传的发展，理由是：卢梭的破天荒之作《忏悔录》也许只有在虚构性生命写作出版半个世纪之后才可能出现；而有些学者则认为恰恰相反，如罗伊·帕斯卡尔，他们认为，此影响流正好相反，是自传影响了小说，继而互为影响，理由是："19世纪的小说，从狄更斯以降，深深挖掘孩提回忆。如果没有像卢梭、歌德、富兰克林、吉鹏和华兹华斯等伟大的自传作品出现，那些小说的出现是无法想象的。"①

西方自传性小说和小说体自传的现代性杂糅和互相影响同样也反映在阿拉伯现代文学上。《法里雅格自谈录》就是这样一部作品。

综上所述，笔者认为，《法里雅格自谈录》是在复古小说（穆维利希的《伊萨·本·希沙姆谈话录》）、历史小说（乔治·泽丹的《加萨尼姑娘》）之前出现的首部小说化了的现代自传。同样也出现于我们所说的现实主义小说（如海卡尔的《泽娜卜》与纪伯伦的《折断的翅膀》）之前。

如果是这样，那么阿拉伯小说体自传便是沙姆地区②乃至整个阿拉伯地区现代小说艺术的先声。

二　阿拉伯小说体自传的繁荣及其原因

在《法里雅格自谈录》出版后的不到200年间，阿拉伯小说艺术发生了巨大改观，现代自传也日臻完善。如塔哈·侯赛因的《日子》三部曲，阿卡德的《我》，萨拉麦·穆萨的《萨拉麦·穆萨的教育》，米哈伊勒·努埃麦的《七十述怀》，路易斯·易瓦德的《生命书简》，拉蒂芙·齐雅特的《调查运动：个人书简》，杰卜拉·易卜拉欣·杰卜拉的《第一口井》等，都是现代阿拉伯自传佳作。成长小说因纪伯伦的《折断的翅膀》、陶菲格·

---

① Roy Pascal, *Design and Truth in Autobiography*, Cambridge, Mass. : Harvard University Press, 1960, p. 52.

② 泛指今天叙利亚、黎巴嫩、巴勒斯坦、约旦所在的地区，专指叙利亚。

哈基姆的《灵魂归来》、《东来鸟》以及拉蒂芙·齐雅特的《敞开的门》渐臻成熟。现实主义小说流派形成，并在马哈福兹的作品中达到了顶峰。许多小说作品中也夹杂了对自身的剖白，充斥着个人经历的事件。这常常使评论家像对待自传一样对待这些成长小说，譬如莱拉·巴阿莱巴基的《我活着》和库莱特·胡里的《与他一起的日子》，或者是爱德华·赫拉特所著的《幻想之火》、穆罕默德·舒克里的《裸面包》、哈纳·米纳的小说体自传三部曲《陈年光影》、《沼泽地》、《采撷季节》等。另外也出现了像马哈茂德·达尔维什那样的散文诗歌体回忆录《为了遗忘的记忆》和侯赛因·巴尔古西的《杏林寄此身》，阿卜杜·拉赫曼·穆尼夫那样的以城市记忆带出人物追溯的《许愿树》和《一座城市的故事》，等等。可以说，许多作家都纷纷出版自传或小说体自传、自传性小说。自传性文类蔚然成风。究其繁荣的原因有三：

1. 文类本身的因素

一切作品皆自传。法国作家法朗士就说过："所有的小说，细想起来都是自传。"福楼拜曾说"包法利夫人就是我"。人们也从《红与黑》中的于连或《巴马修道院》中的法布里斯身上看到作家司汤达的影子。卢梭的说法更进一步："我的所有作品都是我的自画像。"

小说体自传以作者的亲身经历为素材，经过艺术处理而成。作品的主人公就是作者的化身和投影。作者自身的经历构成了作品创作的源泉。某些作品的确达到了以真作假、以假乱真的程度。比如，哈纳·米纳的三部曲《陈年光影》、《沼泽地》、《采撷季节》里的"我"，让我们自然联想到作者在拉塔基亚度过的青春岁月；拉蒂芙·齐雅特在《敞开的门》中描述了年轻的女主人公莱拉在与开罗一个很传统的城市中产阶级家庭抗争中自我意识觉醒过程，莱拉便是齐雅特本人的真实写照；陶菲格·哈基姆的《乡村检察官手记》中的农村检察官也是作者自己的化身。我们也听到评论家认为《追忆似水年华》中的马塞尔就是普鲁斯特本人，《情人》中的"我"就是玛格丽特·杜拉斯。批评家也不惜花费巨大精力到历史资料中寻找佐证，或用精神分析法，试图对作品中的人物进行对号入座。

像马哈茂德·达尔维什的《为了遗忘的记忆》这样将散文、诗歌杂糅的作品，侯赛因·巴尔古西的《杏林寄此身》这样借助梦幻、神话、隐喻等多种现代文学表达手段的传记也被划为小说体自传的范畴。《杏林寄此生》这部传记记录了作者一生的经历，从拉马拉的家乡再到离开家乡到一些欧洲国家以及美国游历，最后重回故土。这也是一部作者与叙事者、主要人物（传主）融为一体的自传，但其中还隐含了他人的传记，最突出的是作者祖辈、后辈以及同辈亲人的传记。其中每个人物的传记都与他人有着某种联系，形成了一个群体。由此，个人传记超越个体本身，成为家族群像。传记中充斥着各种各样的声音，它们来自古代，也来自现代；来自隐秘之处，亦来自广袤大地，它们的声音回荡在各处，但始终统一于叙事者的意志。为了清楚地表达这些声音，叙事者借助了不少小说的手法，如独白、梦幻、神话，并在文本中穿插阿拉伯与世界文化遗产中的名篇名段以及现代文学中的诗篇、歌谣。作者巧妙地将多种文学表达方式融为一体，收拢在作品中。这样的作品虽然并不像传统自传那样遵循"忠实"原则，却更清楚、更深入、更全面地描述了作者的一生。它关注的不仅仅是作者本身，而是生活在这片土地上的与其相关联的人们，描述他们的整体面貌。由此，我们发现小说和自传的界限变得越来越模糊，勾勒自我的旅程呈现出在时空上的变化，产生了构建自我的多重可能性。它更加流动，更能够涵盖关于寻找"自我"意义的多种声音。

2. 社会文化因素

包括自传写作在内的任何写作必然受到该民族所属的文化、意识形态的影响。传统、习俗、法规、戒律、宗教、政治等像一个巨大的气场制约着生活其中的人们以及他们的想象力、开放度，同时也使他们的写作带着鲜明的民族特征和文化属性。自传写作尤其能反映出作者本人与他生活其中的文化现状之间抗争或屈从的关系。

从前现代阿拉伯文化形态看，它是一种反对揭露自我的文化。个体羞于承认社会所不喜的自我行为，奉行"若犯错，则掩过"的文化戒律。即便有自传性的篇章、文献流传下来，但多以关注"外部性"为特征，也就是说，其大多讲述外部环境。而现代西方自传——忏悔录则注重探究人物内心，揭露人物心理状况与内心波澜，呈现外界及外部事件对于人物内心的影响。这缘于欧洲基督教文化中的"原罪"，传主通过自白和忏悔使自我得到宽恕。从圣·奥古斯丁的《忏悔录》到卢梭的《忏悔录》，乃至波伏娃的《名士风流》皆如此。最终发展为传主在自传中面对读者进行忏悔，倡导自我解放，或是从过去中解放出来。从这个角度看，阿拉伯自传的产生缺少像西方那样的文化历史语境。[①]

　　从历史上看，在为"尊者讳"、"亲者讳"、"贤者讳"的东方伦理传统中，为自己、为长辈、为伟人写真实人生自古以来被人忌讳。那样做有悖伦理，需要勇气。阿拉伯国家亦如此。陶菲格·哈基姆在自传《生命的牢狱》开篇中坦言：

　　　　这些记录并非仅仅写下了生命的历程，它们更试图对生命做出解说和阐释。我掀开我人生机器的箱盖——检视那一般称之为"本性"或"性格"的"马达"。这"马达"决定我的能力，控制我的命运。它由何物构成？有哪些组件和部件？让我们从一切的最初，从我呱呱坠地开始吧！

　　　　我们无法选择自己的父母，也就无从选择塑造我们所用的组件。所以检视这些组件就必须一丝不苟、老老实实。我们国家的传统一贯将父母和先辈置入一成不变的固定模式里。其形象如此完美、虔敬、富有德行，以至任何对他们进行人格分析的企图都是如此的没有必要，就让我们稍稍越过这个"雷池"一步。我们需要拿出一点点勇气和诚意，来弄清束缚着我们本性的某些方面。[②]

　　再看当今，在现代阿拉伯国家里，性、宗教和政治是文学的三大禁区。许多谈及这些主题的作品被禁，甚至声称该作品是小说而非自传的作家也难逃其书被禁、撤架的威胁。驱逐令、被杀、被捕、上死亡黑名单的厄运仍然不断降临在作家的身上。[③] 在这种险恶的政治、宗教文化环境下，阿拉伯作

---

　　① 这一点可参阅本书第三章第二节的内容。

　　② Tawfīq al‑Hakīm, *The Prison of Life: An Autobiographical Essay*. Translated by Pierre Cachia, Cairo, 1992, p. 3.

　　③ 比如，埃及作家纳吉布·马哈福兹的《我们街区的孩子们》在埃及被禁止出版；约旦作家阿卜杜·拉赫曼·穆尼夫的《盐城》五部曲在沙特阿拉伯被禁止出版；黎巴嫩作家阿卜杜·瓦兹努的《感官之园》一书在黎巴嫩被禁止出版。1994 年马哈福兹幸免于宗教极端分子的利刃；黎巴嫩作家侯赛因·马尔瓦和马赫迪·阿米勒被暗杀；约旦作家加利卜·海勒赛被驱逐出境，流亡国外，客死他乡。还有许多作家被捕入狱，如阿卜杜·拉提夫·拉阿比、阿卜杜·卡迪尔·沙维、松阿拉·易卜拉欣等。

家们无法像西方作家们那样直白地在他们的自辩、日记、回忆录或任何回忆性片段里坦言他们对上述主题的见解和看法。他们只好假以小说，在小说艺术的保护伞下解释自我。作者本人的初衷是希望读者和评论家采取该作品是他自传的阅读心理去阅读。而读者一旦将作者和作品主人公进行对号入座，评论家一旦恶评相向甚至大肆攻击时，作者往往又矢口否认作品的自传性。

　　由于西方学者对阿拉伯传记作家的坦诚度表示质疑，致使他们对一大批阿拉伯大作家的自传作品在定性时采取十分谨慎的态度。他们认为阿拉伯作家在发现、挖掘自我时缺乏足够的勇气，至少没有像卢梭和纪德那样的勇气。笔者以为，这是西方学者不了解阿拉伯社会文化状况而造成的偏见。事实上，如前所述，在阿拉伯作家与文化、宗教、政治抗争的过程中，小说艺术形式恰似一具更可靠、更可信的面具，保护着他们更大胆地揭示自我。小说体自传的两重性、杂糅性在叙事者和作家之间为"自我"留下一定空间，使作家能够站在镜子面前赤裸裸地与自我交谈。如果说西方有它自己的"自传契约"的话，那么阿拉伯传记也有它自己的契约。在与社会传统和家庭伦理抗争方面，它不像西方传记那样"直面"、"坦诚"，而是戴着小说的面纱，服从总体的伦理原则，在独特的社会文化场中，讲述自我奋斗的故事，探索寻找自我的历程。正因如此，小说体自传在现代阿拉伯文学中大行其道。

　　3. 语言因素

　　自 20 世纪 70 年代以来，自传性文本，包括自传、自传性小说、小说体自传主要被看作虚构文本进行解构，强调其叙事意图，即强调语言作为符号的能指功能。也就是说，对文本真实性的命题几乎已被舍弃。即使作者严守勒热讷的"自传契约"，抱定忠实于事实的诚信态度，杜绝虚构情节，书写过程仍不可避免地对素材进行淘选、整合、编排。而这个过程就是"创作"和"文字建构"过程。作为语言符号产品，即便是自传本身，都无法摆脱话语系统的意义生成机制，更不用说小说体自传或自传性小说。当文本外作家的个人经历（所指）被文本内叙事符号（能指）所替代时，意识形态内涵和回忆中的想象因素必然经由本能选择卷入其中。选择之事取决于叙事者和叙事语境的需要，致使文本成为某种权力话语再生产的制品。正因语言的能指和所指之间的分离，努埃麦在《七十述怀》的序中袒露了自己作传的冒险性和无力感：

> 七十年！
> ……
>
> 信手拈来。从一数到七十，易如反掌。即使算出七十年里有多少个月、多少天、多少小时、分秒，也轻而易举。但是，你无力使它按时空顺序，一一再现；无力将每一瞬间带来的启示、幻想、激情、自发或自为的行动、心中的邪念欲望、光天化日或冥冥之中的梦幻泡影，隐瞒一部分，而又有意或无意披露另一部分的欢愉和痛楚，逐层分离出来。
> ……我不敢说已然掌握了自身的钥匙。这里，我只想冒一次险，带着读者在我至今依然生存的世界中作一次短途（或许是长途）的旅行。①

在《七十述怀》的最后一章"词汇的筵席"中，努埃麦又道出了词语的苍白无力：

> 我写出的一切均属于密码、暗语的世界。
> ……
>
> 当我说出这一类的词汇：人—动物—大海—山脉—百合花—昨天—明天—水—土等时，我也认为我明白它。实际上我也不明白。这一切都是一个个紧锁的箱子，是全体中的一部分。那么，只要我尚未理解全体，又如何能打开这些箱子，明白局部呢？就是"我"这个最多地出现在我笔下和口中的词汇，我也不明白它。②

杰卜拉在写自传《第一口井》时，也说：

---

① ［黎巴嫩］米哈伊勒·努埃麦：《七十述怀》，王复、陆孝修译，甘肃人民出版社1993年版，序，第1—2页。
② 同上书，第580页。

当一个人写童年故事时，心总有顾忌，担心因年代久远、世事沧桑而不能完整地还原其真正内涵，因为童年故事脱离了后来的人生经历。其实童年并非是一个完整的故事，而是诸多断断续续的故事，尽管故事的人物一脉相承，但大部分情况下很难将情节彼此连接，除非以小说的形式叙述。①

有同感的还有当代埃及女作家纳瓦勒·赛阿达薇。当赛阿达薇站在人生之旅的末端回望人生，挥笔书写自我，似乎已找到"自我主体"时，却发现自己陷入了一个怪圈：她愈是希望用白纸黑字来揭示自我，就愈发现"纸上的文字远非事实。我与文字之间的斗争从未停止"。"在我的生命岁月中，我不断地写作，试图消除形象和本体之间的距离，却只是一种枉然……。"②不论作者如何忠实地再现过去，他笔下的"我"永远是一个语言的"我"，文本的"我"，而不是生活中的不折不扣的"我"。

无论是努埃麦还是赛阿达薇都意识到了揭示自我是如此地困难，这不仅因语言的无能所致，更是与"失落的整体性"有关。阿多诺在评论贝多芬的晚期风格时说："没有任何综合是可能的，（但在实际上）却是综合的残余，是一个强烈意识到了整体性、结果却是残存物的个体之人的主体的残迹，整体性已经永远躲避了它"。③

语言的能指和所指的分离使自传真实性的命题几乎成为一个悖论，即自我、作者、被叙述的自我主体三者能否真的做到合三为一？同时这个悖论也加宽了自传作家们艺术创作自我的尺度。由此，勒热讷点出了文学自传的双面性：一方面制约于事实，必须忠于文献；另一方面又要扮演好艺术作品的角色，即所谓的"文学自传的悖论"。但他肯定，正是意义的透明（文献）和美学的追求（艺术）之间形成的张力，促使自传这一文类整体上具有丰富多样的形式。理论上讲，作家和作品人物无法一一划等

---

① جبرا ابراهيم جبرا، البئر الأولى، دار الآداب، بيروت، ٢٠٠٩، ص١١.

② Nawal El Saadawi, *A Daughter of Isis*, *The Autobiography of Nawal El Saadawi*. Trans. Sherif Hetata, London & New York: Zed Books Ltd, 1999, pp. 52—53.

③ 转引自萨义德《论晚期风格》，阎嘉译，生活·读书·新知三联书店2009年版，第9页。

号，但阿拉伯作家有时却有意模糊作家和作品人物之间的界限，造成文本内外三个人物——作者和叙事者、主人公的"印象重叠"。最后让虚构的人物替代作者本人，塑造一个隐含的自我形象，让虚构文本里的"我"更好地坚守文学的精神，以补足作家本人因周遭的文化、宗教、政治禁锢造成的心理缺失。

第三节　现代小说体自传中的"监狱故事"

如前所述，现代阿拉伯文学中小说体自传居多的原因，一是受到传统伦理中"耻辱文化"的约束，二是受到当下阿拉伯社会意识形态的影响。在政治、宗教、性方面的禁忌使阿拉伯作家们不得不在"小说"面具下，阐释自我的政治观、宗教观和性观。而以"监狱经验"为主题的阿拉伯"监狱文学"在阿拉伯社会的建构中肩负着抵抗和反对现有专制政府的重任。"监狱故事"的叙述者——被冠名为"政治犯"的作者，其创作旨在揭示人性之恶，建构更为公正、民主、自由的民族文化；其叙事策略也更多地采用了小说体自传的形式。

一　监狱文学

一个作家永远无法忘却他身受的、在多数时间里总是悲剧的那种体验，尤其是坐牢的经历。纵观世界现代文学，监狱文学在每种文化中都具有强烈抵抗和反对专制政府的意识和重任。监狱作家在监狱高墙内或有关高墙内生活的创作凭靠着一定的故事叙事策略，一再重复沉重的环境、感情的丧失、生存的险恶等主题，旨在批判人性之恶，呼吁公正、自由的力量。他们在作品中也强烈地展示坚持此种写作所需的勇气和精神力量。由此，有关牢狱生涯的写作实践变成了化记忆为行动的过程和在这一过程中心理上、精神上的坚持和超越。这类传记使我们意识到人生有时就那么简单：是存活还是死亡。

1963 年，南非作家露丝（Ruth）第一次在她的《117 天》（117 *Days*，1965）中写出了在比勒陀利亚中央监狱被囚禁的生活。她把这些失去自由的日子比作"密封在水族馆中一个了无生气的玻璃箱里"。对 1975 年被监禁的布雷滕·布雷滕巴赫(Breyten Breytenbach)而言,这个敢于创新实践的南非先锋派诗人的孤寂和残酷的现实,只能用献身大自然的热情加以缓和。他在回忆录《天空的记忆》(A Memory of Sky,1975)中,详细记述了得以度过那难以忍受的日子的唯一办法是"每天在天井放风的半小时里向太阳道一声早安"。

当感官的剥夺、器械的滥用、恶劣的生存环境成为监狱故事的叙事主题后,精神的折磨和情感的苦难往往产生最轰动的报道。它们通过日记和回忆录形式记下了无数牢狱生活的实例。例如,18 世纪末的亨利·德拉蒂德(Henry de Latude)被囚禁在巴黎的巴士底国家监狱(被关押的朱尔·米什莱①称之为"思想炼狱"的典型)时,他相信狱卒的主要任务之一是"深入囚犯的灵魂深处,读出他们的思想"。之后,巴士底确实成了政治犯作为狱中写作时表达暴虐、非人道专制和政治冤案的关键标志。

安东尼·葛兰西②的《狱中书信》(Letters from Prison)在他死后于 1947 年在意大利出版。全书以严谨、客观、超然著称,为我们提供了个人或心理上或许是最为广阔的监禁事例。作品写出了他如何克服孤独和无聊,直白地让人们注意到监狱日常生活。这种"可怕机构"的日常制度足以摧毁压倒"一切事物"。对葛兰西而言,写信成为他"最热切的感受"。

杰出的尼日利亚剧作家、诗人、激进的人道主义者、1986 年诺贝尔文学奖得主沃莱·索因卡永远无法忘记牢中那"餐巾"一般大小的天空。他自己的相当一部分诗作便写于被剥夺了自由、尊严、身份,乃至纸笔的高墙内,如 1969 年出版的《狱中诗札》(Poems from Prison),另有一部狱中笔记《死了的人》(The Man Died),2006 年出版了叙述自己成年时代的《你必须黎明动身》(You Must Set For that Dawn),以大量笔墨回忆自己的入狱、狱中生涯和流亡经历,兼及对正义和暴政的深思。

----

① 朱尔·米什莱(Jules Michelet,1798—1874),法国历史学家。

② 安东尼·葛兰西(Antonio Gramsci,1891—1937),意大利共产党创建人。1926 年被捕入狱,1937 年病逝。他的文艺理论著作大多写于狱中,战后得到广泛的传播和研究。他批判资产阶级唯心主义文艺观和克罗齐的"艺术即直觉"的观点,坚持历史唯物主义和无产阶级党性原则,提出创立"民族—人民的文学"的口号。葛兰西奠定了意大利马克思主义文艺理论的基础。

对政治犯而言，写作也成了一种政治和形式上的授权。南非反种族隔离活动家阿尔贝·萨克斯（Albie Sachs）1963 年被囚禁期间，看到写作是控制自身情绪的一种方法。通过写作，他获得了对命运一定的"掌控优势"。他相信，作为对肉体报复的一种替代，写作是唯一"回击"的办法。稍后的民主斗士、南斯拉夫前副总统米洛万·吉拉斯①在马歇尔·铁托的统治下写了他的狱中书："不能（在狱中）写作不仅使我的监禁失去了任何意义，对我更是一种背叛自我和思想的沉重负担。"20 世纪前苏联的持不同政见者，像亚历山大·索尔仁尼琴（Alexander Solzhennitsyn）和弗拉基米尔·布科夫斯基（Vladimir Bukovskii），对敌人和他们最终的代言人——死者和牺牲者，同样都有着清晰的感知和记忆。埃莉诺·利佩尔（Elinor Lipper）20 世纪 40 年代在前苏联劳改营中写的苦难经历，为死者表达了崇敬，使人们忆起了"西伯利亚墓地的沉寂。那些冻死、饿死、被鞭打至死的囚犯的死一般的寂静"。她想"让这死寂开口说话"。2009 年诺贝尔文学奖获得者罗马尼亚裔德国籍作家赫塔·米勒（Herta Müller）的获奖作品《呼吸钟摆》，也是根据罗马尼亚—德国作家、诗人奥斯卡·帕斯提约（Oskar Pastior）在斯大林时期苏联劳改营里亲身经历编写而成的。作品讲述了罗马尼亚籍德国人被运往苏联劳改营被迫从事繁重的体力劳动、衣食无着、随时都有失去生命危险的故事。《法兰克福汇报》的评论家认为《呼吸钟摆》是一本记忆的宣言，它令人在内心深处感到深刻的震撼。

一些作家在监狱里写下日记或便条，这些日记和便条往往写在厕纸或刻在狱墙上，成为在恐怖环境中保持头脑清醒的手段。爱德华·库兹涅佐夫（Edward Kuznetsov）在库尔多瓦"特别营"里写下的《监狱日记》（*Prison Diaries*，1973）中这样说道："日记对我来说，是自觉反对无法忍受的生活的一种方式。写下劳动营中形形色色的生活特色就是要使它具体化，允许我置身于一定距离之外不时地反对他们。"库兹涅佐夫很清楚，写作本身对他而言就是希望自己"像人那样活着"。

---

① 米洛万·吉拉斯（Milovan Djilas, 1911—1995），南共中央委员。1953 年任国民议会议长，1954 年被开除出党，两次被判入狱。

二　阿拉伯作家和监狱文学

提及阿拉伯世界的现当代监狱文学，我们马上联想到摩洛哥作家阿卜杜·拉提夫·拉阿比（Abdu al – Latīf La 'abī）和沙特阿拉伯作家阿卜杜·拉赫曼·穆尼夫。前者写了《神判之路》（*Le chemin des ordalies*，1982），后者写了《地中海之东》（*Sharq al – Mutawssit*，1975）。穆尼夫在书里集中描写了有关地中海东部某地的监狱和苦刑、囚犯的生活以及囚徒和狱卒的关系。他在一次接受纳布卢斯大学教授、意大利学者伊萨贝拉·卡梅拉·德弗利朵（Isabella Camera d'Afflitto）采访时曾有过一段颇为令人深思的表述：

> 要说我的这番经历和这么多的同行相比，还真有点羞于启口。我只在伊拉克的一个监狱里呆过几个月，和那些蹲了十年、十五年大狱的政治犯相比，我的经历实在短得可怜。我为此感到羞愧，不过，仍然感到非把它写出来不可。①

穆尼夫的作品具有强烈的自传性，从《盐城》五部曲到《墨绿色的土地》三部曲，从《许愿树》到《一座城市的故事》，读者读他的自传时会觉得像在读他的小说，而读他的小说时倒反而像在读他的自传。究其原因，笔者以为，其原创性的文笔带着深深的感情投入，这种自传性不仅依靠对事件真实性的描述，也寻求并期待着直觉和感知中的描摹，像恐惧、心理上的极度痛苦、肉体上的刺激（饥饿、反感、嗅觉）等等。这一切，除非亲历过皮肉之苦的人，否则无法像穆尼夫描写的那样强烈。

肉体和思想不一样，它有自身的记忆。思想和回忆可以欺骗，作者能用它去蒙骗或自欺欺人。可是身体对过往的感受——无论是肉体的（某些真实行动的结果）还是思想的（纯感知观念的结果）都会永世不忘。有人努力试图抹去一段痛苦的记忆，将它遗忘，但植入他身体里的种种感受将永留心底。就像阿尔及利亚女作家艾赫拉姆·穆斯苔阿妮米在小说《肉体的记忆》

---

① Abdu al – Rahmān Munīf, as interviewed by Isabella Camera d'Afflitto, *Il Manifesto*, 14 April 1992.

中描述的那样，男主人公在战争中失去的左臂既是"肉体的记忆"，更是父辈们为争取民族独立而前赴后继的历史记忆；也像巴勒斯坦诗人马哈茂德·达尔维什在《为了遗忘的记忆》中描写的那样，战争为人们留下的心灵创伤并未因战争的结束而抚平。痛苦的记忆像梦魇般纠缠着作者，挥之不去，但又不堪回首。这种隐痛犹如"那些将腿锯掉多年后的人仍感觉到腿的剧痛，尽管腿已不在"[①]。

在其他作家的作品中，也可以找到类似穆尼夫的这种被监禁经历淬炼过的肉体的和精神的体验。像埃及女作家纳瓦勒·赛阿达薇在她的《女子监狱回忆录》（*Mudhakkhirāt fī Sijn an – Nisā'/Memories of Women's Prison*, 1988）中，像其丈夫埃及左翼人士谢里夫·赫塔特在 1974 年和 1978 年间完成的《三部曲》（*Thuliathiyya/Trilogy*）中，他们直言不讳地承认他们的书都是有过真实经历的回忆录。[②] 还有像埃及的杰马勒·黑塔尼（Jamāl al – Ghitāwnī）、松阿拉·易卜拉欣、爱德华·赫拉特等不少左翼作家，他们也把相同的感觉和观念写入他们的自传性作品中。

杰马勒·黑塔尼在他的自传性短篇小说《城堡》（*al – Qal'a/The Cita-del*）里这样描写荒漠中的牢狱：大漠中心建起了一座监狱，整座监狱只关着一个人。作品自始至终抓住读者内心的是作者痛苦、孤独和恐惧的感受，例如屎尿的恶臭、被浸泡在秽物中的经历以及虱子在身上爬行的感受，[③] 以致人们无法相信故事中描写的某些事件果真在作者身上发生过，而作者强调这确实是自己在 1966 年经历了半年的铁窗生涯的真实经历。

松阿拉·易卜拉欣写了以埃及西北部荒漠中的绿洲监狱经历为背景的《绿洲监狱日记》（*Yawmīyyāt al – Wāhāt*），记录了作者在 1954 年至 1959 年五年间被关押在纳赛尔集中营（埃及西北部荒漠中的绿洲监狱）里的经历。

---

① 马哈茂德·达尔维什：《为了遗忘的记忆》（阿文版），贝鲁特利亚德莱斯出版社 1987 年版，第 28 页。

② 可参见萨马尔·鲁希·费萨勒（Samar Rūhī al – Faysal）的《阿拉伯小说中的政治监狱》（阿文版，*as – Sijn as – Siyāsī fīr – Riwāyat al – 'Arabiyyah*），大马士革阿拉伯作协出版社 1983 年版；阿卜杜·卡迪尔·谢里夫（Abdu Qader Sharīf）的博士论文《当代阿拉伯小说中的监狱》（英文版，*The Prison in the Contemporary Arabic Novel*），密西根大学出版社 1983 年版。

③ 转引自阿卜杜·卡迪尔·谢里夫的博士论文《当代阿拉伯小说中的监狱》（英文版，*The Prison in the Contemporary Arabic Novel*），密西根大学出版社 1983 年版，第 32 页。

讲述了自己以及狱友们（那些曾与他一起参加 1952 年纳赛尔革命的仁人志士）在集中营里所遭受的肉体残害和人格侮辱，还讲述了自己在狱中的政治文学创作。该作品兼具回忆录和小说体叙事的双重特点，既具有回忆录的私密性，又显现出作者在文体和故事叙事方面的创新模式。松阿拉·易卜拉欣在该作品中非常注重亚文本的叙述，除了正文以外，写了大量的注释、旁白、说明，赋予枯燥、冗长、流水账似的日记形式以更深沉的生活思考以及对 20 世纪 50—60 年代埃及政治、社会、文化、文学状况的反思。而当时不仅是埃及，整个阿拉伯世界都处在一种高压统治下。人们急功近利，做事缺乏深思熟虑，盲目狂热。同一阵营里的同志彼此争斗，残酷迫害，"反智主义"盛行，使大量知识分子罹受苦难。

《绿洲监狱日记》最重要的一点是，真实地记录了松阿拉·易卜拉欣如何成为著名小说家的过程，牢狱生涯造就了一代作家。在这"思想炼狱"里，作者用卷烟纸记录下自己的沉思，委托提前出狱的狱友侯赛因·阿卜杜拉把文稿偷偷带出监狱。后来这些记录构成了作者几部小说的重要章节，如长篇小说《男人、孩子与蜘蛛》、《赫利里先生》，以反思建设阿斯旺大坝为题材的《八月的星星》及短篇小说《爱情的种子》、《苍蝇》、《地平线上的红光环》等。

埃及作家爱德华·赫拉特在其小说体自传《藏红花的土地》中坦言：

1948 年的牢狱生活至今仍是我精神和智力上最珍贵的经历之一。它们帮我有能力评估内在的和社会个体的自由理念，崇尚人类尊严的重要性和主体间传授的需要，克服孤独——人类命运的一个部分。所有这些，对无论作为作家的我，还是作为社会市民的我，其价值都是无法估量的。①

摩洛哥著名小说家、龚古尔奖评委塔哈尔·本·杰伦的小说《这炫目致

---

① Edwār al – Kharrāt, Random Variations on Autobiographical Theme, Robin Ostle, Ed de Moor & Stefan Wild（eds）, *Writing The Self, Autobiographical Writing in Modern Arabic Literature*, Saqi Books, 1998, pp. 13—14.

盲的光》(*This Blinding Absence of Light*)(也有译成《那耀眼的黑暗》)也是以真实的监狱故事为背景的作品。它荣获 2004 年都柏林文学奖。《这炫目致盲的光》的法文原著此前已在法国成为畅销书。其情节以摩洛哥历史上的真实事件为背景,讲述了 1971 年被指控参与针对当时摩洛哥国王哈桑二世的政变军官在政变失败被捕后的狱中经历。小说男主人公在摩洛哥沙漠中的塔兹马尔特地下集中营度过了 20 年骇人听闻的岁月。已故摩洛哥国王哈桑二世为监禁政治犯专设了塔兹马尔特地下集中营。许多政变军官在全无阳光的窄小地牢里,被关押了数十年。当地牢于 1991 年打开时,只有为数不多的囚犯得以幸存。在被关押的 20 年中,许多政变军官受尽了非人待遇,而当局在这段时间内一直对外否认塔兹马尔特监狱的存在,直到 1991 年,才迫于国际社会的压力将这些军官释放。

　　巴勒斯坦诗人马哈茂德·达尔维什在他的回忆录《为了遗忘的记忆》中,也毫不隐晦地写出了他的监狱生活:咖啡变成个人财物中最稀缺珍贵的东西,它简直可以让人成为一个绝对的利己主义者,想要一小杯咖啡的人叫他干什么都行,咖啡到手后,他会当着那拨不那么幸运的狱友的面,显摆地啜上一小口。要知道,"牢房里,给予和分享是衡量一个人心诚与否的试金石"①。

三　"监狱故事"的"诗"与"真"
——以易卜拉欣·塞姆伊勒为例

　　在当代阿拉伯社会以监狱、政治犯为题材的文学作品中,我们常常发现真实和虚构的界限模糊不清。这一现象一方面归结于 20 世纪 50—60 年代阿拉伯知识分子面临的严峻的政治、文化环境因素,这一点我们在上一节分析过;另一方面,是作者为了给予自我最大的创作自由度。例如,穆尼夫曾与巴勒斯坦作家杰卜拉·易卜拉欣·杰卜拉共同合作写了《没有地图的世界》('*Ālam bi – la Kharā' it*/*World without Maps*,1982)。很多读者以为有关监狱

---

　　①　马哈茂德·达尔维什:《为了遗忘的记忆》(阿文版),贝鲁特利亚德莱斯出版社 1987 年版,第 17 页。

那一章是穆尼夫自己写的。穆尼夫在谈及此事时却供认这一部分乃出自杰卜拉之手。之所以两位作家在艺术上能达到如此默契，穆尼夫认为以小说的方式书写真实的事件能最大维度地发挥作者的创作自由度。而他与杰卜拉共同的生活经历和艺术追求成全了这部书的问世：

> 一开始，这简直就象一场梦。我们谁都没把这事当真，但逐渐，我们开始培养双方的个性，最终可以在一起诚挚地工作。我们都在塑造角色、描述引人瞩目的事件。这一切都需要足够的专一。事情真的很难办，像编一件织物，我们谁的手里都有自己可用的线，但所有的线又都必须织进一件搭配和谐的图案里。杰卜拉和我彼此都在研究对方的写作方法。我们全身心沉浸在这种激动人心的写作活动里。这时，只要我们关注，中心思想也总是能和作品的结构融为一体。这样谁都无法找出哪段是我写的，哪段是杰卜拉写的。①

叙利亚作家易卜拉欣·塞姆伊勒（Ibrahīm Samū'īl，1951—）由于政治原因，度过几年铁窗生涯。牢狱将他塑造成作家。他的短篇小说集《沉重步履的气味》（Rā'ihat al – Khatwāt a th – Thaqīlah/ The Smell of Heavy Footsteps）便是他在狱中写就的作品，出版于1988年。两年之后，作者又写了一部以监狱经历为题材的短篇小说集《咳嗽》（al – Nahnahāt/ Coughing，1990）。与其他许多阿拉伯知识分子一样，他将自己的牢狱经历以小说的形式发表。当读者在读其小说时，发现他的描写与他在一家文学期刊采访中的自述是如此地贴近，足见其小说的自传性特征。②

在短篇小说《咳嗽》中，易卜拉欣·塞姆伊勒如此描写牢房和从黑暗的过道里传过来的阵阵咳嗽声：

> 刹那间，牢房膨胀变大了，似乎是咳嗽声撑开了墙体，让一缕光线

---

① Abdu al – Rahmān Munīf, as interviewed by Isabella Camera d'Afflitto, Linea d'ombra 78, January 1993, pp. 58—59.

② Ibid., pp. 49—50.

顺道钻到这静静的黑暗中来……我们一块儿卷进了那场游戏，它让我们
阴沉的寂寥鲜亮生色。①

《一个漫长的冬日》是《咳嗽》中收入的另一篇作品，写于 1989 年 2
月。小说描写一个常年在逃的政治犯。一天晚上，他正在自己家里，忽听到
有汽车声开到楼前，他以为是警察来了，拔脚便逃。到小说结尾，读者才弄
明白根本不是什么警车。故事忠实地反映了一个人的生存状态：他永远生活
在担心被逮捕的梦魇中。这种"清醒的噩梦"再真实不过地反映了像易卜
拉欣·塞姆伊勒这样的作家的生存状态，特别对某些早先被拘留过、释放后
又被捕的人来说更是如此。

易卜拉欣·塞姆伊勒通过抓住一堆琐事，来描写一个惶惶不可终日的逃
亡者的生活状态，这些细节也是他自己生活的一个部分。在《他不再是个父
亲》里，当身为父亲的主人公出狱后发现与儿子的隔阂远远超过犯人与探监
者的隔阂时，他和不认父的儿子分手了。作品以倒叙的方式讲述故事：儿子
在父亲被逮捕后十天出生，家里留下的一张父亲的照片是儿子知道他有个父
亲的唯一凭证。探监日妻子抱着儿子来看狱中的父亲。父亲终于出狱回家，
含着热泪投入妻子怀抱中，也试图拥抱儿子，此时，他"感觉父子俩之间似
乎立着一堵高墙"。从孩子困惑畏惧的眼神里，他明白儿子看自己就像看一
个泪流满面的陌生人。孩子完全不理会父亲，只顾和照片里那个肖像喁喁私
语。父子间不可逾越的隔膜不啻于狱中的高墙。

马哈茂德·达尔维什在他的回忆录里，诉说监狱里的饭食是扁豆汤里司
空见惯的一条条肉虫。而易卜拉欣·塞姆伊勒在《中饭时间》里则描述了
囚犯吃午饭时的痛苦经历：

　　当开始分发一天的吃食时，他在苦等着叫到 8 号。此时，他会把
墙根底下的毯子整理得象一块桌布，再掸一下墙上的尘土和蛛网，等
着叫号。苦等的时刻，他会强打精神，口里带着一丝苦味和喉头难以

---

① ابراهيم صمونيل، النحنحات، المؤسسة العربية للدراسات والنشر، ١٩٩٠، ص٥١.

忍受的干涩，琢磨起今天会端出点什么来吃。今天会有什么呢？不会是碎麦片？不可能，昨天已经吃过碎麦片了，前天是大米加干豆，大前天是……想不起来了。今天一定会是……

终于传来叫 8 号的声音，他跳起来。从门上的小洞飞进来一片面包，打在脸上，传过来的一个金属盘里盛着一团西红柿泥，屋里顿时充满一股令人作呕的气息，熏得胃一阵抽搐。

一凑近，盘子周围弥漫着的一股怪异气味紧锁喉头。我赶紧缩回来，胃好像已停止运作。我再退一步头靠着墙，但那令人作呕的气息紧逼而至，像坏鸡蛋，更像臭屁。号子里满是恶臭。我没有勇气去吃这种东西，只能回过头来和那愚蠢的饥饿作斗争，但败得更惨。我抓起汤勺，把那团脏东西一通搅乎，顿时，腹部涌出的一股暖流把我噎住了。它像滚过来的一块巨石冲出喉头。①

故事结束了。出现在读者眼前的是一个永远填不饱肚皮的囚徒。他想方设法试图强迫自己能吞下一点东西，直等到狱卒吼着要他归还食盘；他放下汤勺，企盼能有一丁点儿果腹的东西，开始憧憬那“明日的吃饭时间”。

《凝视的双眼》（‘Uyūn al – Mushiri ‘a/Staring Eyes）完成于 1986 年 9 月。易卜拉欣·塞姆伊勒在该作品中写了一个囚徒和他妻子的故事。犯人的妻子通过门卫，设法给她在狱中的男人捎进来一张 50 里拉面额的钞票，让他买一块急需用的肥皂；因为狱里很长时间不让换洗，她男人满身泥垢和汗液，狱卒戏称他们是“臭泥猴”。主人公接过钞票，举起来闻了闻，还嗅得出老婆的一丝体香。马上，他又发现钞票上图案旁的空白处留有她的几个字“乌姆·哈勒顿给她心中的挚爱——阿布·哈勒顿”。一时间，他百感交集，不知究竟该把钞票留作纪念还是用来买肥皂。

叙利亚诗人、戏剧家马姆杜赫·欧德旺（Mamdūh ‘Udwān, 1941—2004）在为短篇小说集《沉重步履的气味》写序时，认为易卜拉欣·塞姆伊勒的短篇小说最值得关注的是，从不出现“政治”这个字眼，但他绝不

① ابراهيم صمونيل، النحنحات، المؤسسة العربية للدراسات والنشر، ١٩٩٠، ص٩.

屈服于意识形态。他自始至终孤军奋战，在为他那真实的生活经历而战。这类个人化的生活细节看似微不足道，但却比政治套话或文学概念更贴近人们的生活真实。它们以肉体感受以及心灵震撼打动读者，而不是通过思维或理性的说教。在马姆杜赫看来，"理性之门是文学的杀手"①。

在一次意大利文学杂志 Linea d'ombra 采访易卜拉欣·塞姆伊勒时，他坦言他的短篇小说和他真实的生活是紧密交织在一起的，彼此之间有着恒久和坚实的关联。他这样告诉记者：

> 完全正确！我写出了深深蚀刻在我心灵上的狱中的考验；我也利用了这种真实的经历。写监狱生活本应当是记者、媒体人干的活，和文学完全是两回事。然而，忍受过监狱的折磨后，我的血液、生命、情感、梦魇里满是监狱的影子。我把这一切融合提纯，精炼成文字。我也成了写小说的作家，我的小说就是这种混合物的抒发。既然是混合物，当然不能象在相片中那样，成为现实的一种完全真实的影像。但，不管怎么说，我生活中的事件跟我故事中诸多角色的情态，两者之间有着极为强烈的一致性。②

当然小说中的每件事情并非都发生在易卜拉欣·塞姆伊勒身上。这里有的可能是别的囚徒的经历，有的可能仅仅是传闻甚至是他印象中的片断。作者自称，短篇小说《一个漫长的冬日》所描述的情节是他亲身体验过的。尽管任何监狱里的饭食，都会很容易地被想象成是令人作呕的，但在《中饭时间》这部作品中列举的食品和等待送饭时间的经历非亲身感受无法倾注笔端。他妻子叫玛莉（故事里叫玛利亚），确实有一次给他送过一张 50 里拉的钞票，也像《凝视的双眼》上描写的那样在钞票上写了点什么。尽管所有的细节不是完全吻合，但它们都是黑牢房、高墙氛围中形成的直接结果。采

---

① ممدوح عدوان، القضية، مقدمة ((رائحة الخطوات الثقيلة))، دار الجندي للنشر والتوزيع، ١٩٨٨، ص٨.

② Isabella Camera d' Afflitto, Prison Narratives: Autobiography and Fiction, Robin Ostle, Ed de Moor & Stefan Wild (eds), *Writing The Self*, *Autobiographical Writing in Modern Arabic Literature*, Saqi Books, 1998, p. 155.

访易卜拉欣·塞姆伊勒的意大利学者伊萨贝拉·卡梅拉·德弗利朵认为：
"易卜拉欣·塞姆伊勒根本不打算去捏造和虚构。至于说用小说掩盖，一方
面是作家对政治的恐惧感遏制了对实事的坦言，另一方面便是作家希望他的
作品富有艺术性和创造性，他也需要想象。如果写作仅是对现实的白描，或
是一个人只懂得写实际的经历，那么写作的核心价值又是什么呢？"①

如开篇中所述，监狱文学作品始终坚持着道德无辜、正义必胜的信念，
这是监狱著作的中心主题，也是此类作品的艺术价值所在。而在这一场沉默
还是言说、遗忘还是记忆的较量中，想象力始终是反叛力量维持生命力的重
要源泉。20 世纪 80 年代，巴勒斯坦作家伊扎特·贾扎维（Izzat Ghazzawi）
参加非法组织被以色列当局拘禁，想象力是唯一能使他"把狱墙推倒"的
武器。对许多有良知的阿拉伯文学家、思想家而言，记忆对坚持自我控制是
太痛苦、太危险的事情。为了遗忘，达尔维什写下"记忆"，作品《为了遗
忘的记忆》自始至终浸润着已被掩埋的生命躯壳与尚未泯灭的灵魂之间抗争
的悲凉。现代阿拉伯小说体自传中的"监狱故事"其文学意义在于，作家
取"记忆"之形，成哀悼之实，为那些生命印记随时都面临着被历史拭去
的人们留下某种不朽的东西。

第四节 "一个富有冲击力的关于人类绝望的真实故事"：舒克里的《裸面包》

20 世纪 70 年代享誉阿拉伯文坛的摩洛哥作家穆罕默德·舒克里是一位
大器晚成的作家。他凭借着小说体自传《裸面包》一炮打响，奠定了其在
阿拉伯文坛，乃至世界文坛的地位。其实，这部 1972 年就完成的作品先翻
译成法文、英文和西班牙文出版，然后才让阿拉伯文原版同读者见面
（1982）。该作品的中文版由国内学者张文建翻译，于 2004 年世界知识出版
社出版。小说的英文版是由长期生活在摩洛哥丹吉尔市的美国作家保罗·鲍

---

① Isabella Camera d'Afflitto, 'Prison Narratives: Autobiography and Fiction', Robin Ostle, Ed de Moor & Stefan Wild (eds), *Writing The Self*, *Autobiographical Writing in Modern Arabic Literature*, Saqi Books, 1998, pp. 155—156.

尔斯（Paul Bowles，1910—1999）翻译的，英文名为《仅仅为了面包》（*For bread alone*）。保罗·鲍尔斯是十足的存在主义小说家、虚无主义者，穆罕默德·舒克里深受其影响，作品带着明显的存在主义烙印。

《裸面包》一经出版，在阿拉伯世界引起轰动，以后多次出版其阿拉伯文母本。在阿拉伯世界具有影响力的《阿拉伯人》杂志评论说，这部小说的语言深刻，"具有灵魂穿透力"，"一部大胆地揭露阿拉伯现实的佳作"；作品的法文译者、摩洛哥著名作家塔希尔·本·杰伦对该作品给予了高度的评价，认为它是揭露和见证黑暗年代摩洛哥底层社会现实的"一面明镜"，是"一部在现代阿拉伯文学史上占有独特地位的、有影响力的作品"。该作品在阿拉伯作协评选出的 20 世纪 105 部最佳阿拉伯小说排行榜上居于第 26 位。

穆罕默德·舒克里 1932 年出生于摩洛哥北部里夫地区的贫寒农家，当时正是法国和西班牙殖民主义统治摩洛哥时期。他自幼随父母逃荒到丹吉尔市，后迁徙到得土安（又译缔头万）并流亡到阿尔及利亚西部的奥兰市，又返回丹吉尔。在长期颠沛流离的生涯中，为了生存，他讨过饭，捡过垃圾，帮母亲卖菜，擦皮鞋，卖报纸，在咖啡店、餐馆和夜总会里打工，在砖场和农场卖苦力，在码头上当搬运工……饱尝肉体的饥饿和精神的凌辱。到 20 岁时，才在朋友的启发下开始学习阿拉伯语，并开始习作。1966 年发表第一部短篇小说《岸边暴力》，受到名家好评。

《裸面包》是作者的成名作，是作者"三部曲"中的第一部，其他两部分别是《机灵鬼》（*ash - Shattār*，1992）和《错误的时间》（*Zaman al - 'Akhtā'*，1992）。在《裸面包》中，作者以阿拉伯作家少有的勇气和胆识，真实地记录了自己亲历的在殖民统治下摩洛哥底层社会苦难而丑陋的生活：父亲的残暴与无情，母亲的软弱与愚昧，社会底层酗酒与殴斗，赌博与吸毒，卖淫与鸡奸，偷盗与走私等；也从一个侧面反映了政治的动荡和人民的反抗，以及 40—50 年代埃及的纳赛尔社会主义思想在摩洛哥的影响。该作品既充分体现出西方自传中常有的"自我暴露"和"自我救赎"的自传特征，又体现出浓厚的存在主义思想，如父权制的野蛮和愚昧，社会的贫困与不公，人性的丑陋与颓废，存在的绝望与虚无。作者还通过优美、生动的描述性语言、穿插着摩洛哥方言、阿拉伯语、西班牙语、法语的人物对话以及意识流、内心独白等现代小说表现手法，使这部作品成为自传和小说完美结合的佳作。

作品虽然用了小说叙事手法，但其自传性是不言而喻的。在作品的前言中，作者就以抒情的笔调开宗明义地说明了该作品是自己 1935—1955 年 20 年间的个人传记，并指出作传的目的：

> 早上好，夜游者！
>
> 早上好，日逛者！
>
> 早上好，丹吉尔，你这个栽入水银般流动时间里的城市！
>
> 我回来了！像个梦游者，穿过小巷和回忆，穿过连接我昨天和今天的生命轨迹，去探寻词语、幻想和述说也难以愈合的伤疤。
>
> 我的生命与语言的罗织有何关系？
>
> 然而，夜晚的香气满载着心悸和冒险冲动悄悄潜入我的心底，为火炭里的灰烬再次披上一层透明的诱人的薄幕……
>
> 两年前，阿布顿·福鲁苏去世了，是他唤起了我的想象，帮助我战胜暴虐、压制和激烈的肉体争斗……他的存在和对生命的热爱点燃了我的写作灵感，让我写就了《帐篷》。作品还没发表，他就去世了。我期待着自己写一些不矫揉造作、不拖泥带水的文学作品，就像眼前的这部自传。十年前，我就写好了，并先后被翻译成法文、英文和西班牙文出版，然后才让阿拉伯文原版同读者见面。
>
> 生活教会了我等待，教我意识到时间是场游戏，不要放弃已经从中获得的真谛，说出你想说的，不要让它死在心里，它自有自己的命运，不管结局怎样。重要的是，它能点燃一种感情，一种忧伤，一种灵光闪现。它能在荒凉的、了无生机的废墟上点燃一星火焰。
>
> 夜游者啊，日逛者，悲观者啊，乐观者，叛逆者啊，年少轻狂者，智者啊……不要忘记，时间的游戏比我们更强，这是致命的游戏。我们只有先死而后生时才能面对它，只有吟诵着生命在钢丝上舞蹈时才能面对它。
>
> 我要说，让活者从死亡中走出，让活者从腐朽和放荡中走出，让活者从消化不良和精神崩溃中走出，让活者从饥饿的肚子和为裸面包而生

的冷漠中走出。①

由此，读者不难看到，舒克里希望通过自传来梳理自己从 3 岁到 20 岁出头在丹吉尔度过的成长岁月，那里充满了苦难和忧伤，充满了屈辱和疯狂，也充满了青春的悸动和少年的烦恼。那段岁月对业已功成名就的舒克里而言，不堪回首，为何还要写出来呢？作者意识到：存在是偶然的，无意识的，无序的，时间是场游戏，人类敌不过时间的玩弄，却能从中得到生命的真谛，将它说出，便是存在的意义，而文字一经说出便有了自己的命运，不用在乎读者的解读；人生如同在钢丝上舞蹈，并且还要歌颂着生命，只有这种自觉的向死而生的姿态，才是活着的意义。

作者将"裸面包"作为小说体自传的标题，意指 40 年代摩洛哥遭遇的大饥荒以致老百姓连最普通的面包都吃不上的现实。摩洛哥学者哈桑·穆迪恩这样评价这部小说体自传："《裸面包》可以看作是表述 20 世纪中叶摩洛哥北部地区罹受饥馑、干旱、战争、暴乱、仇杀、死亡的文献资料，反映了现代摩洛哥社会各阶层生活在暴力和边缘处境中的现实。"②"毫无疑问，自传为小说增添了真实生活的力量，赋予它可参考的价值，而小说为自传增添了想象的灵光。小说体自传需要我们以特殊的方式来阅读，不仅把它看作是现实生活的见证者，而且还要把它描述的现实看作是艺术化了的真实。"③那么，这部自传是如何通过小说元素，传达作者 20 岁以前的真实生活的呢？

笔者以为，最重要的一点就是对文本"基本词"的使用。昆德拉曾经说过："一部小说首先是以某些基本的词为基础的。""我不仅要以极端的准确性来选择这几个词，而且还要给它们定义和再定义。"④换言之，昆德拉要用他精心选择的一个或几个词去支撑他的人物、他作品的主题、他对人生的思考——这些词汇聚而成的全体又共同支撑起他作品的大厦。

---

① محمد شكري، الخبز الحافي، الطبعة السادسة، دار الساقي، ٢٠٠٠، ص٧-٨.

② حسن المودن، الرواية والتحليلي النصي – قراءات من منظور التحليل النفسي، الدار العربية للعلوم ناشرون، دار الأمان، الرباط ٩
٢٠٠، ص٢٨.

③ 同上书，第 35 页。

④ 转引自作从巨主编《叩问存在——米兰·昆德拉的世界》，华夏出版社 2005 年版，第 16 页。

在舒克里的这部小说体自传中，作者也精心选择了几个基本词，构成了整个作品的基调，这几个"基本词"正是他20岁以前生活的总括，它们是："饥饿"、"暴力"和"性"。而这三个基本词又指向一个主题："存在"。

一　"饥饿"

作品一开始就直入主题："旱灾经年，战事频仍。饥荒笼罩着农村大地，饿殍载道。""难民潮起。"① 逃荒的路上哀鸿遍野，死者的家属掩埋好饿死的亲人继续上路。然而投奔的地方并非梦想中吃得饱的天堂，而是又一处人间地狱。那里的穷人同样食不果腹，疾病缠身，生活潦倒。"饥饿"就像幽灵每时每刻追逐着作者一家。"灾荒虽然结束，然而饥饿的咒语仍然同穆罕默德一家如影相随，向每次幻想求生的零时应急办法提出挑战。身无分文，囊中空空，饥肠辘辘。吃只是为了不死，谈何饱食。"② 可以说，饥饿成了穆罕默德童年、青少年时期难以医治的慢性疾病。"饥饿"这一概念成为作者自传的关键词，并在自传中赋有了新意——它是当时作者意识到"存在"的"唯一感觉"。这种感觉是作品的"根"，由此生发出其他的生理、心理体验和行为。

譬如，由饥饿引发的生理和心理反应有：疼痛、恶心、疾病、痛哭、仇恨、失去理智，与之相应的行为是：

> 弟弟喊叫着肚子疼，哭着要面包。③

> 我走在骄阳下，胃里痛得难受，极度的饥饿和灼热让我头昏眼花，看不清物体。（第100页）

---

① 穆罕默德·舒克里：《裸面包》，张文建译，《阿拉伯小说选集》，世界知识出版社2005年版，第422页。

② هشام العلوي، الجسد والمعنى——قراءات في السيرة الروائية المغربية، شركة النشر والتوزيع للمدارس، الدار البيضاء،، ٢٠٠٦، ص١٤.

③ محمد شكري، الخبز الحافي، الطبعة السادسة، دار الساقي، ٢٠٠٠، ص١٢. 以后随文标出的页码均出于本书。

我慢慢地撕嚼着被人踩过的死鱼，边嚼边想呕吐。（第 101 页）

我脱掉衣裤，纵身跳入水里，游过去，将浮在水面上的面包抓住。那渔翁大笑……忽然眼前飘过来一些大粪和机帆船泄露出的柴油。我脑海中浮现出面包加大粪的景象，感到一阵恶心，脏水涌到了嗓子眼。（第 101 页）

我眼睁睁看见弟弟哭着向父亲走去，那畜生奔过去，两眼冒着凶光，伸出章鱼般的大手。我心里喊着：救人啊！畜生！疯子！挡住他！那个该死的家伙使劲掐着弟弟的脖子，弟弟身体蜷曲着，口吐鲜血，断了气。（第 12 页）

我开始思索：如果我希望一个人提前死去，那就是我父亲。我讨厌他，也讨厌跟他长相相似的人。在想象中，我不止一次地将他杀死！（第 89 页）

面对难捱的饥饿，作者表现出两种矛盾的行为：求生的本能和求死的本能。求生的本能驱使他去捡垃圾、吃死鸡、去乞讨、睡墓地、干苦力、行盗窃。何为卫生？何为健康？何为尊严？人的理性已经丧失，胃支配着一切，意识听命于身体。正是在这种强烈的求生本能支配下，作者战胜了腐烂食品的恶臭，乞讨行窃的羞耻，得以生存下来。"存在先于本质"。

然而人之理性又使他为自己的堕落感到羞耻和悔恨，对自己的行为感到厌恶，甚至对自己的身子感到恶心，可又无力摆脱底层人生活的命运。他想到了死，在生死之间激烈挣扎：

我想象着自己掉入水里就爬不起来，忘记了所有发生的一切。我端详着自己留在沙滩上的脚印，脱掉衣裤，用海藻和沙子搓洗着自己的身子，搓呀，搓呀，我潜入水里。皮肤变红了，虽然黏糊糊的，但不脏了。（第 102 页）

一种想通过任何方式结束我这干瘪的身体的欲望跳了出来。我嗓子眼发干，心跳微弱。（第 103 页）

我仰望苍天，一碧如洗。它比大地更显得裸露无遗，一丝不挂。（第 102 页）

生活艰难，想死更难。存在主义者认为人总是生活在绝望和虚无的世界里，尽管有选择的自由，但同时必须承担选择的后果，面对不明的未来。舒克里在生与死边缘上的挣扎反映了 20 世纪 30—40 年代摩洛哥底层民众生活的图景。正如作者在篇末祭奠年幼就被父亲打死的弟弟时所说的那样："我成了魔鬼，因为我错过了成为天使的机会。"（第 228 页）

二　"暴力"

舒克里在作品中对"暴力"概念也进行了再定义，它是边缘群体表达"存在"的"唯一力量"。在荒灾连年、饿殍遍地、失业频仍的年代，人性必然沦丧。《裸面包》将身体、语言、心理暴力的现实倾于笔端，暴力无处不在：在家庭，在工作地点，在市井街头。正如哈桑·穆迪恩所云："穆罕默德·舒克里将自己人生置于文学场景中，描述那充满暴力的世界，暴力是小说向前发展的推力器，人生在暴力中成长：从儿童到青春期，从里夫乡下到丹吉尔，从家庭到街头。确切地说，我们在小说里看见的正是由暴力控制的封闭世界的内在循环。"[1] 这个暴力内在循环的世界正是摩洛哥底层人民生活的境况。

"暴力"表现在两个层面：家庭暴力和街头暴力（社会暴力）。

家庭暴力的施暴者就是作者的父亲。父亲的粗暴、兽性、潦倒、无情导致作者很小就忍饥挨饿、流浪街头，"弑父"心理一直伴随着作者整个童年、青年人生阶段。在作者眼里，父亲是个暴君，他"生性粗暴，他一进

① حسن المودن، الرواية والتحليلي النصي – قراءات من منظور التحليل النفسي، الدار العربية للعلوم ناشرون، دار الأمان، الرباط، ٢٠٠٩، ص٢٩-٣٠.

门，屋里就没了动静，也没人敢说话，除非经他允许"。"他常常无缘无故
地殴打母亲。""他闻着烟，喋喋不休，吐着唾沫咒骂自己的假想敌。当然
也骂我们。他诅咒世界，有时对真主也出言不逊，继而又祈求真主宽恕。"
（第12页）

父亲不仅是个市井无赖之徒，而且还是个刽子手，亲手打死了饿得哭喊
着要吃的弟弟，还"把我高高抡起，摔在地上，拼命踢我，直至累得气喘吁
吁"。（第10页）

寥寥数字，作者将天良丧尽的父亲描述得淋漓尽致。这个兽性大发的
"父亲形象"就像达尔文在"进化论"中提到的那些男权专制时期的父亲，
他们用武力杀死年幼的孩子。这种野蛮行径只能激起孩子心中对父亲的仇
恨："我绊倒了，父亲竟抡起棍子打我，我像狗一样狂叫着，心里骂他。他
用棍子逼着我快走，骂我，打我。我在心里也诅咒着他。我的肺要气炸了。"
（第53页）

父亲不仅毒打孩子，还经常把母亲当作出气筒，对她不是恶语相向，就
是拳打脚踢。柔弱的母亲从不敢反抗：

> 母亲对父亲的拳打脚踢一声不吭。我藏起来等待着"家庭战斗"
> 的结束。没人路过我家门口，天籁之音或远或近传来，真主的明灯见证
> 着父亲杀死弟弟的罪行。人们入睡了。真主之灯时隐时现。母亲的身影
> 像个幽灵，声音低沉悲切，喊着我的名字。我心说：她为什么不像父亲
> 那么强大？男人打女人，而女人只能哭泣或嘶喊。（第12页）

父亲的残暴导致年幼的作者宁愿流浪街头，去乞讨一顿糊口之食。他去
了得土安，去了奥兰，又回到丹吉尔，自谋生路。作者在心里已经无数次地
弑父，或将父亲忘掉。

尽管逃出家门的作者躲开了父亲的暴力，感受到些许自由和存在感，但
躲不过街头的暴力，街头本身就是暴力的场所，是适者生存的角力场。为了
生存，舒克里去码头帮旅客提箱扛包，同行们觉得他抢了自己的生意，便合
伙唾骂他，推搡他。"一个强壮的小伙还打我，踢我。我倔强地站在原地。
有一次，我差点成功地为一个外国旅客搬很重的箱子，刚要伸手去提，一个

膀大腰圆的脚夫就抢先一步，把我推到一边。我心里诅咒着该死的面包！"
（第 103 页）

　　像作者这样正在成长发育的男孩，一旦流落街头，很快就成了街头坏小子，偷盗、酗酒、吸毒、玩女人、打架斗殴，无所不做，只要有饭吃，有钱花就行。很快他也成了冷酷无情的人：

> 　　我弟弟阿舒尔死了，我没有为他的死而感到悲伤，我听到他在叫喊，看见他痛苦地爬行，却无动于衷。当时我满脑子都是女人给我身体带来的快感。眼看妹妹渐渐长大，会说话了，我却对她漠不关心。我沉溺在迷茫、忧伤中，幻想实现世间的种种欲望和快活。（第 49 页）

　　随着"小偷英雄"、"打架英雄"称号的一个个获得，痛恨父亲施暴的作者，自己也成了暴君，领悟到暴力和强权即是生存法则。

三　"性"

　　如果说，"饥饿"和"暴力"是舒克里 20 岁以前生命当中的冷酷之门，那么"性"却给他带来了些许温暖和柔情，在他从一个小男孩变成男人的过程中，性幻想和性尝试为他冷峻的青少年时期抹上了一层温馨、朦胧而又酸楚的"薄幕"。在作者笔下，性的暧昧使他好奇，性的美妙使他青春激荡，性与爱无关，它只是将男女连接在一起的方式；在他笔下，情欲场景是个焦点，将众多底层人物汇集一处，揭示出个体的人在最隐秘的"私"世界里的真实存在。因此，可以说"性"是表达人存在的"唯一本能"。

　　作者以青少年的视角大胆地暴露了自我性意识形成中的四个阶段：性窥视的好奇，性放纵的自由，性压抑的约束，性二元（灵与肉）的对立。

　　首先作者花了大量的笔墨描述情窦初开的少年喜欢窥视女性裸体的好奇心和欲望：

> 　　我趴在树杈上，看见阿西娅款款走来，向水池边走去，欲脱去睡

袍……她那双乌黑的大眼睛环顾四周，令人生畏。如果不是我知道她是邻居，真以为她是精灵下凡。她犹犹豫豫、蹑手蹑脚、如履鸡蛋地走到水池边，上了台阶，如入无人之境。她解开衣带，胴体暴露无遗。那粉红色的睡衣像展翅的鸟儿欲飞不飞。雪白的肌肤突显在我眼里，令我兴奋得昏眩，正吃在嘴里的无花果落在手里，小篮子也一斜，一半的果子落了下去。太阳刺得耀眼……万物遨游，麻雀鸣啭，鸽子咕咕，公鸡打鸣，驴子嘶叫。我只看见她脱得一丝不挂……我仿佛觉得万物都在自裸其身……睡衣从她身上滑落……太美妙了，她以为没人看见！（第33—34页）

像这样的窥视情节还有几处，借此，作者如实表达青少年时期厄洛斯情欲（Eros，性爱本能）控制自我的兴奋、迷茫、痛苦、欲罢不能的情境。

情欲的本性是自由的，在性本能的驱使下，市井街头便成为他性放纵的自由场所。他去妓院，去夜总会，去夜店，去"家庭旅馆"，结识了咖啡店老板的女儿法蒂玛、妓院的哈鲁黛太太、西班牙女主人莫妮卡太太、"妈咪"阿伊莎太太、走私同伙的女朋友茜拉法小姐、"家庭旅馆"的佐胡尔太太和莱伊拉小姐……他沉溺于色欲之中，在言辞粗鄙、行为放荡中达到了生理和心理的巨大快乐，醉生梦死。舒克里对自己青春期的描述从另一个侧面反映了女性是摩洛哥社会最底层的群体，她们比男人生存更困难，社会地位更低下。

为了谋生，作者远离丹吉尔、得土安，来到了陌生的奥兰。身处他乡异地，没有童年的伙伴，他备受性的压抑和煎熬，居然在田野上，找了一棵树，用小刀刻出一个女人轮廓，称之为"女人树"（第56页）。甚至发展成性变态：看见邻居家比他年龄略小、长得眉清目秀的男孩便起了性冲动（第65页）。

在他形形色色性幻想和性经历中，如果称得上爱情的便是对茜拉法的一段感情。当他和走私同伙走私成功后，并没有得到应有的报酬时，茜拉法拿出几块瑞士手表和一些钱，让他赶紧离开小屋，去找一份体面的工作。这时：

我本想对她说几句感激的话，却被卡在了嗓子眼里。

……

　　我走了出去。当回眸时，看见她仍站在门口，抹着眼泪。我感觉到我们在彼此送别，也许以后天各一方。我向前走去，泪流满面，不敢再往后看。我猜想，阻止我回头的力量也正是她长久站在门口目送我远去的力量。我们无法一同回到那个小屋，也无法一起奔向任何未知的地方。（第164—165页）

　　这种爱情的萌生是以离开茜法拉为结局的。它揭示了在舒克里20岁以前的人生中"灵"与"肉"的分离。

　　"性"在年轻的舒克里眼里与"爱"无关，既发展不到两性相悦的高度，更谈不上婚姻的责任，它只是把男人和女人连接在一起的本能行为。"性"代表着作者的成长——男孩到男人的蜕变，同时作者也已经意识到如果自己不学文化，只是一个文盲，必将重复父亲——那个只会回家骂老婆、打孩子、吸大烟的"伪信徒"、"刽子手"——的老路。

　　综上所述，"饥饿"、"暴力"、"性"三个基本词构成了舒克里小说体自传的基调，概括了他20岁以前的人生，反映了当时像他一样的摩洛哥贫困青年的生活境遇。

　　此外，为了增加文本的可读性和真实性，作者在文本中插入了伊斯兰文化风俗，篇末交代了决心学习阿拉伯语来改变命运的渴望，借此来确定自己的阿拉伯—伊斯兰属性，表明自己写作自传的文化立场。

　　譬如，作者在描述准备杀街上捡来的死鸡以充饥时，插入了里夫地区的一段风俗：

　　我找了一把刀，学着大人的模样，面朝东方，口里念着"以至慈至仁的真主之名……"的《古兰经》经文，一刀砍下了鸡脖子，流出了一点点暗红的血。在我们里夫乡下，我见过人们宰羊。他们把一只大碗放在喷血的绵羊喉管下面，碗里盛满了热腾腾的羊血，他们把碗端到生病的母亲面前。大家把她按在床上，逼她喝下去，她挣扎着，脸上、衣服上都溅上了血滴。她在床上打滚了一番，嘴里嘟囔着听不明白的话，便平静下来。我寻思着：为什么我现在杀的鸡不出现鲜血汩汩流出的现象呢？

　　……母亲奔过来，喊着："你疯了，穆斯林不能吃死的动物。"（第
11 页）

　　舒克里学习阿拉伯语的缘起很有趣，是在他因走私、嫖娼而被警察逮进
局子以后，在那里，他的囚友哈米德在百般无聊中于墙上写下并吟诵了突尼
斯大诗人艾布·卡西姆·沙比的著名诗作《生命的意志》：

> 人民一旦要求生存，
> 命运必将作出回答。
> 黑夜必定要过去，
> 手铐必将要砸碎！

　　这首诗震撼了舒克里，一下子点燃了他的内心世界，意识到自己的生命
意志，意识到要改变命运就得学习，便开始学习阿拉伯语，决心开始新的人
生。而他最早接触的阿拉伯语词汇就是由字母表中头三个字母组成的三个单
词："艾布"（父亲）、"巴布"（门）和"巴泰"（过夜）。

　　如他在"前言"中所言，正是"对生命的热爱"给予他写作的灵感，
唤起了他的想象力，帮助他战胜暴虐、压制和激烈的肉体争斗"，走上文学
创作之路。

　　最后，值得一提的是，舒克里在作品中以不同于其他阿拉伯文学写作的
方式，激起了读者和评论界的关注，哈桑·穆迪恩把它称为"写作暴力"。哈
桑在研究了该作品的语言风格后，说："作者大胆地使用'写作暴力'，试图
利用粗鄙、狎昵的市井语言、当地土语、阿拉伯语、西班牙语和法语混杂的对
话，制造一种对读者具有冲击力的野性的修辞格，破坏阿拉伯文学中习以为常
的叙事方式和僵化的语言，实现对各种叙述手法的突破和越界，从而开辟了阿
拉伯文学中没有的主题之先河：身体、性、同性恋、强奸、妓女、父权暴力、
儿童世界、青春期遭遇、流浪者、盗窃者、走私犯的世界。"[1] 换言之，作者

---

① حسن المودن، الرواية والتحليلي النصي – قراءات من منظور التحليل النفسي، الدار العربية للعلوم ناشرون، دار الأمان، الرباط ٢٠٠٩،
ص.٣٦

的"写作暴力"不仅旨在将现实世界存在的暴力揭示出来，而且旨在以颠覆以往阿拉伯文学的"语言暴力"来揭示更真实的现实世界。

　　诚如美国著名剧作家田纳西·威廉姆斯（Tennessee Williams）在亚马逊网站的书评中所言："这是一个富有冲击力的关于人类绝望的真实故事"①。

---

　　①　http：//www. amazon. com/For‐Bread‐Alone‐Mohamed‐Choukri/dp/1846590108，阅读时间：2014 年 4 月 8 日。

余　论

　　阿拉伯传记文学是阿拉伯史学家、文学家、哲学家、艺术家人性光芒的体现，是阿拉伯—伊斯兰文化中宝贵的遗产，也是阿拉伯文学不可或缺的重要组成部分。在传记中，阿拉伯作家叙历史之所不能述，写历史之所不能言，将传主这一个体之"我"呈现在作为读者的"我们"面前，他们的睿智与深邃，求索与彷徨，反思与拷问，预言与警示，追求与梦想，不仅体现了他们个体的一生，也体现了民族、家国的命运。在他们关于知识、思想、宗教、文化、政治、性别的辩论和自我揭露中，蕴含着阿拉伯民族的性格与特征。我们在了解更多的阿拉伯人"个体"时，更多地了解了这个民族的历史、文化、政治、宗教，便也更多地了解了"我们"人类自己。只有这样，不同文化间的对话才得以实现。这正是我们研究阿拉伯传记文学的初衷，也是我们的学术追求。

　　另一方面，随着人类社会的进步，时代的演变，人类学的发展，传记文学本身也在相应地发生着变化，不仅在文类界定上、叙事主题上，而且在叙事策略上，都在与时俱进。然而其真实性的原则从未改变。传记是一种不同于历史也有别于小说的相对独立的叙述方式，真实性是它的本体特征。真实是传记文学的灵魂，是传记文学永恒的追求。这种真实不光是历史的真实，而且还是文学的真实。好的传记作品是两种真实完美结合的产物，经得起时间的考验，具有很高的历史价值和文学价值。因此，对传记文学的研究，在笔者看来，是对人性真善美的追求。真善美是人类社会向更高形态发展的动力和源泉。愿在"传记时代"——有学者这样预言 21 世纪——人类社会能够朝着更真诚、更公正、更自由、更和谐的形态发展。

附 录 1

作家姓名中、阿、拉丁文拼写对照表

中文译名	阿文名	拉丁文拼写	生卒年代
易卜拉欣·塞姆伊勒	ابراهيم صموئيل	Ibrāhīm Samū'īl	公元 1951—
易卜拉欣·阿卜杜·哈利姆	ابراهيم الحليم عبد	Ibrahīm Abdu Al – Halīm	公元 1920—1986
易卜拉欣·马齐尼	إبراهيم عبد القادر المازنى	Ibrāhīm al – Māzinī	公元 1890—1949
伊本·艾比·乌塞比阿	ابن أبي أصيبعة	Ibn Abī Usaybi'h	公元 1203—1269/伊历 600—668
伊本·艾西尔	ابن الأثير	Ibn al – Athīr	公元 1160—1233/伊历 554—630
伊本·易斯哈格	ابن اسحاق	Ibn Ishāq	公元 703—768/伊历 83—150
伊本·白图泰	ابن بطوطة	Ibn Batūtah	公元 1304—1377/伊历 703—779
伊本·布鲁金·齐里	ابن بلكين زيري	Ibn Bulukkīn Zayrī	任王位于公元 1028—1054 年
伊本·塔格里·布尔迪	ابن تغري بردي	Ibn Taghrī Burdī	公元 1411—1469/伊历 813—873
伊本·达耶	ابن الداية	Inb al – Dāyah	卒于公元 956 年/伊历 344
伊本·哈杰尔·阿斯格拉尼	ابن حجر العسقلانى	Ibn Hajar al – 'Asqalānī	公元 1372—1449/伊历 773—852
伊本·哈兹姆	ابن حزم	Ibn Hazm	公元 994—1064/伊历 383—456

中文译名	阿文名	拉丁文拼写	生卒年代
伊本·赫勒顿	ابن خلدون	Ibn Khaldūn	公元 1332—1406/伊历 732—808
伊本·赫利康	ابن خلكان	Ibn Khillikan	公元 1211—1282/伊历 607—680
伊本·乔兹	ابن الجوزي(أبو الفرج عبد الرحمن)	Ibn al – Jawzī	公元 1114—1200/伊历 508—597
伊本·乔兹	ابن الجوزي (سبط)	Ibn al – Jawzī	公元 1186—1258/伊历 581—655
伊本·达格麦格·米斯里	ابن دقماق المصري	Ibn Daqmāq al – Misrī	公元 1349—1407/伊历 750—809
伊本·拉吉布·迪马什基·罕百里	ابن رجب الدمشقي الحنبلي	Ibn Rajbu ad – Dimashiqī al – Hanbalī	卒于公元 1392/伊历 795
伊本·祖拉格	ابن زولاق	Ibn Zūlāq	卒于公元 997/伊历 387
伊本·赛义德·艾阿拉比	ابن سعيد الأعرابي	Ibn S ‘ īd al – A ‘ rābī	卒于公元 952/伊历 341
伊本·赛义德·马格里比	ابن سعيد المغربي	Ibn S ‘ īd al – Maghribī	卒于公元 1274/伊历 673
伊本·赛义德·纳斯·雅麦里	ابن سيد الناس اليعمري	Ibn Sayd an – Nās al – Ya ‘ marī	公元 1272—1333/伊历 671—734
伊本·萨拉姆·朱姆希	ابن سلام الجمحى	Ibn Salām al – Jumahī	卒于公元 845/伊历 231
伊本·西那	ابن سينا	Ibn Sīnā	公元 980—1037/伊历 369—428
伊本·沙达德	ابن شداد	Ibn Shadād	公元 1145—1234/伊历 539—631
伊本·沙基尔·库特比	ابن شاكر الكتبي	Ibn Shākir al – Kutubī	卒于公元 1362/伊历 764
伊本·阿卜杜·巴尔·奈麦尔·古尔图比	ابن عبد البر النمري القرطبي	Ibn Abdu al – Barri al – Namrī al – Qurtubī	卒于公元 1070/伊历 463
伊本·阿迪姆	ابن العديم	Ibn al – ‘ Adīm	公元 1192—1262/伊历 587—660
伊本·阿塞克尔	ابن عساكر	Ibn ‘ Asākr	卒于公元 1175/伊历 571
伊本·伊马德·罕百里	ابن العماد الحنبلى	Ibn al – ‘ Imād al – Han-balī	卒于公元 1678/伊历 1089

续表

中文译名	阿文名	拉丁文拼写	生卒年代
伊本·法尔侯奈·马立克	ابن فرحون المالكى	Ibn Farhūna al – Mālikī	卒于公元 1396/伊历 799
伊本·法德里拉·欧马里	ابن فضل الله العمرى	Ibn Fadlla al – Omarī	卒于公元 1348/伊历 749
伊本·古太白	ابن قتيبة	Ibn Qutaybah	公元 828—889/伊历 212—275
伊本·卡德·舒赫百·迪马什基	ابن قاضي شهبة الدمشقى	Ibn Qāḍī Shuhbah al – Dimashqī	卒于公元 1447/伊历 851
伊本·凯西尔	ابن الكثير	Ibn al – Kathīr	卒于公元 1396/伊历 798 年
伊本·麦阿苏姆·侯赛尼	ابن معصوم الحسيني	Ibn Ma ' sūm al – Husaynī	卒于公元 1692/伊历 1104
伊本·纳迪姆	ابن النديم	Ibn an – Nadīm	卒于公元 998/伊历 387
伊本·希沙姆	ابن هشام	Ibn Hishām	卒于公元 833/伊历 218
伊本·海塞姆	ابن الهيثم	Ibn al – Haytham	公元 965—1049/伊历 353—440
伊本·阿吉巴	ابن عجيبة	Ibn Ajībah	公元 1748—1809/伊历 1160—1223
伊本·穆格法	ابن المقفع	Ibn al – Muqqafa‘	公元 724—759/伊历 106—142
阿布·易斯哈格·希拉齐	أبو إسحق الشيرازي	Abū Ishāq ash – Shīrāzī	卒于公元 1083/伊历 476
阿布·伯克尔·本·哈桑·祖拜迪	أبو بكر بن الحسن الزبيدي	Abū Bakr ibn al – Hasan al – Zubaydī	公元 928—989/伊历 316—379
阿布·哈贾吉·优素福·本·阿卜杜·拉赫曼·马齐	أبو الحجاج يوسف بن عبد الرحمن المزى	Abū al – Hajjāj Yūsuf ibn Abdu ar – Rahmān al – Mazī	卒于公元 1341/伊历 742
阿布·侯赛因·本·艾比·叶阿莱·菲拉伊	أبو حسين بن أبي يعلى الفراء	Abū al – Housayn ibn Abī Ya ' l al – Firā’	卒于公元 1131/伊历 526
阿布·侯赛因·奈百希·马利基	أبو الحسين النباهي المالقي	Abū al – Husayn al – Nabāhī al – Māliqī	约伊历 8 世纪
阿布·哈彦·安达卢西	أبو حيان الأندلسي	Abū Hayyān al – Andalusī	公元 1256—1344/伊历 654—745

中文译名	阿文名	拉丁文拼写	生卒年代
阿布·哈彦·陶希迪	أبو حيان التوحيدي	Abū Hayān at - Tawhīdī	公元 923—1023/伊历 310—413
阿布·赛义德·希拉菲	أبو سعيد السيرافى	Abū S ʿīd as - Sīrāf	卒于公元978/伊历368
阿布·苏莱曼·曼提基·萨吉斯坦尼	أبو سليمان المنطقي السجستاني	Abū Sulaymān al - Mantiqī al - Sajstānī	卒于公元 981/伊历 371 年
阿布·夏玛	أبو شامه	Abū Shāma	公元 1203—1287/伊历 599—685
阿布·阿拉·马阿里	أبو علاء المعري	Abū al - Alā al - Ma ʿarrī	公元 973—1057/伊历 363—449
阿布·阿卜杜·拉赫曼·希勒米	أبو عبد الرحمن السلمي	Abū Abdu ar - Rahmān as - Silmī	公元 936—1021/伊历 325—412
阿布·欧贝达·巴士里	أبو عبيدة البصري	Abū Obaydah al - Basrī	卒于公元824/伊历209
阿布·阿巴斯·穆巴里德·纳哈维	أبو العباس المبرد النحوي	Abū al - ʿAbbās Mubarrid an - Nahwī	卒于公元898/伊历285
阿布·欧麦尔·穆罕默德·本·优素福·铿迪	أبو عمر محمد بن يوسف الكندي	Abū Omar Muhammad ibn Yūsuf al - Kindī	卒于公元965/伊历355
阿布·阿穆尔·达尼	أبو عمرو الداني	Abū Amurū ad - Dānī	卒于公元1052/伊历444
阿布·法拉吉·伊斯法罕尼	أبو الفرج الاصبهاني	Abū al - Faraj al - Isfahānī	公元 897—967/伊历 283—365
阿布·卡西姆·阿卜杜勒·凯里姆·古沙伊里	أبو القاسم عبد الكريم القشيري	Abū al - Qāsim Abdu al - Karīm al - Qushayrī	卒于公元1072/伊历465
阿布·穆罕默德·阿卜杜·伊纳·穆卡达斯·贾麦伊里	أبو محمد عبد الغنى المقدسى الجماعيلى	Abū Muhammad abdu al - Ghinā Muqaddas al - Jamā ʿīlī	卒于公元1203/伊历600
阿布·纳伊姆·伊斯法罕尼	أبو النعيم الأصبهانى	Abū Na ʿīm al - Isfahānī	卒于公元1038/伊历430
伊赫桑·阿巴斯	إحسان عباس	Ihsān Abbās	公元 1924—2002
艾哈迈德·艾敏	أحمد أمين	Ahmad Amīn	公元 1886—1954
艾哈迈德·阿卜杜拉·艾乌哈迪	أحمد بن عبد الله الأوحدي	Ahmad bn Abdulla al - Awhadī	公元 1359—1408/伊历 761—811

续表

中文译名	阿文名	拉丁文拼写	生卒年代
艾哈迈德·本·阿里·本·萨比特	أحمد بن علي بن ثابت	Ahmad ibn Ali ibn ath‒Thābit	卒于公元 1070／伊历 463
艾哈迈德·法里斯·希德雅格	أحمد فارس الشدياق	Ahmad Fāris ash‒Shidyāq	公元 1804—1888
艾哈迈德·沙非格	أحمد شفيق	Ahamad Shafīq	公元 1941—
爱德华·赫拉特	إدوار الخراط	Edwar al‒Kharrāt	公元 1926—
爱德华·赛义德	إدوارد سعيد	Edwar S'īd	公元 1935—2003
乌萨马·本·穆恩齐兹	أسامة بن منقذ	Usāma bn Munqidh	公元 1105—1188／伊历 488—584
艾明·雷哈尼	أمين الريحاني	Amīn ar‒Rīhānī	公元 1876—1940
艾尼斯·法里哈	أنيس فريحة	Anīs Farīhah	公元 1902—1992
艾尼斯·曼苏尔	أنيس منصور	Anīs Mansūr	公元 1924—2011
布哈里	البخاري	al‒Bukhārī	卒于公元 870／伊历 256
巴德尔丁·艾尼	بدر الدين العيني	Badr ad‒Dīn al‒'Aynī	公元 1361—1451／伊历 762—855
布尔汉丁·拜卡伊	برهان الدين البقاعي	Burhān ad‒Dīn al‒Baqā'ī	公元 1406—1480／伊历 809—885
巴勒瓦	البلوى	Al‒Balwā	约公元 10 世纪
巴哈丁·拜欧尼	بهاء الدين الباعوني	Bahā'ad‒Dīn al‒Bā'ūnī	卒于公元 1532／伊历 938
宾特·夏蒂依	بيت الشاطئ	Bint ash‒Shāti'	公元 1912—1974
泰吉丁·赛百基	تاج الدين السبكي	Tāj ad‒Dīn al‒Sabakī	卒于公元 1369／伊历 771
泰吉丁·阿里·本·安贾卜·巴格达迪	تاج الدين علي بن أنجب البغدادي	Tāj ad‒Dīn Ali ibn Anjab al‒Baghdādī	卒于 1296／伊历 695
陶菲格·哈基姆	توفيق الحكيم	Tawfīq al‒Hakīm	公元 1898—1987
赛阿里比	الثعالبي	ath‒Tha'ālibī	卒于公元 1037／伊历 429
杰卜拉·易卜拉欣·杰卜拉	جبرا إبراهيم جبرا	Jabrā Ibrāhīm Jabrā	公元 1920—1994
苏尤提	جلال الدين السيوطى	Jalāl ad‒Dīn al‒Suyūtī	公元 1445—1505／伊历 848—910
贾丽拉·里达	جليلة رضا	Jalīlah Ridā	公元 1915—
贾麦勒丁·优素福·卡夫提	جمال الدين يوسف القفطي	Jamāl ad‒Dīn Yūsuf al‒Qaftī	卒于公元 1268／伊历 666

中文译名	阿文名	拉丁文拼写	生卒年代
乔治·泽丹	جورجي زيدان	Jūrj Zaydān	公元 1861—1914
哈桑·本·巴夏尔·艾米迪	الحسن بن بشر الأمدي	al – Hasan ibn Bashar al – ' Āmidī	卒于公元 980/伊历 370
哈桑·本·侯赛因·哈拉勒	الحسن بن حسين الخلال	al – Hasan ibn al – Husayn al – Khalāl	卒于公元 1127/伊历 520
侯赛因·巴尔古西	حسين البرغوث	Husayn al – Barghūth	公元 1954—2002
哈基姆·提尔密济	الحكيم التلميذي	al – Hakīm at – Tilmīdhi	公元 830—910/伊历 214—297
哈纳·米纳	حنا مينه	Hannā Mīna	公元 1924—
侯内恩·伊本·易斯哈格	حنين بن اسحق	Hunayn ibn Ishāq	公元 808—874/伊历 192—260
穆哈西比	المحاسبى	al – Muhāsibī	卒于公元 875/伊历 261
赫里勒·哈桑·赫里勒	خليل حسن خليل	Khalīl Hasan Khalīl	公元 1921—1999
哈立德·马哈依丁	خالد محي الدين	Khālid Maha ad – Dīn	公元 1922—
拉希德·布佳德拉	رشيد بوجدرة	Rashīd Būjadrah	公元 1941—
拉沙德·鲁世迪	رشاد رشدي	Lashād Lushdī	公元 1912—1983
里法阿·塔哈塔威	رفاعة الطهطاوى	Lifā ' ah at – Tahtōwī	公元 1801—1873
拉齐	الرازي	Muhammad Ibn Zakriyā ar – Rāzī	公元 864—923/伊历 249—310
扎鲁格	زرّوق	Zarrūq	卒于公元 1493/伊历 898
扎基·纳吉布·马哈茂德	زكي نجيب محمود	Zakī Najīb Mahamūd	公元 1905—1993
扎希尔丁·拜哈基	ظهير الدين البيهقي	Zahīr ad – Dīn al – Bayhaqī	卒于公元 1169/伊历 565
泽娜卜·加扎里	زينب الغزالي	Zaynab al – Ghazālī	公元 1919—2005
泽娜卜·法沃兹	زينب فواز	Zaynab Fawāz	公元 1844—1914
萨哈维	السخاوي	al – Sakhāwī	公元 1427—1497/伊历 830—902
赛义德·侯拉尼耶	سعيد حورانية	Sa ' īd Hulāniyyah	公元 1927—1994
苏阿德·萨巴赫	سعاد الصباح	Su ' ād as – Sabāh	公元 1942—
萨拉姆·欧吉里	السلام العجيلي	as – Salām al – ' Ujaylī	公元 1918—2006
萨拉麦·穆萨	سلامة موسى	Salāmah Mūsā	公元 1887—1958

续表

中文译名	阿文名	拉丁文拼写	生卒年代
萨姆瓦伊勒·马格里比	السموءل المغربي	Samaw'il al – Maghribī	卒于公元 1174/伊历 569
萨米尔·艾敏	سمير أمين	Samīr Amīn	公元 1931—
萨米尔·赛尔汉	سمير سرحان	Samīr Sarhān	公元 1941—2006
苏海勒·伊德里斯	سهيل إدريس	Suhayl Idrīs	公元 1925—2008
萨里玛·宾特·赛义德·本·苏尔坦	سالمة بنت السيد سعيد بن سلطان	Sālimah bint Sa'īd bn Sultōn	公元 1844—1924
希姆那尼	سمناني	Simānī	卒于 1336/伊历 736
赛伊德·古特布	سيد قطب	Sayd Qutb	公元 1906—1966
阿卜杜·阿齐兹·沙拉夫	عبد العزيز شرف	Abdu al – Azīz Sharaf	公元 1935—2004
沙基布·艾斯拉尼	شكيب أرسلان	Shakīb 'Arslān	公元 1869—1946
沙姆斯丁·扎哈比	شمس الدين الذهبي	Shams ad – Dīn al – Dhahabī	公元 1274—1348/伊历 673—748
沙姆斯丁·杰扎里	شمس الدين الجزري	Shams ad – Dīn al – Jazarī	卒于公元 1429/伊历 833
邵基·戴伊夫	شوقى ضيف	Shawqi Dayf	公元 1910—2005
沙哈卜丁·卡斯塔拉尼	شهاب الدين قسطلاني	Shihāb ad – Dīn Qastawlānī	公元 1447—1517/伊历 851—923
谢赫·塔希尔·贾扎伊里	شيخ طاهر الجزائري	Shaykh Tāhir al – Jazāyirī,	公元 1862—1920
萨拉哈丁·萨法迪	صلاح الدين الصفدي	Salāh al – Dīn al – Sawfadī	公元 1296—1362
萨拉丁·艾尤比	صلاح الدين الأيوبي	Salāh ad – Dīn al – Ayūbī	公元 1138—1193/伊历 532—589
松阿拉·易卜拉欣	صنع الله إبراهيم	Sun 'lla Ibrāhīm	公元 1937—
塔巴里	الطبري	at – Tabarī	公元 839—923/伊历 224—310
塔哈·侯赛因	طه حسين	Tah Husayn	公元 1889—1973
扎希尔·丁·拜哈基	ظهير الدين البيهقي	Zahīr ad – Dīn al – Bayhaqī	卒于公元 1169/伊历 565 年
阿卜杜·哈利姆·马哈茂德	عبد الحليم محمود	Abdu al – Halīm Mahamūd	公元 1910—1978
阿卜杜·海伊·哈桑尼	عبد الحي الحسني	Abdu al – Hay al – Hasanī	公元 1869—1923/伊历 1286—1341
阿卜杜·哈利姆·阿卜杜拉	عبد الحليم عبد الله	Abdu al – Halīm Abdulla	公元 1920—1986

续表

中文译名	阿文名	拉丁文拼写	生卒年代
阿卜杜·拉赫曼·巴德维	عبد الرحمن بدوي	Abdu ar – Rahmān Badwī	公元 1917—2002
阿卜杜·拉哈曼·杰卜拉提	عبد الرحمن الجبرتي	Abdu ar – Rahmān al – Jabratī	公元 1756—1825
阿卜杜·拉哈曼·拉菲义	عبد الرحمن الرافعي	Abud ar – Rahmān ar – Rāfi'ī	公元 1889—1966
阿卜杜·拉赫曼·舒克里	عبد الرحمن شكري	Abdu ar – Rahmān Shukrī	公元 1886—1958
阿卜杜·拉哈曼·穆尼夫	عبد الرحمن منيف	Abdu ar – Rahamān Munīf	公元 1933—2004
阿卜杜·阿齐兹·法赫米	عبد العزيز فهمي	Abdu al – Azīz Fahmī	公元 1870—1951
阿卜杜·卡迪尔·本·艾比·沃法依	عبد القادر بن أبى الوفاء	Abdu al – Qādir ibn Abī al – Wafā'	卒于公元 1373/伊历 775
阿卜杜·卡迪尔·杰纳比	عبد القادر الجنابي	Abdu al – Qādir al – Janābī	公元 1944—
阿卜杜·凯里姆·赛姆阿尼	عبد الكريم السمعاني	Abdu al – Karīm as – Sam'ānī	卒于公元 1166/伊历 562
阿卜杜·马吉德·本·杰伦	عبد المجيد بن جلون	Abdu al – Majīd bn Jalūn	公元 1919—1981
阿卜杜拉·图希	عبد الله الطوخي	Abdulla al – Tūkhī	公元 1926—2001
阿卜杜·瓦哈卜·沙阿拉尼	عبد الوهاب الشعراني	Abdu al – Wahāb ash – Sha'rānī	公元 1501—1566/伊历 906—973
阿巴斯·马哈茂德·阿卡德	عباس محمود العقاد	Abbās Mahmūd al – Aqqād	公元 1889—1964
阿莱姆丁·巴尔扎里	علم الدين البرزالى	Alam ad – Dīn al – Barzālī	卒于公元 1338/伊历 739
阿里·穆巴拉克	علي مبارك	Ali Mubārak	公元 1823—1893
欧麦尔·里德·卡哈莱	عمر رضا كحالة	Omar Ridā Kahālah	公元 1905—1987
伊玛德丁·卡梯布·伊斯法哈尼	عماد الدين الكاتب الاصفهاني	Imād ad – Dīn al – Kātib al – Isfahānī	公元 1125—1201/伊历 518—597
伊马拉·耶麦尼	عمارة اليمنى	Imārah al – Yemanī	卒公元于 1174/伊历 569
安巴拉·萨拉姆·哈利迪	عنبرة سلام الخالدي	Anbarah Salām al – Khālidī	公元 1897—1986
安萨里	الغزالي	al – Ghazālī	公元 1058—1111
法德娃·图甘	فدوى طوقان	Fadwa Tūqān	公元 1917—2003
法瓦兹·的黎波里西	فواز طرابلسي	Fawāz Tarābulsī	公元 1863—1914
卡德里·卡勒阿吉	قدري قلعجي	Qadrī Qal'ajī	公元 1917—1986
卡迪·伊亚德	القاضي عياض	al – Qādī 'Iyād	卒于公元 1149/伊历 544

续表

中文译名	阿文名	拉丁文拼写	生卒年代
嘎迪·法迪勒	قاضى الفاضل	al – Qāḍī al – Fāḍil	公元 1151—1216/伊历 545—612
卡马勒丁·乌德福维	كمال الدين الأدفوى	Kamāl ad – Dīn al – 'Udfūwī	公元 1286—1347/伊历 684—747
卡马勒丁·安巴尔	كمال الدين الأنبارى	Kamal ad – Dīn al – Anbārī	卒于公元 1181/伊历 577
利桑丁·本·赫蒂布	لسان الدين بن الخطيب	Lisānu ad – Dīn ibn al – Khatīb	公元 1313—1374/伊历 712—775
拉蒂芙·齐雅特	لطيفة الزيات	Latīfah az – Ziyāt	公元 1923—1996
路易斯·易瓦德	لويس عوض	Louis ' Iwad	公元 1915—1990
莱拉·艾布·扎伊德	ليلى أبو زيد	Layla Abū Zayd	公元 1950—
莱拉·巴阿莱巴基	ليلى بعلبكى	Layla al – Ba ' labakī	公元 1934—
穆阿叶德·希拉齐	المؤيد الشيرازى	al – Mu ' ayyad ash – Shīrāzī	卒于公元 1077 年/伊历 469
穆罕穆德·本·萨阿德	محمد بن سعد	Muhammad Ibn Sa ' ad	公元 784—845/伊历 167—230
穆罕默德·艾敏·本·法德里拉	محمد أمين بن فضل الله	Muhammad Amīn ibn Fadl-la	卒于公元 1699/伊历 1111 年
穆罕默德·本·达乌德·尼塞布里	محمد بن داود النيسابورى	Muhammad ibn Dāwud an – Nīsābūrī	卒于公元 953/伊历 342
穆罕默德·本·易斯哈格·本·亚西尔	محمد بن اسحق بن ياسر	Muhammad ibn Ishāq ibn Yāsar	公元 704—768/伊历 84—150
穆罕默德·本·图伦	محمد بن طولون	Ibn Tūlūn	公元 1483—1546/伊历 880—953
穆罕默德·本·欧麦尔·突尼西	محمد بن عمر التونسى	Muhammad ibn Omar at – Tūnisī	公元 1789—1857
穆罕默德·侯赛因·海卡勒	محمد حسين هيكل	Muhammad Husayn Haykal	公元 1888—1956
穆罕默德·哈利勒·穆拉迪	محمد خليل المرادى	Muhammad Khalīl al – Murādī	卒于公元 1791/伊历 1206
穆罕默德·里达	محمد رضا	Muhammad Ridā	公元 1921—1995
穆罕默德·舒克里	محمد شكري	Muhammad Shukrī	公元 1935—

续表

中文译名	阿文名	拉丁文拼写	生卒年代
穆罕默德·阿卜杜	محمد عبده	Muhammad Abduh	公元 1849—1905
穆罕默德·阿卜杜·吉纳·哈桑	محمد عبد الغنى حسن	Muhammad Abu al – Ghina Hasan	公元 1921—2003
穆罕默德·古拉·阿里	محمد قرة على	Muhammad Qarah Ali	公元 1913—1987
穆罕默德·库尔德·阿里	محمد كرد على	Muhammad Kurd Ali	公元 1876—1953
马哈茂德·达尔维什	محمود درويش	Mahamūd Darwīsh	公元 1941—2008
毛希丁·本·阿卜杜·扎希尔	محي الدين بن عبد الظاهر	Muhay ad – Dīn Abdu Zāhir	卒于公元 1354 年/伊历 754
麦斯欧迪	المسعودي	al – Mas 'ūdī	公元 896—956/伊历 282—344
马格里齐	المقريزي	al – Maqrīzī	公元 1364—1441/伊历 765—844
米哈伊勒·努埃麦	ميخائيل نعيمة	Mikhā'īl Nu 'aymah	公元 1889—1988
纳吉姆丁·古兹	نجم الدين الغزي	Najim ad – Dīn al – Ghuzī	卒于公元 1683 年
纳吉布·马哈福兹	نجيب محفوظ	Najīb Mahfūz	公元 1911—2006
尼扎尔·格巴尼	نزار قبانى	Nizar Qabbānī	公元 1923—1998
纳比娅·阿伯特	نابيا أبوت	Nabia Abbott	公元 1897—1981
努尔丁·哈拉比	نور الدين الحلبي	Nūr ad – Dīn al – Halabī	公元 1567—1634/伊历 975—1044
纳瓦勒·赛阿达薇	نوال السعداوى	Nawāl as – Sa 'dāwī	公元 1930—
胡达·莎阿拉薇	هدى الشعراوي	Hudā ash – Sha 'lāwī	公元 1879—1947
希沙姆·夏拉比	هشام شرابي	Hishām Sharābī,	公元 1927—2005
海塞姆·本·阿迪	الهيثم بن عدى	al – Haytham ibn 'Adī	卒于公元 822/伊历 207
瓦基迪	الواقدي	al – Wāqidī	公元 747—823/伊历 129—207
叶海亚·易卜拉欣·阿卜杜·戴伊姆	يحي إبراهيم عبد الدائم	Yahyā Ibrāhīm Abdu ad – Dāyim	
叶海亚·哈基	يحيى حقي	Yahyā Haqqī	公元 1905—1992
雅古特·哈马维	ياقوت الحموي	Yāgūt al – Hamawī	公元 1179—1229/伊历 493—560

续表

中文译名	阿文名	拉丁文拼写	生卒年代
优素福·巴哈拉尼	يوسف البحريني	Yūsuf al – Bahrīnī	公元 1696—1772
优素福·海卡尔	يوسف هيكل	Yūsuf Haykal	公元 1907—1989
优素福·瓦赫比	يوسف وهبي	Yūsuf Wahbī	公元 1900—1982
优西	اليوسي	al – Yūsī	公元 1631—1691／伊历 1040—1102

附 录 2

作品名称中、阿文对照表

作者	作品
易卜拉欣·塞姆伊勒	《沉重步履的气味》（1988） رائحة الخطوات الثقيلة
易卜拉欣·阿卜杜·哈里姆	《童年岁月》（1955） أيام الطفولة 《春天的日子》（1961） أيام الربيع 《祖国的土地》（1962） أرض الوطن
易卜拉欣·马齐尼	《作家易卜拉欣》（1931） الكاتب ابراهيم 《我的生命故事》（1943） قصة حياتي 《希贾兹之行》 الرحلة الحجازية
伊本·艾比·乌塞比阿	《医生等级中的信息之泉》 عيون الأنباء في طبقات الأطباء
伊本·艾西尔	《历史大全》 الكامل في التاريخ 《莽丛群狮——撒哈比介绍》 أسد الغابة، في معرفة الصحابة
伊本·白图泰	《伊本·白图泰游记》 تحفة النظار في غرائب الأمصار وعجائب الأسفار
伊本·布鲁金·齐里	《伊本·布鲁金回忆录》（又译《格林纳达齐里王朝事件说明》） التبيان عن الحادثة الكائنة بدولة بني زيري في غرناطة

续表

作者	作品
伊本·塔加里·布尔迪	《清源》 المنهل الصافي
伊本·达格麦格·米斯里	《串珠——伊玛目努阿曼弟子等级》 نظم الجمان، في طبقات أصحاب إمامنا النعمان
伊本·达耶	《艾哈迈德·本·图伦传》 سيرة أحمد بن طولون
伊本·哈杰尔·阿斯格拉尼	《伊历 8 世纪名流中的遗珠》 الدرر الكامنة في أعيان المائة الثامن 《埃及法官传记纲要》 رفع الإصر عن قضاة مصر 《辨别撒哈拜的真谛》 الإصابة في تمييز الصحابة 《修订全录的修订》 تهذيب تهذيب الكمال، في معرفة الرجال 《开罗志》 الخطط المقريزية
伊本·哈兹姆	《鸽子项圈》 طوق الحمامة
伊本·赫勒顿	《伊本·赫勒敦东西纪行》 التعريف بابن خلدان غربا وشرقا
伊本·赫里康	《名人列传》 وفيات الأعيان
伊本·乔兹	《欧麦尔·本·阿卜杜勒·阿齐兹传》 عمر بن عبد العزيز 《罗列》 المنتظم 《贤士的品性》 صفة الصفوة
伊本·乔兹	《寄语后人》 لفتة الكبد في نصيحة الولد العلم الصوفي 《苏非学说》
伊本·赛义德·艾阿拉比	《隐士等级》 طبقات النساك

续表

作者	作品
伊本·赛义德·马格里比	《当地历史上的名流显贵》 القدح المعلي في التاريخ المحلي
伊本·赛义德·纳斯·雅麦里	《传记之泉》 عيون الأثر في فنون المغازي والشمائل والسير
伊本·萨拉姆·朱姆希	《桂冠诗人等级》 طبقات فحول الشعراء
伊本·西那	《伊本·西那》 سيرة ابن سينا الذاتية
伊本·沙达德	王室奇闻和优素福家族的功德 النوادر السلطانية والمحاسن اليوسفية
伊本·沙基尔·库特比	《历史之泉》 عيون التواريخ
伊本·图伦	《大马士革史》 تاريخ دمشق 《方舟载物——穆罕默德·伊本·图伦传》 الفلك المشحون في أحوال محمد بن طولون
伊本·古太白	《诗歌与诗人》 الشعر والشعراء
伊本·阿卜杜·巴尔·奈麦尔·古尔图比	《撒哈拜信息大全》 الاستيعاب في معرفة الأصحب
伊本·阿塞克尔	《大马士革史》 تاريخ دمشق 《女性辞典》 معجم النسوان
伊本·伊马德·罕百里	《逝者生平拾粹》 شذرات الذهب في أخبار من ذهب
伊本·法尔侯奈·马立克	《黄金绪论——本派学者记事》 الديباج المذهب في علماء المذهب
伊本·法德里拉·欧马里	《时代名流中的宫廷精英》 ذهبية القصر في أعيان العصر

续表

作者	作品
伊本·卡德·舒赫百·迪马士基	《沙斐仪派等级》 طبقات الشافعية
伊本·凯西尔	《始末》 البداية والنهاية
伊本·麦阿苏姆·侯赛尼	《时代彪炳——名流之功德》 سلافة العصر في محاسن أعيان العصر
伊本·希沙姆	《先知传》 السيرة النبوية
阿布·易司哈格·希拉齐	《教法学家等级》 طبقات الفقهاء
阿布·伯克尔·本·哈桑·祖拜迪	《语法学家和语言学家等级》 طبقات النحويين واللغويين
阿布·哈贾吉·优素福·本·阿卜杜·拉赫曼·马齐	《全录修订》 تهذيب الكمال
阿布·侯赛因·奈百希·马利基	《对有资格行使判决者的至高瞭望》 المرقبة العليا فيمن يستحق القضاء والفتيا
阿布·哈杨·陶希迪	《关于两位大臣的诽谤》 في مثالب الوزيرين 《慰藉》 الإمتاع والمؤانسة 《友谊和朋友》 الصداقة والصديق
阿布·赛义德·西拉菲	《巴士拉学派语法学家记事》 أخبار النحويين البصريين
阿布·苏莱曼·曼提基·萨吉斯坦尼	《智慧之匣》 صوان الحكمة
阿布·夏玛	《两园增补》 الذيل على الروضتين
阿布·阿卜杜·拉赫曼·西勒米	《苏非派等级》 طبقات الصوفية

续表

作者	作品
阿布·欧贝戴·巴士里	《巴士拉法官》 قضاة البصرة
阿布·欧麦尔·穆罕默德·本·优素福·铿迪	《埃及法官记事》 أخبار القضاة المصريين
阿布·阿穆尔·达尼	《经诵家等级》 طبقات القراء
阿布·法拉吉·伊斯法罕尼	《歌诗诗话》 كتاب الأغاني
阿布·卡西姆·阿卜杜勒·凯里姆·古沙伊里	《古沙伊里信函集》 الرسالة القشيرية
阿布·穆罕默德·阿卜杜·伊纳·穆卡达斯·贾麦伊里	《全录》 الكمل
阿布·纳伊姆·伊斯法罕尼	《圣徒的饰物和贤士等级》 حلية الأولياء وطبقات الأصفياء
伊赫桑·阿巴斯	《传记艺术》（1956） فن السيرة 《放牧者的乡愁》（1996） غربة الراعي
艾哈迈德·艾敏	《我的一生》（1952） حياتي 《写给儿子》 إلى ولدي
艾哈迈德·沙菲格	《半世回忆录》（1934） مذكرات في نصف قرن
艾哈迈德·本·阿里·本·萨比特	《巴格达史》 تاريخ بغداد
艾哈迈德·法里斯·希德雅格	《法里雅格自谈录》（1855） الساق على الساق في ما هو الفارياق
艾哈迈德·鲁特菲·赛义德	《我的生命故事》 قصة حياتي

续表

作者	作品
爱德华·赫拉特	《藏红花的土地》（1986） ترابها زعفران
爱德华·萨义德	《格格不入》（1999） خارج المكان
乌萨马·本·穆恩齐兹	《前车之鉴书》 كتاب الاعتبار
艾明·雷哈尼	《阿拉伯国王志》（1924） ملوك العرب 《伊拉克志》（1935） قلب العراق 《黎巴嫩志》（1947） قلب لبنان 《马格里布地区志》（1952） المغرب الأقصى
艾尼斯·法里哈	《听着，里达！》（1956） اسمع يا رضا 《写在我忘记之前》（1989） قبل أن أنسى
艾尼斯·曼苏尔	《他们活在我生命里》（1989） عاشوا في حياتي 《大人物也会笑》（2004） الكبار يضحكون أيضا
布哈里	《布哈里历史集成》 التاريخ 《布哈里圣训实录》 الجامع الصحيح
巴德尔丁·艾尼	《国王穆阿叶德传记中的印度利刃》 السيف المهند في سيرة الملك المؤيد 《珍珠璎珞》 عقد الجمان
布尔罕丁·拜卡伊	《时代的标志——师长及同道人史传》 عنوان الزمان في تراجم الشيوخ والأقران 《标志的标志》 عنوان العنوان

作者	作品
巴勒瓦	《伊本·图伦传》 ابن طولون
巴哈丁·拜欧尼	《最有趣的箴言——赛义德·马利克·艾什拉弗传》 القول السديد الأظرف في سيرة السعيد الملك الأشرف
宾特·夏蒂伊（又名阿伊莎·拉赫曼）	《在生死桥上》（1967） على الجسربين الحياة والموت 《先知的妻子们》 نساء النبي
泰吉丁·赛百基	《沙斐仪派等级》 طبقات الشافعية الكبرى
泰吉丁·阿里·本·安贾卜·巴格达迪	《哈里发们的妻子——从丝绸和女仆谈起》 تاريخ نساء الخلفاء من الحرائر والإماء
陶菲格·哈基姆	《生命的牢狱》（1964） سجن العمر 《生命之花》（1988） زهرة العمر 《乡村检察官的手记》（1938） يوميات نائب في الأرياف
赛阿里比	《时代弃儿》 يتيمة الدهر
杰卜拉·易卜拉欣·杰卜拉	《第一口井》（1986） البئر الأولى 《公主街》（1994） شارع الأميرات 《寻找瓦利德·麦斯欧迪》（1978） البحث عن وليد مسعود
苏尤提	《语言学家与语法学家等级大全》 بغية الوعاة في طبقات اللغويين والنحاة 《埃及、开罗记事中的精彩讲稿》 حسن المحاضرة في أخبار مصر والقاهرة
贾丽拉·里达	《我的人生片段》（1996） صفحات من حياتي

续表

作者	作品
贾麦勒丁·优素福·卡夫提	《哲学家记事》 إخبار العلماء بأخبار الحكماء 《凭借语法学家的智慧提点传述家》 إنباه الرواة على أنباه النحاة
乔治·泽丹	《乔治·泽丹回忆录》（1968） مذكرات جرجي زيدان
哈桑·本·巴夏尔·艾米迪	《似而不同》 المؤتلف والمختلف
哈桑·本·侯赛因·哈拉勒	《解梦人等级》 طبقات المعبرين
侯赛因·巴尔古西	《杏林寄此生》（2004） سأكون بين اللوز
哈基姆·提尔密济	《圣徒的封印》 ختم الأولياء
哈纳·米纳	《陈年光影》（1975） بقايا صور 《沼泽地》（1977） المستنقع 《采撷季节》（1986） القطاف
侯内恩·本·伊斯哈格	《侯内恩·本·伊斯哈格传》 سيرة حنين بن إسحاق
赫里勒·哈桑·赫里勒	《庄园》（1983） الوسية
哈立德·毛希丁	《现在，我说》（1992） والآن أتكلم
拉希德·布佳德拉	《一个失眠女人的夜记》（1985） ليليات امرأة أرقة
拉沙德·鲁世迪	《黥墨记忆》（1984） الذاكرة الموشومة 《我的人生之旅》（1990） مع رحلتي

续表

作者	作品
里法阿·塔哈塔威	《巴黎拾粹》（1834） تلخيص الإبريز في تلخيص باريز
扎基·纳吉布·马哈茂德	《心灵故事》（1965） قصة نفس 《智慧故事》（1983） قصة عقل 《回忆的收获》（1992） حصاد الذكريات
泽娜卜·加扎里	《我的一段别样人生》 أيام من حياتي
泽娜卜·法沃兹	《散落的珠玉——闺阁主人等级》 الدرر المنثورة في طبقات ربات الخدور
萨哈维	《伊历9世纪名流之光》 الضوء اللامع في أعيان القرن التاسع 《致歪曲历史者》 الإعلان بالتوبيخ لمن ذم التاريخ
赛义德·侯拉尼耶	《我发誓我曾生活过》（1988） أشهد أنني عشت
苏阿德·萨巴赫	《海湾之鹰》（1995） صقر الخليج
萨拉姆·欧吉里	《回忆政治生涯》（2002） ذكريات أيام السياسة
萨拉麦·穆萨	《萨拉麦·穆萨的教育》（1958） تربية سلامة موسى
沙姆斯丁·扎哈比	《师长辞典》 معجم أشياخه 《宗谱学家等级》 طبقات الحفاظ 《伊斯兰史——名人等级》 تاريخ الإسلام، طبقات المشاهير والأعلام
萨姆瓦伊勒·马格里比	《萨姆瓦伊勒传》 سيرة السموأل بن يحيى المغربي

续表

作者	作品
萨米尔·艾敏	《思想自传》（1993） سيرة ذاتية فكرية
萨米尔·赛尔汉	《在生命的咖啡屋里》（1988） على مقهى الحياة
苏海勒·伊德里斯	《关于文学和爱的回忆》（2002） ذكريات الأدب والحب 《深壕沟》 الخندق الغميق
萨里玛·宾特·赛义德·本·苏尔坦公主	《一个阿拉伯公主的回忆录》（1877） مذكرات أميرة عربية
赛义德·古特布	《村里的孩子》（1946） طفل من القرية
沙拉夫·阿卜杜·阿齐兹	《自传文学》（1992） أدب السيرة الذاتية
阿卜杜·瓦哈卜·沙阿拉尼	《恩典与品德趣谈录》 لطائف المنن والأخلاق 《光怪陆离的记事等级》 لواقح الأنوار في طبقات الأخبار
沙姆斯丁·杰扎里	《经诵家终极目标——成为最称职的传述者和通明者》 غاية النهاية في رجال القراءات أولى الرواية والدراية
邵基·戴伊夫	《和我在一起》（1981） معي 《人物传记》（1987） الترجمة الشخصية
沙哈卜丁·卡斯塔拉尼	神秘的天赋——穆罕默德式的赐予 المواهب اللدينية في المنح المحمدية
谢赫·穆罕默德·胡德里	《虔信之光——关于最后一位使者》 نور اليقين في سيد المرسلين
萨拉哈丁·萨法迪	《时代名流和胜利的援助者》 أعيان العصر وأعوان النصر 《卒年大全》 الوافي بالوفيات

续表

作者	作品
萨格尔·艾布·法赫尔	《无岸的对话》（1998） حوار بلا ضفاف 《对话阿多尼斯：童年，诗歌，流放地》（2000） حوار مع أدونيس:الطفولة،الشعر،المنفى
松阿拉·易卜拉欣	《荣誉》 الشرف 《绿洲监狱日记》 يوميات الواحات
塔巴里	《历代民族与帝王史》 تاريخ الأمم والملوك
塔哈·侯赛因	《穆罕默德外传》（1933） على هامش السيرة 《日子》（1929—1939） الأيام 《春夏之行》 رحلة الربيع والصيف
扎希尔·丁·拜哈基	《伊斯兰哲学家史传》 تاريخ حكماء الإسلام
阿卜杜拉·图希	《我在路上》（1981） أنا على الطريق 《爱与监狱的岁月》（1994） سنين الحب والسجن
阿卜杜·哈利姆·马哈茂德	《赞美真主，这就是我的一生》（1985） الحمد لله..هذه حياتي
阿卜杜·海伊·哈桑尼	《随想游》 نزهة الخواطر
阿卜杜·哈利姆·阿卜杜拉	《童年岁月》（1955） أيام الطفولة
阿卜杜·拉赫曼·巴德维	《我的一生》（1994） سيرة حياتي
阿卜杜·拉哈曼·杰卜拉提	《传记和记事中的奇迹》 عجائب الآثار في التراجم والأخبار

续表

作者	作品
阿卜杜·拉哈曼·拉菲义	《我的回忆录》 مذكراتي
阿卜杜·拉赫曼·舒克里	《忏悔录》（1916） الاعترافات
阿卜杜·拉哈曼·穆尼夫	《一座城市的故事——40年代的安曼》（1994） سيرة مدينة:عمان في الأربعينات 《许愿树》 أم النذور 《地中海之东》 شرق المتوسط
阿卜杜·阿齐兹·法赫米	《这就是我的人生》 هذه حياتي
阿卜杜·卡迪尔·杰纳比	《阿卜杜·卡迪尔·杰纳比的教育》（1995） تربية عبد القادر الجنابي
阿卜杜·卡迪尔·本·艾比·沃法依	《闪耀的珠宝——哈奈斐派等级》 الجواهر المضية في طبقات الحنفية
阿卜杜·凯里姆·赛姆阿尼	《谱系》 الأنساب
阿卜杜·马吉德·本·杰伦	《童年》（1957） في الطفولة
阿巴斯·马哈茂德·阿卡德	《我》أنا（1964） 《我的写作生涯》（1964） حياة قلمي 《萨拉》سارة（1937） عبقرية 《天才传》
阿莱姆丁·巴尔扎里	《伊历七世纪概要》 مختصر المائة السابع
阿里·穆巴拉克	《调和的计划》（1889） الخطط التوفيقية
欧麦尔·里德·卡哈莱	《阿拉伯和伊斯兰世界的女性名人》 أعلام النساء في عالمي العرب والعالم

续表

作者	作品
伊玛德丁·卡梯布·伊斯法哈尼	《叙利亚的雷电》 البرق الشامي
伊马拉·耶麦尼	《时代意趣——埃及大臣记事》 النكت العصرية في أخبار الوزراء المصرية
安巴拉·萨拉姆·哈利迪	《黎巴嫩与巴勒斯坦之间的记忆之旅》（1978） جولة الذكريات بين لبنان-فلسطين
安萨里	《迷途指津》 المنقذ من الضلال
法德娃·图甘	《山路崎岖》（1985） رحلة صعبة. رحلة جبلية 《羁旅更艰》（1993） الرحلة الأصعب
法瓦兹·的黎波里西	《红色青年传》 سيرة الفتى الأحمر
卡德里·卡勒阿吉	《一个阿拉伯共产党人的经历》 تجربة عربي في الحزب الشيوعي
卡迪·伊亚德	《感悟》 مدارك 《马立克派等级》 طبقات المالكية
嘎迪·法迪勒	《穆巴瓦马特》 مباوماته
卡麦勒丁·乌德福维	《明月与旅行家札记》 （又译《明月与旅人珍宝》） البدر السافر، وتحفة المسافر
卡麦勒丁·安巴尔	《智者同游——文学家等级》 نزهة الألباء، في طبقات الأدباء
利桑丁·本·赫蒂布	《格拉纳达志》 الإحاطة في أخبار غرناطة
拉蒂芙·齐雅特	《调查运动》（1992） حملة التفتيش: أوراق شخصية

续表

作者	作品
路易斯·易瓦德	《一名海外留学生回忆录》（1965） مذكرات طالب بعثة 《生命书简：性格形成岁月》（1990） أوراق العمر 《凤凰》（1966） العنقاء
莱依拉·阿布·扎伊德	《回到童年》（1993） رجوع إلى الطفولة
莱拉·巴阿莱巴基	《我活着》 أنا أحيا
穆罕穆德·本·萨阿德	《传记等级》 الطبقات
穆罕默德·本·萨拉姆·朱姆希	《诗人等级》 طبقات الشعراء
穆罕默德·艾敏·本·法德里拉	《伊历 11 世纪名流影响概要》 خلاصة الأثر في أعيان القرن الحادى عشر
穆罕默德·本·达乌德·尼塞布里	《苏非派及隐修人记事》 أخبار الصوفية والزهاد
穆罕默德·本·欧麦尔·突尼西	《在阿拉伯地区和苏丹的游历中磨砺头脑》（1832） تشحيذ الأذهان بسيرة بلاد العرب والسودان
穆罕默德·侯赛因·海卡勒	《我的儿子》（1978） ولدي
穆罕默德·哈利勒·穆拉迪	《伊历 12 世纪名流串珠》 سلك الدرر في أعيان القرن الثاني عشر
穆罕默德·舒克里	《裸面包》（1972） الخبز الحافي
穆罕默德·里达	《穆罕默德传》 محمد
穆罕默德·阿卜杜·吉纳·哈桑	《传记》（1955） التراجم والسير

续表

作者	作品
穆罕默德·阿卜杜	《穆罕默德·阿卜杜回忆录》（1893） مذكرات الإمام محمد عبده
穆罕默德·古拉·阿里	《字里行间忆生平》（1988） سطور من حياتي
穆罕默德·库尔德·阿里	《沙姆志》（1927） خطط الشام
马哈茂德·达尔维什	《为了遗忘的记忆》（1987） ذاكرة للنسيان
毛希丁·本·阿卜杜·扎希尔	《马利克·扎希尔·贝拜尔斯素丹传》 سيرة السلطان الملك الظاهر البيبرس
麦斯欧迪	《黄金草原》 مروج الذهب
穆斯塔法·阿卜杜·阿齐兹	《穆斯塔法·阿卜杜·阿齐兹日记》 يوميات مصطفى عبد العزيز
马格拉塔亚	《微笑之花——关于阿布·卡西姆》 الزهر الباسم في أبي القاسم
米哈伊勒·努埃麦	《七十述怀》（1959） سبعون 《纪伯伦传》（1936） جبران خليل جبران
纳吉姆丁·古兹	《伊历10世纪名流传》 السائرة بأعيان المائة العاشرة
纳吉布·马哈福兹	《自传的回声》（1996） أصداء السيرة الذاتية
尼扎尔·格巴尼	《我和诗歌的故事》（1979） قصتي مع الشعر
纳赛维	《国王贾拉勒丁传》 سيرة السلطان جلال الدين
纳比娅·阿伯特	《穆罕默德的挚爱阿伊莎》（1942） عائشة محبوبة النبي

续表

作者	作品
努尔丁·哈拉比	人们眼中的人——可靠的忠实者传记 إنسان العيون في سيرة الأمين المأمون
纳瓦勒·赛阿达薇	《我的人生书简》（1995） أوراق حياتي 《女子监狱回忆录》（1983） مذكراتي في سجن النساء
胡达·莎阿拉薇	《闺房岁月》（1981） عصر الحريم
希沙姆·沙拉比	《火炭与灰烬》（1978） الجمر والرماد 《流年影像》（1993） صور الماضي
海塞姆·本·阿迪	《教法学家及圣训传述者等级》 طبقات الفقهاء والمحدثين
瓦基迪	《征战》 المغازي 《拓疆沙姆》 فتوح الشام
叶海亚·易卜拉欣·阿卜杜·戴伊姆	现代阿拉伯文学中的自传（1975） الترجمة الذاتية في الأدب العربي الحديث
叶海亚·哈基	《会员的忧伤》（1975） أشجان عضو منتسب
雅古特·哈马维	《列国志》（又译为《地名辞典》） معجم البلدان 《文学家辞典》 معجم الأدباء
优素福·海卡尔	《少年时代》（1988） أيام الصبا
优素福·瓦赫比	《优素福·瓦赫比回忆录》 مذكرات يوسف وهبي
优西	《沙斐仪派伊玛姆的等级》 طبقات الأئمة الشافعيين

续表

作者	作品
民间传奇	《安塔拉传奇》 سيرة عنترة بن شداد
民间传奇	《扎图·希玛传奇》 سيرة ذات الهمة
民间传奇	《希拉勒人迁徙记》 السيرة الهلالية
民间传奇	《也门王赛福·本·叶京传奇》 سيرة سيف بن يزن
民间传奇	《阿里·扎柏格传奇》 سيرة على زئبق

参考文献

一 中文专著

1. 蔡伟良编：《灿烂的阿拔斯文化》，上海外语教育出版社 1997 年版。

2. 陈兰村、张新科：《中国古典传记论稿》，陕西人民教育出版社 1991 年版。

3. 高惠勤主编：《东方现代文学史》（下册），海峡文艺出版社 1994 年版。

4. 郭久麟：《中国二十世纪传记文学史》，山西出版社 2009 年版。

5. 韩兆琦主编：《中国传记文学发展史》，语文出版社 1999 年版。

6. 金宜久主编：《伊斯兰教的苏非神秘主义》，中国社会科学出版社 1995 年版。

7. 李琛：《阿拉伯现代文学与神秘主义》，社会科学文献出版社 2000 年版。

8. 全展：《传记文学：阐释与批评》，湖南人民出版社 2007 年版。

9. 唐岫敏：《斯特拉奇与"新传记"》，山西出版社 2009 年版。

10. 汪荣祖：《史传通说》，中华书局 1989 年版。

11. 王成军：《中西传记诗学》，北京出版社 2011 年版。

12. 吴晓东：《从卡夫卡到昆德拉——20 世纪的小说和小说家》，生活·读书·新知三联书店 2003 年版。

13. 许德金：《成长小说与自传》，高等教育出版社 2008 年版。

14. 薛庆国：《阿拉伯文学大花园》，湖北教育出版社 2007 年版。

15. 杨正润：《现代传记学》，南京大学出版社 2009 年版。

16. 杨正润：《传记文学史纲》，江苏教育出版社 1994 年版。

17. 张新科：《唐前史传文学研究》，西北大学出版社 2009 年版。

18. 赵白生：《传记文学理论》，北京大学出版社 2003 年版。

19. 赵山奎：《传记视野与文学解读》，北京大学出版社 2012 年版。

20. 赵山奎：《精神分析与西方现代传记》，中国社会科学出版社 2010 年版。

21. 仲跻昆：《阿拉伯文学通史》，译林出版社 2010 年版。

22. 中国伊斯兰百科全书编辑委员会编：《中国伊斯兰百科全书》，四川辞书出版社 1994 年版。

23. ［埃及］纳吉布·马哈福兹：《自传的回声》，薛庆国译，光明日报出版社 2001 年版。

24. ［埃及］邵基·戴伊夫：《阿拉伯埃及近代文学史》，李振中译，人民文学出版社 1980 年版。

25. ［埃及］塔哈·侯赛因：《日子》，秦星译，作家出版社 1961 年版。

26. ［德］歌德：《歌德自传——诗与真》，刘思慕译，人民文学出版社 1983 年版。

27. ［德］海德格尔：《人，诗意地安居》，上海远东出版社 2004 年版。

28. ［法］菲利普·勒热讷：《自传契约》，杨国政译，生活·读书·新知三联书店 2001 年版。

29. ［加拿大］诺思洛普·弗莱：《批评之路》，王逢振、秦明利等译，北京大学出版社 1998 年版。

30. ［黎巴嫩］米哈伊勒·努埃麦：《七十述怀》，王复、陆孝修译，甘肃人民出版社 1993 年版。

31. ［美］爱德华·萨义德：《论晚期风格》，阎嘉译，生活·读书·新知三联书店 2009 年版。

32. ［美］爱德华·萨义德：《格格不入：萨义德回忆录》，彭淮栋译，生活·读书·新知三联书店 2004 年版。

33. ［美］爱德华·萨义德：《知识分子论》，单德兴译，生活·读书·新知三联书店 2002 年版。

34. ［美］爱德华·萨义德：《世界·文本·批评家》，李自修译，生活·读书·新知三联书店 2009 年版。

35. ［美］爱德华·萨义德著，吉恩·摩尔摄影：《最后的天空之后：

巴勒斯坦人的生活》，金玥珏译，新星出版社 2006 年版。

36．［美］保罗·鲍威编：《向权力说真话：赛义德和批评家的工作》，王丽亚、王逢振译，社会科学文献出版社 2003 年版。

37．［美］保罗·德曼：《解构之图》，李自修译，中国社会科学出版社 1998 年版。

38．［美］道格拉斯·凯尔纳主编：《波德里亚——一个批判性的读本》，陈维振等译，凤凰出版传媒集团 2008 年版。

39．［美］弗雷德里克·詹姆逊：《政治无意识》，王逢振、陈永国译，中国社会科学出版社 1999 年版。

40．［美］斯蒂芬·欧文：《追忆——中国古典文学中的往事再现》，上海古典出版社 1990 年版。

41．［美］瓦莱丽·肯尼迪：《萨义德》，李自修译，凤凰出版传媒集团、江苏人民出版社 2006 年版。

42．［美］希提：《阿拉伯通史》，马坚译，商务印书馆 1979 年版。

43．［日］柄谷行人：《日本现代文学的起源》，赵京华译，生活·读书·新知三联书店 2006 年版。

44．［苏］巴赫金：《小说理论》，白春仁、晓河译，河北教育出版社 1988 年版。

45．［土耳其］奥尔罕·帕慕克：《伊斯坦布尔　一座城市的记忆》，何佩桦译，上海世纪出版集团 2007 年版。

46．［土耳其］法土拉·葛兰：《先知穆罕默德的生命面貌》，彭广恺、马显光、黄思思译，宗教文化出版社 2006 年版。

47．［叙利亚］阿多尼斯：《在意义天际的写作》，薛庆国、尤梅译，外语教学和研究出版社 2012 年版。

48．［英］弗吉尼亚·伍尔夫：《一间自己的房间》，见《论小说和小说家》，瞿世镜译，上海译文出版社 2009 年版。

49．［英］安东尼·吉登斯：《现代性与自我认同》，赵旭东、方文译，生活·读书·新知三联书店 1998 年版。

二　中文论文

1. 葛铁鹰：《阿拉伯古代文人的名、字、号》（上、下），《回族研究》2010 年第 3、4 期。

2. 辜也平：《论中国现代传记文学的民族特色》，《文学研究》2005 年第 2 期。

3. 辜也平：《中国传记文学创作的现代转型》，《中山大学学报》（社会科学版）2004 年第 4 期。

4. 何元智：《论中外传记文学的主题嬗变》，《四川外语学院学报》2004 年第 4 期。

5. 令狐若明：《古代埃及的传记文学评述》，《古代文明》2007 年第 1 期。

6. 莫言：《好大一场雪》，《东方文学研究通讯》2008 年第 2 期。

7. 尚晓进：《论后现代自传体小说》，《外国文学研究》2004 年第 6 期。

8. 唐岫敏：《论自传中自我叙事的主体身份》，《浙江师范大学学报》（哲学社会科学版）2009 年第 1 期。

9. 王成军：《论中国传记文学的三大渊源》，《荆门职业技术学院学报》2002 年第 4 期。

10. 王成军：《中西传记文学文本比较》，《徐州师范大学学报》（哲学社会科学版）2000 年第 3 期。

11. 王晓侠：《从新小说到新自传》，《国外文学》2010 年第 1 期。

12. 谢杨：《马哈福兹小说语言的诗性特点》，见张宏主编《当代阿拉伯问题研究》，人民出版社 2006 年版。

13. 许菁频：《百年传记文学理论研究综述》，《学术界》2006 年第 5 期。

14. 许志强：《无家可归的讲述》，《书城》2010 年第 5 期。

15. 杨国政：《从自传到自撰》，《欧美文学论丛》2005 年第 4 期。

16. 杨正润：《传记的界线——史学、文学与心理学的考察》，《荆门职业技术学院学报》2007 年第 3 期。

17. 余玉萍：《穿越与突围——马格里布法语后殖民文学述评》，《外国文学动态》2012 年第 1 期。

18. 余玉萍：《以记忆抵抗权力——当代巴勒斯坦文学一瞥》，《文艺报》2012 年 2 月 13 日第 6 版。

19. 俞樟华：《论中国古代传记文学的艺术加工》，《浙江旅游职业学院学报》2007 年第 4 期。

20. 俞樟华、詹漪君：《论传记文学的"不虚美，不隐恶"》，《浙江师范大学学报》（社会科学版）2005 年第 3 期。

21. 赵白生：《替当代传记号脉》，《荆门职业技术学院学报》2007 年第 5 期。

22. 赵山奎：《论精神分析理论与西方传记文学》，《南京师范大学学报》2007 年第 3 期。

23. 周宪：《艺术的自主性：一个现代性的问题》，《外国文学评论》2004 年第 2 期。

24. ［德］彼得·洛温伯格：《精神分析学说与后现代主义》，罗凤礼译，《史学理论研究》2002 年第 4 期。

三 阿文专著

١. ابراهيم صموئيل، النحنحات، المؤسسة العربية للدراسات والنشر، ١٩٩٠.

٢. ابراهيم عبد الحليم، أرض الوطن، دار الثقافة الجديدة، القاهرة، ١٩٦٢.

٣. ابراهيم عبد الحليم، أيام الربيع، دار الثقافة الجديدة، القاهرة، ١٩٦١.

٤. ابن خلدان، التعريف بابن خلدان ورحلته غربا وشرقا، تحقيق محمد بن تاويت الطنجى، لجنة التأليف والترجمة والنشر، القاهرة، عام ١٩٧١.

٥. إحسان عباس، فن السير، دار الشروق، القاهرة، ١٩٨٩.

٦. أحمد الشقيري، أربعون عاما: أربعون عاما في الحياة العربية والدولية، بيروت، ١٩٦٩.

٧. أحمد أمين، حياتي، مكتبة النهضة المصرية، ١٩٦١.

٨. أحمد فارس الشدياق، الساق على الساق فما هو الفرياق، باريس، ١٨٥٥.

٩. أحمد لطفي السيد، قصة حياتي، دار الهلال، ١٩٦٢.

١٠. إدوار الخراط ترابها زعفران: نصوص إسكندرانية، القاهرة، ١٩٨٥.

١١. أدونيس، زمن الشعر، دار الساقي، بيروت، ٢٠٠٥.

١٢. أسامة بن منقذ، كتاب الاعتبار، تحقيق لليب حتي، برنستون، مطبعة جامعة برنستون، ١٩٣٠.

١٣. أنيس فريحة، اسمع يا رضا، بيروت، دار المطبوعات المصورة، ١٩٨١.

١٤. بلكين بن زيري، مذكرات آخر الملوك لبني زيري، تحقيق E.Lévi-Provencal دار المعارف، القاهرة، ١٩٥٥.

١٥. تهاني عبد الفتاح شاكر، السيرة الذاتية في الأدب العربي، جبرا ابراهيم جبرا وفدوى طوقان وإحسان عباس نموذجا، المؤسسة العربية للدراسات والنشر، بيروت، ٢٠٠٢.

١٦. توفيق الحكيم، زهرة العمر، مكتبة الآداب بالجماميز،١٩٨٨.

١٧. توفيق الحكيم، سجن العمر، مكتبة الآداب بالجماميز، ١٩٦٤.

١٨. تيتز رووكي، في طفولتي دراسة في السيرة الذاتية العربية، المترجم طلعت الشايب، المجلس الأعلى للثقافة، القاهرة، ٢٠٠٢.

١٩. جبرا ابرهيم جبرا، البئر الأولى، دار الآداب، بيروت، ١٩٩٤.

٢٠. جرجي زيدان، مذكرات جرجي زيدان، التحرير صلاح الدين المنجّد، بيروت، دار الكتاب الجديد، ١٩٦٨.

٢١. جرجي طرابيش، أنثى ضد الأنثى: دراسة في أدب نوال السعداوي على ضوء التحليل النفسي، بيروت، دار الطليعة، ١٩٨٨.

٢٢. حنا مينا، بقايا الصور، بيروت، دار الآداب، ١٩٨٤.

٢٣. حنا مينا، المستنقع، بيروت، دار الآداب، ١٩٨٦.

٢٤. خليل الشيخ، السيرة والمتخيل، أزمنة للنشر، ٢٠٠٥.

٢٥. خليل الشيخ، سيرة جبرا إبراهيم جبرا الذاتية، وتجلياتها في أعماله الروائية، المؤسسة العربية للدراسة والنشر، بيروت، ٢٠٠٧.

٢٦. رشيد بوجدرة، ليالات امرأة أرقة، الجزائر، ١٩٨٥.

٢٧. زكريا ابراهيم، مشكلة الإنسان، القاهرة، ١٩٧٢.

٢٨. زكي مبارك، النثر العربي في القرن الرابع الهجري، دار المعارف، القاهرة، ١٩٦٦.

٢٩. زينب غزالي، أيام من حياتي، بيروت، ١٩٨٧.

٣٠. سالمة بنت السيد سعيد بن سلطان، مذكرات أميرة عربية، المترجم عبد المجيد القيسي، دار الحكمة، ١٩٩٣.

٣١. سيد قطب، طفل من القرية، القاهرة، دار الشروق، ١٩٧٣.

٣٢. سلامة موسى، تربية سلامة موسى، القاهرة، مؤسسة الخانجي، ١٩٥٨.

٣٣. سمر روحي الفيصل، السجن السياسي في الرواية العربية، دمشق، اتحاد الكتاب، ١٩٨٣.

٣٤. سوسن ناجي، المرأة في المرآة: دراسة نقدية للرواية النسائية في مصر، القاهرة، دار العربي للنشر والتوزيع، ١٩٨٩.

٣٥. السير الذاتية في بلاد الشام، تنسيق ماهر الشريف وقيس الزرلي، دار المدى للثقافة والنشر، ٢٠٠٨.

٣٦. شكري المبخوت، سيرة الغائب، سيرة الأنا: السيرة الذاتية في كتاب الأيام ، دار الجنوب للنشر، تونس، ١٩٩٢.

٣٧. شوقي ضيف، الترجمة الشخصية، دار المعارف، القاهرة، ١٩٥٦.

٣٨. طه حسين، الأيام، مركز الأهرام، القاهرة، ١٩٩٢.

٣٩. طه حسين، على هامش السيرة، القاهرة، دار المعارف، القاهرة، ١٩٨٠.

٤٠. عادل الأسطه، أدب المقاومة من تفاؤل البدايات إلى خيبة النهايات، مؤسسة فلسطين للثقافة، دمشق، ٢٠٠٨.

٤١. عبد الإله بلقزيز، هكذا تكلم محمود درويش دراسات في ذكرى رحيله، مركز دراسات الوحدة العربية، بيروت، ٢٠٠٩.

٤٢. عبد الرحمن الرافعي، مذكراتي ١٨٨٩-١٩٥١، مؤسسة أخبار اليوم، ١٩٨٩.

٤٣. عبد الرحمن منيف، ذاكرة المستقبل، المؤسسة العربية للدراسات والنشر والمركز الثقافي العربي، بيروت، ٢٠٠١.

٤٤. عبد الرحمن منيف، سيرة مدينة عمان في الأربعينات، المؤسسة العربية للدراسات والنشر، بيروت، ٢٠٠٦.

٤٥. عبد العزيز شرف، أدب السيرة الذاتية، القاهرة، ١٩٩٢.

٤٦. عبد العزيز فهمي، هذه حياتي، سلسلة كتب الهلال، دار الهلال، ١٩٦٣.

٤٧. عبد القادر الشاوي، الكتابة والوجود، السيرة الذاتية في المغرب، إفريقيا الشرق، الدار البيضاء، ٢٠٠٠.

٤٨. عبد المجيد بن جالون، في الطفولة، رباط، مكتب المعارف، ١٩٧٥.

٤٩. عبد المحسن طه بدر، تطور الرواية العربية الحديثة في مصر، دار المعارف، ١٩٩٨.

٥٠. محمود عباس العقاد، أنا ،دار الهلال، من سلسلة كتب الهلال، العدد ١٦٠، ١٩٦٤.

٥١. على أدهم، لماذا يشقى الإنسان، القاهرة، ١٩٦٦.

٥٢. على مبارك، الخطط التوفيقية، المطبعة الأميرية ببولاق، القاهرة، عام ١٨٨٩

٥٣. عماد الدين الكاتب الاصفهاني، البرق الشامي، باختصار من الفتح البنداري، سنا البرق الشامي، بيروت، دار الكتاب الجديد، ١٩٧١.

٥٤. عمر حلي، دراسة في السيرة الذاتية في الأدب العربي الحديث، مجموعة البحث الأكاديمي في الأدب الشخصي، كلية الآداب والعلوم الإنسانية–أكادير، ١٩٩٨.

٥٥. عنبرة سلام الخالدي، جولة في الذكريات بين لبنان وفلسطين، بيروت، ١٩٧٨.

٥٦. غسان كنفاني، أدب المقاومة في فلسطين المحتلة، مؤسسة الأبحاث العربية، بيروت، ١٩٨٢.

٥٧. فاروق عبد القادر، ضوء الشيخوخة يسكن على أرض الماضي، أوراق من الرماد والجمر، القاهرة، دار الهلال، ١٩٨٨.

٥٨. فدوى طوقان، رحلة جبلية رحلة صعبة: سيرة ذاتية، دار الشروق للنشر والتوزيع، ٢٠٠٩.

٥٩. كمال ثابت قلتة، طه حسين و آثار الثقافة الفرنسية في أدبه ، مطبعة شركة التمدن الصناعية،القاهرة،١٩٧١.

٦٠. لطيفة الزيات، الشيخوخة، القاهرة، دار المستقبل، ١٩٨٦.

٦١. لطيفة الزيات، حملة التفتيش، أوراق شخصية، القاهرة، دار الهلال، ١٩٩٢.

٦٢. لطيفة الزيات، من صورة المرأة في القصص والروايات العربية، القاهرة، دار الثقافة الجديدة، ١٩٨٧.

٦٣. لويس عوض، العنقاء، بيروت، دار الطليعة، ١٩٦٦.

٦٤. لويس عوض، أوراق العمر، مكتبة مدبولي، ١٩٨٩.

٦٥. لويس عوض، مذكرات طالب بعثة، القاهرة، ١٩٦٥.

٦٦. مجموعة البحوث في أدب السيرة الذاتية والمذكرت في الأردن، ملتقى جامعة آل بيت الثقافي الثاني، منشورات جامعة آل البيت، ١٩٩٩.

٦٧. محمد ابراهيم الحاج صالح، محمود درويش بين الزعتر والصبار، وزارة الثقافة سورية، دمشق ١٩٩٩.

٦٨. محمد الباردي، عندما يتكلم الذات: السيرة الذاتية في الأدب العربي الحديث، اتحاد الكتاب العرب، دمشق، ٢٠٠٥.

٦٩. محمد بن عمر التونسي، تشحيذ الأذهان بسيرة بلاد العربية والسودان، تحقيق خليل محمد عساكر.

٧٠. محمود درويش، ذاكرة للنسيان، دار رياض الريس، بيروت، ١٩٨٧.

٧١. محمد شكري، الخبز الحافي: سيرة ذاتية روائية ، لندن، دار Saqi، ١٩٨٩.

٧٢. محمد عبد الغني حسن، التراجم والسير، دار المعارف، القاهرة، ١٩٥٥.

٧٣. محمد ماكري، السرد العرفاني، محاولة للتجنيس، مشكلة الجنس الأدبي في الأدب القديم، منشورات كلية الآداب منوبة، تونس، ١٩٩٤.

٧٤. محمود درويش، حيرة العائد، من الأعمال الجديدة الكاملة ٣، رياض الريس للكتب والنشر، بيروت، ٢٠٠٩.

٧٥. محمود درييش، في حضرة الغياب، من الأعمال الجديدة الكاملة ٢، رياض الريس للكتب والنشر، بيروت، ٢٠٠٩

٧٦. محمود درويش، لماذا تركت الحصان وحيدا، من الأعمال الجديدة الكاملة ١، رياض الريس للكتب والنشر، بيروت، ٢٠٠٩.

٧٧. محمود عبد الغنى، فن الذات، دراسة في السيرة الذاتية لابن خلدون، ٢٠٠٨.

٧٨. مصطفى نبيل، سير ذاتية عربية، مكتبة الأسرة، القاهرة، ١٩٩٩.

٧٩. ممدوح عدوان، القضية، مقدمة ((رائحة الخطوات الثقيلة))، دار الجندي للنشر والتوزيع، ١٩٨٨.

٨٠. منصور سلطان الأطرش، الجيل المدان، سيرة ذاتية، دار رياض الريس، بيروت، ٢٠٠٨.

٨١. مؤيد عبد الستار، السيرة الذاتية، دراسة نقدية، السويد، دار المنفى، ١٩٩٦.

٨٢. ميخائيل نعيمة، مرداد، من مجموعته الكاملة، دار الموسوعة، بيروت، ١٩٧٠.

٨٣. نزار قباني، قصتي مع الشعر — سيرة ذاتية، بيروت، ١٩٧٩.

٨٤. هشام شرابي، صور الماضي، بيروت، دار الطليعة، ١٩٨٨.

٨٥. يحيى ابراهيم عبد الدايم، الترجمة الذاتية في الأدب الحديث، دار إحياء التراث العربي، بيروت، عام ١٩٧٥.

٨٦. يوسف هيكل، أيام الصبا، عمان، دار الجليل للنشر، ١٩٨٨.

四　阿文论文

١. بثينة شعبان، أدب المرأة العربية، الشؤون العربية، مكتب الجامعة العربية، العدد٩.

٢. حبيب كنين، أدب الاعتراف أو حرية البوح، http: //www. moroccotoday. net/takafasafar. htm

阅读时间：2008 年 9 月 15 日。

٣. داينا منيستي، كتابة السيرة الذاتية النسائية في مصر: عبور القضاء بين الخاص والعام، مجلة أبواب، بيروت عدد ٦، خريف، ١٩٩٥.

٤. عامر دابوك، أصداء على أصداء السيرة الذاتية، قراءة في أصداء نجيب محفوظ،

http: //www. arab – ewriters. com/? action = showitem&&id = 2049

阅读时间：2008 年 10 月 20 日。

٥. عبد الحميد صالح حمدان، إدوار سعيد وعالم الاستشراق، الأهرام،

http: //www. ahram. org. eg/Archive/2003/10/12/OPIN6. HTM

阅读时间：2009 年 4 月 28 日。

٦. عبد العزيز الأهواني، كتب برامج العلماء في الأندلس، مجلة معهد المخطوطات العربية،، العدد٥، ١٩٥٥.

٧. عبد الله ابراهيم، السيرة الروائية: إشكالية النوع والتهجين السردي،

http: //www. nizwa. com/articles. php? id = 706

阅读时间：2010 年 5 月 28 日。

٨. عبد الله ابراهيم، السيرة والتخييل، بين الأصداء والخلسة، أخبار الأدب، ١٩٩٧,١١,٧.

٩. لطيفة الزيات، حول الالتزام السياسي والكتابة النسائية، حوار مع لطيفة الزيات، قامت به المجلة المصرية "ألف"، العدد ١٠.

١٠. لطيفة الزيات، ضد أدب الذكور...ضد أدب الأنثى، القدس، لندن، ١٩٩٠,٤,٢٦.

١١. لطيفة الزيات، قضية شخص، حوار مع لطيفة الزيات، قامت به جريدة الأهرام، ١٩٩٤،٣،٣١.

五　英文专著

1. Abdu al – Rahmān Munīf, *Story of a city, a childhood in Amman*, trans. by Samira Kawar, London, 1996.

2. Abdu Qadr Sharīf, *The Prison in the Contemporary Arabic Novel*, *University of Michigan Press*, 1983.

3. Afsaneh Najmabadi, *Women's Autobiographies in Contemporary Iran*, Cambridge Press, 1990.

4. *An Arab – Syrian Gentleman and Warrior in the Period of the Crusades: Memoirs of Usāmah ibn al – Munqidh*, trans. by Philip K. Hitti, Princeton: Princeton University Press, 1987.

5. Anais Nin, *The Diary: Volume One*, 1931—1934. Gunter Stuhlmann (ed.). New York: Harourt Brace Joanovich, 1966.

6. Annis Pratt, *Archetypal Patterns in Women's fiction*, Brighton, 1981.

7. Bella & Schenk, *Life Lines: Theorizing Women's Autobiography*, Ithaca, 1988.

8. Benveniste Emile, *Problemes in General Linguistics*. Coral Gables: University of Miami Press, 1971.

9. Bonheim, H., *The Narrative Modes: Technique of the Short Story*, Cambridge, 1982.

10. Cachia, P., "The Prose Stylists", in Badawi, M. M. (ed.), *Modern Arabic Literature* (*Cambridge history of Arabic Literature*), Cambridge University Press, 1992.

11. Claude France Audebert, *La Rasālat al – Hayāt Abū Hayyān al – Tawhīdī*, Bulletin d'Etudes Orientales 18, 1964.

12. Coe, R., *When the Grass was Taller: Autobiography and the Experience of Childhood*, New Haven, 1984.

13. *Constantin Georgescu, A Forgotten Pioneer of the Lebanese 'Nahdah':*

Salīm al – Bustānī, 1978.

14. Dan P. Mc Adams, "Identity and the Life Story", in Robyn Fivush, Cathenine A. Haden (Ed.), *Autobiographical Memory and the Construction of a Narrative Self*, Lawrence Erlbaum Associates, Inc., 2003.

15. Dwight F. Reynolds (ed.), *Interpreting the Self Autobiography in the Arabic Literary Tradition*, University of California Press, 2001.

16. T. Eagleton, *Literary Theory: an Introduction*, Oxford, Blackwell, 1983.

17. Eakin P. J., *How Our Lives Become Stories Making Selves*. Ithaca: Comell University Press, 1999.

18. Edwār al – Kharrāt, *City of Saffron*, trans. by Francis Liardet, Quartet Books, Ltd, 1991.

19. Edward W. Said, Reflections on Exile, in *Reflections on Exile and Other Essays*, Harvard University Press, Third printing, 2002.

20. Eisenstein, H., *Contemporary Feminist Thought*, Poston, Hall, 1983.

21. Fedwa Malti Douglas, *Woman's Body, Woman's Word: Gender and Discourse in Arabo – Islamic Writing*, Princeton, 1992.

22. Franz Kafka, *Diaries 1910—1924*. Max Brod (ed.), New York, Schocken Books, 1976.

23. Gubar, S., "The Blank Page" and the issues of Female Creativity, in Abel, E. (ed.), *Writing and Sexual Difference*, Brighton, Harvester Press, 1982.

24. Hudā Sha'arāwī, *Harem Years: the Memoies of an Egyptian Feminist*, trans. by Margot Badran, London, 1986.

25. James Olney, *Metaphors of Self: The Meaning of Autobiography*, Princeton, 1972.

26. Kaplan, C., "Language and Gender", in Walder, D. (ed.), *Literature in the Modern World*, 1990, Oxford, OUP, 1991.

27. Karl Weintraub, *The Value Of The Individual: Self and Circumstance in Autobiography*, University of Chicago Press, 1978.

28. Kerby A. P. *Narrative and The Self.* Bloomington: Indiana University Press, 1990.

29. Mahmoud Darwish, *Why did you leave the horse alone*, Brooklyn, Aachipelago Books, 2006.

30. Margaretta Jolly (ed.), *Encyclopedia of Life Writing: Autobiographical and Biographical Forms*, London & Chicago, Fitzroy Dearborn Publishers, 2001.

31. Mary Helen Washington, *Zora Neale Hurston: A Woman Half in Shadow Alice Walker* (ed.), *New York: Feminist Press*, 1979.

32. *Nawal El Saadawi, A Daughter of Isis, The Autobiography of Nawal El Saadawi.* trans. by Sherif Hetata, London & New York: Zed Books Ltd, 1999.

33. Nawal El Saadawi, *Walking Through Fire: A Life of Nawal El Saadawi.* trans. by Sherif Hetata. London & New York: Zed Books, 2002.

34. Paul De Man, *The Rhetoric of Romanticism*, New York, Colunbia University Press, 1984.

35. Paul Starkey, *Fact and Fiction in al – Sāq ʻ ala al – sāq*, *Writing The Self*, *Autobiographical Writing in Modern Arabic Literature*, Saqi Books, 1998.

36. Robin Ostle, Ed de Moor & Stefan Wild (eds), *Writing The Self*, *Autobiographical Writing in Modern Arabic Literature*, Saqi Books, 1998.

37. Roy Pascal, *Design and Truth in Autobiography*, Cambridge, Mass. : Harvard University Press, 1960.

38. Salman Rushdie, *Imaginary Homelands*, See: Gunnthorunn Gudmundsdottir, *Borderlines: Autobiography and fiction in Postmodern Life Writing*, Amsterdam – New York, 2003.

39. Samawʼal al – Maghribī, *Ifhām al – yahūd*, *Silencing the Jews* (ed.), and trans. by Moshe Perlmann, New York, American Academy for Jewish Pesearch, 1964.

40. Sidonie Smith & Julia Watson (ed.), *Women*, *Autobiography*, *Theory*, The University of Wisconsin Press, 1998.

41. Simone de Beauvoir, *The Second Sex*, trans. by H. M. Parshley, London, 1988.

42. Susan Stanford Friedman: *Women's autobiography selves: theory and practice.* in Sidonie Smith & Julia Watson (ed.), *Women, Autobiography, Theory*, The University of Wisconsin Press, 1998.

43. Tawfīq al‐Hakīm, *The Prison of Life: An Autobiographical Essay.* trans. by Pierre Cachia, Cairo, 1992.

44. Tetz Rooke, *In My Childhood: A Study of Arabic Autobiography*, Stockholm: Stockholm University, 1997.

45. Vander Zander, James W, *Social Psychology*, New York: McGraw‐Hill, 1987.

46. Virginia Woolf, "Women and Fiction", in *Collected Essays*, Vol. 11, ed. Leonard Woolf, London, The Hogarth Press, 1967.

47. Wellek, R and Warren, *Theory of Literature*, New york: Harvest Book, 1962.

48. Zora Neal Huston, *Dust Tracks on a Road.* New York: Harper Pernnial, 1991.

后　记

　　几经苦熬，终于脱稿，仿佛完成了稿纸上的分娩。停笔四顾，窗外草长莺飞。七年前的深秋到现在的初春，既短暂又漫长。说短暂是因为，相对于几十年的人生光景，这七年只是弹指一挥间；说漫长是因为，阿拉伯传记文学在这七年中始终让我牵挂于心，不容安歇。此时此刻，七年中的许多瞬间在我眼前不断放大。

　　与阿拉伯传记文学的结缘可追溯到 2007 年深秋在北京大学召开的那一次规模不大的研讨会。之后因参加刘曙雄、赵白生、魏丽明教授主持的教育部重大项目"东方作家传记文学研究"之"阿拉伯作家传记文学研究"而"触传"。没想到，半个多世纪前胡适先生所说的"给史家做材料，给文学开生路"的传记文学也为本人开了生路。那之后经过半年多的苦读，由个人申请顺利获得了 2008 年国家哲学社会科学基金项目"阿拉伯传记文学研究"。再之后，经过七年的啃读、研磨，总算完成了目前这份书稿。

　　想起初触传记时，为查找资料而流连于国家图书馆的那个酷热暑期，想起一次次托国外老师、学生、朋友购买图书或复印文献资料的书信往来，想起忙活完白天的日常工作后在宁静的夜晚挑灯苦读的情形，想起为每一处论述深入展开而辗转反侧的夜晚，想起晨昏独坐思考每章节的主题与彼此间的关联时的苦涩。大至谋篇布局，小至斟酌词语的幽微之处……有时几乎罢笔，失去做下去的决心和信心。

　　也忘不了拿到期盼已久的作家作品或相关的参考书籍、杂志时如获至宝般的喜悦，忘不了久思后终于厘清纠结、将问题论述明了后的轻松，忘不了作品中闪烁着人性光辉的传主们伴我走过寂寞时光时的甘甜。终于明白了，传记的复杂性或深奥性就在于它所面对问题的整体性和全面性，传记研究就意味着真诚地面对自我已身在其中的"人生"及其所包含的全部复杂性和其中的堂奥。一旦真正进入这种研究谁又能够不被纠缠而抽身隐退呢？七年中，传记研究的经验在解决实际人生困惑中不断积累。

从早期的史传、群传、传略到现当代人物传记、自传、小说体自传、回忆录、日记、书信，阿拉伯传记在文学这一灿烂、厚重、绵长的艺术长廊中悠悠走过十几个世纪。希望自己在这个领域做一停留，希望这份书稿能考察和梳理这一古老而又现代的文类历史演进轨迹，探析其所反映的社会、文化、政治、思想、宗教等特征，挖掘历史发展中的各色人物丰富的内心世界和非凡的个性面貌，进而归纳出阿拉伯民族的一些性格特性，提出自己一定的阿拉伯—伊斯兰文化批评洞见。

回头向来萧瑟处，也无风雨终是晴。曾经的艰难、困惑与茫然终究化作对生活的感恩之情。七年中，在传记研究的前台学着"唱念做打"，舞台背后却有一群默默支持我的人们。他们无私的奉献是我一生最大的财富，对他们的感念将激励我在学术道路上继续前行。在此，我特别感谢陆孝修、郅溥浩、仲跻昆、李琛、杨言洪、葛铁鹰、张宏、薛庆国老师以及陈冬云参赞、王世强先生为我提供了一些相关书籍和资料；余玉萍、丁淑虹老师为我撰写了个别章节。

此外，我还要感谢北大赵白生教授领我步入传记文学殿堂；感谢廉一鸣、袁淑云两位同学为我整理部分附录；感谢远在千里之外的父母每每电话必问工作进展状况的惦念之情。

感谢中国社会科学出版社的编辑郭晓鸿女士为本书的出版付出的大量心血。

最后要感谢的是教会我阿拉伯语的老师们。

中国学者对阿拉伯传记文学的研究尚处于初始阶段，此部力所能及的开荒之作，相对于卷帙浩繁的阿拉伯史传文献，难免挂一漏万，加之本人才疏学浅，拙作中纰漏之处还恳请专家、学者、同人们匡正纠偏，以期来日深化补遗，更加完善。

作者

第一稿完成于 2013 年 6 月 11 日

第二稿完成于 2014 年 5 月 12 日

第三稿完成于 2015 年 4 月 15 日